武汉大学百年名典

作者简介

苏雪林（1899~1999），现代女作家、文学研究家。曾用名瑞奴、瑞庐、小妹，又名苏梅，字雪林，以字行。笔名绿漪、灵芬、老梅等。原籍安徽太平，生于浙江瑞安。1917年毕业于安徽省立第一女子师范学校。翌年入北京高等女子师范学校。1921年毕业，次年赴法国留学，先后在吴稚晖创办的海外中法学院和里昂国立艺术学院学习美术和文学。1925年回国。1928年起任苏州东吴大学、上海沪江大学、安徽大学、武汉大学等校教授，一直到抗日战争胜利以后。1949年到香港。翌年赴巴黎研究神话。1952年到台湾，任台湾师范大学、台南成功大学教授，1973年退休。其间于1964年赴新加坡任教于南洋大学。她的著作颇丰，其中有小说散文集《绿天》，历史小说集《蝉蜕集》，自传体长篇小说《棘心》，散文集《屠龙集》，散文评论集《蠹鱼生活》、《青鸟集》，历史传记《南明忠烈传》，回忆录《文坛话旧》、《我的生活》、《我与鲁迅》，戏剧集《鸠罗那的眼睛》，专著《二三十年代作家与作品》、《中国文学史》，古典文学论著《唐诗概论》、《屈原与〈九歌〉》、《天问正简》、《楚骚新诂》、《屈赋论丛》，论文集《蠹鱼集》，以及《苏绿漪佳作选》、《苏雪林选集》等，另有一些译作。

武汉大学
百年名典

楚骚新诂

《屈赋新探》之三

苏雪林 著

武汉大学出版社
WUHAN UNIVERSITY PRESS

图书在版编目(CIP)数据

楚骚新诂/苏雪林 著．—武汉：武汉大学出版社，2007.11
武汉大学百年名典．《屈赋新探》之三
ISBN 978-7-307-05840-8

Ⅰ．楚…　Ⅱ．苏…　Ⅲ．楚辞—文学研究—中国　Ⅳ．I207.223

中国版本图书馆 CIP 数据核字(2007)第 147390 号

责任编辑:朱凌云　　　责任校对:刘　欣　　　版式设计:支　笛

出版发行：**武汉大学出版社**　(430072　武昌　珞珈山)
(电子邮件：wdp4@whu.edu.cn　网址：www.wdp.com.cn)
印刷：武汉中远印务有限公司
开本:720×1000　1/16　印张:31.875　字数:455 千字　插页:4
版次：2007 年 11 月第 1 版　　　2007 年 11 月第 1 次印刷
ISBN 978-7-307-05840-8/I・323　　　定价:64.00 元

《武汉大学百年名典》出版前言

百年武汉大学，走过的是学术传承、学术发展和学术创新的辉煌路程；世纪珞珈山水，承沐的是学者大师们学术风范、学术精神和学术风格的润泽。在武汉大学发展的不同年代，一批批著名学者和学术大师在这里辛勤耕耘，教书育人，著书立说。他们在学术上精品、上品纷呈，有的在继承传统中开创新论，有的集众家之说而独成一派，也有的学贯中西而独领风骚，还有的因顺应时代发展潮流而开学术学科先河。所有这些，构成了武汉大学百年学府最深厚、最深刻的学术底蕴。

武汉大学历年累积的学术精品、上品，不仅凸现了武汉大学"自强、弘毅、求是、拓新"的学术风格和学术风范，而且也丰富了武汉大学"自强、弘毅、求是、拓新"的学术气派和学术精神；不仅深刻反映了武汉大学有过的人文社会科学和自然科学的辉煌的学术成就，而且也从多方面映现了20世纪中国人文社会科学和自然科学发展的最具代表性的学术成就。高等学府，自当以学者为敬，以学术为尊，以学风为重；自当在尊重不同学术成就中增进学术繁荣，在包容不同学术观点中提升学术品质。为此，我们纵览武汉大学百年学术源流，取其上品，掬其精华，结集出版，是为《武汉大学百年名典》。

"根深叶茂，实大声洪。山高水长，流风甚美。"这是董必武同志1963年11月为武汉大学校庆题写的诗句，长期以来为武汉大学师生传颂。我们以此诗句为《武汉大学百年名典》的封面题词，实是希望武汉大学留存的那些泽被当时、惠及后人的学术精品、上品，能在现时代得到更为广泛的发扬和传承；实是希望《武汉大学百年名典》这一恢宏的出版工程，能为中华优秀文化的积累和当代中国学术的繁荣有所建树。

《武汉大学百年名典》编审委员会

出 版 说 明

苏雪林教授的《楚骚新诂》于1995年由台北合记图书出版社出版，此次因出版《武汉大学百年名典》系列，我社根据该版本，改以简体排印，并在力求保持全书原貌的前提下，对一些文字与句读的明显错误做了订正。

武汉大学出版社

2007年10月

《屈赋新探》再版序

关于我怎样开始屈赋研究；我的屈赋研究与那些新旧楚辞学家有何不同之点，已写过好几篇文章了，不必再复。现则说我这部书出版的经过。

我自一九五二年自法国巴黎回到台湾，于无意中摸清《九歌》歌主的属性，便一篇一篇写出来。又写了《屈原》那篇传记，想出版，竟找不到一个书局肯接受。一则篇幅太长，成本太贵；二则我对屈赋解释太新颖，无人能解，书出必无销路，哪个肯做亏本生意。

我为筹出版费，写信托人，自台北到南洋，自南洋到欧美，不知费了多少精神气力，毫无结果。一九七三年，王云五先生得到我的请求函，想他介绍此书给商务印书馆，他说商务不肯要，但他在中山学术文化基金委员会有点主权，将我推荐给该会，听说我的《屈赋新探》将分四集出版，便辅助四集出版费共四万元。以一万元印一集当然不够，我就用来专印第一集，《屈原与〈九歌〉》共印精装五百册，平装一千册。

书出托朋友代销，自己则签名送人，倒去了数百本，尚余千数百本运到台北，托广东出版社出售，数年仅售去十余册，余书无处堆放，塞主者床下，受潮腐蚀。后主者病死，书店关门，我书以废纸论斤出卖，我自己仅保存一二本。一九七四年年底，我筹得六万元自费出版《天问正简》，印了一千六百册。除托熟人销售及送人外，余书也运台北托书店销售。运送失落及腐蚀了一大宗。那书店歇业，余书[illegible]二百本，由纯文学书店买去，数年卖不出什么，不能占据书店[illegible]就随便捺给熟人，或当废纸卖了。

[illegible]又编了《楚骚新诂》、《屈赋论丛》二册。前一本论《离骚》、

《九章》、《远游》、《招魂》。屈赋旧传二十五篇，是连《卜居》、《渔父》计算的。近代楚辞学者又怀疑《九歌》是湘江民族宗教祭歌，时代早于屈原百余年，《天问》见解浅陋，文理杂乱，乃后人胡诌出来的。《远游》多与司马相如《大人赋》文句相同，当是相如以后汉人所作。《九章》又被人举起大斧劈落数篇，屈原作品被这样一裱散，存者已寥寥无几。我的屈赋研究，则替屈原保存了二十四篇，比王逸等只少一篇，自诩为三闾功臣。

我原来的宗旨以这廿四篇解释为正编，其有关屈赋论著自成单元者为副编。《屈赋论丛》便是副编。

这两本书虽编成，没个出版社肯予接受，我自己又再无力印行。幸“国立编译馆”表示愿代印，惟版权须归它。遂以九万元代价，将二书版权卖去，一九八〇年底两书都印出了。我本想书的封面照前二书形式，并各加“屈赋新探”四字，该馆不肯。既售版权，主权在人，惟有作罢。

我的著作，无论文艺性的也罢，学术性的也罢，销路总是欠佳，“国馆”收购我那两册，本是蚀本生意。忽忽廿余年，大陆及海外忽来函索此四书。全部重印无此财力，况后二册已售版权，不能重印。乃由文津出版社用照相翻印前二本，即《屈原与〈九歌〉》、《天问正简》，再向“国立编译馆”购买《楚骚新诂》、《屈赋论丛》各一百册，凑成全套，以应急需。后二册的封面与前二册不一样，就是这个原因。

苏雪林

一九九二年四月于古都春晖山馆

目 录

第一编 《离骚》

第二编 《九章》

第三编 《远游》

第四编 《招魂》

自 序

这是我《屈赋新探》第三集。第一集《屈原与九歌》，第二集《天问正简》都已出版。屈原主要作品《离骚》以及《九章》、《远游》、《招魂》，则收于本集之内。

本集题名颇难决定，题为《〈离骚〉、〈九章〉、〈远游〉、〈招魂疏证〉》太嫌冗累，题为《〈离骚〉及其他新解》也欠简洁，再三斟酌，始定为《楚骚新诂》。或将以为这个书名不甚妥帖，则我将告诉他，我是有根据的，根据便是刘勰《文心雕龙》“辨骚篇”和《昭明文选》的骚部。刘彦和在“辨骚篇”中，以“同乎风雅”四字评论过《离骚》后，又有“康回倾地，夷羿骅日”，说的是《天问》；“木夫九首，土伯三目”，说的是《招魂》；“依彭咸之遗则，从子胥以自适”，说的是《九章》；“士女杂坐，乱而不分，娱酒不废，沉酣日夜”，又提到《招魂》了。又说：“故《骚》经、《九章》，朗丽以哀志；《九歌》、《九辩》，绮靡以伤情；《远游》、《天问》，环诡而慧巧；《招魂》、《招隐》，耀艳而深华；《卜居》标放言之致，《渔父》寄独往之才，故能气往铄古，辞来切今，惊采绝艳，难与并能矣。”这可见彦和是将屈原全部作品甚至不管是宋玉、景差的，也不管是淮南小山的，凡后世所称为“楚辞”也者，一概以“骚”之一字括之。《昭明文选》骚部上下，收屈原《离骚》、《九歌》、《九章》、《卜居》、《渔父》；宋玉《九辩》、《招魂》；刘安《招隐士》，可见六朝时代，凡楚辞一类文字，概以“骚”名。“骚”，就是屈原作品的代名词，也就是“楚辞”的代名词。我这本集中，本来收有《离骚》一篇，以为全书之名，当然没有什么不可以。

现在所要谈的是屈原作品篇数问题。《汉书·艺文志》说存有二十五篇。王逸撰《章句》，再三计算，多出一篇，只好将《招魂》著作权归之宋玉。以后楚辞注家，一体遵循，不敢违背。惟明代黄文焕，清代林云铭于王逸处置《招魂》之事，稍有异议，但也并未发生什么作用。

近代学者对屈原作品多寡问题才发生许多意见。民国十年，胡适写了篇《读楚辞》，这不过是一个小型座谈会的演说稿，也是篇急就章，但以胡氏在当时学术界地位之高及声名之盛，引起的影响却非常之大。胡氏连屈原的存在都不承认，说他仅是个像黄帝、周公箭垛式人物。就说有吧，也不过是当时楚廷一位文人词客。《九歌》是湘江民族宗教祭歌，和屈原毫无关系，《天问》全无文学价值，是后人杂凑起来的，《远游》是《离骚》的模仿品，只有《离骚》和《九章》，可以勉强属之屈原，而《九章》也仅有一部分是真品，其他则是模仿的假货。此后数年间，陆侃如出版《屈原》，游国恩出版《楚辞概论》，陆氏承认屈原著作为十一篇，即《离骚》、《天问》和《九章》。游氏将《招魂》归之屈作，比陆氏多一篇，即十二篇。《九歌》既认为较古的湘江民族祭歌，皆置不论。比陆、游更晚的楚辞家，承认的屈作或多或少，而宣告《九歌》与屈原脱离关系则态度一致。

旧派楚辞学者当然惟王逸是从。刘永济却较为特出。他萃一生精力所撰的《屈赋通笺》，所论列的是《离骚》、《天问》、《九章》，而《九章》又仅承认《惜诵》、《涉江》、《哀郢》、《抽思》、《怀沙》五篇为屈作；《思美人》、《橘颂》、《惜往日》、《悲回风》四篇则为伪托。出人意表者，他竟把千古以来大家认为宋玉作的《九辩》，属之屈原。他当然有他的意见和解说，但理由薄弱，没有采信的价值。

笔者本人所承认的屈原作品是《九歌》十一篇，《天问》一篇，《离骚》一篇，《九章》九篇，《远游》一篇，《招魂》一篇，合计共为二十四篇，比之《汉书·艺文志》仅少一篇，比之近代各楚辞研究者则多出一倍以上。

我所以相信这二十四篇出于屈原手笔者，是以内容为根据。这种内容除了我们的三闾大夫，别人不但写不出，而且还不能了解。既如此，请问如何可以冒充？如何可以伪托？这种内容就是我所谓的域外文化分子。

这种域外文化曾两度传入中华，一度在夏商前，战国中叶，即屈原时代又复大量涌入。屈原使齐数年，曾与域外来华学者相交游，所获知识非常丰富，就完全表现在他作品里。《九歌》歌主是普世诸神的本源，《天问》是域外文化知识的总汇，我在《屈赋新探》前两集已解说得相当清晰了。这种域外文化知识，战国时人就说不算常识，至少都能了解它几分之几。秦灭以后，又经刘项六七年的大战，大家都忙于休养生息，谁还注意文化事业？而且秦朝挟书之禁，直到汉景帝时始得解除，上距那域外文化极盛时期已差不多三百年了，三百年在我们人类历史上来说也算是一段相当长的时间。这些文化的痕迹变得黯淡而终于模糊，甚至可说已趋消灭。是以西汉末期渊博的学者如刘向、扬雄对《天问》竟说不能尽悉。东汉王逸始作《楚辞章句》。这位先生头脑本来固陋，又处于东汉经术潮流大盛时代，他注屈赋，始终在屈原与楚怀王君臣遇合的关系上兜圈子，遇着他不能解说的问题，便搬出什么道德呀，礼法呀，来作象征的说法。真像胡适先生所说：王逸把屈赋完全酸化了，使屈赋成了一部忠臣教科书。二千年来，所有楚辞注家都跳不出王逸的窠臼。差不多都成了王逸的应声虫，效颦者。这不是王逸的魅力大，他是第一个注楚辞的人，总要占点便宜，而且大家对屈原作品的意义，本来没有一个人能摸得清楚，除了向这位王校书郎学邯郸之步，又有何法呢？

幸而近一个世纪以来，西洋文化的潮流，又冲入中国；连带地，西亚、埃及、希腊、印度的古代文化也开始为我们所知。可惜是零碎杂乱，各自为政，若能将这些古文化分子综合起来，使成整个系统，用来解释屈赋，这团乱丝便可以抽出头绪，而屈赋的内容便可轩豁呈露。十余年来，笔者便做着这个工作。这个工作不仅使屈赋内容获得明白正确的解释，而且知道世界几支古文化都同出一源，中国文化也属于世界的一支，并且知道中国文化是个编织极其精密的因陀罗宝网，任扯一线，全网皆动。而屈原作品则牵一发而动全世界。所以我曾说荷马、韦琪尔、但丁、弥尔顿虽然伟大，其时代都已过去，我们的屈原时代则方兴未艾，将放大光明于将来。我们中国有屈原这位辞人，是否光荣之极？

关于屈赋里的域外文化分子，在我前两集既已叙述得异常详细，本集里的《离骚》、《远游》、《九章》、《招魂》，所有这种文化分子也都见于前两集，想再叙述，不但我有词穷之苦，恐读者亦将以重复为嫌。在本集里，我将提出另一重大问题，也就是《离骚》和《远游》的中心问题，那便是“西海”。

全世界的宗教都信死后灵魂不灭，而灵魂又以升天与上帝同在为最大满足。像《诗·大雅·文王》“文王在上，于昭于天”；“文王陟降，在帝左右”。《下武》：“三后在天。”秦穆公昏睡七日而醒，告公孙友与子舆曰：“我之帝所甚乐，帝告我：晋国将大乱，五世不安，其后将覇”；赵简子也昏睡了七日，寤，语大夫曰：“我之帝所，与百神游于钧天，广乐九奏，万舞，不类三代之乐，其声动人心……”以下是上帝所告关于晋国国运的预言，与秦穆公所梦闻者略同。见《史记·赵世家》。中国自古代到春秋时代的人思想大都类此，到了战国中叶，忽然起了绝大变化，最后的归宿不在天上，而在西海了。《离骚》、《远游》两篇大文，所告诉我们的便是这种情况。

在《离骚》里，屈原到了昆仑，上了悬圃，天庭已是在望，无奈把守天门的帝阍不肯为他开门，他只好下来在昆仑四周转了一通，求婚神女，又一一碰壁，乃听巫咸劝告，掉转路线，远赴西海。上了一座高山，回望故国，仆悲马怀，不能再进，乃投身海中，从彭咸之游。

及屈原写远游，则先请教仙人如王乔者以成仙之诀，餐六气，饮沆瀣，又濯发汤谷，晞身九阳，吸飞泉之微液，怀琬琰之英华，于是“玉色頩以脕颜，精醇粹而始壮，质销铄以汋约，神要眇以淫放”，变成仙体，至少也是半仙之体。再上天庭，帝阍虽仍满怀不乐，却不敢再事留难，为他大开阊阖，任他进入帝宫了。可是他在“清都”“太仪”仅逗留了一下，观光观光，仍然下降到大地东北的于微闾山。奇怪呀，奇怪！既然费了那么多的事，入了天庭，为什么不留下呢？可是，他不肯留，他有更远大的目标，便是赴西海。这可见西海之值得追求，更在天庭之上。

中国古籍及屈赋之所谓西海，便是我再三解说过的海外三角仙洲。所谓海，并不是我们大地的海洋，而是那个环抱大地的大瀛海，仙洲便是大瀛海西的三角仙洲。

这个三角仙洲的传说也像昆仑山一样遍及全世界。我们所知道的最早是西亚吉尔曷姆士史诗，西亚并有一幅泥版地图，今尚存于世。希腊神话称之为大西洋阿特腊士之国，稍晚荷马史诗称之为西海福田，比荷马晚者有西海幸福岛、西海福地等传说；埃及则为奥赛里士乐园；印度则为西方极乐世界，皆见于我的《离骚》“路不周以左转，指西海以为期”二句的疏解。

这个三角洲传入我国不知何时，大概以前仅有零星片段，战国中叶始与大量域外文化一同狂涌进来。因说该处是神仙聚居，不死药所在地，遂使一世人心歆动，造成一股追求的热潮。笔者在《天问正简》自序中对此事固已曾再三论列，不过那是侧面的介绍，这次才算正面的叙述。

我们都知道“神”与“仙”大有分别。神是精灵之体，而仙则带着肉身。这类仙者或生来即是；或经过长时期的服食修炼，变得同神一样。这类人当时似乎叫做“真人”。道家谓真人为得天地之道者(见《文子》)，又说和大圣同义（见成玄英《释庄子》关尹老子条)。其实真人应照字面来说。真人者具有人的躯壳而又变成精美的神体，这样才算把人的优点发挥到了极限，才能算是个真实的人之谓。请看《史记·秦始皇本纪》，方士卢生云：“真人者，入水不濡，入火不爇，陵云气，与天地久长。”再看较早的《庄子》：“古之真人，知者不得说，美人不得滥，盗人不得劫，伏羲黄帝不得友；其神经乎大山而无介，入乎深渊而不濡，充满大地。”《田子方》：“古之真人；登高不栗，入水不濡，入火不爇。”《大宗师》：“至人神矣。大泽焚而不能爇，河汉冱而不能寒，疾雷破山，风振海而不能惊。乘云气，骑日月，而游乎四海之外。生死无变乎已。”《齐物论》：“藐姑射之山有神人居焉。肌肤若冰雪，淖约若处子，不食五谷，吸风饮露，乘云气，而游乎四海之外。”《逍遥游》可见“真人”与“至人”、“神人”同，都是所谓“仙人”。廖平谓真人即化人，见《列子》。(释楚辞真字)

我觉得普世古代所言神庭诸神，并非死后变成，却是不经修炼，生来的仙体。最显明的是希腊奥灵辟司那些神仙，他们喜怒哀乐的情感与人同，饮食男女的欲望与人同，生男育女的作为与人同，只是神通广大，变化无端，而且都有着永恒不死的生命，即使他们中间有的想自杀，也硬是死不掉。西洋有个 Immortal 的词汇，即“不死者”。在基督立场而言，此字系指那些异教神祇，希腊诸神亦在其内。我国“真人”一词疑由此字译来，今西洋人译中国仙人也用这个字，颇有道理。

希腊群神在奥灵辟司山上终日大排筵宴，吃的是一种叫做 Ambrosia 的食品，喝的是一种叫做 Nectar 的仙浆。据说吃了 Ambrosia 可以永生，想即传入我国的“不死药”，但这种食品想亦非策源希腊，或者来自那世界文化摇篮的两河流域吧？

我们人类天性对自己这具臭皮囊，总是眷恋难舍，想来死后升天，又何如肉身成圣？自古以来，人们喜爱神仙，胜于神祇。就像稗官小说家言如封神传者，也以成仙为上，成神为下，也就难怪战国时人，宁可不进天庭而要远赴西海了。

凡身居高位掌握权势之人，世间富贵，享受已足，懒再追求，只希望有个不死的生命，进入神仙的境界；即无缘成仙而能得长生，永久享乐下去，又何尝不美？既说三神山在海外，也就在我们这个大地上，派人去寻找，找着了，向神仙讨点不死药，不就行了。所以齐威、燕昭、秦皇、汉武、童男童女，珍宝百物，旌旆连云，楼船横海，屡作大规模的求仙运动，是不足为怪的。我们万勿信后世陋儒之说，以为三神山的神话是方士们凭空捏造出来的；也万勿讥笑这些帝王的愚蠢。这是一股万马奔腾，掀天卷地的时代洪流，谁又抵抗得住？即使今日的你我，若处他们的地位，求免于这个诱惑，恐也戛戛乎难哉！

屈原生当战国中叶，这个西海仙洲的神话，正火辣辣、闹哄哄地在人们中间传说着；他使齐时也许亲见在位君主派遣人使出海寻求过，他对这个仙洲的存在，当然是相信的。假使他能去，又何尝不想？可惜出海求仙不是一件简单的事，道路既那么地穹远，路上艰难险阻又那么多，并且尚须准备贵重的礼品，安排盛大的仪仗（见

《离骚》、《远游》及《史记·始皇本纪》,《淮南王传》等),像他这样一个区区谪宦之身,能办得到吗?无可奈何,只有寄意于幻想,托心于翰墨,撰写《离骚》、《远游》两篇沉博绝丽,光芒万丈的大文,慰情聊胜而已。

《离骚》升天庭、赴西海都未成功,《远游》则补足了这个缺憾,他想观光帝都,如愿以偿了。想赴西海仙洲,沿着大地,东西南北,绕了一个大圈,也算抵达了。他应该税驾这个乐土,与诸仙人玉女,盘桓、游宴、嬉戏,“左挹浮丘袖,右拍洪崖肩”,“灵妃顾我笑”,“姮娥扬妙音”,享受着无穷尽的逍遥快乐岁月,岂不大慰生平之愿?可是我认为奇怪的事又来了,我们的辞人身到天庭,尚进去游览了一下,对于他这个朝思暮想的西海仙洲,竟来个“过门不入”而一举飞到九霄以上,观赏起那太空光景来了。他这时候好像变成了一个宇宙巨人,在高空里所做的事是“经营四荒,周流六漠,上至列缺,降望大壑”,对于那仙洲呢,也俯视了一下,他所描写的景象是:

下峥嵘而无地,
上寥廓而无天,
视倏忽而无见,
听惝怳而无闻。

仙洲只是这样一种情况,岂不煞风景之至!

不过我们辞人采用这种写法是有他道理的。什么道理呢?其一,西海仙洲的天地日月本来不是我们这世界的天地日月;何况自古以来都说三神山是“在水下”,既在水下,又如何能见?其二,仙洲的种种,实在难写,勉强写,也一定吃力不讨好。我们古人所传仙洲景况也不过“金银为宫阙,其禽兽色皆白,诸仙人及不死药皆在焉”(《史记·秦始皇本纪》)。“安期之枣大如瓜”(《史记·封禅书》栾大对汉武所说),“其使者铜色而龙形,光上照天”(《史记·淮南王传》)。其他如西亚、埃及、希腊,写西海福田、幸福岛、快乐岛所有各种乐趣,当时固足醉人,今日文明进步,物质发达,就觉得不过尔尔。只有印度人的西方极乐世界差强人意，那只是印度人这个传说，完成较晚，历代不断地踵事增华，后来居上的缘故。

自来写地狱变相易，写天国福乐难。天国的万福、万善、万美，倘使人类的想像所能到，人类的口舌笔墨所能描绘，其好处也就有限。但丁《神曲》，天堂就不及他的地狱和炼狱。印度人究竟聪明，他们的三十三天是欲界十天，色界十八天，无色界四天（佛经所谓色，决非女色，也非颜色，而是指有形象的具体物而言）。他们写色界诸天的乐趣，多采多姿，妙趣横溢，对更高几层的无色界，就不多写（其实没法写），留给你以有余不尽之思。现在屈原《远游》的西海仙洲，好像也采取无色界的写法，也留给你许多有余不尽之思。

再者，《远游》这四句歌辞，叙述的固是仙洲，也可说是一般太空景象。太空黝黑一片，没有光线，当然视倏忽而无见，没有足以传播声浪的空气，当然听惝怳而无闻，但这冲漠无朕，悠邈无极的空间却暗示着宇宙法则的森严，深蕴着洪钧默运的奥妙，今日的我们读之，尚感觉有一种说不出震慑心魂的力量，使你全身神经为之颤栗。这和《淮南·道应训》卢敖所遇北海仙人所言太空景象，非常相似。难道二千数百年前，竟然有人作过太空之旅吗？不然，屈原何以能说出这番话来呢？没法相信！没法解说！

《远游》最后数句“超无为以至清兮，与泰初而为邻”，所谓泰初，就是泰一。这是我们道家所常言的，也是举世古今人们所想像的万有本源；所希冀的最后归宿；所认为的最后境界。是无限的无限，是无穷的无穷。屈原这个宇宙巨人与泰初泯合以后，真可谓“囊括大块，与溟涬同科”，得大解脱，得大安息，得大自在，得大悦乐，不但一生忧患尽付遗忘，国际纷争，不萦怀抱，就是“抚顶弄盘古，推车转天轮”，也嫌其儿戏；“后天而老凋三光”，也无须企羡。到了这个境界，清都紫府，固不足流连，金银宫阙、群仙聚居处的西海仙洲，也只有望望焉去之了。

《离骚》文章之美，自来脍炙人口，佳评如潮，笔者于《〈离骚疏证〉》后所附的代跋，有一大段关于《离骚》艺术优点的评价，自以为尚属中肯之谈。至于《远游》，在我疏证里，也曾经说：“这篇文章，结构之谨严，变化之繁复，不如《离骚》，其辞采之瑰丽，气魄之雄伟，局面之阔大，则是与《离骚》并驾齐驱。可说是中国旧韵文界两篇空前绝后的奇文、大文。”再者，我对《远游》虽没有作为提要的代跋，在这篇自序里却费了差不多四千字的篇幅来谈它，我也算对得起这篇大块文章了！

我觉得评论文章，总要先把那篇文章读懂了才行，否则说的话就像雾里看花，隔靴搔痒。不幸千古以来，笺注屈赋者不可以屈指数，从来就没有一个人能将屈赋内容完全弄清楚的。《离骚》前半篇，三闾大夫用无数香花香草来象征他自己的学业、德行、事功及遭谗受诬，被疏被贬诸事，读者尚可了解。后半篇进入神话境界，便茫然坠入五里雾，再也摸寻不着出路了。昆仑在哪里？不知。天津、西极、流沙、赤水、不周山，在哪里？不知。仅能用《山海经》、《淮南子》一类书来敷衍，其实他们对山经地理本来不懂，都附会为在中国境内。至于西海，更说不出所以。这样读《离骚》，《离骚》还有什么意义可言吗？《远游》无西海明文，但我们知道三闾远征，原也想到这个比天庭更吸引人心的仙境去的。临时变卦，直升高空而与泰初结邻，那是一个意外的举措，但却是我们辞人有意安排的结局。

谁又知道这个西海便是古代举世眩惑颠倒，一心向往的海外三角仙洲；无数传说的渲染，无数文学艺术讴歌赞叹的海外三角仙洲；也是我国齐威、燕昭、秦皇、汉武不惜倾尽人力物力，想去寻找的海外三神山。这么一来，屈原作品，不但联结了中国历史，也贯通了古代域外全盘文化，请问它的关系大也不大？

因为“西海”的关系实在太大了，笔者在《〈离骚〉疏证》不周山与西海条，费了万言笔墨，仔细叙述。这是从前那些楚辞笺注家从来不知道的，也是我们中国人从来不知道的。我的话自认是一端非常重大的发现，希望读者万勿掉以轻心，不加注意。

关于《离骚》、《远游》的话头，暂且打住，请论《九章》。

《离骚》是屈原的韵文自传，《九章》则为补充资料。《九章》里，只有《涉江》开端几节文字和《悲回风》中间几节文字带点神话色彩，其余都是属于人间世的。我们的屈大夫原是个美文家，《离骚》、《远游》用的是美文体，《九章》文体也美，但和前二篇相比，就是写实主义的作品了。屈原在《离骚》里自叙的全部身世，倘没有《九章》为之诠释，补注，我们想明了就非常困难。可笑以前那些楚辞注家无法弄通《九歌》、《天问》、《离骚》、《远游》，也还罢了。连这几篇写实主义的文章前后次序也颠三倒四，搞得一团糟。自王逸直到近代，那些楚辞研究者，你一个意见，他一种说法。屈原第一次放逐湘西的作品，他们可以提升到第一次汉北时代；放逐汉北时代的，又可以下降到湘西。《橘颂》有几句“年少”、“幼志”，又硬派是屈原少作。《怀沙》分明是投渊绝笔，又强排在《惜往日》之前。《九章》本是一个整套歌辞，许多人却说这九篇文章乃屈原两次谪贬中所写，并无连贯性，这个“九章”二字总题，是后人加的。有人想入非非，将《哀郢》“陵阳”，强颠倒之为“阳陵”，说是顷襄时代阳陵侯庄辛所作，与屈原无干。更有人忍心害理，举起大斧，一下子将《九章》劈去了四篇。我们的屈大夫一生命运坎坷，身后几篇文章，也会遭遇这么多的魔劫，未免太叫人扼腕！要知道一个文人的写作，必须受年龄、环境的支配。年龄有老少之差异，环境有顺逆之不同，他的感情、兴趣、思想，也随之而变化。一篇文章就是某时某地作家全部心境的反映。《九章》顺序，若排得不对，屈原生命史的步骤也就随之错乱，我们又怎能体会他文章的好处呢？

笔者所排《九章》顺序，已见本集《〈九章〉总论》，此处则择其未言者言之，无非是想读者印象更加明晰。我主张《惜诵》、《抽思》、《思美人》三篇是屈原初放汉北时所作。计算他那时的年龄不过三十几岁，春秋鼎盛，情感炽热，以贵族重臣之身，忽遭贬黜，放逐于那文化落后之地，极不习惯，加之他之被黜，是遭了极大的冤诬。所以表现于作品的情绪，是郁勃、愤懑、焦躁、紧张，有坐卧难安之势。既极口呼天吁神以讼冤(《惜诵》)，又屡欲上书楚王以申诉(《抽思》)，每夜做梦，皆是返郢，有一次实忍耐不住，竟向郢都方向狂走，闹了个“车祸”，车覆马颠，幸未殒命(《思美人》)。若非是一个血气过旺、冲动力强的壮年人，是不会有这种卤莽举动的吧？

《涉江》是再放湘西所作。那时屈原已有五十几岁了，感情已较为冷静，心境也较为和平了，不过九年远谪，复召无望，且国事日非，危亡难免，表现于文章者是沉哀而非狂激。

《涉江》叙再谪旅程，极其明白。惟“鄂渚”一词，却引起许多楚辞家的聚讼。鄂渚即今湖北省的省会武昌，郢都则在今湖北的江陵。自郢都赴湘西，可自江陵出公安、石首以上辰谿之道，何必竟沿长江东行，远远到武昌，绕这么个大弯？笔者在此作一假设，屈原当时或奉朝命到东部办一件什么事，才到鄂渚，忽奉再谪湘西之命，他只好回头了。“乘鄂渚而反顾兮”，“反顾”二字何等清楚？长江由江陵到岳阳，江水是由北而南下行，由岳阳到武昌，江水又由南而北上行，“乘”者上行也，言赴鄂渚必须沿江而上也。

屈原既由鄂渚折回，赴湘西贬所，初遵陆路，故有“步余马兮山皋，邸余车兮方林”二句。继遵水路，故有“乘舲船余上沅兮，齐吴榜以击汰”四句，过枉渚，宿辰阳，乃抵溆浦贬所。其荒凉僻远，蛮野简陋的风土，俨似今日非洲最落后的部落。屈原被贬于此，一住九年，精神物质两方面的痛苦，可想而知。

《涉江》以下六篇，皆再放湘西时所作。

《橘颂》大概是初到湘西时作。文章开始论橘树，忽然说许多奇怪的话，把一般楚辞注家搞得昏头昏脑。橘树居然“年岁虽少，可师长兮”；又居然“行比伯夷”、“德参天地”，大家对这怪理，百端曲解始终解不圆。若知这篇奇文一半说橘，一半说人，不就容易懂了吗？可惜当时人著书没有自己加注的习惯，假如屈大夫于此文末自注一笔道：“此赠吾小友者也。吾友名橘。”那就不会给我们留下这个闷葫芦了。

《哀郢》这一篇非常重要，既记载严重的国难，兼叙述自己的家事。就是顷襄廿一年，郢都被秦将白起攻破；他于未破前，自湘西贬所潜返都中，护送眷属沿江东下，再回贬所诸事。偏偏有楚辞注家如刘永济者采取戴震之说，把此篇年月提早为顷襄元年，事则为秦出兵由武关攻楚，取析十五城而去的那场战役。按《史记·楚世家集解》言析县在弘农。《正义》引《括地志》“邓州内乡县城本楚析邑”；弘农在河南灵宝县南，距郢都甚远，人民离散相失，仲春东迁，屈原又何从看见？况此文“仲春东迁”，明明是指顷襄廿一年迁都于陈，王夫之说甚是。强指为析十五城战役时，是缺乏地理常识者所说的话。至安眷之说，是笔者所推断的，以前从无人说过。一个人除了本身之外，最重要的就是妻儿等眷属。任何事物可以抛弃，眷属不能抛弃。屈原在湘西贬所为什么要潜回郢都？我想一定是为了抢救眷属的要事。为什么要沿江东下，直至今日皖境的陵阳？也一定是为想将眷属安顿于比较安全的地带。

或者将谓屈原并非出家修道之人，有眷属是意中事，但谪宦亦可携眷，他何以不带家小共赴湘西？我则以为他初贬汉北，也许曾带了眷属，再贬湘西，那地方这样荒凉简陋，非人所居，不忍眷属共去吃苦，留之郢都，于事理并不违背。况《涉江》篇说奉命东行，勾当公事，行至鄂渚，突闻贬辰溆之命，回头就走，直至贬区，并未返郢，当然不能携眷。

此文也有若干地名，如郢都、龙门、夏首、夏浦、陵阳，都是郢都向东走的路线。有些楚辞注家遂说屈原再贬是在江南的陵阳，其入湘西是他自由的行动。不知屈原自由行动为什么偏偏选择湘西这个极苦的区域，并且一住竟至九年？

屈原自陵阳安眷复返湘西贬所，大概自知生命已近终局，写《惜往日》,《悲回风》两篇。以时间论:《惜》篇在前,《风》篇在后。

《惜往日》是一篇比《哀郢》更重要的文章，是屈原一生不幸遭遇及死亡的关键。这篇是回想自己在怀王时代，做着左徒的大官，王与他共商修宪、变法，备受信任与重用之事。“奉先功以照下，明法度之嫌疑”说的是修宪。“国富强而法立，属贞臣而日娭”说的是变法。屈原之得罪见疏，及至被黜，并非由于上官的夺稿，实由于群小冤诬他泄漏了国家的机密，楚王大怒，遂将他黜贬了，其实是冤屈的，“心纯庞而不泄兮，遭谗人而嫉之。君含怒以待臣兮，不清澈其然否”，“不参验以考实兮，远迁臣而弗思”这几句说得还不明白吗？

屈原既不能见用于楚，何尝不可到别国求发展？在《离骚》里灵氛劝他“思九州之博大兮，岂惟是其有女？曰勉远逝而无狐疑兮，孰求美而释汝?”屈原也自叹“欲远集而无所止”。战国仕宦朝秦暮楚，相当自由，人格并无所损，君主也不干涉，不过《惜诵》里有几句歌辞却值得注意，就是："欲儃佪以干际兮，恐重患而离尤，欲高飞而远集兮，君罔谓女何之？"所谓"际"，就是际会、机运。"干际"是说想捉住一个可求发展的机会。"高飞远集"，当然是到别国图功名了。可是君主就板起脸孔问："你想去哪儿？"前面已说君主对臣子别仕他国之事，不能干涉，现在何以居然这样问（实际上亦未问，不过怕他这样问而已），个中便有文章了。屈原是以前曾与楚王共商修宪变法的人，宪法须公布，无所谓秘密，变法则军政方面的机密必甚多。像他这样一个曾侍帷幄参与密勿的臣子，怎可放他到别国去？现世对怀有国家机密的人，尚须管制，何况古代？楚王初放屈原于汉北，再放之于湘西，都是交通不便，难与外界按触的地方，恐怕是为了这个原因吧？这是笔者从"秘密载心，纯庞不泄"及"欲高飞而远集兮，君罔谓女何之？"悟出来的。若说得对了，也算我于屈赋又获得的一端发现。我以为"罔谓"的"罔"下得真绝，是一个字胜千百字的字法。罔者，虚而不实之谓，转为冤诬，就是君主用冤诬人的口气问。冤诬些什么呢？就是君主好像要说他想把国家利益去别国交换自身的仕进之路。

《九章》里屈原呼冤的字样甚多。他罹罚之重和精神痛苦之酷烈，想都和这件重大冤狱有关。

《悲回风》大概作于自陵阳返贬所的秋冬之际。屈原投水自杀以从彭咸之志，怀之已十余年，这个计划，现将使之实现。他在沉哀极痛之中，竟出以游戏之笔：写自己投水后，灵魂的情况是如何如何；尸体的情况又如何如何。这是一篇绝世奇文，千古以来，仅得一见。偏偏那些有眼无珠的楚辞注家，批评它"颠倒重复，倔强疎卤"，更有人指为伪托而摒之于《九章》之外，那真要教人气煞！恨煞！

《怀沙》是《九章》最后一篇。即顷襄廿二年，秦自蜀出兵，攻取巫黔，采取大包围形势。屈原自湘西贬所至长沙，大概在长沙民家停留了一些日子，又回头向北，到汨罗江，五月五日，即投江自杀。

《九章》虽系两次贬逐中所写，但屈原死前料想曾加以安排，是以九篇等于一个整篇。我们的辞人，久已认清了自己的价值，预料自己的姓名必将永留青史和国人的忆域，所以在这九篇歌辞中将自己全部生活史，点滴无遗地表出。地名和年月并记载綦详，方向字东南西北，也指示得明明白白。若非“有鸟自南，来集汉北”，谁又知他初放是在汉水之北？若非他自叙至“北姑”一宿，谁又知道他因不耐而作过小小旅行？若非他说“望北山而流涕”，谁又知他怀念郢都之烈？再放如涉江，江即长江，“鄂渚”即今武昌，他如“方林”、“沅水”、“枉渚”、“辰阳”、“溆浦”今皆可考。哀郢的郢，是楚的国都。“龙门”、“夏口”、“夏浦”是从郢都出发，沿夏水入大江。“陵阳”则为他此行的终点。《怀沙》“浩浩沅湘，分流汨兮”指明了汨罗江。至于时令，汉北的季节，春夏秋冬都提到，大概有数年之久。再放湘西，时令是秋冬之际，故《涉江》有“欸秋冬之绪风”语。顷襄东迁陈城正当二月，故《哀郢》有“方仲春而东迁”语。投渊自杀是五月五日，故《怀沙》有“滔滔孟夏，草木莽莽”语。顷襄东迁，是关系楚国兴亡的大事，投汨罗是屈原自己生命结束的大事。一时令，一地点，皆用特笔，是何等分明的“文眼”，何等有力的“史笔”。人称杜工部为诗史，不知这个最早的头衔应该归之于我们的三闾大夫。

《九章》既是一个整体，少一篇，屈原的生活史就不能完整了；次序排错，他一生经历也随之混乱了；解释欠明，他一生血泪生涯的感动力也要大打折扣了。一定要照上述顺序编排，这九篇文章才能脉络贯通，真气流注。一定要神游千载以上，设身处地为各篇疏解，这部大交响曲，才能铿锵顿挫，奏出和谐的妙音。

我们读《九章》，觉得这位挥斥风云，纵横六合的宇宙巨人，突然恢复了他凡人的面目，降临到你书斋里，同你面对面地坐着，娓娓地细诉他一生经历。在《离骚》、《远游》里的屈大夫，是个半明半昧、神光离合的影子，在《九章》里的屈大夫才是个謦欬如闻、须眉欲活的真人。这才明白三闾大大采用写实文体来写《九章》的用意。读《九章》，我们再也没法否认屈原这个历史人物的存在。读《九章》，我们认识屈原不仅是古今第一天才，也是古今第一完人。他沟通世界文化之伟大，我们无法形容，只好称之为“天人”。读

《九章》，我们“尚友古人”之乐，再也不能有比这个更深更大的了。

我现在再论《招魂》。王逸拘泥于汉志屈赋廿五篇之数，强把《招魂》归之宋玉。司马迁《屈贾列传》曾说：“余读《离骚》、《天问》、《招魂》、《哀郢》，哀其志。”前面说的是屈原，这个“其”字当然是属于屈原的所有格；何况又与《离骚》、《天问》、《哀郢》这些公认为屈原作品并论。可恨王逸这个楚辞假权威首先作俑，将《招魂》所有著作权派归宋玉，现代楚辞学者更变本加厉，一致排斥此文，大有不屑齿及之概，世间愚而好自用之人，偏是屈赋注家为多。尚有何话可说！

《招魂》是屈原一篇力作。与《离骚》、《天问》、《远游》共列，好像是四根大玉柱，顶起那座金碧辉煌高耸云汉的屈赋殿堂。里面神话典故是屈原才拥有的，各种词汇是屈原所惯用的，敲金戛玉的音节，裔皇典丽的辞采和全篇结构之精严，节数组合之奇诡，与前三篇有异曲同工之妙，别人决不能写其一章一节。怎能说是宋玉的呢？况且此文一开始是“联幼清以廉洁兮，身服义而未沬，主此盛德兮，牵于俗而芜秽。上无所考此盛德兮，长离殃而愁苦”。请问这是屈原的身世和口吻？还是宋玉的身世和口吻？

《招魂》上天下地东南西北招过后，魂入楚国修门，乃历叙宫室之舒适，陈设之富丽，园囿之清幽，花木之茂盛，美人之众多，歌舞之佳妙，饮膳之精美，音乐之动听，博弈杂艺之足娱，欲使魂乐居而勿去。描写的笔法是极工致的，渲染的色彩是随地而异，五光十色，眩人心目的，结构的严谨，虽迷楼千折，移步换形，却是一气呵成的。这种文章最难写，像画中的“工笔”，并且还是楼台亭阁一类“界画”。后世那些“三都”“两京”以写物质文明擅胜场者，皆《招魂》开其先河。

我们现在将屈原作品写作时间推断一下。《九歌》、《天问》当是使齐归来，在朝服官时作。但《天问》最后写定则在湘西贬所，因原文有“伏匿穴处”的话。《离骚》写作时间最长，大概是修宪变法，见疏见黜时即开始起草，以后随时修改，也是直到死前，始成定稿。《远游》既系《离骚》的姊妹篇，写于《离骚》后，大概是再贬湘西九年中所写。《招魂》是郢都残破、护眷东下、安顿陵阳后，再回贬所时作。“魂兮归来哀江南”，江南即长江下流，江之南一带。屈原觉得自己魂魄遗落江南，要招之回来，是以有此作。《哀郢》是护眷东下时途中写的。《惜往日》、《悲回风》，大概是死前数月间所写的。写时是在江南返湘西的冬季。回风摇蕙尚属秋风才动，鸟兽号群，草木不芳，则已入冬；岁忽忽其若颓，则一年将毕。再过数月，入了次年的孟夏，而从彭咸的日期便到了。

屈原在顷襄廿一年的仲春到廿二年的孟夏，一年多的光阴，竟撰写了这么多的篇章，产量可云丰富。一个人决心就死，精神每特别兴奋，创作的能力也特别盛旺，他之如此，生理心理现象均可解释。不过像《招魂》这种极费琢磨雕饰的文章，竟能在此短期内写出，屈大夫之桀桀大才，安得不令人惊叹！拜倒！

笔者在《屈赋新探》第一集言研究屈赋应该准备的资料共有七项。第七项言各家楚辞笺注可采者不妨采取，本集便将这话付之实施。尤其《九章》所引更多。为了这些楚辞注家的名字及其著作，已为人所熟知，我引名字后，书名皆付省略，以免烦琐，横竖将来全书出版，参考书目总要列表附于书后的。

但我读了这些楚辞家的笺注，极感失望。无论古代，无论近代，这些先生们虽竭一生心力，探讨屈赋，从无一人能将屈赋内容弄清楚，已如前述。明清笺注家多偏从文艺价值立论，所论每不出八股家评文的陋习。近代倒有几个旧派注家，或利用文字学，或利用音韵学，或讲究什么联绵字，但缱幽凿险，曲折缭绕，反而钻入牛角尖，转不出来。将本来通顺的，弄成不通顺；本来明白如话的，弄成晦涩艰深，好像射箭，射穿了箭靶，落到不知所在的地方，就等于未中。最多数的人则为那位王逸王校书郎所误。汉代是象征主义盛行的时代，《诗》三百篇被那些冬烘搅得乌烟瘴气，王逸也用这个莫名其妙的方法来笺释楚辞。什么灵氛美人，以媲于君；虙妃佚女，以譬贤臣；虬龙鸾凤，以托君子，飘风云霓，以为小人。后人以为屈赋里的人和物，既系象征化，那么，屈赋里的神仙境界又何尝不可说是象征？我不妨再把“西海”来提一提。王逸不知西海在何处，只好含糊地说了一句“西方海上”，这四个字自东汉到明清，自明清到近代，竟成了一副铁板铸定的型式，都照用不误，谁又肯费点心血去寻求呢？况且屈赋所言既都属象征，西海又何尝不可以象征说之？于是有解为道家修炼之术语者；有解为往求西方圣王者；有解为屈原企图西入秦国求仕者。戴震则以为昆仑西海都是战国时言仙者之诞说，屈原特借此为寓言，不必深求。刘永济亦谓昆仑西海之仙境，多荒远灵异之迹，为人所乐道，屈原不过借以自喻其逝之远而已，非真如方士所言，而后世方士之言，要亦从此等传说缘饰而成。只有姜寅清说西海者，“西方神海也”。究竟是什么样的神海，仍苦于不能详言。又如屈原在汉北遭了个车祸，我读之觉得很有趣，而那些注家一定要和《离骚》“王舆败绩”同观。屈原出外游览，见农家粪壤中茁生鲜花数株，写了“芳泽杂揉，鲜华自茁”二句，不过写其沿途所见，并无他意。注家又拉上君子小人一大篇道理。把一个活生生的三闾大夫，说成了虚无缥缈的影像，你说是不是可惜？

这些楚辞注家对三闾本来佩服得五体投地；对屈赋的爱好，也可说如醉如狂，无奈他们为知识所限，笺证如山，始终未窥见屈赋真面目。屈赋的气象，本来是光明皎洁的，却被他们模模糊糊，蒙上阴霾一片；屈赋的内容，本来是非常丰富的，却被他们搞得空空洞洞，羌无一物；屈赋的分量本来是泰岱比重的，也被他们弄得轻轻飘飘，没甚斤两了。我引用诸家笺证，供为取资者少，借为驳斥者多，并非借此鸣高贡慢，不过遵信他们者仍颇多，趁此机会，澄清一番罢了。平心而论，他们贡献也不少。只有王逸我不大恭维，洪兴祖的路线就正确，其他各家一点一滴，汇集一起，也足供你的取挹。而且没有他们，则学者对屈赋热烈的爱好不能养成，不爱好又从何谈研究？

这些楚辞笺注家之所以不能将屈赋内容发掘出来者，最大原因就是不知域外文化这桩大事，域外文化也可称为世界文化，这是屈赋的基础，也就是屈赋的生命，你不知道，你就永远被屏于夫子门墙之外，窥不见里面的宗庙之美，百官之富。不过我一句老话又来了，关于屈赋里世界文化之发现与时代有关，时代未到，这个宝矿的蕴藏是无从呈露的。

一九六五年六月于古都春晖山馆

第一编 《离骚》

导 论

屈原作品《天问》也算很长的了,《离骚》篇幅之巨更胜《天问》,所以古今不约而同,都认为《离骚》乃是屈原的代表作。历来学者竟以"骚"之一字包括屈原全部作品,如《昭明文选》,特立"骚"部,《文心雕龙》作"辨骚",后世更以"骚人"与"墨客"并称。这是为什么呢?为的《天问》仅是屈原客观的撰述,而《离骚》则为主观的抒情,《天问》虽是屈原一生学术的结晶,而《离骚》则为屈原感情、思想、节操、志愿及一生行迹,整个人格的表现;至其辞采之壮丽,想像之恢宏,格局之特创,声调之激越,使其内容与形式都极其完美,臻于艺术上的最高峰。古今文人学者对于《离骚》无不再三赞叹,争相研讨,并非有所偏爱,也实是这篇伟大作品应得的评价与光荣。

但历来研究《离骚》者虽多,对于它全部的蕴藏,仍未发掘尽致,可见这篇洋洋大文内涵之丰富。现亦仅能将楚辞学者研究的成绩综合比较一下,再附以我个人见解,以与读者共作商榷。

(一)《离骚》命题的意义

我们研究《离骚》,一开头便遇到难关,题目"离骚"二字便不知应该作何解说,古今议论颇多,要而言之,不出以下几派的说法——

第一派主张"离"为"离别","骚"为忧愁。

王逸《楚辞章句》:"离,别也。骚,愁也。"洪兴祖、朱熹,均无异说。

屈复《楚辞新注》引《离骚》"余既不难夫别离兮"一语谓"离为离别，离骚者，离别之忧也"。

戴震《屈赋音义》："离，犹隔也。骚者，动扰有声之谓。盖遭谗放逐，幽忧而有言，故以离骚名篇。"

第二派主张"离"为遭，"骚"为忧。

司马迁《史记·屈原贾生列传》："离骚者犹离忧也。"语气虽不甚明白，但合上文："屈平疾王听之不聪也……故忧愁幽思而作离骚"等语来看，则史公原意乃以"离"为"遭"，故《史记索隐》引应劭曰："离，遭也。骚，忧也。"

班固《离骚赞序》："屈原以忠信见疑，忧愁幽思而作离骚。离，犹遭也。骚，忧也。"

颜师古《汉书·贾谊列传》注："离，遭也。忧动曰骚，遭忧而作此辞。"

第三派主张为楚语，义犹离畔。

项安世《项氏家说》："《国语·楚语》伍举曰："德义不行，则迩者骚离，而远者距违……"楚人之语，自古如此，屈原《离骚》，必是以离畔为忧而赋之。"

王应麟《困学纪闻》："伍举所谓骚离，屈平所谓离骚，皆楚言也。"项、王二氏之说皆梁章钜文选旁证所引。

第四派主张为楚曲之名。

近人游国恩《楚辞概论》："按《大招》云：'楚劳商只。'王逸曰：'曲名也。'按劳商与离骚为双声字。古音劳在宵部，商在阳部，离在歌部，骚在幽部。宵、歌、阳、幽，并以旁纽通转，故劳即离，商即骚，然则劳商与离骚原是一物而异其名……离骚之为楚曲，犹后世'齐讴'、'吴讴'之类。"

以上四派的说法，究竟哪一派比较接近屈原命题原意呢？照我看，第一派望文生义，似乎未足依据。第三派楚语离畔，说颇牵强，《离骚》乃屈原自传，离畔为忧的意思，不能说没有，但在全文命意的百分比中却占极少之数，所以拿伍举的话来附会，是不对的。第四派新颖可喜，不过我要问像《离骚》这样长篇文字，以今日音乐之进步，制谱合乐，尚觉不易，战国时代请问是否可能？况以双声叠韵及音纽来通转一个名词，有时虽便利，有时则甚危险，所以游国恩的话我亦未敢以为然。我以为《离骚》二字的题目，实尚有研究的必要，目前则不如采取司马迁、班固的解释较为妥当。盖“离”本为网罗之类。扬雄《方言》：“罗谓之离。”由实字变为动词，则如《易·小过》：“飞鸟离之”，《诗·卫风·新台》：“鱼网之设，鸿则离之”，《王风·兔爰》：“有兔爰爰，雉离于罗”，《庄子·盗跖篇》：“服其殃，离其患。”此字与“罹”相通，故《说文》注罹字曰：“心忧也，古多通离。”《书·汤诰》：“罹其凶害。”《释文》：“罹作罗。”《诗·王风》：“逢此百罹。”《释文》：“罹本作离。”罹转义为遭。《汉书·文帝纪》：“以罹寒暑之数。”颜师古曰：“离也。”所以“离骚”即是“罹骚”，也即是“遭忧”。况且屈原《九歌·山鬼》：“思公子兮徒离忧”，《九章·思美人》：“独历年而离愍兮”，《怀沙》：“离愍而长鞠”，《离骚》：“进不入以离尤兮”，皆以“离”为“罹”，则于他《离骚》二字的命题何苦一定要作别的解释呢？

（二）《离骚》写作的时代

《离骚》的命题意义还没有交代明白，写作时代的问题又接着来烦扰我们了。原来关于这件事历来聚讼也还很多。《史记·屈原传》原说《离骚》系在上官夺稿，被谗见疏时作，而司马迁《报任安书》则又说：“屈原放逐，乃赋离骚”，这不是史公在那里自相矛盾么？是的，《史记》本非定稿，自相违戾处不少，而《屈原列传》舛漏尤多。后人谓《屈原传》乃史公未完之稿，系褚少孙所补而成者，有舛漏亦自难怪。据《新序·节士篇》、《汉书·贾谊传》、《风俗通·六国篇》，都说屈原放逐乃作《离骚》，我承认是对的。但屈原一生被放逐两次，第一次大约在楚怀王二十四五年间；第二次则为顷襄王十二三年间，《离骚》究竟作于第几次呢？细玩《离骚》全文，应在第一次。这里有许多年龄上的证据，如“老冉冉其将至兮，恐修名之不立”。第一次放逐，屈原年龄为三十四五岁到四十岁之间，我国人自古以来，一到四十岁左右，便以为老年业已开始，故屈原有“将至”语。若第二次放逐则屈原之年龄已在五十余岁以上，口吻便不合了。况巫咸鼓励他到他国去求取功名，亦有“及年岁之未晏兮，时亦犹其未央，恐鹈鴂之先鸣兮，使夫百草为之不芳”，又“及余饰之方壮兮，周流观呼上下”，彼时屈原年方壮盛，不甘废弃，战国时代，朝秦暮楚，乃一般士大夫常事，屈原亦岂能无动于中？不过他忠君爱国之心，出于至性，自己也勉强不得，把这个念头写在文章里用以遣愁散闷则有之，却不肯见诸事实。次则，像《离骚》这种文章，不唯内容深曲，变化无穷，结构上的匠心，更前无古人，后无来者，若无极伟大的气魄，极磅礴的精力，和极充沛的元气，是休想写得成功的。这气魄、这精力、这元气，只有三四十岁的人有，老年便难了，《天问》结构也极精严，《离骚》则尤过之。我曾主张《天问》与《九歌》为屈原使齐返国时作，为其第一期的作品。《离骚》为第一次放逐时作，为其第二期的作品。由其技巧之更臻成熟一点来看，也可以证明此说。而且照《史记》本传竟说《离骚》之作在上官夺稿，怀王怒而疏之之时，近人根据此语竟断定屈原放逐前后共有三次。《史记》本传之不可靠，久有定评，我们为了想回护传文的谬误，而凭空教我们的诗人多受一次放逐之苦，那也是不必的。司马迁《报任安书》仅言“屈原放逐，乃赋《离骚》”，未曾注明在哪朝君王在位时，刘向《新序·节士篇》、《风俗通·六国篇》，则均言《离骚》之作，在怀王朝，这话至少有个根据。(近代多数楚辞学者均主《离骚》作于顷襄王时，缪天华先生独主为第一次，笔者初囿旧说而不信，及细读《离骚》，乃知其有理。)

惟《离骚》对君主的称谓有“灵修”、“哲王”的异称，又有“济沅湘以南征”之语，因舜葬地的苍梧与沅湘较近。游国恩遂一力断为顷襄时代。但就重华陈词可指为幻想，倘必指实，则以下历叙的“悬圃”、“春宫”、“阆风”、“白水”、“昆仑”、“西海”又岂是真境界么？“灵修”指已死怀王，则颇有理由，不过这当是以后所改。

这里还有个“讽谏”问题。历来楚辞学者似均未注意。仅缪天华先生提出(《离骚浅释导言》)。盖《史纪》本传论《离骚》写作之动机，谓“自怨生也”；又言：“屈平，虽放流，眷顾楚国，系心怀王，不忘欲返，冀幸君之一悟，俗之一改也。其存君兴国而欲反覆之，一篇之中，三致意焉，然终无可奈何，故不可以反，卒以见怀王之终不悟也。”又曰：“令尹子兰闻之大怒，卒使上官大夫短屈原于顷襄王，顷襄王怒而迁之。”缪先生称此为中国最早的文字狱，这话真可谓独具炯眼，令人佩服。但《离骚》后半篇求婚神女，遨游仙境，其“逝将去女，适彼乐土”的意义，又相当的明显。虽战国士大夫择贤而仕，有很大的自由，但以与国同休戚的宗臣而为此言，似亦太过；况这话传到国君耳中，只有令他更为羞怒，于讽谏的原意，实甚违背，屈原乃智者，何致出此？班固《离骚赞序》云：“是时周室已灭，七国并争，屈原痛君不明，信用群小，国将危亡，忠诚之情怀，不能已，故作《离骚》，上陈尧舜禹汤文王之法，下言羿浇桀纣之失，以风怀王。”这些话均见《离骚》前半篇。我所以又怀疑屈原第一次被谪时《离骚》只有三分之二，还有三分之一是后来陆续补成的，或将原稿文字自加改窜的，并且我还要武断一句：《离骚》直到他汨罗自杀前始成定本。屈原何年始自杀，史无明文，历代学者也未能考出。陆侃如谓其死于顷襄王九年（公元前二九〇左右），享寿五十四。游国恩于其《楚辞概论》中谓其死于顷襄王十四年（公元前二八五），享寿五十九。后又于所著《屈原》谓其死于顷襄王二十二年（公元前二二七）。盖顷襄王二十一年，秦将白起攻破楚之郢都，烧夷陵，顷襄仓惶迁都于陈，屈原《哀郢》即作于此时。第二年秦兵又大至，攻拔楚国的巫郡，情势非常险恶，一个放逐孤臣又有做敌国俘虏的危险，乃由沅水下湖湘，至长沙的汨罗江自投于水而死。笔者也认此说比较地有理由。（不过游氏谓屈原死时寿已六十七，则不以为然。）屈原《九章·思美人》：“独茕茕而南行兮，思彭咸之故也”；《惜往日》：“临沅湘之玄渊兮，遂自忍而沉流；”《悲回风》：“夫何彭咸之造思兮，暨志介而不忘”；“凌大波而流风兮，托彭咸之所居”，这些歌辞皆其临死数月前所作，故“彭咸”“沉渊”络绎笔底。但《离骚》后半篇居然也有：“伏清白以死直兮，固先圣之所厚”，“既莫足与为美政兮，吾将从彭咸之所居”，这些话说他第一次放逐时所说，则政治上稍遇挫折，便忿恚怨怼，而至于想自杀，我们诗人心胸即云隘狭，也万不至如是；说他是在第二次放逐时所说，也还嫌其过早，故笔者认为这是他自杀前补作或改易插进去的。这几句话与《惜往日》、《悲回风》的时间很接近，甚至可以说是同时。因为《离骚》乃屈原一篇韵文的自传，自诞生至于老死，一生行事，灿如列眉，屈原决不惮再三修改，随时增进新的材料，使其益臻完美。本来伟大作品决非短时期所能成功：张衡二京，左思三都，均写作了十年以上的时间；白居易《长恨歌》前后写了五年；孔尚任的《桃花扇》费时十年，改稿三次。希腊优里辟特（Euripides）为公元前第四世纪希腊三大悲剧家之一，相传其第一部戏剧写了十年功夫，一出即获得首奖。但丁《神曲》差不多是一生时间精力，歌德的《浮士德》则前后共费五十七年。至于对稿子的推敲音韵，窜改字句的佳话，古今中外也多至不可胜数，像《离骚》这样内容和形式都完全崭新的创作，屈原花了十几年的光阴，才能写定最后本子，我想是非常可能，而且也是事理所应有的。

（三）《离骚》的体制

俞樾引陈深的计算，谓《离骚》一共有二千四百七十字，我也曾逐字数过，共二千四百八十三字，删去“曰黄昏以为期兮，羌中道而改路”十三字，与陈深的数目正合。盖《离骚》虽不像《天问》有那许多的错简、脱简，少许衍文脱字，还是不免。像“曰黄昏以为期兮，羌中道而改路”二句，洪兴祖即主为衍文。《楚辞章句补注》曰：“一本有此句，王逸无注，至下文‘羌内恕己以量人’，始释‘羌’义，疑此二句，后人所增耳。《九章》曰：‘昔君与我诚言兮，曰黄昏以为期，羌中道而回畔兮，反既有此他志’与此语同。”按洪氏此说非常有理。《离骚》全文均二句一韵，四句为二韵，是闻匡斋氏所强调的“二进法”，倘留此二句，则与上文的“武”“怒”“舍”“故”四字相叶多了一韵，与《离骚》的体例不合。况唐写本和《文选》亦无此二句。因忆《孔雀东南飞》“新妇初来时，小姑始扶床，今日被驱遣，小姑如我长”，与前文“共事二三年”语意相冲突，考证家谓乃系庸妄子摭拾唐顾况弃妇诗中语搀入所致，不意《离骚》亦遭此厄，天下庸妄子何其多哉？

又《楚辞章句》“不抚壮而弃秽兮，何不改此度?”《文选》作“何不改此度也”，一作“何不改乎此度也?”“来吾道乎先路”，一本句末有“也”字，其他小小差异，类此者尚有，则陈深字数的计算，不能算是百分之百的正确了。

字数的多寡，我以为并不关重要，所应注意的倒是句子多寡的问题。《离骚》删去了上述那两句衍文，正文一共三百六十八句，乱辞四句（照我国习惯写）一共三百七十二句。自朱熹《楚辞集注》以来，即以四句为一节，而闻匡斋等又主张四句二韵，则正文为九十二节，乱辞一节，共为九十三节。

我们倘照新诗的排列法，句句平头写，以四句为一小节，以四小节为一组，则正文得二十三组，乱辞算他一组，全文是二十四组。倘使《离骚》多二句、四句、八句；或少二句、四句、八句，则决不能恰恰得到二十四这个数目了，“二十四”虽不比“三”、“五”、“七”、“九”、“十二”、“三十六”、“七十二”之含有某种神秘性，并为国人惯于采用的数目字，至少是个齐整的数目。战国阴阳家有“二十四气”，汉有“二十四贤”，晋有“二十四友”，虽属晚起，但其感觉这数目之整齐而乐采用则一，安知《离骚》的作者对于这个数目字，不发生兴趣呢？

以四句乱辞也算一组，恐人家要骂我说法牵强，不过我们要知道乱辞地位等于“少歌”“佹诗”，以数句总束全文，本来是很重要的。我以为拿它来抵一组文字，并不为过。

《离骚》的这二十四组文字，并非每组皆可独立，遇到滔滔汩汩，大发议论时，也需要连结几组文句才可以说明一个意思，但大多数之组是藕断而丝连的，读者假使不信，则请将《离骚》的全文照我所说的办法，逐句平写，分组玩索其文气转换的线索，语意过渡的痕迹，声韵疾徐重轻之间的差异，看看我的分组法，是否有点道理，我想不失为一种有趣的实验吧。

至于《离骚》的分段，则钱杲之《离骚集传》分为十四节，陈本礼的《离骚精义》分为十节，节即段之意。王邦采的《离骚汇订》分为三大段；戴震的《离骚注》分为十段；屈复的《楚辞新注》分为五段；方廷珪的《楚辞集成》分为六段；陆侃如的《屈原》分为两大段；日本儿岛献吉郎的《毛诗楚辞考》分为五大段。当然还有别的楚辞研究家作为别样的分法，未暇一一地引证。

我是采取王邦采的意见的。也分三大段。王的第一大段自“帝高阳之遗胄兮”起，至“岂余心之可惩”止；第二大段自“女媭之婵媛兮”起，至“吾将上下而求索”止；第三大段自“饮余马于咸池兮”起，至“吾将从彭咸之所居”止。我第一段与他同，以下则异。我的前两大段每段包含八组文句，第三段假如照我的意思，乱辞也算一组，则也是八组。

至于《离骚》的用韵，据蒋骥《山带阁注楚辞》，认为全文协韵和换韵八十一次。这个数目为九的九倍，我们虽不敢说作者有心为此，但又是一个现成的数目，也颇足令人怀疑他是故意安排的哩！

荷马的史诗《奥德赛》是纪元前六世纪或云纪元前八世纪的作品，据美国文学批评家摩尔登（Malton）的研究，这部史诗主角攸力栖兹历险事迹包括很平衡的两个部分，一是“结”的部分，一是“解”的部分。解的部分共分九段，结的部分共含九事。主角家中的人物六忠而三奸，共为九人。又说《奥德赛》中没有一件事是赘余的，没有一个人物是虚设的，没有一个人物不是帮着来显出全书之意义的，这就是所谓“有机的史诗”，这就是所谓“完整无缺的布局”。

稍晚的回教《可兰经》，据说篇数字数都有一定。而但丁《神曲》的全体结构则以“三”的数字为基本，暗含“三位一体”的奥义。其他古人名篇在体制上所费的苦心，一定还有许多例子，幸运的则尚能被后人发现，否则一番心血算是白费了。我国战国时代撰述文字于篇章上采用有意义的数目者，有孟子、庄子的七篇；《吕氏春秋》的八览、六论、十二纪……笔者尝研究屈原《天问》，见错简整理。脱简补足（推测的）以后，全文分为天文、地理、神话、历史，乱辞五大部分。天文、神话、地理各四十四句，历史分夏、商、周三代各七十二句，乱辞共二十四句，曾推为旧式韵文界绝后空前的巨制。现在研究《离骚》，发现《离骚》的结构比《天问》更匀称，更平衡，更为有机，更为完整，这“绝后空前”四字，只有从《天问》上撤回，加于《离骚》上了。

我想读者读完这段文字，一定要责备我研究《离骚》不从大处着眼，而琐琐于文句上用功，所谓“钻牛角尖”，“堕入魔道”，或者有人要怀疑《离骚》体制不见得如此，这些话是我附会出来的，因而骂我故作新奇突兀之论，以为惊世骇俗之计，则我亦不乐申辩。要之，屈原作品在结构上实有着意安排的计划，则为我所深信不疑者。《诗经》每篇之歌，四句一转韵，章法齐整。即比较长篇的《豳风》之“东山”；《邶风》之“谷风”；《卫风》之“氓”，也不例外。后世五七古歌行四句一转韵者亦沿成惯例。不过我国人写作文件或刊印书籍，照例自上而下，自右而左，大片段连接下去，故作品的段落不易看出。《离骚》自刘向结集，王逸章句行世以来，每句句下皆缀注解，它的格局的原来面目，当然更难于辨认了。此外更有一个理由，则我国诗歌唯律绝及词曲字数段落有一定限制，长篇五七古四句转韵者固多，而作家骋其才气，放笔直写，打破这种成规者实为不少。长诗像无名氏的《孔雀东南飞》、杜甫的《北征》、韩愈的《南山》，只有天然的段落，每段字句的多寡，毫不措意。我们以读这类长诗的眼光来读《离骚》，哪里还会想到它体制的特点？因此遂教屈原对《离骚》结构惨淡经营的一番苦心，湮没而不彰者二千数百年之久，实是一桩莫大的可惜之事。

（四）《离骚》的内容

我们若将《离骚》的节、组、段落分析清楚，则内容也就比较易于解释了。照笔者的意思全文的内容是这样。

第一大段

第一组四节：叙诞生之初及少年时代，对于修习学问，培养品行的种种努力。

第二组四节：叙学成出仕，希望辅翊君主，醇风易俗，陈三后尧舜之圭臬及桀纣之颠覆邦家，作君主之鉴戒。

第三组四节：叙遭党人排斥及怀王疏远己身之事。

第四组四节：回忆做左徒及三闾大夫时，苦心栽培人才的努力及化为虚话之可痛。《楚辞章句》所云："序其谱属，率其贤良，以厉国士"，正为这一段话的注脚。

第五组四节：叙虽见疏和被放逐，仍砥砺志行，孤芳自赏。

第六组四节：回忆怀王之不明及党人造谣攻击。

第七组四节：言不愿与党人同流合污而返至自己家中，曰"吾将返"，曰"回联车"，返家明甚。屈原第一次放逐系在汉北。放逐前回家一行，料理私事，谅亦为朝中所许；再者，屈原本系楚国宗室，较有体面，观其第一次放逐于汉北，因急于返郢都，还离开贬所，旅行了几天；则未达贬所时，离家甚近，自动回家看看，也是事实所不能免的。况第一次放逐亦不算是真放逐，只能说是迁谪，大约怀王信谗齌怒，不使屈原在左右，谪他到汉北做个小官，蒋骥所谓"谪官于斯，弃置闲地"是也。则他的行动，就当然是更为自由了。

第八组四节：重申五六两组抱洁怀芳，至死不改之志，并有往观四荒的企图，此当是返家途中所写，充分表出自己傍徨岐路，无所适从的苦闷心绪。"往观四荒"埋伏以下两大段文章，乃是有心埋伏下的一个重要线索。

第二大段

第九组四节：回到家中，亲戚乡党，必纷来探访慰问，屈原已嫁的姊姊也回来了。（女嬃旧谓为原姊，近代乃有指为保姆者、灵巫者、侍妾者、侍女者，笔者一概不取，嬃亦可为妹，我则宁遵旧说为姊，且认为已嫁之姊。一则屈原第一次放逐时，已是壮年，其姊当然已嫁；二则以姊詈弟于理颇顺，妹则较勉强；三则其姊之语虽不出妇女见解，亦是谙于世故者之谈，其年应比屈原为长。）姊姊以爱怜的口吻，反覆责备他不该婞直立身，不该博謇好修，语似不入耳，其实出于爱护之至情，极令人感动。屈原受姊言之刺激，觉得自己天性和学养均系“依前圣以节中”者，遭此横逆，亦实堪感喟，乃幻想“济沅湘以南征”，达于大舜的葬地，而以一腔心事对之陈诉。

第十组四节：在舜面前所诉的是：夏启得《九辨》、《九歌》，耽于音乐，其子太康，更为荒淫，卒致内乱。羿、浇、桀、商纣几个贼臣暴主，都因纵情恣欲而败亡。

第十一组四节：上一组所举完全是暴主故事，这一组所举的为大禹、成汤、文王几位贤君，以与上文作强烈的对照。且屈原就此悟出历史上的因果律，知道皇天无私，惟圣哲始能保其邦国，自己秉正而行，究竟未错，因此而遭遇横逆，也不必如其姊之劝而生悔心了。

第十二组四节：自己秉正向善的决心，虽不可动摇，但究竟是有血肉，有感情的人，想到过去的遭遇，自伤生不逢时，亦不禁涕泗淋浪，沾于襟袖，向大舜陈词已毕，乃驾凤车、策玉虬、御长风以远征。朝自苍梧动身，晚至昆仑山的悬圃，天色已暮，不能在灵境多事勾留，但我应走的道路倘甚遥远，乃求太阳借我以日车，并命羲和不必趱赶，以便有余裕的景光得以上天下地去求索。

第十三组四节：我饮马咸池、总辔扶桑小憩以后，本欲以月神、风神、鸾凤（雌凤），组成盛大仪仗，而雷师告我筹备不及，乃乘凤鸟日夜飞腾，飘风云霓暂充侍御，而上天庭，令帝阍开门，而彼竟置之不理。

第十四组四节：世人蔽美嫉贤，不意天上亦如此。结兰延伫间，天时愈晚，势不可待，只有复自悬圃降下，明朝将济白水，登昆仑之阆风，而高丘间并无足当我意之美女。复游春宫，折琼枝，求人间女郎之可赠者，然亦无有。乃又令云师丰隆往求宓妃，并令伏羲之臣蹇修，持我佩纕，以达我之爱意。

第十五组四节：宓妃初意依违两可，后忽变卦而拒绝。她自恃美貌，对人无礼，我不敢再行请教，只有更求他人。我乃纵观四极，又周游天空，忽见瑶台上尚有娀氏之美丽女儿名简狄者在焉，使鸩为媒，鸩懒去而骗我说“不好”，雄鸩自告奋勇，我又嫌其多言而轻佻，不欲信任。

第十六组四节：既无适当媒人可遣，欲自去当面求婚，又恐于礼不可，使我十分踌躇不决。况凤凰既携带礼物以往，恐高辛氏（帝喾）在我之先已得到她，我去也无用了，再走远一些，赶上少康尚未结婚之际，向有虞氏二女试试看吧。但我求婚理由既弱，而媒人又笨，此次恐仍失败，我以我的爱，托之闺中，闺中人个个深闭固拒；托之圣哲的君主，他又永不觉悟。可怜呀，我这一腔深厚的爱情，竟找不到发泄的对象，叫我如何能这样永久忍受下去呢？

第三大段

第十七组四节：向神女求婚既一一碰壁，我真莫知适从了，乃求灵氛为我占卜。他说以九州之大，难道只有上面几个美女子，他劝我远去寻求，并说像你这样一表人才，女子也不肯舍弃你，又趁势将党人骂了一顿，劝我不必怀念故国，到别国去发展长才。

第十八组四节：我本想遵从灵氛的吉卜，但心中仍狐疑不决，巫咸今夕本要降临，不如再问他一下。巫咸是夕果偕百神下降，他说的是和灵氛一样的好话。

第十九组四节：巫咸历举历史禹、汤、武丁、周文。齐桓与皋陶、伊尹、傅说、吕望、宁戚等君臣遇合之盛事，鼓励我远去寻觅合我理想的国家。并说你的德行虽佳，奈党人嫉妒，不容你有所作为，不如趁此壮年别图发展，莫弄得老大徒悲。

第二十组四节：想到光阴代谢之迅速，世事变迁之无常，昔日芳草如兰如椒如椺均化为萧艾，失去芬芳，我在故国，诚无淹留的必要。

第二十一组四节：椒兰尚且变化，揭车江离那类次一等的香草则更不待论。但我所带着的琼佩则芳香永久不变，抱此壮盛的装饰，听从以前灵氛的劝告，拣选吉日，准备粮粮，决计出门远行。

第二十二组四节：忽然想到意见乖离的人，与我终难一致，楚国如此，他邦亦然，不如作一次远征，聊自宽慰。即由昆仑掉转路线，乘象车驾飞龙，向极西的地点出发，早上自天津（昆仑别名）动身，晚间便抵达西极，经过流沙，到了赤水沿岸，指麾蛟龙，为我驾桥，令西皇助我渡过。

第二十三组四节：道路艰远难行，不得不下令命众车小心侍卫，我要经过不周山，再向左转，以直达西海为目标。

这一次出行的仪仗与上回大大不同，相从的车子多至千乘，登上了升皇（日落之山）之山，猛然回头望见故国的河山，于是仆夫凄悲了，马也不肯向前了。

第二十四组一节：总结一句话，算了吧！国内既无知己的人，故乡本也无须系恋，既不能实现我优良政治的计划，现在仆悲马怀，难道我又能走回头的道路么？进既不能，退又不可，想来只有投入巫彭巫咸所居的深渊，一死了之罢了。

以上三大段二十四组文字，脉络分明，章法井然。至大段议论，连结几组成为一片，极波澜壮阔之致，前文已言，不复。

《离骚》之文，自来很少人能完全读懂，即因摸不清它的脉络，分不清它的条理之故。王世贞谓："骚赋虽为有韵之言，其于诗文，自是竹之与草木，鱼之与鸟兽，别为一类，不可偏属。《离骚》之所以总杂重复，兴寄不一者，大抵忠臣怨夫，恻怛深至，不暇致诠，亦故乱其序，使同声者自寻，修隙者难揣耳。今若明白条易，便乖厥体。"又曰："杂而不乱，复而不厌，其所以为屈子乎？"（《艺苑卮言》）真是闭眼穿针，隔靴搔痒的话。还有些评家（《离骚》向称有七十二家评本），连《离骚》究竟说了些甚么话都弄不明白，居然要乱注解，乱批评，真如林云铭所骂："凭臆穿凿，削趾适履，棘句钩章，武断卖弄，懵然不知本题之层折，行文之步骤……将千古奇忠所为日月争光奇文，谬加千层雾障，幻成迷阵。"《离骚》要让他们这些人来读，怪不得陈继儒要说《离骚》和《庄子》都是"无首无尾"，"无端无绪"，而王邦采少年时"读未数行，便昏昏思睡了"。其实《离骚》实如林氏所说："自首至尾，千头万绪，看来只是一条线，直贯到底，并无重复。"（《楚辞灯》）陈本礼说"其经营惨淡处，如鬼斧神工，巧妙入微"（《楚辞精义》）倒是相当中肯之谈。所惜者林陈二氏对《离骚》的解释，仍然有欠透彻；于它五步一楼，十步一阁，有心安排的章法，也未曾窥破，所谓泄二千年之积闷，徒托空言，我殊为之惋惜，但亦时代所限，无可如何者也。

（五）《离骚》文艺上的评价

《离骚》文章上的价值，自淮南王刘安、班固、王逸、刘勰直至现在，皆有评论。陆侃如说这一首近四百句的长诗，是中国诗史上一件很伟大的作品，它有四种为人所不注意而实为中国诗歌所少有的特点：（一）自传的体裁；（二）富于神话分子；（三）善用人格化；（四）隐喻(《屈原》)。游国恩则谓："我谓《离骚》这篇文章，可算'前无古人，后无来者'的杰作。"游氏从具体方面指出《离骚》五种特质：（一）从世系叙起的体裁；（二）女性中心思想；（三）韵文的对话体；（四）极长的抒情诗；（五）多用双声、叠韵、重言，音节极美。陆、游两氏评论甚佳，但笔者则尚有几点补充的意见。我以为《离骚》有以下几端好处：

（一）《离骚》为中国最早的象征文字：在《离骚》以前的《诗经》三百篇那些象征主义的文章都是靠不住的，是汉儒附会出来的，《离骚》诞生，我国才有了真正的象征文学。王逸所称："善鸟香草，以配忠贞，恶禽臭物，以比谗佞，灵修美人，以媲于君，宓妃佚女，以譬贤臣，虬龙鸾凤，以托君子，飘风云霓，以为小人。"这里有几句是王逸的神经过敏之说：譬如《离骚》的禽鸟只有鸾凤鸩鸠几种，鸩虽信口造谣，鸠虽多言轻佻，也不过信手拈来，涉笔成趣，诗人对之并无如何的恶感；至于诗人上天的仪仗没有组织成功，飘云帅云霓而来御，拥护他直抵天门，我想他只有对之感谢，决不会以"小人"相待，虬龙鸾凤不过是借为游历神境的交通工具，也未必竟视为"君子"。至灵修及宓妃佚女，譬喻君主及贤臣，也不见得。所以王逸的话只有一小半对。我以为《离骚》用以构成象征条件的，只有两种材料，一是"香草"一则"美人"。

《离骚》一开头便以"江离"、"辟芷"、"秋兰"、"木兰"、"宿莽"来象征自己的学业德行；以"申椒"、"兰桂"、"蕙茝"之众芳，象征夏商周开国诸贤臣；以"滋兰九畹""树蕙百亩"来象征他在左徒及三闾大夫任时之教育人才，培植优良干部；以“朝饮木兰之坠露，夕餐秋菊之落英”来象征自己见疏失职以后的食贫居贱，忠贞自励；以“擥木根”、“贯薜荔”、“矫菌桂”、“索胡绳”来象征自己朝夕乾乾，进德修业；以“芰荷为衣，芙蓉为裳”来象征自己的志节高洁，不同流俗。相反的一方面，则以“薋”、“菉”、“葹”、“萧”、“艾”、“茅茨”象征朝中那许多贪婪、嫉妒、有名无实、专佞慢慆的“党人”。只有“兰”、“椒”二字坐实了公子兰和公子椒，其余则都是影射。不但名词形容词多用香草代替，即代名词也用“荃”、“荪”字样。

再说美人问题，先论“灵修”。朱熹云：“灵修，言具明智而善修饰，盖妇悦其夫之称。”王夫之：“灵，善也。修，长也。称君为灵修者，祝其所为善，而国祚长也。”甚至尚有如王邦采的莫名其妙的议论，甚么“灵，谓灵场，修，谓其修其祀事，即指祭所”。这些话笔者都认为是不得其解而强为之解。灵修亦见《山鬼》。笔者尝考其事，实指冥府君主，故对于游国恩所说灵修乃系所以指已死之怀王，犹言先帝，甚表赞同。王逸以“灵修”和“美人”并论，以为也含有甚么象征意义，并非事实。

《离骚》中点明“美人”的有“惟草木之零落兮，恐美人之迟暮”，王逸、洪兴祖、朱熹因连下节读，均以为喻君即喻怀王。这个美人性别并不明白，说女子可，说男子也未尝不可。《诗》：“彼美人兮，西方之人兮。”“卢令令，其人美且仁。”“洵美且都。”可见“美人”二字并不如后代分别那么严格。谓指怀王，不错，照文法来说也应如此。只有“众女嫉余之蛾眉兮，谣诼谓余之善淫”。屈原真以妇女自比而以夫主喻怀王，二千数百字的长诗只有这两句，所占百分比极小。游国恩的“楚辞女性中心说”我以为论据并不充分，我所谓“美人”乃屈原所欲向之求婚的诸神女。

王逸谓“宓妃佚女，以譬贤臣”。但《离骚》中的宓妃是“保厥美以骄傲，日康娱以淫游”的人，怎么够得上贤臣的资格？屈原本人并非一国之君主，有何求贤臣的要求？若说替怀王代求，则已身尚不能见容于楚廷，代求贤臣，何所用之？但这几节文章也不能说完全是发泄无聊苦闷的游戏笔墨，观灵氛劝他："思九州之博大兮，岂唯是其有女，曰勉远逝而无狐疑兮，孰求美而释女？"又曰："何所独无芳草兮，尔何怀乎故宇？"看来是屈原以上述诸神女象征列国君主，自己则为委质欲事之臣。这是以男女的婚姻喻君臣的合遇。不过屈原对于怀王一向以女自比，现在竟以女喻列国之君，转了一个弯子，不易叫人看出，所以王逸将它说颠倒了。

屈原的象征主义以"香草美人"为大端。后世文人对于后一端似乎特感兴趣，利用不已，往往有推陈出新的作品。这一派名为"托夫妇以言君臣"，如《古诗十九首》中的"冉冉孤生竹"，"庭中有奇树"，"迢迢牵牛屋"，"凛凛岁云暮"，论者皆谓为放臣逐客望其君复之辞。后世"香奁"、"无题"有所寄托者颇多，不及举例。

象征主义（Symbolism）的文学在西洋为大宗派，以前虽有，至十九世纪始趋壮大。如法国的魏仑（Verlaine），马拉梅（Mallarme），保罗·梵利希（Paul Valery），比利时的范尔哈仑（Verhaeren），梅特灵克（Maeterlinck），德意志的霍卜特曼（Hauptmaun），名著竞出，脍炙人口。不意二千数百年前，我们已有像《离骚》一样的象征主义文学，真是我国文学莫大的荣誉。

（二）《离骚》是中国神话文学最高的准则：我国先秦及两汉，神话之书不为不富，如稷下谈士之大九州，庄列的寓言，《吕氏春秋》，《山海经》，《穆天子传》，《淮南子》，《归藏》及汉纬书所记人物及故事，每多荒唐诡异，但不能称之为文学，纯粹的文学不得不推屈原作品，而《离骚》则更为卓绝。这篇大文的后半篇完全以神话成分组成，作者自就重华陈词以后，精神便开始遨游到另一境界里去了。在这个境界里所见的人物则有灵氛、巫咸；有居于瑶台的有娀之佚女；有邻近春宫的宓妃；有有虞氏之二姚。他并想叫望舒为他前驱，飞廉为他奔走，帝阍为他开天门，雷师和丰隆为他护卫。他的簿卤则瑶象之车驾以玉虬或飞龙，玉鸾和鸣以为乐，凤凰接翼以为盖，玉轪并驰，云旗委移，向着西方，恣意奔走。一路上还奏着《九歌》，舞着韶舞，作为漫长旅途的消遣。他所游的境地则为咸池及昆仑内的阆风、悬圃、白水、春宫、瑶台，后来他愈走愈远，居然到了西极，跨过流沙，渡过赤水，转过不周山而想远达于西海。但说来说去并非实有其事，只不过是作者的幻想罢了。可惜的是自从专讲实际的儒教思想称尊思想界以来，这篇绝无仅有的神话文学，竟受了很重的压迫和排斥。班固便足为这一派人的代表。他的《离骚序》先驳斥淮南王刘安推尊《离骚》的话，以为“斯论似过其真”，又说《离骚》“多称昆仑冥婚，宓妃虚无之语，皆非法度之政，经义所载，谓之兼诗风雅，而与日月争光，过矣”。王逸是作《楚辞章句》的人，对于屈原当然有深厚的同情，他听见班固骂他，当然要出头替他辩护，但辩护的话却迂腐得可怜，真是冬烘先生的见解，他说：

> 夫《离骚》之文依托五经以立义焉：“帝高阳之苗裔”，则“厥初生民，时惟姜嫄”也。“纫秋兰以为佩”，则“将翱将翔，佩玉琼琚”也。“夕揽洲之宿莽”，则《易》“潜龙勿用”也。“驷玉虬而乘鷖”，则“时乘六龙以御天”也。“就重华而陈词”，则《尚书》咎繇之谋谟也。“登昆仑而涉流沙”，则《禹贡》之敷土也。(《离骚·叙》)

在他之前，则“汉宣嗟叹，以为皆合经术，扬雄讽味，亦言体同诗雅”(《文心雕龙·辨骚》)。这几位先生以为比附六经始足以抬高屈原作品的身价，但不知这些话是屈原不愿受，也是不屑受的。刘勰《辨骚》先摘其同于风雅之四事，继则举其异乎经典者四事：

> 丰隆求宓妃，鸩鸟媒娀女，诡异之辞也。康回倾地，夷羿骅日，木夫九首，土伯三目，谲怪之谈也。依彭咸之遗则，从子胥以自适，狷狭之志也。士女杂坐，乱而不分，指以为乐，娱酒不废，沉缅日夜，举以为欢，荒淫之意也。

刘勰是颇能了解屈赋真价的，但为了内容上有这些异于正统儒家学术的神话成分，也只得加屈赋以“夸诞”，“体慢于三代”，是虽“词赋之英杰”，而只能算得“雅颂之博徒”，这一类的批评，真使人丧气。外国自命正统思想的学者，也批评神话文学为“异教精神”(Paganism)，和班固、王逸等人的话可谓为一鼻孔出气。曾国藩的文艺鉴赏力不为不高，他写了一篇《圣哲画像记》，选取了三十二人作为中国文化的代表者。文学部门有好为“虚辞滥说”的司马相如，有一举笔便摹仿的扬雄，却没有屈原的位置，大约也是惧怕他的“异教精神”的缘故。

(三)《离骚》是中国唯美文学至上的典型：我们的伟大辞人屈原，可说是文学家中之具有极端洁癖者，又可说是人中爱美心之充分发达者。他惯以芬芳美丽的事物，象征自己的一生，故香草美人充牣篇幅？实际上我们这位三闾大夫也的确是个仪容俊美，雅好修饰的人儿，你看他谪贬以后，暮年已至之际，他还是冠切云之崔嵬，带长铗之陆离，说他什么“颜色憔悴，形容枯槁”实不尽然；若说他什么“披发佯狂，行吟泽畔”，更远于事实了。《抽思》：“有鸟自南兮，来集汉北，好姱佳丽兮，牉独处此异域。”可说是譬喻，也何尝不可说是写实？

可见屈原是颇以自己昳丽容颜自负的。再看《招魂》所叙楚国的宫室之美，服饰之珍，饮食之适口，女侍之婵娟，音乐之悦耳，宝玩之娱目，博饮之佚乐，种种的高度物质享受，虽不见得是屈原自己的生活，至少他经历过，并且对于这种生活是很能欣赏的。我说这话并没有丝毫唐突我们辞人的意思，仪表由于天生，自己不能作主，美貌不是罪恶，爱好丽都也不一定是不良的习惯。反之，正因为他有了这样一副美的外表，所以也就有了一个美的灵魂（当然这话不可以一概而论)，也就有了一个“诗的灵魂”(L’âme Poétique)。宇宙间纷纶万汇，透过这个美的诗的灵魂，丑陋的变成雅丽，缺陷的变成完全，渺小的变成高大，正如日光透过三棱镜反映出辉煌眩目的七彩来。譬如“受谗”、“被谪”，本来是痛苦的，用香草来一比，我们满眼只见姹紫嫣红的颜色，扑鼻是馥郁袭人的幽馨，我们何尝不感觉到诗人的悲哀，但这种悲哀，却是经过蒸馏，经过升华，它能同时给予我们以莫大的快感。譬如朝中那群狐朋狗党，原是诗人所深恶痛绝的，但他用自然界的“臭草恶木”来影射，仍然不失其美。至于

《离骚》后半篇各种神话人物和境界，色彩的瑰丽，极光怪陆离之能事，想像力的伟大，可惊可喜，足与荷马、魏琪尔、但丁、弥尔顿争一日的短长，近代唯美派的诗人，反抗丑恶的现代物质生活，企慕希腊的美，隐遁于象牙之塔，我们的大辞人屈原，则并不以小小象牙之塔为满足，他的精神借着幻想的帮助，好像一只五彩辉煌的威凤，口中唱着嘹亮的歌声，高翔九霄之上，脱离了这个世界的牢笼，直飞到万万里外虚无缥缈的仙境。在他的想像里，空间的界限是完全泯灭了，碧海青天，浩瀚无际，巨翼搏风，回翔无碍；时间的大流，也停止了、倒退了，他要在帝喾未聘之前，少康未娶之际，去向有娀佚女、有虞二姚求爱。这种奇思怪想，只有哥德《浮士德》第二部，浮士德结婚希腊美后海伦差可比拟，然而《浮士德》产生于十九世纪，而《离骚》则出现于二千数百年前，这还不足教我们咄咄称奇么？

至于《离骚》情感的美，也是值得一谈的。这种情感的美也就形成了他人格的美。他是具有极端洁癖的人，也是个极端爱美的人，前面已说过了。《史记》本传谓“其志洁，故其称物芳，其行廉，故死而不容自疏，濯淖污泥之中，蝉蜕于浊秽，以浮游尘埃之外，不获世之滋垢，皭然泥而不滓者也”。这几句话不管它是司马迁所说，或淮南王刘安所说，总之批评屈原的性格和作品都是极中肯的。我们诗人的情感悱恻芬芳，缠绵固结，出于至性，他爱君、爱宗国、爱乡土，在战国时代士大夫中实是少有，他的嫉恶如仇的正义感，不容他和群小妥协，他的憎恶强权的真理爱，使他永远站在反对暴秦的战线上，他的“哀民生之多艰”，悲天悯人的宏大胸襟和他的深厚同情，使他永远“长太息而掩涕”，但他的优越政策并不能教当局接受，他忧国忧民的苦心也不能得时君了解，反而遭到“受谗”、“见疏”、“迁谪”、“放逐”一连串沉重的打击，于是我们的诗人陷于痛苦的深渊了，在他作品里，我们常听见尼采惯于叫唤的声音：“我痛苦，我痛苦，我痛苦呀！”对哟，美的灵魂原是生来受苦的。千载之下，我们尚像看见我们的三闾大夫两眼在潺湲地流着晶莹的泪，一颗受创的心在满溢着红宝石似的鲜血，我们尚感觉到他那微风一过却发出呜咽哀音风籁琴似的神经的颤栗。然而他并没有疯狂，他的一切行动还是从容中道，所以他的作品都是有着极大的节制的。失去了节制，也就失去了美。冤诬屈原发疯和误解《离骚》、《天问》杂沓重复，都是没有眼睛人的话。屈原的人和作品都不止是“优美”，而是艺术上最崇高的“壮美”。最后汨罗一跃，使他的人格，闪射万丈光芒，真足以并明日月，使他的作品也增加了百倍的权威，在我们民族性灵里相荡相摩，直到世界的末劫！

《离骚》原文

（用《楚辞章句》本）

第 一 大 段

第一组

帝高阳之苗裔兮，
朕皇考曰伯庸。
摄提贞于孟陬兮，
惟庚寅吾以降。

皇览揆余于初度兮，
肇锡余以嘉名：
名余曰正则兮，
字余曰灵均。

纷吾既有此内美兮，
又重之以修能。
扈江离与辟芷兮，
纫秋兰以为佩。

汩余若将不及兮，
恐年岁之不吾与。

朝搴阰之木兰兮，
夕揽洲之宿莽。

第二组

日月忽其不淹兮，
春与秋其代序。
惟草木之零落兮，
恐美人之迟暮。

不抚壮而弃秽兮，
何不改乎此度？
乘骐骥以驰骋兮，
来，吾导夫先路！

昔三后之纯粹兮，
固众芳之所在；
杂申椒与菌桂兮，
岂惟纫夫蕙茝？

彼尧舜之耿介兮，
既遵道而得路。
何桀纣之昌披兮，
夫惟捷径以窘步！

第三组

惟夫党人之偷乐兮，
路幽昧以险隘。
岂余身之惮殃兮，
恐皇舆之败绩。

忽奔走以先后兮，
及前王之踵武。
荃不揆余之中情兮，
反信谗而齌怒。

余固知謇謇之为患兮，
忍而不能舍也。
指九天以为正兮，
夫惟灵修之故也！

（曰黄昏以为期兮，）
（羌中道而改路。）
初既与余成言兮，
后悔遁而有他。
余既不难夫离别兮，
伤灵修之数化。

第四组

余既滋兰之九畹兮，
又树蕙之百亩；
畦留夷与揭车兮，
杂杜衡与芳芷。

冀枝叶之峻茂兮，
愿俟时乎吾将刈。
虽萎绝其亦何伤兮，
哀众芳之芜秽。

众皆竞进以贪婪兮，
凭不厌乎求索；
羌内恕己以量人兮，
各兴心而嫉妒。

忽驰骛以追逐兮，
非余心之所急。
老冉冉其将至兮，
恐修名之不立。

第五组

朝饮木兰之坠露兮，
夕餐秋菊之落英；
苟余情其信姱以练要兮，
长顑颔亦何伤！

擥木根以结茝兮，
贯薜荔之落蕊。
矫菌桂以纫蕙兮，
索胡绳之纚纚。

謇吾法夫前修兮，
非世俗之所服；
虽不周于今之人兮，
愿依彭咸之遗则。

长太息以掩涕兮，
哀民生之多艰。
余虽好修姱以鞿羁兮，

謇朝谇而夕替。

第六组

既替余以蕙纕兮，
又申之以揽茝。
亦余心之所善兮，
虽九死其犹未悔！

怨灵修之浩荡兮，
终不察夫民心。
众女嫉余之娥眉兮，
谣诼谓余以善淫。

固时俗之工巧兮，
偭规矩而改错。
背绳墨以追曲兮，
竞周容以为度。

忳郁邑余侘傺兮，
吾独穷困乎此时也！
宁溘死以流亡兮，
余不忍为此态也。

第七组

鸷鸟之不群兮，
自前世而固然。
何方圜之能周兮？
夫孰异道而相安？

屈心而抑志兮，

忍尤而攘诟；
伏清白以死直兮，
固前圣之所厚。

悔相道之不察兮，
延伫乎吾将反；
回朕车以复路兮，
及行述之未远。

步余马于兰皋兮，
驰椒丘且焉止息。
进不入以离尤兮，
退将复修吾初服。

第八组

制芰荷以为衣兮，
集芙蓉以为裳。
不吾知其亦已兮，
苟余情其信芳。

高余冠之岌岌兮，
长余佩之陆离；
芳与泽其杂糅兮，
惟昭质其犹未亏。

忽反顾以游目兮，
将往观乎四荒。
佩缤纷其繁饰兮，
芳菲菲其弥章。

民生各有所乐兮，
余独好修以为常；
虽体解吾犹未变兮，
岂余心之可惩？

第 二 大 段

第九组

女媭之婵媛兮，
申申其詈予曰：
“鲧婞直以亡身兮，
终然殀乎羽之野。

汝何博謇而好修兮，
纷独有此姱节？
薋菉葹以盈室兮，
判独离而不服。

众不可户说兮，
孰云察余之中情？
世并举而好朋兮，
夫何茕独而不予听？”

依前圣以节中兮，
喟凭心而历兹。
济沅湘以南征兮，
就重华而陈辞：

第十组

启《九辩》与《九歌》兮，
夏康娱以自纵；
不顾难以图后兮，
五子用失乎家巷。

羿淫游以佚畋兮，
又好射夫封狐；
固乱流其鲜终兮，
浞又贪夫厥家。

浇身被服强圉兮，
纵欲而不忍；
日康娱而自忘兮，
厥首用夫颠陨。

夏桀之常违兮，
乃遂焉而逢殃。
后辛之菹醢兮，
殷宗用而不长。

第十一组

汤禹俨而祇敬兮，
周论道而莫差；
举贤而授能兮，
循绳墨而不颇。

皇天无私阿兮，
览民德焉错辅。

夫维圣哲以茂行兮，
苟得用此下土。

瞻前而顾后兮，
相观民之计极。
夫孰非义而可用兮，
孰非善而可服？

阽余身而危死兮，
览余初其犹未悔。
不量凿而正枘兮，
固前修以菹醢。”

第十二组

曾歔欷余郁邑兮，
哀朕时之不当；
揽茹蕙以掩涕兮，
沾余襟之浪浪。

跪敷衽以陈辞兮，
耿吾既得此中正。
驷玉虬以乘鷖兮，
溘埃风余上征。

朝发轫于苍梧兮，
夕余至乎县圃。
欲少留此灵琐兮，
日忽忽其将暮。

吾令羲和弭节兮，

望崦嵫而勿迫。
路漫漫其修远兮，
吾将上下而求索。

第十三组

饮余马于咸池兮，
总余辔乎扶桑。
折若木以拂日兮，
聊逍遥以相羊。

前望舒使先驱兮，
后飞廉使奔属，
鸾皇为余先戒兮，
雷师告余以“未具”。

吾令凤鸟飞腾兮，
继之以日夜；
飘风屯其相离兮，
帅云霓而来御。

纷总总其离合兮，
斑陆离其上下。
吾令帝阍开关兮，
倚阊阖而望予。

第十四组

时暧暧其将罢兮，
结幽兰而延伫。
世溷浊而不分兮，
好蔽美而嫉妒。

朝吾将济于白水兮，
登阆风而绁马。
忽反顾以流涕兮，
哀高丘之无女。

溘吾游此春宫兮，
折琼枝以继佩。
及荣华之未落兮，
相下女之可诒。

吾令丰隆乘云兮，
求宓妃之所在。
解佩纕以结言兮，
吾令蹇修以为理。

第十五组

纷总总其离合兮，
忽纬繣其难迁。
夕归次于穷石兮，
朝濯发乎洧盘。

保厥美以骄傲兮，
日康娱以淫游。
虽信美而无礼兮，
来，违弃而改求。

览相观于四极兮，
周流乎天余乃下。
望瑶台之偃蹇兮，

见有娀之佚女。

吾令鸩为媒兮，
鸩告余以不好。
雄鸠之鸣逝兮，
余犹恶其佻巧。

第十六组

心犹豫而狐疑兮，
欲自适而不可。
凤凰既受诒兮，
恐高辛之先我。

欲远集而无所止兮，
聊浮游以逍遥。
及少康之未家兮，
留有虞之二姚。

理弱而媒拙兮，
恐导言之不固。
世溷浊而嫉贤兮，
好蔽美而称恶。

闺中既以邃远兮，
哲王又不寤！
怀朕情而不发兮，
余焉能忍与此终古？

第三大段

第十七组

索琼茅以筳篿兮，
命灵氛为余占之。
曰："两美其必合兮，
孰信修而慕之？

勿九州之博大兮，
岂唯是其有女？"
曰：勉远逝而无狐疑兮，
孰求美而释汝？

何所独无芳草兮，
尔何怀乎故宇？
世幽昧以昡曜兮，
孰云察余之善恶？

民好恶其不同兮，
惟此党人其独异。
户服艾以盈要兮，
谓幽兰其不可佩。

第十八组

览察草木其犹未得兮，
岂珵美之能当？
苏粪壤以充帏兮，
谓申椒其不芳。

欲从灵氛之吉占兮，
心犹豫而狐疑。
巫咸将夕降兮，
怀椒糈而要之。

百神翳其备降兮，
九疑缤其并迎。
皇剡剡其扬灵兮，
告余以吉故。

曰："勉升降以上下兮，
求矩矱之所同。
汤禹严而求合兮，
挚咎繇而能调。"

第十九组

苟中情其好修兮，
又何必用夫行媒？
说操筑于傅岩兮，
武丁用而不疑。

吕望之鼓刀兮，
遭周文而得举。
宁戚之讴歌兮，
齐桓闻以该辅。

及年岁之未晏兮，
时亦犹其未央；

恐鹈鴂之先鸣兮，
使夫百草为之不芳。

何琼佩之偃蹇兮，
众薆然而蔽之？
惟此党人之不谅兮，
恐嫉妒而折之。

第二十组

时缤纷以变易兮，
又何可以淹留？
兰芷变而不芳兮，
荃蕙化而为茅。

何昔日之芳草兮，
今直为此萧艾也？
岂其有他故兮？
莫好修之害也！

余以兰为可恃兮，
羌无实而容长；
委厥美以从俗兮，
苟得列乎众芳。

椒专佞以慢慆兮，
樧又欲充夫佩帏。
既干进而务入兮，
又何芳之能祗？

第二十一组

固时俗之从流兮，
又孰能无变化？
览椒兰其若兹兮，
又况揭车与江离？

惟兹佩之可贵兮，
委厥美而历兹。
芳菲菲而难亏兮，
芬至今犹未沬。

和调度以自娱兮，
聊浮游而求女。
及余饰之方壮兮，
周流观乎上下。

灵氛既告余以吉占兮，
历吉日乎吾将行。
折琼枝以为羞兮，
精琼爢以为粻。

第二十二组

为余驾飞龙兮，
杂瑶象以为车。
何离心之可同兮？
吾将远逝以自疏。

邅吾道夫昆仑兮，
路修远以周流。

扬云霓之晻蔼兮，
鸣玉鸾之啾啾。

朝发轫于天津兮，
夕余至乎西极。
凤凰翼其承旂兮，
高翱翔之翼翼。

忽吾行此流沙兮，
遵赤水而容与。
麾蛟龙使梁津兮，
诏西皇使涉予。

第二十三组

路修远以多艰兮，
腾众车使径待。
路不周以左转兮，
指西海以为期。

屯余车其千乘兮，
齐玉轪而并驰。
驾八龙之婉婉兮，
载云旗之委蛇。

抑志而弭节兮，
神高驰之邈邈。
奏九歌而舞韶兮，
聊假日以偷乐。

陟升皇之赫戏兮，

忽临睨夫旧乡；
仆夫悲余马怀兮，
蜷局顾而不行。

第二十四组

乱曰：
已矣哉！国无人莫吾知兮，
又何怀乎故都？
既莫足与为美政兮，
吾将从彭咸之所居。

歌辞疏证

第一大段

帝高阳之苗裔兮，朕皇考曰伯庸。摄提贞于孟陬兮，惟庚寅吾以降。

帝高阳是颛顼。关于他的资料如次：

《史记·五帝本纪》："黄帝之妃嫘祖为黄帝生二子，其后皆有天下。其一曰玄嚣，为帝喾之祖；其二曰昌意，娶蜀山氏女曰昌仆，生高阳。高阳有圣德焉。黄帝崩……其孙昌意之子高阳立，是为帝颛顼也。……渊静以有谋，疏通而知事，养材以任地，载时以象天，依鬼神以制义，治气以教化，絜诚以祭祀。北至于幽陵，南至于交阯，西至于流沙，东至于蟠木，动静之物，大小之神，日月所照，莫不砥厉。"

《史记正义》引《华阳国志》及《十三州志》云："蜀之先，肇于人皇之际。黄帝之孙昌意，娶蜀山氏。后子孙因封焉。帝颛顼高阳氏，黄帝之孙，昌意之子，母曰昌仆，亦谓之女枢。"《河图》："瑶光如蜺，贯月正白，感女枢于幽房之宫，生颛顼，首载干戈，有德文也。"《集解》引皇甫谧曰："在位七十八年，年九十八。"《皇览》曰："颛顼冢在东郡仆阳顿丘城门外，广阳里中。顿丘者城门名，顿丘道。"《索隐》又引皇甫谧云："岁在鹑火而崩，葬东郡。《山海经》曰：'颛顼葬鲋鱼山之阳，九嫔葬其阴。'"

高阳二字据《史记索隐》宋衷说："颛顼名高阳，有天下号也。"

张晏则说："高阳者，所兴地也。"但照《史记》则高阳是其名，颛顼是其帝号。

颛顼有与共工争位之说，见《淮南·天文训》。《原道训》又言共工与高辛争为帝，高辛乃帝喾，故"辛"字疑为"阳"之误。《列子·汤问》篇亦有共工与颛顼争帝，怒而触不周山之语。

又《吕览》、《月令》、《淮南》均言颛顼为北方水德之主，其佐玄冥，其色黑，其时令为冬。则颛顼乃五星之主亦五方帝之一，乃神话人物，非历史人物。

颛顼之为楚先要看《史记·楚世家》，"楚先祖出自帝颛顼高阳……高阳生称，称生卷章，卷章生重黎。重黎为帝喾高辛居火正，甚有功，能光融天下。帝喾命曰祝融，共工氏作乱，帝喾使重黎诛之而不尽，帝乃于庚寅日诛重黎，而使其弟吴回为重黎后，复居火正，为祝融。吴回生陆终，陆终生子六人，坼剖而产焉。……六曰季连，芈姓，楚其后也……周文王时，季连之苗裔曰鬻熊、鬻熊子事文王，早卒。其子曰熊丽，熊丽生熊狂，熊狂生熊绎，熊绎当周成王之时，举文武勤劳之后嗣，而封熊绎于楚蛮，封以子男之田，姓芈氏，居丹阳。"

《史记正义》引《帝系》曰："颛顼娶于腾埠氏女，生老童，是为楚先也。"《世本》云："老童娶根水氏之子，谓之缾祸，产重黎及吴回也。"

屈原与楚同姓，所以《离骚》自称为帝高阳之苗裔，其实我国古代各大民族均自称其祖为帝颛顼。秦、赵、越均然，不独楚。蜀僻处西陲，也要以蜀山氏女与颛顼发生一半共祖的关系。他宁待论？厥故何在，请看我的《九歌·河伯篇》。此处不赘。

"朕皇考曰伯庸"，王逸曰："朕，我也。皇，美也。父死称考，《诗》曰：'既右烈考。'伯庸，字也。屈原言我父伯庸，体有美德，以忠辅楚先世，有令名，以及于己。"洪氏《补注》曰："蔡邕云：'朕，我也。'古者上下共之，咎繇与帝舜言称'朕'，屈原曰'朕皇考'，至秦独以为尊，汉遂因之。唐五臣注《文选》云：'古人质，与君同称朕。"又以伯庸为屈原父名，皆非也。原为人子，忍斥父名乎？”

王逸与洪兴祖皆以“朕”为我，不知这是秦始皇称帝后的事，（钱澄之《屈诂》谓：“朕者眇小之称，胎中，初有微形曰朕，犹云兆耳。”荒诞不通之极！）以前朕字在文法上是属于代名词第一人称的所有格，犹言“我的”。“朕皇考曰伯庸”犹言我的先父名伯庸也。

请看经传里朕字的用法，以证此说——

（一）《诗·大雅·抑》：“莫扪朕舌，言不可逝矣。”

（二）《大雅》、《韩奕》：“缵我烈考，无废朕命。”“虔共尔位，朕言不易。”

（三）《尚书·尧典》：“朕在位七十载，汝能庸命，巽朕位。”

（四）《尚书·舜典》：“帝曰：‘咨，有能典三礼？’佥曰：‘伯夷。’帝曰：‘龙，朕塈谗说殄行，震惊朕师，命汝作纳言，夙夜出纳朕命，惟允。’”

（五）《尚书·大禹谟》：“带曰：‘格汝禹，朕宅帝位，三十有三载，耄期倦于勤，汝惟不怠，总朕师。’禹曰：‘朕德罔克，民不依。’‘惟口出好兴戎，朕言不再。’‘朕志先定。’禹乃会群后，誓于师曰：‘济济有众，咸听朕命。’”

（六）《皋陶谟》：“皋陶曰：‘朕言惠，可底行。’”

（七）《益稷》：“臣作朕股肱。”

（八）《汤誓》：“格尔众庶，悉听朕命。”《汤诰》：“罪当朕躬。”

（九）《盘庚中》：“明德朕言，无荒失朕命。”“汝不忧朕心之攸困。”“高后丕乃崇降罪疾曰：‘曷虐朕民……曰曷不暨朕幼孙有比……高后曰：‘作丕刑于朕孙。’”《盘庚下》：“历告万姓于朕志。”“今我羞告尔于朕志。”

（十）《说命上》：“若岁大旱，用尔作霖雨。启乃心，沃朕志。”《说命下》：“尔非训于朕志。”“王曰呜呼，四海之内，威仰咸德。”

（十一）《泰誓》：“呜呼，西土有众，咸听朕言……朕梦协朕卜。”“予克受，非予武，惟朕文考无罪，受克予，非朕考有罪，惟予小子无良。”

这些经文里，《诗经》朕字不多见，见到均作“我的”解，书经朕字甚多，十分之九作“我的”解，亦有一二作“我”字解。譬如《尧典》：“朕在位七十载”，《大禹谟》：“朕宅帝位”，不过这些文章都有问题。但《盘庚》是相当可靠的，而《盘庚下》“朕不肩好货”，也作第一人称的代词，这种例子却是少见。

“朕”又是代名词第一人称受格。《盘庚下》：“尔谓朕”“汝曷弗告朕”，犹“你们说我”。“你为甚么不告我？”《孟子·万章上》：“象曰：‘谟盖都君，咸我绩。牛羊父母，仓廪父母，干戈朕、琴朕、弤朕。二嫂使治朕栖。’”即“牛羊归父母，仓廪归父母，干戈归我，琴归我，弤归我”，其为受格亦同。

就屈赋本身而言，所有朕字也都作“我的”解：

《离骚》：“回朕车以复路兮，”“哀朕时之不当”，“怀朕情而不发”。

《抽思》：“憍吾以其美好兮，敖朕辞而不听。”

《思美人》：“固朕形之不服兮，然容与而狐疑。”

我们现在再论“伯庸”。王逸谓伯庸乃屈原父字，洪兴祖则谓子不能斥父名，以为伯庸非屈原父。叶梦得《石林燕语》根据礼文，以为“皇考”曾祖之称。王闿运《楚辞释遂》本其说云：“皇考大夫祖庙之名，即太祖也。伯庸，屈氏受姓之祖……旧以皇考为父。属辞之例，不得称父字，且于文无施也。”

闻匡斋亦主此说，其《离骚释诂》——民国二十五年一月刊《清华学报》——举出理由二点：

第一，皇考为远祖，刘向《九叹·逢纷篇》“伊伯庸之末胄兮，谅皇直之屈原。”是则向谓伯庸乃屈原之远祖，与王逸以为原父者迥异。同上《离世篇》曰：“兆出名曰正则兮，卦发字曰灵均。”云原之名、字，得之卦兆，则是卜于皇考之庙，皇考之灵，因赐以此名字也。谓刘向意不以为伯庸为屈原之父，于此益明。

第二，皇考为楚之先王，闻氏又引刘向《九叹·愍命篇》曰：“昔皇考之嘉志兮，喜登能而亮贤……放佞人与谄谀兮，斥谗夫与便嬖，亲忠正之悃诚兮，招贤良与明智……”据此，则原之皇考，又似楚先王之显赫者。夫原特为楚同姓，楚之先王，即原之远祖，固宜。此向不以伯庸为原父之又一证也。……皇考之称，稽之经典，本不专属文庙。《周颂·雝篇》，鲁韩毛三家皆以为禘太祖之乐章，而《诗》曰“假封皇考”，此古称太祖为皇考之明证，以彼例此，则《离骚》之皇考，当即楚之太祖。《汉书·韦玄成传》曰：“礼，王者始受命，诸侯始封者为太祖。”是《离骚》之“皇考”，又即楚始受命之君。故其人如《九叹·愍命篇》所述，乃似楚之先王。且《礼记·祭义篇》曰：“王者禘其祖之所自出，以其祖配之。”然则屈子自述其世系，以高阳与先祖之名并举乃依庙制之成法，而非出于偶然，抑又可知。要之刘向非浅学之俦，其持此说，必有所受。王逸徒拘于“父死称考”之成见，翻然易之，岂其然乎？

罗膺中（庸）更进一步，谓屈原为屈巫之后，伯庸盖狐庸。罗亦主张皇考非父之说与王闿运、闻匡斋诸家之说可以互相发明（见屈原身世蠡测稿本）。路百占又谓即楚王熊通，其证有六。大概谓熊通武功甚盛，楚人每不能忘；其子瑕，食采于屈，因以为氏，屈原故晋其受姓之先王，以示渊源。又公羊隐公元年传，疏引《春秋》说：“庸，通也。”其说甚长，兹从略。（路氏之书名《楚辞发微》，系石印讲义，现藏“中央研究院”图书室。）

游国恩《屈原》以为这一问题的前提，还在皇考二字意义的确定。假使皇考确为太祖的话，则指伯庸受封的始祖可以，指为屈氏受姓的始祖——屈瑕——也可以，指为申公巫臣之子狐庸更可以。因为在名字相同的一点上是不消费力去寻证据的。游氏又提出七点以证伯庸乃屈原之父而非远祖。

（一）《礼记·曲礼》明明说：“祭王父曰皇祖考，父曰皇考。”这是王逸所本，怎能说拘于“父死称考”的成见？若说据《曲礼》为成见，则叶氏及王壬秋的“曾祖”和“祖庙”的解释，仅据《礼记·祭法》以立说的，也是拘于成见了。

（二）班固的《幽通赋》首段即仿《离骚》的体裁。他在开篇有数语云：“帝高阳之玄胄兮，氏中叶之炳灵”，接着又说：“皇十纪而鸿渐兮，有仪羽于上京，巨滔天而泯夏兮，考遘愍以行谣。”巨是王莽，他字巨君。考是他的父亲班彪。这是班固叙述他父亲遭遇王莽之乱而忧思行吟。班氏在王逸之前，也以皇考为父称，而不用祖庙之说。他既不以皇考为祖庙，自然不赞成刘向的话。可知两汉学者，各有见地，不必从同。班氏也非“浅学之俦”，他这一说也不能说必无所受。

（三）《离骚》下文接着就说：“皇览揆余初度兮，肇锡余以嘉名：名余曰正则兮，字余曰灵均。”“皇”即承上文“皇考”而言。古者父之名子，礼有明文。内则所谓“三月之末，父执子之右手，咳而名之”是也。则《离骚》“皇考”的当释为父而非祖庙，自不待言。何必据《九叹》卦兆的文以为卜于皇考的庙而得此名呢？

（四）刘向所谓伯庸末胄者，本不过随据祭法为言，并非有意解释“皇考”的意义，似不得据为典要。即使不是随便说的，那也只能代表他个人对《离骚》的见解，而不能证明屈子所谓“皇考”的真意。

（五）屈氏受姓之祖是屈瑕，《左传》喜载异名，如屈巫字子灵，屈建字子木之类甚多。而屈瑕见于《左传》，并无字伯庸的话，故知壬秋为臆说。

（六）古文临文不讳，子称父名，于礼无嫌。屈子抒怀纪事，首先叙他自己的世系所自出，由远祖以下及己亲，正是合理。不得说“属辞之例，不得称父字”，更不得说“于文无施”。

（七）我们细研离骚的首段，自然有意叙述自己的家世，极似后世各家的传记体裁，岂有只叙述远祖而反略其所生之理？

根据以上七项理由，游氏又说：“我还以为伯庸为屈子的父名而非始祖的名字，不管刘向如何说法，王逸的注辞，似乎不能推翻。”

笔者按游君之说甚是。古者固有避讳之俗，但客观叙事，则必据实直书，如《史记·太史公自叙》，直斥其父谈之名；班固《汉书·叙傳》亦称其父班彪名及字；王充《论衡·自纪篇》称其祖名汎，父名诵。盖自叙传体裁，理应如此。洪兴祖及以后主张子不得斥父名，遂谓伯庸非屈原父者，对于马班等之书竟若未入目者，岂不可怪！

再谈摄提。

王逸曰："太岁在寅曰摄提格，陬为正月，见《尔雅》。孟，始也。贞，正也。庚寅日也。'言己以太岁，正月始春，庚寅之日，下母体而生也。'"刘永济言屈子生卒年月，以江宁陈玚考核为精。据其推算，惟楚宣王二十七年戊寅，建寅之月，己巳朔。庚寅为月之二十二日，屈子殆以是年生，即周显王二十六年也，为公元前三百四十三年。

但我们现根据另一历法天文家的说法，屈原并非生于壬寅年，见拙著《屈原与九歌》的《屈原评传》。

皇览揆余初度兮，肇锡余以嘉名：名余曰正则兮，字余曰灵均。

五臣云："我父鉴我初生之法度。"戴震曰："言始生有端善之度，爰以立名。"又自注曰："初度，即《列女传》所谓生子形容端正。"蒋骥《山带阁注楚辞》曰："初度，初年之气度。"不知初生婴儿有何气度可观？谓为形容端正亦嫌附会。惟王夫之《楚辞通释》语较合理，曰："览其初生之日，合于法度，因锡以嘉名。"闻匡斋就船山之意更引申之曰："一本，余字下有'于'字……当从一本补之。'度'即天体运行之宿度，躔度，'初度'，谓天体运行纪数之开端。《离骚》用夏正，以日月俱入营室五度（日月如连壁，五星如连珠）为天之初度，以历家所谓'天一元始，正月建寅'。'太岁在寅曰摄提格'是矣。以摄提贞于孟陬之年生，即以天之初度生。'皇览揆余于初度'者，皇考据天之初度以观察余之禄命也。要之，初度以天言，不以人言。今本'余'下脱'于'字，则是以天之初度为人之初度，殊失其旨。"

"肇"，王注"始也"。按仲虺之诰："肇我邦于有夏。"《传》："始我商家，国于夏世。"《大雅·生民》："后稷肇祀。""肇锡余以嘉名"，言开始赐我以美名。

"名余曰正则"，"字余曰灵均"。王逸注："正，平也。则，法也。灵，神也。均，调也；言平正可法者，莫过于天，养物均调者，莫过于地。高平曰原，故父伯庸名我为平以法天，字我为原以法地。”此说从之者甚多。然马永卿则谓为小名小字（懒真子），都穆《听雨纪谈》，陈第《屈宋古音义》亦赞成之。谓如司马相如小名“犬子”，及“封、胡、羯、末”之类，以见其父笃爱之意，若如王逸之说，“则置覆设谜，使人射猜之，岂理也哉？”实则《离骚》虽为屈原韵文的自传，究竟是件文艺品，全篇以香花香草隐喻自己学问德行，神人神境譬喻其趋向与行动，岂有将真姓名直接写出之理？“正则”影射其名“平”，“灵均”影射其字“原”。王叔师说是对的。王夫之云：“隐其名而取其义，以属辞赋体然也。”（《楚辞通释》）徐焕龙说：“‘正则’‘灵均’盖从‘平’‘原’二字衍其义而为词。”（《屈辞洗髓》，见王邦采《离骚汇订引》）也是对的。近代有人谓为“笔名”，古虽无笔名之说而有别号，主亭阁轩馆，不可枚举，战国时若《庄子》中之“亢桑子”、“畏里虚”皆空语无事实，虽非笔名，谓小说中捏造之名亦无不可。但《离骚》之“隐名取义”，“衍义为词”，则更胜一筹。详细解说，请阅我的《屈原评传》。

纷吾既有此内美兮，又重之以修能：扈江离与辟芷兮，纫秋兰以为佩。

“纷”，美盛貌。姜寅清谓下文“纷有此姱节”、“纷总总其离合兮”皆同此倒装句法。《离骚》句法，往往以疏状字，动字、倒置于主词之前，如“汩余若将不及兮”、“高余冠之岌岌”皆是。（《屈原赋校注》）

王注“修能”谓修，远也。能为才能。朱熹《集注》亦以“能”为才能，但又说“能，一作态，非是”。不知此修能之能，正应作态。朱骏声谓能乃态之借字。态之本义，兼姿容才艺言。闻氏曰：“能、态，古字通。”《怀沙》“非俊疑杰，固庸态也”。《论衡·累害篇》引作“能”。《庄子·马蹄篇》“故马之知而态至盗者”，态读为能。《汉书·司马相如传》：“君子之态”，《史记集解》引徐广本作能。《素问·风论》：“顾问其诊及其病能”。即病态。修态谓容仪之美。《招魂》曰“姱容修态”，《西京赋》曰“要绍修态”，义与此同。

按《离骚》此二句“内美”指内才，“修态”指外表，两者正相对。屈原不但天才夐绝，万世无比，即其容貌亦昳丽非常，是一个美男子，所以不免自感得意，形于篇章。谢万《八贤颂》言屈原曰：“皎皎屈原，玉莹冰鲜，舒采翠林，摛光虬川。”（《初学记》十七引）沈亚之云“屈原细瘦美鬓，丰神朗秀，长九尺。好奇服，冠切云之冠。性洁，一日三濯缨。”（《屈原外传》）谢万东晋人，亚之唐人，他们都说屈原貌美，谅有可以凭信的资料作为此言。况态可与佩协韵，能则否。

王逸曰：“扈，被也。楚人谓被为扈。”则是一句方言。江离一作江蓠，洪氏《补注》曰“江离说者不同。《说文》：‘江离，蘼芜。’然司马相如赋云：‘披以江离，糅以蘼芜’，乃二物也。郭璞曰：‘江蓠似水荠。”张勃云：‘江离出海水中，正青似乱发。’郭恭义云‘赤叶’未知孰是。”

芷，即白芷，一名白茝，生下泽，春生，叶相对，楚人谓之“药”。辟，王逸谓：“幽也，芷幽而香。”朱熹亦曰：“辟，幽也。芷亦香草，生于幽僻之处。”照王朱二人之说，则辟字是个形容词。但姜寅清则谓“辟”读如《孟子》“妻辟纑”之辟。刘熙注云：“缉，续其麻曰辟。”扈江离与辟芷为平列之词。扈、辟，皆作动词用。实则辟是动词之变为形容词者，与江离之江字相对。

闻匡斋引《晏子春秋·杂上篇》及《荀子·劝学篇》、《大略篇》谓：“古人佩服芳草必先以酒渐之。又引《广雅·释器》曰：‘寖、醮、郁、靡、幽也。’”王念孙曰：“此谓藏食物也。”案寖、醮，即浸湛，并与渐通。……此文辟芷与下文幽兰，并与诸书言渐兰茝者同，谓以酒浸湛而幽藏之也。《玉篇·广部》引此作廦、靡、辟同。

按闻说诚精湛，惜乎过于板滞。古人喜佩带芳物，固必先制为香料，盛以荷囊，取其便利。惟观《离骚》下文：“朝搴阰之木兰，夕揽洲之宿莽”，又曰：“朝饮木兰之坠露，夕餐秋菊之落英”，“揽木根以结茝，贯薜荔之落蕊”。若皆酒渍醋醮，则索无情趣，且旦夕之间也不能猝办。所以笔者主张《离骚》所言香花草，皆为新鲜之物，因其本属譬喻，并非真物，故佩之服之，不嫌其多。

> 汩余若将不及兮，恐年岁之不吾与，朝搴阰之木兰兮，夕揽洲之宿莽。

汩，方言，疾行也，楚语谓取为搴，阰，旧注山名，在楚南。阰与洲为相对之文，此为水中可居之陆地，则阰非特别名词可知。戴震曰："小阜曰毗，大阜曰阰。"王夫之曰"阰与陂同。"俞樾曰："阰，坒之假字，《说文》：'坒，地相次比也。'"

木兰，洪氏《补注》引《本草》云："木兰，皮似桂而香，状如楠树，高数仞。"任昉《述异记》："木兰川在浔阳江也，多木兰。"诸家皆谓木兰为香木，乃辛夷之白者，又曰去皮不死。戴震则谓《广雅》谓之桂兰。（自注：皮似桂而香，或作杜兰，疑杜字为桂之讹。）或谓之林兰。

宿莽，王注："草冬生不死者，楚人名曰宿莽。"洪氏《补注》曰："《尔雅》曰：'卷施草拔心不死'，即宿莽也。"戴震曰："宿莽，谓陈根之芽，犹《诗》言：'自牧归荑，询美且异。'木兰宿莽，以喻学问，朝搴夕揽，则言为学之勤。"

> 日月忽其不淹兮，春与秋之代序，惟草木之零落兮，恐美人之迟暮。

美人，王逸曰："美人谓怀王也。人君服饰美好，故言美人也。"语殊可笑。李陈玉曰："美人旧以况君，然下文灵修既云妇悦其夫之称，篇中复云众女嫉余之蛾眉，则美人以自况明矣。言宜及其盛年，见用于君也。"钱澄之曰："美人自况为是，臣之于君，犹妇之于夫，故坤曰地道也、臣道也、妻道也。以零落况迟暮，与下文及荣华之未落，正相应。"洪氏举屈赋中三种美人之喻法，亦皆失当。朱熹曰："美人谓美好之妇人，托词而写意于君也。"戴震曰："美人谓先我而好修者也。”自注：“老泉上欧阳内翰书以道之成而及见当世之贤人君子立说，盖即此章之意。”马其昶曰：“美人泛言贤士。”皆非。笔者认为古者男女皆可称为美人。《诗》“彼美人兮，西方之人兮。”(《邶风·简兮》)又曰：“卢令令，其人美且仁!”(《齐风·卢令令》)皆指男子。汉代《饶歌十八曲·圣人出》有“美人哉，宜天子”语，陈沆谓系颂汉宣帝起自民间事。此处美人乃屈原所以喻怀王，盖言日月不居，春秋代序，草木荣盛于春，至秋冬亦复零落，吾人少壮时若不努力，则恐老大之徒悲。下文有“抚壮弃秽”，“道夫先路”之言，皆指君主也。王逸谓此处美人指怀王，固胜以后诸人之说，谓人君服饰美好，始称美人，则非。

> 不抚壮而弃秽兮，何不改乎此度？乘骐骥以驰骋兮，来，吾道夫先路！

《文选》于第一句无“不”字。诸家皆以“壮”指壮盛之年，或贞干之夫。“秽为恶行”，本为稼穑之杂草，以喻怀王不乘壮盛有为，弃远谗佞云云。“何不改此度?”则又谓怀王何不改此恶行也。朱骏声则谓此二句乃屈子自谓(《楚辞补注》)。刘永济曰：“壮，庄之借字。《说文》：‘庄，从草，壮声。’许氏无说。唐韵：‘草盛貌。’朱骏声曰：‘此字疑草整齐貌，故注为严敬之训。’然唐韵草盛之貌，亦非甚误。壮虽有盛大之训，不如‘庄’可与下‘秽’对文。且庄又有严饰之义。《神女赋》：‘貌丰盈以庄姝兮’是也。则作‘庄’尤与‘好修’义近。”

刘永济以“壮”为“庄”引唐韵为草盛貌，但他又转为“严饰”，谓与“好修”义，以为乃屈原自指，非。“庄”既为“秽”对文，则当作稼穑解，言怀王不肯拔除杂草，保护稼穑，是个坏习惯，何不改一改呢?“度”可作“习惯”、“举措”、“态度”解，《思美人》“未改此度也”语意相同。《章句》本“抚壮弃秽”上有“不”字，此《文选》本无为优。这四个字的上面否定词千万省不得，不然，屈原岂不希望怀王不要改去这不良习惯了?

"乘骐骥以驰骋"，乘一作"椉"，一作"策"，以"乘"为是。"先路"者，"先辂"也。《礼记·郊特牲》："先路三就"，闻匡斋曰："先路之路，本读为辂。"（《书·顾命》："先辂在左塾之前。"《周礼》曲路，郑众注，《文选·东京赋》李注引并作路。）（《楚辞校补》）"来吾道夫先路"，周拱辰曰："来字折句读，言果能来相从乎？吾当为先导耳。"就是说"来吧，我当做先驱之车为您开路。"

这一节文字若谓为屈原自指，则"何不改此度"何说？愿作先辂在前引导，又作何说？

> 昔三后之纯粹兮，固众芳之所在；杂申椒与菌桂兮，岂维纫乎蕙茝？

"申椒"，王逸注："申，重也。椒，香木也。其芳小，重之乃香。"洪《补》引《淮南子》"申茮杜茝，美人之所怀服"。又下文"谓申椒其不芳"，申椒皆连言。朱熹疑申为地名。蒋骥亦曰："申，地名。椒，木实之香者，菌桂，箘桂，花白，蕊黄，正圆如竹。"《考异》曰："菌一作箘，其字从竹。"姜寅清曰："按申椒，大椒也。"《尔雅》"椴大椒"。郭注云："今椒木丛生，大者名为椴。"菌桂亦桂类，嵇含南方草木状云："桂有三种，如枸叶皮赤者为丹桂，叶似柿叶者为菌桂，叶似枇杷者为牡桂。"观察文气，申椒菌桂与蕙茝为对文。前属木本之芳物，而后属草本之芳物，则可见前为香之大者，后为香之小者。以喻三后之朝廷所聚皆为大贤大才之人，小贤小才如蕙茝之属，其盈溢于仕途，更不待论。

"三后"异说甚多，逸注："谓禹、汤、文王也。"朱熹于《集注》中一遵王说，在《辩证》中则谓："三后若果如旧说，不应于其下方云尧舜，疑谓三皇：或少昊、颛顼、高辛也。"又有为楚先王之说者。王夫之曰："旧说以为三王，或鬻熊、熊绎、庄王也。"戴震亦曰："三后谓楚先君贤而昭显者，故经省其辞，以国人共知之也。……在楚言楚，其熊绎、若敖、蚡冒三君乎？"刘永济居然赞成其说曰："按王戴二氏，说较旧注义长。下文始举尧、舜、桀、纣比言之，此处自以称楚之贤后为当。注家习闻禹、汤、文王，遂有此误耳。”姜寅清亦曰：“三后，犹言三君，指楚之先君言。”即熊绎、若敖、蚡冒。

笔者按屈原行文有层次，有步骤，有缓急、有重轻，彼虽楚人，而其沐浴薰陶于中原文化，更胜于邹鲁缙绅之士，岂有将楚先君位置于尧舜之前之理？且“纯粹”二字犹言其道德十全十美，一无瑕疵。楚先君之德行果能臻此境地么？请试考之史文。楚先君如熊绎者为始封于楚之君，不过子男之爵，若敖、蚡冒，荜路褴缕，以启山林，其文化水准不过在蛮夷线上。蚡冒死后，谥为厉王，见《韩非子·和氏篇》及《外储篇》。东方朔《七谏》，咏卞和“遇厉武之不察，羌两足之毕斫”（卢文弨以《史记·楚世家》无厉王，疑厉字乃武字之误，但《韩非·和民篇》“及厉薨，武王即位”，东方朔“遇厉武之不察”可见厉王乃武王前一代之楚君。（武王乃蚡冒弟熊通，弑蚡冒子而代立者。）幽厉为恶谥，则蚡冒之非贤君可知。王夫之所称之鬻熊事周文王，《汉书·艺文志》有鬻子二十二篇。《列子·天瑞》及《贾子新书》常引其言，与道家宗旨相似。疑此一鬻熊不过其名字偶然与楚民族之鬻熊相同而已，未必系一人。因周文王时根本没有道家。且周文王时，楚先鬻熊，并无封邑，又早卒，岂足称“后”？

楚庄王为春秋五霸之一，诚为一代英主，然即位三年，日夜为淫乐，其后观兵周郊，问鼎重轻；县陈；克郑；围宋五月，致城中析骨而炊，易子而食，惨不胜言。可见楚庄王亦不过是一个喜欢扬兵威，夸武功的人，决非儒家理想中之圣主，屈原又安得以“纯粹”二字许之？

我们现在不妨将“三后”再来研究一下：

（一）《诗·大雅·下武》：“三后在天，王配于京。”注指太王、王季、文王。

（二）《周书·吕刑》：“乃命三后，恤功于民，伯夷降典，折民惟刑；禹平水土，主名山川，稷降播种，农殖嘉谷，三后成功，惟殷于民。”这个三后分明指伯夷、禹、稷。

（三）《周书·毕命》：“王曰……惟周公克慎厥始，惟君陈克和厥中，惟公克成厥终，三后协心：同底于道。”周公是周公旦，他是周室开国功臣，地位极高。君陈，是代替周公监视殷遗民的。《周书》有《君陈篇》。君陈死，周康王命毕公荣代其位，是以有“毕命”篇。三后即指周公、君陈、毕公。他们三位于文王之世即为大臣，位为诸侯之长，可以称后。

（四）《左传·昭公三十二年》：“三后之姓，于今为庶，王所知也。”杜预注：“三后：虞、夏、商。”《正义》曰：“从周而上，故数此三代。三代子孙，自有为君者，言其贱者，为庶人也。”

我们再来将“三王”来研究一下：

（一）《礼记·学记》：“三王四代为师，此之谓乎？”“三王之祭川也，皆先河而后海。”

（二）《礼记》：孔子闲居，“子夏曰：‘三王之德，参于天地，敢问如何，斯可谓参于天地矣。”此指汤、文王、武王。

（三）《礼记·内则》：“凡养老，三王有乞言，五帝宪。”“三王亦宪，既养老而后乞言，亦微其礼，皆有惇史。”

（四）《礼记·乐记》：“五帝殊时，不相沿乐，三王异世，不相沿礼。”

战国时代三皇五帝之说渐兴。《礼记·内则》和《乐记》以三王五帝相对而寸，可见是指三皇。朱熹先疑为少昊、颛顼、高辛。黄文焕亦曰：“三后，三皇也。繇高阳视三皇，时相迩，统相接。或以为夏、商、周三后，失原叙次之义矣。因述尧舜之遵道，故溯三皇也。三皇，先尧舜而开路者也。尧舜遵三皇而得路者也。天地开而德义之标立，三皇固众芳之始祖矣。纯粹必须众，众必须杂，孤芳易歇，一种易尽，非是不足以储之也。”这话是有相当道理的。不过三皇究竟是些什么人，黄氏未曾明说。我们若将三皇来考察一下，则异同之说正多：

（A）《史记·秦始皇本纪》是天皇、地皇、泰皇。

（B）司马贞《补三皇本纪》是天皇、地皇、人皇。

（C）《礼含文嘉》是伏羲、燧人、神农。

（D）《春秋元命苞》和《春秋斗运枢》是伏羲、女娲、神农。

(E)《礼稽命征》，伪孔安国《尚书序》是伏羲、神农、黄帝。

我们现在除去晚起的纬书之类，看看战国时代有否三皇的话。《孟子》曾提三王五霸。五霸既指齐桓晋文等人，则三王自然是夏禹、商汤、周文了。这可不必计算。《荀子》有五帝三王，《庄子·天运篇》则提到三皇五帝，《吕览·贵公》、《用众》、《禁塞》、《孝行览》都有三皇五帝的字样。惜亦未曾说明三皇是谁。

我以屈原是邃于神话学的人，战国时域外文化大量传入中国，三分宇宙大神之名——即天、地、泰三皇之名他早该知道了——始皇改号时，群臣言："古有天皇、地皇、泰皇，泰皇最贵。"言"古有"可见并非临时捏造。以始皇之精明，群臣又岂敢面欺？——若说《离骚》所论乃人格化之古皇，则窃意当为"伏羲"、"神农"、"黄帝"。伏羲之名见《易》（系词上），亦见《庄子·缮姓篇》，神农见《孟子》许行之言(《孟子·滕文公上》)，黄帝见邹衍大九州之说，"先序今以上至黄帝，学者所共术"(《史记·孟荀列传》)，《礼记·祭法》亦云："有虞氏禘黄帝而郊喾"，孟子邹衍均与屈原同时。庄周设果为杨朱，则与孟子同时，亦与屈原同时了。

> 彼尧舜之耿介兮，既遵道而得路。何桀纣之昌被兮，夫唯捷径以窘步！

逸曰："耿，光也。介，大也。"姜寅清曰："按耿。光双声。《说文》耿下引杜林说：'耿，光也。《古文尚书》曰：'文王之耿光。'耿光盖古语亦即耿介也。耿介有光大特立之义，故《九辨》云'独耿介而不随兮'，不随即特立矣。遵，循也。遵道，遵三王之道也。三后之道，即善用贤才之道也。"

于此，我们愈知"三后"乃三王，而非楚先君。盖尧舜在春秋战国时已成为理想之圣王，屈原虽曰爱护楚先，亦万万不敢作此等唐突语。姜寅清一面主三后为熊绎、若敖、蚡冒，一面又谓尧舜遵循其道，实为不可原谅的大错。盖楚先君之时代均在尧舜之后，尧舜居然能遵循其道以行，岂非天大奇谈么？

"昌被"一作"猖披"。闻匡斋曰："案日本新撰字镜六引原本《玉篇》中部转引本书，作'昌帔'。宋本、元刊本、王鏊本、朱燮元本、大小雅堂本，并作'昌被'。唐写本及今本《文选》，并作'昌披"。《合壁事类》续集四，一引本书同。易林观之大牡曰'心志无良，昌被忘行'，亦作'昌披'。曰'猖'字古本当作'昌'。今作'猖'者，盖后人以训诂字改之。"

姜寅清曰："钱杲《离骚传》：'猖披，行不正貌。'于义为近。昌披盖古连语，今云南昭义方言谓人之狂乱无处不到曰'茶（上声）遍'，即昌披一声之转也。朱骏声以为实'伥跛"二字，盖以训诂字书之也。《说文》：'伥，狂也。''跛，行不正也。'与狂乱意近。言行业不正曰：'倡俳'，亦同族语矣。"

"捷径"与"路"相对，路者正路，亦大路，径则为步道，俗云小路。《论语》："行不由径。"《左传》："待我不如捷之速也。"捷，邪出之路也。尧舜治国遵正路而行，而桀纣则狂乱地抄那邪出之小路，以为可速至，而不知终致途穷之叹。

惟党人之偷乐兮，路幽昧以险隘。岂余身之惮殃兮，恐皇舆之败绩。

党人言亲秦派之公子子兰，夫人郑袖，大夫靳尚等人。"偷"，旧注皆以为苟且便安。姜寅清谓："按偷即《说文》之偷，本训巧黠。王训苟且者，读若表记'安肆日偷'之偷，盖引申之义。张衡《东京赋》：'今公子苟好剿民以偷乐，忘民怨之为仇也。"薛综曰：'偷，犹侥幸也。'侥幸亦巧黠苟且之意。"不过这里"偷"字作偷安、偷惰之偷解，较佳。

"路"者，小人朋党所引导之路，即亲秦政策也。此虽可偷安于一时，而祸患亦不旋踵即至，是亦如桀纣贪邪出之捷径，而终至于寸步之难行。

"岂余身之惮殃兮"，洪《补》曰："一本无身字"，朱《集注》引："一本身作心。"逸曰："言我欲谏诤者，非难身之被殃咎也。"

语意殊嫌其曲。屈原盖谓我之不从党人者，非惧己身亦陷于穷途，乃忧国家将有颠覆之祸耳。逸又谓："皇，君也。舆，君之所乘，以喻国也。"战国时皇字作名词解，皆指神明。如"东皇"、"西皇"、"上皇"，人王尚未可称之。逸语殊误。皇字盖作光辉解。"皇舆"隐喻国家。

败绩，乃古时战争术语，凡战而大败，则曰败绩。经传中有以下诸例：

（一）《春秋·成公元年》："秋，王师败绩于茅戎。"《传》："三月，癸未，败绩于徐吾氏。"

（二）《春秋·成公二年》："夏，四月，丙戌，卫孙良夫帅师及齐师战于新筑，卫师败绩。"

（三）同年"六月癸酉，季孙行父帅师会晋却克，卫孙良夫，曹公子及齐师战于鞍，齐师败绩"。

此外则桓公十三年，庄公九年，十年春秋均有败绩语。

庄公十年传："凡师敌未陈，曰败某师，皆陈曰战，大崩曰败绩，得儁曰克，覆而取之曰取某师，京师败曰王师败绩于某。"但严格言之，战时马惊断其缰辔，不可控制，而致兵溃者亦曰败绩。《檀弓》有例在。《檀弓》记"鲁庄公及宋人战于乘丘，县贲父御，卜国为右，马惊败绩，公队（坠），佐车授挪，公曰：'未之卜也。'县贲父曰：'他日不败绩，而今败绩，是无勇也。'遂死之。"屈原以败绩施之皇舆，不及全军，可见其遣词用字之精审。

忽奔走以先后兮，及前王之踵武。荃不揆余之中情兮，反信谗而齌怒。

戴震曰："奔走先后，皆急追之意，欲踵前王之业于今日也。"姜寅清曰："及，速也。甲文作，金文作，象人从后及之，即今逮捕之逮本字，引申为人相及迹也。"

踵，继也。武，迹也。《诗》曰："履帝武，敏歆。"奔走先后亦见《诗》："予聿有奔走，予聿有先后。"屈原自言辅翼皇舆，或奔于舆前，或走于舆后，希望将皇舆引上前王所曾行过的正确的道路。“前王”即指前面说及的三后：尧、舜等，不一定指楚之先王。

“荃”，王逸曰：“荃，香草以喻君也。人君被服芬香，故以香草为喻。恶数指尊者，故变言荃也。”洪《补》曰：“荃，与荪同。《庄子》‘得鱼而忘荃’，《音义》曰：‘香草可以饵鱼。’又陶《隐居》曰：‘冬间溪侧，有名溪荪者，根形气色，绝似石上菖蒲，而叶无脊。’亦香草。”朱子曰：“荃以喻君，疑当时之俗。或以香草更相称谓之词，非君臣之君也。此又借以寄意于君，非直以小草喻至尊也。旧注云人君被服芬香，故以名之，尤为谬说。”（《楚辞辩证》）其他楚辞注家无不谓荃与荪同一字，不过写法有别而已。姜寅清曰：“荃，诸家谓与荪同音……恐非。荃无荪音，从荃之字亦无近孙音者。又颜延年‘比物荃荪’，荃荪连文，则荃非荪矣。荃本芥脆，芥脆者，以芥为赍脆鲜也。而荪乃兰荪，即今石菖蒲，是亦微有香气，与芥胞义亦绝无相涉，或相关连之理。其中必有一误字……王逸以为荃以喻君，其说极确，可贯通屈子各篇。”

按逸说甚可笑，朱子已斥之。服饰芳香，岂独人君，屈原乃人臣，据《离骚》全文所叙，服饰芳香，世无伦比，请问又将何以解说呢？姜氏竟许以“其说极确”不知何据？

洪氏《补注》谓荃字音荪。又说荃是作鱼饵的香草。按《庄子·外物篇》：“荃者所以在鱼。得鱼而忘荃。蹄者所以在兔，得兔而忘蹄。”盖荃字本应从竹，成玄英本作筌，乃是鱼笱，捕鱼之器。下文蹄者兔罝，所以系兔之脚，故曰蹄。筌蹄二字对文。知其皆为工具。得鱼忘筌，得兔忘蹄始有意义，若说荃是香草的鱼饵，请问庄子这句话有什么意思呢？不过古人有随笔写同音字的习惯，鱼筌误作鱼荃，才有那个误会。

朱子的“荃以喻君，疑当时之俗。或以香草更相称谓之词”。亦非。因古籍无此说。姜氏所谓其中必有一误字者，就是说屈赋中荪荃二字常互误，如《九歌》“荪桡”、“荪壁”皆作“荃桡”、“荃壁”可证。故此处“荃”字当是“荪”字之误云云。

其实，屈赋中《离骚》与《九歌》，“荪”字凡五见，“荃”字仅一见。"荪桡"、"荪壁"之误作"荃桡"、"荃壁"乃后代抄写之人误以荪荃二字相通，随笔写错的缘故。荪桡、荪壁之荪乃实字，指香草，置桡壁上则变为形容词，与作代名词用者，虽同一字，意义迥别。

按《离骚》全文，既以香花香草，隐喻学问德行及人物之贤愚善恶，政治之清明与混浊，则代名词亦应取诸香草。"荪"、"荃"二字之不同，并非如姜氏所云二者必有一误。屈赋用"荪"字代表代名词第二人称，等于"您"。《少司命》：

> 夫人自有兮美子，荪何为兮愁苦？

此乃少司命之情人见少司命向己追求慰之之词。言美女子他人家不乏，您何必独独为我这么愁苦呢？又：

> 竦长剑兮拥幼艾，荪独宜兮为民正！

此乃少司命之女信徒对神赞美之词。言少司命身上竦着长剑，怀中抱着年轻貌美的情人，您真配做"民正"呀！

《九章·抽思》：

> 数惟荪之多怒兮，伤余心之怀胎慢慢。

下文言君昔日与我原有成约，中道忽然改变，"与余言而不信兮，盖为余而造怒，愿承间而自察兮，心震悼而不敢"。此时屈原在放逐途中，君主固不在前，然以中心冤痛，遂假与君当面对语，而直以第二人称"您"呼之。以下"荪佯聋而不闻"，"愿荪美之可完"，其例皆同。

至于"荃"字则为第三人称"您"。北方人对所尊敬者不称"他"而称"您"，如你之为"您"，您字，常见小说，您则唯口语而已。《离骚》亦仅一见，故姜氏疑之。"荪"、"荃"虽皆为代名词，而仅施之于神明及君主，当是敬称。乃屈原所发明者，实也由香草香花象征各种事物而触发此一意念。并非如朱子所谓乃当时称君之俗，或平民彼此相谓之词。至于荪、荃果为何种香草，似乎不必深究。

“齌怒”，戴震曰：“齌读如《诗》‘天之方懠’之懠。毛《传》云：‘怒也。’《考异》曰：‘齌，一作齐。《释文》：齐或作赍，并祖西切。’”刘师培曰：“颜师古《匡谬正俗》七、《御览》九百十三、《事类赋注》二十四，并引作‘齐怒’。”刘永济曰：“按六臣本《文选》作齐，引逸注：‘齐，疾也。’与《尔雅释诂》合，作齐是。作齌者，古通假字，作赍者，传写之误也。”照他们的说法，“齌”字应该作“齐”。姜寅清亦云：“‘齌’，《说文》‘炊铺急也’。此分别专字。……《荀子》‘齐给便敏’。注‘速也’。《尔雅释诂》‘齐，疾也’。《史记·五帝本纪》‘幼而徇齐’，《集解》‘速也’皆是。”笔者则认为作“齌”为是，《说文》既有此字，何必定作“齐”？

余固知謇謇之为患兮，忍而不能舍也。指九天以为正兮，夫唯灵修之故也。

逸注：“謇謇，忠贞貌。《易》曰：‘王臣謇謇，匪躬之故。’”洪《补》：“今《易》作蹇蹇。蹇，难行貌。”朱曰：“謇謇，难于言也。直词进谏，已所难言，而君亦难听，故言之出有不易如謇吃然也。”姜寅清遂谓：“‘謇’字为汉以前书所无，当是‘諓’之通假。贾逵外传注曰：‘諓，巧言也。’韦昭曰：‘諓諓，巧辩之言也。’諓即《书·秦誓》‘惟戳戳者善谝言’之戳，今文《秦誓》作戋戋，《说文》戈部戋戋下引之，释云‘巧言’也。巧言即上文之谗言矣。”旧注皆以“謇謇为患”乃屈原之所以自谓，姜氏乃以为小人之谗言，语意完全相反。他说“謇”字为汉前书所无，《九章·抽思》“何毒药之謇謇兮，愿荪美之可完”据洪《补》说系用《书》“若药不瞑眩，厥疾不瘳”及《传》“美疢不如恶石”之意。则謇謇当然是屈原自指。《离骚》第二段女媭责原有“汝何博謇而好修”。马其昶谓：

"博謇，谓謇谔之甚。"可见謇亦屈原自指。至"謇吾法夫前修兮"、"謇朝谇而夕替"两謇字虽皆作发语词解，不得谓汉前无此字。且《易》亦有"王臣謇謇"。謇字虽有时不从"言"而从"足"，究以从"言"为正。所以姜说虽若甚辩，而不足取。况下句"忍而不能舍"即我虽知忠言足为患，但始终不能不言之意。

指九天为正，逸谓"九天，中央八方也"。洪《补》引《淮南》中央钧天云云，皆为平面的九天。朱子则云天有九重，为立体的九天。窃朱氏之意：似为此处九天乃九重天并言，则颇误。王夫之、蒋骥、戴震，受西洋传教士所传天文学影响，已能举出九重天之名，不过对"九天"亦不能解说。其实"九天"者乃第九重天之神，即西洋古天文上宗动天之神也。第九重天之主神乃少司命。少司命为夜间之太阳神，在中国曰"民正"，在西亚为"大裁判者"，听讼正直公平。又夜间之太阳，必为冥君，为监盟誓质证之神。见我所著《少司命与生神》篇。屈原忠而被谗，贞而不见信，满怀冤苦，无可告诉，故指第九重天主神为之质证，言我之所以謇謇为忠言，隐忍谤辱不愿舍去者，皆是为了怀王的缘故，第九重天之主可为我之证明。

"灵修"，逸谓："灵，神也。修，远也。能神明远见者君德也。"盖指怀王。洪《补》亦云然。朱子则谓："灵修有明智而善修饰，盖妇悦其夫之称，亦托词以寓言于君也。"此则涉下文"黄昏为期"而误。戴震谓："灵修者，相谓之美称。篇内借以言君也。"借以言君，固是，相谓之美称，则大谬。假如其说，则朋侪间皆可以灵修二字相称，有此理么？王邦采又说："灵修者，大夫颂其君之词，即借以称其君之词。"春秋战国之书今皆具在，不知何国大夫称颂其君以此二字？王氏之言，太嫌杜撰。刘永济又作新解曰："按灵修之义，旧注得之，而未尽。诸家别创一义以易之，皆未当。灵修者，神明广远之义，盖托名于天神而寓言于国君。《九歌》'留灵修"亦当作此解。叔师说山鬼'留灵修'以下，阑入怀王，致辞意轇轕，诸家多以骚之灵修谓君，山鬼之灵修谓人，亦嫌辞意不分……《离骚》之文大都托意神灵，致其怨慕，重华、蹇修、灵氛、巫咸……皆是。灵修当亦神类，荆楚文献无征，故滋异说耳。"姜寅清曰："凡屈赋灵字皆指神异，不作他用。《离骚》灵修凡三见，盖皆托之天神，而寓意于国君。”此与刘氏语气极近。惟诸家以灵修为神，固为不错，究为何神，则他们是搞不清楚的。我以为灵修乃冥君，详《山鬼》篇灵修注，及《大司命与死神》疏证，不复。游国恩谓灵修盖指已死之楚怀王，下文“伤灵修之数化”，“怨灵修之浩荡”皆同。《离骚》“哲王”则指当时尚在位之顷襄王，如后人所云“先皇”“今上”耳。其言诚大有见地。怀王对屈原后虽无恩，以前则亦有惠，况屈子曾北面为之臣，其人虽死，岂能北之于判官、鬼卒。唯“冥君”与其身份相当，故取以喻之罢了。

（曰黄昏以为期，羌中道而改路）

洪《补》曰：“一本有此二句，王逸无注，至下文‘羌内恕己以量人兮’始释‘羌’义，疑此二句，后人所增耳。《九章》曰：‘昔君与我有诚言兮，曰黄昏以为期，羌中道而回畔兮，反既有此他志’与此语同。”屈复曰：“此二句与下‘悔遁有他’意重，又通篇皆四句，此多二句，明系衍文。”闻匡斋曰：“案通篇叶韵，通以二进，此处武、怒、舍、故、路相叶，独为奇数，于例不合。此亦二句当为衍文之确证。——唐写本及今本《文选》并无此二句，钱本亦无，当据删。”

初既与余成言兮，后悔遁而有他。余既不难夫离别兮，伤灵修之数化。

姜寅清曰：“成，王逸训平，朱熹以为要约之言，于义皆不甚允。按成读为《左氏传》桓二年‘以成宋乱’之成，定也。成定一声之转。《吴语》‘吴晋争长未成’，成亦训定，则成言犹定言。凡可定者必善，故成亦得训善。”又曰：“化读为讹，即讹字，伪言也。……余盖不难于离别远去，所惜者君数四讹伪，其言无常操守也，即言而无信之意。”笔者按怀王始信任屈原之才，用之甚专，所谓“入则与王图议国事，出则应对诸侯”，谅必有“吾一以国委子”之要约，姜氏谓之为定为善，均无不可，特谓“数化”为“数讹”即数作伪言，则殊不以为可。国君之于臣，初信任而后疏黜，皆有其自由，何必以伪言相对待呢？我以为数化不如仍旧注“反覆多变”为长。

> 余既滋兰之九畹兮，又树蕙之百亩，畦留夷与揭车兮，杂杜衡与芳芷。

畹，《说文》：“田三十亩曰畹。”又有谓十二亩者、二十亩者。《玉篇》：“秦孝公二百三十步为一亩，三十步为畹”，说各不同。

畦，《说文》：“五十亩为畦。”

兰，蕙乃香花草，留夷，《文选》作藰荑。揭车，《文选》作藒车。王逸说：“留夷，香草也。揭车亦芳草，一名芝舆。”杜衡，似葵而香，名见《山海经》。《本草》云：“杜衡，叶似葵，形如马蹄，故俗云马蹄香。”

> 冀枝叶之峻茂兮，愿竢时乎吾将刈。虽萎绝其何伤兮，哀众芳之芜秽。

峻茂，《文选》作葰茂。《汉书·司马相如传》曰：“实甚葰楙。”一作俊茂，《古文苑·蜀都赋》曰：“宗生族攒，俊茂丰美。”

按屈原为楚之左徒及三闾大夫，《史记》本传称他“序其谱属，率其贤良，以厉国士”。拿现代话来说，便是竭心尽力，训练青年，培植干部，冀其学有所成就，才有所历练，储为国家将来之用。所以有冀其枝叶峻茂，俟时刈获之言。这类花草，若培植未成而至萎悴零落，尚不致令我伤痛，但明明是香花香草，竟与荆榛同化，变为臭草恶木，那就太叫人悲哀了。因为人才培养不成，国家不过无才可用而已，而所有纯洁有为的青年都与恶势力同流合污，则贻害之大，简直不可思议。屈原说这话，可见他在左徒及三闾位时，苦心培植之人才，为了他的疏黜，领导无人，竟纷纷然投入他政敌的怀抱。下文“兰芷变而不芳，荃蕙化而为茅”，“昔日芳草，今成肃艾”那种景象，真教人触目惊心，反不如见其天然枯槁以死，于意尚能稍安也。笔者这样解释，或者将说，如此则我们的屈大夫岂非太缺乏仁慈么?不知以个人与社会国家比较，则个人小而社会国家大，个人轻而社会国家重，保全其大且重者，才是真正的仁慈。否则妇人之仁，愚夫之见，是不足为贵的！

诸楚辞注家皆以“萎绝”为屈原自指，大误。闻匡斋曰：“萎当读为餧。《说文》食部‘餧，饥也。’……屈子自谓不种百谷而莳众芳，故有餧绝之虞，下文曰‘长顑颔亦何伤！’语意句法，并与此同。”按此文“虽萎绝其亦何伤兮，哀众芳之芜秽”，下文“苟余情其信姱以练要兮，长顑颔亦何伤?”句法迥然不同，语意自然大异，闻氏的比拟，实为不伦。郭氏译《离骚》这二句云：“我自己就萎谢了也不算什么！可悲的是那群芳草要遭践踏。”尤堪喷饭！在这节文字里，屈原系以莳植芳草的园丁自况。园丁是一个人，又怎样能萎谢呢?

众皆竞进以贪婪兮，凭不厌乎求索，羌内恕己以量人兮，各兴心而嫉妒。

王逸说：“爱财为贪，爱食为婪。凭，满也。羌，语辞也。”洪《补》：“羌，楚人发端语也。”姜寅清云：“《广雅·释言》云：‘羌，乃也。’于义为长，此非泛泛发声所用之词，声转为将。《广雅》：‘将，且也。’《诗·谷风》：‘将恐将惧。’犹言且恐且惧也，又转为蹇为庆。”

姜释此节下二句“众芳……竞为贪婪，虽已盈满，犹复求索，不知厌足，而皆内自宽恕，而重量他人，各各生心而相嫉妒也。”则不如旧注远甚。且此处之众字指朝中政敌，与前之众芳毫无关联，姜说未是。按“恕”以心揆心之谓。“恕己量人”，五臣云：“贪婪之人，乃内恕于己，以量度他，谓与己同贪，若否，则各生嫉妒之心，谗谮之使不得进用。”洪曰：“贪婪之人，不知其非，自恕以度人，谓君子亦有竞进求索之心，故各兴心而嫉妒也。”王夫之曰：“如心之谓恕。君子之恕。如其心之忠也，小人之恕，如其心之邪也。小人以己之贪，度人之贪，因生嫉妒。”

贪婪原义虽为爱财爱食，在此处对象则指权势。故洪注较得其实。小人见屈原得君之专，在政界上得意，以己度人，以为屈原亦在谋其私人利益，乃兴起嫉妒之念。

忽驰骛以追逐兮，非余心之所急，老冉冉其将至兮，恐修名之不立。

驰，一作驼。骛，乱驰也。众人驰骛追逐，惟在于权势财利，此非我心之所急。所惧者，老年渐渐而至，恐修洁之名誉不能立而已。逸引“君子疾没世而名不称”；洪引“孔子曰伯夷叔齐，饿于首阳之下，民到于今称之”。谓屈原非贪心者，然无善名以传世，君子所耻云云，语颇得此数句之原意。

朝饮木兰之坠露兮，夕餐秋菊之落英，苟余情其信姱以练要兮，长颇领亦何伤？

秋菊落英一语，聚讼颇多。吴仁杰《离骚草木疏》引《高斋诗话》谓王荆公有“残菊飘零满地金”之句，欧阳修作诗嘲之曰“秋花不比春花落，为报诗人仔细看！”荆公笑曰：“欧九不学之过也，不见楚辞云：‘夕餐秋菊之落英。’”

刘永济曰：“按落英固有意义，然以为飘零满地则过矣。东坡诗又有‘漫绕东篱嗅落英’之句，亦用《离骚》语。考落之义，非陨落之落，《尔雅释诂》：‘俶、落、权舆、始也。’郭璞引‘访予落也”为证。盖成王访群臣于庙中，谋始即政之事。邢昺乃云：‘落者。木叶陨落之始，失其义也。’郭焯莹《离骚章句古微》曰：‘颔、落、尔雅、始也。始英，状遂生未艾。’（以上皆引自刘永济《屈赋

通笺》)

按菊有落英者，有不落者，有枯槁而落者，前人亦有考证，王夫之曰："菊英不落，然萎槁已久，终亦凋坠，饮坠露，餐落英，食贫不饱，且恬然安之。"谓落为始，实为勉强。可见学者注骚每求深反失。把生香活色的文章都弄得板滞无趣，真不胜为三闾叫屈。

"信姱"，洪氏以为"言实好也"，与信芳，信美同义。

"练要"，练简也。

"颇颔"，食不饱貌。

> 擥木根以结茝兮，贯薜荔之落蘂，矫菌桂以纫蕙兮，索胡绳之纚纚。

擥，持也。木根，洪《补》曰："《荀子》云'兰槐之根是为芷'，注云："苗名，兰槐根为芷。"王夫之谓木根，恶木之根，结蘼而损之也。"屈原素喜以香花草饰己之身，岂有忽及恶木之根之理？且恶木之根，亦未可以结茝。蒋骥谓为木兰，木兰乃木本植物，其根当甚粗，亦未可为结茝之用。惟戴震之说较胜。戴曰："薜芷蔓生，缘木石墙垣，大者谓之木莲，小者谓之络石。"则木根即薜荔之根，屈原取薜荔之根以结茝花，更以贯薜荔之落蕊。王夫之云："薜荔结实如瓜，俗谓之为木馒头，屈原所贯者此也。"但薜荔之实比核桃大，并不美。蘂字一作蕊，花心也。薜荔亦开小花，或屈原贯之以为花环。

胡绳，逸谓亦香草。吴仁杰曰："'绳即绳毒也。《尔雅》云'盱，一名虺床'，郭注'蛇床'，一名马床'，《广雅》云：'一名绳毒。'《嘉祐图经》云'三月生，苗高三尺，叶香，碎作丛，似蒿枝。每枝上有草头百余，结同一窠，似马芹类，四五月开花'。"纚纚，连属貌。矫，弯曲之物，力使直之也。

此一节文字与饮露餐英之一节，皆属譬喻。陈本礼曰："此见疏于君，而益务自修也。蹇之象曰：'山下有水，君子以反身修德。'屈子当匪躬之时，值群小之愠，亦惟有进思尽忠，退思补过，以尽王臣之节而已。坠露者，先圣绪言；落英者，时王新义，木根以重根本，荔蕊以谨细行；菌桂辛辣，以喻法言，兰蕙清香，以喻巽语；索之胡绳，则约束其身心，而不得纵恣也。”这番话倒说得很有意思，可取。

謇吾法夫前修兮，非世俗之所服。虽不周于今之人兮，愿依彭咸之遗则。

謇，一作蹇。逸以为“忠信謇謇”，洪《补》则以为謇为难易之难。但謇蹇二字相通，为发语辞，屈赋常用，除《九歌·湘君》“蹇独留兮中洲”应训为难行外，其他如本文下句“謇朝谇而夕替”，《惜诵》“纷逢尤以离谤兮，謇不可释”，《思美人》“蹇独怀此异路”皆应作发语辞解。

法夫前修，非世所服云云，盖言我以香花香草周饰其身，乃取法于前代修德励行之士，我之服饰与世俗大相违背，但将遵照彭咸所遗法则以行，卒不愿改而从俗。彭咸或巫咸之名在屈赋中凡八见，已见第一集《屈原评传》，不赘。

王逸谓彭咸乃殷贤大夫，谏其君不听，自投水而死。后代楚辞注家皆从其说。独戴震曰：“彭咸，未闻。盖前修之足为师法者，书缺不可考矣。”又曰：“一说即《论语》所称老彭。依彭咸，亦窃比之意耳。”王闿运则以彭咸为二人，彭为老彭，咸为巫咸。顾颉刚则谓彭即《山海经》之巫彭，咸即同书之巫咸。惟不知此二人究属何身份。笔者则断定彭、咸皆死神。而彭之死神资格比咸更老，乃水主之兼为死神者。详见《九歌·大司命》、《少司命》、《湘君》、《河伯》等篇。西亚最早时代，谓死国在水中，屈原依彭咸所居，即将投渊自杀的话。洪《补》曰：“……按屈原死于顷襄之世，当怀王时作《离骚》，已云‘愿依彭咸之遗则’，又曰‘吾从彭咸之所居’盖其志先定，非一时忿怼而自沉也。”但“愿依彭咸之遗则”则并非自杀。盖死神又为公平正直之神，屈原在政治上之失败即系受不公不平手段之迫害，故愈为思念彭咸，以遵从其遗则自誓。张惠言曰：“‘彭咸之遗则'谓其道也。'彭咸之所居",谓其死也,不可混看。"(《楚辞十二家钞》)这倒是很有眼光的看法。

> 长太息以掩涕兮,哀民生之多艰,余虽好修姱以鞿羁兮,謇朝谇而夕替!
>
> 既替,余以蕙纕兮,又申之以揽茝,亦余心之所善兮,虽九死其犹未悔!

这两句文句是用以说明一个意思,所以也该合并来注。

"长太息"、"哀民艰",郭氏将之乙转,以为"涕"与"替"可叶。但他不知戴震谓"艰"续如"姬",方音。马其昶亦引臧学标云"艰,籀文作囏",故艰有喜音,与涕、替、茝、悔为韵。如此,则乙转实为多事。

鞿羁,王逸说屈原以马自喻,"盖缰在口曰鞿,革在颈曰羁,言为人所系累也"。

"朝谇"、"夕替",旧注皆以为属原朝谏君而夕见废弃。《易》"王臣謇謇"以"謇"为謇謇之忠言。其实这个謇字是发语词。"谇",王逸训为"谏"。马其昶则云"汉书注'消、谇、让也'。"姜寅清亦谓谇为"谮言""谗言",而云"盖余(指屈原)以行事之修美,用是为谗人所系累(即鞿羁),谮言朝入,夕即见废"。笔者则认为这类解释,皆未得本节文章之原意。"余虽好修姱以鞿羁兮"乃一整句,如《离骚》本文的"长太息以掩涕""谣诼谓余以善淫"、"竞周容以为度"、"回朕车以复路"、"余独好修以为常"、"鲧婞直以忘身"、"依前圣以节中"、"济沅湘以南征"、"薋菉葹以盈室","以"字用法一律,是一种介词,岂可分开为两句,说"好修姱"属于屈原,"鞿羁"属于党人?且若谓"鞿羁"为"系累",则屈原乃楚国宗臣,虽屡遭放逐,行动尚属自由,未尝罗缧绁幽囚之患,何得比之马之被鞿勒,进退俯仰,一随人意呢?盖此处"鞿羁"乃屈原自动加于己身之物也,因为人欲修德行,未有不履绳蹈墨,自加检束者。下文我再详敷其旨。

我们现在先把“谇”字的意义来推究一下。《史记·贾谊列传》，谊过湘水作《吊屈原文》，结束时用“讯曰”，张晏注为“乱辞”，《汉书》则改“讯曰”为“谇曰”，注亦为“乱辞”。乱辞之乱，解说者虽不一，但每于一篇文字结束时用之，则通于“卒”，“谇曰”就是“卒曰”，郭氏说“谇，卒也”，他用白话译《离骚》这两句道：“我虽是爱好修洁而自制花环，在清晨做成，晚上便已被人拆毁。”此译颇得原文之意，但“被人拆毁”，则又犯了添字注经之弊。

“既替”这一节文字，系承上节而来。“既替”二字，应作一小顿，《离骚》这类顿句颇不乏。如：“乘骐骥以驰骋兮，来，吾导夫先路。”“进，不入以离尤兮，退，将修吾初服。”“虽信美而无礼兮，来，违弃而改求。”可惜我国文字从前不讲标点符号，这类文法上的顿挫，不大看得出来。“替”作废字解，不错，但非被疏黜，被废弃之谓，而是身上所佩之香花草松弛下来，或变色凋落之谓。“既替，余以蕙纕兮”，纕，绕也。言我身所束之香花香草虽松弛了或变色而欲凋落，但我立刻又以兰蕙之草绕之，又以白芷兜揽而重结之。

“申之以揽茝”，姜寅清认为不辞，曰：“按上言替以蕙纕，下言申以揽茝，此为对文，则揽当与茝为相配之字，不得独为动字。按《离骚》“兰芷变而不芳”，《悲回风》‘兰芷幽而独芳’，《九叹》‘怀兰芷之芬芳’，《荀子大略》‘兰芷稿本’，古兰芷字连文极多，则此“揽”当为‘兰’字之声误无疑。”姜氏不知本文这个“揽”字乃是“分词形容词”（Participial adjective），乃动词变作形容词用者，“揽茝”犹言作为兜揽用之芷。姜氏不知蕙纕之“纕”是一动词，以为是名词，是香囊，遂强解“揽”字是“兰”字之误。

“亦余心之所善兮，虽九死其犹未悔！”是说凡此德行乃我心之所认为善者，一定要保持它，虽九死也是不悔的，是所谓“择善固执”，是所谓“君子守死善道”，若谓“替”乃废黜，废弃，则此事权在君主，不在自己，请问纕蕙申芷，又复何为？且余心所善，九死不悔者又是何事？

闻氏谓：“案谇当为綷，缚也。两替字并当为緂，即䌖字，《说文》‘小束也’。朝綷，夕緂，谓朝夕取芳草自束缚其身以为佩饰也。”此语固见学力，但谇替二字意义不可改。且原文怛恻深厚的至情和跌宕抑扬的神韵，闻氏并未体会得到。试问香草束身而太息掩涕，哀人生之多艰，是怎样个说法呢？“余虽好修姱以鞿羁”这个“虽”字的作用在反映出下文“朝谇而夕替”的可惜，否则这个“虽”字便是多余的字，在文法上决讲不通。无怪王引之主张“虽”乃“唯”误，而臧用中欲删去“好修姱”之“好”字。可是古人的文章也不容许这样乱改乱删的。闻氏若交代不出“虽”字的意义，他的话便不能成立了。

笔者认为屈原在此文前固言揽木根以结茝，贯薜荔之落蕊，削菌桂而贯蕙英，搓胡绳以为长索，盖欲结缀香花香草为璎珞之类，周身佩带，但鲜花草固不能经久，清晨方编织完工，佩带上身，夕已变了颜色，且萎落了。于是觉得士君子生于世间，虽爱好美德，强自羁束，而物欲之诱惑，私见之牵缠，利害观念之动心，死生大事之罣虑，亦岂能排除罄尽，稍一不慎，操守尽失，然则人之修德励行，持之以恒，岂是容易之事么？“余虽好修姱以鞿羁兮，謇朝谇而夕替”就是说“我虽然爱好美德，自加检束，可是早晨方立了许多美志，做了若干善行，一到晚上又松弛了，堕落了（按朝夕二字也不可呆看，不过言其为一段短时期而已）。《虞书》曰：“人心唯危，道心唯微，唯精唯一，允执厥中。”相传为尧廷十六字真传，《朱子集解》解释这四句话道：

> 心者，人之知觉，主于中而应于外者也。指其发于形气者而言，则谓之人心；指其发于义理者而言，则谓之道心。人心易私而难公，故危。道心难明而易昧，故微。惟能精以察之，而不杂形气之私；一以守之，而纯乎义理之正。道心常为之主而人心听命焉，则危者安，微者著，动静云为，自无过不及之差，而信能执其中矣。

盖人心与道心无时无刻，不相战斗，人心胜则为小人，道心胜则为君子，屈原本来是富于这种战斗经验的人，他感觉人类弱点太多，而物欲与私见，尤为弱点之荦荦大者，克制之际，痛苦在所不免。为了他一己之痛苦，推想而及全人类的痛苦，念民生（古人、民相通，民生即人生）之多艰，不觉悲从中来，叹息之不已，而复为之掩涕。王静安谓李后主词俨有基督十字架担荷全人类罪恶之意。这话以指那个庸驽无能的后主，实为溢美，以评我们的三闾大夫，那便深为中肯了。

或有浅夫俗子读我此言，为之讶然失色，以为我所说的什么"物欲"，"私见"，"利害"，"死生"乃是普通人的事，以三闾大夫人格之光明，志行之高洁，有如和氏之璧，绝无点瑕，岂容以此等语加之，这不是厚诬我们的辞人么？那么，我就要告诉他：世间伟大的事功，卓绝的学问，完善的人格，必须以毕世的勤劳，艰难的百战，始能交换得来。障碍愈大，则胜利愈觉光辉与可贵。倘使德行无须苦斗，那则"除山中贼易，除心中贼难"，"道高一尺，魔高一丈"这些话又从何而来呢？所谓"生知之圣"自来少有，有之也不见有何价值。譬如膏粱纨绔，藉丰履厚，坐享其成，比之赤手成家，是谁值得尊敬呢？不过这番话说给缺乏战斗精神的中国人听，每不能获得了解，无怪屈原这二节文字的真义湮没如是之久了。

屈原的"余心所善，九死不悔"与下文"体虽解犹未变，非余心之可惩"同是他的誓心词，其言悲壮，千载下读之尚足令人感泣！

> 怨灵修之浩荡兮，终不察乎民心，众女嫉余之蛾眉兮，谣诼谓余以善淫。

灵修指楚怀王。"浩荡"，逸谓为"无思虑"，六臣张铣谓"法度坏貌"，钱杲之谓为"纵放貌"，戴震谓为"广博不专"，又谓为"漫散无检柙"，林云铭谓为"放纵于规矩绳墨之外"，黄文焕谓为"不能以小心察民"，姜寅清谓为"荒唐"之音转，犹今言之"糊涂"。以姜说为佳。

"民心"之民，王逸以为"万民"，《文选》注及朱熹《集注》以为"众人"，皆误。古"人""民"通用，见前注。这里屈原系以第三人称代替第一人称。就是说埋怨做君主的太糊涂，始终不明白人家的心理，人家当然是屈原自指。王逸对于代名词仅能就原来地位解说，稍一变通，便罔知所措，实在可怜！

"蛾眉"见《卫风·硕人》，《诗》称庄姜"螓首蛾眉"。

"谣"，《御览》引作"谗"，《魏风·园有桃》"我歌且谣"，钱澄之《庄屈合诂》也以徒歌说谣字。谓"谣诼二字最巧最毒，借谣为诼，谗不自己出，其谗乃行。"刘永济谓："此字（谣）无毁义，疑本作谣，误为谣耳。"但王逸《章句》云："谣，谓毁也，诼，犹谮也。"则东汉时《离骚》的本子已作谣诼了。

其实谣固徒歌，但《左传》屡言"童谣"，凡政治上有甚么变动先有童谣，大都以徒歌的形式作虚伪的宣传，因为"徒歌"之"徒"，"空也"。谓不合乐器，空口之歌唱也。引而申之，凡虚而不实传播之词，均可谓之为谣。刘氏强以为"谣"之误，大可不必。

> 固时俗之工巧兮，偭规矩而改错，背绳墨以追曲兮，竞周容以为度。

偭，逸注"背也"。贾谊《吊屈原文》"偭枭獭以隐处"。应劭以背训偭。

改错，言更改其措施。"背绳墨以追曲"，犹言绳墨本以取直，今乃违背之而取曲。"周容"犹今语圆通或圆滑。

> 忳郁邑余侘傺兮，吾独穷困乎此时也，宁溘死以流亡兮，余不忍为此态也。

"忳"，逸注"忧貌。"姜寅清曰："忳者心有所屯聚不舒之意也。"

"郁邑"一作"郁悒"。姜曰此为双声联绵字，音转为"于邑"、"郁殪"、"夫阏"、"壅阏"、"露噎"，今言"忧郁"。

"侘傺"，逸注："失志貌。"扬雄《方言》："傺，逗也，南楚谓之傺。"

“溘”，奄然也。“溘死流亡”，逸谓：“意欲淹没，随水去也。”“溘死”与“流亡”意义相似，合在一句，甚不可解，故林云铭将“溘死”解为“受诛立死”，“流亡”解为“放斥丧身”。近人又谓“流亡”等于“魂魄离散”或“形骸消亡”者，但屈原死志早定，其死采取投水方式亦早经决定。《离骚》、《九章》屡言托彭咸所居，造思彭咸，念念不忘，则溘死者溘然而死；流亡者尸体随流而去。自以王逸注为得。

鸷鸟之不群兮，自前世而固然，何方圜之能周兮？夫孰异道而相安？

鸷鸟，逸注：“执伏众鸟，如鹰鹯之类者。”洪《补》亦称为“击鸟”，谓即《月令》之鹰隼。姜寅清则谓“鸷字当为执之讹。执与挚为古今字。挚，诚信忠贞之义，依王逸训，则为能执伏众鸟，乃为凶残，不为忠贞矣。此本屈子自喻之辞，释为执伏，义何能安?”云云。窃意屈子原意在谓鸷鸟不群，与燕雀之动辄十百相聚者有异?取义在其矫然独立，不在凶残与否。易卜生所谓世间最坚强之人乃是最孤独者，屈原之说也是这个意思。老杜诗篇“骅骝”“雕鹗”层见叠出，或以自况，或以况人，则屈子以鸷鸟自喻，又有什么要紧?姜氏强改为“执鸟”多此一举。且谓执鸟，为诚信忠贞之鸟，果为何类之鸟，姜氏能举个例子么?关雎之雎鸠，本是水老鹰类，记得汉儒解诗却觉得食肉类猛禽，不该出现于谈及文王的诗里，硬说此鸟是“挚而有别”，未尝见其“相乘而行”，就是明廉耻知礼义的鸟，与姜氏所云，可谓后先辉映。

“前世”，《文选》作“前代”乃避唐讳故。“方圜”之圜，洪《补》曰：“一本作圆。”六臣注《文选》亦作“圆”。“何方圜之能周兮”一本“周”作“同”。然周者合也。方凿受圆枘，则不能相入，以“周”为是。

屈心而抑志兮，忍尤而攘诟；伏清白以死直兮，固前圣之所厚。

逸曰："尤，过也。攘，除也，诟，耻也。言己所以能屈案心志，含忍罪过而不去者，欲以除去耻辱，诛谗佞之人，如孔子诛少正卯也。"此解实失之过曲，尤欠正确。朱熹曰："虽所遭者，或有耻辱，亦当以理解遣，若攘却之而不受于怀也。"亦未得原意。朱骏声曰："攘，囊也，攘诟，犹包羞也。"刘永济曰："按说文以囊得声之字，皆有包裹义。故焦循说瓜瓤之瓤，从囊，与酝酿之酿从襄同。此攘字亦当作包裹之义。《书·吕刑》郑注曰：'有因而盗曰攘。'邢昺《论语疏》曰：'因其自来而取曰攘。'盖盗取者必包藏之也。徐焕龙《楚辞洗髓》即据邢疏为说，与朱氏之言可参看。"故刘氏以为此二句作包羞忍辱解。

诸家皆谓"屈心""忍尤"二句乃屈子所愿为之事，故姜氏曰："此言君子小人，异道而不能相安，故余屈心抑志，忍受一切罪尤，以求包羞。"实则这话完全说反了。此须与下节"延伫将返，回车复路"各节合看。屈子之意盖曰：夫人立身仕途，与群小姑相妥协，所谓枉尺直寻，亦宜若可为；然士伏清白之志，死忠直之节，始为前代圣王之所许，低首下心，忍耻蒙诟，果何为哉？行矣，拂袖以出王都，返我初服，长为隐沦（按我这隐沦二字即隐姓埋名不做官之人，与所谓"隐士""逸民"无干）之士矣！钱澄之曰："异道若欲相安，必至屈心抑志而后可，然为此甚苦，固不如死之为愈，死为今人所笑，实为前圣所厚也。"语甚佳，胜诸家之说。盖此节文字结束上面各节，启发下面各节，非常重要，决不可以乱加解释。若如诸家之言，则不惟唐突三闾大夫光明皎洁之人格，文章脉络亦将为之错乱失坠，不可复寻。

悔相道之不察兮，延伫乎吾将反；回朕车以复路兮，及行迷之未远。

相，观也。察，审也。延，引颈也。伫，跂立也。言自己以前对于政治方向，审察未明而生悔意，乃引领跂足以瞻望应走的道路，最后决定返其故乡。

> 步余马于兰皋兮，驰椒丘且止息；进不入以离尤兮，退将复修吾初服。

此两节文字旧解有四种不同之说法。兹援引于次：

（一）王逸曰："言已悔恨相视，视君之道不明审察，若比干伏节死义，故长立而望，将欲还反，终己之志也。"又曰："同姓无相去之义，故屈原达道行义，欲还归也。"又曰："言己欲还，则徐步我之马于芳泽之中，以观听怀王。遂驰高丘而止息，以须君命也。"将高洁无比之屈原说成一个热衷可厌之官僚，灵均妙文，遇此类解释，诚为大不幸。洪《补》亦以"将返"、"复路"为屈原欲再还朝中。

（二）朱子以为："相观道路，未能明审，而轻犯世患，遂引颈跂立，而将旋转吾车，以复于昔来之路也。"说下文"修我初服""为不用则独善其身"以为屈原有退隐之志。方苞曰："反覆审处，谓舍死无他涂；又自悔其轻身就死，亦相道之未察也。进不见用，尚可处隐以俟时。"戴震曰："前皆言为世所尤，则固行迷之当悔者。此下犹言焉往而不得吾之好修哉？何必遵迷途而不反也。""下节鉴前之进而遭尤，今固可修初服而退隐矣。"王夫之曰："上言誓死而不能与奸佞并立，此又设为两全之说，以己非不念及身归隐之志，以洁己而全身，亦尝往复思惟，使隐名以远讥谤，奚必抗直以死为？前圣之所难言，固将悔己不熟察于进退语默之道，而及今祸之未及，归休于兰皋椒丘，以避谣诼。荷衣蓉裳，服芳自洁，君虽不知，而吾道自存。高冠长佩，可自旌异，清浊杂处，昭质自全，此亦岂其不可，而吾岂未尝念及此耶？"

（三）钱杲之《集传》："以'反'为'退转'，谓时有谏原使少退转，原将从之，故以为悔。"殆谓屈原初从谏者之言，少自贬抑，以求谐俗，后乃觉此道之不可遵行而亟返初辙，故曰："及行迷之未远”也。说下文“初服”之服，为服事。谓进谏不纳，以离罪尤，退将修吾初事。

（四）端木采以反为反省，谓：“将反，乃屈子自反，恐相道不察，再三自反，苟有未慊，敢怼君父。”钱澄之曰：“案以死自矢而又疑者，恐吾事君之术犹有未尽，徒枉死耳。虽云九死未悔，若是则死有余悔矣。悔吾之导先路者，其相道容或有差，故使君不见信，至于迷路也。廷伫将返，盖不忍决绝之词，果前此之未察，则不难回吾之车，引君以复于路，倘使君翻然以从，则行迷犹未远也。”黄文焕曰：“九死未悔，忠臣之志也。悔相道之不察，良臣之愿也。改路在君，误君以改路在小人，此君之咎，君之迷也。小人迷君，小人之咎也，君有何迷？原何待复哉？而总引以为己罪者，吾之相君以当道，作用未深，机关未审，故党人得以败之，君之迷即我之迷耳。君之路改，我之路荒矣；君之舆败，我之车窒矣。尧舜遵道得路，吾求回车复路，庶几及前王之踵武，虽不获遂初志，或独不至永诀乎。”

综上四派说法，第一说望文属说，乃王逸惯技。前文各节屈原并未去国，此时而言还朝，岂非无据之谈？第三派厚诬屈原，将上节“屈心”“攘诟”解成相反，意义相似，不必深论。第四派立言不失忠厚之旨，惟语意过于深曲，如射箭之穿过鹄的，有如未中，不足为贵。惟第二派归隐之说最得屈原本意。盖屈原见世风卑下，潮流恶浊，自知与党人决不相容，若鸷鸟不能伍燕雀，方枘不能入圆凿，自揣不能包羞忍辱，自贬高节，与彼等相周旋，宁愿死于直道，以全清白之躯，但忽又转一转念，今日之事，我即死了，楚王果能悔悟么？楚之内政外交，果能走上正确道路么？我断其不然。如是，则死又何益，不如退出政治漩涡，为退隐之计，反可全我节操，葆我天真。“将反”“复路”是返其故乡的话。戴震曰：“此二章即渊明归田园之意，所谓‘误落尘网中，一去三十年，羁鸟恋旧林，池鱼思故渊’是也。兰皋椒丘，即旧林故渊之义。”陈本礼曰：“首二语正渊明所谓三径就荒，松菊犹存，既窈窕以寻壑，亦崎岖而经丘也。回车之后，既无官守，又无言责，则我之进退，岂不绰绰然有余裕哉！”戴陈二氏虽将屈原返乡旅途之经历，误作其故园之景物，但比之渊明之赋归去来，自远胜叔师瞽说。

但屈原之返乡里遭贬谪即怀王二十四五年间第一次汉北之放逐。汉北距其故乡不远，顺便回家看看，从此绝意仕途，长为隐逸，固亦有此想，奈负罪之身，不能自由，亦不过空愤激一番而已。观第二段回家后受其姊女媭之责骂，可知。

“进不入以离尤”，诸家皆避而不说，仅言离尤为遭忧。惟姜寅清曰：“求进不纳而见谗”甚是。窃意“进、退”二字皆应作小顿，写为“进，不入以离尤兮；退，将复修吾初服。”是说我本想参加政治，为国宣劳，无奈党人排斥我太厉害，我求进不但不纳，反而遭受谗言，备罹忧患，那么，我只有作退步想，回到我的未仕时之生活了。“初服”，未出仕时的衣服。

> 制芰荷以为衣兮，集芙蓉以为裳；不吾知其亦已兮，苟余情其信芳。

屈原在《离骚》里本以兰芷、江离、薜荔、杜衡、留夷、揭车、幽兰、秋菊等作为佩带之物，未言作为衣裳，到了这节文字始言以菱荷芙蓉一类裁制他的“初服”，为什么有此分别？大概因兰蕙等那类香花其形过于纤小，做衣服不足蔽体，至于荷叶则在一切叶中较为宽大，莲花也算巨花，始足供作衣之用了。这是三闾大夫用心精细，说话有分寸处。

古人见此处香花香草又另换一种格局，遂以为屈原辞朝返乡是“归隐”，荷衣蓉裳乃隐士的服装。扬雄《反离骚》“衿芰茄（同荷）之绿衣兮，被芙蓉之朱裳，芳酷烈而莫闻兮，不如襞而幽之离房。”离房乃别房，以指隐者所隐之地。晋陆机《应嘉赋》“解心累于世罗，袭三闾之奇服”，南齐孔稚圭因其友周颙始隐终仕，作《北山移文》以嘲之，中有“焚芰制而裂荷衣，抗尘容而走俗状”二句，即言周颙弃隐士服而着俗人衣。周明帝赠韦处士诗“风动秋兰佩，香飘莲叶衣”，唐许浑题韦隐居西斋“不闻砧杵响，应解袭荷衣”。其实屈原虽离开政治中心回返家乡，并没有从此退归林下去当隐者，也并没有特定荷衣蓉裳为隐士服装的意思，他的荷衣蓉裳是别有用意的。我们都知道芰荷、芙蓉属水中植物，以此为衣裳便是模仿水仙的服装。请看下列各句：

荷衣兮蕙带，倏而来兮倏而逝——《少司命》

筑室兮水中，葺之兮荷盖，芷葺兮荷屋，缭之兮杜衡——《湘夫人》

乘水车兮荷盖，驾两龙兮骖螭——《河伯》

笔者在《少司命》章固曾言少司命的本身为西亚生神旦缪子。旦缪子为水主哀亚之子，所以也有水神的资格。湘夫人的前身是西亚金星之神易士塔儿，她的属性至为繁杂，而女水神亦为其一。至于河伯的前身即水主哀亚，哀亚虽为众水之王，而又为幼发拉底斯河之神，传到我国则为黄河之神。三者都是水仙，所以屈原于他们的衣服、屋宇、车乘的描写，皆用芰荷之属。

在西亚远古的时候，人们想像死神之国系在水底，水主哀亚也兼为死神。西亚帝王筑七星台必深筑其基直透深渊，侈言直透死城(City of Dead)，中国自古死国为“黄泉”、“九泉”。墨家讲节葬，要“不下及泉”，可见普通葬死人是要及于泉的。把死人葬在地下水中有何好处？想也无非是想死者归于死国而已。

屈原《离骚》和《九章》彭咸二字凡八见。王逸谓彭咸乃殷贤大夫，谏其君不听，自投水而死，以为屈原从彭咸便是投汨罗自杀去与那个身世与他相仿佛的殷贤臣同游。以后楚辞注家皆无异议。至彭咸究为何等身份之人则顾亦不能说。笔者说谓彭、咸为二人，不错，若问二人是谁，我可以回答说他们皆为死神，而彭的资格似比咸更老，是以屈原位置彭于咸之前。详见我的《九歌·大司命》、《少司命》、《湘君》、《河伯》等篇。屈原之谓从彭咸，便是从死神彭咸于水国的话。在这几句之前，屈原曾说：“謇吾法夫前修兮，非世俗之所服，虽不周于今之人兮，愿依彭咸之遗则。”便是预先伏下的注脚。可见荷衣蓉裳，非指隐士服装。

我们读《离骚》，应注意屈原自苍梧至昆仑，又自昆仑赴西海，车马仪仗凡变换三次。自苍梧抵悬圃系乘玉虬之车，自悬圃企图升天，则借用日车，赴西海则瑶象之车，驾以飞龙，但他身上衣服则始终只是荷衣蓉裳的那一套。他在回乡的道路上说起这套水仙的衣裳，埋伏了大大的一笔，再跳越二百五十八余行，一千五百余字，直到全文终结"从彭咸之所居"，这套衣服的作用才豁然流露。这两股文笔有如干将、莫邪，各埋异地，千载后忽相遇于延津，乃化为双龙，蜿蜒盘纠而没于水。又好像垂虹百丈，贯明月之钩，下钓碧海之骊珠，鲸波万重，一拍即合，腾踔而出，光辉射目，这样的大文、奇文，古今究竟有几！

高余冠之岌岌兮，长余佩之陆离；芳与泽其杂糅兮，唯昭质其犹未亏。

陆离，王逸云："犹参差也。"洪《补》曰："陆离，美好貌。颜师古云：'陆离，分散也。'"王念孙曰："陆离有二义：一为参差貌，一为长貌。下文云：'纷总总其离合兮，斑陆离其上下'，司马相如《大人赋》云：'攒罗列聚，丛以茏茸兮，衍曼流烂，痑以陆离'，此参差之貌也。此云'高余冠之岌岌，长余佩之陆离'，岌岌为高，则陆离为长貌，非谓参差也。《九章》云'带长铗之陆离兮，冠切云之崔嵬'，义与此同。"刘永济曰："按王说较旧注为长。"据此则"余佩"乃长剑。实则陆离指剑饰。

"芳泽"至"未亏"。姜寅清曰："按'泽'古作臭，读若浩。疑《离骚》本作臭字，形讹为臭。王逸以今文定之，又误作泽也。糅，杂也。芳臭杂糅，犹言是非不明。"又有人谓泽为污垢，《诗·秦风·无衣》："岂曰无衣，与子同泽。"郑注："泽，亵衣也。近污垢，应即此字之义。"则与姜说亦可互通。

昭质，谓明洁之质。屈原盖自谓频年置身党争，以己之贤，与奸人相处，犹芳香与臭物相混杂，其不同化者，难矣。然所幸者，我之本质尚丝毫未有亏损。

忽反顾以游目兮，将往观乎四荒；佩缤纷其繁饰兮，芳菲菲其弥章。

屈原正在返乡之道路上进行，忽萌往观四荒之念。四荒，据洪《补》："《尔雅》：'觚竹、北户、西王母、日下，谓之四荒'。"《山海经》有东、南、西、北之大荒经，实皆指神话之地理。本节四荒，不过言极远之境。"佩缤纷"、"芳菲菲"皆自喻学问德业之盛。方苞曰："已无意于人世矣，忽反顾昭质未亏，不忍坐视滔滔之天下，故欲往观四荒，或者有重我之佩饰，好我之芳菲者乎?"此与下文巫咸劝以"何地无芳草，孰求美而释尔"意相通贯。实则"往观四荒"四字，埋伏下文远游"昆仑"及"西海"两大段文章，针缕之绵密，组织之精严，无以复加，前人皆不能察出，殊为可惜。

民生各有所乐兮，余独好修以为常；虽体解吾犹未变兮，岂余心之可惩。

屈骚喜用"修"字，曰"修能"，曰"修名"，曰"灵修"，曰"前修"，曰"好修"，曰"修初服"，曰"信修"，曰"好修姱"，曰"好修"……凡十一见。蒋骥曰："暇日捐去旧解，独取本文，循绎数遇，豁然似有所得。乃知首尾数千百言，虽萦纡磅礴，万怪惶惑，然一意相承，珠贯绳联，其前后次第，所谓夫道若大路然，殆可烛照计数耳。盖通篇以好修为纲领，以从彭咸为结穴……"游国恩亦曰："楚辞中的'修'字，大概都有'美'的意义。……以上这些修字都可作'美'字解，所以常拿'修美''修姱'连举或对举。又按修字本有'长'义，故古人亦以长为美。《诗·硕人》'硕人其颀'颀是长貌，《国策·赵策》'邹忌修八尺有余，而容貌昳丽'，都是以长为美的条件的证据。"笔者则谓屈原以"修"之一字，凡学问、德行、忠君爱国之心，守死善道之志，靡不总括；而其爱美好洁之特殊德操，亦总括在内，故"修"字者实屈原以自指其完美之人格者也。蒋骥谓"修"字乃《离骚》全篇之"眼"，诚有见地。

人生在世，各有所乐，或追求名誉，或爱好权位，或猎取声色货利，莫不乐此不疲，至死不悟，而我所乐者则与众人大相径庭，我所好者乃完美之人格也。虽肢解我之身体，而我志不可夺。忧患之来，乃意中事，岂引为悔艾哉？此与前文“亦余心之所善兮，虽九死其犹未悔！”同为屈子誓心之词。

第二大段

女媭之婵媛兮，申申其詈予，曰：“鲧婞直以亡身兮，终然殀乎羽之野。

屈原返至故乡，亲戚故旧，纷来探望，其已嫁之姊亦归宁视弟，于是发生一段辩论。女媭究为原姊，抑为何人，亦有几种说法：

（一）屈原姊或妹 王逸曰：“女媭，屈原姊也。”洪《补》曰：“媭，女字也，音须。贾侍中说楚人谓女曰媭。前汉有吕须，取此为名。……《水经》引袁山松云：‘屈原有贤姊，闻原放逐来归，喻令自宽全，乡人冀其见从，因名曰秭归，县北有原故宅，宅之东北有女媭庙，捣衣石犹存。秭与姊同。’”

《说文》：“媭，女字也。”楚辞曰：‘女媭之婵媛’，贾侍中说屈原谓姊为媭。”段玉裁注云：“王逸、袁山松、郦道元皆言女媭原姊，惟郑玄注《周易》，屈原之妹名女媭，《诗正义》所云如此。”但段又云：“妹字恐姊字之讹。”

不过媭字本来可指姊，亦可指妹。《易·归妹》：“六三，归妹以须……象曰归妹以须，未当也。……”《史记·樊郦滕灌列传》：“哙以吕后女弟吕须为妇，生子伉，故其比诸将最亲。”《高后纪》、《陈丞相世家》均有此说。须同媭，是可见姊妹皆可称媭。

（二）贱妾 《史记·天官书》“务女”。《索隐》云：“务女，须女谓之婺女是也。一作婺。”《正义》“须女是贱妾之称，妇职之卑者，主布帛，裁制，嫁娶。”朱骏声的《说文通训定声》：“易归妹以须，陆绩本作嬬，注，妾也。按天文北方宿女四星，亦曰须女，光微小。天市垣织女三星，明大。故织女为贵，须女为贱。”

我们再看“嬬”字，《说文》：“嬬，弱也，一曰下妻也。”段注：“下妻，犹小妻。”《后汉书·光武纪》曰：“依托为人小妻。”义证引襄二十三年《传》：“下妻不得与郊吊。”杜注：“下，犹贱也。”《汉书·王莽传》：“立国将军建奏言：不知何一男子遮臣车前，自称汉氏刘子舆，成帝下妻子。”《后汉书·光武纪》：“吏人遭饥乱及为青州贼所略为奴婢下妻，欲去留者，恣听之。”张云璈引《文选集解》：“谓媭者贱妾之称，比党人也。婵媛，妖态也。”（《选学胶言》）梁章钜引朱氏绶曰：“以下文‘众不可以户说’观之，则女媭自宜以党人解之，若内被姊詈，不得归于众也。”（《文选旁证》）沈德鸿亦云女媭乃屈原之侍妾(《楚辞选读》)，当受上述诸人的影响。

（三）神巫　刘永济曰：“女媭盖亦神巫之名。《汉书·广陵厉王传》：‘尝使女巫李女须下神祝诅。女须泣曰孝武皇帝下我，左右皆伏。’师古曰：‘女须者，巫之名也。’……《周易》：‘归妹以须。’郑玄云：‘有才智之称。’天文有须女，证以《国语·楚语》‘民之明能光照，聪能听微者，然后神明降之’之语，女巫名须之意亦可知矣。汉之李女须必因古神巫而名，盖为巫觋之术者，多用古名。……屈子《离骚》多托意神灵，以相酬对，其或不待咨询，而来切戒之言，或因稽求，而致劝慰之语，皆以神鉴孔明，余怀莫释，流俗之人，安从见谅哉？屈子自计之熟，自处之审，于兹益显矣。”又曰：“《离骚》之文大都托意神灵，致其怨慕，重华、蹇修、灵氛、巫咸皆是。女媭亦灵巫之名，不得谓为原姊。”

（四）保姆　游国恩《屈原》附录“楚辞女性中心说”曰：“王逸以为女媭是屈原的姊姊，不知何据？大概是‘想当然’的罢。屈原有无姊姊不可考。《水经注·江水篇》引袁山松的话，竟说屈原有贤姊，闻他放逐，归来劝慰他，故名其地曰‘秭归’……秭与姊同音。这显然是后人因王注而附会的，很是可笑。许多注家都说楚人通称妇人为‘媭’，是不错的。按《史记·高后纪》‘太后女弟吕须之夫’，又《陈丞相世家》‘樊哙乃吕后女弟吕媭之夫’……那么楚人也称妹妹为‘媭’，《易经》‘归妹以媭’，便是很早的旁证，怎么可以硬解作姊姊呢？所以我的看法，这‘女媭’不过是一个假设的老太婆——与他有相当关系的老太婆。说得文雅一点，只是师傅保姆之类罢了。说到这里，我们应该会很自然的联想到：原来屈原是以女子自比的。女子得罪了丈夫，由得宠而至于被弃，大概保姆们应该会责骂她脾气太坏了罢……若把女媭解作屈原姊，不但此义不明，反而令人怀疑：何以父母兄弟们都不骂他，偏偏一个老姊姊来骂他，岂不可怪？”

按以上四说，除第一说外皆不能成立。若女媭为贱妾，为侍女，则妾侍对家主，恭敬之不暇，何敢骂詈？更何敢申申而詈？且若为侍妾，则当随在身畔，庶得其侍奉，何至留在故乡家中直到屈原回乡才出现呢？谓为灵巫，则《离骚》之巫共有二：灵氛、巫咸皆是。然二巫均在仙境。占卜时礼仪亦颇隆重，灵氛则索琼芳筵篿，巫咸则求卜者预测其下降之夕，怀椒糈以相待，而女媭之卜，则未闻有所准备。再，巫者对于信众之求决吉凶，不过就范围内为之陈说，决无“劝告”、“骂詈”之事。今女媭之言皆属为屈原前途着想，非家人骨肉间至情相关，不能如此，庙中巫祝乃为此言，那才是怪事呢。

况《史记·天官书》的须女星，仅说它乃贱妾之称，主布帛裁制嫁娶，未尝言其为巫。刘永济以《汉书》李女须为巫，遂并天星而并巫之，抑何可笑！

至于保姆则大前提在“楚辞女性中心说”，今此说既无理由，则强解女媭为保姆，又有什么意义？至谓父母兄弟皆不骂，独一老姊骂，以为可怪。则不知《离骚》首称“朕皇考”，父死久矣，母氏存否未可知，苟存，则屈原在朝为官时，母当就养，不至留于故乡。古时为人子者对父母之言只有绝对服从，无反抗余地。责詈者果为屈原之母，则屈原惟有恭默听受，唯唯称是，又何敢绝裾而去，远赴苍梧就舜陈词呢？如此，则《离骚》就此结束，下文各种神仙境界，均不能呈现了。故骂原者真为其母，他亦将易其人与词，况并非其母？若谓兄弟，则屈原乃楚之贵族，其兄弟亦当置身仕途，未必在乡间。且问媭之一词除姊妹外，果可施之父母兄弟否？

今范围收缩至于姊妹了。然则媭果指姊呢？抑妹呢？窃意媭之一字如今云“阿姊”、“阿妹”，未必便是楚语。《周易》乃周民族之文，居然有“归妹以须”之语，可证。《史记》樊哙妻吕媭，犹云吕阿妹罢了。广陵厉王使李女媭下神，犹云使女巫李阿姐或李阿妹下神罢了。在《离骚》则以指“姊”为是。盖以姊詈弟，为事自然，而以妹詈兄，则于理不顺。

婵媛，逸注：“犹牵引也，一作撣援。”刘永济曰：“按王训婵媛为牵引，疑王本同一本作撣援。不知形状之词，义取于声，从手从女，初无分别。婵或从亶，作嬗，或从虫，作蝉，援或从素，作䌸，或从肙作娟，皆舒徐妍冶义也。”闻匡斋又引《说文》口部啴字，指为喘息，谓女媭责屈原怒而喘息，原本为啴咺。按“婵媛”本有数义，《湘君》“女婵媛兮为余太息”。此处“婵媛”二字当指为妍冶。《哀郢》“心婵媛而伤怀兮”，《悲回风》“忽倾寤以婵媛”，则或如闻说乃情感紧张，呼吸急促之谓。

如此则女媭婵媛，如闻说怒而喘息，或者可通；不过即从刘说舒徐妍冶的形态之美，也未尝不可。说是侍妾的名字，则“女媭之婵媛”在文法上完全不通。屈原自己是一个美丈夫，其姊当亦是一个美妇人，屈原既在《离骚》开端自负“修态”，则在此处赞美其姊之美，亦人情之常。“女媭之婵媛”犹云“漂亮的姊姊”而已。后人见屈原居然赞姊之美，便大惊小怪起来，其强主女媭为屈原的妾侍皆由是而起。此乃后人受礼教压制太过，失其本情；或由于小人居心不净，凡事涉及男女关系，必向坏处推想，最为可厌。

申申，重也。言骂了又骂也。若前文“申之以揽茝”，即其义。洪《补》引《论语》“申申如也”，谓为和舒之貌。姜寅清从之，实则不必。训“婵媛”为牵引，则意义重复。《文选》六臣本“詈”作“骂”。《考异》曰：“詈一作骂”，戴震《屈赋音义》曰：“俗本作詈，非。”按詈骂同义，作骂亦可。

“鲧婞直亡身”与下句“夭乎羽野”，意复。《考异》曰：“《文选》亡作方。”《文选旁证》曰“六臣本作方”，吴汝编曰：“依五臣盖读身为命。亡身即《尧典》所谓‘方命’，《盘庚》‘汝悔身何及’。汉石经‘身’作‘命’，逸注‘不顺尧命’，五臣济注‘不用尧命’，盖释方命之文，下云殀乎羽野，此不应先言亡身也。”刘永济曰：“按吴说是。《尚书》‘方命圮族’。郑玄曰‘好方直之名，违败善类’。王肃曰‘放弃教命’，逸与济盖用王说也。方古作匚。贾昌《朝群经音辨》匚部曰‘匚，放也。’《书》‘亡命圮族’，此方误亡之故也。惟‘命’误作‘身’未详。”

闻匡斋曰：“案亡读为忘。鲧行婞直，不以命之阽危而变其节，故曰‘婞直以忘身’。《卜居》曰：‘宁正言不讳，以危身乎？’即婞直忘身之义。五百家韩集三祝引此正作‘忘身’，是古有作忘之本。王闿运亦读亡为忘，而释其忘身为勤死，与婞直之义不合，则犹未达一间耳。”

按“婞”，很也。婞直犹言刚直。秉性之刚直与行事之勤劳忘死，有何不合？闻氏谓“未达一间”，笔者殊不以为然。但他释“亡身”为“忘身”远胜“方命”。

鲧古以为四凶之一，屈原对鲧偏抱同情，并且常以鲧自拟。刘永济曾屡次言及。特刘氏以为鲧治水本有功，禹承继其九载之绩，而后成其殊勋，禹成圣帝，而鲧则抱恶名以终，故屈子每为深叹。闻匡斋引《礼记祭义疏》引郑志答赵商曰：“鲧非诛死，鲧放诸东裔，至死不得反于朝。”放之，令不得反于朝，夭矢遮遏止之，使不得反于朝也。此盖本作夭，王注误训为早死，后人始改正文以殉之。姜寅清本其说谓《尧典》“永遏在羽山”，永遏无早死意，夭字宜作“壅塞”义，言鲧被幽禁于羽山之野耳。若如闻姜二氏说，则“殛鲧于羽山”及古野史鲧死三载不腐，剖以吴刀而生禹，又作何解释？

鲧之性质善恶参半，及屈原对鲧同情之故，皆见拙著《天问正简》“鲧禹治水的传说”中鲧性质善恶参半之理由，兹不赘。

> 汝何博謇而好修兮，纷独有此姱节，薋菉葹以盈室兮，判独离而不服？

博謇，逸注：“博采往古，好修謇謇。”朱熹则谓为“广博而忠直，”王夫之曰：“博，过其幅量之谓，犹言过也。”蒋骥曰：“博学而好直言也。”戴震曰：“博謇，博古而有謇謇之行。”朱冀曰：“博，取也，与好字对立。立朝固贵謇谔，博则似乎邀名。君子固当自修，好则似乎立异。此姊婴何字一诘，原无一言可对者也。”此皆望文生义之说，惟闻匡斋立论较为不同。闻曰：“案今本《文选》蹇仍作謇，五臣本作蹇，《路史后纪》一引本书亦作蹇。蹇謇正借字。蹇犹偃蹇也。博踊与通，《字镜》曰‘踊，蹀也’，蹀犹蹀躞也。博蹇，盖行步合节，安舒自得之貌。《远游》‘音乐博衍，无终极兮’。注曰‘五音安舒，靡有穷也’。博蹇与博衍同。声音安舒谓之博衍，动作安舒谓之博蹇，皆有节度之貌也。”

姜寅清则谓博当如原义，作广博解，謇，当读为“朝搴阰之木兰”之搴，取也，字或作卷。博搴者广采众香花草之意。

“纷独有此姱节”，节字与服不叶，朱骏声《离骚补注》疑为饰字之误。饰节形近，往往相乱。《礼记·王藻》：“童子之节也。”《仪礼·士冠礼》注引作饰。《韩非子·饰邪篇》“国难节高”今本误作饰。《天问》“修饰玉鼎”，《御览》八百六十一作“修节玉鼎”。上文曰“佩缤纷其繁饰兮”，下文曰“及余饰之方壮”，姱饰与繁饰，壮饰，皆谓盛饰也。以上乃闻氏所说。信如其说，则上文“博謇”以从姜寅清说为是。

薋，蒺藜也。菉，王刍也，俗名菉蓐草。葹，形似鼠耳，《诗》谓之卷耳，《尔雅》谓之苓耳，《广雅》谓之枲耳。皆以实得名，薋、菉、葹乃三种小草，平行。姜寅清独谓如王逸说“则文义不通，盖、薋、菉、葹与盈室之间，不得用介字也。薋盖为资，涉下文菉葹二字而衍草，王未深考，故误释也”。又曰：“资，积也。”字亦借茨为之，《广雅》：“茨，积也。”姜以“薋”为“资”为动词，固合于屈赋文法，但亦似太拘。我以为三种恶草为佳。

判，别也。女媭言众人皆佩王刍鼠耳一类小草，尔独不肯，而宁以兰蕙为美饰，何哉？“盈室”犹言谗佞小人盈于朝廷也。

众不可户说兮，孰云察余之中情？世并举而好朋兮，夫何茕独而不予听？

此节仍为女媭之言。户说，姜寅清以户读“扈江离与薜芷”之扈。被也。户说犹遍说也。则不如洪《补》引《管子》：“圣人之治世，不人告也，不户说也。”《淮南子》：“口辩而户说之。”实则户说即今语挨门挨户或家家户户去告诉，更为简单。本节以有“余”“予”之第一人称代词，王逸以全节文字皆为屈原所语，惟王夫之、林云铭、蒋骥、王远、王贻六皆谓此节仍为女媭语，是也。钱澄之曰：“上余字为原言也。下予字女媭自指。”为原言，犹云代原而言。王夫之曰“察余之余，代原自称，予听之予，代世人自称。”代世人三字稍嫌蛇足。

戴震曰：“察予（按原本作余）之予，予，屈原也。予听之予，女媭自予也。”这话说得支离破碎之极。其实此节文字至为明白易解。女媭盖曰众人意见不同，不能挨家挨户去告诉明白，谁说能体察我（代屈原称我）忠君爱国之苦心呢？世好朋党，你何孤另独特，不听我之谏言呢？

姜寅清知“察余之余”为女媭代原而言，然偏解为复数，曰“余，余等也。以单数代名词表复数，本诗歌中常例，原妾（案姜氏固以女媭为屈原之妾）谏原，故可引余融于第一人称之中，而曰余等。”此说亦未尝不可通，然女媭乃家庭妇女，与政治毫无关系，而且我想她对政治亦不感兴趣，而曰“余等”终觉勉强。我国文字不讲文法，学者对代名词只知就位论字，稍一变通，便致迷惘。而屈原对于代名词之运用则最为自由，亦最灵活，宛如口语。有时做第三人称之口而代第一人称说话，如众人是不可以挨家挨户去告诉的，谁说他们懂得我的意思？即其例。有时做第一人称之口而代第二人称说话，如《湘君》“横流涕兮潺湲，隐思君兮悱恻”，湘君代女信徒称己，即其例。王逸东汉人不足责，自清末至近世对屈赋之代名词尚有不能了解者，抑何可叹，而屈赋价值之高，反因此而愈增了。

按《离骚》第二段自女媭“申申其詈曰……何茕独而不予听”。三节文字皆女媭之言也。屈原自朝归家非一日，与姊谈朝中事不止一次，姊之劝告恐亦不止一次。劝之不听，而至于詈，詈亦不止一次。终则怜其婞直，比之以鲧之忘身；责以举世纷纷，不肯和光同尘之不当；再告以众见各殊，不能逐家晓喻，我之隐衷谁能了解；终则诘问独行其是，不听吾言，究将何为？关爱之状，跃然目前，呜咽之声，如出纸上，非骨肉至亲，同胞手足之爱，畴肯如是？神巫能之么？保姆能之么？贱妾更敢如此对家主么？是盖舍年长于屈原之姊氏，无第二人了。

刘永济责媭“姑息之爱，只论祸福，不言道义”。此言殊嫌其过。女媭之言虽不出妇女之见，然以其出于爱弟之至情，反觉其可敬可钦了。钱澄之曰：“原自信心不可惩，忽遭女媭之詈，通国惟一姊关切耳。凡原自命为美德者，姊皆詈之为祸端。原一无可置辩，盖于姊情切，益见原志之贞，自是实语，非设词也。”王远曰：“姊詈原之词，皆原所自信，以此为詈，实誉之矣。聂荌为弟显名于既死之后，女媭劝弟全身于未死之先，皆其弟之真知己也。”此论尚不失知人论世之旨，故录之。

> 依前圣以节中兮，喟凭心而历兹，济沅湘以南征兮，就重华而陈辞。

屈原回到家乡，受其姊一番劝说，姊言固出于爱弟之心，但欲我降心从俗，则岂又我所愿为？举世滔滔，无是非之可辩，无公道之可言，惟有渡过沅湘往苍梧舜葬处向舜倾吐一肚子的委屈与烦冤。《离骚》遂又有这样一节文字。

屈原渡过湘沅，远赴苍梧？许多楚辞注家都信以为真，并有人说《离骚》当是屈原第二次放逐时写的。因为再放时曾徘徊于洞庭及沅水、湘水之间。距舜葬苍梧不远，所以他可以找到舜庙去陈词。笔者在所撰《离骚论》里便曾说，屈原赴苍梧的那趟旅行不过是“幻想”，并非事实，倘认为事实，则下文的昆仑、悬圃、阆风、白水、流沙、赤水、不周山、西海也是真实的境界么？

现在这些话都撇开不说，只说本节“节中”二字的意义。刘永济说："旧训节为度，故曰：'依前圣之法，节其中和。'（笔者按：此为王逸说）诸家无异说，惟朱骏声训为'折中'，引《惜诵》篇'令五帝以折中'为证。别书或说，又以即礼记三年问之'立中制节'。按朱说前说是也，后说非也。折当读如吕刑'非佞折狱'之'折'，'中'当读为周礼小司寇'以三判断庶民狱讼之中'。盖是非不能明之于当世，可质之于前圣，故就重华而上诉也。下文陈词，即诉词也。断狱贵得中正，故狱成之簿书，即故谓之'中'，下文'中正'亦是物也。"（《屈赋通笺》）

笔者按朱骏声"折中"之说，亦非独创。在朱氏前，林云铭即曾谓"节中"即"折中"，持平之意(《楚辞灯》)。王远亦说"闻女媭之言不合于己，遂欲折中于古人也。"（王鎏《离骚九歌辑评引》）陈本礼说"因被姊之责，无以自明，故将平素陈君之词，托重华以正是非之中也"(《屈辞精义》)。

"依前圣以节中"，朱骏声另引或说，谓节中即礼三年问之"立中制节"，刘永济以为非，笔者则以为是。三年问系论三年之丧，丧必三年，始无过与不及之弊。"故先王焉，为之立中制节，壹使足以成文理，则释之矣。"《离骚》"节中"二字当出于此。如此，则"节中"便是所谓中庸之道了。

《论语》孔子论中庸的话颇为不少。孔子说"白刃可蹈，爵禄可辞也，中庸不可能也"（《礼记·中庸》）；又说"不得中行而与之，必也狂狷乎，狂者进取，狷者有所不为也"（《论语·子路》）；又说"君子中庸，小人反中庸"（《中庸》）；又"执其两端，用其中于民"（同上）；又说"人皆曰予知，择乎中庸，不能期月守也"（同上）。孔子又赞他得意弟子颜渊，说颜渊的长处，是"择乎中庸，得一善，则拳拳服膺"（《中庸》）。窃意孔子中庸之道，当已传到楚国，否则屈原在三年使齐的岁月里，不但全盘吸收了当时奔腾澎湃涌入我国的域外文化，同时也深深地沐浴于中原文化，得其精义。所以他在这"朝谇夕替"章里，告诉我们遏私克欲的坚决与道德修业的勇猛，在这章里，又告诉我们以修养的结果。他说他自己的为学，自己的立身行事之道，无一不依据古圣先贤的圭臬，无一不合乎"不偏之中"、

"不易之庸"的标准，既不过随，也不过激。遭此政治上之重大打击，并不是他自招的，乃是无端飞来的横逆罢了。无端的横逆是连圣人也没法招架的。成汤幽夏台，文王囚羑里，梅伯菹醢，比干剖心，孔子阨陈蔡，朱子遭丑诋，王阳明贬龙场……你能说他们是自取其咎么？所以屈原说："依前圣以节中兮，喟凭（满也）心而历兹。"若说"节中"乃是"折中"，则"依"字在此何义？下文对重华陈词以后，又说"耿吾既得此中正"也是同样的话。"中正"二字是屈原对于他自己整个光辉圆满人格的批评，非常的切当。后代读者不知屈原本是一个有道之士，却错把他当作硁硁小丈夫及普通文人看待，说他遭受政治上失败之后，便"披发佯狂，行吟泽畔"，又说他什么"露才扬己，怨怼沉江"，真是太冤诬我们的三闾大夫了！

按清代林仲懿撰《离骚中正》，《四库提要》批评其说云："是编首载读骚管见数则，谓屈赋以执中为宗派，主敬为根柢，自叙学问本领，陈述帝王心法，与四子书相表里。又附会屈原名字'名余曰正则，字余曰灵均'，系窃取子思之道，所言正则灵均，与中庸天命之性，率性之道相合云云。"《四库》诋之曰"其说甚迂"，又曰"所释多穿凿"，可见此书之被采入《四库》，并非因其有何价值，不过聊备一格而已。林书本非流通之本，笔者自愧无缘读到，今之所论，均出自己见解，若有与林书雷同者亦由暗合，非由剽袭，特声明于此。

> 启《九辩》与《九歌》兮，夏康娱以自纵；不顾难以图后兮，五子用失乎家巷。

《九辩》、《九歌》皆古代乐名，且当皆是神曲。至今我们所见楚辞中之《九歌》乃屈原沿古代乐名所作祭九重天主神之整套神曲，《九辩》当亦类是。今所传宋玉之《九辩》则文人学士感兴之作，毫无神秘意味。岂能名之神曲？故笔者又曾说《九歌》与《九辩》皆整套神曲。《九歌》为祭九重天主神之歌，则《九辩》乃祭九重地府主神之歌也。屈原或曾作而佚失，或拟题而未作，后人遂将宋玉一篇悲秋文安于《九辩》题下遂沿误至今。《天问》“启棘宾商，《九辩》、《九歌》”，《山海经·大荒西经》：“夏后开上嫔于天，得《九辩》、《九歌》以下。此大穆之野，高二千仞，开焉始歌九招。”郭璞注引《开筮》言启窃《九辩》《九歌》于天，以国于下云云。其详见拙著《九歌导论》，此处从略。

“夏康娱以自纵”，逸注为“夏康，即启子太康”。王念孙谓“夏”当读为“下”，“言启窃《九辩》《九歌》于天，因得康娱自纵于下也。诒谋不善，子孙奸回，故下文有‘不顾难以图后’云云也。《墨子·非乐篇》引武观曰‘启乃淫溢康乐，野于饮食，将将铭，苋磬以力。湛浊于酒，渝食于野，万舞翼翼，章闻于天，天用弗式。’《竹书》‘帝启十年，帝巡狩，舞九招于大穆之野。’皆所谓下康娱以自纵者也。解者误以启《九辩》《九歌》为美启之词，又误以夏为夏后氏之夏，是以诘籥为病矣。”

“五子用失乎家巷”，王逸注曰：“言太康不遵禹启之乐，而更作淫声，放纵情欲，以自娱乐，不顾患，不谋后世，卒以亡国。兄弟五人，家居间巷，失尊位也。《尚书》序曰：‘太康失国，昆弟五人，须于洛汭，作五子之歌。’此佚篇也。”

洪《补》曰：“太康尸位以逸豫，灭厥德，黎民咸贰，乃盘游无度，畋于有洛之表，十旬弗反，有穷后羿因民弗忍，距于河。厥弟五人，御其母以从，徯于洛之汭，五子咸怨，述大禹之戒以作歌。……此言太康娱乐放纵以至失邦耳。逸云不遵启乐，更作淫声，未知所据。且太康不反，国人立其弟仲康，仲康死，子相立，则五子岂有家居间巷之理？盖仲康以来，羿势日盛，王者备位而已，五子之失乎家巷，太康实使之。”

“失家巷”并非失国居间巷，乃系家哄。原文当是“五子用夫家巷”，王引之有确解。引之曰：“失字因王注而衍。注内失国，失尊位，乃释家巷之义，非以文中有失字而解之也。”后人大概不明白“用乎家巷”那句话的意义，将王逸注失字胡乱加入，遂使这句文字成了目前的形式。

引之又曰：“‘五子用乎家巷’者‘用乎’之文，与‘用夫’、

'用之'同。下文云:'日康娱以自忘兮,厥首用夫颠陨。''后辛之菹醢兮,殷宗用之不长'是也。若云五子用失乎家巷,则是所失者家巷矣。注何得云兄弟五人,家居里巷失尊位乎?扬雄《宗正箴》曰'昔在夏时,太康不恭,有仍二女,五子家降。'降与巷古同声通用,亦足证家巷之文为实义,而用乎之文为语词也。'巷',读《孟子》邹与鲁哄之'哄',刘熙曰:'哄构也,构兵以斗也。'五子作乱,故曰家哄,家犹内也。"

又曰:"'哄'字亦作阂。《吕氏春秋·慎行篇》'崔杼之子,相与私阂',高诱曰:'阂、斗也。'私阂,犹云家哄。哄之为阂,犹阂之为巷也。(阂之通作巷,犹巷之通作哄。《法言·学行篇》'一哄之市'哄即巷字。)《宗正》篇作'五子家降',降亦哄也。《吕氏春秋·察微篇》:'楚卑梁公举兵攻吴之边邑。吴王怒,使人举兵侵楚之边邑,吴楚以此大隆。'大隆谓大斗也。隆与降通。《书·大传》,隆谷。郑注曰'隆读如厖降之降'。《荀子·天论篇》'隆礼尊贤而王',《韩诗外传》,隆作降。《齐策》'岁八月降雨下'。《风俗通义·祀典篇》,降作隆。是隆与降通也。《吕氏春秋》'吴楚大隆',高诱曰'隆当作格,格,斗也'。案隆亦格斗之名,字不可改。"(《读书杂志》十六余篇下)

今更请将五子问题略作研究:看真是兄弟五人呢?或者不是。

《尚书·夏书·五子之歌》曰:"太康尸位以逸豫,灭厥德,黎民咸贰,乃盘游无度,畋于有洛之表,十旬弗反。有穷后羿,因民弗忍,距于河。厥弟五人,御其母以从,徯于洛之汭,五子咸怨,述大禹之戒以作歌"云云。《逸周书·尝麦篇》曰:"其在殷(殷当作启)之五子,忘伯禹之命,假国无正,用胥作乱,遂凶厥国。皇天哀禹,赐以彭寿,思正夏略。"明明谓五子是五个兄弟,夏后启五个儿子,是太康的弟。

但古人又说夏后启并无五个儿子,乃是一子名"五观"讹成的。《楚语》曰:"尧有丹朱,舜有商均,启有五观,汤有太甲,文王有管蔡,是五王者,皆元德也,而有奸子。"则又谓五子乃五代帝王之子,以其均不德,故称奸子。

“五子”或由“五观”一人所衍化。“五观”在《墨子》为“武观”。顾颉刚云：“五观就是《墨子》里的‘武观’，武，五音近通假。五子是启的儿子，五观也是启的儿子，五子是作乱之徒，五观也是奸子；五观自然就是五子的异名了。……《韩非子·说疑篇》也说‘其在记曰：尧有丹朱而舜有商均，启有五观，商有太甲，武王有管蔡。五王之所诛者皆父子兄弟之亲也。’可见五观是被启诛了的。”(《夏史三论》)

但家哄一个人哄不起来，五观讹为五子，想屈原时代已然。这个问题尚须参考下文五子御母出奔与印度史诗关系，始得明白。

> 羿淫游以佚畋兮，又好射夫封狐；固乱流其鲜终兮，浞又贪夫厥家。

此节言有穷后羿代夏之事。《左传·襄公四年》魏绛曰：“昔夏之衰，后羿自鉏迁于穷石，因夏民以夏政……不修民事而淫于原兽。用伯明之谗子弟寒浞以为己相。羿归自田，寒浞因家众杀之。”孟子则谓杀羿者乃羿之弟子逢蒙。王逸注《离骚》以“家众”为家臣逢蒙，即采孟子之说。

羿无好射封狐之事，王逸含糊其词曰：“封狐，大狐也。言羿为诸侯，荒淫游戏，以佚畋猎；又射杀大狐，犯天之孽，以亡其国也。”洪《补》引《天问》：“封豨是射”为注。戴震谓：“封狐，犹言封豕。”陈本礼则谓封豕即“伯封，后夔子”。豨乃野豕，与狐为二物，不知何以相混？闻匡斋乃以字误解之，曰：“案夷考古籍，不闻羿射封狐之说，狐疑当为猪，字之误也。篆书者作，缺其上半，与相仿，而豕旁与犬旁亦易混，故猪误为狐。《天问》说羿事曰：‘冯珧利决，封豕是射’；《淮南·本经训》曰：‘尧乃使羿……禽封豨于桑林’，封豕即封猪也。其在《左传》则神话变为史实，昭二十八年称乐正石夔之子伯封‘谓之封豕，有穷后羿灭之。’封豕亦即封猪也。《古文苑》扬雄《上林苑箴》曰‘昔在帝羿，失（同佚）田淫（原误径）游，弧矢是尚，而射夫封猪，不顾于愆，卒遇后忧。’

字正作猪。雄文语意竟全袭《离骚》，'封豕'之词或即依本篇原文，若然，则汉世所传《离骚》犹有作猪之本。”

但笔者按，羿疑亦有射狐之故事，未必如闻氏之说为字之误。因为羿虽是人间英雄，实则为太阳神变化而来。太阳神有射狼、射豕之事，同时尚有射犬、射狐之事。皆自西亚开辟故事中之原始女性之形体变来。详见拙著东皇太一、东君、云中君及《天问》夏史部分，现从略。

浞，寒浞也。羿信任寒浞，使为己相。浞行媚于内，施赂于外，树之诈慝，而专其权势，杀羿后，娶其妻为己室。陈本礼谓即纯狐，即奔月之嫦娥也。后人亦有谓嫦娥小字纯狐者。皆可笑。

> 浇身被服强圉兮，纵欲而不忍，日康娱以自忘兮，厥首用夫颠陨。

浇，寒浞子，即浞娶羿室所生者。被服强圉四字旧解颇多，皆失当。闻匡斋《离骚解诂》曰："王注曰：'强圉，多力也。'案被服多力，不辞之甚。《释名·释兵》曰：'甲，似物有孚甲以自御，亦曰介，亦曰函，亦曰铠，皆坚重之名也。'介胄之用与孚甲同，故亦名甲。《尔雅·释天》'在丁曰强圉'，孙炎注曰'万物皮孚坚者也'。此以坚释强字，以皮孚释圉字，皮孚即孚甲也。物之孚甲谓之强圉，则人之介胄亦得谓之强圉。强圉字一作御，《诗·大雅·荡》篇'曾是强御'，《烝民》篇'不畏强御'，是圉之为言御也。御为动词，变为名词，则所以自御者亦谓之御。……浇身被服强圉，犹言浇身被服坚甲耳。……"

浇之荒淫而断厥首，事见《左传·哀公元年》传曰："吴王夫差败越于夫椒，报槜李也。遂入越。越子以甲楯五千，保于会稽，使大夫种因吴太宰嚭以行成，吴子将许之。伍员曰：'不可，臣闻之，树德莫如滋，去疾莫如尽。昔有过浇，杀斟灌以伐斟鄩，灭夏后相。后缗方娠，逃出自窦，归于有仍，生少康焉。为仍牧正，惎浇能戒之。浇使椒求之，逃奔有虞，为之庖正，以除其害。虞思于是妻之以二姚，而邑诸纶，有田一成，有众一旅，能布其德，而兆其谋，以收夏众，抚其官职。使女艾谍浇，使季杼诱豷，遂灭过戈，复禹之绩，祀夏配天，不失旧物。今吴不如过，而越大于少康，或将丰之，不亦难乎？勾践能亲而务施，施不失人，亲不弃劳，与我同壤，而世为仇雠，于是克而弗取，将又存之。违天而长冠雠，后虽悔之，不可得已。姬之衰也，日可俟也。介在蛮夷，而长仇雠，以是求伯，必不行矣。’弗听，退而告人曰：‘越十年生聚，而十年教训，二十年之外，吴其沼乎？’”

浇之被杀，相传是由于他与嫂女岐同馆栖止，少康夜袭得女岐之首而断之，其后浇亦终被杀。《天问》“惟浇在户，何求于嫂？何少康逐犬，而颠陨厥首？”“女岐缝裳，而馆同爰止，何颠易厥首，而亲以逢殆？”即指此事而言。

姜寅清谓“嫂”字疑为“蒐”之形讹。蒐即搜之正体。谷梁四年传曰：“秋曰搜”，字又作“獀”。《齐语》“春以獀振旅”注“春田曰獀”。字又作“骕”，见《汉书·百官公卿表》，经传多用搜字。“此言浇家居在室，何能以獀狩田猎之事而求杀之，乃有少康逐犬颠陨其首之传说乎？下女岐缝裳，即所以杀浇于户之理也。”

对于《天问》“女岐缝裳”四句，姜氏又引哀公元年《左传》女艾谍浇，使季杼诱豷，遂灭过戈，复禹之迹，谓：“《竹书纪年》亦云‘世子少康使汝艾伐过，杀浇’。汝艾当即此女岐。艾在泰韵，岐在支韵，古文支泰相转而又同声，故岐得为艾也。”

又曰：“女艾谍浇，当即此缝裳同馆之事，少康之阴谋，盖浇强圉不能力争，故以女色败之。沈休文不谙古说分化之理，于纪元附注，遂造为寒浞前妻长子之妇曰女岐以实之，所谓好为解事者矣。颠易二句，王逸以为少康夜袭，得女岐之头以为浇，因断之，故曰易首，为遇危殆也。按此亦此勘文句，想像而得之词，其实非也。颠易即颠陨，更无杀女岐之说，故下文得曰‘亲以逢殆’也，不然，则亲字何所指乎？”

按姜说诚为创说，但亦未必竟为胜义。女岐在《天问》天文部分乃不夫而一孕九子之母，是为女神，亦为尾宿。浇嫂谅亦多产，故人戏名之为此。古人以神名为名字者男女皆有，其例甚繁，我将别为文解说。请阅《论丛》“古人以神名为名之习惯”。浇嫂女岐与作谍之女艾毫无关系。王逸注屈赋，固多凿空附会之说，而《天问》此二简之注则或承之古人，或就字面解说，但比姜之绕缭转折，反胜过多多。

《天问》上简于女岐之断首曰：“颠陨”，下简于浇之断首则“颠易”，盖设为问浇之词曰女岐既代尔而丧厥首，则尔理应提高警觉，加强戒备，何以尚为少康所乘，而亲遭断头之厄乎？文字何等清晰？何等有力？姜氏所解，反蹇涩难通了。

我现在请将五子及浇事在这里综合讨论一下。先说五子。

我因曾怀疑太康之弟五人御母出奔，及夏后相之妻方娠逃出自窦，而生遗腹子少康，殆受印度史诗《摩诃婆罗多》(Mahabharata)影响。启子武观，又作五观，他或有在家作乱之事，不过夏初史迹本来渺茫，禹启本人便是神话人物，儿子一代当然也不甚可靠。五观的那个五字是数目字，很容易讹为五子，即五个儿子。五子在《离骚》及若干古书中乃闹内乱者，当然是奸子；而在《尚书·夏书》中，能述祖禹之戒作歌，则为善人。但御母出奔事甚可疑。阎若璩《古文尚书疏证》曾辨之。《疏证》七第一百四曰：

> 近冯景山公以书来曰：“近读五子之歌，至‘厥弟五人御其母以徙’，插此冗句，殊不可晓。且即如太康出畋，于其母何与？妇人无外事，迎送不出门，礼也，岂合从子盘游耶？又岂厥弟五人逆知后羿将距于河，遂早御其母以从耶？果尔，则当垂涕而道，谏止其兄，以笃亲亲之谊可也。既知而不言，坐待其败，虽作歌以叙怨，亦何及哉。”余答之曰：“此辩诚善，然不若直以其母断之，而知必无是也。……禹言予创若时，娶于涂山，辛壬癸甲，启呱呱而泣，予弗子，惟荒度土功。盖禹自尧七十二载乙卯受命平水土，则娶涂山女当在丁巳。戊午启生，即次岁方去，癸亥，告成功之年颇远，故中间得三过其家门，启以生于戊午计，历尧之崩与舜之崩，俄而禹崩，及启即位，改元，岁丙

> 戌，年已八十九矣，所以享国仅七年，寿九十五而终。窃以是时，其元妃未必存。况又历太康十九年，岁辛亥，方有失国之祸。使启若存，寿一百十四岁。古男子三十而娶，女子二十而嫁，此盖言其大限，若国君则十五而生子，礼也，妃定与之齐年，天子何独不然？是仲康等御其母以从，母年当一百一十四矣。庄子言人上寿百岁，中寿八十，下寿六十，惟尧舜逾上寿之外，他不少概见，然则太康失国时，固已无复母存矣。"

《疏证》卷五第七十三，又言五子之歌不类夏代诗。谓其"辞意浅近，音节啴缓，此岂真出浑浑无涯之代，与亲遭丧乱者之言乎？凯风称为七子之诗，而诗止四章，似出一人乎；頍弁序称诸公刺幽王，亦一人作，今五子之歌其一其二共五章，似五人各作一章，泄漏作伪痕迹矣"。

五子故事既系古人作伪，伪从何来？原来出于印度史诗。

印度史诗《摩诃婆罗多》言坚阵等兄弟五人为避免恶弟之陷害，当其纵火焚皮那司行宫时，奉母自预辟之地道逃出，此事笔者在《天问》"舜的故事与印度史诗"中言之甚详。自武观讹为五子后，造夏代伪史者遂不知不觉插入"厥弟五人，御其母以从"二句。

至夏后相妻方娠逃出自窦，则受印度这部史诗《克里史那》(Krishna) 故事影响。史诗说克舅康沙 (Kamsa) 为马土拉 (Mathura) 国王，闻神预告将死于其从妹第八胎之子手。欲杀从妹，妹与其夫哀求饶命，并应许以后凡生子皆送康处，听其处置。凡杀六子，第七子自胎中转入他妻腹，得免。第八胎生一神婴，黑色，四臂各执神兵及莲花，乃偏入天下凡。告其父母速将我送至某村某长者处，与其新生之女交换，言讫复变为普通婴儿形。当时父母已被康沙囚于狱中，身上缧绁自解，狱门自开，守者沉睡，乃相与抱子出，渡河至某村，换子讫，复归狱，故曰："逃出自窦。"

克里史那育于某村，长为牧竖，所有牧羊女都恋慕他，他也有神通使每个牧女都感觉他是爱着她们自己。牧女中有少女曰拉达 (Rodha) 尤美，她与克里史那的罗曼史是颇为脍炙人口的。但克到底娶某国公主为妻。这或者是少康作有虞牧正和娶有虞二女之本。克后长大，果斩康沙，此即少康夜猎断浇头之本。

再请说浇。

“浇身被服强圉”，闻氏释为被甲，固胜王逸“多力”之说。不过被甲乃古武士之常，屈赋今特别提出，疑别有故事。因此句重点在“身”字，或者浇身皮肤特别坚强，好像孙炎注《尔雅》“万物皮孚坚者也”。考之印度史诗康沙故事，不意果然。史诗在康沙故事中说摩竭陀（Magodha）国王佳罗生陀（Jarasondha）是康沙的女婿，一说是康沙的岳父，生而有大力，其身体为刀箭所不能伤，即天神的武器也不能损其毫发。曾征服八十六国，杀人甚多。听见克里史那杀了他的岳父，率兵报仇。克至迁都以让其逼。后克率坚阵五兄弟中之有修怖军二人至其国，与佳罗生陀挑战，使那大力士怖军徒手与国王相搏，恶战十三日，王之脊背，到底被怖军拗折而死。岳之与婿，易于缠混，安知这故事初传入中国时，不误以佳罗生陀为康沙本人么？又安知印度史诗不有歧出情节，说皮肤坚韧者是康沙不是其婿么？但观佳氏之于康沙忽婿忽岳，传说之多纷歧可见。

又克里史那也有坚韧的皮肤，仅脚跟有弱点可以致命。他后来死于森林，因有一猎人将他错看做羚羊，一箭射去，正中他的脚跟便将他射死了。我们记得荷马史诗《伊里亚特》里的英雄阿契里士（Achilles）诞生时，他的身为仙女的母亲，握着婴儿的一只脚浸之于冥界之河史蒂克司（Styx）。所以阿契里士浑身皮肤坚强胜于精甲，可御任何武器；只因其母握时浸水，手握处水不能入，脚踵处留一弱点，后来便死在这上面。

我想阿契里士，与印度的佳罗生陀、克里史那的故事当出一源。希腊神话又说天匠浮尔甘以铜造一机械人，行动如人，且亦稍有灵明知觉，其脚踵有一穴，固以螺钉，旋转此钉则铜人体中血液皆自踵流出，可以制其死命。见希腊金羊毛故事。未知前述诸故事皆出此否？但金羊毛故事晚出，铜人脚踵事，恐转源于前诸说也。《离骚》关于浇的故事，则当受印度史诗的影响。可惜女歧代浇断首事，今无可考。倘使夏初历史确有浇其人，则与嫂奸通，嫂误被杀，乃是中国故事。与姜寅清所说女艾作谍，毫无关系。

> 夏桀之常违兮，乃遂焉而逢殃；后辛之菹醢兮，殷宗用而不长。

夏桀与商纣同为夏商末代之主，也同为暴君的代表。常违，言其常违天道。

遂焉，王逸谓“乃遂以逢殃”，殊欠通。王夫之谓遂者长恶不悛，诸家之注大率类此。刘永济曰：“此文遂字，诸家或说为遂长，或说为遂安，较王氏《章句》为长。惟朱骏声以遂为聆遂，地名也。引《周书》曰：‘回禄信于聆遂’，《竹书》‘聆遂灾’为证，谓即《墨子·非攻篇》‘命祝融降火于夏之城间’。盖从逢殃二字悟入。然‘乃遂焉’三字连续为不词之甚，不免博闻之过，今所不取。”云云。笔者则谓焉字并非问词，亦非语助词或语已词，而第三称代名词，普通指地方，如法文中之 y 字。屈赋常用，如：

> “驰椒丘且焉止息”——言止息于椒丘也。
> “焉有石林？焉有虬龙？”——何处有石林？何处有虬龙？
> “羿焉骅日？乌焉解羽？”——羿在何处骅日？乌在何处解羽？
> “焉得彼涂山女？通之于台桑？”——何处得涂山女而与之为婚？
> “桓秉季德，焉得夫朴牛？”——桓从何处得朴牛？
> “横四海兮焉穷？”——月横四海穷在何处？
> “荒忽其焉极？”——视界渺茫，其终点果在何处？
> “当陵阳之焉至兮！”——焉字代陵阳，言正当至此地也。

所以“乃遂焉”者言乃在聆遂之地遭回禄之灾也。故朱说实远胜“长恶不悛”，尤远胜“遂以”。刘诋朱博闻之过，其实过果在朱？抑在刘，文法家当能为判决之。

菹，《周礼·醢人七菹》注："凡醢酱所和，细切为齑，全物若牒为菹。"醢，《尔雅》"肉，谓之醢"，有骨者，谓之臡。就是不带骨的肉切之为醢。《史记》："纣醢九侯，脯鄂侯。"《淮南子》："醢鬼侯之女，菹梅伯之骸。""殷宗用而不长"，王逸注"而一作之。"

汤禹严而只敬兮，周论道而莫差，举贤而授能兮，循绳墨而不颇。

汤即商朝开国者，成汤。禹即夏朝始祖大禹。姜寅清谓"古无倒称汤禹之例，此两语乃诘上文而反言之，上文不言殷汤事，此文不宜忽出汤。按《庄子·逍遥游》'汤之问棘也是已'，简文注'汤，广大也'，重言曰汤汤，《诗·载驰》'汶水汤汤'，《传》'大貌'则汤禹犹后言大禹也。古书皆言禹汤，已成通例，无言汤禹者，如《墨子·公孟篇》'鱼闻热旱之忧则下，当此虽禹汤之谋，必不能易矣'。它如《左氏传》、《荀子》、《韩非》、《吕览》诸书皆然，而决无倒言汤禹者。"但姜氏不知古人于前代帝王时代之先后，每随意言之，并不严格。如周代厉王在幽王前，《孟子》则好颠倒言幽厉。《离骚》汤禹当亦类此。且前文所举暴主夏则羿、浞、浇、桀四人，商则后辛一人，则反面言贤君亦不应止一人一代。姜氏以汤禹之汤为疏状字，于"周论道而莫差"之周，又谓为周密之周，亦疏状字。则亦好奇太过之失。

举贤授能，朱骏声谓授为援之误，举《礼记》"其举贤援能，有如此者"为证。然闻匡斋引《庄子·庚桑楚》"且夫举贤授能，善义与利，自尧舜以然"，《荀子·成想篇》"尧授能，舜遇治，尚贤推德天下治"谓授能为是。盖受授古同字，授能犹言能用能也。授援二字，形近易讹。颇，倾仄也。

皇天无私阿兮，览民德焉错辅；夫维圣哲以茂行兮，苟得用此下土。

私阿，逸注：“窃爱为私，所私为阿。”皇天无私阿，惟就人之德而错置以辅佐之力。“下土”乃“皇天”对文。维圣哲之君有盛茂之行，皇天乃以天下归之，以供其用。

> 瞻前而顾后兮，相观民之计极；夫孰非义而可用兮，孰非善而可服？

逸谓：“‘前’谓禹汤，‘后’谓桀纣。”相观，周察也。洪《补》曰：“相观，重言之也。下文亦曰‘览相观于四极’与《左传》‘尚犹有臭，弗遑暇食’语法同。”

计极，王洪皆以计为谋，极为穷，朱熹则谓为人事之变。戴震曰：“言人情计变所极。”朱骏声曰：“计读为既，实为讫，犹终也。谓兴亡之究竟。”吴汝纶曰：“计极，犹言纪极。”……纪极连文为文，皆总要究极之义，较旧注为长。

屈原就舜陈词，至此而止。

> 阽余身而危死兮，览余初其犹未悔；不量凿而正枘兮，固前修以菹醢。

阽音詹，洪曰临危也，乃危死之副词。屈赋常以副词置之句首。言余身即有危险死亡之患，想到自己以前志愿，终不为悔。王逸以“览初”为上观前代仗节之士，不如吕向“言危身危行，所以将死，今观我之初志，终竟行犹未为悔”之较合于原意。

“量枘正凿”与前文“何方圜之能周兮”；《九辩》“圜凿而方枘兮，吾固知其鉏铻而难入”；《史记·孟荀列传》“持方枘欲内圆凿，其能入乎？”语意皆同。夫邪佞在前，而己以正直当之，其君不察，得罪必矣。但此文“不量凿而正枘”之正乃动词，逸注“方也”作形容词，恐不合。姜寅清曰：“按正者，往入之也。甲文作，像往入之义，即今征字。”此为前人所未道，甚佳。

前修，即前代修名之人，龙逢、比干等皆是。

曾歔欷余郁邑兮，哀朕时之不当，揽茹蕙以掩涕兮，沾余襟之浪浪。

歔欷，哀泣声。曾，逸谓为累。但此字一作增。王夫之谓“闻女媭之言而益悲”，其实屈原济沅湘而南征，就重华而陈词，无论其为幻想或真实，已不在女媭之前，王说未当。此盖陈词已毕，自念遭遇，益增郁悒，而至歔欷出声，自哀所生时代之不当也。

茹，柔耎。蕙、香草。取叶柔耎之香草为巾以拭泪，而仍拭之不尽，淋浪而沾于衣襟，哀之甚也。

跪敷衽以陈辞兮，耿吾既得此中正，驷玉虬以椉鹥兮，溘埃风余上征。

衽，衣之前襟。敷，布也。

有角曰龙，无角曰虬。

鹥，逸注凤凰之别名。《山海经·海内经》曰：“北海之内有蛇山者，蛇水出焉，东入于海。有五采之鸟，飞蔽一乡，名曰翳鸟。”郭璞注：“凤属也。”《离骚》曰：“驷玉虬而乘翳。”郝懿行曰：“按《广雅》云：‘翳鸟，鸾凤属也。’今《离骚》翳作鹥，王逸注凤凰别名也。《史记·司马相如传》，张揖注及《文选》注，《后汉书·张衡传》注引此经并作鹥鸟。《上林赋》注仍引作鹥鸟。”刘永济引《考异》曰鹥一作翳”，《楚辞考异》曰《后汉书》冯衍传注引，鹥作翳。《路史》余论一引同。刘氏遂下结论曰：“按作翳者是也。《说文》‘翳，华盖也’。《山海经》之翳鸟，有五采，飞蔽一乡，盖取义于翳。作鹥者，通假字也。鹥，《说文》凫属。戴本作翳，今据正。”

翳鸟之影足以遮蔽，驷玉虬者驾车以虬，乘翳者，以翳飞于头上为车盖。

溘埃风，《文选旁证》曰：“《吴都赋》注：谢元晖在郡卧病诗注，江文通杂拟、张黄门诗注，引‘溘埃风’并作‘溘飔风’。王夫之谓‘埃当作竢，传写之误’。闻匡斋甚是之。谓上升者必先令风伯扫尘，雨师洒道，此处正亦托为神仙之言，何遽欲冒尘埃之风以上升？惟竢与飚音近，故讹为溘飚风，若作埃，则无缘别有作飚之本矣。”

笔者则以为竢者等待之谓，溘者淹忽之谓，两者意义正相反。既曰奄忽，不得更云等待。况“溘飚风”与“溘竢风”三字文理亦不可通。凡物体动作过于迅疾，激动空气，则起风，起风则必扬起尘埃，物体之大者，所扬风尘亦必更大。今以玉虬驾车，以飞蔽一乡之翳鸟为盖，倏忽上升，则鼓荡埃风，也是必然的事。屈原体物至精，遣词至审，“溘埃风余上征”写得极有声势，亦极有力量，万不可改。

> 朝发轫于苍梧兮，夕余至乎县圃；欲少留此灵琐兮，日忽忽其将暮。

轫，止车之木，车将行则抽去之，故开始出行曰“发轫”。苍梧，舜所葬地，屈原济沅湘南征就之陈词之所。

县圃，在昆仑山之上。《淮南·地形训》：“昆仑之丘，或上倍之，是谓凉风之山，登之而不死；或上倍之，是谓县圃之山，登之乃灵，能使风雨；或上倍之，乃维上天，登之乃神，是谓太帝之居。”按县圃或作玄圃，误也，以作县为是。县，悬也。西亚帝王好作悬空花园，盖亦想像神话境界而作。笔者于《天问》“昆仑悬圃，其尻安在”条，解之甚详。现不赘。

灵琐，王逸曰：“灵以喻君，琐，门镂也。文如连琐，楚王之省阁也。一云神灵之所在也。”逸注动及楚怀，至为可厌。屈原方至昆仑，何得云又留楚王省阁？神灵所在，差胜，而又嫌其空洞。五臣云：“琐，门阁也。”洪《补》引《汉旧仪》云：“黄门令日暮入对青琐丹墀拜。”《音义》云：“青琐以青画户边镂也。”楚辞注家皆以灵琐为宫门。屈复谓指舜庙。王夫之曰：“灵琐未详。”《文选》六臣注本，琐作璅。

闻匡斋谓：“琐璅并当为薮，声之误也。《说文》操读若薮，而古字梟巢音同。《说文》藻重文作薻，是璅音亦近薮。此本作薮，以声误为璅，而璅与琐同，故又转写为琐。灵薮即上文之悬圃。《周礼》职方氏曰：'雍州其泽曰弦蒲。'《说文》薮篆下亦作'雝州弦圃'。弦蒲即玄圃，亦即悬圃。悬圃为古九薮之一，以其为神灵所居，故曰灵薮。《十洲记·昆仑洲记》曰：'其王母所道诸灵薮，禹所不废，唯书中夏之名山耳。'此则古称昆仑诸山为灵薮之实例，言昆仑，斯悬圃在其中矣。"

按闻氏牵合灵琐与灵薮，煞费心血，而其说则嫌太曲。薮者大泽中之地也。昆仑乃神仙所居之山，非泽也。《十洲记》乃伪书，所言间有可采，而古之言昆仑亦有在海中者，以发音近昆仑而名之而已（参考《论丛》昆仑之谜）。彼之昆仑洲与仙山昆仑，固毫无关系。

窃意琐字当就其本义言之。《说文》："琐，玉声也。从玉肖声。"《系传》："臣锴按，书传多云'玉声琐琐'。左思诗曰：'娇语若连琐'，徐笺曰左思诗'娇声若连琐'，灏按《广雅》曰：'琐，连也。'盖以玉制为小连环，其声碎，谓之连琐。系人琅当以铁为连环，其形相似，故亦谓之琐，其后因易金旁，作锁。《说文》无此字。《汉书·西域传》'阴末赴锁琅当'，颜注'琅当，长锁也'。若今之禁人锁矣。"戴震《屈原赋注》初稿谓："琐，汉书之琅当也。"当根据《说文》，然亦未澈。其定稿则又谓："琐，琅当也。户边青镂为琐文，谓之青琐。"则又陷入洪兴祖窠臼。

笔者谓灵琐者指系悬圃之维索。希腊神话言天帝宙士自夸力大能将大地及海洋及诸神用金链悬之奥灵匹司山。但天帝情人丽都（Leto）怀孕日月二神时，受天后希拉之驱迫，无处栖止，宙士用金刚钻为长链，将迭洛（Delos）岛自海底系定，俾丽都能在岛上生产。则宙士悬大地于奥灵匹司山者当亦是金刚钻链。希腊神话宙士欲悬奥灵匹司实来自西亚仙山亦即昆仑悬圃。希腊神话皆后人传述，金刚钻链讹为金链而已。金刚石之名盛见佛经，入吾国当在六朝之际。屈原乃战国时人当然不能举其名。不能举其名，而又知其为玉石之属，惟有以玉代之罢了。

屈原以灵琐指悬圃，在修词学上乃以部分代表全体之例。像

“蛾眉”、“红颜”代美女，“骏足”、“龙文”代骏马。灵琐究竟是甚么？二千数百年以来，从无人说得清楚，现在这宗疑案才算了结了吧？

屈子之至悬圃目的，在于升天。后世言神仙之升降天庭者，腾云、驾雾、骖鸾、跨鹤均无不可，而古人想像天为至高之境，欲图上下，必有至高之仙山为其发足点或降落点。《山海经》某山群巫（巫咸等）之所升降，某山柏高（仙名）之所上下，即可见其例。西亚之世界大山，我国之昆仑、泰山；印度之苏迷卢、阿耨达；希腊之奥灵四司……皆具有此等作用。《淮南》言登悬圃后，能缘着维索再上(乃维登天)，即达太帝之居而成神人，不是说明了么？

> 吾令羲和弭节兮，望崦嵫而勿迫；路曼曼其修远兮，吾将上下而求索。

屈原自苍梧至昆仑之悬圃，所用交通工具乃翳鸟为盖，玉虬所驾之车，今将升天，旧有车乘不足胜任，乃至日宫而换用日车。古人谓太阳神驾四马之金车，白昼巡行天空，至夕则没于海。且太阳本天体之大者，所行路线远而且高，今思上天，安得不换乘此强有力之日车呢？况希腊神话有阿坡罗子法艾顿借日车巡游事，屈原殆有所闻，故亦戏为此言。

羲和本太阳神名，希腊最古日神曰羲里和（Helios)，埃及崇祀日神之城曰“太阳城”（The City of Sun)，其名曰 Heliopolis，有羲和之音，与希腊殆同出一源，其源为何，则不可考。要之我国羲和二字外来痕迹显然。Helios 发音与我国羲和甚近，因这位日神每天亲自驾着日车巡游天空，我国又变羲和为日御，见我的“东君篇研究”。

弭节，逸注：“按节徐步也。”蒋骥曰：“弭，止也，节车行之节也。”戴震亦曰：“弭，止也。弭节谓止其行节。”实则弭，息也。节，鞭也。说文：“节，竹约也，从竹即声。”《通训定声》解节字有数说。但《淮南·主术》：“执节于掌握之间”，注“策也”。今请更观《说文》策字，《说文》：“策，马箠也，从竹朿声。”《义证》曰：

“《一切经音义》：策……‘马挝也。所以捶马驱驰也。’……《方言》‘木细枝谓之杪，燕之北部，朝鲜冽水之间谓之策。’《初学记》：‘鞭、策、箠，皆马挝之名……’”

此字本极简单，而诸楚辞注家皆不解，深为可怪。甚至近代姜氏亦曰：“弭，止也，节，车行之节也。”是皆由于诸公不知日车驾以马（下文饮马咸池，“总辔扶桑”诸公似未注意），有马则必以鞭策促行。希腊神话阿坡罗子法艾顿借父日车，固屡言鞭策之事。李贺诗“羲和敲日瑠琉声”亦言日御以鞭敲日。

崦嵫，一作奄兹，一作淹兹。《山海经》“鸟鼠同穴之山，西南曰崦嵫”。又曰“西曰崦嵫之山”，《淮南·天文训》“日入……崦嵫，经细柳，入虞渊之汜”。

曼曼，六臣注《文选》作漫漫，济曰“漫漫远貌”。实则曼长也，为修远之别词。“吾将上下而求索”，上，上天；下，下地。此句开下文上天而帝阍不为开门之事。

此节屈原言借乘日车，欲图上天，本来天色垂暮，乃命御者羲和止鞭缓行，勿遽西沉，借我景光，俾我有上下求索之余裕。

> 饮余马于咸池兮，总余辔乎扶桑。折若木以拂日兮，聊逍遥以相羊。

咸池见《淮南》：“日出汤谷，浴乎咸池，拂于扶桑，是谓晨明。”但咸池亦系天文上名词，见拙著“少司命篇”的解释。扶桑见《山海经·外东经》，汤谷上有扶桑，为十日所栖处。又曰扶木。《淮南》言日东升前必拂扶桑。《九歌·东君》：“暾欲出兮东方，照吾槛兮扶桑”，拙著“九歌·东君篇”对此有解说，兹从略。

若木，亦日宫之树。《山海经·海内经》曰：“南海之内，黑水之间，有木名曰若木，苦水出焉。”又曰：“灰野之山，有树，青叶赤华，名曰若木，日所入处。”《淮南子》曰：“若木在建木西，末有十日，其华照下地。注：“若木，端有十日，状如连珠蕊光也。”

“总辔扶桑”言系马于扶桑之上也。扶桑当然是树木，近竟有人谓地名，未免好奇太过。

“聊逍遥以相羊”，敦煌本作“聊须臾以相羊”，六臣本同。姜寅清曰：“按汉以前用须臾，皆逍遥之意。汉以后乃有以须臾作俄顷解者，非本义矣。故须臾与逍遥无殊，此乃义存于声，不必定有专字。然逍遥相羊连用，似为汉以前习见之语，本篇而外，如《九辩》亦云‘聊逍遥以相羊’，司马相如《上林赋》‘逍遥乎襄羊’是也。逍遥相羊同义连用，亦犹《诗》之委佗委佗，《上林赋》之罢池陂陀、柴池茈虒。逍遥相羊皆游戏之义，字或作逍遥，消揺，声转为招遥、为赵缭、为须臾……相羊又作相佯、襄羊、儴徉、相翔，声变为尚羊、徜羊、常羊。”

屈原方抵悬圃，何以又至日宫？既要借日车，则必须至日宫，因而将有关日宫景况描写一番，这也是文人惯技，不足为怪。然则前云：“日忽忽其将暮”，“望崦嵫而勿迫”，咸池为日东升前所浴处，扶桑为日上升时所拂处，然则屈原此时身在东方呢？抑在西方呢？据希腊神话，日宫东西方均有，且宫内一切事物与树木也相同。且古人言天体绕地球而旋转，日月东出西没，西没后而又随天体回旋，自东复出。本文作者的屈大夫亦恐读者生疑，所以在前文故意著“路曼曼其修远，吾将上下而求索”两语。这两句便包涵多少旅程之曲折及所费之时间，文心何等精细！

况且据希腊神话太阳神阿坡罗乃天上尊神，祂在奥灵匹司神山也有其宫殿。奥灵匹司是昆仑衍化之一，则屈原借日车固不必离开昆仑远赴东海或西海。

> 前望舒使先驱兮，后飞廉使奔属，鸾皇为余先戒兮，雷师告余以“未具”。

《淮南》曰：“月御曰望舒，亦曰织阿”，织阿即常娥之音变，印度月天子曰 Chandra，又曰 Candra，前者与“常娥”为对音，后者与“恒娥”为对音。详见我所著“东君与云中君”。本为月神变为月御，亦如羲和之变为日御也。

日东出时，残月往往在天，“先驱”之说或由乎此。然东方启明星每先日而出，谓为残月，不如谓为启明。惜无他证，惟有从旧。

飞廉风神名，《吕氏春秋》有“风师曰飞廉”之语。《墨子·耕柱篇》“夏后开使飞廉”，应劭《风俗通》曰：“飞廉神禽能致风气者。”晋灼曰：“飞廉鹿身、头如雀、有角而蛇尾、豹文。”《河图》曰：“风者天地之使，乃告号令。”风以飞扬迅速，凡神使皆以风神担任。西亚水星神尼波号神使，同时他也是风神。希腊风神赫梅士，罗马则为水星神莫考来，也是有名神使。我国飞廉为天地使乃告号令，能说是一种巧合么？关于神使之事，我在“河伯篇”的研究，论之极详。请读者参看。风神既便捷善奔走，故屈原使之“奔属”。

鸾皇，洪《补》引《山海经》：“女床山有鸟如翟，而五采毕备，声似雉，而尾长，名曰鸾，见则天下安宁。”《瑞应图》曰：“鸾者赤神之精，凤凰之佐也。”《尔雅》曰：“䳑鸟，其雌皇。皇或作凰。”

先戒，戒路警跸也。

雷师，便是雷神。古人于风云雷雨这一集团的神明，照例称之为“师”，好像云神丰隆称“云师”。《左传·昭十七年》：“黄帝氏以云纪，故为云师而云名。”风神飞廉称风伯，也称“风师”。《周礼·春官·大宗伯》：“以槱燎祀司中，司命，风师、雨师。”雨神萍翳，称“雨师”见《山海经》，“屏翳在海东，时人谓之雨师”。“雷师”则见《离骚》此节文字。

诸神何以称“师”？应劭《风俗通》有解说道：“易：师，封也。众者师也。雷震百里，风亦如之；至于太山，不崇朝而遍雨天下，异于雷风，其德最大。”这便是这一集团神道常称师的道理。其实应劭这个解释是知其一，未知其二。师字的涵义尚有“长”，即长上，换言便是领袖，《尚书》“州十有二师”言十有二州之长也。段玉裁注《说文》“师”字亦言：“师众也，众必有主之者。《周礼》‘党正旅师闾胥’。注曰：‘正师胥，皆长也。’徐笺：‘按古狮子只作师……狮子威服百兽，故凡师教为长者皆曰师。三军之长，所帅人众，因之师有众义。’”

故风云雷雨主神称师谓为“众”义，不如“长”义。

现在回到《离骚》本文。王逸注雷师告未具句道："雷为诸侯，以兴于君，言已使仁智之士如鸾皇先戒，百官将往适从，而君怠惰，告我严装未具。"蒋骥则谓"使凤之佐匹前戒，而雷师犹谓其未备，故又使凤鸟亲行，而后诸神毕至也。"王逸的话说得迂极，蒋语也是想当然耳。诸神果为何神？毕至又从何处见之？若还不出道理来，便不该这么乱说。林云铭云："雷威恐有唐突，故不敢用"，夏忻云："言雷声未发，不能上通也。"也使人绝倒。

笔者则以为屈原使望舒前驱，飞廉奔属，鸾皇先戒，欲藉以组成上叩天门的盛大仪仗，实属未然之词。雷师既告以筹备不及，惟有一切作罢。下文屈原上天飞腾者仅有一凤，拥护者仅有飘风云霓，即可见上天仪仗未具的草率寒伧情况。惟恨我国文字仅有一个现在式而缺乏过去、未来诸式。表过去未来，只凭助字或上下文，所以读者对本节文字的意义不能十分清楚。

屈赋神话人物大都来自西亚，雷神也不例外。这位雷师好像是屈原远征队的总干事，或三间管家，不然为什么屈原要委托他组织升天仪仗队呢？我们现在请把西亚雷神来查考一下。

西亚雷神名雷猛（Ramman），又名灵蒙（Rimmon），又名阿达（Adad），大概其所传衍之地甚广，由民族之歧异，语文之不同，他的称呼也随之而异了。这位雷神常与水星之神尼波（Nebo）及木星之神马杜克（Marduk）相混。马杜克本来是水主兼智慧神哀亚（Ea）的儿子，但有时又说是暴风雨神恩利尔（Enlil）的儿子。而恩利尔也尝唤雷神雷猛为子，而且恩利尔本身与雷神也常为一。希腊天帝宙士手有雷矢，印度群神之王因陀罗（Indra）也有掌心雷，神话学者都说他们是由西亚雷神所衍化，但不知其中也参有马杜克的成分，因为马杜克在西亚是创世主角，又为神廷领袖。也参有恩利尔的成分，再者恩利尔是马杜克以前的"倍儿"。所谓老倍儿（The older Bel），也可说"太上倍儿"，倍儿乃西亚最上神之称。

像雷神这样一位尊神，屈原在《离骚》里竟屈他当旅行团的干事，是什么缘故呢？笔者管见认为有以下五个理由：

（一）震为长子　在我国八卦家庭里，干为父，坤为母，震为长子——震即雷——《尚书·洪范·五行传》“雷于天地为长子”。长子又有“家督”之称，则命他为总干事或管家，于职颇称。

（二）万物与雷相出入　《洪范·五行传》说：“雷，以其首长，万物为出入也。”又说：“雷出则万物出，雷入则万物入。”《汉书·五行志》言霍光与张安世等谋废霍邑王贺，光禄大夫夏侯胜上《洪范·五行传》以雷出为言，云“臣下有谋”——即臣下将有动作，对天子不利——霍光与张安世读之大惊，以此益重经术。《洪范·五行传》或是战国末期所撰，雷之出入与旅行观念相连结，岂不是很容易的么？

（三）其他旅行的象征　易之震又为“足”，为“大涂”，也有行旅之义。复卦：“雷在地中，复，先王以至日闭关，商旅不行。”至豫卦，则曰：“雷出地，奋豫。”则更为明显。行旅除了“出”，还需要动。《易》屯卦：“雷雨之动满盈。”说卦：“动万物者莫疾乎雷。”又曰：“雷以动之。”

（四）雷车　雷声隆隆云中，有似车轮滚动之声，所以自古便有“雷车”那个辞汇。《庄子·达生篇》：“委蛇……畏闻雷车之声，闻则捧其首以立。”《易林》困卦“雷车不藏，隐隐西行”，夬卦“白日扬光：……雷车避藏”。《搜神记》言有周永和者出行日暮，寄宿一女子家。夜闻人唤阿香，官唤汝推雷车。女子辞周而去，俄而大雷云云。行旅非有车不可，雷车正足为用。

（五）雷装　《易林》临卦：“雷君出装，隐隐西行，霖雨不止，流为巨江，南国以伤。”雷神有车，有车则可以装载行李。《易林》言雷君出装而霖雨不止，可见雷车中所装乃是雨水之类。

《易林》作者旧以为是西汉昭宣时的焦延寿，胡适先生断定为西汉末之崔篆。他的雷装这个词汇当亦承之于古，非其杜撰。

屈原委托雷师组织上天仪仗队，而雷师告以“未具”不知是真的为了时间匆促，筹备不及？或是故事延宕，破坏屈原的计划？陈本礼《屈赋精义》于雷师告余以“未具”一句说道“托辞以阻之也”。虽文人之言并无所据，不过雷神之在西亚虽变化甚繁，最早的一位则为暴风雨神恩利尔。恩利尔性情凶残，虽为天神而魔性浓厚，具有

“魔鬼头儿”(Chief-demon)之称，见我所著《天问三神话》第二“后羿射日故事”，这位神并不是肯成人之美者，则屈原委托以事，他暗中破坏，谁又能保其必不然呢?

以上笔者所言雷师之事，或者也不免蹈前人“求深转失”之弊，大有穿凿之嫌。但我们的三闾大夫操笔为文，也像后来杜少陵之为诗“无一字无来历”，便是游戏笔墨，也决不肯信口开河，这是我研究屈赋多年，所得的一个结论。那么“雷师告未具”的缘故，正像陈本礼所猜测也未可知。

> 吾令凤鸟飞腾兮，继之以日夜；飘风屯其相离兮，帅云霓而来御。

凤鸟，六臣本作凤皇，意指前节的鸾皇。但凤鸟是一种鸟，鸾皇又是一种鸟，不可混而为一。

“继之以日夜”足见天与地相距之遥远。希腊神话说由天至地须经过九天九夜的时间，事见天帝宙士推坠其子孚尔甘的故事。自昆仑悬圃升天，或者时间可缩短一点，但恐怕也要几日几夜才行。

飘风，回旋之风，见“大司命注”。云霓，王逸在《离骚后论》里曾说“飘风云霓，以喻小人”，在本节里又说“云霓恶气，以喻小人”，又说“见邪恶之人，相与屯聚，谋欲离己。又遇佞人，相率来迫，欲使我变节”。真曲解得令人发笑。此节实言升天仪仗未备，云霓相屯于空中，飘风吹使相离，而后率令之来为我御。《说文》:“霓，屈虹青赤色，或曰白色，阴气也。”郭氏曰：“雄曰虹，谓明盛者，雌曰霓，谓微暗者。”实则霓固虹类，但也可指为有色之云。《孟子》:“若大旱之望云霓。”虹之为物，雨后始见，大旱时怎么会有，或指有色之云。在屈赋中之云霓，可屯空中，可由风率，虹霓则不可。沈约《郊居赋》:“雌霓连蜷”，连蜷者连绵相结，蜿蜒横空之貌，正指云状。

“率云霓而来御”，御字甚重要，言供我驱使也。王逸不知霓可指云，误信古人谓霓是阴气，遂指为小人，后之楚辞注家也无不一遵其说。对于“来御”二字也就有目无睹了。

> 纷总总其离合兮，斑陆离其上下。吾令帝阍开关兮，倚阊阖而望予。

总总，旧注聚貌，非，言其多而已。离合，飘风卷云，忽离忽合之状。斑，颜色斑驳，陆离，光辉灿烂也，皆为云霓之形容词。

阊阖，《说文》:“天门也。阖，门扇也，楚人名门曰阊阖。”《文选》注亦云阊阖为天门。帝阍，掌管天门之神，实为死神，乃冥君，地位尊崇，非如旧注所云：“司阍之棣”，其详见拙著“大少司命篇”。天门有两扇，把守天门者共有死神二。其严守天关，不容人擅入，乃其职责，亦其惯例。古代帝王封禅，封泰山必先禅梁父。禅梁父者系祭死神。为甚么要这样做，便是天门原是死神把守，祭之所以求其稍稍宽容的缘故。屈原本来熟知西亚神话是以才这样写。旧注故谓屈原求贤不得，疾谗恶佞，将上诉天帝，而阍人拒使不得入。假如求婚神女算是求贤，则都属下文之事，这时候预诉天帝何为？朱熹又说屈原求见大君——指楚王——为小人所格。则屈原在第一段文字里已决心“退修初服”“往观四荒”，此时身在昆仑，又何见君之有？王逸把灵琐解作“楚王省阁”，又不懂帝阍何事不为开门，只好信口乱说。朱熹和一般楚辞注家也都盲从了。

陈本礼谓帝阍不理，“盖望见三闾乃放逐废员，谅无苞苴之献，何知邀宠之门，故直望之，而佯若未见。此种情态，令人不堪”云云。近人亦有谓阍人或欲索“门包”，不得，乃不肯为开天门，皆不通神话之过。飘风云霓热心拥护我们的三闾大夫，却被蒙“小人”的恶评，帝阍乃至为尊严的大神，又被疑为索贿的豪家恶仆。屈赋的冤狱甚多，这不过其小小焉者耳。

> 时暧暧其将罢兮，结幽兰以延伫；世溷浊而不分兮，好蔽美而嫉妒。

暧暧，昏暗貌。将罢，一日将毕。姜氏谓罢字“为哉营魄”魄之借字。将霸，言同上。此语笔者不敢苟同。

幽兰，或即如闻氏所谓以酒泡制之兰，制作香囊佩之身上者，然观其用结字，则又似临时采掇，结之于身者。洪《补》：“刘须庄云：‘兰喻君子，言其处于深林幽闲之中，而芬芳郁烈之不掩。’”幽字正当作此解。

延伫，少立于天门之前，屈原见拒天阍，或由仪仗过于寒伧，而仪仗之寒伧，则又由雷师故意不为筹备，念举世溷浊，蔽美嫉贤，不但人间如斯，神境人物亦然，能不感慨。于是手撝所佩之幽兰，少立天门前而怅望，幽兰也是屈原高尚芳洁人格的自喻。

屈原访谒天庭，至是事毕，用此一节文字稍作顿挫，乃起下文。

屈原上天果为了何事呢？逸注以为求贤诉帝，朱熹以为求见大君，戴震谓：“欲往见古哲王之在天者以自广，而为飘风云霓所隔而不遂……为上官辈嫉己而言也。”又自注云：“哲王又不悟，可为此段欲见哲王之证。”闻匡斋则谓屈原上天实为求女，引司马相如《大人赋》曰：“排阊阖而入帝居兮，载玉女而与之俱”，“以此推之，《离骚》之叩阊阖，盖为求玉女矣。帝宫之玉女既不可求，高丘之神女，复不可见，故翩然改图，求诸下女。下女者虙妃、简狄及有虞二姚皆是，此皆对帝宫高丘二天神言之，故曰下女耳。”

按闻说似别具慧解，然排阊阖，载玉女，乃汉代赋家司马相如语，以此倒注战国作品，岂可说是适当？笔者则以为屈原之欲上天，不过观光天庭景象，别无其他非分之企图。且《淮南》不曾言过，由悬圃再上，即可达太帝之居，即可成神。人而成神，谁则不冀？《离骚》漫游仙境，虽曰游戏文章，而运用典故，必依据彼所闻所知之神话，稍稍变动，固亦未尝不许，过于离谱，则他决不为。《离骚》欲入天门而未得，《远游》则入了。今试引《远游》之文于下：“命天阍其开关兮，排阊阖而望予，召丰隆使先导兮，问太微之所居。集重阳入帝宫兮，造旬始而观清都，朝发轫于太仪兮，夕始临乎于微闾。”“太微”即天之太微垣，我国天文分野有“太微”、“紫微”、“天市”三垣。宋均云：“太微，天帝南宫也。”“重阳”据洪氏说“天有九重，故曰重阳”。集重阳而入帝宫，不过进入天帝宫廷范围之内，尚未真入天帝亲身居住处。“旬始”，逸引《春秋考异郵》“太白名旬始”，洪氏引《大象赋》“镇星之精为旬始”。《大象赋》较合，镇星即填星，亦即土星。

屈原在《远游》一文中上天，命天阍开门，彼等虽仍如前之瞪目望之，然已不能抗命，为排阊阖而许其入。屈原乃召丰隆使为先导，俾能入太微之宫廷，乃逐层升七重之天，直到土星所主之天（此在九重天尚未成立时已为最高之一层），最上就是天帝所居的清都了。《列子·周穆王篇》：“王执化人之袪，腾而上者中天乃止，既及化人之宫。化人之宫，构以金银，络以珠玉，出云雨之上而不知下之据，望之若屯云焉。耳目所观听，鼻口所纳尝，皆非人间之有，王实以为清都、紫微、钧天广乐，帝之所居。王俯而视之，其宫榭若累块积苏焉。”在《远游》里，屈原进入天庭随意观光一番，并无载玉女之说，故知闻说不然。

> 朝吾将济于白水兮，登阆风而绁马；忽反顾以流涕兮，哀高丘之无女。

白水，逸注：“出昆仑之山，饮之不死。”洪《补》曰：“《河图》曰‘昆仑山出五色流水，其白水入中国，名为河也。’”五臣云：“白水神泉”，按《左传》有指河为誓之俗曰：“有如河”，或“有如白水”，知白水果为黄河之别名。但黄河自古作黄色，白于何有？乃知此实指西亚圣河幼发拉底斯而言。详见我所著“昆仑之谜”。现从略。

幼河作浅咖啡色，名之白水者，乃西亚以幼河代表西方之水，西方之色白。

逸曰：“阆风，山名，在昆仑之上。”洪曰：“道书云‘阆野者，阆风之府是也。’昆仑上有九府，是为九宫。”洪氏悬圃注引《水经》云：“昆仑之山三级，下曰樊桐，一名板松；二曰玄圃，一名阆风，上曰层城，一名天庭。”但谓悬圃与阆风为一，是错的。《淮南·地形训》描写昆仑有倾宫、旋室、悬圃、凉风、樊桐，在昆仑阊阖之中。所言凉风，即阆风。阆凉一声之转。《淮南》云："昆仑之丘，或上倍之，是谓凉风之山，登之而不死；或上倍之，是谓悬圃。"则阆风在悬圃之下。屈原登天无望，乃自悬圃下降至阆风之山。

高丘无女一语，诸家又多议论。闻匡斋历引《七谏》哀命、逢纷、惜贤、思古诸章中之"高丘"二字谓为楚山之名。《文选·高唐赋》神女曰："妾在巫山之阳，高丘之岨"，谓："《太平御览》四九引《江源记》曰：'楚辞谓巫山之阳，高丘之阻'，高丘盖高都山也。此尤为楚山名之确证。高丘若为巫山之高丘，则无女之女，亦必为宋玉赋之神女。五臣吕向注曰'女，神女'，盖得之矣。"

周拱辰谓高丘即楚之高唐山。刘永济曰："按朱子用五臣说为神女，盖以比贤君；按朱熹《集注》于哀高丘之无女之女注：'女比贤君'于下节'相下女之可诒'之下女，注：'神女之侍女也。'戴氏用旧注，说为淑女，以比贤士；李光地《离骚解义》以为高位之人，贵近者也。张惠言谓伤椒兰；朱骏声谓指高位之臣。三家说言外之旨，皆较前二说分明可信。"

按为此说者皆不明昆仑情景之故。古籍言昆仑三成，《尔雅》言"三成为昆仑丘"。《淮南·地形训》："昆仑之丘，或上倍之，是谓凉风之山；或上倍之，是谓悬圃……或上倍之，乃维上天。"屈原本欲登悬圃以上天，帝阍既不为开门，乃济渡白水，至于阆风（凉风）之山，系马少憩，反顾悬圃而流涕，哀此高丘，竟无理想女子可觅。女子当然是神女，然与下文宓妃、有娀、二姚，资格相类之神女，非宋玉高唐之神女，高丘亦决非楚地名，实系悬圃。陈本礼曰："阆风在昆仑之颠，悬圃又在阆风之上，所谓高丘也。"较闻、周之说为佳。屈原既至昆仑，距故国不知几万里，岂有再以楚地名著之笔端之理？

司马相如欲排阊阖而载玉女以归，乃轻薄文人诞妄之想。闻氏从之，可谓无识，至悬圃虽高，尚在大地之上，假使有女，自然可求。

溘吾游此春宫兮，折琼枝以继佩，及荣华之未落兮，相下女之可诒。

春宫，逸注："东方青帝舍也。"《御览》六九二卷，舍字引作宫字。

琼枝，洪氏曰："玉之美者。《传》曰：南方有鸟，其名为凤，天为生树，名曰琼枝，高百二千仞，大三十围，以琳琅为实。"

下女，朱熹、戴震皆以为侍女，是皆狃于《九歌·湘君》"搴芳洲兮杜若，将以贻兮下女"王逸注解之误。洪《补》则谓为"喻贤人之在下者"。李安溪、何义门亦皆以为在下位而未甚贵者，陈本礼谓下女喻亲近重臣，能为已解说于君前者。皆未当。下女无非为下方女子。虙妃、有娀、二姚，固神女，然虙妃相传为伏羲女，有娀为帝喾妃，二姚则为少康妻。伏羲、帝喾、少康在屈原时代久已变为历史人物，则虙妃等女亦可称之为下界女子了。

诒同贻。屈原所佩幽兰，似已萎落，昆仑仙境，花果皆琼玉，乃折而以继续为佩，观察下方女子若有可赠者，即赠以定情。

吾令丰隆乘云兮，求宓妃之所在，解佩纕以结言兮，吾令蹇修以为理。

丰隆本雷师、云师、风师、雨师之通名，此处既言"乘云"，则当为云师。宓妃，王逸于《天问》羿射河伯妻洛嫔一条曾注："洛嫔，洛水神宓妃也。"于《离骚》则仅云："宓妃，神女，以喻隐士，言吾令云师乘云，周行求隐士清洁若宓妃者，欲与并心力也。"《文选》五臣张济亦曰：'虙妃，洛水神，以喻贤臣。"曹植《洛神赋》序："黄初三年，余朝京师，还济洛川，古人有言，斯水之神名曰宓妃。"《汉书音义》如淳注："宓妃，伏羲氏之女，溺洛水而死，遂为河神。"宓、虙古同一字。王逸以太皞伏羲为木星之主，又为东方之神，所司时令为春，见《离骚》"春宫"字样，即指为"东方青帝之舍"。洛水固有女神名曰宓妃，是否伏羲女，并无确证，然神话并非历史，此说汉以来谅已传，则时代当可上推，谓为伏羲女，亦无碍。

解佩结言，古人于结言二字尚无解说。闻匡斋曰："楚俗男女相慕，欲致其意，则解所佩之芳草，结束为记，以贻之其人。结佩以寄意，盖上古结绳以记事之遗，己所欲言，皆寓于结中，故谓之'结言'，《九章·思美人篇》曰：'言不可结而诒兮'；谓言多不胜结，非真不可结也。《惜诵》曰：'固烦言不可结兮。'是其义矣。"其说颇别致而有理，可采。

蹇修为理，戴震曰："理，治也。主治事者之称。"孙诒让曰："理即行理之理。《国语·周语》云：'行理以节逆之。'《左传·昭十三年》云：'行理之命，无月不至。'杜注云：'行理，使人通聘问者。'此理亦犹言使也，与媒义略同。(《广雅·释言》，理，媒也，理详言之，则曰行理。犹媒亦曰行媒。下文云：'又何必用夫行媒。')故下文云：'理弱媒拙兮'，《九章·抽思》云：'理弱而媒不通兮。'……又《思美人》云：'令薜荔以为理，因芙蓉以为媒。'皆理媒并举……"

蹇修，逸注谓为伏羲之臣。姜寅清引章炳麟之说曰："蹇修为理，谓音乐为使，乃司马相如传所谓以琴心挑之。《尔雅》释乐，徒鼓钟谓之修，徒鼓磬谓之寋，此蹇修之义也。"姜氏许章说"最当而有致，余疑此为楚国方言，谓媒人之专词"云云。按司马相如以琴心挑卓文君，乃西汉初事，哪能用来倒注《离骚》？且音乐挑女，必相距甚近，声音可及始可，于今宓妃在何处，屈原都不知道，还要叫丰隆乘云远远去求，请问音乐如何可挑？若如章氏说"音乐为使"，则这个音乐已人格化了。因此章说决不可从。

闻匡斋曰："案《路史后注》一引《文选》五臣本，蹇作謇，最是。謇，吃也。上云：'解佩纕以结言'，下云：'令謇修以为理'，盖谓令謇吃之人为媒结言而往求彼美，必难胜任，其后理弱媒拙(诎)，导言不固之意也。求宓妃，则謇修不良于言，求有娀则鸩鸠皆谗佞难任，求二姚则又理弱媒拙，三求女而三无成，总坐无良媒故尔。合观三事，义可互推，王逸以蹇修为伏羲臣名，翟灏、章炳麟又并牵合《尔雅》'徒鼓钟谓之修，徒鼓磬谓之寋'之文，谓以謇修为理，即以音乐达情意者，皆不知字本作謇，而强为之说也。"

闻据《文选》本改蹇为謇，谓为口吃之人，笔者认为此说甚勉强。遣媒求女，唯恐不成，理应选口舌便捷，善于辞令者遣之，何必竟遣口吃人？且修字又作何解？闻亦不能说。

窃谓蹇修当是神话中之媒神，此神或系跛足。惜今无法查考。王逸谓为伏羲之臣，或承袭古注。王夫之谓"盖始为媒氏者"，《世本》一书乃司马迁《史记》之本，其书颇古，《世本》（《礼记·月令》疏引）言："太皞始制嫁娶，以俪皮为礼。"司马贞《补史记·三皇本纪》亦如此说。《风俗通》又归此事于女娲，曰"女媒"。世界关于人类元祖之神话，无不半人半蛇，亦无不有创造文化之事。制定嫁娶之礼，为文化事业之一端，是以羲娲皆有制婚礼事。既制婚礼，则必有媒妁之官。东汉石刻，有一人两臂各抱半人半蛇之男女为之撮合，或即伏羲之臣蹇修么？虽曰求婚之事，必男方遣人至女方，未有令女方之人为之者（因宓妃为伏羲女，而蹇修又为伏羲臣），但《离骚》蹇修所重在于最初或神话之媒妁，其他可不论。

纷总总其离合兮，忽纬繣其难迁；夕归次于穷石兮，朝濯发乎洧盘。

首句与飘风率云霓来御之句，一字不改。盖云霓为飘风所卷，忽离忽合，宓妃对屈原之求婚，亦忽许忽悔，其情况颇相类。故用同样文句表之，非屈原好为重复语，亦非才尽，乃故意如此。

纬繣，旧训乖戾，《广雅》："𢾊愊，乖刺也。"《汉书·高帝本纪》："九月，章邯夜衔枚击项梁，定陶。"颜师古注："周官有衔枚氏，枚状如箸，横衔，繣絜于项，繣者，结碍也。絜，绕也。盖为结纽而绕项也。繣音获，絜音絜。"戴震因注纬繣曰："结碍也。"然师古注并未以繣与纬连文，故刘永济别引王念孙《广雅疏证》曰："《说文》：'𢾊，戾也。'《玉篇》：'愊，乖戾也。'合言之，则曰𢾊愊。王注义与𢾊愊同，意相乖违谓之𢾊愊，行相乖违亦谓之𢾊愊，此言宓妃之行与己乖违而难移也。"以上各解，于'离合''忽'诸字皆无说。实则屈原的原文极有风趣，就是说宓妃对他的求婚，依违两可，若即若离，极玩弄挑逗之能事，最后见对方追求得紧了，无回避的余地了，乃以斩截之口气，一口拒绝。

穷石乃后羿典故。古代固有羿射河伯，妻洛嫔之事，宓妃固后羿妻也，则羿的穷石，不妨与她共。《左传·襄公二年》："后羿自钼迁于穷石。"《淮南·地形训》："弱水出自穷石，至于合梨，余波入于流沙，绝流沙，南至于南海。"《括地志》："兰门山，一名合梨，一名穷石山。"又曰："弱水出于穷石，入于流沙。"注："穷石山名，在张掖北塞外。"郭璞遂据以注《山海经》之弱水曰："弱水出自穷石，穷石今之西郡删丹，盖其别流之原。"罗苹注《路史》于《天问》论羿事"阻穷西征，岩何越焉?"谓羿迁穷石，并非西塞之删丹，今《天问》竟著一"西"字，则《天问》疑非战国时代作品矣。然注穷石在张掖者乃汉晋人之事，安得以后人之误，倒疑古人?况"阻穷""严越"二句，照我的《正简》，乃鲧事非羿事，两者更无关系呢?要之穷石乃神话地名，不可确考其处。

洧盘，水名，王逸引《禹大传》曰："洧盘之水出崦嵫之山……盘亦作槃。"崦嵫之山乃日夕入处，亦神话地名。

保厥美以骄傲兮，日康娱以淫游；虽信美而无礼兮，来，违弃而改求。

宓妃自恃貌美而生骄傲，日夕游荡，以求快乐，美则诚美，奈其过于无礼，我当违弃此人，别觅对象。来字应作一小顿，犹今言："好！我们丢开这个女子，再去找别人吧。"此句与前文"来！我导夫先路"同。

王逸误以屈原写所求婚之宓妃乃指隐士，注此四句，遂曰："宓妃用意高远，保守美德，骄傲侮慢，日自娱乐以游戏自恣，无有事君之心也。"五臣曰："言隐居之人，日日安乐久游，无意于匡君。"洪氏又谓"此孔子所谓隐者，子路所谓洁身乱伦者"。王夫之则谓"草泽之士，隐深避远，保身洁己，傲世而自怡。虽其志行可嘉，而无君臣之礼，又不我助，不能违之，而仍求之四方之贤者"。林云铭言骄傲淫游皆所以刺郑袖，不知屈原何事向郑袖通殷勤，及为所拒，乃又詈之，未免不思之甚。诸家以屈原求女之事，皆比之为求贤，尤以求之不得者比为山林隐逸之士，虽以宓妃之淫佚亦强解为高尚其志之美德。戴震更为极端相反之词曰："旧说皆言宓妃骄傲无礼，大谬。言今之所求者，或未能如宓妃之崇礼敬也。"

李安溪、何义门、钱杲之、龚慕瀚于"相下女之可诒"之下女谓为在下位而未甚贵者，而宓妃则为贵臣。贵臣贵禄怀安，无有忧国之心，故康娱淫游，不足求也。刘永济则谓上文"下女"，泛指在下位之臣，此文宓妃，乃通称在下之贤者，不限有位与无位也。旧注专指隐士，亦非。盖楚国此时，卑位之贤臣与草野之良士，皆习于道家流风，又当国力衰替，怀才自放，不能砥砺，屈子伤之，故一曰："保厥美以骄傲"，再则曰："虽信美而无礼"，正太史公所谓望俗之一改也。

以上各种附会之词，实足令人发噱，这都为王逸"隐士"一语所误。然注《骚》之难，于是亦可见了。惟朱子曰："宓妃骄傲淫游，虽美而不循礼法，故弃去而改求"为得其原意。屈子之文固甚浅显，注者必深求之，是皆我国注家恶习，可厌之至！

> 览相观于四极兮，周流乎天余乃下，望瑶台之偃蹇兮，见有娀之佚女。

《考异》曰："览相"一作"求览"，刘永济曰："按求字因上句末而误衍。览相观三字同义。戴本删相字。《离骚补注》曰'览相观'三叠字，犹《诗》之'仪式型文王之典'，《左传》：'缮完葺墙'亦三叠。然本篇有'相观民之计极'句，疑此与之同。览字或后人旁注以释相者，误入正文耳，今删。"

四极，《尔雅》："东至于泰远，西至于邠国，南至于濮铅，北至于祝栗，谓之四极。"

瑶台，《吕氏春秋·音初》："有娀氏有二佚女，为之九成之台。"《淮南·地形训》："有娀在不周之北，长女简翟，少女建疵。"高注：

“有娀，国名也。娀读如嵩高之嵩。简翟，建疵，姊妹二人在瑶台，帝喾之妃也。天使玄鸟降卵，简翟吞之，以生契，是为玄王，殷之祖也。《诗》云天命玄鸟，降而生商也。”《史记·殷本纪》：“契母曰简狄，有娀氏之女，为帝喾次妃。三人行浴，见玄鸟堕其卵，简狄取吞之，因孕生契。”《索隐》谯周云，契生尧代，舜始举之，必非喾子，以其父微，故不著名。其母娀氏女与宗妇三人浴乎川，玄鸟遗卵，简狄吞之，则简狄非帝喾次妃，明也。

蹇偃，高貌，特出貌。

佚女，逸注：“佚，美也。”自五臣以下皆从其说。戴震谓若诗之游女，言“望瑶台之旧迹，见有佚豫之女”。李安溪、何义门则指为遗佚之贤士。陈本礼则谓“佚者谓散秩在外为王所信者，或已去位之故旧，为王所重者”。刘永济以佚女为指异国之才，即异国之遗贤。则皆以佚为遗佚、散佚之佚。姜寅清遵王逸说，以佚为美，为懿之借字。我以为戴震说为可取。佚音逸，与逸义亦通，安豫不劳之谓。《周书》有《无逸篇》，《史记》《汉书》皆引作无佚。《孟子》：“四肢之于安佚也”，以“佚道使民”，《庄子》“造物劳我以生，佚我以老”，古者后妃亦躬亲蚕织，而有娀氏二女日处九成之台，无所事事，饮食时必有乐人为奏音乐（《吕览·音初》），“饮食必以鼓”，高注：“鼓，乐”，闻燕鸣之声，作“燕燕往飞”之歌，始作北音。或者与宗妇浴于川中，其生活诚安豫之极。故屈原号之为“佚女”，实含讥意。诸家以二女为帝喾妃，帝喾圣君，二女亦必贤女，何况尚有吞卵诞契之神话？故处处就好处着想，将二女懒惰生活改释为“美”为“懿”了。

吾令鸩为媒兮，鸩告余以“不好”；雄鸠之鸣逝兮，余犹恶其佻巧。

鸩，洪《补》云：“其鸟大如鹗，紫绿色，有毒，食蛇蝮。雄名运日，雌名阴谐，以其羽历饮卮，则杀人。”鸠，洪《补》云：“《说文》：‘鸩，鹘鸼也。’《尔雅》云：‘鶌鸠’注云：‘似山鹊而小，短尾，青黑色，多声。'《月令》'鸣鸠拂其羽'，即此也。"

屈原使鸩、鸠二鸟为媒，所以避免前文遣蹇修之重复。且因下文"凤凰受诒"一语联想而及，念高辛既以凤凰为媒，则我亦何尝不可以鸩鸠为媒呢？此皆随意牵合，涉笔成趣，并无深意寓于其间。《思美人》"令薜荔以为理，因芙蓉而为媒"，草木尚可为媒理，又何况于禽兽？王逸竟谓鸩性谗贼，不可信用，故还诈告我以"不好"。五臣亦云："忠贤为谗佞所疾，故云：'不好。'而洪兴祖又言："运日知晏，阴谐知雨，盖类小人之有智者，君子不逆诈，不亿不信，待其不可用，然后弃之耳，尧之用鲧是也。"我国人缺乏幽默感，无论何事皆要拉长脸子说出一番大道理，实令人无可奈何！

心犹豫而狐疑兮，欲自适而不可；凤凰既受诒兮，恐高辛之先我。

犹豫，洪补引《颜氏家训》谓尸子言五尺犬为犹，陇西谓犬子为犹。犬子与人行，好豫在人前，待人不得，又来迎候，此豫之所不定。又引《尔雅》，犹，如麂，善登木，既闻人声，乃预缘木，如此上下，故称犹豫。

狐疑，洪氏又言："《水经》引郭缘生《述征记》：'河津冰始合，车马不敢过，要须狐行。云此物善听冰，下无水乃过。人见狐行方渡。'按《风俗通》云：'里语，狐欲渡河，无如尾何。'且狐性多疑，故有狐疑之说，未必如缘生之言也。然《礼记》曰：'决嫌疑，定犹豫。'疏云：'犹是玃属，豫是虎属。'《说文》'豫，象之大者'，又《老子》曰：'豫兮若冬涉川，犹兮若畏四邻'，则犹与豫皆未定之辞。"

姜寅清曰："犹豫、狐疑皆联绵字也，不能以字义凿，自来说者皆误。犹豫不定也，一作犹与，又作冘豫，一作由与，倒言之则曰夷犹。狐疑者，惑疑之声转，亦双声联绵字。"笔者则认为洪《补》亦有其理。

简狄有吞玄鸟卵生契故事。玄鸟致诒，亦见屈赋《天问》"简狄在台喾何宜？玄鸟致诒后何喜？”《九章·思美人》“高辛之灵盛兮，遭玄鸟而致诒”，此玄鸟亦犹言凤凰，不知是由屈原误记，或者传闻异辞？闻匡斋曰：“尝试考之……玄鸟者，燕也。《尔雅·释鸟》曰：‘鶠凤，其雌曰皇。’燕，鶠音同，金文燕国，字作匽，若鶠也。鶠即燕，是凤皇即玄鸟，其证一。《说文》鸟部曰：‘焉，焉鸟，黄色，出于江淮。’《尔雅·释鸟》‘皇，黄鸟’，《禽经》‘黄凤谓之焉’。燕与焉亦同影纽寒桓部。焉即黄鸟，而燕与焉同，是玄鸟即凤凰，其证二。《礼记·月令》疏引郑志焦乔答王权曰：‘娀简狄吞凤子之后，后王以为媒官嘉祥，祀之以配帝，谓之高禖。’简狄所吞他书曰燕卵，此曰凤子，是玄鸟即凤鸟，其证三。”（《离骚解诂》）杨宽《上古史导论》第十七篇亦主此说甚坚。见《古史辨》第七册上编。

姜寅清亦赞同闻氏之说，笔者则认为不然。请亦列举三证以斥之。

燕乃常见之小禽，凤凰则为神话之大鸟。甲骨文凤字作或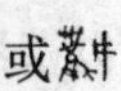等形，而燕字甲文作。凤字之复杂，足见其毛羽如何华丽，与象形之燕字相比，截然有异。凤燕不同，其证一。燕常见，而凤则毕世难逢。《论语》孔子自叹：“凤鸟不至，河不出图，吾已矣夫！”楚狂接舆讽嘲孔子有“凤兮凤兮，何德之衰”语，言凤非太平盛世不出，今孔子犹凤，乃栖皇求仕，是谓德衰，其证二。燕普通为黑色，而凤则五采，且身有文字，《山海经·南山经》：“有鸟焉，其状如鸡，五采而文，名曰凤凰，首文曰德，翼文曰义，背文曰礼，膺文曰仁，腹文曰信，是鸟也，饮食自然，自歌自舞，见则天下安宁。”《山经》言凤大率类是，从略。《广雅》曰：“凤，鸡头、燕颔、蛇颈、龟背、鱼尾，雌曰皇，雄曰凤。”《说文》：“凤之象，鸿前、麟后、蛇头、鱼尾、鹳颡、鸳颈、龙文、龟背、燕颔、鸡喙，五色备具，出于东方君子之国，翱翔四海之外，过昆仑，饮砥柱，濯羽弱水，暮宿风穴，见则天下安宁。”燕子能这样么？闻谓焉为黄凤，焉即燕，燕又有黄色的么？故知其说不然，其证三。

窃谓古人好奇，焦乔答王权书，或以为燕卵寻常，凤卵乃为奇迹，遂率尔改了，而不悟凤乃大鸟，其卵亦甚巨，少女的口怎样吞得下？或古书转辗抄写，字有误，亦未可知。且吞燕卵为一事，凤凰致诒又一事，亦不可混同。致诒犹云以物定情，如前文："相下女之可诒。"凤凰受帝喾命以聘礼致简狄罢了。或将曰既如此，则《诗》之"天命玄鸟，降而生商"与《天问》"玄鸟致诒后何喜?"及《思美人》"高辛之灵盛兮，遭玄鸟而致诒"又将何以解说？答曰燕之与凤，同属鸟类，事出一人之身，尤易缠误，安知非屈原误记呢？或者古人已误记在前，屈赋又沿之呢？或玄鸟致诒之玄系指玄妙，非指颜色呢？

> 欲远集而无所止兮，聊浮游以逍遥；及少康之未家兮，留有虞之二姚。

屈原求婚神女既遭二次之失败，欲更赴辽远之地，而一时尚无可以落脚之地点。暂在原来仙境，作无目的之漫游，借以消磨时间。所以有浮游逍遥的话。

远集，《文选》作"远进"，集者就也。字从鸟在木上，实则不如谓鸟赴木以栖止。《诗》"集于灌木"，《左传》优施作歌以讽里克曰："人皆集于菀，已独集于枯"皆可为证。如北，则"远集"当然比"远进"胜过十倍，屈原用字之精练准确，可见一斑，后人乱改，转失原意。

留二姚之"留"，以前注家皆失其旨，王逸曰："屈原设至远方之外，博求众贤，索宓妃则不肯见，求简狄又后高辛，幸苦少康留止有虞而得二妃，以成显功，是不欲远去之意也。"《文选》六臣注吕向曰："言远游征隐不遂，求贤不得，美少康留立而成功，是原不欲远去之意。"皆以留为"留止"、"停留"且皆属之少康。戴震曰："方少康未家之时，若留此有虞之二姚以待之，故思往事，而冀今之所遇亦然。"是则以为屈原思念往事，希望有人留女相待，若夏时有虞留女待少康一般。皆未得其解而强解者语。惟朱熹"愿及少康未娶于有虞之时，留此二姚。"钱澄之曰："再求而不偶，至无所适，而欲及少康之未室，留二姚以待之，盖无已（犹言无聊）之极思也。”尚能得屈原原意。

盖留固有留止、停留之义，亦有稽滞之义，更有截止之义。前者如《管子·正世》：“不慕古，不留今”，言不为今留止，停留。后者如《易·旅卦》“君子……不留狱”，《史记·平准书》“留滞无所食”。则皆作稽滞解。屈原“及少康之未家，留有虞之二姚”云者，言欲当少康成家之前，滞留二姚之婚期，或竟截而留之，使为已有之意。

惟据我国古代传说宓妃原为河伯妻而其后则归于后羿，有娀佚女亦早为帝喾之妃，有虞二姚，更已早为少康所得，屈原乃使时间倒流，——作为自己求爱之对象，此种时间观念，至为奇特，无怪所有楚辞注家皆为迷惑。笔者在导论中曾谓仅有歌德《浮士德》第二部，浮士德与希腊古美人海伦为婚，可以相比。但歌德写海伦之复现人间尚有“复活”之情节，屈原则竟屏此情节不用，其手法尚更胜歌德一筹，二千数百年前人居然有此思想，奇也不奇？怪也不怪？

> 理弱而媒拙兮，恐导言之不固；世溷浊而嫉贤兮，好蔽美而称恶。

导言，诸家皆释为达言，是达言于君的意思。闻匡斋曰：“案释导言为达言，谬甚。《诗·召南·野有死麕》篇‘有女怀春，吉士诱之’，《传》曰：‘诱，导也。’《笺》曰：‘吉人使媒人道成之。’《吕氏春秋·决胜篇》，高注曰：‘诱，导也’，道与导通，导言即媒所以道成之言也。《庄子·渔父》篇：‘希意道上谓之谄’，《礼记·少仪篇》：‘颂而无讇’，《疏》曰：‘讇谓横求见之容’，横求见之容，即道言之确诂。”

世溷浊二句，言我屡次求婚神女，媒固未得其人，然人心好嫉妒，不愿成人之美，我虽欲再求，又有什么益处？

> 闺中既以邃远兮，哲王又不寤；怀朕情而不发兮，余焉能忍此而终古。

“闺中邃远”，言三求神女皆归失败。“哲王”，朱子谓指上帝，误。洪兴祖谓指楚怀王。“怀王不明，而言哲者，以期望之也。太史公所谓冀幸君之一悟，俗之一改也。”曲解显然。但游国恩则谓《离骚》以灵修指楚怀，犹云“先帝”，哲王指顷襄，如云“今上”，极是。

“闺中”、“哲王”二句乃倒装句法，屈原之意盖谓我之远离故乡而至昆仑者，以在位之顷襄所循之政治路线亦如其父；且蔽于群小，始终不悟，令我失望之故。不意来此仙境，求婚于神女，又深闭固拒，一无所成，我忠君爱国之情既无发泄，与“美”——此美字应作抽象名词解——结合之愿，又不能顺遂，然则我怀抱这一腔深厚热烈之感情，至于永久，岂不痛苦极了么？黄文焕曰：“女不可求，王不得寤，永怀朕情，不得发矣。人以为当身之事，原以为终古之恨，当身之事可忍，终古之恨，不可忍也。身为宗臣，孤负宗国，坏一时者，坏终古者也。若之何其忍而与此也！”语固慷慨淋漓，可圈可点，然“身为宗臣，孤负宗国”云云，则亦嫌其太过。楚国负屈原，屈原固未负楚国，原当时之感想，恐未必竟如黄氏所言。

《离骚》全篇本分为三大段，第一段叙被放之由，第二段叙漫游仙境，求婚神女。“闺中”、“哲王”一节四句，所以结束第一段及第二段而引起第三段文字者也。盖“哲王”句结束被放，“闺中”句结束求婚，如天际长云，横锁双岭，如龙门砥柱，截断众流，论组织则异常绵密，论腕力则足扛九鼎，真是洋洋大文，空前绝后。

第三大段

索藑茅以筳篿兮，命灵氛为余占之。曰：“两美其必合兮，孰信修而慕之？”

“琼茅”，一作“藑茅”。闻匡斋曰：“案《尔雅·释草》曰：‘葍，藑茅。’《说文》曰：‘藑茅，葍也。’字并作藑，疑此亦以作藑为正。敦煌本亦作藑。”

"筳篿"，闻氏以为宜作"莛篿"。引《玉烛》、《艺文类聚》等二字皆从草为证。古卜筮之具或用竹，或用草，此云"索藑茅"明以草卜，故知下"筳篿"字亦当从草。

灵氛，逸注："古之明占吉凶者。"《汉书·扬雄传》注引晋灼曰："灵氛，古之善占者"，皆未言为何人？姜寅清谓即《山海经》十巫中之巫朌。朌氛音同。《山经》十巫中亦有巫咸。《离骚》下文又请巫咸为占，则灵氛之与巫咸，原是一个集团里的人物，不过氛之地位似乎略次于巫咸，于本文屈原初请灵氛占卜，怀疑其言，又请教巫咸，始决定行止见之。

"孰信修而慕之?"闻曰："'案慕与占不叶，义亦难通。'郭氏谓'当为莫口二字，下一字缺坏，写者不慎，致与"莫"误合为一而为慕字，所缺一字：钦、探、琛、寻、朋，必居其一'，则似不然。知之者，此字必其音能与'占'相叶，其义又与'求美'之事相应，此固不待论，而字形之半尤必须能'莫'相合而成'慕'……余遍求诸与'占'同韵之侵部诸字中，则惟'念'足以当之。'念'其上半，以所遗之'心'上合于'慕'，即古体'慕'字（杨统碑、繁阳令碑，慕字如此作）。念，思也，恋也，'孰信修而莫念之'，与上下文义亦正相符契，郭氏殆失之眉睫耳。"

姜寅清则谓："占之当为卜之讹，而慕字为莫之讹。莫字用法与《庄子·人间世》：'凡溢之类也妄，妄则其信之也莫'之莫相同。莫在入声铎韵，卜在屋韵，尤侯鱼慕，本可合韵也。"不过以占改为卜，王树枏、刘永济亦如此主张，闻匡斋则谓占字不可改，曰："遍考古书，凡言筮者，皆自筮而神占之。《御览》九二九引《归藏·郑母经》曰：'昔夏后启筮乘飞龙以登于天，皋陶占之曰吉'，《荀子·赋篇》：'臣愚而不识，请占之五泰，五泰占之曰……'《九章·惜诵》亦曰：'吾使厉神占之兮。'《续汉书·天文志》上引《灵宪》曰：'羿请不死之药于西王母，姮娥窃之以奔月，将往，枚占于有黄，有黄占之曰吉。'"闻氏又引古书占于某神，某神占之曰多条，但古书多略，或后人不解而妄删，如《归藏》"昔者河伯筮与洛战，而枚占于昆吾，占之曰不吉。""占之曰不吉"之上省去昆吾二字。

同书“昔夏后启筮享神于大陵而上钧台，枚占于皋陶，曰不吉。”曰不吉之上又省去皋陶二字，余类推。

> 思九州之博大兮，岂唯是其有女？曰：勉远逝而无狐疑兮，孰求美而释女？

“思”，古文思字。九州非中国境内之九州，乃邹衍所言大九州。这话怎样说？因为屈原远赴昆仑，离赤县神州之中国。已久而且远，何以又说中国境内的九州呢？“岂唯是其有女？”“是”指昆仑；“女”指宓妃、有娀佚女、有虞二姚等。灵氛言以大九州之广博，岂止昆仑境内有美女子，你去求婚，一定不会失望。

此两节文字凡用二“曰”字——“曰两美其必合兮”，“曰勉远逝而无疑兮”，蒋骥以为再言者，叮咛之词。姜寅清于第二之曰字，谓“犹《尚书》之粤，《诗经》之爰，词也”。非。闻匡斋有较为合理之解释。闻曰：“俞樾古书疑义举例，有一人之辞，非自问自答，而中间又曰‘曰’字之例。齐景公待孔子曰：‘若季氏则吾不能，以季孟之间待之。’曰：‘吾老矣，不能用也。’此皆再用曰字，以别更端之语。”（《离骚解诂》）本篇灵氛一人之词，用二曰字，与《九章·惜诵篇》“吾使厉神占之，曰有志极而无旁……曰可思而不可恃”皆是。

> 何所独无芳草兮，尔何怀乎故宇？世幽昧以眩耀兮，孰云察余之善恶？

“芳草”即第一段中兰芷蘅蕙之属。“故宇”，故居也。“眩耀”，惑乱貌。《文选》六臣良曰：“言当代之君，皆暗昧惑乱，谁能察我之善恶而用之乎？”洪氏曰：“眩，目无常主也。”此四句皆灵氛语，王逸以有“尔”字之二句属之灵氛，有“余”字之二句属之屈原。我国人对于代名词之用法，最为拘板，丝毫不知变通，故凡遇屈赋代名词不拘常规之用法，常手足无措。不知此文，“世幽昧”至“孰云察余之善恶”犹云：“世上人都是糊涂惑乱的，谁能分别我的好歹呢?”乃灵氛代屈原之言。此与第二段女媭责原“众不可户说兮，孰云察余之中情?”相同。

民好恶其不同兮，惟此党人之独异；户服艾以盈要兮，谓幽兰其不可佩。

“民”，人也。常人也。常人之好恶固不尽相同，而党人之好恶尤与常人相异，甚至相反。

“艾”指白蒿，乃气味不佳之草，家家户户，佩带盈于腰间，反谓芬芳之幽兰为臭恶不可佩之物。

览察草木其犹未得兮，岂珵美之能当？苏粪壤以充帏兮，谓申椒其不芳。

此辈党人览察草木，尚未能判别其善恶，对于美玉，则更毫无所知了。今虽以其长六寸，光耀自然之珵置彼等之前，恐亦谓与瓦石相类物而已。“能当”，朱熹曰：“岂能知美恶所当乎?”盖言岂能定其价值之高下。

苏，取也。《史记》：“樵苏后爨”，《淮南》曰：“苏援世事”犹索也。帏，香囊也。言此辈党人，好恶与常人异，竟取粪秽填塞香囊，反将最香之申椒，认为不芳而屏弃之。

闻匡斋谓“案此文疑作‘苏粪壤以充帏兮，谓申椒其不芳，览察草木其犹未得兮，岂珵美之能当?’服艾盈腰而弃兰弗佩，苏壤充帏而谓椒不芳，二者事既同类，则文亦当毗邻。‘览察草木’二句与上文‘民好恶’二句，皆贵艾壤贱椒兰者之总评，故当分置首尾，使遥相呼应，今本四句中，上二句与二句互易，则鳃理乱而文义晦矣。姑著此疑，以俟达者。”

王逸以“世幽昧以昡耀兮，孰云察余之善恶”，直至于“谓申椒其不芳”皆以为屈原之词，诸家皆无异说。惟陈本礼则以“世幽昧”

"孰云察"为屈原再问之语，谓原闻灵氛去国求贤之说，与己不合，疑而复问之辞。以下"民好恶""览察草木"二节，又作为灵氛再答之语。并作为正误曰："此与上章旧解皆误作屈子自言，殊觉语复而意味不长，从节解更正。"

前人则以为"曰两美其必合兮"到"孰察余之善恶"，一共两节半文字都是灵氛所说的话。"民好恶之不同兮"到"谓申椒为不芳"两节文字则又属之屈原。灵氛说世途黑暗，清浊不分，谁知道我（余）的善恶？"余"字乃灵氛代屈原自指。

屈原听了灵氛的话，便接口道："对呀，人的嗜好虽各有不同，香臭之辨总也差不到哪里去，谁知我们楚国的党人，嗅觉竟大为特别，竟喜欢把气味难闻的艾佩带满腰，屏芬芳可爱的幽兰不用。他们连草木的好坏都识别不出来，还能判断那光辉美玉的价值么？他们拿着粪壤来充塞佩囊，说申椒不是香物，也难怪的了。（此节若依闻氏钩乙，当然较好。）

不过这两节也不必一定是屈原口中说出回答灵氛的话，朱熹谓是屈原自念之词。笔者则认"两美合"到"谓申椒其不芳"皆灵氛语，文气较为一贯。虽有一简越组，乃藕断丝连的组法，无妨。

> 欲从灵氛之吉占兮，心犹豫而狐疑；巫咸将夕降兮，怀椒糈而要之。

巫咸，逸注："古神巫也。"然巫咸实为冥君，地位尊崇，但观秦惠文王《诅楚文》（又名《秦祭巫咸文》）称之以"丕显大神"，《离骚》尊称之为"皇"知其非普通巫者。死神照例为神巫，如公元前五世纪我国桓子孟姜壶之"大巫司誓与大司命"，西亚水主兼死神哀亚之称大巫（Great Magician），死神尼甲之称"群神巫长"，生神旦缪子（即《九歌》少司命）之称为"巫祝"皆是，语详我所著大、少司命及河伯、东皇泰一等篇，现不赘述。

冥君在天庭为帝阍，天门正在昆仑顶上。巫咸夕降即降于昆仑。

椒，逸注："香物所以降神，糈者则所以饷神。"姜寅清引《史记·日者列传索隐》云:“糈者卜神之米也。”

百神翳其备降兮,九疑缤其并迎;皇剡剡其扬灵兮,告余以吉故。

死神尼甲原为火神亦为火星之神,其出现时身有火光,故曰剡剡扬灵。死神乃具有帝君身份之大神,故屈原称之为“皇”,王逸不知其故,谓为“皇天扬其光灵”,误。朱熹又谓皇即“翳其备降”的百神,更误。这都是为了他们认巫咸仅为巫者,一个巫者哪会有这么大的排场?这么壮的气派?所以要说些不通文法的话了。不明神话,决不可解决屈赋问题,这也是一例。

“迎”字乃“迓”字之讹。迓古音御,与“故”相叶。九疑,或作九嶷,以疑为正。相传舜葬处也。《汉书·武帝纪》曰:“望祀虞舜于九疑。”颜师古曰:“疑,似也。山有九峰,其形相似。”张楫曰:“九疑在零陵营道县。”文颖曰:“九疑半在苍梧,半在零陵。”《水经·湘水注》云:“峰秀数郡之间,异岭同势,游者疑焉,故曰九疑山,山南有舜庙。”《方舆胜览》:“其山有舜源、朱明、石城、石楼、娥皇、女英、箫韶、桂林、杞林九峰。舜源亦名华盖,最高。”邓德明《南原记》,则九疑山名与《方舆胜览》大异,不具录。

按《九歌·湘夫人》有“九疑缤其并迎,灵之来兮如云”,乃后人误以湘君湘夫人为舜二妃,习闻舜葬九疑,遂自《离骚》中摘取一句,又自凑一句而成,笔者已删去之了。但湘君湘夫人既被误认为舜妃,用九疑字样尚可,今巫咸夕降则在昆仑之山,地望完全不合,用之何为?且“九疑并迎”无论在《湘夫人》,无论在《离骚》,于理皆难通,盖山乃固定地面之物,何能迎送?王逸谓:“巫咸得己椒糈,百神蔽日来下,舜又使九疑之神,纷然来迎,知己之志也。”“九疑之神”又是王逸所常犯“添字注经”之弊,万不可从。

笔者认九疑者乃地府之法曹,即大司命之佐贰也。西亚称为“阿纽纳开”(Annunok),也称为“司命大神”,地位也颇高。《礼》文王世子:“虞夏商周,有师保、有疑丞。”疏:“古者天子必有四邻，前曰疑，后曰丞，左曰辅，右曰弼。”《礼坊记》又曰：“夫礼者所以章疑别微，以为民坊者也。”“疑”者谓是非不决，当用礼以章明之。又度也即度量猜度之意。

“疑”本为“惑”，但又可通“定”，《诗》：“靡所止疑”，《传》云：“疑，定也。疑为不定之辞，而义通于定者，不定之事，每以揣测定之，可谓之定，亦可谓之不定也。”

“疑”与“稽”义亦相通。笔者尝谓《列子》所谓“泰山稽”即司过谴非之司命神。疑又通“拟”，揣测之谓，皆有法曹之义。

我们再来看看《周书》“吕刑”，古时刑有五种，但“五刑之疑有赦，五罚之疑有赦……墨辟疑赦，其罚百锾，阅实其罪。劓辟疑赦，其罚惟倍，阅实其罪。剕辟疑赦，其罚倍差，阅实其罪。宫辟疑赦，其罚六百锾，阅实其罪。大辟疑赦，其罚千锾，阅实其罪……”《吕刑》这篇文章相传是周穆王命甫侯作的。甫侯一作吕侯。言凡犯五刑之罪者，法官觉尚有可疑之处者，罚款了事，罪之无可疑者则刑之，故曰：“阅实其罪。”这又可见文王世子的“疑丞”是法曹之称。我国南北朝时的北朝尚设“疑丞”之官。

巫咸为冥府之主，降自天门，地府有九重，则法曹亦应有九位，或者各有数位或数十位，今只举其领袖以言，是以名之曰“九疑”。巫咸拥百神自天门降下，地府法曹又自地下涌出欢迎，人数众多，欢迎场面自呈缤纷之象。地府本在昆仑西北，名八玄幽都（八字疑九字之误）。见汉纬书。

吉故与吉占同。

> 曰：勉升降以上下兮，求矩矱之所同；汤禹严而求合兮，挚咎繇而能调。

升降上下，洪《补》谓“经营四荒，周流大漠”之意。矩矱，逸注：“法度也。”姜寅清引《说文》：“蒦矩，蒦，商也，一曰蒦度也。”曰：“商度义同，则矩矱即矩蒦矣。又作巨蒦，《管子》‘宙合成功之术，必有巨蒦’是也。”

同调不叶。孙诒让《札迻》曰:“《七谏》谬谏云:‘不量凿而正枘兮,恐矩矱之不同。’洪校云:‘同一作周’此同亦当作周,与调协。同周形近。上文云‘或方圆之不周兮’,洪校亦云‘周一作同’以彼及《七谏》别本证之。知此同亦当为周也。”

严,同俨,敬也。挚咎繇,逸注挚为伊尹、汤臣、咎繇,禹臣,一作皋陶。姜寅清坚主汤禹乃大禹,故于挚之伊尹,必求所以推翻之。彼从词例著手云:“依王说,挚为名词,则而能调三字不甚通。《离骚》句法,两句明一义,下句首字多为动词,如‘户服艾其盈腰,谓幽兰其不可佩’,‘及少康之未家兮,留有虞之二姚’皆是,则此挚必为动词无疑。又用而字成句者,其上必有一动字,如‘遭周文而得举’、‘偭规矩而改错’、‘就重华而陈词’……皆与此同,则挚无作名词用之理。挚者《广雅·释诂》‘引也’言大禹引皋陶而能与之和调也。”

笔者按伊尹固以挚为字,《天问》:“帝乃降观,下逢伊挚,何条放致罚,而黎庶大服?”“初汤臣挚,后兹承辅,何卒官汤,而尊食其绪?”皆言汤与伊尹之遇合与事功。姜氏于《天问》之挚,则认为伊尹之字,于《离骚》之挚,则坚主为动词之引,任意取舍,藉圆己说,岂非无理取闹,太嫌多事?

> 苟中情其好修兮,又何必用夫行媒;说操筑于傅岩兮,武丁用而不疑。

行媒,逸注:“喻左右之臣也。”朱注:“喻左右之先容者。言诚心好善,则精感神明,贤君自当举而用之,不必须左右之荐达也。”按行媒与行理通。详见前文蹇修为理,戴震、孙诒让等人考证。不复。

本节文字专言武丁用傅说的故事。《商书·说命》上中下三篇皆记此事。言高宗(武丁)亮阴三年不言,群臣以请,王乃作书以诰曰:“以台正于四方,惟恐德弗类,兹故弗言,恭默思道。梦帝赉予良弼,其代予言。乃审厥象,俾以形旁求于天下。说筑傅岩之野,惟肖，爰立作相。”

《墨子·尚贤》：“傅说被褐带索，庸筑于傅，武丁得之，举以为三公。”《庄子·太宗师》：“傅说得之，以相武丁。”《孟子·告子下》：“傅说举于版筑之间。”

《史记·殷本纪》：“武丁夜梦得圣人，名曰说。以梦所见视群臣百吏，皆非也。于是乃使百工营求之野，得说于傅险中。是时说为胥靡，筑于傅险，见于武丁，武丁曰是也。得而与之语，果圣人，举以为相，殷国大治，故遂以傅险姓之，号曰傅说。”

胥靡乃犯罪者之称。《史记·贾谊列传》，谊之《鹏赋》，其中有傅说胥靡兮，乃相武丁。《集解》徐广曰：“腐刑也”，《索隐》晋灼曰：“胥，相也，靡，随也。古者相随坐轻刑之名。”则又非腐刑了。

傅岩在河东太阳县。又猗氏六十里，黄河西岸，吴坂下，便得隐穴，是说潜身处。《殷本纪正义》引《地理志》云：“傅险即傅说版筑之处，所隐之穴，窟名圣人窟，在今陕州河北县北七里，即虞国、虢国之界，又有傅说祠。”

孔融于曹操谪祢衡为鼓吏时，曾从容为操言：“祢衡罪同胥靡，不足发明王之梦”，也说傅说出身罪人，孟子有“傅说举于版筑之间”的话，好像是说傅说不过是个劳工，并非犯罪者。孟子惯改古史，伊尹、百里奚一一为之开脱，这种士大夫观念最可厌。后世遂以为傅说不过出身低贱而已，人还是清白的，都是被孟子所误。

> 吕望之鼓刀兮，遭周文而得举；宁戚之讴歌兮，齐桓闻以该辅。

《史记》：“太公望吕望者，东海上人……本姓姜氏，从其封姓，故曰吕尚。”《索隐》谯周曰：“姓姜名牙……按文王得之渭滨，云：‘吾先君太公望子久矣。’故号太公望。盖牙是字，尚是其名，后武王号为师尚父也。”

太公未遇文王前之职业有屠夫、卖酒者、钓徒诸说。《战国策·齐策》：“太公望，老妇之逐夫，朝歌之废屠，文王用之。”《韩诗外传》："太公屠于朝歌，天热肉败。"《史记索隐》谯周曰："吕望尝屠牛于朝歌，卖饮于孟津。"《吕览·胥时篇》："太公望东夷之士也，欲定一世而无其主，闻文王贤，故钓于渭以观之。"《史记·齐太公世家》："吕尚盖尝穷困，年老矣，以渔钓奸周西伯。"《说苑》："吕望年七十，钓于渭渚，三日三夜，鱼无食者，望即忿脱其衣冠。上有农人者，古之异人，谓望曰：'子姑复钓，必细其纶，芳其饵，徐徐而投，无令鱼骇。'望如其言，初下得鲋，次得鲤，剖鱼腹得书，书文曰：'吕望封于齐。'望知其异。"

太公所钓之处为兹泉。《括地志》："郦道元云磻溪中有泉，谓之兹泉，泉水潭积，自成渊渚，即太公钓处。今人谓之凡谷。石壁深高，幽篁邃密，林泽秀阻，人迹罕及……水次有磻石可钓处，即太公垂钓之所，其投竿跪饵，两膝遗迹犹存。是有磻溪之称也。其水清冷神异，北流十二里，注于渭。"

吕望未遇时所操行业是如是之多。《封神》传言其初则编竹笊篱；卖不出，又卖面粉，也没有生意；开饭馆而天热酒酸肉败；贩猪羊而适遇禁屠，尽入官；得罪纣王欲投周时，又为妻马氏所弃；其后垂钓磻溪乃遇文王，小说家言亦颇有根据。惟屈原对太公之为屠夫，似乎特别感兴趣，《天问》已言："师望在肆昌何识？鼓刀扬声后何喜？"此文又"吕望之鼓刀兮，遭周文而得举"。或者太公为屠乃是真事，其余皆屈原以后人所附会。

宁戚故事见《吕览·举难篇》："宁戚欲干齐桓公，穷困无以自进，于是为商旅，将任车以至齐。暮宿于郭门之外。桓公郊迎客，夜开门辟任车，爝火其盛，从者甚众。宁戚饭牛居车下，望桓公而悲，击牛角疾歌。桓公闻之，抚其侯手曰：'异哉，之歌者非常人也。'命后车载之。桓公反至，从者以请，桓公赐之衣冠，将见之。宁戚见，说桓公以治境内。明日复见，说桓公以为天下。桓公大悦，将任之。群臣争之曰：'客，卫人也，卫之去齐不远，君不若使人问之，而固贤者，用之未晚也。'桓公曰：'不然。问之患其有小恶，以人之小恶，亡人之大美，此人主之所以失天下也。'凡听必有以矣，今听而不复问，合其所以也。且人固难全，权而用其长者，当举也。桓公得之矣。"《淮南子》亦有宁戚事，当出《吕览》。《三齐记》载宁戚之歌曰："南山矸，白石烂，生不逢尧与舜禅，短布单衣适至骭。从昏饭牛薄夜半，长夜漫漫何时旦！"尧舜禅让战国始盛，且歌辞亦不类春秋时之作，当系伪撰。

及年岁之未晏兮，时亦犹其未央；恐鹈鴂之先鸣兮，使夫百草为之不芳！

鹈鴂，刘永济引《考异》曰："鹈一作鶗"，钱杲之《离骚集传》曰："鹈一作鶗，一作鷤。鴂一作鴃。"《史记·历书》："秭鴂先滜"，《索隐》本作"鶗鴃"，云"鶗音圭，楚词云：'虑鶗鴃之先鸣，使百草为之不芳'，解者以为杜鹃也。"

何琼佩之偃蹇兮，众薆然而蔽之，惟此党人之不谅兮，恐嫉妒而折之。

"琼佩"当是屈原在昆仑境内"折琼枝以继佩"者。或即珵。"偃蹇"，逸注："众盛貌。"琼佩仅一，而曰众盛，误。当为特出。薆，洪《补》引《方言》曰："掩翳，薆也。"注云："谓薆蔽也。"

巫咸语至而止。

时缤纷以变易兮，又何可以淹留？兰芷变而不芳兮，荃蕙化而为茅。

"缤纷"，五臣云："乱也。"

"茅"，五臣云："恶草以喻谗臣。"

以下诸节乃屈原闻巫咸语，己心忖量之词。"时缤纷其变易"与上文"时亦犹其未央"二时字针锋相对。巫咸言尔之年岁尚壮，前路正长，所忧者子规一鸣，则春光将尽，尔若仍留宗邦，恐长才终于莫展。尔犹玉佩，玮然特出，皎皎人目，党人则故意掩蔽之，且彼等嫉妒异常，恐将碎之而后已。屈原闻巫咸之忠告，乃答之曰：时代之混乱与其变迁之速，诚为可畏，若兰芷者乃至香之卉，今亦变而不芳了，若荃蕙者乃至珍之草，今亦化为茅草了，然则我在故国有何淹留之必要呢？我也应该走了。

何昔日之芳草兮，今直为此萧艾也，岂其有他故兮，莫好修之害也！

“芳草”指兰芷荃蕙之类。“萧艾”，洪《补》引《淮南》曰：‘膏夏紫芝，与萧艾俱死”，萧艾贱草以喻不肖。吴仁杰《离骚草木疏》曰：“祭用鬯酒，诸侯以薰，大夫以兰芝，士以萧，庶人以艾。谓萧艾为贱草，固亦有自来。《诗正义》引《尔雅》：“萧，荻。”李巡曰：“荻一名萧。”陆玑云：“今人谓之荻蒿，或谓之牛尾蒿，似白蒿。白叶，茎粗，科生，多者数十茎，可作烛，有香气，故祭祀以脂爇之。许叔重以为艾蒿，非也。郊特牲云‘既奠然后爇萧’。王氏云：‘取萧祭脂’是也。”

余以兰为可恃兮，羌无实而容长；委厥美以从俗兮，苟得列乎众芳。

“兰”，逸谓怀王弟司马子兰。洪《补》引《史记》：“秦昭王欲与怀王会，屈平曰：‘秦虎狼之国，不可信，不如无行。’怀王稚子子兰劝王行，谓‘奈何绝秦欢?’怀王卒行，入武关，秦伏兵绝其后，因留怀王。子顷襄王立，以其弟子兰为令尹，然则子兰乃怀王少子，顷襄王之弟也。”

“无实”，“容长”，逸谓：“无诚信之实，但有长大之貌，浮华而已。”五臣谓“为无实材，但容貌长大而已。”朱注：“容长徒有外好耳。”窃谓容字不可呆板作容貌解，“无实容长”四字犹今言“有名无实”，“虚有其表”。

“委”，弃也，兰本美卉，今委弃其美与恶薄之世俗同化，则列名于众芳之中，诚为有愧。

> 椒专佞以慢慆兮，榝又欲充夫佩帏；既干进而务入兮，又何众芳之能祗！

“椒”，逸注：“楚大夫子椒也。”《补》曰：“汉书人表有令尹子椒。”

“榝”，音杀，《尔雅》注：“榝似茱萸而小，赤色。”帏，盛香之囊。

“慢”，一作谩，“慆”，一作谄。慆，淫也，《书》曰：“无即慆淫。”

“干进务入”，言求进而入于君侧。

“祗”，敬也。《皋陶谟》曰：“儇祗敬六德。”《夏本纪》：“祗作振。”《鲁世家》：“祗作敬。”但此处不能作敬字解。王引之曰：“祗之言振也。言干进务入之人，委蛇从俗，必不能自振其芬芳，非不能敬贤之意也。《逸周书·文政篇》‘祗民之死’谓振民之死也。祗与振声近而义同，故字或相通。”刘永济曰：“按王说是也。屈子谓若如巫咸之言，干进务入，则先自不正，何能振其芬芳？即枉尺不能直寻之意也。”

> 固时俗之从流兮，又孰能无变化？览椒兰其若兹兮，又况揭车与江离？

洪氏曰：“子椒子兰宜有椒兰之芬芳，而犹若是，况众臣若揭车江离者也。揭车江离皆香草，不若椒兰之盛也。”

此数节文字所言椒兰，王逸洪兴祖皆谓为人名。朱熹独表反对，曰：“此辞之例，以香草比君子，王逸之言是矣。然君子以世乱俗衰，人多变节，故自前章兰芷不芳之后，乃更叹其化为恶物。至于此章，遂深责椒兰之不可恃，以为诛首，而揭车江离，亦以次而书罪焉。盖其所感益以深矣。初非以实有其人而以椒兰为名字者也。而史迁作屈原传乃有令尹子兰之说，班氏古今人表又有令尹子椒之名，既因此章之语而失之，使其词首尾横断，意思不活，王逸因之又讹以司马子兰，大夫子椒，而不复记其香草臭物之论，流误千载，遂无一人觉其非者，甚可叹也。使其果然，则当有子车、子离、子樧之俦，盖不知其几人矣。”（《楚辞辩证》上）

刘永济曰：“朱子力辟以椒兰为令尹子椒、令尹子兰……钱杲之谓兰、椒、樧皆喻所收贤才，说同朱子。梁章钜引后汉孔融曰：‘屈平悼楚，受谮于椒兰”岂亦妄为是言哉？谓确有子兰子椒其人。特《离骚》此文，未必为二人而发。徐文靖管城硕记，亦主此说，谓《骚》之言兰者十，言椒者六，如所云‘谓幽兰之不可佩’，‘谓申椒其不芳’，‘余以兰为可恃，羌无实而容长’，‘椒专佞以谩慆，樧又欲充夫佩帏’而欲言者无罪，闻者足戒，不綦难哉！此令尹子兰闻之大怒，卒使上官大夫短屈原于顷襄王，顷襄怒而迁之者也。按词人之言，原不可泥。惟细绎此段之文，既曰‘予以兰为可恃’，曰‘椒专佞以慢慆’，又曰‘览椒兰其若兹，又何况揭车与江离’，意自有所指，非泛称香草，以比众贤。即樧与揭车江离，亦必有其人，不必定如朱子所谓名樧、名车、名离也。虽《离骚》之文空灵，初难指实，而二人之名，偶同香草，以之比况，抑何不可？且此段本答巫咸勉留求合之意，言此者，椒兰非可合之人，以见求合之不可能也。屈子心事委屈盖如此。”

姜寅清亦主张椒兰实有其人，于梁章钜孔融语以外，又引刘向《七谏》“惟椒兰之不反兮，魂迷惑而不知路”，扬雄《反离骚》“既信椒兰之唼佞兮，吾累忽然而不早睹”，此汉儒说如是，为王逸所说本云云。

笔者亦认为此处兰与椒应为人名。盖《史记·屈原列传》之论《离骚》仅言“其志洁，故其称物芳，其行廉，故死而不容自疏”，至王逸始言“善鸟香草，以配忠贞，恶禽臭物，以比谗佞”，可见《离骚》象征主义说，始于东汉，以前则不过具体之论而已。而《史记》竟屡言怀王稚子子兰劝怀王人秦，又言顷襄以弟子兰为令尹，必根据确实史料而书，非由王逸之言可知。《汉书》古今人表，古代人物虽不尽真实，战国时代则真确有根据者为多。楚令尹子椒必非由《离骚》而凭空捏造。因既可捏造子椒，则《离骚》子椴、子车、子离亦无妨并造之也。而人表不尔，此为证之一。《离骚》前半段以兰椒为德行之象征，此处忽诋之为“不可恃”，为“慢慆”，为“委美从俗”，为“干进务入”，与前文岂不发生绝大之冲突？但屈原不惜矛盾者以椒兰在此处实为人名故也，此为证之二。前文以香草象征学问德行，语皆不出香草范围。此处忽言“专佞”等种种恶德，则皆小人之行为，与香草本质不复发生关系，若非指人，何得如此，此为证之三。

说者或将曰《离骚》通篇皆不著实语，即自己名字亦以影射出之，何故于政敌则直斥其名，无论其取祸不智，于全文义例，岂不失之矛盾耶？曰：固也。然政敌之名偏同香草，而香草之为物，在《离骚》中则固触处皆是，著之文中，并不嫌其显著，况“众芳芜秽”前已兴哀，“兰蕙化为萧艾”，继又发叹，则于椒兰之变化，写来亦极自然，丝毫不觉突兀，于是三闾大夫虽欲忍此俊，亦不可得，遂振笔直书之矣。

惟兹佩之可贵兮，委厥美而历兹；芳菲菲而难亏兮，芬至今而未沬。

“兹佩”亦即前文“何琼佩之偃蹇兮”之佩，乃屈原在昆仑境内之春宫折来者。琼枝虽为神仙境界之物，亦是草木，有其色香。

“委厥美”句，逸谓：“历，逢也。言己内行忠直，外佩众香，此诚可贵重，不意明君弃其至美而逢此咎也。”五臣良曰“言己芳菲之盛，诚难亏损，虽遭弃逐，至今犹未已也。”洪《补》曰：“上云委厥美以从俗，言子兰之自弃也。此云委厥美而历兹，言怀王之见弃也。”

“沬”，逸曰：“己也。言己所行纯美，芬芳勃勃，诚难亏缺，久而弥盛，至今尚未己。”洪《补》：“沬音昧，晦也。”《易》曰：“日中见沬。”《招魂》曰：“身服义而木沬。”

朱熹谓:“上章讥兰有委厥美之文，此美琼佩，又以为言者，盖彼真弃其美之实以从俗，此则弃其美之利以徇道，其事固不同也。故彼虽苟得一时之势，而恶名不灭；此虽失一时之利，而芬芳久存。”戴震谓:“前言人自弃其美以从俗，后言人弃屈原之美，所谓‘众薆然而蔽之’也。”朱骏声说同。姜寅清谓：“委厥美，犹言听任其美也。兹，今也。指自委任其美，一听流俗之从流，以至于今兹也。”又曰:“上言椒兰皆因时而变，惟己身之所佩，最为可贵，盖任其美质，一听时俗之磨砺，以至于今兹，其芳芬之质，乃菲菲然难以亏损，故其芳馥之气至今未减也。”按戴朱之说与王洪无甚异致，语气稍有变化而已。姜说亦嫌稍曲，惟朱子之说自为见道之言，可谓深知屈子心事者矣。

和调度以自娱兮，聊浮游而求女；及余饰之方壮兮，周流观乎上下。

“和调度”，调度乃名词，和乃动词。朱子谓：“调犹今人言格调之调。调度，法度也。”钱澄之曰：“玉音璆然，有调有度。古者佩玉，进则抑之，退则扬之，然后玉声锵鸣，和者，鸣之中节也。”陈本礼曰:“礼君子佩玉，左征角，右宫羽，调者声容，谓其从容中节也。度者身容，谓其周旋中规，折行中矩也。”

“女”，王逸及《文选》吕向注谓为“同志”，王夫之谓“女音汝。求女，谓自生理，犹释氏所谓主人翁者”太诞。朱子谓“即前文所言虙妃、佚女、二姚之属，意犹求君也。”按前文“思九州之博大，岂惟是之有女”，此处文字语气遥相呼应，朱说甚是。

余饰方壮，洪氏谓即前文“高余冠之岌岌，长余佩之陆离”，刘永济谓:“壮可作庄，言余之才力方强，德行正盛，上下天地，以观可以委身以仕之君。”

灵氛既告余以吉占兮，历吉日乎吾将行，折琼枝以为羞兮，精琼靡以为粻。

洪《补》曰："灵氛告以吉占，百神（按宜作巫咸）告以吉故，而此独曰灵氛者，初疑灵氛之言，复要巫咸，巫咸与百神无异辞，则灵氛之占诚吉矣。"用一"既"字，回顾灵氛，文法精密。

"历"，五臣注："选也。"出门必选择吉日，乃古俗也。

"折琼枝以为羞"，洪《补》引张楫曰："琼树生昆仑西，流沙滨，大三百围，高万仞，其华食之长生。"

"羞"，食味之有滋味者。《周礼》"掌玉之食饮膳羞"。乃名词与下句粻字对，姜注羞为进，误。

"精"，五臣云："持也"，琼靡，犹言玉屑，粻，粮也。精凿玉屑以为行粮也。洪氏引《周礼》食玉及郑玄言王齐当食玉屑，以证古固有以玉为食者，实则不必。屈原既在仙境则亦当如仙人之以琼玉为食。事实上仙人之琼枝玉靡，亦非真琼玉，不过仙境草木百果皆似琼玉，渍之以玉井水，则软可食而已。

为余驾飞龙兮，杂瑶象以为车；何离心之可同兮，吾将远逝以自疏。

"飞龙"乃有翼之龙，乃土星驾车之物，见我所著"湘君篇"。飞龙又名应龙，乃黄帝之兽，黄帝即土星神，亦即湘君。屈原自舜葬地苍梧而至昆仑，车驾屡易，今将远游西海，道路辽远，车乘亦非换新不可。乃以飞龙作驾车之物，而以象牙美玉合制之车为乘。俾得以高翔远引。"为余"者，屈原令其随从为之，不必一定指灵氛。

"离心"，《文选》吕向曰："离，别也。言忠佞两心不可同，吾将远逝以自疏。"朱熹曰："离心谓上下无与己同心者，自疏，则祸患不能相及矣。"王夫之曰："君心已离，不可复合，则尊生自爱，疏远而忘宠辱，修黄老之术，从巫咸之诏，所谓爱身以至道也。以下皆养生之旨，与《远游》相出入。"陈本礼曰："此托为远逝自疏之说，其实欲求西方之美人也。"方苞曰："自疏以远党人之秽浊。"戴震曰："仍托之求女……盖不忍言绝君以去也。聊浮游求之，意主乎远逝自疏耳。"姚鼐以为："屈子知求女之必不可，姑远逝以自疏，遨游娱乐，如《远游》一篇之旨。”曾国藩曰：“远逝自疏，有浩然长往之意。”朱冀曰：“君之于我，情已乘离，此自明不得不行之故，非悻悻决绝辞也。”

按灵氛巫咸皆鼓励屈原趁年岁之方壮，远适异国，以展其才学抱负，屈原亦拟遵从他们的劝告以行了。乃忽然转念道：“我在故国不能求得一同心之人，今适异邦，果能得之么？举世滔滔，皆见利忘义之徒，干进务入之辈，楚国之与他邦，又有何异致，则立身他国，希望发展，岂不是一种梦想。不如超然远举，自阔绝于此尘世，反而可免许多烦恼。”由此一念，乃展开下文“远征西海”之壮图，不复更为求女之想。是以“何离心之可同”二句，乃束上启下之转捩，关系至为重要。

遭吾道夫昆仑兮，路修远以周流；扬云霓之晻蔼兮，鸣玉鸾之啾啾。

“邅”，逸注：“转也。楚人名转曰邅。”“言已设去楚国远行，乃转至昆仑神明之山，其路遥远，周流天下，以求同志也。”诸家皆无异词，其实此处一邅字关系极大。邅字最早见于《周易·屯卦》：“屯如邅如，乘马班如，匪寇婚遘。”屯邅二字注为“邅回不进”。此字乃副词，王逸作为动词之转，大误。“邅吾道”三字屈原在《湘君篇》亦曾用之，如“邅吾道兮洞庭”，不过我疑应作“邅吾道夫洞庭”。兮乃夫之误。道不应作道路解，而应作自此地出发解。《说文》：“道从辵首，一达谓之道。”但古道字作从首寸，等于导字。《左传·隐公五年》：“请君释憾于宋，敝邑为道”，就是敝邑为你引导。转为由，为从。《山海经·大荒西经》“风道北来”，郭注：“道，从也。”《汉书·淮南王传》：“诸使者道长安来。”又：“道太原入定代地。”皆是。湘君本居洞庭，以将北征之故，乃自洞庭出发，横过扬子江向北行进。若如王逸所注转来洞庭，则“驾飞龙兮北征”、“横大江兮扬灵”两句没有下落了。

今此篇“邅吾道夫昆仑”，并非屈原自他处转到昆仑，实自昆仑出发，向西进行，以求达于另一广大之仙境。盖屈原自舜葬地苍梧发轫，至于昆仑之山，以后企望升天，求婚神女，及请灵氛、巫咸为占卜，皆始终在昆仑境内。请阅下列古籍所记载，即可明之。

（一）悬圃、阆风　诸境皆在昆仑，即阊阖亦然。《淮南·地形训》："悬圃、凉风（即阆风）樊桐，皆在昆仑阊阖之中。"高注："悬圃、凉风、樊桐皆昆仑山名也。阊阖，昆仑虚门名也。"《淮南》言"悬圃等三山皆在昆仑阊阖之中"，则屈原身登悬圃，飞腾数昼夜，及于天门，而帝阍竟倚阊阖而望，拒使不入，又作何说？乃知阊阖不过天门之代词，这种天门，当有数重之多，《淮南》所言阊阖，乃高注所言昆仑虚（墟）之门，而屈原所欲叩者则为天庭之门，两门位置各有所在，我们应该弄明白，或者谓阊阖为昆仑虚之门，乃后人弄错的结果。《离骚》并未如此说。

（二）白水　见前注。《淮南·地形训》："疏圃之池，浸以黄水，黄水三周复其原，是谓丹水，饮之不死。"王念孙曰："今丹水本作白水，此后人妄改之也。水经河水注此丹水，亦后人依俗本改之。《离骚》'朝吾将济于白水兮'，王（逸）注曰：'《淮南》言白水出昆仑之原，饮之不死。'《文选·思玄赋》'斟白水以为浆'，李善即引王注。《御览·地部》所引亦同，则旧本皆作白水明矣。"白水者我国所云黄河也。《河图括地象》云："黄河出昆仑东北角，刚山东以北，流千里，折西而行，至蒲山南流千里，至文山东流千里……河水九曲，其长九千里，入于渤海。"又曰："其白水东南流入中国，名曰河也。"屈原在昆仑所济白水，乃其出于昆仑之黄河源而已，并非黄河本身。

（三）春宫　为青帝之舍，乃王逸说。《山海经》、《淮南子》未曾言及此宫。但大皞固司春，若谓宓妃果为伏羲女，则春宫是否在昆仑境内，古籍均无考。惟昆仑原属雏形之大地，五方帝各有宫殿（行宫）在其境内，亦未尝不可能。

（四）咸池扶桑等　咸池、扶桑及"有娀佚女之瑶台"及"有虞二女之家"，或不在昆仑，然《离骚》固有"相观四极"、"周流乎天"及"远集"、"浮游"等语预为之地。其后请灵氛、巫咸占卜则仍在昆仑。

（五）巫咸所降　昆仑之上为天门，而巫咸自天门下降，不降昆仑又降何处？盖巫咸所主之幽都亦在昆仑之北。《河图》云："昆仑山北转下三千六百里，有八玄幽都，方三十万里。"

昆仑之高及其范围之广，古籍之言多矣。《淮南·地形训》："禹乃以息土填洪水以为名山。掘昆仑以下地。中有增（层）城九重，其高万一千里一十四步二尺六寸。"《河图括地象》："昆仑山为天柱，气上通天，昆仑者地之中也。"（《文选·海赋注》、《初学记》五、《御览》三十六引）"地部之位起形高大者有昆仑山，纵广万里，高万一千里。神物之所生，圣仙之所集也。……其山中应于天，最居中，八十城布绕之，中国东南隅居其一分，是好城也。"（《御览》三十六引）

昆仑若连其墟并言，则广大更甚。屈原抵悬圃后，始终盘旋昆仑境内，未越雷池一步，是可以断言的了。

屈原聆受灵氛巫咸劝告，本拟远赴他国以求遇合，又转念弃绝尘世，乃登上飞龙之车，远征西海，自昆仑之境出发，作漫长之旅行。自王逸误以邅为动词，谓"言己设去楚国远行，乃转至昆仑神明之山"，诸楚词注家皆沿其误。惟陈本礼对于屈原旅行路线尚能明白，其注本节曰："前济白水，登阆风，是其绁马之地，故此番发轫，又从昆仑始也。"又笺曰："此由昆仑往西海，不得不转道行。"转道二字尚泥王注，其余则甚合原文之意，亦可谓独具炯眼者。

"扬云霓之晻蔼"，五臣张翰曰："云霓，虹也。画之于旌旗，晻蔼，旌旗蔽日貌。"姜寅清引《九叹》："举霓旌之墆翳兮"，《远游》："建雄虹之采旄兮"，《七谏》："载雌霓而为旌"，以证翰说。

"玉鸾"，逸注："鸾凤以玉作之，著于衡，和著于轼。"六臣张翰曰："玉，马佩也，鸾车铃也。"洪《补》曰："许慎云'鸾以鸟之声'，《诗》云：'和鸾雍雍'。《注》云：'在轼曰和，在镳曰鸾。'《礼记》曰：'君子在车前闻鸾和之音'，注云：'鸾在衡，和在式。'《韩诗外传》曰：'升车则马动，马动则鸾鸣，鸾鸣则和应。'"

朝发轫于天津兮，夕余至乎西极；凤皇翼其承旂兮，高翱翔之翼翼。

天津，逸曰：“东极箕斗之间，汉津也。”洪《补》：“《尔雅》：‘析木之间谓之津，箕斗之间，汉津也。’”注：“箕，龙尾斗南，斗，天汉之津。”梁疏云：“天河在箕斗二星之间，隔河须津梁以渡，故谓此次为析木之津。”天文《大象赋》云：“天津横汉以摛光。”注云：“天津九星在虚危北，横河中，津梁所渡。”朱熹曰：“天津，析木之津，谓箕斗之间，汉津也。盖箕北斗南，天河所经，而日月五星于此往来，故谓之津。又有天津九星在虚危北，经河中，即津梁所渡也。”其余楚辞注家，对此既无深解，亦不过沿袭王逸之说，以极简单之语交代而已。

笔者按屈原前求升天未得如愿，此时启行，安能竟在箕北斗南之天河津渡？故我谓天津者仍在昆仑，而且即为昆仑本身之代辞。津，渡口或渡头之称。《说文》：“津，水渡也。”古文津字作𦨈从舟从淮。段玉裁云当是从舟从水，进声，从淮是传写之讹。《泰誓》：“大会于孟津”，《正义》“津是渡处”。《论语》：“使子路问津焉。”郑注：“津渡之处。”以地名论，则有鬲津、孟津、富平津、茅津、采桑津，都是渡水的码头或口子。自人间渡入天庭之处则曰：“天津”，昆仑正具有这个条件与资格。世界最大之仙山，皆为天与地交通之所。西亚文献残缺，其所盛传之“世界大山”，实际即阿拉拉特（Ararta）——是否为人天渡口，今惜无可考。希腊奥灵匹司（Olympus）本为阿拉拉特所衍，亦即世界昆仑之一，其高万尺，矗冲云霄，希腊人相传天帝宙士率领群神，居此山巅为其“下都”，山巅之上即为天庭，人能上此山巅，再上去即可达于天界。故 Olympus 者其义为“天之渡口”，即由此过渡上天（The name Olympus was transferred to the sky）。transferred 由 transfer 之动词来。此动词有交付、转移、让与诸义，即言由奥灵匹司山，即可过渡至天庭也。故此种仙山译之为“天津”最为惬心贵当，巧不可阶。屈子以“天津”代昆仑，犹彼以“灵琐”代“悬圃”，在射覆上，诚可谓百步穿杨之神技，还不值得赞叹么？

“西极”，《尔雅》“西至于豳国为西极”。《上林赋》“左苍梧，右西极”。《史记集解》引郭璞曰：“西极，邠国也，见《尔雅》。”《文选》注文颖引《尔雅》为证：“言豳国在长安西，故言右。”这是地理上的西极，而且离长安不远，决不是《离骚》所言。我以为西极应引《淮南·地形训》为证，是属于神话上的地理。《淮南》云东方曰东极之山，曰开明之门。……南方曰南极之山，曰暑门……西方曰西极之山，口阊阖之门……北方曰北极之山，曰寒门。此四极是地球极边，吾人亦未能到，不过存之想像中罢了。姜寅清误沿王逸之注，以为“邅吾道夫昆仑”，系屈原又回到此神山，遂谓西极即昆仑，大谬。我国虽言昆仑在西北，却并未言其在大地极西，况神话上之昆仑实居大地正中呢？

“凤凰承旂”，王洪皆谓旂为龙虎之旗，而凤鸟则承旂而飞，翼翼然承之。姜寅清则主凤乃旂上之装饰，并非真鸟。此与闻匡斋坚主屈原所佩香草皆系酒醋泡制之物，殊觉呆板无趣。我以为凤凰既在高翔，必为真凤，使如姜说，则下文“麾蛟龙为梁津”，乃系真桥梁，不过其状穹然有类蛟龙而已。如此，则尚有何文学意味？

我以为不仅承旂之凤凰是真鸟，前文晻霭之云霓亦是真云霓，啾啾而鸣之玉鸾亦是真玉鸾，盖屈子想像力至为宏伟，其幻想又丰富异常，在本篇中驱使自然界有生命无生命之美物，供作一身之用，全篇皆是如此，并不止区区一凤。

忽吾行此流沙兮，遵赤水而容与；麾蛟龙使梁津兮，诏西皇使涉予。

“流沙”，《尚书·禹贡》：“导弱水，至于合黎，余波入于流沙。”《尚书·正义》云：‘弱水得入合黎，因合黎是水名，顾氏云地志书合黎山名，但此水出合黎，因山为名，郑玄亦以为山名。”朱氏《书集传》：“弱水见雍州，合黎山名。隋地志在张掖县西北，亦名羌谷。流沙，杜佑云在沙州西八十里，其沙随风流行，故曰流沙。”

《文选》吕向注："流沙，西极也。"洪《补》引《山海经》"流沙出钟山西行"注："今西海居延泽，尚书所谓流沙者，形如月生五日。"张楫云："流沙，沙与水流行也。"颜师古曰："流沙，但有流沙，本无水也。"

笔者按《山海经·西山经》有钟山，其子（钟山神之子）鼓与钦䲹共杀葆江于昆仑之阳。《海外北经》又有钟山条钟山之神名曰烛阴，视为昼，瞑为夜，吹为冬，呼为夏，不饮不食不息，息为风，身长千里。"西水行四百里曰流沙，又西三百五十里曰玉山，西王母所居也。"《海内西经》"流沙出钟山"，但《山经》之流沙，东西南北均有。实际乃神话地理，若以为流沙所出之合黎山在今张掖县西北，流沙即西海居延泽，则永远不能言其究竟。

"赤水"，洪《补》曰："《博雅》云：'昆仑虚，赤水出其东南陬，河水出其东北陬，洋水出其西北陬，弱水出其西南陬，河水入东海，三水入南海。'《穆天子传》：'遂宿昆仑之阳，赤水之阳'，《庄子》曰：'黄帝游乎赤水之北，登乎昆仑之丘。'"

笔者按《山海经·海外南经》言："三珠树在厌火北，生赤水东。""三苗国在赤水东。"《大荒南经》"南海之外，赤水之西，流沙之东。""有阿山者南海之中，有氾天之山，赤水穷焉。"《大荒西经》"西北海之外，赤水之西。""西海之南，流沙之滨，赤水之后，黑水之前，有大山名曰昆仑之丘。""西南海之外，赤水之南，流沙之西，有人……名曰夏后开。"《大荒北经》"西北海之外，赤水之北，有章尾山（按即钟山音转），有神人面蛇身而赤，直目正乘乃晦，其视乃明，不食不寝不息，风雨是谒，是烛九阴，是谓烛龙。"郭璞注："《离骚》曰（按系《天问》曰之误）：'日安不到，烛龙何燿？'《诗含神雾》曰：'天不足西北，无有阴阳消息，故有龙含精以往，照天门中。……'"李善注《雪赋》引《诗含神雾》云："有龙衔火精以照天门中。"郭注盖脱落一"火"字。

"麾蛟龙使梁津兮"，使，一本作"以"，疑"为"字之讹，或脱落一"为"字。因"使"字"以"字均不合文法。麾，举手指麾。蛟龙，郭璞云："蛟，似蛇，四足，小头细颈，卵生。子如三斛甪，能吞人，龙属也。”王逸注：“以蛟龙为桥梁，乘之以渡，似周穆王之越海，比鼋鼍以为梁也。”《竹书纪年》：“周穆王三十七年，大起九师，东至于九江，架鼋鼍以为梁，遂伐越至于纡。”

“西皇”，逸注：“西皇，带少皞也。”又曰：“诏，告也。涉，渡也。”洪《补》曰：“少皞以金德王，白精之君，故曰西皇。”《远游》：“遇蓐收乎西皇。”王逸谓：“西方庚辛，其帝少皓，其神蓐收，西皇即少昊也。《离骚》经曰：‘召西皇使涉予’，知西皇所居在于西海之津也。”此注均不误。但少昊又化为历史人物，如不说明，观念易于混淆。西皇即金星之神，原身为西亚大女神易士塔儿，我在《湘夫人》篇有详注。称西皇与东皇相对，《东皇泰一》篇亦有解说。易本女性之神，然彼之性质，可男可女，此时殆以男神身份出现（或女亦可），前引《山海经》西王母所居玉山距赤水流沙不远。而《西山经》又有西皇之山。屈原欲渡赤水，故请西皇助己渡过。

路修远以多艰兮，腾众车使径待；路不周以左转兮，指西海以为期。

“腾众车使径待”，逸注：“腾，过也。言昆仑之路艰险，非人所能由，故令众车先过，使从邪径以相待也。以言己所行高远，莫能及也。”陈本礼竟为解释理由云：“径待者，恐流沙不能涉，故使众车待于赤水之径路，不周以左。转者是欲绕出不周之北，以避流沙之险也。此未行而预为计程之词”，不知屈原使蛟龙为梁，诏西皇助涉，早已超过流沙，渡过赤水，陈氏乃复云云，对《离骚》地势全不明白。

闻匡斋驳王逸曰：“案‘腾众车使径待’，文不成义，乃又强释之曰：‘令众车先过’既增字为训，复颠倒词位，注书无法纪者莫此为甚矣。按《说文》马部曰：‘腾，传也。’传当读如仪礼士相见礼：‘妥而后传言’之传。《淮南·缪称训》：‘子产腾辞’，高注曰：‘腾，传也。子产作刑书，有人传词诘之。’《汉书·礼乐志》：‘腾雨师，洒路陂’，谓传言于雨师使洒路陂也。《后汉书·隗嚣传》：‘因数腾书陇蜀'，谓传书陇蜀也。《北堂书钞》一〇二引蔡邕吊屈原文：'托白水而腾文'，谓托白水而传文也。《文选·洛神赋》：'腾文鱼以警乘'，谓传文鱼以惊乘也。本书腾字多用此义，如本篇：'腾众车使径待'，《远游》：'腾告鸾鸟迎虙妃'，《九歌·湘夫人》篇：'将腾驾兮偕逝'，《大招》：'腾驾步游'，皆是。王逸于本篇训过，于《远游》、《九歌》、《大招》，并训驰，误矣。"（《离骚解诂》）这是很好的解释。

"待"，洪《补》"待一作侍"，戴震《屈原赋注》本作"径侍"，为六脂韵，与为期之"期"，相叶。姜寅清引《远游》："左雨师使径侍兮，右雷公以为卫"，谓"径侍与为卫对言则义亦相同。此言传告众车使为侍卫也"。甚是。

现在请将不周山和西海详论一下，这两个问题太重要了，非大费篇幅，郑重讨论不可。

（甲）不周山，《山海经》西山经及大荒西经皆有之。却被后人注解为实际地理。（《西山经》曰："又西北三百七十里曰不周之山。北望诸毗之山，临彼岳崇之山，东望泑泽，河水所潜也。其源浑浑泡泡……"郭璞注不周曰："此山形有缺，不周市处，因名云。西北，不周风自此山出。"泑泽，毕沅、郝懿行并以为即青海之盐泽，又名蒲泽，或蒲昌海，在于阗。

《吕氏春秋·本味篇》："饭之美者，玄山之禾，不周之粟"，高诱注："不周山在昆仑西北。"《水经注》谓不周山为葱岭于阗二水之限，则是在今新疆。

实则不周山并不在新疆，乃神话上之地理而已。若谓其在我等所居之大地上，则在大地西北边缘。

《山海经·大荒西经》："西北海外，大荒之隅，有山而不合，名曰'不周'，负子，有两黄兽守之。有水曰：'寒暑之水'。水西有湿山，水东有幕山。有禹攻共工山国。有国曰淑士，颛项之子，有神十人，名曰'女娲之肠'，处栗隐之野，横道而处。"

曰"西北海之外，大荒之隅"，可见其为神话地理，怎能说在新疆？曰"有山不合"，曰"负子"（此二字义不明），曰"两黄兽守之”，新疆又果有这样一座山吗？

构成不周山重要条件有二：其一是天柱，其二是幽都之门。

（一）天柱 《淮南·天文训》：“昔者共工与颛顼争为帝，怒而触不周之山，天柱折，地维绝，天倾西北，故日月星辰移焉，地不满东南，故水潦尘埃归焉。”《列子·汤问篇》：“然则天地亦物也。物有不足，故昔者女娲氏炼五色石以补其阙，断鳌之足，以立四极。其后共工氏与颛顼争为帝，怒而触不周之山，折天柱，绝地维，故天倾西北……地不满东南。”《列子》女娲炼石补天在共工怒触不周以前，但王充《论衡》则谓女娲补天系在共工怒触之后。详见我所著《天问正简》的“共工头触不周山”条。

不周山本是支撑天的柱子。被共工触倒而天倾西北，地陷东南，并且发生洪水之祸。这是中国古籍所常言，笔者在《天问》疏证里也曾谈过几次。

希腊神话巨人阿特腊士与柏洛美索士（Prometheus）、依辟美索士（E. Pimetheus）、梅诺铁亚士（Meroetius）四人为兄弟。最初神话是说他四人分立大地四极，以头顶戴天体，其作用有如天柱。后来神话又改变了，说他兄弟四人兴兵反抗天帝，天帝用雷矢将他们打败，用铁链将柏洛美索士锁系高加索山，使一妖鹫每日啄食他的肝脏；将依、梅二人打入地狱最深一层的鞑鞑狱（Tartarus），因阿特腊士气力最大，将天体搁于他的肩头，让他永远荷此无比的重量，作为惩罚，西洋建筑上的人形柱名曰 Atlantes，那些人形以头顶住大厦，即取义于这个巨人的故事。这样看来共工故事不正和阿特腊士有些相同么？惟阿氏仅顶天而未像共工一样，闹出大乱子，也许古时有，今已失传。

阿特腊士能顶住天体，是个大力士。以后希腊神话大力士也要表演这个顶天的神技，自己不顶天，却要拔山以作天柱。在柏拉图、白里尼（Pliny）及其他希腊作家的著作里，曾言直布罗陀（Gibraltar）海峡之南北二岬，乃大力士赫邱利（Hercules）安置于此以支撑天宇者，故此二岬号曰“赫邱利之柱”（Pillars of Hercules）。

（二）幽都之门 《淮南·地形训》：“西北曰不周之山，曰幽都之门。”这幽都之门四字颇值注意。盖全世界古代神话皆有此说。西亚吉尔曷姆士史诗言西方日落处即大地与幽都的交界。希腊神话地府所在地，在荷马伊里亚德史诗言地底某一秘区，在奥德赛史诗又言在“西美里安之壤”（The land of Cimerians）必须渡过“海泉”（Oceanus）乃可到达。而“海泉”者即环绕地球的大瀛海。又名Stream Oceanus 可译为“海源”，谓大地的海洋都策源于此处。古时大西洋（Atlantic Ocean）简称为Oceanus。希腊冥君柏鲁托的王国便在这个地点。冥后卜赛芳之树林也在那里。又荷马史诗及韦琪尔阿尼特史诗皆先到地府，后乃到极乐世界。埃及的奥赛里士乐土也要通过冥府。印度言我们这个世界以妙高山（即须弥山）为中心，外有七金山，七大海绕之。又有一咸海，咸海外为铁围山，其西面即地狱所在处。《旧约·约伯记》上帝问约伯“你曾进到海源，或在深渊的隐密处行走么？死亡的门，曾向你显露么？死荫的门，你曾见过么？”所谓海源，英文作（Springs of the Sea），“死亡的门”，英文作（The gate of death），当即《淮南》所称的“幽都之门”。北欧神话关于地府也有类似的说法。

所堪奇怪的，东晋时尚有此说。崔鸿《十六国春秋·前赵录》言东平王刘约卒，一指犹暖，遂不殡殓，数日甦，言见刘渊于不周山，经五日，复随从至昆仑山，三日而复返于不周，见诸王卿将，死者悉在焉。

这里有个希腊地图在我《天问正简》“昆仑层城的四门”曾刊过一次，为容易明白起见，不妨在这里再刊一次。此图是大地之形，西北缺了一大块，当即是天柱断折后所压坏。这一处是百川汇流之口，因瀛海水本抱大地而流，大地缺坏，水就不能周流而潆回以流了。是曰“回水”，即《天问》“北至回水萃何喜”的回水。

请看153页的地图：“极乐世界”（Champs Elisysees）即在这个缺口上，也就是在回水上。这是冥界地图，西亚的三角仙洲是在大瀛海外，此则在内。既非实际地理，不必苛求。

不周山既说是天柱，就是立在我们这个大地边缘。山是临着大瀛海的。渡过这海，始达三角仙洲。不周在大地西北，仙洲则在西，想

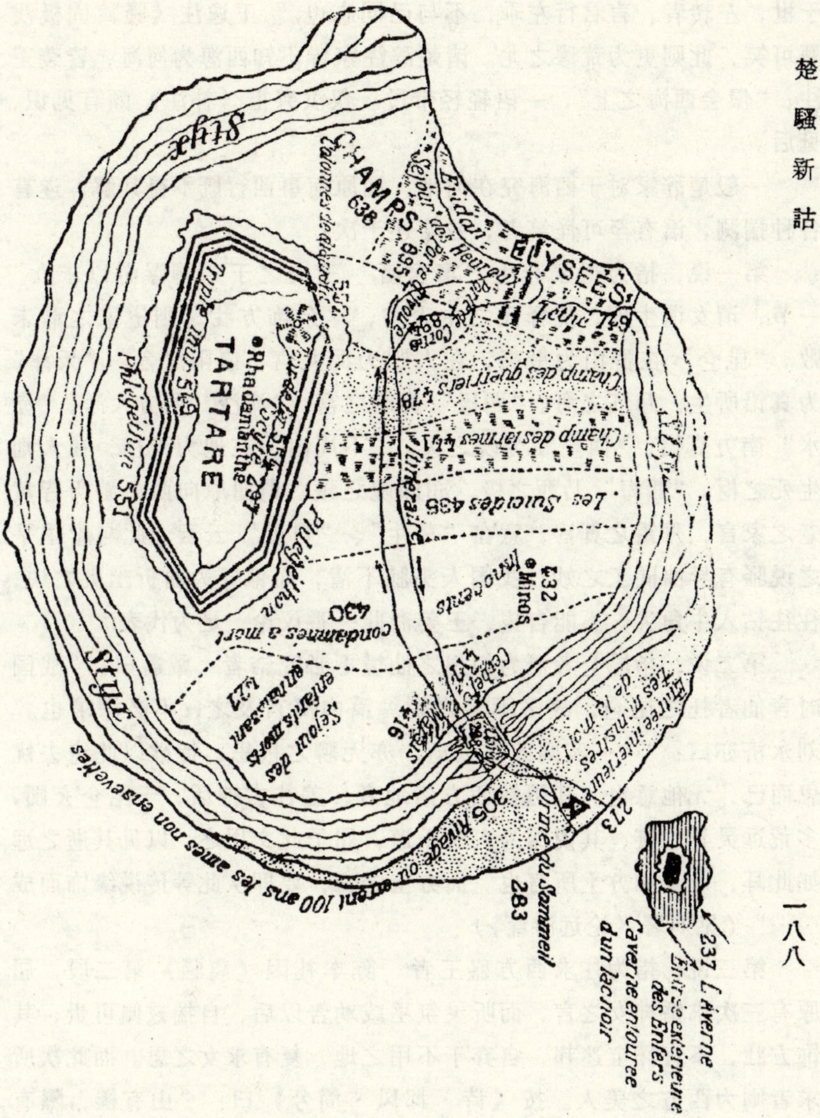

赴仙洲便稍向下转，故曰“路不周以左转”。

（乙）西海　王逸仅空泛地提及一句，曰：“言已使语众车，我所行之道当过不周山而左行，俱会西海之上也。过不周者，言道不合于世，左转者，言君行左乖，不与己同志也。”王逸注《骚》固极浅陋可笑，此则更为荒谬之尤。诸楚辞注家皆不知西海为何海，皆袭王注：“俱会西海之上”，一语轻轻带过。仅洪兴祖《补注》颇有见识，见后。

一般楚辞家对于西海究在何地，屈原何事西行既不得其解，遂有各种揣测，语有至可怪笑者，兹略述于次：

第一说，指为道家养生之寓言者　王夫之于“聊浮游以求女”一节，谓女谓生理，犹释氏之主人翁，“余饰方壮”则道家之鼎未败。“昆仑”在群山为最高，在人则为泥丸宫，诸阳之舍。“天津”为真铅所生，乃气之海。“西极”为魄之宫。“流沙”西方人泽，“赤水”南方真铅，“西皇”为魄之灵。“不周山”在地为天柱，在人则生死之枢。“西海”乃西之极，亦即魄之藏。谓屈原向西之游历皆黄老之家言，丹铅之真旨，意在“尊生”、“自爱”云云。此与廖季平之说骚有异曲同工之妙。我国人头脑不清，而偏好为曲折幽奥之说，往往钻入牛角尖，不能自拔，王姜斋此一番议论，足为代表。

第二说，指昆仑者概为幻想之仙境不必究诘者　戴震曰：“战国时言仙者托之昆仑，故多不经之说。篇内寓言及之，不必深求也。”刘永济亦曰：“……实则此文远逝，亦无聊之极思，特欲以此绝去忧思而已，无他意也。其历数西方诸地者，盖往古神话，于昆仑玄圃，多荒远灵异之迹，其说深为人所乐道，屈子此文用之，以见其逝之远如此耳，非真如方士所言也。而方士之言，要即从此等传说缘饰而成……”（见刘著《论远游篇》）

第三说，指为往求西方盛王者　陈本礼因《离骚》第二段，屈原有三次求婚神女之言，而听灵氛巫咸劝告以后，自揣兹佩可贵，其饰方壮，不肯怀宝迷邦，自弃于不用之地，复有求女之思。而此次所求者则为西方之美人。按《诗·邶风·简兮》曰：“山有榛，隰有苓，云谁之思，西方美人，彼美人兮，西方之人兮。”朱熹《集传》曰：“西方美人，托言以指西周之盛王，如《离骚》亦以美人目其君也。”又曰：“贤者不得志于衰世之下国，而思盛际之显王，故其言如此，而意远矣。”陈氏本此义而大畅厥旨曰：“此托为远游自疏之说，其实欲往求西方之美人也。邅昆仑，发天津，至西极，行流沙，遵赤水，至西海，亦犹上征之意，上征以上帝喻君，此以西方美人喻君也。”

第四说，指西方即秦国者 为此言居多数，故其言亦较有力量。但其说亦有二种，其一谓赴秦观察形势，以便返国警告戒备。林云铭曰：“既去远游四荒，宜如远游篇四极俱到，乃发轫即云至悬圃，又云邅道昆仑，至于西极，及诏西皇，期西海，止于西方一面，因见故乡而遂归，绝不提起东南北三方。明明知楚屡困于秦，将来必为秦并，故特取道以观形势，亟归视楚，若国中有人与为善政，或可稍支，盖以微词讽谏，而怀王竟置若罔闻，此太史公谓之终不悟也欤？”其论想入非非，殊无理论之价值。其二谓屈原欲仕于秦。梅曾亮曰：“所指多西方之地，亦删书终秦誓之意也。时五国皆昏乱将亡，度往而乐者惟秦耳，而屈子能适秦哉？”此言实沿袭李光地之说。李曰：“是时山东诸国，政之昏乱，无异南荆，惟秦强于刑政，收纳列国贤才，士之欲急功名，舍是莫适归者。是以所过山川，悉表西路，然父母之邦可去，而仇雠之国不可依，况贵戚之卿，义与国共者哉？卒之死而靡他，《淮南》所谓争光日月者此也。”刘永济曰：“如其（按指李光地）所论，是屈子初思适秦，嗣以义自抑，《淮南》因此许其可与日月争光。不知此念一生，已足败名，奚待自抑？说之违理审矣。且屈子果如战国游士之为，则何不思适齐，乃思适秦，亦于屈子时事，乖戾特甚。”近台湾某氏治屈赋者亦为此说。不知无论屈原欲仕，决不适仇国之秦，即所由路线，亦大相违反。屈原听灵氛巫咸劝告后，或如王逸及诸家所说回到昆仑，或由笔者所说，掉转路线自昆仑发轫，向西行进，均非适秦之路。秦之立国在陕甘境，昆仑山若为汉武帝所定于阗之一山，则正在秦国之西，屈原欲适秦，宜自昆仑折返，向东而行，乃可到达，向西岂不愈行愈远？况文中曰赤水，曰流沙，曰不周山，曰西极，秦国是否有这等地名？又曰西海，秦国是否临海？此皆不必详考而知者。而言者居然津津道之，真堪怪诧！

第五说，谓西征乃所以申故土之思　近代有学者谓我们中华民族本自西方葱岭来，中国古人最爱玉，视为宝物，佩带以玉，祭神以玉，贿遗以玉，交易作货币用以玉，赞人德性之美曰“温其如玉”，曰“君子之德似玉”，秦汉以前这一类记载，简直说不胜说，记不胜记，是什么缘故？原来于阗一带原是产玉之区，我们自产玉之区迁徙而来，当然对玉有深度的爱好。此说似是朗非（Lanfer）在他所著的Sino-Iranica一书里说过，国人亦有附和之者。又中国文人著作对西方之向往也逾于常情，《穆天子传》周穆王是向西游历的。故《史记·周本纪》言穆王得八骏之马，造父为御，“西巡狩，乐而忘归”。屈原西行的终点是“西海”，此外则王褒《九怀》昭世一段“上征”“入冥”“历九州”以后，便“忽返顾兮西囿，睹轸丘兮崎倾”。思忠一段：“毕休息兮远逝，发玉轸兮西行。”刘向《九叹》远游一段登昆仑，悉灵圉，历太阴玄阙，又“回朕车俾西引”……“朝西灵于九滨”。王逸《九思》哀岁一段“升车兮命仆，将驰兮西荒”。

我国古人这样爱赴西方，实也因为民族原是西来，故此念念不忘西返。这话又是一位学者所说。是谁人，惜现在又忘了，姑记于此，以待再考。

此外则有指西海为古传说中之西方神海，如姜寅清是，固有见地，然请问有言其究竟者否？则截至此时为止，尚无所闻。

我国立国大陆，对海洋观念的认识每不甚深刻。齐东边滨海，故吾人所知者不过“东海”而已。但古人已知迤南亦海，此海不属中国人统治。《诗·大雅·江汉》：“江汉之浒，王命召虎……于疆于理，至于南海。”孔子有道不行，乘桴浮于海之想，《孟子·梁惠王下》：“昔者齐景公问于晏子曰：‘吾欲观于转附朝儛，遵海而南，放于琅邪，吾何修而可以比于先王观也？’”又“四海”一语偶见于《诗·商颂·玄鸟》：“邦畿千里，维民所止，肇域彼四海，四海来假，来假祁祁。”《禹贡》所谓“九泽既陂，四海会同”，“东渐于海，西被于流沙，朔南暨，声教讫于四海”。而《禹贡》所谓某地入于海，某水入于海，皆我国东南之海。且《禹贡》乃伪书，所说的话都不足依据。

宋洪迈《容斋随笔》卷三曰："海一而已。地之势西北高而东南下，所谓东北南三海，其实一也。北至于青沧，则云北海；南至于交广，则云南海；东渐吴越，则云东海，无由有所谓西海者。《诗》、《书》、《礼》、《经》所载四海，并引类言之。《西域传》所云蒲昌海，疑亦渟居一泽耳。班超遣甘英往条支临大海，盖即南海之西云。"《图书编·四海考》云："四海之边中国者在山东为东海，在广南者为南海；人人得而见闻，不待证说。若夫禹迹所及，西境流沙而极，不言西海，东北尝至碣石，而北海之名不著于经，则谓'外薄四海''讫于四海'者，如之何而四也？"

其实春秋初人虽言"四海"（例如宋襄公之商颂），仅知"东海"，或亦微知"南海"，而西海北海则仅出之想像。战国时代一般知识分子，受域外传来文化影响，常识丰富，视野广阔，亦常言西海。除《离骚》外，《吕览·本味》："藿水之鱼，名曰鳐，其状若鲤而有翼，常从西海夜飞，游于东海。"《山经》有海内北经、海内西经，又有所谓海外东西南北经者。而海内经有"北海"之名，惟谓北国隅之国名曰朝鲜，则为今日之渤海。西山经又有"西海"之名。其实战国学者之言西北两海均凭此类传闻，实未有能一亲历者。

我国地理上之西海，汉以后始能言，其始误以青海当之，后乃渐远而至于里海、地中海。今历举于次：

（一）青海　青海之在《禹贡》称为西戎，其境内有一大湖，周围千里，古名"鲜水"，又名"仙海"，又名"西海"，其水颇咸，曰允谷盐池，蒙古语则曰卑禾羌海，又曰库库淖尔，是一种内陆海。汉置西海郡，为今青海省东境，及甘肃省旧兰州。此内陆海者其色青碧，北魏时改名"青海"，其地全境亦蒙此名。其境内亦有西王母石窟，及其他仙迹，汉人或误以为卑禾羌海即是战国人士盛称之西海，遂以西海呼之，并因此而设郡么？实则卑禾羌海在省境之东，当地人不致呼之以西海的。

（二）里海　洪兴祖引张华《博物志》言汉使张骞，渡西海，至大秦，西海之滨有小昆仑云云。张骞实未尝至大秦，此之所谓西海乃是里海。《博物志》乃笔记小说类，记载不求其确，惟以新奇眩人，不足尽信。

《汉书·西域传》卷九十六上："乌弋山离国，大国也。东北至都护治所六十日行，东与罽宾，北与扑挑，西与犂轩条支接。行可百余日，乃至条支。国临西海，暑湿田稻，有大鸟卵如瓮。人众甚多，往往有小君长，安息役属之，以为外国。……安息长老传闻条支有弱水，亦未尝见也。"

《后汉书·西域传》第七十八曰："条支国在山上周回四十余里，临西海。海水曲环其南及东北三面，路绝，唯西北隅通陆道，土地暑湿，出师子、犀牛、封牛、孔雀、大雀，其卵如瓮。转北而东，复马行六十余日至安息。"

《括地志》于阗国条言昆仑（按当是汉武帝所定者）有河于北隅吐马口，经安息、大夏国，入西海。《西域传》语同，此处西海亦即里海。

条支古国名，拥有叙利亚及幼发拉底斯河以东之土地。安息，古波斯国名。罽宾，唐时称迦湿弥罗，即今喀什米尔一带之地。可见《博物志》所言西海，实为里海。

但洪兴祖能引《博物志》之西海已远胜以前之楚辞注家，故笔者许其有识。如朱熹者本在洪氏后，乃竟于洪引《博物志》之昆仑而疑之。谓《水经》言昆仑去嵩高五万里恐不能若是之远，遂欲以甘肃酒泉之南山当昆仑，无怪朱氏于西海亦仅承王逸含混之说，不敢有一词之置。

（三）地中海　张骞未曾至大秦，和帝时甘英则曾至地中海。《汉书·西域传》卷九十六，"和帝永元九年（公元九七），超（班超）遣掾甘英穷临西海而还，皆前世所不经，山经所莫详，莫不备其风土，传其珍怪焉。"《后汉书·西域传》第七十八："和帝永元九年，班超遣甘英使大秦，抵条支，临大海欲渡，而安息界船人谓英曰：'海水广大，往来者逢善风，三月乃得渡，若遇迟风，亦有二岁者。故入海人皆赍三岁粮。海中善使人思土恋慕，数有死亡者。'英闻之乃止。"又曰："自安息西行三千六百里，至斯宾国。从斯宾南行，渡河，又西南至于罗国九百六十里，安息西界极矣。自此南乘海乃通大秦，其土多海西珍奇异物焉。”又曰：“大秦国一名犁鞬，以在海西，亦云海西国。地方数千里，有四百余城，小国役属者数十，以石为城郭……”论曰：“西域风土之载，前古未闻也。汉世张骞怀致远之略，班超奋封侯之志，终能立功西遐，羁服外域……其后甘英乃抵条支而历安息，临西海以望大秦，距玉门阳关者四万余里，靡不周尽焉。”所言西海实为地中海。

以上青海、里海、地中海皆有西海之名，究以何者为屈原所言之西海呢？青海之卑禾羌海，彼中人称之为鲜水、仙海，想亦有其传统说法，谓为神仙所居之地。战国时代是否已耳其名，殊未可知。里海及地中海张骞及甘英皆呼之为西海，是否闻之土人，或以中国古籍所言“西海”而附会之，容再细考。惟里海名“甲斯使海”（Caspian Sea），又名（Hyrcanian Sea），或者 Hyr 之音近于“西”字，中国人遂误名以西海？至地中海又名以西海者，此海更在里海西，又闻大秦亦有白玉山、西王母、赤水、黑水之类，皆以其地为西之极，则名地中海为西海，自亦是顺理成章之事。

（四）大西洋　甘英临地中海以望大秦，以为大秦处地之极西，当不知地中海外尚有何海。《三国志》魏略所知则又稍远。魏略曰：“大秦国一号犁靬，在安息条支西，大海（地中海）之西……西又有大海。”张华《博物志》言四海毕，又曰“四海之外，皆复有海云”。则皆已微知地中海不得为大地极西之海，尚有更西者，是非大西洋莫属。大西洋在英语为 Atlantic Ocean，此由希腊神话巨人阿特腊士（Atas）之名而名，译之为“大西洋”者乃明清传教士之事。彼时传教士所著《坤舆图说》一类书，有“大西洋”、“小西洋”名目。所谓大西洋即指 Atlantic Ocean。何以不直译其音而以西洋译其义者，盖以古代相传有所谓“西海”（Western Sea），而阿特腊士立国于大地极西，本身又为海神，主此西海故。盖在哥伦布发现美洲之前，欧洲学者固以为大西洋以西即为天地终穷处，更无陆地了。

以上所言均属实际地理，与《离骚》“西海”毫无关系，现在要谈神话的了。这传说产生于何时，殊难判断，但最早恐系西亚，以后其说好像西亚的世界大山一般，传衍遍于天下。现亦请分节以论：

（一）西亚大瀛海外之三角仙洲　西亚较早时代，有一篇作品曰：吉尔葛姆士史诗（Epic of Gilgamesh），言伊拉克国王为求长生不死之术，作一辽远之旅行，曾达太阳西入处之马邱（Mashu）山。又通过一完全黑暗之区域，计行十二昼夜，乃达一大园，园中果树皆为宝石琉璃之属，晶莹可爱，乃达大瀛海岸边，水名死水，吉氏以半神体居然渡过，达于人类第二代祖宗纳北西斯顿（Ut-Napishtim）之处。向之求长生术，纳氏加以拒绝，谓人之生死操于司命女神穆梅吞（Mammetum）之手，自己安能强作安排？吉氏不信，问彼何以独得永生。纳氏乃告以洪水故事。谓当第一代人类时以作恶多端故，大神恩利尔欲降洪水消灭之，群神苦谏皆不听。智慧大神哀亚乃告地球上义人纳北西斯顿命预造舟逃出此厄。其后恩利尔亦自悔所为过于残暴，乃降福纳氏，送其一家至众水汇流处之欢乐岛居住，纳氏自是不死。所以他的不死是恩利尔特别允许的，他人是不能援例的。此故事笔者于《天问》第二神话及乱辞"北至回水苹何喜？"条均有叙述，现不赘。欢乐岛者乃三角洲（Delta）。

西亚人常言大地之形正圆，大瀛海环其外。大瀛海外有三角洲形者，西面东面各有三个。（今以泥版漶漫，东面仙洲仅存其一。）今有巴比伦刻于泥版上之地图，曾在我所著《天问正简》"九州位置及归墟"篇刊过，今不妨在此处再刊一次。

（二）阿特腊士的王国　在上文大西洋节，曾提及大西洋之名，来自阿特腊士。在希腊神话中，阿特腊士之王国，畜牧成群，园囿无数，而赫斯白丽之园（Garden of Hesperides）尤为彼最大之夸耀。园中有金苹果树，累累金色之果实，半隐于金叶，低垂于金枝，食之不死。在希腊神话中引起甚多之故事，脍炙人口。赫斯白丽姊妹三人为阿氏女，守此苹果。这苹果或者就是后来希腊神话神仙所食的Ambrosia。我国所谓不死药吧？

（三）西海福田　荷马史诗《伊里亚特》谓大地之极边有西海（The Western Seas），海中有极乐世界，名曰"福田"（Elysian Fields），其地四季如春，永无冰霜雪霰及狂风暴雨，且无下雨之事，惟西风微扇，带来清凉泽润之气候，使人爽适异常。花树芬芳，果实

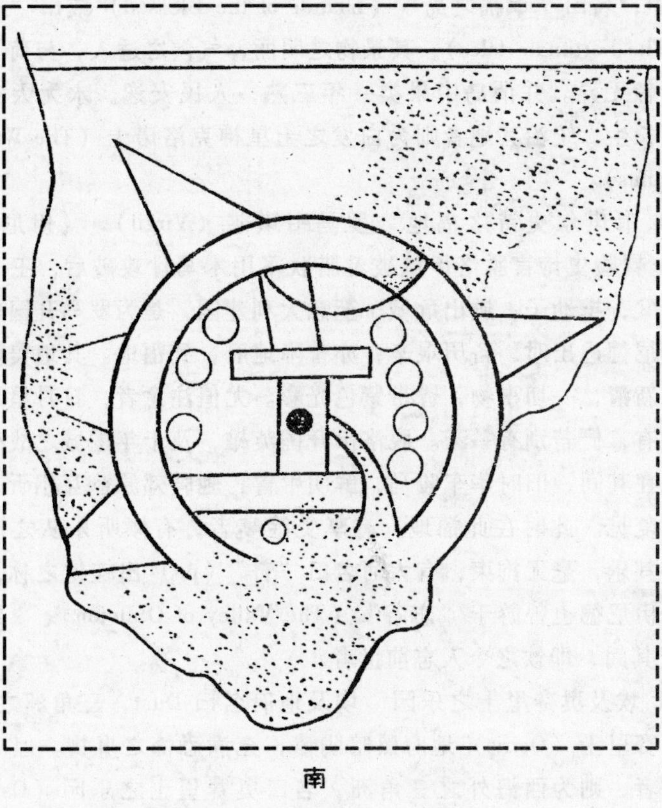

繁盛，终岁供应不断，好鸟枝头，娇啭悠扬，有如天乐。凡生前不犯罪恶之人，及在世曾建有丰功伟业，利国利民者，与夫英雄豪杰之士，寿终以后，则来此福田，享受福报。统治者为弥诺（Mios）、伊雅克（Aeacus）、雷丹孟索士（Rhadamenchus）是三人者皆为冥界之判官（The jugeds of lower World）。

是境有河名曰黎特（The River of Lethe），亡灵饮之，及以后转生人世，则尽忘其前生事，犹我国孟婆汤。

荷马史诗战死之英雄皆在福田享乐云。

（四）西海幸福岛　较荷马晚生百年之希腊诗人海西奥德（Hesiod）及宾丹（Pirdar）所言之 Elysiuem，亦在西海洋（Western Ocean）中，名曰“幸福之岛”（Islands of the Blessed）或曰“福运群岛”（The Fortunate Isles），其景物之明丽，气候之适人，与荷马史诗所描绘者无异。并谓岛中果类一年三熟，人民安逸，永无天灾人祸，享乐长生。统治其地者则为白发之土星神克洛诺士（The White-haired Cranus）。

（五）韦琪尔史诗之福地　罗马韦琪尔（Virgil）《伊尼德》（Aenied）冒险史诗言脱洛伊城被希腊联军用木马计攻破后，王子伊尼德背老父，携幼子，逃出危城，至意大利建国，是为罗马开国史之首页。伊尼德逃出时，备历艰辛，亦曾降地府，到福地。其地美荫夹道，空气新清，一切事物，皆带紫色光彩。尤值注意者，日月星辰皆非故土所有，俨若别有一天。脱洛伊开国英雄，及十年围城之战死难烈士，咸在其间，旧时华车骏马，鲜明甲胄，驰骋郊原，互相斫杀之惨，永不复见。此时在此福地，有享受筵宴者，有倾听乐队之演奏者，各乐其乐，毫无拘束，有大河名曰“普”（po）出桂树之林，流至人间。伊尼德也曾游于“忘谷”（The Valley of Oblivion）、“黎特河”流于其间，即饮之令人忘前世者。

（六）埃及奥赛里士之乐园　埃及地府名曰 Duat，三角洲之意。主者即奥赛里士（Osiris）地府黑暗阴惨，充满恐怖之事物。但 Duat 之在西方者，则为西海外之三角洲，名曰奥赛里士之乐园（Osirian Paradise），或曰爰留乐土（Paradise of Aalu）。先须穿过腾沸之溪流，荒凉之沙漠，及蛇蝎毒虫满布之地，千奇百怪危险之境，亡灵前进时手执棍棒与武器，携带充足之食粮，攀登西方之高山（Wester Mauntains），乃见一极大之无花果树，枝叶闪宝石光，果实无数，有一女神自树间探身而出，若自窗牖间伸出者，其手中满握饼饵及鲜果，及一壶清凉可口之清水，亡灵必饫此饮食，乃得神力更向前进。若拒绝此女神所予之饮食料者，则惟有退回其黑暗仄隘之坟墓，永渡寂寞悲惨之时光。

亡灵得前进者仍须经历无数之艰险，又有一大龟自海中升起，阻亡灵去路，必以利矛苦斗退之。大毒蛇亦未噬人，亦必与相搏击，又有无数带着毒针之昆虫，四面扑来，亦必予以驱散。最后弑兄之塞特（Seth）变成狰狞可怕赤色巨魔出现，恣意吞噬亡灵，能逃出其馋吻者寥寥无几。逃出后乃抵一大河，有舟舣岸边以待，又须经过种种考问，乃达此福地。

（七）印度之西方极乐世界 印度西方极乐世界（Paradise of the West）梵名曰 Sukhāvoti，又名“净土”（The Pure Land），主之者为阿弥陀佛（Amitābha），故阿弥佛号曰“西主”（Lord of the West），又曰“无量寿”（Bandless of Life）。

西方极乐世界情况见以下各经：（1）《佛说大乘无量寿经》，（2）《佛说大阿弥陀经》，（3）《佛说观无量寿佛经》，（4）《佛说阿弥陀经》，（5）《称赞净土佛摄受经》，（6）《无量清净平等觉经》，（7）《无量寿经》，（8）《阿弥陀鼓声王陀罗尼经》，等等。印度佛经文字琐碎重复，令人厌倦，惟鸠摩罗什所译《佛说阿弥佛经》及失译人名之《鼓声王经》较为简洁，现略引罗什之说以睹一斑。

按《阿弥陀佛经》云：尔时佛告长老舍利弗，从是西方过去十万亿国土有世界名曰极乐。其国有佛，号阿弥陀，今现在说法……彼国何故名为极乐？其国众生无有众苦，但受诸乐，故名极乐。……极乐国土，七重栏楯，七重罗纲，七重行树，皆是四宝，周匝围绕，是故彼国，名为极乐。极乐国土有七宝池，八功德水，充满其中，池底纯以金沙布地，四边阶道，金、银、琉、璃、颇梨合成，上有楼阁亦以金、银、琉、璃、颇黎、车渠、玛瑙而严饰之。池中莲花大如车轮，青色青光，黄色黄光，赤色赤光，白色白光，微妙香洁……彼佛国土常作天乐，黄金为地，昼夜六时，天雨曼陀罗华，其国众生常以衣裓盛众妙华，供养他方十万亿佛，即以食时还到本国，饭食经行。……彼国常有种种奇妙杂色之鸟，白鹄、孔雀、金利、迦陵、频迦共命之鸟。是诸众鸟，昼夜六时出和雅音。其音演畅，五根、五力、七菩提分、八圣道分如是等法，其土众生闻是音已，皆番念佛念僧……彼佛国土，微风吹动，诸宝行树及宝罗网出微妙音，譬如百千种乐同时俱作，闻是音者，自然生念佛念法念僧之心。……彼佛何故号阿弥陀，彼佛光明无量，照十方国，无所障碍。彼佛寿命及其人民无量无边阿僧祇劫……若有善男子，善女人，闻说阿弥陀经，执持名号……一心不乱，其人临命终时心不颠倒，即得往生阿弥陀佛极乐国土。

凡求生西国佛国者，寿命终时，无量佛与诸菩萨阿罗汉共翔飞行迎之，便于七宝池莲华中化生，自然受身长大。具大神通，光明赫奕。

净土无所谓春夏秋冬之四时，其气候不寒不热，常和舒适。与荷马史诗等所言相同。

西亚吉尔曷姆士史诗说欢乐岛是三角洲形，埃及说西方的乐土是三角洲形，能说不同出一源么？所奇者三角洲居然很早传入中国。东方朔（?）《十洲记》言："昆仑上有三角山，方广万里，形如偃盆，下狭上广，故曰昆仑山三角。其一角干辰之辉，名曰阆风巅，其一角正西，名曰玄圃堂，其一角正东，名昆仑宫。"《十洲记》虽将瀛海外的三角仙洲强迁至昆仑，但它知道仙洲是三个，又知道是角形，不是很可喜么？

韦琪尔之《伊尼德》史诗言福地日月星辰皆非故土所有。印度净土，佛告阿难，亦言其境无须弥山，及一切诸山，亦无大海小海溪渠井谷，阿难疑问既无须弥山则诸天与日月依何而住？佛言日星皆在虚空中住止，亦不回转运行，亦无精光，然则净土岂非终古黑暗么？如此则亦何美之有？谁知佛又说了一番话解决了这个问题。佛说无量寿佛顶上所放射之光明超过诸佛，不仅照明净土，且照澈大千世界，所以他号为"无边光佛"、"超日月佛"。

《山海经》的烛龙闭目则晦，开目则明，《诗含神雾》说："天不足西北，无有阴阳消息，故有龙含精以往，照天门中。"我以为不仅西北，凡大瀛海外无天地日月之世界，亦必有物供给光明。烛龙之说疑为西亚最古之说，以其古，所以比较朴野，印度变为无量佛佛顶之光，则属于后起的进步的观念。

佛教东来后，净土之说，以其描写具体，是以最为我国人所乐于接受。晋慧远于庐山倡净土法门，结莲社，邀同道一百二十三人虔诚念佛，发愿往生极乐国土。自此净土宗成为佛教八宗之一。日本亦盛行净土真宗，又名莲宗。我国人之信仰佛教者大多数可说是属于净土宗，“阿弥陀佛”的佛号不是挂在每个佛徒嘴上么？死，不是都说“西归”么？“莲花化生，花开见佛”不是每个佛教信友最大的憧憬么？西亚人西方三角仙洲的幻想在全世界产生这么大的影响，也是他们始料所不及的吧。

不周山和西海谈过了，我们可以再总括来说一下。

我们所该注意者，屈原所谓西海，即齐威、燕昭、秦皇、汉武所渴求的三神山。西亚吉尔葛姆士史诗的三角仙洲去的是活人，到了那里便成了永恒不死之体。即较早的希腊神话阿特腊士的王国也是活人境界。荷马史诗不知何故写西海福田竟须人死后始能去，自此以后，凡言福田、福岛者都是死后才去的了。冥界在水底，传到我国有“三神山反居水下”一句话，那么这些乐土竟在水底的冥界了。这倒可以不论，只是极乐世界要死后始能去，这是与人类肉体成仙的希望是大相违背的，决不会激发人那样如醉如狂，一心想去的愿望。所以我想战国中叶传入我国的是较早西亚的三角仙洲，和荷马以后那些传说无关，屈原所向往者也是这个地方。至“三神山反居水下”那句话，则是夹杂传进来的，我们在那时候，并没有将三神山当作在冥界，更在水底的冥界。

西亚的三角仙洲也不是纯粹幻想产物，它也是有依据的。那依据或者便是柏拉图对话所称万年前沉没大西洋的阿特兰替斯。（参阅《论丛》“史前文化与屈赋”）

> 屯余车其千乘兮，齐玉轪而并驰，驾八龙之蜿蜿兮，载云旗之委蛇。

“屯”，五臣注，聚也。齐，同也。轪，洪《补》曰：“轪，音大。《方言》：‘轮，韩楚之间谓之轪。’”戴震曰：“轪，毂端锴也。《方言》：‘关之东西曰轪，南楚曰轪，赵魏之间曰链镳。’齐玉轪，言并毂而驰。”委蛇，一作委移，一作逶迤。

抑志而弭节兮，神高驰之邈邈，奏《九歌》而舞《韶》兮，聊假日以媮乐。

“抑志弭节”，逸谓“言己虽乘云龙，犹自抑案弭节徐行，高抗志行，邈邈而远，莫能追及。”姜寅清引张渡然《疑待征录》曰：“志当作帜。《汉书·高帝纪》旗帜皆赤，师古曰：‘史家或作识，或作志。’音义皆同，是其声通之证。抑帜承云旗句，弭节，承八龙句。……”按张说极是，于此亦愈可见王逸注解之支离可笑。

《九歌》即祭九重天主神之歌。《九韶》，逸注：“舜乐，尚书，箫韶九成是也。”洪《补》谓：“周礼有九德之歌，九磬之舞。启乐有《九辩》、《九歌》。又《山海经》‘夏后开始歌九招’，开即启也。《竹书》云：‘夏后启舞《九韶》。’”于是可见《九歌》、《九韶》原是一物，可歌，可乐，可舞。

“假日”，逸谓或作暇。洪《补》曰：“颜师古云‘此言遭遇幽厄，中心愁闷，假延日月，苟为娱乐耳。’今俗犹言借日度时，故王仲宣《登楼赋》云：‘登兹楼以四望兮，聊假日以消忧。’今之读者，改假为暇，失其意矣。”媮，或作愉。戴震以为宜读他侯切，苟且也。

陟升皇之赫戏兮，忽临睨夫旧乡，仆夫悲余马怀兮，蜷局顾而不行。

逸谓：“皇，皇天也。赫戏，光明貌。”洪《补》曰：“《西京赋》云：‘叛赫戏以辉煌’，赫戏，炎盛也。戏与曦同。”姜寅清受此启示，乃谓“按升皇连文，皇字本有光芒之象，则升皇犹言升日，故下以赫戏状之也。赫戏戏字，一作曦。”姜寅清的屈赋注解有许多精辟的见解，详细的考据，这一说却闹出笑柄来了。按陟，登也。《书·大禹谟》：“汝终陟元后。”《舜典》：“帝曰格汝舜……汝陟帝位。”皆言登于帝位。太阳在天空中，屈原旅行时即说驾八龙之车，亦岂能登于太阳之上？况日升于东，没于西，屈原此时正向西海进行，何以能遇上升之曦日？姜氏的话不是太缺乏思考么？

陟升皇之赫戏，《楚辞考异》说："一本无陟字，升一作升。"戴注本从一本。笔者按陟升同义，陟若是衍文，则皇字上或落一字，句子形式当是"升×皇之赫戏兮"，或者并无衍字，"陟"是动词，"升皇"是山名，是名词，这个升皇之山是甚么山呢？今无可考，当是神话山名的译音，在西方日落处。西亚吉尔曷姆士冒险史诗马邱山有双峰为太阳西沉的门限。此山高峻的峰尖，直抵青天的边缘，基础则深入地府之底。守护此门者为许多蝎人（Scorpions-man）。山身所发射的光芒极其强烈，整座马邱山上下通明，令人目不能睁，太阳通过这座山则沦入幽冥之甬道，翌日乃于东方复出。"升皇"或为马邱之另一译音。或是马邱之另一名字。

临，俯也，下也，睨，斜视也。蜷局，诘屈不伸貌，顾，回头貌，屈原登此光明赫戏的日落之山，忽然俯瞰楚国的旧乡，于是我的仆夫悲伤了，我的马也怀恋故土了，都弯曲着身体，回首观看，不肯前进了。

> 乱曰："已矣哉，国无人莫我知兮，又何怀乎故都？既莫足与为美政兮，吾将从彭咸之所居！"

乱，王逸以为："乱，理也。所以发理辞旨，总撮其要也。"按《周书·泰誓》中"予有乱臣十人，同心同德"，乱臣犹言治理之臣，王逸语本此。洪《补》曰："《国语》云'其辑之乱'，辑，成也。凡作篇章既成，撮其大要，以为乱辞也。《离骚》有乱有重，乱者，总理一赋之终，重者情志未申，更作赋也。"按《论语》"关雎之乱，洋洋乎盈耳哉！"《礼记》："既奏以文，又乱以武"，梁任公遂以乱为合唱，今地方戏剧如川剧尚有合唱，但此以论关雎及礼记或者可以，论《离骚》则不可。《离骚》这一节文字仍由屈原独唱，他的从人虽多，无合唱之必要。我以为乱字意义诚有再考之必要。现在只好说乱本是乐曲终结时合唱，引申则为一篇之总结。其义如"讯"如"谇"。

屈原集合千乘的车辆，从者当亦有数千之众，驾八龙，载云旗，奏《九歌》，舞《韶》乐，浩浩荡荡，向西海前进，因他习闻西海在大瀛海以外，途程非常修远，非有这样壮大的行列，华盛的仪仗，莫想抵达目的地。但当他登上大地极西的日落之山，偶然回顾故国，仆悲马怀，不肯再行，屈原想到故乡的楚国并无一个了解自己的人，更没法从事美政的建设，回去又有甚么意思？眼前的不周山畔和西海之滨，正是地府之门，死神彭咸所居之处，就此投身下去吧。

屈原幻想的死地是在大地西边大瀛海。真实的死地，则为长沙东北的汨罗江，这是我们所应该弄清楚的。

《离骚》的神话人物与神话地理（代跋）

——原题“我研究《离骚》的途径”

《离骚》是屈原的韵文自叙传，是主观的抒情作品，比宗教性祭歌的《九歌》，域外知识总汇的《天问》那些完全客观的叙述，当然容易了解多了，所以历来楚辞注家对《离骚》兴趣特别浓厚，探讨特别殷勤，因之成绩也特别丰富。我们看下列一些关于《离骚》的著作，便可明白：——

一、汉代

（1）淮南王刘安《离骚传》（2）班固《离骚赞序》（3）班固《离骚章句》（4）贾达《离骚经章句》（5）马融《离骚注》（以上评注）

（6）扬雄《反离骚》（7）扬雄《广骚》（8）班彪《悼离骚》（9）梁竦《悼骚》（10）应奉《感骚》（以上拟作）

二、梁代

（1）刘勰《文心雕龙·辨骚》（2）刘杳士《离骚草木疏》（以上评注）

三、唐代

陈康士《离骚谱》（注解）

四、宋代

（1）佚名《离骚约》（2）吕祖谦《离骚章句》（3）吴仁杰《离

骚草木疏》(4) 钱杲之《离骚集传》(5) 黄伯思《翼骚》(6) 高似孙《骚略》(以上评注)

五、明代

(1) 胡文焕《离骚直音》(2) 刘永澄《离骚说纂注》(3) 汪道昆《楚骚品》(4) 张之象《楚骚绮语》(5) 赵南星《离骚经订注》(6) 刘永澄《离骚经纂注》(7) 贺贻孙《骚筏》(8) 屠本畯《楚骚协韵》，附《读骚大旨》(9) 屠本畯《离骚草木疏》(10) 周拱辰《离骚草木史》，附《离骚拾细》(11) 张潮《辨骚》(以上评注)

(12) 孙矿《广离骚》(13) 张正声《广离骚》(14) 黄道周《续离骚》、《謇骚》(15) 张灿《拟离骚》(16) 高元之《变离骚》(17) 徐摇举《藏骚》(18) 唐正宗《广骚》(以上拟作)

六、清代

(1) 朱冀《离骚辨》(2) 张德纯《离骚节解》(3) 李光地《离骚九歌解》(4) 贺宽《饮骚》(5) 方楘如《离骚经解》(6) 王邦采《离骚汇订》(7) 方苞《离骚经正义》(8) 顾天成《离骚解》(9) 顾天成《读骚别论》(10) 林仲懿《离骚中正》(11) 沈旡咎《骚屑》(12) 王贻六《离骚汇订》(13) 夏大霖《屈骚心印》(评注)

七、近代

(1) 曹耀湘《读骚论世》(2) 洪宪元《读骚摘注》(3) 傅熊湘《离骚章义》(4) 郭焯莹《读骚大例》(5) 卫瑜章《离骚集释》(6) 陈通《离骚研究》(7) 闻一多《离骚解诂》(8) 缪天华《离骚浅释》(9) 佘雪曼《离骚正义》(以上为单行本)

(10) 廖平《离骚》(11) 胡韫玉《离骚经补释》(12) 胡光炜《离骚文例》(3) 游国恩《离骚研究》(14) 钱基博《离骚讲话》(15) 徐英《离骚本义》(16) 卫仲璠《离骚章义》(17) 郑思苓《释离骚》(18) 许本裕《离骚摘注》(19) 杨观震《离骚辨名》(以上为单篇论文)

上举这些有关《离骚》的著作，有许多已失传了，像汉刘安的《离骚传》，班固、贾达的《章句》等皆是。有的名虽为《骚》，实指屈原全部作品，像刘勰的《辨骚》，汪道昆的《楚骚品》、顾天成的《读骚别论》等所言皆不限于《离骚》一篇，亦其例。但大多数是仅以《离骚》一篇作为研究之对象的，这些研究在全部屈赋研究中约占三分之二的比例，至少也占了一半以上。所以笔者在前面说历代楚辞注家对《离骚》兴趣特别浓厚，研究成绩特别丰富也。

可是尽管二千余年中学者对于《离骚》费了这么多的探讨之功，对于《离骚》的真正内容仍不能完全了解。小小节目如"初度"、"美人"、"先路"、"下女"解释不合，尚可说无关宏旨，但他们缺乏宗教神话知识，尤其域外的宗教神话知识，只一味地想凭藉故纸堆来解决屈赋问题，于是把《离骚》后半篇神话境界里的人物和路线，搞成了乱丝一团，抽不出头绪，使读者也陷于五里雾中，摸不着正确出路，把好好一篇奇文大文，给糟蹋了，这便叫人难于容恕了。现在请将这个问题分两部分来简单谈它一下。

一、关于神话境界里的人物　自从王逸说什么《离骚》之文，依《诗》取兴，引类譬喻，故善鸟香草，以配忠贞，恶禽臭物，以比谗佞，灵修美人，以媲于君，宓妃佚女，以譬贤臣，虬龙鸾凤，以托君子，飘风云霓，以为小人。以后楚辞注家好像都奉王逸这几句话为不刊之典，个个都遵从他。其实，笔者在导论里固曾说王逸这些话，只有一半对。像宓妃佚女，根本不配称为贤臣，飘风云霓，说是小人，也太觉冤屈。本书于此等处已有详细分析，不必赘述。

至于神话人物如说羲和为"日御"，是对的，不过屈原莅临昆仑悬圃之后，为什么忽与日御发生关系呢？王逸无法说明，只好作为抽象的理论道："言我恐日暮年老，道德不施，欲令日御，按节徐行，望日所入之山，且勿附近，冀及盛时遇贤君也。"这番话语意半明半昧，令人莫名其妙，以后楚辞注家也没有一个能说出其所以然。他们虽没有采取王逸自恐年老道德不施之说，却都以为屈原立身悬圃之上，见天色将晚，没有上下求索的时间，乃仰望天空，祝祷日御，暂缓西沉，借我景光，俾我能贯彻此来之志愿。不知屈原来到昆仑悬圃，乃为企图升天，升天之道颇非轻易，他自苍梧乘来的鹥鸟之车已不管用，非借日车不可，因为太阳原行于天空。他说这些话的时候已置身日车中了。惟其置身日车乃能下令义和弭节，乃能饮马咸池，总辔扶桑，并折下日宫的若木以拂日轮，后人不解登天之难，更不知日车可借，当然解不出所以。

望舒据旧说乃月御，我则疑为启明星，现在就姑认为月御吧。太阳未东升前，残月在天，似为日之先导。飞廉乃风神，西亚及希腊都说风神便捷善走，故为神使，奔属正为使者之事。《远游》"时暖𣆀其党莽兮，召玄武而奔属"，玄武乃龟，为水主爱兽，水主之名有时为禺强，《庄子》佚文："北方禺强，灵龟为之使。"语详笔者所著"河伯"篇。

雷师在西亚本为尊神，今屈原屈之为远征队队长，因雷师有雷车，易林又有雷装之说，行旅者谁不需要车子？谁不携带行装？况据易卦，雷与动相连，曰"雷以动之"，"动万物者，莫疾乎雷"，"震，动也"，震又为长子，长子称"家督"，无怪屈原要屈雷师为他的旅行团之总管了。

帝阍是死神，西亚古代传说把守天门的死神共有二位。希腊冥君柏鲁托手持巨钥，不知者以为是地府之钥，笔者则主为天门之钥，语详我所著"大司命与死神"及"后土与天阍"等篇。死神在我国姓名变化其繁，最早则为巫咸。扬雄《蜀都赋》"选巫咸兮叫帝阍"，此处帝阍二字作天门解，天门必巫咸始能叫开，可见汉时尚知死神与天门关系的密切。

宓妃相传乃伏羲之女，渡水溺死，为洛水女神。曹植《洛神赋》便是为宓妃而作。洛神又有初为河伯妇，后被善射的后羿，射瞎河伯一只眼睛，夺洛神而去的传说。《天问》"羿何射乎河伯，而妻彼洛嫔？"即叙后羿横刀夺爱的事。有娀佚女相传为帝喾之妃。有娀在不周之北，长女简翟（一作简狄），次女建疵，居九成之高台。简狄吞玄鸟之卵，生契，为商民族之始祖。有虞二姚为夏少康妻。伏羲、帝喾本神话人物，少康恐系半神话，后来都变成历史人物，他们的妻子本都是神女，后来也算历史的了。屈原向这几位神女求婚，一一碰壁，无非游戏文章，并无深意。倘说有之，则无非以喻列国之君。我们读下文灵氛告诉他说道："曰两美其必合兮，孰信修而莫念之?"又说"思九州之博大兮，岂非是其有女？勉远逝而无疑兮，孰求美而释汝?""托夫妇以言君臣"的意思极其明白，不过普通皆以男方喻君，女自喻，于今颠倒了一下，王逸便搞糊涂了，以为屈原求婚上述诸神女，系求贤臣以为楚用。不知屈原并非一国君主，有何求贤臣的需要？若说为楚君求贤，则己身尚不容于楚，代求贤臣，又能教谁任用他们？

灵氛是仙境的神巫，《山海经·大荒西经》谓大荒之中有山名曰丰沮玉门，日月所入。有灵山，山有十巫，即巫咸、巫肦等。姜寅清说"氛"与"肦"同音，灵氛疑即巫肦，此说甚佳，可取。

巫咸是死神之兼为巫者，也即屈原所常称的彭咸之咸。巫咸地位至为崇高，故屈原尊称之为"皇"。秦惠文王诅楚文，称巫咸为"丕显大神"，可见他决不是一个普通巫者。他既为冥界之主，所以他下降昆仑时，百神备降，九疑并迎，场面异然阔大。朱熹疑一巫者何得如此奕赫，遂谓"皇"系指那备降的百神而言，若其如此，则告屈原以"吉故"者乃百神而非巫咸了。则前面"巫咸将夕降兮，怀椒糈而要之"的二句岂非没有着落？或者有人要问，前既云把守天门者是死神，扬雄《蜀都赋》且点明其为巫咸，现在下降昆仑告屈原以吉故者又是巫咸。同一巫咸，前何冷淡，此何关切呢？答曰西亚神话死神守天门者据"阿达巴与南风故事"（The story of Adapa and the South Wind），原系旦缪子（Tammug）与吉修齐丹（Gishgida）二神，时代变迁，死神之名亦屡易，惟西亚死神尼甲（Nergal）其名最著，好像希腊神话里冥君只有柏鲁托（Pluto）一位，所以笔者在《九歌·大司命章》主张尼甲便是我国巫咸。大概扬雄也因为巫咸死神之名太大，遂将把守天门者也称以巫咸了。再者神话本非历史，不可这样呆看。

九疑是九重地府的司命神，乃死神巫咸的辅佐，也即地府的法曹。《礼记》文王世子有"疑巫"，虽不定为法官，但法官原为人民决疑，地府法曹称之为疑，甚合。西亚将神灵分为两类，一半为天神

(Igigi)，一半为地祇（Anunnaki），这些地祇也称为司命大神，地位也有相当之高。王逸竟谓九疑是山名，乃舜所葬处的山，后人多沿袭其说。不知屈原此时身在昆仑，如何又到舜的葬地？且九疑若说是九座山峰，则当固着地面，不能移动，又如何能“缤其并迎”？王逸也知道他的说法牵强，只好解为九疑之神，又犯了“添字注经”之病。而且他说“舜又使九疑之神纷然来迎，知己之志也!”舜为什么来到昆仑？又为什么使九疑之神来迎屈原？王逸也无法解说。

二、关于神话境界里的地理　自王逸直到近代，注《离骚》最失败的便是地理问题。屈原《离骚》的地理原根据西亚神话。这些神话地理虽见于《山海经》、战国子书、汉代纬书等，原来便是零碎杂乱，不成系统，秦火之后，域外文化分子大半失传，这种地理知识更残缺得厉害。一般楚辞注家中只有洪兴祖差强人意，他知道利用《山经》、《淮南》来注楚辞，不过他对于《离骚》的神话地理成绩却不算怎样好。洪氏且然，其他注家又何待论？屈原漫游神境的路线既摸不清楚，《离骚》的文艺价值当然为之大打折扣了。现请分述如次：

灵琐，屈原自舜葬地苍梧出发，一下子便到了昆仑的悬圃，他说“欲少留此灵琐兮，日忽忽其将暮。”王逸注云：“灵以喻君；琐，门镂也，文如连琐，楚王之省阁也。一云灵，神之所在也；琐，门有青琐也。”王逸固提供了两种说法，后人则皆采其前说，以为神灵即所以喻君。洪氏又引汉旧仪“黄门令日暮入对青琐丹墀拜”，坐实了灵琐为宫门。屈原才抵昆仑如何又能到楚王的省阁？这样解释《离骚》，岂非作孽？我现在说琐，即是玉连环，也即是玉链，所以系悬圃的。希腊神话天帝宙士金链将大地及一众天神悬于奥灵匹克山上，宙士又曾以金刚钻链系住迭多浮岛俾其情人丽都能在岛上生产，或者悬大地者也是金刚钻链。战国时代尚不知钻名，惟有以玉代。西亚帝王好造悬空花园（Hanging Garden），其实即模拟理想悬空的仙山。我国古籍及楚辞的悬圃正是悬空花园的确译。不过我国悬圃系直指仙山，并非指西亚帝王的悬空花园，这一点我们应该弄清楚才好。

灵琐乃悬圃的代辞，以部分代表全体，如“娥眉”“红颜”之代美女，“骏足”“龙文”之代良马。咸池是日所浴处，扶桑是日上升时必拂之树，屈原借日车企图上天，所以叙及日宫景物。希腊有阿波罗儿子法艾顿（Phaeton）借父日车在天庭捶下大祸，酿成大地极重灾害的故事。我国《尚书·胤征》“羲和沉乱于酒，俶乱天纪，遐弃厥司”疑即指此，见我所著“东君疏证”。屈原盖习闻日车可借，是以有此奇想。

白水，源出昆仑。我国古代以为黄河，古人指河为誓，辄云“有如河”或“有如白水”，王逸注《离骚》“白水出昆仑之原，饮之不死”。《文选·思玄赋》“斟白水以为浆”，但黄河自古色黄，它的源头也并不白，谓之白水，殊费解。实则是西亚的幼发拉底斯河。这是西亚的圣河，我国以黄河当之，于是黄河居然蒙上白水之名。幼河色亦不白，其白者以其为代表西方之水。西方属金，其色为白。

阆风，即《淮南·地形训》的凉风。昆仑之丘共三层，第一层樊桐，第二层阆风，第三层悬圃。

春宫，王逸谓为东方青帝之舍，青帝是太昊，宓妃既说是伏羲之女，则王逸之注尚合。

穷石，山名。《左传》谓后羿自钼迁于穷石，宓妃既为后羿妻，则穷石应为她家所在处，故曰“夕归次于穷石”。

洧盘，王逸引《禹大传》云：“洧盘之水，出崦嵫之山，言宓妃体好清洁，暮即归舍穷石之室，朝沐洧盘之水，遁世隐居而不肯仕也。”把宓妃等人当作不仕之高士，都是王逸的妙解，屈原之意并不如此，不然他也不会骂宓妃“骄傲”、“淫游”、“无礼”了。这话暂且不论，总之洧盘这个水名，当与穷石一样与宓妃有关，并非随便拉来凑数的，惜今莫考罢了。

“邅吾道夫昆仑”，王逸注邅为转，并说楚人名转曰邅。连下句“路修远以周流”注道：“言已设去楚国远行，乃转至昆仑神明之山，其路遥远。周流天下，以求同志也。”这话说得可笑之极。悬圃、阆风、白水等处，王逸也已承认是昆仑景物，屈原既在此等仙境里盘旋，可见他并未离开昆仑一步，现在为什么说他又转到昆仑呢？

邅字见易卦，“迍如邅如，乘马斑如”，迍邅，迟回不进貌，是个副词，王逸却误作动词。道，从此出发，《汉书》“诸使者道长安来”，言使者从长安来，“道太原入定代地”言从太原入定代地。《湘君》“驾飞龙兮北征，邅吾道兮（兮字当为夫字之误）洞庭”，湘君本在洞庭，自洞庭出发向北进行，是以下文有“望涔阳兮极浦，横大江兮杨灵”的话，倘使他转到洞庭，则怎能望涔阳，横大江呢？王逸把道字认作名词，以为是道路之道。这个错误关系甚大，屈原旅行的路线完全给混乱了。

“朝发轫于天津兮，夕余至乎西极”，王逸又说天津系在东极箕斗之间，津为汉津，汉为天河，天津即是天河的渡口。又云“言已朝发天之东津，万物所生，夕至地之西极，万物所成，顺阴阳之道，且亟疾也”。照王逸的说法则屈原转到位置于大地西北之昆仑，忽然又冲霄而至东极箕斗间的汉津，晚上又到了西极，行动这样迅速，太远于事理。且天津既为天河渡口则系在天空之中，与昆仑毫无干涉。屈原想顺阴阳之道，发轫于万物所生之东方，直接到天津就是，又到昆仑转一转，究竟是为了什么？可见王逸不能明白神话地理，所以信口乱说。现在我们说天津是昆仑的代辞，与灵琐作悬圃的代辞，笔法一律。盖世界所有仙山莫不居大地正中，上应天中，天门即在其上。凡人企图升天，必先升此类仙山。是以《淮南》言昆仑悬圃维绝即可达泰帝之居（上帝之居）。希腊奥灵匹司的原文 Olympus 义犹天人渡口。我国古时泰山亦居昆仑地位，帝王之封禅即希望由泰山以上天。

流沙、赤水和不周山究竟在哪里，前人未有能确说者。屈原旅行最后的目标是达于西海，前人又不知西海为何地。李光地等竟谓西海乃代表秦国，屈原远赴西海，系想适其雠仇之邦。要知秦立国陕甘，屈原此时系在昆仑，他欲赴秦，理应折而东返，现竟向西进发，岂不愈走愈远？连这点地理知识都缺乏，还要乱说话，从前楚辞注家未免太可怜吧。

我现在说流沙与赤水都是西极以西的地理，不周山原是天柱，被与颛顼争帝而失败的共工触倒了，才变成“两山周而不合”的现象。据《淮南子》说不周又为幽都之门。印度说大地中心为仙山苏迷卢，周围七香海，七金山，其第七金山外有大咸海，咸海外为铁围山即地狱所在地。印度人所说的咸海即西边的大瀛海。希腊人说大瀛海西边靠内处为诸海之源，又为冥界。冥王柏鲁托之宫殿，冥后卜赛芳之林又冥界各河之口均在此处。

大瀛海西边靠外一边为神仙世界，是一种三角仙洲。又曰西方极乐世界，幸福岛。其天地日月均与我们大地所见的不同，居其间皆永生不死，享乐无尽的神仙。但瀛海水极咸，极苦，极毒，又其水不胜舟楫，血肉凡躯，无法渡过，故曰死海。中国又曰弱水。

屈原到了流沙赤水，自不周山向左转到达大瀛海西岸，登上“升皇之山”回望故国，仆悲马怀，不欲再行前进，即从不周山附近投海（大瀛海）自杀（实际上屈原系投汨罗江自杀的）。以从死神彭咸于水国，也即是死国，全部《离骚》于是结束。

升皇之山是什么山呢？屈原以“赫戏”形容它，赫是奕赫，戏一作曦，赫戏二字，王逸注光明貌，倒不错。西亚吉尔曷姆士冒险史诗言吉氏想到瀛海外三角仙洲觅不死方，曾抵位置于大地与幽都交界处的马邱山（Mashu），此山极其高峻，顶摩苍穹，基达地府之底。因其为太阳西沉时所经过的门限，故通体光明，其光芒之强烈，令人不能正视。在《山海经》里，西方日月所入之山共有六七处，我以为大荒西经的“丰沮玉门”与马邱山的情况比较相近。经云：“大荒之中有山名曰丰沮玉门，日月所入。有灵山、巫咸、巫即、巫肦、巫彭、巫姑、巫真、巫礼、巫抵、巫谢、巫罗十巫从此升降，百乐爰在。西有王母之山。”我们既主张屈原所常欲相从的彭咸便是巫彭、巫咸，是死神，则与马邱位置大地与幽都交界，基础深入地府之底诸语，岂不是若合符节？

《离骚》神话人物与地理，彼此都有密切的关联，并非东一个西一个独立分子，勉强凑合，既如上述。即所用器具也都有其意义，不作一空泛语，前述日车已见一斑。现请述横渡大瀛海之飞龙车。大瀛海西之水不能胜鸿毛，故名曰弱水。《河图括地象》：“弱水……非乘龙不可至。”屈原赴西海时，言“为余驾飞龙兮，杂瑶象以为车”，我怀疑《括地象》龙字上落一“飞”字，飞龙乃土星所乘之车，《九歌》中的湘君便是土星之神，是以歌辞屡有“驾飞龙”字样。黄帝轩辕氏也即是土星神，《山海经》说黄帝有“应龙”，大荒东经说明“应龙者龙之有翼者也”。不是飞龙是什么？黄帝乘龙上天，龙为黄龙。《史记·天官书》又云，轩辕黄龙体，《集解》孟康曰“形如腾龙”。腾一作螣，战国子书常言螣蛇、螣龙，都是能飞之物。大瀛海环抱大地如蛇啣尾口中，埃及称为“似蛇之水”，希腊坐实为有翼之龙，北欧神话则为米嘉大蛇。屈原欲渡大瀛海而驾飞龙之车，可见飞龙二字不是随便说的。又据希腊古说统治西方幸福岛而乃土星神，大瀛海之为翼龙，此处又有一证。

“杂瑶象以为车”，王逸注为“象玉之车，文章杂错”，朱熹注“杂用象玉以饰其车”，我疑屈原在这里系用希腊美术上的名词。希腊古代有一种黄金与象牙混杂而成的艺术品名曰 Chryselephantine，极为名贵。如大艺术家腓提亚（Phidias）以黄金象牙为天帝宙士手雕大像，成世界七大奇工之一。其他类此者尚多。此事谅亦传至我国，故屈原用之。虽瑶为美玉，非金，但安知原文不是金属？《尔雅·释器》：“黄金谓之璗，其美者谓之镠。”璗字从玉，玉部。《说文》：“金之美者与玉同色。”但璗字不常见，后人误改为瑶，亦未可定。

屈原赴西海时，相从之车多至千乘，云霓晻蔼，玉鸾和鸣，八龙婉婉，云旗委蛇，一路上既奏《九歌》，又舞《韶乐》，从人之众多，仪仗之盛大，比他初抵昆仑又大不相同。这里也有个道理，并非随意描写来凑热闹的。大概战国时想向仙人求不死药或求达仙境者，必厚其礼仪，多其人众，否则便不蒙仙人嘉纳。《史记·封禅书·始皇本纪》言始皇遣方士入海求蓬莱、方丈、瀛洲三神山，发童男女数千人同行。淮南王传伍被说昔始皇“遣徐福入海求神异物，还为伪辞曰：臣见海中大神言曰：“汝西皇之使耶？”臣答曰然。“汝何求？”曰：“愿请延年益寿药。”神曰：“汝秦王之礼薄，得观而不得取。”即从臣东南至蓬莱山，见芝成宫阙，有使者，铜色而龙形，光上照天。于是臣再拜问曰：“宜何资以献？”海神曰：“以令名男子若振女，与百工之事，即得之矣。”秦皇帝大悦，遣振男女（《集解》：振男女即童男女）三千人，资之五谷种，百工而行。徐福得平原广泽，止王不来。《汉书·伍被传》“又使徐福入海求仙药，多赍珍宝，童男女三千人，五种百工而行。”《始皇本纪》又言，方士求药不得，相率亡去。始皇闻之大怒曰：“吾前收天下书，不中用者尽去之，悉召文学方术士甚众，欲以兴太平，方士欲练以求奇药。今闻韩众去不报；徐市（即福）等费以巨万计，终不得药，徒以奸利相告日闻。”于是遂有“防儒”的一幕。

屈原登悬圃预备升天，以仪仗筹备不及而见拒于帝阍，这一次赴西海之仙洲，车从如此之众，大概是求仙必要的措施吧。于是我们可悟徐福等要求童男女数千人及珍宝五谷，并非想借此为王于海外，实也是实行当时正当的求仙手续。不然，以始皇之英明岂可轻易欺骗？

前人常谓《离骚》文理零碎、总杂、混杂、重复，读之每使人昏然欲睡。有谓哀伤之极不暇铨次其词者，有谓故乱其绪，使同声者自寻，修隙者难摘者，如陈继儒、王世贞诸氏之说是。有谓《离骚》是个集体创作即秦始皇命博士所作之“仙真人诗”，多人共作一题，语意雷同自难免，如廖平之说是。有谓屈原作品多重复之言，是曰“印版语”（Steteotyped Expression），乃其神经实有异状之征，屈原发疯当为事实者，如郭鼎堂之说是。无怪廖平说“此书（按指《离骚》）解者无虑数十百家，无一人能通全篇文义者”，廖老先生自已能通么？答案仍然是个否字。林云铭说：“此篇自首至尾，千头万绪，看来只是一条线直贯到底，并无重复”，可是《楚辞灯》对《离骚》的解释能令人满意么？也还是一个不能。要知道这篇大文奇文，原是世界古文化的产儿，屈原曾全盘接受过这种古文化，想解释它，也必有世界古文化知识才行，故纸堆何能为力呢？

现在《离骚》经过笔者的一番疏解，才知道这原来是一篇组织严密，条理井然的大文章，是一个步步有机契，处处相照应的有机体。可惜此文自三间大夫生花妙笔下诞生不久便患了一种瘫痪病，这种病症虽没有《九歌》、《天问》那么严重，但一个天香国色的人儿半身不遂，她的丰姿究竟减色不少。现在我把她全身筋络连接起来，使其血液得以自在流注，于是这个半僵死的美人复活了，她的明眸皓齿，丰容盛鬋，简直仪态万方，倾城倾国，可以推为古今第一丽姝了！

《离骚》辞采之瑰丽，命意之奇警，情感之热烈，气象之壮阔，境界之尤远，在旧式韵文界实为绝后空前之作。后半篇漫游仙境，求婚神女，及远赴西海诸端，幻想力之丰富，想像力之超卓，更足令人震惊。但最所难得的是全篇所说的话，无一是凿空之谈，都有根据，这根据便是前面所说的屈原的域外文化知识。他把当时域外传入的神话宗教及其他各种文化分子与我国固有的历史文化共一炉而熔铸之，创造出这一篇包罗万象，沉博绝丽的篇章。不但后来宋玉《高唐》、曹植《洛神》、张衡《思玄》、郭璞《游仙》不及其万一，便是唐代那位诗仙李白也不能望其项脊，说者谓《离骚》实可与但丁《神曲》、弥尔顿《失乐园》鼎足而三，这倒说得很有道理。但《神曲》乐园，篇章繁浩，《离骚》则仅二千四百余字，竟能包括如许的故事，含蕴如许的意义，好像一座崇山，千岩方壑，移步换形，在在引人入胜。好像无边大海，波澜开阖，鱼龙动荡，处处骇人心魄。好像一袭精工刺绣的锦衣，花鸟天成，五色辉映，刀尺之匀称，针缕之绵密，非针神不能胜任。好像所罗门的宝藏，明珠翠玉，火齐木难，靡所不有，探之无尽，取之不竭。以极简单、极精炼的文字，阐释深奥的哲理，综括繁多的事实，原属中国文学的特色，现在屈原的《离骚》把这个特色，予以充分的发挥，简直奇迹化了。我们有了这样伟大的作品，能说不是最大的光荣么！

《离骚》后半篇历来楚辞注家皆不能作明白正确之解释，实由不明神话人物与神话地理之故。故附本文于后，作为代跋，亦为《离骚》作一提要而已。

作者自注

第二编 《九章》

《九章》总论

（一）章字的意义

王逸《章句》云：

> 《九章》者，屈原之所作也。屈原放于江南之野，思君念国，忧心罔极，故复作《九章》。章者著也，明也。言已所陈忠信之道，甚著明也。卒不见纳，委命自沉，楚人惜而哀之，世论其辞，以相传焉。

王逸对于“章”的解释，一望而知，迂曲不堪，可以不必深论。因为“章”虽有著明之意，如所谓“黼黻文章”（《礼记·月令》），“焕乎其有文章”（《论语》）。文章二字，本作彣彰。彡为毛长，凡从彡之字，皆多光多采，像“彪”、“彩”、“彬”皆可为例。但屈原的《九章》，不过像《九歌》、《九辩》一样，是九篇歌辞而已。《说文》：“乐竟为一章，从音从十，十，数之终也。”虽有人说章字按古文作𢀩（公伐郐鼎），不从音，亦不从十，本义当皆为法，从辛，辛，罪也，以㊀束之，法以约束有罪也。或作□（见林义光《文源》）。但这或属最初之义，或另外之义，章字除了作为形容词的著明燦焕之外，以篇章解之为宜。本系乐歌之篇章，故乐曲十篇为一章，《左传》引《诗》，辄曰其在某章云云。相传尧乐名“大章”，《周礼》有“龠章”，注云：“龠章，吹龠以为诗章。”后遂转为文章的篇次了。

（二）《九章》的篇数

《九章》和《九歌》一样，本来是成套的诗篇，可是古今对此偏有许多意见。说《九章》二字这个总题，并非屈原所自取，乃是后人替他加的，其证如下：

（一）《史记·屈原列传》："太史公曰：'予读《离骚》、《天问》、《招魂》、《哀郢》，悲其志。'"《哀郢》乃《九章》之一，史迁何以与《离骚》、《天问》并举，而不称《九章》？《史记》又称："乃作《怀沙》之赋。"《怀沙》也是《九章》之一，这次又单举。可见当司马迁作《史记》时，尚无《九章》之名。

（二）东方朔的《七谏》，历叙屈原生平，有"初放"、"怨世"、"沉江"，一共七篇。这当然不是模仿《离骚》，因为《离骚》不分段；也不是模仿《九歌》，因《九歌》乃祭神乐曲，却是模仿《九章》。假如《九章》原有九篇，东方朔可以再仿两篇而名之为《九谏》了。

（三）《汉书·扬雄传》："又旁《惜诵》以下至《怀沙》一卷，名曰'畔牢愁'。"观其但举细目，不举总题，当时原无《九章》又得一证。

《九章》之名好像开始于刘向。向作《九叹》，有云："叹《离骚》以扬意兮，犹未殚于《九章》。"《九章》这个总题，才算正式成立。

不过以上的话均系现代楚辞学者游国恩等人所说，比较早的是民国十年胡适先生《读楚辞》说："《九章》也是模仿《离骚》的。《九章》中，《怀沙》载在《史记》，《哀郢》之名见于《屈贾列传》，大概汉昭、宣帝时尚无《九章》之总名。《九章》中，也许有稍古的，也许有晚出的伪作。"但这些说法，理由并不充分。古人如司马迁言及《九章》，仅举《哀郢》一篇者，是这一篇特别邀他欣赏，吸引他的注意力，东方朔、扬雄模仿《九章》而不全（扬雄当是全的，理由见下）也不能即反证当时没有《九章》的名目。譬如梁萧统

《文选》，选屈原《九歌》竟去其五，选《九章》竟去其八，我们能据《文选》断定《九歌》、《九章》的篇数么？

（三）《九章》的作者

《九章》是屈原撰写的，现在竟有“作者”的问题，未免奇怪，但这个问题也是由《九章》篇数来的，有些则由内容来的。如上文所说汉初至扬雄时，尚无“九章”二字的名字，于今楚辞居然有九篇诗歌，则其中必有数篇非出屈原手笔而为后人凑入的了。后人对此问题意见如下：

（一）明代许学夷因《惜往日》：“不毕辞而赴渊兮，惜壅君之不识。”《悲回风》：“骤谏君而不听兮，重任石之何益！”以为屈原既决心投水，在自杀的刹那之前，岂尚能作为歌辞？所以这两首《九章》定是唐勒、景差之徒所作，“一时失名，遂附入屈原赋中”（《诗源辨体》）。

（二）清代吴汝纶谓《惜往日》：“平衍而寡蕴，其隶事不深醇；《悲回风》文字奇纵，而少沉郁谲变之致。”疑其皆非屈原所作。又云：“此篇所谓‘佳人’乃屈子，‘眇志所惑’则作者自言，盖谏君不听，任石何益，即眇志所惑也。”吴氏作者二字乃泛指，系悼屈之人。辞既为悼屈者之作，则当然与屈原无干。（《古文辞类纂点勘记》）

（三）《橘颂》有“嗟尔幼志，有以异兮”，及“年岁虽少，可师长兮”，姚鼐指为屈原少作，吴汝纶亦云然。陆侃如附和其说甚烈，谓《橘颂》多四言，与《诗经》三百篇体裁甚相类似，乃屈原开始创作楚辞体裁尚不能摆脱《诗经》窠臼之证；又全篇技巧比较拙劣，当是屈原少年时代尝试的作品。刘永济说：“既系少作，何缘入之《九章》，疑系淮南小山之徒所为，与《招隐》为同类之物，后人因与《悲风》各篇杂入《九章》中，以足其数也。”（《屈赋通笺》）

（四）钱穆因《哀郢》篇中有“当陵阳之焉至兮，淼南渡之焉如”，谓《哀郢》乃庄辛所作。据《战国策·楚策》，庄辛谏襄王不听，去之赵，留五月（原注：疑当作五年），秦举兵破鄢、郢，襄王复征庄辛，授之阳陵君。钱氏又牵合顾观国，“七国地理考”疑“阳陵”即是“陵阳”。《哀郢》作“陵阳”，乃涉上文“凌阳侯之泛滥”一句而误。又《哀郢》有“哀故都之日远”，及“民离散而相失”，“遵江夏以流亡”，“曾不知夏之为丘兮，孰两东门之可芜”等句，明是郢都为秦兵所袭，残破荒凉状况。此在楚襄迁都于陈之时，屈原此时死已久矣。但钱氏自己亦游移其词，谓此篇若不属之庄辛，则当是宋玉景差之徒所为，绝非屈原作。(《先秦诸子系年》)

（五）刘永济坚谓《九章》仅有自《惜诵》至《怀沙》五篇，《思美人》以下四篇，必非屈作。刘氏并谓洪兴祖《补注》即有此种怀疑，特未明言，仅于《渔父》篇末引《汉书·扬雄传》，雄作“畔牢愁”，傍《惜诵》至《怀沙》，以下则不傍，则雄传所见屈赋《九章》者不过五耳。

刘自己对《怀沙》以下四篇则断断然断其为后人所作，其所持理由：其一，扬雄未傍。其二，刘向《九叹》“犹未殚兮《九章》”，则《九章》并未写毕。其三，《惜往日》与《悲回风》二篇文辞不类，谓朱熹亦曾疑及此点，然无法断其非屈作，仅能说“临绝之音，颠倒重复，倔强疏卤”。朱子又于《楚辞辩证》中说“出于瞀乱烦惑之际……有不暇择其辞之精粗而悉吐之者矣”。刘氏则谓《悲回风》用联绵词多至二十五句，“有心雕饰，反损自然”。其四，措词失当。朱熹因《惜往日》有“惜壅君之不昭”，怪屈原身为人臣不应斥君以此，谓人君被谗人壅蔽，其过在谗人而不在君，刘永济讥为宋儒尊君观念太强，遂有此曲解。刘氏之不满于《惜往日》、《悲回风》者，以二篇皆用伍子胥事。《悲回风》且有“从子胥而自适”谓尤非屈子所忍言。伍子胥教吴伐楚，残破郢都，鞭平王之尸，自此以后，吴楚构兵不休，贻害楚国甚大，实为楚之逆臣，屈子决无以忠许之之理。《哀郢》篇亦有“伍子逢殃”，刘氏则谓此伍子非子胥而为其父伍奢。奢谏平王不应信费无极之谗而疑忌太子建，为平王所杀，谓之为忠，允无愧色。又谓战国之世，游士盛行，不得志于本国者，每出事异国，屈子则宁死勿去，其不轻去就，盖由于忠义之厚，安肯许叛国之人为忠，昔人未及细察，致有此说。又《惜往日》亦有“子胥死而后忧”，益可证此二篇之伪。其五，《惜往日》有“不毕词以赴渊兮”，《悲回风》有“骤谏君而不听兮，重任石之何益?”既已投渊，何能作赋?“谏君不听，任石何益?”亦类后人追叙其事，致其悼念之辞，决非作者自己能作此语。疑唐勒景差之徒，凭吊屈原之语，一时失名，遂附入屈原赋中。(自注：此系采取许学夷说。)

刘氏这几项理由没有一项站得住，请逐条驳斥。说扬雄未傍，那是扬雄的自由，并不足以证实那时候没有《九章》。何况“自《惜诵》至《怀沙》”，《惜诵》是《九章》的第一篇，不必多说，《怀沙》，王逸《章句》置之为第五篇，实在应该置之于最后，可见扬雄九篇都傍过。洪兴祖于《渔父》末所言扬雄依傍事，不过指斥《文选》去取失当，系毫无怀疑《九章》意。刘氏之言，未免厚诬庆善。刘向未殚，是说屈原“外彷徨而游览，内恻隐而含哀”，其纡郁难释之忧思，《离骚》不足尽之，《九章》不足殚之，足见《九章》是原来就有的题目。刘向这篇《九叹》，代屈原说话，正是模仿《九章》的。刘氏取王逸之注以“未殚《九章》”为“尚未尽之篇”，便说屈原仅仅写了五篇歌辞，于是《思美人》以下四篇，刘氏一概视为非屈作，不加笺释，岂不可惜。作家之撰作篇章，为了环境时代之不同，感触强弱之殊异，决不能篇篇一律。况且什么“颠倒重复，倔强疏卤”，什么“平衍寡蕴”，“少郁变之致”，那也不过是读者的主观，而且这种八股家评文陋习，实不足以挂齿颊。至伍子胥之事，刘说尤为可嗤。子胥于平王有杀父兄之仇，屠戮全家之憾，他的报复，是基于人类天然的情感。他在吴国，固属建国之元勋，亦为谋国之荩臣，属镂之赐，鸱夷之弃，千古同悲。他的人格光明磊落，并无丝毫污点。刘氏以后代兴起的国家观念来批评他，并斥之为“逆臣”，不知这种国家观念乃是现代西洋产物，中国从前是没有的。(中国人以社稷和王室为国家，真正国家观念则并不明了。)刘氏笑朱子壅君之说，不知自己比朱子还要拘执。谈到“不毕辞以赴渊”“重任石之何益”，则屈原采取投渊作为自杀方式，可说经过很长的岁月的酝酿，并非仓卒所决定，所有作品之中，彭咸之名凡八见，所以说："何彭咸之造思兮，志耿介而不忘"，《离骚》最后一段乱辞也说："既莫足与为美政兮，吾将从彭咸之所居"，难道我们也可说《离骚》乃后人悼屈之词么？

总之，笔者的意见，《九章》完全是屈原所撰。因为"九"这个数目字在战国时代极为重要。《九歌》、《九辩》皆以九名，则《九章》之九，又何足为异？

（四）《九章》写作的时代

《九章》与《九歌》不同。《九歌》是整套神曲，是完全客观的宗教祭歌，《九章》虽是十余年中断断续续写出来的，也是整套。却是屈原两次放逐生活的实录，是主观的抒情曲。

那么，关于《九章》放逐的时代究竟怎样呢？王逸说屈原被放于江南时——即《史记·屈原传》，怀王客死于秦，为天下笑，子兰为令尹，又使上官大夫短屈原于顷襄王，王怒而迁之。屈原至于江滨，披发行吟泽畔，会见渔父的那段日子。不过这话并不可靠。

朱熹谓："屈原既放，思君念国，随事感触，辄形于声，后人辑之，得其九章，合为一卷，未必出于一时之言也。"朱氏说"未必出于一时之言"，较王逸为有理，说"后人辑之，得其九章，合为一卷"，那便可议，因为这就等于说"九章"二字的总题，不是屈原所自加的了。

为了前人对《九章》写作时代之先后，各有看法，《九章》排列的顺序，也就不同。

（一）王逸《楚辞章句》《九章》顺序是：①《惜诵》②《涉江》③《哀郢》④《抽思》⑤《怀沙》⑥《思美人》⑦《惜往日》⑧《橘颂》⑨《悲回风》。洪兴祖、朱熹同。

（二）林云铭的《楚辞灯》，根据黄文焕的《楚辞听直》，说《橘颂》、《思美人》、《抽思》三篇乃怀王时代作；《涉江》以下六篇乃顷襄王时作。他的《九章总论》有几段话："……兹以其文考之，如《惜诵》乃怀王时见疏之后，又进言得罪，然亦未放；次则《思美人》、《抽思》，乃进言得罪后，怀王置之于外，其称造都为南行，称朝臣为南人，置于汉北无疑。若江南之野，则谓之东迁，而以思君为西思，有《哀郢》篇可证。……《涉江》以下六篇，方是顷襄放之江南所作。初放起程，水程所历，步步生哀，则《涉江》也。既至江南，触目所见，借以自写，则《橘颂》也。当高秋摇落景况，寄慨时事，以彭咸为法，且明赴渊有待之故，则《悲回风》也。本欲赴渊，先言贞谗不分，有害于国，且易辩白，一察之后，死亦无怨，则《惜往日》也。《哀郢》则以国势日趋危亡，不能埋骨于郢为恨。《怀沙》则绝命之词，以不得当身而俟之来世为期，看来《九章》中各有意义，虽所作之先后，未有开载，但玩本文，僚如指掌，不待纷纷聚讼……”

林氏《九章》顺序是：①《惜诵》②《思美人》③《抽思》④《涉江》⑤《橘颂》⑥《悲回风》⑦《惜往日》⑧《哀郢》⑨《怀沙》。

（三）蒋骥《山带阁注楚辞》，《九章》顺序原依王逸《章句》。但在他的《楚辞余论》里又说：“《惜诵》、《抽思》、《思美人》与《离骚》皆作于怀王时。”“《哀郢》以下，于君素无异旧之恩，于己渐绝进取之望，《涉江》则宁重昏终身，《怀沙》则决计一死矣。《悲回风》欲死而未忍遽死，《惜往日》则毕辞而死矣。此两朝辞旨异同之大概也。”

所以蒋骥对《九章》顺序的安排是：①《惜诵》②《抽思》②《思美人》④《哀郢》⑤《涉江》⑥《怀沙》⑦《橘颂》⑧《悲回风》⑨《惜往日》。

（四）陆侃如的《屈原评传》是将《九章》拆开，夹杂于《离骚》、《天问》一块儿来叙述的。《汉书·艺文志》原说屈原作品一共有二十五篇，陆氏将它勾销了大半，只承认十一篇，就是《离骚》、《天问》二篇，加《九章》九篇。我们现在不论《离骚》与《天问》，只论《九章》。

陆氏顺序是：①《橘颂》②《抽思》③《悲回风》④《惜诵》

⑤《思美人》⑥《哀郢》⑦《涉江》⑧《怀沙》⑨《惜往日》。

（五）游国恩在他的《楚辞概论》里《九章》顺序也不照王逸《章句》而重新排列过，就是①《惜诵》②《抽思》③《悲回风》④《思美人》⑤《哀郢》⑥《涉江》⑦《橘颂》⑧《怀沙》⑨《惜往日》。

在他以后所著《屈原》一书里又略有更改，即①《惜诵》②《抽思》③《思美人》④《哀郢》⑤《悲回风》⑥《涉江》⑦《橘颂》⑦《怀沙》⑧《惜往日》。

（六）刘永济既反对《九章》全为屈作，仅承认五篇。这五篇的顺序是：①《惜诵》②《涉江》③《哀郢》④《抽思》⑤《怀沙》。

（七）郭鼎堂《九章》顺序是：①《橘颂》②《悲回风》③《惜诵》④《抽思》⑤《思美人》⑥《哀郢》⑦《涉江》⑧《怀沙》⑨《惜往日》。但在他的《屈原赋今译》里，《九章》的顺序又完全遵照王逸《章句》本，想必为了方便起见。

（八）文怀沙《屈原九章今译》，对于《九章》时代的先后，曾说了个大概。他说《哀郢》的写作时间，毋容置疑是在秦国白起破郢以后，亦即顷襄窜陈以后所作。而《涉江》、《怀沙》、《悲回风》、《惜往日》，细绎文义写作时间，可能与《哀郢》最为贴近，如置之《哀郢》之后，或无不宜。《惜诵》、《抽思》、《思美人》则比较可能在郢都沦陷以前，即在第二次放逐的那一段时间，亦即《哀郢》篇所谓“至今九年而不复”的那个“九年”之中。文氏又声明：“以上的说法，只能说每个人《九章》篇次概念性的理解，姑且写出来聊备一格，作为读者们的参考。”文氏又说：“我认为勉强替《九章》排定次序，很容易造成我们大家都错，只是错法不同而已的结果。”所以文氏《九章》顺序仍然遵照王逸《章句》。

（九）詹安泰的《屈原》一书关于《九章》，他的顺序是：①《橘颂》②《惜诵》③《抽思》④《思美人》⑤《悲回风》⑥《涉江》⑦《哀郢》⑧《怀沙》⑨《惜往日》。

（十）笔者对于《九章》顺序，另作安排，是：①《惜诵》②《抽思》③《思美人》④《涉江》⑤《橘颂》⑥《哀郢》⑦《惜往日》⑧《悲回风》⑨《怀沙》。

(五)《九章》排列顺序的说明

笔者既将《九章》顺序另作安排，意见甚多，非有专节文字说明不可。

笔者的意见，说《橘颂》乃屈原少作是大有问题的。我们不必采取陆侃如的主张，说什么四言为句，与《诗经》三百篇相近，明是屈原创作楚辞体裁尚未成功前作品，又什么技巧拙劣，格言太多云云，要知屈原作品用四言体裁者，有《天问》全篇。《惜往日》、《怀沙》后半篇的乱辞“浩浩沅湘，分流汩兮，修路幽蔽，道远忽兮，怀质抱情，独无匹兮”一连十几句；《抽思》乱辞：“长濑湍流，泝江潭兮，狂顾南行，聊以娱心兮”亦有二十句；《涉江》乱辞“鸾鸟凤凰，日以远兮，燕雀乌鹊，巢堂坛兮”一共十二句，都是四言。我们能说这三篇都是屈原少作么？至技巧和格言问题更不足讨论。笔者认为《橘颂》确系屈原放逐湘西时所作，其中“嗟尔幼志，有以异兮”及“年岁虽少，可即长兮”，姚鼐谓与《涉江》篇“年已老而不衰”有异，疑为屈原少作，理由似颇充分，遂害得吴汝纶、陆侃如、詹安泰都来采取。但姚氏不知《橘颂》是篇体裁极为特别的文章，前半篇颂赞的对象是橘，后半篇颂赞的对象是人。可是，这个人并不是屈原自己，这在代名词的用法上可以看出。屈原作品自叙之处皆用第一人称的称呼，从无例外。《橘颂》“嗟尔幼志”用的却是第二人称之称；故郭氏谓为一年轻人，这年轻人是谁，今已莫考。笔者以为屈原的《离骚》写作时代虽早，最后的写定则在放逐湘西；而“从彭咸之居”更在投水自杀前不久。《九章》也有许多篇章表示要死。他这许多作品若没一个人替他保存，并加以流传，恐怕他身体才沉汨罗，早已散佚了。这个年轻人是屈原在放逐途中或湘西所遇见的一个志行高洁的文学青年，其名或为“橘”或其小名为“橘”。他成了屈原的伴侣，或者作了他的学生，也许便是传说中的宋玉吧。

《橘颂》既不能列为《九章》的第一篇，那么第一篇是哪一篇呢？我看还是《惜诵》较为妥当。这一篇列叙放逐之由，即竭忠贞以事君，反被群小进谗而致见黜，欲呼群神为之证明，又欲厉神为之占卜，宛然是一篇《离骚》的缩影，这是《九章》的总叙，好像文章的总冒，这当是屈原自己安排于《九章》之首的。但看《汉书·扬雄传》，扬雄所傍的"伴牢愁"第一篇便是《惜诵》；王逸《章句》也是以《惜诵》为第一篇，则此篇居《九章》之首，毫无疑问。

第二篇应该是"抽思"。篇中有"有鸟自南兮，来集汉北，好姱佳丽兮，牉独处此异域"，可见是远谪汉北之作。屈原第一次放逐，系在怀王朝。篇中语可以证明怀王者，其一为怀王的多怒。《离骚》"荃不察余之中情兮，反信谗而齌怒"，《惜往日》："君含怒以待臣兮，不清澈其然否"，与本篇"数惟荪之多怒兮，伤余心之懮懮"，"与余言而不信兮，盖为余而造怒"，事实相同。其二，屈原以香花香草，象征一切，代名词也以香花草为喻，他呼怀王为"荪"，等于今日京白的"您"，"荃"等于今日京白的"怹"，前者第二人称之称；后者第三人称之称。《离骚》最后写定时，怀王已客死于秦，故称之为"荃"，又称之为"灵修"，写《抽思》时，怀王尚在，故称之为"荪"，即假定与王对话，直呼之以"您"。其三，《离骚》"曰黄昏以为期兮，羌中道而改路，初既与余成言兮，后悔遁而有他"。系以男女婚嫁象征君臣遇合，《抽思》亦有"昔君与我成言兮，曰黄昏以为期，羌中道而回畔兮，反既有此他志"，意义又完全相似，故知写作时期也距《离骚》不远。

第三篇应该是《思美人》。据篇中所叙系在放逐汉北时，苦念郢都而不得返，遂作了一个小小旅行，向南行走，聊以娱心，南行途中，撰作此篇。《抽思》篇曾说"愿遥赴而横奔兮，览民尤以自镇，结微情以陈词兮，矫以遗夫美人"。美人指君主，已见《离骚》。屈原在汉北，思君念国，忧闷难堪，想不顾一切，跑了回去，又知道这更将加罪，强自隐忍而止，那么写一通申辩书向君主陈情吧，又以怀王之多怒，未敢尝试。万般无奈，只有向郢都方向的南方进行，作为慰情聊胜之计，所以有"狂顾南行，聊以娱心"的话。以道路之难行，且以谪宦之身，也不敢离开谪所太远，他似乎只走到一个地点名为“北姑”者而止。在《思美人》篇“开春发岁兮，白日出之悠悠，吾将荡志而愉乐兮，遵江夏以娱忧”，可见他自汉北南行的目标地，系在大江夏水一带。他一路攀摘花草，眺望风景，并观看那些文化落后的“南人”的生活状态，聊自排遣，所以此篇是南行旅途中所作。

第四篇应该是《涉江》。王逸《章句》本原来次序并没有错，蒋骥以《涉江》置于《哀郢》之后，陆侃如从之，游国恩亦从之，笔者认为还是以照旧为妥。《涉江》固为顷襄朝再放时作，但据《哀郢》“九年不复”来看，则作于《哀郢》前九年。假定《哀郢》作于顷襄二十一年秦将白起残破郢都时，倒溯九年，则为顷襄十一年。篇中“哀南夷之莫吾知兮，旦余将济乎江湘”，自郢都沿江而下，过夏口至鄂渚，回头转洞庭湘沅，转入枉渚、辰阳，入溆浦而转进了湘西那个“深山密林，猨狖所居，山高蔽日，幽晦多雨，霰雪无垠，云霏承宇”的蛮荒落后的境界。在这种环境里，一住便住了九年。

此篇开始数句，遨游仙境，高唱入云，足征屈原那时年龄尚不甚老，意兴非常之高。且其神仙境界及神仙生活之描写，亦非使齐归后，大获域外文化知识者所能办。

《橘颂》应该位置于第五篇。屈原到了贬所，或在谪贬途中，认识了一个名橘或小名为“橘”的文学青年。那青年钦慕屈原，情愿随至贬所，与之为伴。已见前述。

第六篇应该是《哀郢》，屈原既被放湘西，九年不复，何以《哀郢》开首有“去故乡而就远兮，遵江夏以流亡”，“出国门而轸怀兮，甲之鼂吾以行”，“发郢都而去闾兮，怊荒忽其焉极”，难道他竟从湘西贬所回到郢都么？所有楚辞注家，对于这个问题都没法解决，是以只有含混带过。有人以为此篇作于顷襄初年，秦发兵出武关攻楚，大败楚军，取析十五城而去之时。怀王见辱于秦，兵败地丧，民散相失，故曰：“皇天不纯命。”盖屈子再放江南之时，行将东去，而闻秦兵大举入郢都，国人惶恐，宗亲震悼，屈子亦遂从此东迁……（刘永济及姜寅清说）也有人谓屈原曾遭过三次放逐。第一次在汉北；第二次在江南——此江南指陵阳庐江等处——；第三次在湘西；亦有人以为第二次在湘西，第三次在江南者。笔者认为屈原放逐实仅二次。在汉北仅四五年，又被召回朝，有使齐，谏杀张仪，谏怀王勿与秦会武关诸事。顷襄十一年，因令尹子兰之谗谮，被放湘西，作《涉江》、《橘颂》。《离骚》、《天问》虽有定稿，尚在不断删增修改。及顷襄十九年，秦楚邦交又复破裂，秦举兵伐楚，楚军败，割上庸、汉北地以予秦；二十年，秦将白起又攻楚，取鄢、邓、西陵，屈原知道郢都难保。他放逐湘西，并未携带眷属，眷属均留郢都，不得不返郢都将家眷安排于比较安全的地带。他回郢都后，也始终没敢朝见顷襄，《哀郢》"哀见君而不再得"，可以证明。他护送眷属，沿江东下，一直到了今安徽青阳境的陵阳，将眷属安顿妥当后，复溯江西上，再赴湘西的贬所。

《惜往日》、《悲回风》两篇，应该在《哀郢》以后所作。这是《九章》里第七第八两篇。那时屈原见秦兵侵扰不已，国势日危，已决心一死。本来是想投沅水或湘水的，《惜往日》说："临沅湘之玄渊兮，遂自忍而沉流，卒没世而绝名兮，惜壅君之不昭"；《回风》说："骤谏君而不听兮，重任石之何益?"并以子胥、申徒为模仿的对象。其后卒沉汨罗，想是南下至长沙后决定的。

《怀沙》乃屈原绝笔，有《史记·屈原传》为证。有几种古籍都说屈原死于五月五日，《怀沙》开首便说："滔滔孟夏兮，草木莽莽"，可见这个季节记载得很明白。我们的辞人自溆浦深山中出来，南下大概到了长沙。及决定自杀，又稍稍北上，到洞庭湖附近汨罗江便抱石怀沙自沉了。

《惜诵》（原文）

（用《楚辞章句》本下各篇同）

惜诵以致愍兮，
发愤以抒情。
所作忠而言之兮，
指苍天以为正。

令五帝以枡中兮，
戒六神与向服；
俾山川以备御兮，
命咎陶使听直。

竭忠诚以事君兮，
反离群而赘疣。
忘儇媚以背众兮，
待明君其知之。

言与行其可迹兮，
情与貌其不变；
故相臣莫若君兮，
所以证之不远。

吾谊先君而后身兮，
羌众人之所仇。

专惟君而无他兮，
又众兆之所仇。

壹心而不豫兮，
羌不可保也。
疾亲君而无他兮，
有招祸之道也。

思君其莫我忠兮，
忽亡身之贱贫。
事君而不贰兮，
迷不知宠之门。

忠何罪以遇罚兮，
亦非余心之所志。
行不群以巅越兮，
又众兆之所咍。

纷逢尤以离谤兮，
謇不可释；
情沉抑而不达兮，
又蔽而莫之白。

心郁邑余侘傺兮，
又莫察余之中情。
固烦言不可结诒兮，
愿陈志而无路。

退静默而莫余知兮，
进号呼又莫吾闻。

申侘傺之烦惑兮，
中闷瞀之忳忳。

昔余梦登天兮，
魂中道而无杭，
吾使厉神占之兮，
曰："有志极而无旁。

终危独以离异"，
曰："君可思而不恃，
故众口其铄金兮，
初若是而逢殆。

惩于羹者而吹韲兮，
何不变此志也？
欲释阶而登天兮，
犹有曩之态也！

众骇遽以离心兮，
又何以为此伴也！
同极而异路兮，
又何以为此援也！"

晋申生之孝子兮，
父信谗而不好。
行婞直而不豫兮，
鲧功用而不就。

吾闻作忠以造怨兮，
忽谓之过言，

九折臂而成医兮，
吾至今而知其信然。

矰弋机而在上兮，
罻罗张而在下，
设张辟以娱君兮，
愿侧身而无所。

欲儃佪以干傺兮，
恐重患而离尤，
欲高飞而远集兮，
君罔谓汝何之？

欲横奔而失路兮，
坚志而不忍。
背膺牉以交痛兮，
心郁结而纡轸。

梼木兰以矫蕙兮，
糳申椒以为粮。
播江离与滋菊兮，
愿春日以为糗芳。

恐情质之不信兮，
故重著以自明，
矫兹媚以私处兮，
愿曾思而远身。

《惜诵》疏证

题 解

此歌开始有二句云："惜诵以愍兮，发奋以抒情。"王逸说：惜诵，一作"惜论"，这两字题目，果有些费解，所以历来楚辞学者，议论颇多，兹略引于次：

（一）王逸："惜，贪也。诵，论也。致，至也。愍，病也。言己贪忠信之道，可以安君。论之于心，诵之于口，至于身以疲病而不能忘。愍一作惽。"

（二）洪兴祖："愍音敏。惜诵者，惜其君而诵之也。杼（按王氏《章句》，抒情之抒，作杼），渫水槽也。音署。杜预云：'申抒旧意'，然《文选》云：'抒情素。'又曰：'抒下情而通讽谕'，其字并从手。"

（三）朱熹："惜，爱而有忍之意。诵，言也。"

（四）王夫之："惜，爱也。诵，诵读古训以致谏也；言己爱君而述古训以致谏，所言之事理，质诸鬼神而无疑也。"

（五）蒋骥："惜，痛也。诵，公言也，通作讼……盖原于怀王见疏后，复乘间自陈，而益被谗致困，故深自痛惜，而发愤为此篇以白其情也。"

（六）林云铭："惜，痛也。即惜往日之惜。不在位而犹进谏，比之矇诵，故曰诵。"

（七）陈本礼："惜诵者，谏诤之词，《诗》'家父作诵，以究王讻'。"

（八）王闿运："诵，言也。本与顷襄谋返怀王，忽背之而以为罪。故诵言自明，王怒益祸；又使王负不孝之罪，国事愈不可为，故惜而自致愍也。"

（九）马其昶："按《说文》：惜，痛也。惜诵犹痛陈。《诗》：'家父作诵，以究王讻。'"

（十）游国恩："惜诵二字怎么讲？按《吕氏·长利篇》云：'为天下惜死'，高诱注：'惜，忧也。'《广雅释诂》也训惜为忧。又按《说文》：'诵，讽也。'《国语·楚语》云：'宴居有王师之诵。'韦昭注：'诵，谓箴谏也。'惜诵就是好谏的意思。王逸作贪论，殊不通。朱子谓为爱惜其言，更不成话，因为他欢喜谏诤，所以遭此忧愍。他恨王听不聪，所以发誓以明己所言之忠。"（《楚辞概论》）郭鼎堂的意见与游氏同，不录。

（十一）姜寅清赞成林云铭"矇诵"的意见，说："寅按《周语》有瞍赋矇诵之别，盖古之谏官也。古巫史实掌谏纳之事。屈子为怀王左徒，左徒乃宗官之长，入则图议国事，出则应对诸侯，其职实与汉之太常宗正相类，故得自比于古之瞍矇也。"

（十二）文怀沙："惜诵二字的意义，王逸解作'贪论'是很不妥切的。案诵假为颂，惜即爱惜，'惜诵'，乃是不欢喜歌功颂德的意思。"

（十三）张纵逸："惜诵的篇名，有两种的解释。马其昶屈赋征引《说文解字》把'惜'字作为'痛'字解释。他说：'惜诵就是痛切陈述的意思。另一种把'惜诵'作'爱谏''好谏'解释。郭鼎堂、游国恩先生都同意后者的说法。还有把惜诵译为爱作赋的（孙作云）。'好谏'或'爱谏'，正如《抽思》中'何独乐斯謇謇兮，愿荪美之可完'的意思。我认为根据《惜诵》全文看，解释为'痛切陈述'，或'痛切谏言'较好。因为这一篇是以《诗》的第一句头两个字作为篇名的。第一、二句是'惜诵以致愍兮，发愤以抒情'，即是'沉痛的陈词，以表达我（对国家前途）的忧愁，发抒愤懑不平之气以抒发我这种感情'。这两句对仗工稳，'惜诵'与'发愤'相对称，'致愍'与'抒情'相对称。痛切陈言，以表达忧愁，发抒这种忧虑国家的感情，这样才能和下句‘所非忠而言之兮，指苍天以为正’联贯，通畅。所以解作‘痛言’，或‘痛切陈词’较妥当。”

按训“惜”为“痛”，始自蒋骥，张氏仅引马其昶而忘时代较早之蒋氏，太疏。“愍”，王逸训为病，蒋骥训为“被谗致困”更佳。张纵逸氏解为表达我对国家前途的忧愁，把“致愍”之致，付之不论，于文理似欠透彻。

关于《惜诵》的题解，笔者现采取洪兴祖的意见。“惜”仍以惋惜为解，较妥。屈原所谓惜者，不过为楚怀王可惜，为楚国可惜而已。“诵”不一定是“公言”，无非是可以诵读之文而已。“惜诵”联成一个词汇，即惜国惜君所作的忠言。

歌辞的解释

惜诵以致愍兮，发愤以抒情。所作忠而言之兮，指苍天以为正。

“愍”，《国策》：“天下莫不伤”，高注：“伤，愍也。”《诗·载驱》序“闵卫之亡”。《释文》：“闵，一作愍。又作慜。鲁闵公，《史记》、《汉书》并作愍，又作慜。《叹逝赋》：‘慜城阙之邱荒。’”

王逸谓：“愍一作惽。”愍，怜恤也。《左传·昭公元年》：“我代二子愍矣。”服虔注：“惽，忧也。”《广雅》：“愍，爱也。同闵，一同悯。”此处愍字作忧患解，或祸患解。屈原言自己以惜君忧国之辞，招致放逐之祸患也。

“发愤抒情”无非借文字以发泄愤懑之情感。

“所作忠而言之兮。”王逸《章句》“作”一作“非”。洪氏曰：“作，为也。”下文云：“作忠而造怨”，则“作”字为是。今普作“非”，乃从《章句》本。朱云：“‘非’一作‘作’，‘忠’下有‘心’字。皆非是。”

“所”为誓词之常用语。《左传》“所不与舅氏同心者”，“所不与崔庆者”之类。《论语》说孔子见南子，子路不悦，夫子誓之曰：“予所否者，天厌之！天厌之！”则“作”不可作“非”。“指苍天以为正”，王逸谓：“指苍天平已之罪。”实则“正”同“证”，有实证之义。《离骚》：“指九天以为正”，语同。

> 令五帝以枂中兮，戒六神与向服；俾山川以备御兮，命咎繇使听直。

“五帝”，即五方帝。“枂中”，犹“折中”。《史记索隐》解：“折中于夫子”，言事理之是与非，一以孔子之言为准。

王夫之独出新解曰：“中，刑书之要也。枂中，辨枂事理，定为爰书也。”姜寅清引申其言曰：“中，读《论语》‘允执厥中’，谓握图籍也。《周礼·春官·天府》：‘凡官府乡州及都鄙之治中，受而藏之。’郑司农注云：‘治中，谓其治职簿书之要。’江永《周礼疑义举要》曰：‘凡官府簿书，谓之中’，又《周礼·秋官·小司冠》，‘以三刺断民狱讼之中，岁则令群士计狱弊讼，登于天府，狱讼成，士师受中’。则‘中’者盖刑书之属也。”

“戒六神与向服”，向，对也。“服”，即《吕刑》“五罚不服”之服。“向服”谓对其罚之应否。“六神”说法甚繁，王逸谓为“六宗”，即《尚书·舜典》“禋于六宗”；有谓为“星辰、风神、雨师、司中、司命”；有谓为“天地四时”；有谓为“日、月、星、水旱、四时、寒暑”。究竟是什么，有待于研究。

“备御”，姜云：“按御读诗崧高：‘王命传御’之御。传：‘治事之官也。’备御谓准备百执事之人也。此与下句一气读，故曰：‘会咎繇使听直。’言为执事与咎繇会而听直也。”

“咎繇”，《舜典》：“帝曰：‘皋陶，汝作士，五刑有服。’”《说文》引《虞书》，皋陶为咎繇，则咎繇乃古文《尚书》之文。“听直”者听其罪罚之当值。

以上一节，乃屈原发愤请诸神裁判自己之被斥逐，是否真的有罪。

竭忠诚以事君兮，反离群而赘肬。忘儇媚以背众兮，待明君其知之。

王逸谓："言己竭尽忠信，以事于君，若人有赘肬之病，与众别异。"误。朱熹注较合。朱曰："赘肬，肉外之余肉。《庄子》所谓'附赘县疣'者是也。……言尽忠以事君，反为不尽忠者所摈弃，视之如肉外之余肉然。"

"儇"，轻利也。"媚"，柔佞也。吾宁忘儇媚之态以违背众意，其所持犹待明君之知耳。蒋骥谓在朝而无职，如赘肉之无用，而为众人所憎也，亦通。

此节自述行不谐俗，见憎群小之事。

言与行其可迹兮，情与貌其不变；故相臣莫若君兮，所以证之不远。

朱熹曰："言人臣之行，既可踪迹，内情外貌，又难变匿，而人君日以其身亲与之接，宜其最能察于忠邪之辨，盖其所以验之者不在远也。《左传》曰：'知子莫若父，知臣莫若君'，此之谓也。"

吾谊先君而后身兮，羌众人之所仇。专惟君而无他志兮，又众兆之所仇。

"谊"，同义。"羌"，乃也。"惟"，思也。百万曰"兆"。以楚国之大，百万人口不为多，无非言举国之人。怨偶曰"仇"，此处为动词，言众人视我为冤对而仇恨也。"仇"，敌也。《诗·谷风》："不我能慉，反以我为仇。"

壹心而不豫兮，羌不可保也。疾亲君而无他兮，有招祸之道也。

“壹心”，自王逸以下皆作“言己专一忠信，以事于君”。姜寅清独曰：“壹心二句，自来解者皆误。壹者读如《左传》‘今无乃壹之，则先疾矣’。注谓‘抑郁闭塞’也，缓言之，则曰壹壹，《说文》：‘不得泄凶也。’字或作氤氲，细缊。”

“不豫”，王逸谓志不犹豫。姜谓：“此处不豫，即书金滕之弗豫。《孟子》亦言‘吾王不豫’。不豫，盖古之成语。”

“疾亲君”，王逸注极乖谬。朱熹云：“疾，犹力也。与上文‘专惟君’之语同。力于亲君而无私交，固招祸之道也。”较诸家之说为允当。

“不可保”言自己郁悒不快，似乎命不可保。郭鼎堂译此句为“不可保障成就”，则有添字注经之弊。

思君其莫我忠兮，忽忘身之贱贫。事君而不贰兮，迷不知宠之门。

首句“忠”字一本作“知”。屈原乃楚之贵族，生活本不贱贫。贱贫乃指失职被放而言。言忠心事君，竟忘此类灾祸也。

后二句言我一心事奉君王，竟迷惑了希荣固宠的行径。

忠何罪遇罚兮，亦非余心之所志。行不群以巅越兮，又众兆之所咍。

“志”，俞樾云：“犹‘知’”。姜云：“志即‘识’之古文。所志者所有知识也。笔者按古人以“志”字包括全部心理活动，所谓“在心为志，发言为诗”。此处志字决不能作志愿、志气、志向解。

“巅越”，王注为“坠”，朱熹本巅作颠。《艺文类聚》一九引亦作巅。姜曰：“巅与颠相通。颠越连文，则巅为允。巅本训端，即顶。笔者认为宜作颠。陨也，倒也。《论语》：“颠而不扶。”颠越连文，犹言倾倒。顶在此无义。”

“咍”，王注：“笑也，楚人谓相嗍笑也。”

纷逢尤以离谤兮，謇不可释；情沉抑而不达兮，又蔽而莫之白。

一本“释”“白”下皆有“也”字。

“纷”，乱貌。洪氏则以为众说，言所遭尤谤之多。

“謇”，发语辞。同謇。“不可释”，言我所遭尤谤之多，无法解释或摆脱。姜氏乃云：“謇读钱，即秦誓之没答应戳戳，巧言也。‘謇不可释’，言巧辩之言，使余逢尤遭谤，不可解释。”语太曲，反失原文之意。

心郁邑余侘傺兮，又莫察余之中情；固烦言不可结诒兮，愿陈志而无路。

“郁邑”“侘傺”，解见《离骚》，不复。“结诒”，王逸曰：“诒同遗。《诗》‘诒我德音’。”洪曰：“赠言也。”笔者窃按“结”有总结之意。“烦言”，杂乱之言也。杂乱之言不可结成条理，以上达于君。《思美人》“言不可结而诒”，同。

“中情”之情与“无路”之路，不可叶韵，疑有误字。朱熹曰：“中情二字；当作善恶，恶字又当以去声读。”窃按屈赋“中情”二字常用。《离骚》：“众不可户说兮，孰云察余之中情？”“苟中情好修兮，又何必用夫行媒？《九章·思美人》：“申旦以舒中情兮，志沉菀而莫达。”“善恶”这一个词汇也见于《离骚》。“路幽昧以眩曜兮，孰云察余之善恶。”前人遂将此文抄写错了。

退静默而莫余知兮，进呼号又莫余闻；申侘傺之烦惑兮，中闷瞀之忳忳。

王夫之曰：“若沉默不言，则己心既不见谅于君而莫白，欲自陈己志，乃言之必长，不可望其要以简陈之。言烦而君且厌听，终无能以自达，故两端交战于心，退而静默，进而呼号，皆有所不可，惟烦惑郁邑不已。此述谏而不听，又思再谏时之情。”

昔余梦登天兮，魂中道而无杭。吾使厉神占之兮，曰：“有志极而无旁，

“杭”亦作“航”。许慎曰：“方两舟竞并与共济，曰航。”此王、洪、朱以来之旧注。姜寅清谓旧注不可通，谓“杭”乃“沆”字之误，“无字多作‘亡’，则‘无杭”乃‘亡沆’之讹。《淮南·俶真训》‘茫茫沆沆’。‘魂中道而无杭’即‘魂中道而茫沆’，亦即《招魂》‘彷徉无所倚’”意云云。实则旧注未误，而姜氏反误。屈原梦中欲登天，而灵魂虽能飞翔于天地之中间，以无适当之交通工具，是以不能上升。盖全世界古人想像登天至难。昆仑悬圃再上即为泰帝之居，屈原在《离骚》里已到昆仑，登悬圃，仍未得其门而入。这固由帝阍不肯为他开阊阖，他自己恐怕尚缺乏梯阶之属，下文有“释阶登天”一语可证。本文“杭”（航）即指这种交通工具，不一定是船舟之类。姜氏释“无杭”为“茫沆”，终是不明神话之过。——按姜语实由闻匡斋而来。

“厉神”，王逸注：“乃殇鬼也。”又引《左传》晋侯梦大厉，搏膺而踊。殇鬼注甚佳，非王氏学力所及，也许他很幸运地沿袭了一个古注，洪氏引《礼记》王立七祀，有泰厉；诸侯有公厉；大夫有族厉。注“厉主杀罚”，罚同伐，则厉盖战神。殇鬼当即是《九歌·国殇》，乃是无头战神。战神又为火星主神。死神尼甲开始也是火神之神，是以战神死神相通。西亚尼甲为群神巫长，我国桓子孟姜壶称泰山大司命为“大巫司誓与大司命”，《离骚》巫咸，即是西亚尼甲（咸是名字，巫是他的职司），巫咸夕降，屈原怀椒糈相祈，请巫咸为卜筮将来的行止。这些话，笔者在《九歌》、《离骚》都已详细解说过。《惜诵》里，屈原又想请厉神为他占卜，可见这位厉神也就是巫神。

“有志极而无旁”，王、洪、朱诸家注皆谓为厉神语。厉神谓心志劳极，旁无辅助也。姜寅清独以“志极”为“中正”，即《离骚》

“耿吾既得此中正”。“极”本训屋栋，屋栋在屋正中至高处，故“极”引申为“中”为“正”。“旁”作“他人”“旁人”解，举本文“专惟君而无他”“疾亲君而无他”为证。

终危独以离异兮”，曰：“君可思而不可恃。故众口其铄金兮，初若是以逢殆。

“终危独以离异兮”，诸家皆以为此语亦厉神之言。窃意“有志极而无旁，终危独以离异兮”，两句皆屈原请厉神占卜时，询问厉神之词。盖曰：我萃其全心全力以事奉君主，从不顾及他事，而身在朝中”，甇甇孤独，且又见放于外，与君离异，究竟是何缘故呢？陈本礼谓“终危独以离异”为屈原疑而向厉神问询之语，极有见地。但陈氏不知“有志极而无旁”也是屈原之言。唯以两句分隶两节，韵复不协，遂不敢作此主张罢了。但观上节一个“曰”字与本节的“曰”字相对成文，即知这原是一问一答之词。郭鼎堂把“有志极”的一句当作厉神的话，把“终危独”的一句当作屈原的话，当是沿袭陈本礼的意见。笔者则以为把两句都作为屈原问词，于文理较顺，亦可免支离破碎之弊。虽一人之词著两“曰”有《离骚》灵氛之例在，此处则作一问一答为佳。

惩于羹者而吹整兮，何不变此志也？欲释阶而登天兮，犹有曩之态也！

按此节乃为厉神之言，人食熟羹而烫口，即吃凉菜时亦欲吹之。人对祸患之遭罹，也有这种光景。

而你屡遭政治上的挫折，何以你的态度终不改变呢？你想升天而舍却梯子，这是可能的吗？这是你以前的态度，为什么总不肯改呢？阶与梯同，《孟子》“完廪捐阶”。

众骇遽以离心兮，又何以为此伴也？同极而异路兮，又何以为此援也?"

陈本礼云:"屈原闻厉神变志之词,言众人既与我离心异路矣,又何能为我'伴''援'耶?此时我虽变志无益,又何况不能变耶?两'此'字原指己言。"按伴援二字出《大雅·皇矣》"无然畔援"。畔与伴同。陈氏指为伴侣之伴,误。

郭鼎堂伴援为"强项""倔强",盖亦因《大雅·皇矣》而来。郑笺畔援犹"跋扈"也。郭氏遂谓"伴援"即"畔援",乃联绵词之分属于两句中者。姜寅清亦以伴援为分属两句之联绵字。言此跋扈之众人,又将何以为得,即无可奈何意云云,按《大雅·皇矣》"帝谓文王,无然畔援,无焉歆羡,诞先登于岸"就是告诫文王勿跋扈以自傲,勿贪求以侵人,但先平理国内狱讼之事(屈万里说)。跋扈既含高傲意,亦含骜傲不驯意,而变转为倔强,憨直。厉神亦以惋惜而责备的口气,告诫屈原,言众人既和你"离心""异路",你为什么还这么的倔强?这么憨直呢?姜氏以畔援属之众人,大误。厉神语至此止。

晋申生之孝子兮,父信谗而不好;行婞直而不豫兮,鲧功用而不就!

一本无"晋"字。申生事见《左传·僖公四年》及《礼记·檀弓》。鲧以性婞直而获罪,屡见屈赋,不必赘述。

吾闻作忠以造怨兮,忽谓之过言。九折臂而成医兮,吾至今而知其信然。

《左传·定公十三年》:"三折肱知为良医。"孔丛子问梁丘据,遇虺毒,三旬而后瘳……夫子曰:"三折肱为良医"云云。朱熹曰:"人九折臂更历方药,乃成良医,故吾于今乃知作忠造怨之语为诚然也。忽者,易而忽之之谓。"

矰弋机而在上兮，罻罗张而在下；设张辟以娱君兮，愿侧身而无所。

“矰”，缴射矢。“弋机”亦射鸟之机。“罻罗”，捕鸟之网。

“张辟”，王念孙曰：“张辟连读，张读弧张之张。《周官》‘冥氏掌设弧张’。郑注：‘弧，罿罦之属，所以扃网禽兽。’辟，读机辟之辟。《墨子·非儒篇》：‘大寇盗贼将作，若机辟将发也。’《庄子·逍遥游》曰：‘中于机辟，死于罔罟。’司马彪曰：‘辟，罔也。’此承上矰弋罻罗而言。”

“娱君”之“君”，旧注皆以为君主。言谗人更设为严刑峻法以娱乐君主之意。姜氏则以为“娱”为“虞”。谓“虞者忖度准望其君，即后世所谓壅蔽君主耳目之义也”。语意太曲，转成暧昧。

文怀沙译此节云：“我们这个世界，上有弓矢暗藏，下有捕鸟的罗网，倘若张设苛政，那只是使昏君欢娱，放荡。”我意君主虽昏，亦未必以群小设机陷人为娱乐。实则此处“矰”、“弋机”、“罻罗”、“张辟”皆为同义语，“君”则是第二人称代词；犹“你”实际则为“我”，屈原自指。言群小陷人如上下四周皆设罗网，他们广布陷阱来同你开玩笑，你即想侧身避躲也无地可躲。屈原文笔最为活泼跳进，且极富于幽默感，行文至沉闷处，则忽出轻松之趣笔，逗人一笑。此处四句，即其显例。

数千年来，我们中国人的脑子被那些圣经宝典，压成了一块呆板板、冷冰冰的化石，除了严肃的训诫，冷酷的教条，陈陈相因的立身处世之道，不知其他。人类都有天生的幽默感，多少不同而已，我们的方块字固有许多好处，但表现幽默则比较难，因此幽默文学在我国不发达。又汉儒训诂之学，只知就字论字，那个字在那个位置上，他们就在那个位置上立论，稍有转变，便茫然无所措手足。《九歌》有许多人称代词，被王逸注得一塌糊涂，使原来本极显豁的代词，变成晦涩，并且往往不知所谓。这种例子很多，读我《九歌》研究，便知分晓。

欲儃佪以干傺兮，恐重患而离尤，欲高飞而远集兮，君罔谓汝何之？

“儃佪”，王逸谓为低徊，即徘徊审顾之意。“干”，求也。“际”，王逸谓为“住”，难通。曾国藩谓：“傺当作际，谓际遇，际隙。《庄子》‘仁义之士贵际’。言欲淹留朝中，以待际会，则恐重得祸患也。”实则际当作别求发展机会解。

“离尤”，尤古音怡，叶文下“之”字。

“高飞远集”，谓远去楚国也。“罔”，王注谓为“诬罔”。

欲横奔而失路兮，坚志而不忍。背膺牉以交痛兮，心郁结而纡轸。

“横奔失路”，王逸谓：变节易操，以从群小之后。“坚志不忍”，言自己心志坚强，不忍为此。背与胸本为一体，今若中剖为二，痛楚可知。“纡”，曲也。“轸”，亦为痛。

梼木兰以矫蕙兮，凿申椒以为粮；播江离与滋菊兮，愿春日以为糗芳。

“梼”，一作“捣”，舂也。“矫”，揉也。凿、碾米至精细。《左传》：“粢食不凿。”“播”，散播种子。“莳”、“滋”二字同义，栽种也。“糗”，干粮也。

恐情质之不信兮，故重著以自明，矫兹媚以私处兮，愿曾思而远身。

此一节诸家解说皆未的，姜寅清为佳。姜曰“‘质’，至也。‘情质’，犹今言情之所衷矣。言余情之所衷如此，而终不见信也。‘重著’，犹言郑重申说，使当其实。‘矫’乃挢之借，举也。‘兹媚’，即上文诸美德，犹《离骚》之言‘内美’‘好修’‘修姱’等义。‘私处’，犹自处也。此盖见放之后，求仕不得，乃思退而自好之义。是此篇之作，当在《离骚》之前。‘曾思’，诸家义皆不可通。按此篇文意与《离骚》相似，彼云：‘吾将远逝以自疏’，与此篇‘远身’义近。则曾思其犹远逝欤？按《九思》憛乱曰：‘玄鹤兮高飞，曾逝兮青冥’，《淮南·览冥训》‘增逝万仞之上’，高诱注：‘增，犹高也。逝犹飞也。’贾谊《吊屈原文》：‘摇曾逝而去之。’‘曾逝’盖赋家习语之为‘远逝’者也。则此言‘曾思远身’，即九思高飞曾逝之义。‘思’与‘逝’，声近而讹也。”

姜氏又总括而论之曰：“此四句盖继前四句以总摄全篇大旨，余惟惧衷情之不见信，故郑重申说，使之当于情实，以自明其志。其志既明，余愿举此内美之德以退于私处，自善其身，愿高飞远逝，盖即《离骚》‘回车复路’之义也。”

按姜氏此言，从前楚辞注家都未说过，极有道理，可惜还有一点，他没有说出来。屈原在此篇中确有远逝的意思，但并非想投奔到别的邦国。这当然有其缘故：一则他是宗臣之身，与楚国同其休戚，不能轻言去就。二则，他天生忠贞正直，国家宗社观念比同时士夫为浓，他有《橘颂》里自喻，“受命不迁”、“深固难徙”的性格，也像陆侃如氏所谓“旁逸斜出”的天才。三则，战国时代君臣观念正如胡适之先生所说甚为薄弱，那时仕人，朝秦暮楚，视同常事，君主不能干涉，自己人格也不会因此蒙上污点，如陈轸以秦人而再三仕秦仕楚，孟尝君以齐之重臣而至秦拜相，张仪以秦之重臣，竟来楚国拜相，屈原虽深恨秦国，他是亲齐派，那时齐国乃域外文化集中地，是他所最欣慕的，何尝不可以去？就是韩魏燕赵也未尝不可以投奔。可是他不去，或有不能去的苦衷。他和怀王修宪变法，有许多国家机密在其掌握，这种机密是不可以宣泄的。《九章·惜往日》：“国富强而法定，属贞臣而日娭，秘密事之载心兮，虽过失犹弗治。”“心纯庞而弗泄兮，遭谗人而嫉之。”这不说明了么？无怪他在本篇说“欲高飞而远集”，君主便板起脸孔问“汝何之？”了。他两次遭贬，一在汉北，一在湘西，都是交通极不便，文化甚落后之区，大概就是楚国君臣用来限制他的行动而选择的吧？

但屈原处此凡人不能忍受的境地是想远走的。“梼木兰”“凿申椒”那一节文字就是预备远行的糈粮，与《离骚》远征前，“折琼枝以为羞，精琼靡以为粻”无异。那么，他远逝的目标地是何处呢？答曰：是所谓西海的仙境。这个仙境，我们今日固知其不过幻想，在战国时人却认为真实。无奈想到这个仙境非常不易，所以屈原在本篇最后，也只能愿举此内美之德，甘愿永久沉沦，用以独善其身罢了。

《抽思》（原文）

心郁郁之忧思兮，
独永叹乎增伤。
思蹇产之不释兮，
曼遭夜之方长。

悲秋风之动容兮，
何回极之浮浮！
数惟荪之多怒兮，
伤余心之忧忧。

愿摇起而横奔兮，
览民尤以自镇。
结微情以陈辞兮，
矫以遗失美人。

昔君与吾诚言兮，
曰："黄昏以为期。"
羌中道而回畔兮，
反既有此他志！

憍吾以其美好兮，
览余以其修姱。
与余言而不信兮，

盖为余而造怒。

愿承闲而自察兮，
心震悼而不敢。
悲夷犹而冀进兮，
心怛伤之憺憺。

兹历情以陈辞兮，
荪详聋而不闻。
固切人之不媚兮，
众果以我为患。

初吾所陈之耿著兮，
岂至今其庸亡？
何毒药之謇謇兮，
愿荪美之可完！

望三五以为像兮，
指彭咸以为仪。
夫何极而不至兮，
故远闻而难亏。

善不由外来兮，
名不可以虚作。
孰无施而有报兮，
孰不实而有获？

少歌曰：
与美人抽怨兮，
并日夜而无正。

侨吾以其美好兮，
敖朕辞而不听。

倡曰：
有鸟自南兮，
来集汉北；
好姱佳丽兮，
牉独处此异域。

既惸独而不群兮，
又无良媒在其侧；
□□□□□□□□□，
□□□□□□□。

道卓远而日忘兮，
愿自申而不得。
望北山而流涕兮，
临流水而太息。

望孟夏之短夜兮，
何晦明之若岁！
惟郢路之辽远兮，
魂一夕而九逝。

曾不知路之曲直兮，
南指月与列星。
愿径逝而未得兮，
魂识路之营营。

何灵魂之信直兮？

人之心不与我心同。
理弱而媒不通兮，
尚不知余之从容。

乱曰：
长濑湍流，
泝江潭兮。
狂顾南行，
聊以娱心兮。

轸石崴嵬，
蹇吾愿兮。
超回志度，
行隐进兮。

低佪夷犹，
宿北姑兮。
烦冤瞀容，
实沛徂兮。

愁叹苦神，
灵遥思兮。
路远处幽，
又无行媒兮。

道思作颂，
聊以自救兮，
忧心不遂，
斯言谁告兮。

《抽思》疏证

题 解

王逸在此篇题下注云："此章言已所以多忧者，以君信谀而自圣，眩于名实。昧于施报，已虽忠直，无所赴诉，故反复其思，以泄忧思。"照他的意见，"抽"就是"反复其思"，而其所谓"思"者，就是"忧思"。"抽思"这个题目，就是用翻来复去的言语来发泄自己的忧思罢了。

朱熹因此歌有少歌，歌辞中有"与美人抽怨兮，并日夜而无正"。"抽怨"，据王逸注："为君伸道，拔恨意也。"朱本改"怨"为"思"，并说此篇题目之所以名为"抽思"，即由少歌而来。"抽"是"拔"的意思，"思"，同于"意"。

蒋骥以下各家，大都遵照朱注，以抽为拔。或置之不论。笔者是赞成朱说的。解释见后。

歌辞的解释

> 心郁郁之忧思兮，独永叹乎增伤；思蹇产之不释兮，曼遭夜之方长。

"蹇产"，即诘屈不伸之意。"曼"，长也。

笔者窃以为题目"抽思"二字之解释，实在此四句之中。人之忧思，缠绵固结，如蚕之茧然，发泄之于文字，则必引其端绪，缕缕然抽以出矣。忧思而曰“抽”，当是从剥茧悟出。盖此篇体裁在《九章》中，或可说在全部屈赋中皆较为奇特。正歌之外，又有“少歌”，“少歌”之外，又有“倡”，“倡”之外，更有“乱”。屈原思慕君主，爱恋祖国的思，好像一团乱丝，结成了一个大茧，结是结得异常牢固，抽也抽得淋漓痛快。

悲秋风之动容兮，何回极之浮浮？数惟荪之多怒兮，伤余心之慢慢！

姜曰：“动容”之容，读为“搈”。《说文》：“动，搈也。”《广雅》释注：“搈，动也。”

“回极”，王逸曰：“回，邪也。极，中也。浮浮，行貌。怀王为回邪之政，不合适中，则其化流行，群下皆仿也。”可谓想入非非。朱熹曰：“回极浮浮，未详所谓，或疑回极指天极回旋之枢轴，浮浮言其运行之速而有常，亦未知其是否也？大抵此下诸篇，用字立语，多不可解，甚者今皆阙之，不敢强为之说也。”林云铭改“回极”为“四极”，谓为四方之极。于“浮浮”二字则无说。蒋骥袭朱子说，指为天极回旋之枢轴，陈本礼曰：“回极，斗柄西指，浮浮不靖之象，以星光之闪烁，兴君为臣下所播弄也。”

姜寅清曰：“诸家之义，皆不可通，由不知秋风两句义之相贯也。回，萦回，旋也。极，至其极也。言余悲痛秋风之冲融深广，何其往来回旋，至乎其极，如此其浮浮无定也。”按王夫之曾云：“回极，风之往来，回旋而至也。”姜氏盖袭其说。

笔者认为回极实为天文上星象名词。刘向《九叹》：“徽九神于回极。”王逸谓：“回极即北极星，处天之中。”不知道他注《抽思》又把回极当作回邪之政，是何缘故？“浮浮”二字见于《大雅·荡》“江汉浮浮”，注：“水流貌。”“回极浮浮”者盖言星回斗转，光阴迅速，如水之流，我客居贬所，又遇着秋风之起，安能不引起悲怀而已。

“数”，屡也。“荪”如今京白之“您”，用之于君主及神明，解见我的《离骚》及《九歌》等篇。屈原作《抽思》时，怀王尚在。故直称之以“您”。

“憂懮”，《说文》“愁也”。姜氏谓为“忧”之后起字。此字引申为痛貌，言伤余心至于痛楚也。戴震云：“懮懮，回惑也。”非。

愿摇起而横奔兮，览民尤以自镇。结微情以陈辞兮，矫以遗夫美人。

此四句，王逸言：“见君妄怒无辜而受罚，则欲摇动而奔走。尤，过也。镇，止也。言已览观众人，多所过罪而被刑罚，惟独己身自镇止而慰己也。”朱熹：“尤，过也。镇，止也。矫，举也。览民之尤而察其有罪之实，庶以自止其忧，则又愈见其怒之不小而其可忧益甚，结情于词以告君也。美人见骚经，亦寄意于君也。”王夫之：“摇起横奔，任情离合，贪忮而妄行也。民尤，通国皆知其过也。因秋风之回旋无定，兴怀王之轻喜易怒。摇，惑人言；横奔失路，如听张仪而骂齐、割地献秦，请囚张仪之类，人皆知其过，己愿王察众议以慎其举动，故不容己于正谏。”

以上诸家之言皆不着边际，愈解释，愈糊涂。惟林云铭曰：“欲从所居而赴郢，不俟命而擅行，见民之罹罚者多，恐又加罪而自止。”蒋骥语亦类似。陈本礼语尤透彻，曰：“原身系汉北，心不忘君，欲违命至郢，以陈其志，又见民之罹罪者多，而知危自止。但结情于辞，举以告君，此篇之所为作也。”按古诗“民”通“人”，单复皆可用。此处“民”字，犹言“别人”，单数。盖屈原见别人有擅离贬处而获罪者，遂强自抑制而止。林陈二氏“见民之罹罪者多”，是错把这个“民”字当做“人民”的复数用了。

《抽思》下半段，屈原果作短程之旅行，至北姑而止。摇起横奔，民尤自慎二语，乃下文之伏笔。屈子文章之组织，如此严密，诚可叹观止！

昔君与我诚言兮，曰黄昏以为期。羌中道而回畔兮，反既有此他志！

数句与《离骚》“曰黄昏以为期兮，羌中道而改路，初既与余有成言兮，后悔遁而有他”同。戴震：“日加戌曰黄昏，此以女子之嫁者为比。有成言，有昏期也。至中道而见弃，岂其有罪也?”诚同成。

憍吾以其美好兮，览余以其修姱。与余言而不信兮，盖为余而造怒。

洪兴祖曰：“此言怀王自矜伐也。憍，矜也。《庄子》‘虚憍而持气’，读如骄。”朱熹：“言君自多其能，又非其实，本无可怒，但以恶我之故，为我作怒。”蒋骥：“《史记》怀王使屈平为宪令，上官大夫心害其能，因谗之曰：‘平以为非我莫能为也。’

王怒而疏屈平。盖怀王为人，矜名好胜，而谗人之言，有以深中其忌，故其于原，口不言而忿自深，其所矜示者亦实疑原之自伐而与之相竞耳。宋真宗夜召杨亿入禁中，以文稿示之曰：‘此非臣下代也。’亿皇恐再拜而出，知有谮之者。事与此同。而怀王昏愎，殆有甚焉。原所以不免于流放也。”

朱李海曰：“贾谊《春秋传》曰：‘楚怀王心矜，好高人，无道而欲有伯王之号，铸金以象诸侯人君，令大国之王，编为先马。梁王御、宋王乘、周、召、毕、陈、滕、薛、卫、中山之君皆象使随而趋。诸侯闻之，以为不宜，故兴师而伐之。”

姜寅清曰：“此四句言君王已悔遁而有他，乃以其所以为美好者，以相矜炫；其所以为修姱者以相欺枉，与昔日与余之成言，失信相远，此君之自为，为何乃为我而造作忿怒乎？即《离骚》露修数化，信谗斎怒之义，亦即原传上官大夫谗言平伐其功，王怒而疏屈原之义。盖怀王疏己而信任上官子兰之俦矣，其美好，其修姱，诸家皆指怀王自矜，其实未允，此指怀王任信上官子兰，以之为美好，为修姱，正与己之见放为对照也。臣无斥君自矜伐之义。”

姜氏之言亦足备一说，但嫌过曲。怀王心矜，好高人，已见于前引贾谊《春秋传》，至其自负其能，不欲他人出己之上，亦于《史记·屈原传》见之。传言靳尚之谗原，系言屈原攘王之善归已。

是盖宪令草稿或者均出怀王手拟，或由王口授而令屈原靳尚二人誊录、润色、编纂，今闻屈原对人曰："非我莫能为也。"等于著作权之被夺，宜其愤恚。

或将曰：你在你的《屈原评传》里，采游国恩意见：谓屈原所草宪令乃不利于楚之贵族及特权阶级者。设使宪令乃怀王创意，则怀王岂非魏文侯、秦孝公一类君主，屈原对他手拟或口授的宪法条款，又何必修改？再者，你在《屈原评传》里又采孙作云的意见，谓怀王曾与屈原共商变法，既曰共商，则君臣意见，当如水乳之交融，何致有参商之事呢？答曰：修宪与变法，虽是两件事，目标则一，但观《九章·惜往日》"明法度之嫌疑"，"国富强而法立"两语，便知道。不过怀王实际上是个"为政不得罪巨室"的孟轲主义者，他也许想学秦魏变法之君，而私心重，顾虑多，缺乏实行的决心与勇气，同时在他左右及遍国中的贵族豪强，又牵掣得厉害，破坏得无所不至，反教屈原做了恶人，遂终于失败了。但读下文"众果以我为患"句，"果以"二字下得何等明白！怀王还要对屈原矜夸他自己的政见高明，所以屈原在本篇中著了这样一段文字。

愿承闲而自察兮，心震悼而不敢；悲夷犹而冀进兮，心怛伤之憺憺。

"承闲"，王逸注："思待清宴，自解说也。"诸家遂皆思待君主闲暇之时，向之陈说，以求省察为言。误。闲、间同字。间者罅隙，亦即机会，笔者在《九歌·山鬼》篇曾有解释。此句是说我想得个机会，向怀王要求省察。"震悼"，义犹恐惧。因怀王是一善怒之人，所以又有所不敢。

"夷犹"，《九歌·湘君》"君不行兮夷犹"，王注同"犹豫"，徘徊审顾，欲行不行的意思。

“怛”，悲惨。“憺憺”，忧也，动也。刘永济曰：“憺当是惔之借字。《说文》：‘惔，忧也。’《诗·节南山》‘忧心如惔’，云漠‘如惔如焚’。《传》‘燎之也’。《释文》引《说文》，一曰：‘炎，燎也。’韩诗皆作炎。按惔字后出，即炎字也。若训忧，则两如字不可通。”此朱骏声《说文通训定声》所言，刘氏引之。朱骏声果甚有理，故此节最后一句宜改为“心怛伤之惔惔”。

> 兹历情以陈辞兮，荪详聋而不闻。固切人之不媚兮，众果以我为患。

“兹历情”，王曰：“一本作‘历兹情’”。笔者认为王逸所见一本“历兹情”为是。“历”应作“沥”。楚辞《大招》固有“和楚沥”之语，可见沥字战国时便有。沥字是水滴点下坠之意，也是漉出的余滴，古有“沥血为盟”的话，刺臂出血不能太多，流下数滴于酒中即足。古又有“披肝沥胆”的成语，就是绞出胆液的意思。沥字旁三点漶灭，遂误为“历”了。屈原在本文的两句就是：“我绞沥我的忠情来陈辞，无奈您一味装聋作哑地不加理睬。”

“切人不媚”，朱熹曰：“言恳切之人，不能软美。”

“众果以我为患”，上官、郑袖、子兰、子椒果视我为祸患，非去之不快。

> 初吾所陈之耿著兮，岂至今其庸亡？何毒药之謇謇兮，愿荪美之可完。

所陈之词即前文“结微情以陈情”及“历兹情以陈词”两次所言者，用一“初”字以绾合之，文法非常严密。

第二句，王逸云：“一作‘岂不至今其庸亡’”，至其义则王逸解以“文辞尚在，可求索也”。是以“亡”当作“亡失”。“庸”，朱熹云：“庸，用也。《左传》：‘晋其庸可冀乎？’言吾昔所陈之言，明白如此：岂不至今犹可覆视，而何用乃亡之邪？”蒋骥云：“庸字之义，与‘宁’相近，‘亡’‘忘’同。言初所陈，岂不至今犹耿介著明，宁遂忘之耶。”林雲铭亦云：“未疏之前，吾所言甚明白，断无遽忘之理。诸本‘岂’字有‘不’字，费解。”蒋氏谓“亡”为“忘”，当依据林说。

“何毒药之謇謇”，王注：“一本云：‘何独乐斯之謇謇兮’。”此较佳，宜从。诸家皆泥“若乐不瞑眩，厥疾不瘳”及《左传》“美疢不如恶石”，皆药从“毒药”之句。但“謇謇”为直言之状，毒药不能发言，“何毒药之謇謇”，在文法上则是毒药发言了，说得过去吗？

第四句，王逸云：“荪一作荃，完一作光。”作光是，作荃非。屈原写《抽思》时系在第一次放逐，时怀王尚未死，故直呼而告之，荃则已死之称呼。王逸不懂这种分别，所以随意乱说。

> 望三五以为像兮，指彭咸以为仪。夫何极而不至兮，故远闻而难亏。

“三五”，王注“三王五伯”。朱注“三皇五帝”。姜寅清云：“战国言三五，多指三王五伯，王注是。”笔者则以朱注是，王注非。

“像”，朱熹谓：“肖古人之形而则其像也。‘仪’，则也。”上句乃所希冀于怀王者，下句乃屈原之所以自励。彭咸据笔者研究乃系死神，而死神之特性，则为公平正直。屈原所以不能见容于群小，即坐秉性过于正直，故时时欲以彭咸为仪则。

“何极不至”与“远闻难亏”乃对文。言为君者若果能取于三五，为臣者若果能遵则于彭咸，有什么标准达不到？既能达到，则令名远扬，谁能亏损他呢。

> 善不由外来兮，名不可以虚作。孰无施而有报兮，孰不实而有获？

“善”与“名”为对文，“施”与“实”亦为对文。所谓善，即是道德。道德之形成，根于内在之修养，非外面之矫饰所能冒为，亦非他人虚言之颂扬所能幸致。不施于人，安望人之报德？不勤于种植，安能有所收获？朱熹谓“实”当作“殖”，是。

姜曰：“此盖申儆之义，善恶名实，不以虚伪而得，此戒楚君欤？抑自儆欤？盖不必细为分析矣。文至此酣透澄彻，故亲切厚重，屈子欲进而教之之意，盖极悃切。此初之时，情意未茂，故明白剀切乃如此也。”

少歌曰：

与美人抽怨兮，并日夜而无正。憍吾以其美好兮，敖朕辞而不听。

“少歌”，朱子谓为乐章音节之名，引《荀子·赋篇》佹诗小歌为证。然则“少歌”当作“小歌”。王逸亦云：“少亦作小。”洪氏谓小歌者乃反辞，即总论前意，反覆说之之意。

“美人”，指君。王注“抽怨”为“为君陈道，拔恨意也”。朱熹《集注》则作“抽思”，诸家皆赞成其说，盖此篇题目“抽思”二字原自此句出。“与美人抽思”，可见反覆陈词乃对怀王，非对自己。吴汝纶读“抽”为“讪”。谓“讪，酬也”。“抽怨”即“酬怨”，而酬怨即复仇。说太牵强，他忘了题目“抽思”二字的意义了。

“正”即“平”，平者评也。朱云：“并日夜言，旦暮如一，而无与平（评）其是非者。”正一作证。

三四两句，言怀王自负太甚，以其美好炫示于人，对我反覆之陈辞，傲然不听。

倡曰：

有鸟自南兮，来集汉北；好姱佳丽兮，牉独处此异域。

既惸独而不群兮，又无良媒在其侧。□□□□□□□，□□□□□□□。

洪曰："少歌之不足，则又发其意而为之倡。"

"鸟"，屈原自喻。洪引《孔子》曰："鸟则择木，木岂能择鸟？"又引子思曰："君子犹鸟也。疑之，则举矣。色斯举矣，翔而后集。"故古人以鸟自喻云云。屈原之为此言，或有此意。

"好姱佳丽"，姱，美也。佳丽本形容辞，今变为名词，犹言"好一个漂亮的美人儿"。郭鼎堂译为"毛羽十分美丽"，承鸟以言，亦通。不过屈原乃一美丈夫，不免以仪表自负，时著之篇咏，究以言人不言鸟为是。

"胖"，王曰："一作'叛'，一作'柈'。"胖独二字为连词。姜曰："胖独，犹离骚之纷独。""异域"，古者"国""域"为一字。域地方之称。国者大域之称，并无后来国家之意。"异域"犹云异方、异乡云尔。

"惸"同茕。《诗·小雅·节南山》、《正月》"哿矣富人，哀此惸独"，《孟子·梁惠王上》引作"哿矣富人，哀此茕独"。注"茕，无弟兄也"。屈原有否弟兄，今不可考。即有之，亦未必与之同适贬所。此惸独云者，无非言孤独一身而已。

"无良媒"，言无足向君主道地之人。"在侧"，在屈原之侧。诸家皆以为在君侧，也可以说得过去。

屈原《九歌》、《九章》皆以四句为一节，即《离骚》、《天问》，亦不例外。此处竟为六句，与屈赋体例不合，疑原为两节。"有鸟"至"异域"为一节。"惸独不群"起为另一节，皆四句，所失两句，只有以方块补足。

> 道卓远而日忘兮，愿自申而不得。望北山而流涕兮，临流水而太息。

"卓远"，一作"逴远"。《说文》："逴，远也。""日忘"，君主日渐忘记自己，竟若此人从未存在。凡人与物远离目前，辄不能记忆，事理之常。

君主既日渐忘我，虽向之申诉衷情，又乌可得？

“北山”，王云：“一作‘南山’。因郢都在汉水之南，屈原既自郢都到汉北，遥望郢都之山，自该是南山，故戴震本作‘南山’，王夫之又谓为‘襄邓西北楚塞之山’。”

戴震在其《通释》中又说：“郢，《说文》云：‘故楚都，在南郡江陵北十里。’杜元凯注《左氏春秋》云：‘今南郡江陵县北，纪南城是。’《水经注·江水篇》云：‘楚船官地也。春秋之渚宫矣。’渚宫在今城内西隅，城北十里，便得纪山，故以纪郢名城，又有纪南之称也。”然则屈原望而流涕者即此纪山，以其原在郢都之北，故曰“北山”——或者楚人本称之为“北山”。北山既为专名，则无论在南望，或在北望，名皆不改。戴震改为南山反误。

“流水”，王云：“一作深水。”姜寅清云：“或即汉水上流之涯涘”。

望孟夏之短夜兮，何晦明之若岁？惟郢路之辽远兮，魂一夕而九逝。

“孟夏”，四时之首月，曰孟。孟夏，四月也。前文言“悲秋风之动容”，此文言夏。蒋骥云：“追序之词。”夏夜最短，而在愁人，则觉其长。

“晦明若岁”，姜云：“此晦明宜作晦夜，白日解。言度日度月，有如年岁也。此本午夜思惟之情，然当前之情，虽为午夜，而方过未来，皆为白日。夜固盼其速明，而明时亦未必即不思，故曰孟夏虽短夜，而其晦若岁，则白日之长明，亦度日如年矣。”如此解释，虽出深思，而缭绕太甚，殊嫌闷人。吾人在白昼有许多生活上之琐务，待于处理，忙忙碌碌，光阴容易打发，并不觉白昼之长，惟夜间睡在床上，不能活动，若患失眠，辄有“长夜漫漫何时旦”之概。虽以夏夜之短，亦觉其长矣。“晦明”者自晦至明也。即夏夜虽短，盼到天明，亦若一岁之久也。

郢路距汉水本甚遥远，而一心思念，灵魂竟能于一夕之间，赴郢九次。九次者，言其多，不必呆板地谓为九次。

曾不知路之曲直兮，南指月与列星。愿径逝而未得兮，魂识路之营营。

郢都与汉北，相距甚远，道路曲直，实难明了。但指着在南方的月儿与星星，岂不能得其大概。曾不知者岂不知也。我指月星既得到郢都的方向，就想采取最短之直径返我故都，奈躯体笨重，又为逐臣之身，行动有所羁束，而我之灵魂，则甚自由，彼一夕之间，能往返郢都九次，则其认识道路，远胜于我可知。

“营营”，见《小雅·青蝇》：“营营青蝇。”《传》“往来貌”。实则应作往来频数貌。王逸云：“营一作茕。”刘永济乃有按营为茕之假借字，当从一本作茕。按茕乃孤独貌，与营营之频来往，大异其趣，且与上文“一夕九逝”亦无关。故刘氏欲强改“营”为“茕”，真莫名其妙。

何灵魂之信直兮，人之心不与吾心同。理弱而媒不通兮，尚不知余之从容。

此节系屈原告自己灵魂之辞。“信直”，天真，老实。人之心不与吾同。吾字代灵魂自指。人之心不与我一样。“理弱媒不通”，言我此时想回郢都，则期限未满，擅自行动，理由实不充足。再者媒理通称。理弱者言代我疏通之理弱也。若有知友能在怀王前替我说项，则我或者可以结束放逐生涯，无奈又没有。

“从容”，向来作安舒解。朱子解为“不变所守”。陈本礼曰：“杀身成仁易，从容中道难，自明不变其所本也。”一本朱子之说。蒋骥之言最为有理。其言曰：“此若呼而怪之之词。曰何灵魂之信情直行，而迫欲归郢也。当此人我异心，良媒中绝，正使得归，当复何用？余从容听之久矣，魂尚未知耶？盖嬉笑之言，甚于痛哭矣。”钱澄之《屈诂》也有一段话：“……魂之急欲逝也，即使得归，依旧理弱而媒不通，归何为乎？余惟有从容听之而已，魂乃迫切如此耶？反怪灵魂，诞罔之甚。”钱氏这话当系受蒋骥说的启发。

姜氏谓旧说“安舒、闲暇者皆非”。以“从容”作“举动”解，系根据《涉江》篇王逸注。(“重华不可逻兮，孰知余之从容。”王谓“从容，举动也。”)

屈原在这里确与自己的灵魂开玩笑，如蒋骥所说。屈原惯会说这类俏皮有趣的话，这几句与前文“设张辟以娱君”一样，乃中国文学上最为难得的妙文。后人不知，一概误解，惟蒋骥尚能识之。

乱曰：

长濑湍流，泝江潭兮；狂顾南行，聊以娱心兮。

屈原在汉北，虽不能擅行返郢，但他并未囚于牢狱，不过被安置在那里，他的行动仍有若干自由。既苦思南返而不可得，那么作一趟旅行来排忧解闷吧。濑，浅水。湍，急流。楚人名渊曰潭。逆流而上曰泝。屈原见彼浅濑与急流，皆流入大江，乃泝江流而上，既悟方向相反，距离郢都岂非愈走愈远，乃猛然回头，向南而行。

轸石崴嵬，蹇吾愿兮，超回志度，行隐进兮。

“轸”，王逸曰：“方也。轸方象地。言虽放弃，执履忠信，志如方石，终不可转。”这种冬烘见解，可笑可厌。王夫之谓轸为视，屈原临流盼石。戴震则以为戾裂之石。陈本礼谓为江心矶石，遂有“蹇吾愿者，江险难行也。于是舍舟从陆，绕道入山”。不知屈原向南行进，原是一直走陆路，“泝江潭”云者，沿江而上之意。陈氏那种解说，无谓。

姜氏云：“按轸借为畛。《说文》：‘井田间陌也。’《大招》：‘田邑千畛’，注“田上道也’。《淮南·要略》：‘以翔虚无之轸’，注：‘道轸也。’《咏怀诗》：‘连轸距阡陌’，皆是。”此篇所言以身在汉北，而思归郢都为主旨。以不得归，又不能直言，故多以道路阻塞为言，此轸石亦可谓为道上之石，故曰：“蹇产吾愿，不得遂行也。”屈原在汉北贬所，急欲返郢，作了个小小旅行是实事，姜氏又将它当作譬喻，反无意义。

“嵬嵬”，高貌。道上石块，甚高，难以通过。

“超回志度”两句亦难解。朱熹曰：“此篇用字立语，多不可解，甚者今皆阙之，不敢强为之说。”王夫之、戴震、马其昶各有说，而皆不可通。姜氏曰：“超回，谓或超，或回，意谓或越出其旁行之道，或回曲其当行之道，亦形容行路之难也。‘志度’，即‘意度’，此言路之难行，其为超越，为回还，皆以已意而拟度之也，隐如隐隐，小心审慎之貌。谓其行之不易也，亦指归途言。因其超、回，必需志度，故其行亦隐隐而难进也。”

郭鼎堂谓上句“蹇吾愿兮”，“进”字不可与“愿”相叶，当是“难”字之误无疑云云。见其所著《屈原赋今译》。然“行隐难兮”语更难解。

窃意“隐”“稳”二字古通用。《说文》：“稳，蹂谷聚也，一曰安也。从禾隐省，古通安隐。”盖古时“稳”通作“隐”。《玉篇》：“稳，于右切，蹂谷聚。”《广韵》，稳上声二十一混，持谷聚，亦安稳。徐氏曰：“古通用安隐。”

《大雅》：“乃慰乃止”，小笺：“民心定乃安隐。”《庄子·应帝王》“其卧徐徐”，司马彪注云：“徐徐安隐貌。”

故此篇“行隐进兮”，当即是“行稳进兮”。屈原向南行走时，道路上都是嵬嵬之大石，非常难走，乃小心审度，可跨过则跨而过之；不能跨过者，则转绕以过，庶免蹉跌，是为稳进。洪《补》引《说文》：“隐，安也。”即安稳之安。

低佪夷犹，宿北姑兮。烦冤瞀容，实沛徂兮。

“低佪夷犹”，固由汉北那些未开化僻远之区，道路难走，亦由屈原之旅行，实借此眺赏大自然之风光，故进行甚慢。

“北姑”，当是自汉北南行第一站，乃小地名，即王夫之所云湘人亦不知其处。饶宗颐有北姑考，见所著《楚辞地理考》。谓北姑即薄姑，在青州博昌县东北六十里。战国时为齐地，乃屈原使齐时作。

不知屈原谪汉北，何以忽使齐？为此说者，不思之甚。

"瞀容"，王逸注："瞀乱也。"朱云："瞀容瞀乱之意，见于容貌也。"姜曰："皆不可通。容字当为闷字之误。容闷古形通。"

愁叹苦神，灵遥思兮。路远处幽，又无行媒兮。

行路既如此艰难，不禁愁叹。因愁叹之频频，而至精神为苦。但我之灵魂，飞翔自由，能于一夕之间，飞往郢都九次，此时我之身体已告困顿，不能向前，惟有任凭灵魂遥思我所欲往之地点罢了。

"行媒"，诸家皆以为即前文"又无良媒在其侧"，亦即"理弱而媒不通"之媒。实则媒字在古代意义不仅如《说文》之媒合男女二姓，媒之言谋也。《一切经音义》："媒，谋也。"朱骏声《说文通训定声》："媒，谋也，谋合异类使成和成。"《汉书·司马迁传》："谋蘖其短。"《李陵传》作"媒蘖"，注"齐人名曲曰媒"。孟康曰："媒，酒教（酵）也。"又《射雉赋》："睨饶媒之变态。"徐爰曰："媒者，少养雉子，至令狎人，能招引野雉，因名之媒。"今"酒媒"、"雉媒"行文时常用。所以屈原此篇"行媒"即"行路之媒"，换言之，就是"向导"。路既远，处幽僻之境，又无向导之人，自然不能前进。按《离骚》"苟中情其好修兮，又何必用于行媒？"亦引导之人。

道思作颂，聊自救兮，忧心不遂，斯言谁告兮。

"道思"，王逸谓为"中道作颂"。诸家皆无异义。但笔者疑"道"非道路之道，同"导"。导思者，我将忧思曲曲引导而出，与题目"抽思"相应。

"聊以自救"聊以自慰。亦即聊自排遣之谓。

"斯言谁告"，我之忧言，谁能代告君王，终于无益。

此篇本以所抽之忧思为主，亦常插入轻松取笑之笔，用以调剂过于沉闷之空气。关于灵魂字样一共提到三次，第一次"魂识路之营营”，言我虽指月与星知郢都之方向，而苦不能去，魂则无待指月星，营营来往，一夕至九次之多，第二次就和自己灵魂玩笑说：我返郢的事既无充足的理由，君前又无为我疏通之人，你却跋来报往，不惮其烦，一心想回去，岂不太天真吗？第三次，自己固曾走上向南的道路，却以阻碍重重，无法通过，自叹肉体牵累太甚；又念自己苦思南归者实亦由无夕不梦，梦又频繁所导致，也是由于自己灵魂之苦苦萦缠，再四怂恿的缘故，只好向灵魂告饶说：你既飞翔自由，总是遥念郢都，你就自家儿去吧，我其实是走不动了呀！三处灵魂字样，互相呼应，且语气亦极诙谐，令人颐解。我们的三闾大夫真足称为“幽默大师”，比什么淳于髡、东方朔都胜过十倍。可惜太史公《史记·滑稽列传》忘了给他一席。

或将谓屈原原文仅有“愁叹苦神，灵遥思兮，道远处幽，又无行媒兮”，什么向自己灵魂告饶，要灵魂自家儿去郢，都是我添出来的“蛇足”。可是读古人文章，不能照字面一字一句解释，古人行文为格律字数所限，有时不能畅所欲言。弦外之音，要读者自己去领会；言外之意，要读者自己去补足。《哀郢》又有“羌灵魂之欲归兮，何须臾之忘返”，《远游》：“夜耿耿而不寐兮，魂营营而达曙”，可见他的灵魂像个顽皮的孩子，萦缠他实在太苦。他在这里嘱灵魂自去“遥思”，能说不是情急无奈，向灵魂告饶的话吗？

《思美人》（原文）

思美人兮，
擥涕而伫眙。
媒绝路阻兮，
言不可结而诒。

蹇蹇之烦冤兮，
陷滞而不发，
申旦以舒中情兮，
志沉菀而莫达。

愿寄言于浮云兮，
遇丰隆而不将。
因归鸟而致辞兮，
羌宿高而难当。

高辛之灵盛兮，
遭玄鸟而致诒。
欲变节以从俗兮，
媿易初而屈志。

独历年而离愍兮，
羌凭心而犹未化。
宁隐闵而寿考兮，

何变易之可为！

知前辙之不遂兮，
未改此度。
车既覆而马颠兮，
蹇独怀此异路。

勒骐骥而更驾兮，
造父为我操之。
迁逡次而勿驱兮，
聊假日以须旹。

□□□□□□□，
□□□□□□，
指嶓冢之西隈兮，
与纁黄以为期。

开春发岁兮，
白日出之悠悠。
吾将荡志而愉乐兮，
遵江夏以娱忧。

擥大薄之芳茝兮，
搴长洲之宿莽，
惜吾不及古人兮，
吾谁与玩此芳草。

解萹薄与杂菜兮，
备以为交佩。
佩缤纷以缭转兮，

遂萎绝而离异。

吾且儃佪以娱忧兮，
观南人之变态。
窃快在中心兮，
扬厥冯而不俟。

□□□□□□□，
□□□□□□，
芳与泽其杂糅兮，
羌芳华自中出。

纷郁郁其远承兮，
满内而外扬。
情与质信可保兮，
羌居蔽而闻章。

令薜荔以为理兮，
惮举趾而缘木。
因芙蓉而为媒兮，
惮蹇裳而濡足。

登高吾不说兮，
入下吾不能。
固朕形之不服兮，
然容与而狐疑。

广遂前画兮，
未改此度也。
命则处幽，

吾将罗兮。

□□□□□□，
愿及白日之未暮也，
独茕茕而南行兮，
思彭咸之故也。

《思美人》疏证

题　解

前人对于《思美人》题目都无解释，现只能在注解中引其一二。

（一）王逸："此章言己思念其君，不能自达，然反观初志不可变易，益自修饰，死而后已也。"

（二）朱熹："美人说见上篇，寄意于君也。"朱熹所谓上篇有《抽思》，有《离骚》。《抽思》"结微情以陈词兮，矫以遗夫美人"；"与美人抽思兮，并日夜而无正"，都无解释。《离骚》："惟草木之零落兮，恐美人之迟暮"始云："美人，谓美好之妇人，托词而寄意于君也。"

（三）林云铭："此屈子思怀王所作。疏放以后，媒绝路阻，言不能达，然欲其变节从俗，宁老死于外，亦不可为。"林氏于美人二字，无正面的解释，于《离骚》"恐美人之迟暮"曰"美人称君之词"。

（四）蒋骥："此亦怀王时斥居汉北之辞，盖继抽思而作者也。美人，即《抽思》所欲陈词之美人，谓君也。"

（五）姜寅清："王逸《章句》指怀王，是也。此诗盖怀王时斥居汉北时作也。蒋骥谓继《抽思》而作。此美人即《抽思》所欲陈词之美人，寅按蒋说是也。当与抽思合论。"

美人指君，我在《离骚新诂》"恐美人之迟暮"句已引《诗经》邶风、齐风，汉代《镜歌十八曲》圣人出再三解释过，可以覆按，现不再赘。

这一篇文章在《九章》顺序里应列第三，王逸列之为第六，是极不妥当的。因为此篇措词虽相当郁勃，而态度则颇从容，与《惜往日》、《悲回风》之急于想自杀时悲愤交集的心情大异，所以笔者认为这是屈原第一次放逐于汉北时所作。

《九章》顺序诸家不同，只有林云铭根据黄文焕的《楚辞听直》谓《惜诵》、《思美人》、《抽思》乃屈原放逐汉北时所作，《涉江》以下六篇则放逐江南时所作。前三篇作于楚怀王朝，后六篇作于顷襄王朝，这是很有见地的。笔者已在总论"《九章》写作的时代"谈过了。不过笔者的意见稍与林氏不同者，顷襄朝的六篇排列的顺序与林氏大为悬殊；怀王朝的三篇也稍异，林氏列《思美人》于第二，笔者则第三，次于《抽思》之后。

歌辞的解释

思美人兮，擥涕而伫眙。媒绝路阻兮，言不可结而诒。

"擥涕"之擥，王逸谓为"涕交横也"。想由涕字生出的解释，朱熹谓"擥，犹收也"则甚是。擥，《文选》三良诗注引作揽。收揽本是一个连词，犹云"收揽英才"，"总揽英雄"。收涕则作拂拭解。惟其将涕泪拂拭干，才可伫立远望。伫，久立，眙，直视。

"媒"即介绍的人。《抽思》"又无良媒在其侧"，及本篇后段"因芙蓉以为媒兮"皆是。

"言不可结而诒"，诒同贻，同遗。"结情""结言"屈赋常见，可作结缮解。《抽思》云"结微情以陈情兮，矫以遗夫美人"，犹后世所谓向君主陈述心曲的陈情表。今以媒绝路阻，虽欲把我的衷肠传达给你，也苦于不可能了。

王夫之曰："结，聚也。聚所欲言而陈之也。"其实结有"编织""缔结"之意，结言便是将思想整出条理而疏写出来的意思。郭氏译此句云："有话却无法成章"，文怀沙译此句云："我满腹的语言没法说得清。"也还译得不错。

> 謇謇之烦冤兮，陷滞而不发。申旦以舒中情兮，志沉菀而莫达。

“謇謇”，姜寅清曰：“謇謇即詝詝之借，详《离骚》‘余固知謇謇之为患’句下。”按姜氏《离骚》“謇謇为患”句的注解是：“余谓謇字为汉以前书所无，当即‘詝’字之通借。”

按《易·蹇卦》：“王臣蹇蹇”，《说文》：“蹇，难行貌。引申为忠贞。”王逸注《离骚》“余固知謇謇之为患”引《易》曰：“易：王臣謇謇，匪躬之故。”亦云“謇謇，忠贞貌。”可见王逸所见《易经》“王臣謇謇”謇字从言。我们怎能说汉以前书无謇字呢？古人写字非常随便，蹇与謇音形均近，遂随笔乱写。倘如姜氏之说，謇为詝字之假借，詝又为巧言。则“王臣謇謇”宜作“王臣詝詝”，就是王臣的巧言，请问将成何话说？再者据《离骚》及本篇，謇謇皆宜解作忠言，否则文气不相连接。

“陷滞而不发”与《怀沙》“陷滞而不济”，语气相类，言自己陷溺于忠言所致之烦冤中，如人之陷身泥淖，不能振拔。

“申旦”，王逸云：“诚欲日日陈己心也。”朱熹曰：“申，重也，今日已暮，明日复旦也。”皆未妥。惟洪兴祖引《九辩》“申旦而不寐”王臣注“申，至也。”戴震曰：“申旦，犹达旦，申者引而至之之谓”甚佳。言怀抱烦冤，通夕不能成寐，思欲以诗歌抒写中心之情，而心绪迂曲盘旋有如乱丝一团，理不出头绪。

> 愿寄言于浮云兮，遇丰隆而不将。因归鸟而致辞兮，羌宿高而难当。

丰隆，云神之名。《离骚》屡见。

“羌宿高而难当”，有谓鸟宿高树不可攀企者，非。王逸注曰：“一云‘羌迅高而难当。’”但“迅高”何以误为“宿高”呢？闻匡斋曰：“宿为夙之异体，古隶夙作𠈇，迅作𨑒，形相近。疑此本作迅，误为𠈇，又转写作宿。迅有跃义，《说文》曰：‘跃，迅也。’跃即迅，则迅亦可训跃。又有飞义。《说文》曰：‘卂，疾飞也。’卂为迅之初文，合此二义，则直飞刺上，亦可谓之迅。‘因飞鸟而致辞兮，羌迅高而难当’者，谓将致辞飞鸟，而鸟已高举也。曹植《九愁赋》曰：‘愿接翼于飞鸿，嗟高飞而莫攀’，陈琳《止欲赋》‘欲语言于玄鸟，玄鸟逝以差池’，语并与此相仿。《文选》王仲宣赠公孙文始诗注引此，正作‘羌迅高而难当’。”（《楚辞校补·九章·思美人》）按林云铭《楚辞灯》，蒋骥《山带阁注楚辞》，钱澄之《屈诂》，姚鼐《古文辞类纂》、方绩《屈赋正音》、王闿运《楚辞释》，并作“羌迅高而难当”。“难当”之“当”有相值义。鸟飞既高而又迅速，自不能相值。但文怀沙谓当即挡，即拦挡之义，不必。

高辛之灵盛兮，遭玄鸟而致诒，欲变节以从俗兮，媿易初而屈志。

高辛即帝喾，玄鸟致诒，解释已见《离骚》。《天问》亦有“简狄在台喾何宜？玄鸟致诒女何喜？”二句。诒一作贻。帝喾妃简狄吞玄鸟卵而生契，为商民族之祖。诒可作礼品解，即燕卵。

“灵盛”，王逸谓“盛”作“晟”，一作“威”。姜寅清谓“盛”乃“成”之借。《素问》脉要精微论“上盛则气高，下盛则气服”。注：“盛，满。”屈原托飞鸟带信，它在空中飞得又高又快，难以托它捎带，联想到玄鸟遗卵于简狄事。觉得玄鸟肯向喾妃送礼而不肯为我带信，可见流俗之势利，惟帝王灵盛之是趋。流俗既然如此，我又何妨变节易操，与之同流合污，不过若果然这样干，我岂不变了一个人，怎样对得住自己呢？

独历年而离愍兮，羌冯心犹未化。宁隐闵而寿考兮，何变易之可为！

首句言我独处汉北，罹此忧患，已历年所。

“冯心未化”，王逸曰：“愤懑守节，不易性也。”王夫之曰：“历年遭愍，而此心冯依正直，虽有委曲全生之道，非忍为也。”洪兴祖及朱熹后诸楚辞注家皆云冯与凭同，即凭依、凭仗之凭。而所凭仗者则为正道、直道。惟姜寅清曰：“冯读为《天问》‘康回冯怒’之冯，愤懑也。”以前钱澄之《屈诂》、王闿运《楚辞释》亦皆谓“冯”为愤懑。惟谓“未化”为守节不移，则不然，未化者愤懑之不能消除耳。

“宁隐闵而寿考兮”，王逸云：“怀智佯愚，终年命也。”寿考二字向指年命之长。朱熹遂有“优游卒岁”之语，王夫之亦有“委曲全生”之言。但屈原以罹忧遘患之身，处野陋蛮荒之境，何心以优游？更何意于年寿之永？则此处“寿考”二字不能就字面解，林云铭谓“老死在外”，陈本礼谓“终身”，庶得屈子原意。

“隐”，痛也。“闵”同悯，皆指忧患而言，言宁可抱忧患以终身，变心从俗之事，我是决不能做的。

这一节文字是连着上节来的，上节意思尚未发挥尽致，特以此节补足之。

知前辙之不遂兮，未改此度。车既覆而马颠兮，蹇独怀此异路。

屈原在《抽思》中曾自叙自贬所向南方旅行，以道路难行，至地名北姑者而止。《思美人》乃《抽思》续篇，第一段叙思念怀王，欲陈述情愫而媒绝道远，欲变心从俗又违反素志，乃欲江夏之水向南游览，以抒闷怀。这一次旅行也即是《抽思》中所述的那一次。从前交通工具都靠车马，屈原在旅途中曾遭了一次车覆马颠之祸，幸而他本身未曾受伤。只好更找几匹马重将车儿驾起，请了个比较善于驾驭的人，替他赶车。趁势又说了一番双关的话，说自己一生遵正道而行，正道虽难以走通，以致车覆马颠，遭逢挫折，他决不肯改变路线。

勒骐骥而更驾兮，造父为我操之。迁逡次而勿驱兮，聊假日以须旹。

"骐骥"是日行千里的良马。《战国策》:"骐骥壮盛之时，一日而驰千里。"

"造父"，善御之人。《史记》:"造父……秦之先以善御幸于周穆王，得骥温骊骅騮绿耳之驷，西巡狩。乐而忘归。徐偃王作乱，造父为穆王御，长驱归周，一日千里以救乱。穆王以赵城封造父，造父族由此为赵氏。"

"迁逡次"，洪兴祖谓犹"逡次"，行不进貌。

"假日"见《离骚》"聊假日以逍遥"。"须旹"之旹，同时。"须"，待也。姜寅清曰:"须旹，须臾即一声之转，须臾亦即逍遥也。《离骚》"聊逍遥以相羊"，洪引一本作须臾。

屈原出门游览，行至半途，忽遘覆车之祸，身既未伤，旅程未能中止，当然要再行安排一番，以便继续前进。"勒骐骥而更驾"者，不过找着几匹壮健驯良的马以之驾车，并非真的有什么千里马。造父也决不是周穆王那个良御，不过雇了一个赶车经验丰富的御者罢了。因前此驰驱太急，致有翻车之祸，这次当然要小心翼翼，慢慢地走。本来是散心遣闷之事，逍遥自在些不好吗？王逸不知这几节文章并非象征而是写实，只一味就屈原政治生活及政治抱负来发挥。"前辙未遂"指为比干子胥等之蒙祸患；"未改此度"指为屈原虽鉴比干子胥之祸而执心不回，其志弥固；"车覆马颠"指为君国倾侧，任用小人。又云:"车以喻君，马以喻臣，言车覆者，君国危也，马颠仆者所任非人也。""骐骥更驾"，指为举用才德，任俊贤之才；"造父操之"，指为"御民以道，须明君也"；"逡次勿驱"，指为"使臣以礼，得中和也"；"假日须时"，指为"朞月考功，知德化也"。屈原在《离骚》里虽有"恐皇舆之败绩"，"来吾道夫先路"之言，以皇舆譬喻楚国，以识路领道之人自指，在本篇里两节文字则完全不是那回事。他身在放逐之中，念君忧国之心固甚强烈，但怀王时国势已甚危殆，改弦更张，刻不容缓，"逡次勿驱"，"假日须时"出之子兰靳尚等人之口可，出之三闾大夫之口则太反常了。况屈原文章对于代名词运用得异常明白。“造父为我操之”用的是第一人称代词，明明指他自己，王逸谓指君主，大误。

或者读者又有疑问：既然这一次出游就是《抽思》的那一次，何以这次出游有车有马，而上次则像是步行呢？答曰古人交通工具无非车马，惟汉北文化低落，道路多未修治，遇到大石阻梗，也只有下车步行。这是可以说得通的事。

□□□□□□□，□□□□□□□，指嶓冢之西隈兮，与纁黄以为期。

《思美人》全篇都以四句为一节，二句一韵。此节仅有“期”字一韵，必脱落两句了。闻匡斋云：“案本篇用韵亦以二进，此处‘之’‘时’‘期’相叶，于例不合。疑此二句下原有二句，今本脱之。”姜寅清亦云：“《思美人》韵例皆以两韵为则，此二语与下不韵，而与上之‘之’‘时’为韵，亦不合两韵为则之例，疑此下尚有两句脱落。”按闻姜两氏语是，故以方块补足所脱落者两句。

“嶓冢”，山名。《尚书·禹贡》“嶓冢导漾”，洪兴祖曰：“嶓音波。《禹贡》‘导嶓冢至于荆山’注云：‘嶓冢在梁州’。‘指嶓冢之西隈’言日薄乎西山也。”

“纁黄”，王逸曰：“盖黄昏时也。纁一作曛。”洪兴祖曰：“纁，浅绛也。其为色黄而兼赤，曛，日入余光。”闻匡斋曰：“《文选》谢灵运晚出西射堂诗注、慧琳《一切经音义》八分并引作曛，朱燮元本，大小雅堂本同。故认纁为曛之借字。”

但戴震曰：“纁黄，日入色。郑康成注《仪礼》云：‘凡染绛，一入谓之缬，再入谓之赪，三入谓之纁’，朱则四入欤？”则作纁为是，观其与黄之颜色字连用可知。闻匡斋反复考证，反误。“纁黄为期”者，言漫游直到日色绛黄，始行停止。

孙诒让云：“纁黄即昏黄，曛昏古音相近，得相通假。”

假如嶓冢真是地名，则屈原自汉北的贬所向南旅行，岂有反向梁州的嶓冢进发之理？王夫之也知道路线不对，是以定为象征，曰：

“时怀王听张仪之邪说，为秦所诱执，如纵辔驰驱以致倾覆，原愿顷襄惩前败而改辙，已将授以固本保邦，待时而动之策。如操辔徐行，审端正术，则可以自疆，而待强秦之敝。秦者，楚不共戴之仇，而不两立之国也。深谋定虑以西捣其穴，至于嶓冢，虽未可卒图，而黄昏不为迟暮，此与岳鹏举痛饮黄龙之志同。而君懦臣奸，忠臣被祸，其不能雪耻以图存一也。”这一段文字虽然写得相当觉沉著痛快，奈与当时事实不符，也就失其价值了。要知道“指嶓冢之西隈，与纁黄以为期”，一“指”字万不可忽略。指者不过用手指其方向，并非亲身莅临之谓。太阳每日在西沉没，而嶓冢在地理上又是相当辽远的西方，屈原不过在说我这次出游，一定要游个尽兴，非太阳沉下西山，我决不停止。这里嶓冢无非“西山”的泛指，说他亲到嶓冢固不可，说他隐指西捣强秦，更是呓语了。洪兴祖言“日薄于西山也”那句话才合理。

> 开春发岁兮，白日出之悠悠，吾将荡志而愉乐兮，遵江夏以娱忧。

姜寅清曰：“开春发岁，古献岁祝语。发岁谓一岁初发之辞也。”“江夏乃长江与夏水之间，正在汉北之南。”

“荡”为“盪”之借字，“荡志”，王逸解为“涤我烦忧”。

我们读前文车覆马颠，换车更御诸语，知道屈原是出门了，也早上路了。到了这一节才将出游的时令和路线叙出，则前面三节文字变成了“倒叙”。那些楚辞学者不知屈原文字腾挪跳荡，变化多端，遂把整片文字硬生生地分为两截，以为前面三节文字是象征笔法，这节起才开始出游。自王逸以后直到明清一般注家皆持此说。近代学者虽不坚主象征之说却也将“献岁发春”所叙的话当作第二年的事。如郭氏译云：“我姑且等待明年，艳阳的春日绵绵，我要放怀地歌唱，逍遥在江水夏水之边。”文怀沙译云：“春天来了，开始了新的一年。太阳升起，是那么悠闲。我将摆脱我的想像，觅取欢愉，沿着江水夏水游玩，将我的忧愁排遣。”皆足证明诸家误以为第二年。

擥大薄之芳茝兮，搴长洲之宿莽。惜吾不及古人兮，吾谁与玩此芳草。

“薄”，丛林，“大薄”，大丛林。茝即芷，香兰之类。“宿莽”，楚人名草之冬生者。郝懿行《尔雅义疏》：“凡草通名莽，惟宿莽是卷施之名。”《尔雅·释草》：“卷施拔心不死。”郭璞注：“宿莽也。”又郭氏《尔雅图赞》：“卷施之草，拔心不死，屈平嘉之，讽咏以此。”因为《离骚》也有“揽中洲之宿莽”句，这是第二次言及了。“莽”古音如母，今人荡。“草”与“莽”不叶，朱熹叶草为七古反，姜寅清云：“恐非。按《远游》云：‘谁可与玩此遗芳。’洪《补》引一本云：‘遗芳作芳草’，此句亦宜为遗芳之或本而误者也。”

“不及古人”言自己出世太晚，追不到古代贤圣之人，相与共把入林之臂也。

王夫之论本节文字之意义曰：“初春韶日，喻顷襄初立，且有更新之望，原虽不见任而犹未罹重谴，故将集思广谋，擥芳搴美，以介于国，乃顷襄不可与言，无少康燕昭之志，则怀芳自玩，谁与听之?”船山不知屈原汉北之放乃系放逐生涯之第一次，尚在怀王朝，认为顷襄，实误。且放逐之臣，自身尚不见用，“擥芳搴美，以介于国”，君主果肯接受吗？这和前人注《离骚》，以屈原求美为求贤，是一样的错误。惟屈原习惯用香草象征学问德行等等，这里芳草也有这个意思，否则何必说惜未得生于古代与古人同玩呢？

解萹薄与杂菜兮，备以为交佩，佩缤纷以缭转兮，遂萎绝而离异。

“萹薄”，洪兴祖曰：“萹音遍。《尔雅》曰：‘竹萹蓄’注云‘似小藜，赤茎，节好，生道旁。’萹薄者谓萹蓄之成丛者也。”文怀沙曰：“萹蓄，蓼科。为多年生草木，夏秋开细花，白色带红。”“杂菜”，杂香之菜。

诸家皆以“解”作为脱去、解除之义，不知以锯截物亦为“解”

乃解字正义。故此处“解”字宜作“断”字解。姜寅清引《庄子·徐无鬼篇》“鹤胫有所节，解之也悲”言将鹤胫用锯锯短也。此节“备以为交佩”即预备用来做交佩，而此句实承上句而来，故知“解”非“解除”而为“截断”，并且屈原也真以萹蓄与杂菜，左右交佩于身（当是斜十字形的佩法），不过鲜花鲜草本不经久，佩在人身上，受人体温之蒸逼，更易干枯，一干枯则纷纷下坠，离开我的身体了，故曰“离异”。此与《离骚》：“余虽好修姱以鞿羁兮，謇朝谇而夕替”的语法相同。

吾且儃佪以娱忧兮，观南人之变态。窃快在中心兮，扬厥冯而不俟。

“儃佪”，王逸谓“一作徘徊”。

“南人”，王逸谓指楚人。“变态”王逸谓为“化改”曰：“览观楚俗，化改易也。”王夫之曰：“身既见逐，处于事外，观党人之所为，见其幸君子去国，快遂其欲，凭怒衅发，若将不及，唯然而善恶炳著，公论不泯，贞邪相形，己之忠贞内满，讦谟外扬者，四邻闻之，万民传之，固不可揜也。”林云铭曰：“冷眼以观郢都之人，变节恶状，如《离骚》所云兰之委美从俗，椒之专佞慢慆是也。”蒋骥谓南人指郢都之人。陈本礼亦云：“观南人变态，嫌其变节从俗，亦如萹菜之不耐久也。”姜寅清赞成上述诸人意见，而将南人范围缩小，不是整个楚人，却是生于江夏洞庭沅湘之间的人民，谓靳尚郑袖等便是该地土著。其言甚奇，不得不为援引，以供众览。他说：“楚与郢都皆屈子宗邦，岂得斥为南人？按楚本夏后，沿汉水而南，居息于江夏洞庭沅湘之间，而君临其地。民固三苗之后，自春秋以来，在朝执政之士，已不尽为楚之宗亲，上官靳尚、郑袖之伦，所交遍以责屈子者或均为土著之彦；屈子以宗亲而不容，此时放居汉北，国难私仇，皆由异姓，则以南人指斥群流，谓以其郢都以南之人云尔。于理似较可解，则忖度其心而为窃快者，谓快己之被逐；扬厥冯者谓修旧怨而不稍俟也。说虽近创，而义可四通，细读屈子全书，自能会此。"

笔者按屈原此处所指的南人，实指自汉北南行，沿途所见之民众。盖此处民人文化低落，其屋庐、衣著类多简陋村野，而宗教仪式亦诡谲可笑，音乐则犷伧，歌声则嘲哳，以文化水准甚高之郢都人屈原者观之，自亦觉其新奇有趣而耳目一新。观赏之余，不觉中心大快，频年所遭政治上挫折之抑郁，遂不觉一扫而空，故曰"扬厥冯而不俟"，言此时便觉快心不必更等待什么也。姜寅清竟把屈原的心理当作政敌靳尚郑袖等人的心理，把一节完整的文字分作两截，安得尚谓"其义可通"。且硬把靳尚郑袖当作生于这等地方的土著也羌无故实。照我看，郑袖恐怕是来自郑国的美女。郑女之美，素来有名。《战国策》："彼郑国之女，粉白黛黑，立于衢间，见之者以为神。"《招魂》有郑舞，大招有代秦郑卫之歌女乐女。战国时代诸侯宫廷，广纳异国伎乐，事甚平常，《招魂》所谓"九侯淑女，多迅众些"可证。

再者，我们参考《涉江》那篇"哀南夷之莫我知兮，旦，余济乎湘江。"王逸、洪兴祖亦误以为指斥楚人，惟王夫之则谓为"武陵西南亦是夷人，今辰沅苗种"。此处所道及之"南人"实亦同类。

> □□□□□□□，□□□□□□，芳与泽其杂糅兮，羌芳华自中出。

"出"，洪兴祖音尺类切，朱熹音尺遂切，欲与上文"态""俟"相叶。然屈原作品每以四句为一节，无二句为节之例。此处当脱落二句。姜寅清曰："以芳与泽句义审之，则脱句当在二句之上。"在二句上之脱句，其韵自可与"出"相叶。

"芳与泽其杂糅兮"句见《离骚》，又见《九章·惜往日》，郭氏谓系后人注语误抄入正文，故毅然删去之。然此句固与《离骚·惜往日》犯复，"羌芳华自中出"则未尝犯也，故仍宜保留。

"芳"为芳香之物，"泽"为"襗"之假借，袴类。《秦风》："岂曰无衣，与子同袍""岂曰无衣，与子同泽"即此。袴类每不洁，故与芳香为对称词。此或屈原行经一花圃，土人正在施肥，气味难闻，而馨香鲜丽之花，固是自此粪壤中生出。若谓南方野人生活并无余裕，尚何花圃之能经营？则或者屈原行经一处，其地固为土人堆积肥料之所，其间竟有香花数株，扬芬吐艳，芳与臭形成强烈之对照，屈原见之不禁感怀身世而形之吟咏，但观下节文字即可明之。

纷郁郁其远承兮，满内而外扬。情与质信可保兮，羌居蔽而闻章。

“纷”，姜寅清谓疑作芬字解。古芬纷亦相乱，《老子》：“挫其锐，解其纷。”河上今本作芬，是其证。不过屈子文章用“纷”字不可胜数，皆作盛解。此句既有“郁郁”为芳香的形容，则这个“纷”不可强认为“芬”字了。“远承”语殊费解。王逸曰：“承一作蒸。”姜寅清曰：“古承烝或相讹，《汉书》翟方进传：‘大保后丞，阳侯甄邯。’注：‘丞阳侯音蒸，《地理志》作承阳’。”但姜氏又说：“远承者即承袭之义，屈原以宗亲之胄，故曰远承也。远承，犹今言远绍……而高阳苗裔，正所谓远承矣。”原文说的是那出生粪壤里的香花，怎么会拉扯上自己，姜氏此说太无谓了。我以为“远承”即“远蒸”，言花香喷发甚远。

“情与质”，情指外表，质指本质。“可保”非自己保卫，而为自己保证。言我表里如一的性情，可自保证。

“羌”，发语词。居蔽闻彰，即居于此冷僻蛮荒之地，我的声名，自会远播，好像香花出生粪壤，粪壤之臭，掩不了它的芳香。

令薜荔以为理兮，惮举趾而缘木。因芙蓉而为媒兮，惮搴裳而濡足。

“薜荔”，文怀沙云：即《尔雅翼》所谓鬼馒头，常绿蔓性木本，山野自生，茎平卧，或上升，叶卵形或倒卵形，互生。花形小。果实与无花果相似，外皮坚硬，初为绿色，成熟时转为暗褐色。民间取其果实和水捣汁，作为夏季的冷饮料。

芙蓉即莲花。这节文字，屈原沿途游览，忽见木上攀缘著薜荔，而水上又生有莲花。于是又触发他政治上的感慨，说道我本想请薜荔做我的介绍，我又怕举足去爬树，想请莲花做我的作合者，又怕下水时浸湿了这双脚。这是说自己一生，孤高自赏，行不由径的操守。

登高吾不说兮，入下吾不能，固朕形之不服兮，然容与而狐疑。

这一节是承继上节而来的。“说”，同悦。登高去攀薜荔，我不高兴。下水去采芙蓉，我又不能。“服”是习惯，这固然是由于我形体的不习惯，可是，这也由于我的性情考虑太多，而不喜轻举妄动的缘故。

广遂前画兮，未改此度也。命则处幽吾将罢兮，愿及白日之未暮。独茕茕而南行兮，思彭咸之故也！

我们现在请将各句意义来解说一下。

“广遂前画”“未改此度”，王夫之谓“当怀王时所以谋国者广，遂，谓于顷襄时仍用前谋而更因变以尽所谋也”。故郭氏译为“完全依照着旧贯，我始终不肯改变”，文怀沙译“全依照从前的办法做吧，我又怎能改变我自己的方针啊”。皆有合于原诗之意。

“命则处幽，吾将罢兮”，姜寅清曰：“寅按，依韵例求之，此中当有脱句，以文义句法诸端求之，脱句当在‘命则处幽’句间。屈赋用兮字之句，八字以上者较少见，果为八字句多必为一整句，如‘吾将荡志而愉乐兮’‘吾且儃佪以娱忧兮’皆是；而此句则实合两句非为一整句，此于屈赋为仅见。且‘命则处幽’与‘吾将罢兮’两句，义实不甚相关，其有脱误，盖显然矣。”

屈原文皆以四句为一节，这一节偏偏有七句，既不叶韵，文气也不甚通贯，定有错误颠倒脱落之处。闻匡斋谓“度”“暮”“故”三字相叶，依二进韵例，当脱一韵，“命则处幽，吾将罢兮”，词意不属，疑下句文多夺漏，写者缀合残余，以为一句。《离骚》哀时命并云“时暧暧其将罢兮”，此“将罢兮”上若补“时暧暧其”四字，则与下句语意适合。既以“将罢兮”三字属下读，则“吾下之‘□□□也’四字，“幽”下之“兮”字，又均可以上下句法推得之。“暮”下一一本有“也”字，与上下句法合，今亦据补。（《楚辞校补》）

据闻氏意见，此文最后数句当作：

广遂前画兮，
未改此度也，
命则处幽兮，
吾□□□也！

时暧暧其将罢兮，
愿及白日之未暮也，
独茕茕而南行也，
思彭咸之故也。

《涉江》(原文)

余幼好此奇服兮，
年既老而不衰；
带长铗之陆离兮，
冠切云之崔嵬。

被明月兮佩宝璐，
世溷浊而莫余知兮，
吾方高驰而不顾。
驾青虬兮骖白螭，
吾与重华游兮瑶之圃。

登昆仑兮食玉英，
与天地兮同寿，
与日月兮同光。

□□□□□□□□，
□□□□□□□，
哀南夷之莫吾知兮，
旦余济乎江湘。

乘鄂渚而反顾兮，
欸秋冬之绪风。
步余马兮山皋，

邸余车兮方林。

乘舲船余上沅兮，
齐吴榜以击汰。
船容与而不进兮，
淹回水而疑滞。

朝发枉渚兮，
夕宿辰阳。
苟余心其端直兮，
虽僻远之何伤！

入溆浦余儃佪兮，
迷不知吾所如。
深林杳以冥冥兮，
猿狖之所居。

山峻高以蔽日兮，
下幽晦以多雨。
霰雪纷其无垠兮，
云霏霏而承宇。

哀吾生之无乐兮，
幽独处乎山中。
吾不能变心以从俗兮，
固将愁苦而终穷。

□□□□□□□，
□□□□□，
接舆髡首兮，

桑扈裸行。

忠不必用兮，
贤不必以。
伍子逢殃兮，
比干菹醢。

与前世而皆然兮，
吾又何怨乎今之人！
余将董道而不豫兮，
固将重昏而终身。

乱曰：
鸾鸟凤凰
日以远兮，
燕雀乌鹊
巢堂坛兮。

露申辛夷，
死林薄兮，
腥臊并御，
芳不得薄兮。

阴阳易位，
时不当兮，
怀信侘傺，
忽乎吾将行兮！

《涉江》疏证

题 解

所谓江，即长江，亦即大江。楚之立国原在长江流域，故屈赋言江之处甚多。王洪朱于此篇题解著墨不多，且多泛论，不录，录其以后楚辞学家之说。

（一）王夫之："涉江，自汉北而迁于湘沅，绝大江而南也。此述被迁在道之事。山川幽峭，滩碛险远，触目兴怀，首言己志行之贞洁，谋国之远大，而不见知；次引义命以自安，而终之以君之不明，奸邪误国，此虽欲强自宽抑而有所不能，所怨者非一己之困穷也。"

（二）林云铭："……按原之放江南，虽曰东迁，却是由东而至南，如郢都为荆州而鄂渚为武昌，则在郢之东矣。《哀郢》所谓'上洞庭而下江'即此也。从此上沅，发枉渚，宿辰阳，入溆浦，皆在辰州，则至南矣……"

（三）蒋骥："《涉江》、《哀郢》，皆顷襄时放于江南所作。然哀郢发郢而至陵阳，皆自西徂东，涉江从鄂渚入溆浦，乃自东往西南，当在既收陵阳之后，旧解合之，误矣……"

（四）戴震："……至此重迁谗谤，济江而南，往斥逐之所，盖顷襄复迁之江南时也。湘水自洞庭入江，故洞庭之下，得兼江湘之目矣……"

（五）游国恩："《涉江》所记地理也很明白，他这回的流亡，是要到江南去的，所以说：'旦余济于江湘'。他的路线是由鄂渚至方林，渡洞庭，上溯沅水，更南经枉渚，至辰阳，复东至溆浦，看篇中所说的车马舲船，可见他此行忽而水程，忽而陆程，途中的辛苦，可想而知。他这回由湖北至湖南，行程数千里，决非一两月可至的。看他说‘将济’，‘将行’，说‘将愁苦终穷’，‘将重昏终身’，则《涉江》一篇，必是未行时所作……”。

（六）姜寅清：“此章言自陵阳渡江而入洞庭，过枉渚、辰阳，过溆浦而止焉，盖纪其行也。发轫为济江，故题曰‘涉江’也。此盖放于江南时所作，作于哀郢自故都东窜而后，盖自陵阳溯江而西，往来于江南之时也。文义皆极明白，路径尤为明晰……”

姜氏说《涉江》是顷襄王朝，屈原再放江南时所作是对的，说作于哀郢之后，便错了。又如说《涉江》作于原自陵阳渡江而入洞庭，更错了。篇中丝毫不见“陵阳”二字，如何可以附会？总之，《涉江》是顷襄十三年，屈原被再放（初放是汉北）于湘西所作。“江南”二字，范围甚广，湘西也包括在内，见我所著《屈原评传》第二章。

歌辞的解释

> 余幼好此奇服兮，年既老而不衰；带长铗之陆离兮，冠切云之崔嵬。

屈原乃是个爱美主义者，仪表既生来秀美，服装亦极其讲究，此数句当系写实，并非象征。

“铗”，有二说：一为剑把。《庄子》“韩魏为铗”，注：“铗，剑把也。”一为剑锋。《史记》冯煖弹剑而歌曰：“长铗归来乎，食无鱼。”《文选》注：“剑锋也。”但在本文，则以作全剑为是，即带匣之全剑。“陆离”所以形容宝石之光彩。剑匣及剑把上可饰珠宝，剑锋则否。且人也不能光带着一个剑把，也不能带着一柄无匣之剑。

“切云”，王注：“崔嵬之冠，其高切青云也。”《文选》五臣注，则以为冠名，恐亦不过望文言之。

> 被明月兮佩宝璐，世溷浊而莫余知兮，吾方高驰而不顾。驾青虬兮骖白螭，吾与重华游兮瑶之圃。

五臣云：“虬螭皆龙类。”虬见《骚经》：“驷玉虬以乘鹥兮”，螭见《九歌·河伯》，“驾两龙兮骖螭”，虬螭皆龙之无角者。

“重华”，舜字。见《离骚》“济沅湘以南征兮，就重华而陈词”。王逸注此句云：“言己想侍虞舜游玉园，犹言遇圣帝，升清朝也。”迂腐可哂。虞舜在战国时代喧传虽盛，屈原则视之为半历史，半神话人物。不然，他为什么要和舜共游瑶圃。我想屈原时代，一定有若干关于舜的神话，被后来史家淘汰掉了。真是可惜！

“瑶圃”，据洪《补》：“《山海经》云：槐江之山，上多玻玕金玉，实惟帝之平圃。”

> 登昆仑兮食玉英，与天地兮同寿，与日月兮同光。哀南夷之莫吾知兮，旦余济乎江湘。

洪《补》引《援神契》：“玉英，玉有英华之色。”其实神仙园囿，花果皆如宝石闪射环丽之光芒，而其花可翫，实可食，所谓“珠玕之树皆丛生，华实皆有滋味”(《列子·汤问》第五)。洪《补》又引《庄子》：“吾与日月参光，吾与天地为常。”战国时言神仙都有这样一套想法与说法。屈原在此处以神仙自居，所以说这样话了。——“日月同光”，朱本作“日月齐光”是。

“南夷”，王注：“屈原怨毒楚俗，嫉害忠贞，乃曰‘哀哉南夷之人，无人知我贤也。’”洪《补》曰：“楚为荆蛮”。屈原身为楚宗臣，岂有直斥宗国为蛮夷之理？况他自己也是楚人，骂楚为蛮夷，岂不连自己也骂在内了。所以这类说法，万不可取。王夫之曰：“南夷，武陵西南蛮夷，今辰沅苗种也。既被放江南，将绝江水溯湘而西，与苗夷杂处，谁复有知我者乎？”这话便合情理了。“哀南夷”“济江湘”乃倒装句。

屈赋每以四句为一节，《九章》也不例外，乃《涉江》第二第三两节皆为五句。故姜寅清谓此在《九章》中为“变调”。又以洪朱同引一本“不顾”下有“兮”字，谓“此异文为最可疑。又以文义论之，上言冠佩，下言世溷浊，已不相属，而又承以青虬白螭之乘，益见其倒颠之甚。江有诰以为明月句上棁一句。文义仍不相属，此中必有错简，盖不可知矣。”

笔者谓姜氏言是。这数节不但有错简，且有脱句。原文或系：

被明月兮佩宝璐，
登昆仑兮食玉英，
与天地兮同寿，
与日月兮齐光。

而“哀南夷”简，则脱落了两句，其形式是：

□□□□□□□□，
□□□□□□□，
哀南夷之莫吾知兮，
旦余济乎湘江。

盖长剑高冠乃屈原人间服饰，至厌恶浊世，驾虬骖螭，与重华共游瑶圃（即昆仑），则他的身体已神仙化，明月（当是大珠）宝璐之佩既异前饰，吃了昆仑玉英之后，更可与天地同寿，日月齐光了。

不过遨游仙境，究属诗人之幻想，故又一下转回人间，其转回间，亦必有几句话作为交代。交代当在方块所补之处。

古人著作多写或刻在竹简上，竹简日久霉朽碎裂，后之整理屈赋之人，随便搭配，遂成今日之格局。

> 乘鄂渚而反顾兮，欸秋冬之绪风。步余马兮山皋，邸余车兮方林。

“乘”，王注：“登也”。“鄂渚”，洪氏云：“楚子熊渠封中子红于鄂，鄂州武昌县地是也。隋以鄂渚为名。”戴震曰：“在今湖北武昌府江夏县西江中黄鹤矶上三百步。”姜寅清谓屈原自陵阳西行，逆流而上，至于鄂渚，有如上登，故曰“乘”。

“反顾”，姜曰：“反顾陵阳也。盖屈原被收，自郢而东，作哀郢，沿江而至于陵阳。此则自陵阳西行而上鄂渚。”姜氏屡言“陵阳”皆误以涉江作于哀郢后而误。

屈原若自郢都被放湘西，则沿长江东下至夏首再折而西，渡过洞庭而沿沅水直赴辰阳溆浦贬区可矣，何以郢都出发后，又转大弯到鄂渚一行，而后折回以西把贬所？故笔者怀疑屈原贬前，曾奉君命东行，勾当公事。行到鄂渚而奉谪湘西之命，故曰：“乘鄂渚而反顾”，即东至鄂渚，王命忽来，不得不回头而行也。“反顾”一语为此行之重要关键。此事惜今无可考。(屈原行程，请参看后289页地图)

“欸”，同“唉”，《庄子·知北游》：“唉，予知之。”《史记·项羽本纪》，亚父曰：“唉，竖子不足与谋!”韦贤讽谏诗“勤唉厥亡”，叹息之声也。但在此处又为船夫行船伊吾答应之声。《项氏家训》曰：“刘悦文集中有湖中靄乃曲，刘言史潇湘诗有‘闲歌暧乃深峡里’，元次山有‘湖南欵乃歌’，三者皆一字，但用字异耳。欵本音哀。亦作上声读。后人因柳子厚集有‘欵乃一声山水绿’注云：‘一本作袄靄’，遂音欵为袄，音乃为靄。不知彼虽自谓别本作袄靄，非谓欵乃当音袄靄也。且欵又认为款。”

“绪风”，王注：“余风也。”姜氏曰：“秋冬绪风，语甚不辞。冬乃夂之误。夂即终字，终，极也，末也。绪风绪字，古无是称，疑为隧之声借，秋末风大，有如隧道然也。”此解太曲，不可取。

“步余马兮山皋”，姜氏谓：“以屈赋例之，非韵句，句中不用‘兮’字。此兮字疑为‘于’字。于兮双声而又叠韵，音小异耳。”但此篇固有“与天地兮同寿”　“与日月兮同光”两句亦非韵而著“兮”字，他处非韵而著兮字处尤多，姜氏何以不摘其非呢？

“邸余车兮方林”，王夫之曰：“邸，阁而悬之不用也。”姜氏曰：“邸与抵通。止也。其专字则当为揩。《说文》：‘揩，柱抵也。’邸车，以木止车也。”“方林”，朱子以为地名。王夫之谓为方丘林木。饶宗颐氏有“方林考”谓为广大之林，非专名。笔者认为此乃小地名，不见《舆地志》。姜云：“以下文经历之地线审之，则当于岳州之间求之。”

乘舲船余上沅兮，齐吴榜以击汰。船容与而不进兮，淹回水而疑滞。

“舲”音灵。王注：“船之有窗牖者。”洪氏曰：“《淮南》云：‘越舲蜀艇。’注：‘舲，小船也。’”

“吴榜”，榜，船棹也。“齐吴榜”，王注：“士卒齐举大棹而击水波。”则训吴为大。不知屈原以一逐臣远谪江湘，有何士卒为之鼓棹？可见王逸语之无理。洪《补》又谓：“字书‘艅，船也’，吴疑借用。”亦非。朱熹曰：“吴棹，谓吴国榜棹也。盖效吴人之所为棹，如上云‘越舲’‘蜀艇’也。”这话就说对了。按吴本水国，春秋之末，为越所灭，其后楚又灭越。吴越皆擅舟楫之利，士卒又习于水。越王勾践之伐吴，发习流二千人（顾炎武谓为习泅者）；命范蠡舌庸率师沿海溯淮以绝吴路……勾践率中军溯江以袭吴。入其郛，焚姑苏，徙其大舟……可见吴越交战，水师几乎是主力。楚灭越后，效越吴的制造舟楫之法，而即以本国之名名之，不足为怪。何况屈原作品本来好用异国的人物器用之名，像《招魂》的“秦篝”“齐缕”“郑绵络”“齐容”“郑舞”“吴歈”“蔡讴”“郑卫妖玩”；《国殇》的“操吴戈”“挟秦弓”皆是，又何必于“吴榜”而疑之？

“汰”，王谓“水波”。戴震谓为“浪淘沙土”较合。

“疑滞”，王谓为“疑惑”。实则疑应是凝。洪氏引江淹赋“舟凝滞于水滨”，杜子美诗“旧客舟凝滞”。

“回水”，当是漩涡过多之水。

朝发枉渚兮，夕宿辰阳。苟余心其端直兮，虽僻远之何伤！

王注："枉渚地名。枉，曲也。渚，沚也。辰，时也。阳，明也。言己将去枉曲之俗而趋时明之乡也。"汉儒注经，往往如此，可笑之极！洪《补》谓："前汉武陵郡有辰阳。注云：'三山谷，辰水所出，南入沅七百五十里。'《水经》云：'沅水东经辰阳县南，合辰水。旧治在辰水之阳，故取名焉。楚辞所谓夕宿辰阳也。沅水又东历山湾，谓之枉渚。'"

入溆浦余儃佪兮，迷不知吾所如。深林杳以冥冥兮，猿狖之所居。

戴震曰："溆浦在今辰州府辰溪县南。"姜寅清按《水经》曰："溆水出大溆山，西流入沅。"

山峻高以蔽日兮，下幽晦以多雨。霰雪纷其无垠兮，云霏霏而承宇。

屈原所居湘西贬所如此荒凉幽僻，殆类今日非洲森林大壑野人之居。

哀吾生之无乐兮，幽独处乎山中。吾不能变心以从俗兮，固将愁苦而终穷。

湘西一带文化至今落后，战国时代野蛮荒陋更可知，屈原政敌将他谪贬至此区域，真比处他死刑更苦。观幽独处云云，可见屈原并未携眷同来。如此则哀郢陵阳安眷，乃有伏笔。

□□□□□□□，□□□□□。接舆髡首兮，桑扈裸行。
忠不必用兮，贤不必以。伍子逢殃兮，比干菹醢。

按《论语》楚狂接舆歌过孔子有凤兮德衰之叹。《庄子·人间世》则歌词衍长。扬子曰："接舆之披其发也。"《战国策》范睢对秦王亦云："接舆箕子，漆身以为厉，被发以为狂。"虽被发系由箕子牵连而误，但接舆却是有发的。屈原谓接舆髡首，好像他是犯了髡刑之人，未知何据？

"桑扈"，名屡见《庄子》，当是《庄子》寓言之隐者。比干剖心见《史记·殷本纪》，并非菹醢。《天问》："比干何逆，而抑沉之？"则比干又有被溺水中之说。

这里系两节文字。所以"接舆髡首"前似脱落两句。

与前世而皆然兮，吾又何怨乎今之人？余将董道而不豫兮，固将重昏而终身。

"与"，姜氏曰："与与翳同，词也。'怨乎'字作'于'字解，谓有怨于今之人也。"

"董"，正也。当也。"不豫"，王逸注："无所豫疑也。"姜氏则谓豫读如逾，不豫犹不变也。与董字应。笔者则认为作"不豫疑"为合。

乱曰：

鸾鸟凤凰，日以远兮，燕雀乌鹊，巢堂坛兮。

鸾鸟凤凰天下有道则见，今则日远一日，此盖屈原用以自指。燕雀乌鹊乃凡猥之鸟，今竟巢于庙堂之上，以喻其政敌。

露申辛夷，死林薄兮，腥臊并御，芳不得薄兮。

露申辛夷，据说是两种芳草名。戴震说申即申椒，状如繁露。辛夷即迎春花。丛木曰林，草木交错曰薄。

芳不得薄，薄，迫近也。虽与林薄之薄同字，然一为名词，一为动词，同押无害。

阴阳易位，时不当兮，怀信侘傺，吾将行兮。

王逸云："阴臣，阳君。言楚王惑蔽群佞，权臣将代君与之易位。"补则言君弱臣强，无代君易位之说，较合事理。

"时不当"，言我之所为与时代相违背。

"怀信侘傺"，言己怀抱忠臣，既不合乎时，则成为踽踽独行之人。

"吾将行兮"此与开始数节文字相呼应，即驾虬骖螭，与重华游于瑶圃，且与之共登昆仑。其行乃精神非肉体。屈原谪宦之身。行动不能自由，就说想行，又如何行得了呢？此篇与《惜诵》最后一段合看，意义更明。

《橘颂》(原文)

后皇嘉树，
橘徕服兮。
受命不迁，
生南国兮。

深固难徙，
更壹志兮。
绿叶素荣，
纷其可喜兮。

曾枝剡棘，
圆果抟兮。
青黄杂糅，
文章烂兮。

精色内白，
类可任兮。
纷缊宜修，
姱而不丑兮。

嗟尔幼志，
有以异兮。
独立不迁，

岂不可喜兮。

深固难徙，
廓其无求兮。
苏世独立，
横而不流兮。

闭心自慎，
终不过失兮。
秉德无私，
参天地兮。

愿岁并谢，
与长友兮。
淑离不淫，
梗其有理兮。

年岁虽少，
可师长兮，
行比伯夷，
置以为像兮。

《橘颂》疏证

题　解

（一）王逸："美橘有是德，故曰颂。《管子》篇名有《国颂》，说者云：颂，容也，陈为国之形容。"

（二）洪兴祖："禹贡淮海惟扬州，厥包橘柚。橘为树白华赤实，皮既馨香，又有美味。"

（三）朱熹："言楚王喜好草木之树，而橘生其土也。《汉书》'江陵千树橘'，楚地正产橘也。"

（四）王夫之："橘者南方之嘉木也。古产于湘，今盛于闽粤，按李衡言江陵有千头木奴，则楚之宜橘旧矣。原偶值之，因此物类为之颂，以自旌焉。"

（五）陈本礼："《史记·货殖传》称江陵千树橘。江陵与夔峡皆在汉水之南，楚文王所都之南郢地，昭王畏吴，徙都于鄀郡称鄀郢，今襄陆界，后复归于郢，则原之颂橘，似在郢都作也。"

（六）游国恩："《橘颂》是一篇偶然咏物的赋，本来与'六义'的'颂'不相干；但后来的'颂'却都是从他出来的，因为以'颂'名篇的文章，确自他这篇《橘颂》始。例如江淹的闽中草木颂，便显然是他的化身，因此我便要将'颂'的沿革略说一下：'颂'的意义最初只是施于宗庙的赞美诗。诗谱云：'颂之言容，歌成功之容状也。'商颂的那，周颂的清庙诸什，都是告神告庙的乐歌，这便是'颂'的原始，至于鲁颂的駉，閟宫等篇，用以赞美僖公；后来晋舆的'原田'鲁人的'裘芾'反有讽刺的意味，而亦称为'颂'，于是颂的功用由鬼神而变为人事的了。西汉以后，颂体成立，流别滋多，也有散文的（如王褒《圣主得贤臣颂》，韩愈《伯夷颂》等）；也有韵文的（如扬颂《赵充国颂》，元结《大唐中兴颂》等）；也有颂事的（如史岑《出师颂》）；也有颂物的（如刘伶《酒德颂》）。这些作品却与辞赋很相近，而与'六义'的'颂'相隔太远。所以我谓与其说后世颂体出于《诗》，不如说它出于'骚'，较为直截而近于事实。刘勰说：'原夫颂惟典雅，辞必清铄，敷写似赋，而不入华侈之区；敬慎如铭，而异乎规戒之域'。（《文心雕龙·颂赞》）可见'颂'的体制和'赋'差不多。所以司马相如作《长门赋》，而《史记·外戚世家》司马贞《索隐》以为作长门赋颂。王褒《洞箫赋》，《汉书》本传亦以为《洞箫颂》。王逸《九思》本为骚赋，而序文亦称为'颂'。潘岳作《藉田赋》，篇末以'颂'代替'乱'辞。《橘颂》一篇，辞采质直，更与彦和所谓敷写不华的话相合……"

现在请将屈原《橘颂》撰写的时代来叙述一下。

《橘颂》里有"嗟尔幼志，有以异兮"及"年岁虽少，可师长兮"二语，或以为屈原少时所作。清姚鼐云："鼐疑此篇尚在怀王朝初被谗时所作，故首言'后皇'，末言'年岁虽少'，与《涉江》'年既老'之时异矣。而'闭心自慎'之语，若以辩上官云'每出一令，平伐其功'之为诬也。（《古文辞类纂》卷六十一）

近代陆侃如谓《橘颂》作于怀王十年左右，即屈原在左徒之时。屈原在那个时代"入则与王图议国事，以出号令，出则接遇宾客，应对诸侯"，在政界可谓占尽风光，而他这时年龄不过二十几之间，当然可说"年少"。

陆氏断定《橘颂》撰于此时，更有两个理由：

"一、屈原所以要作诗，不过是要写出他胸中的怨愤，故他作品里大都充满着牢骚话，因为他是一个性急而量窄的人，故谈不到什么'涵养'，这篇《橘颂》里既无牢骚话，便证明不作于失意之时。

二、后人对于屈原作品，崇拜得无可无不可；昭明太子在《文选》里删了几首，便受谤至今。屈原在中国文学史上的特殊位置，我们是不用怀疑的；但依我个人的观察，他的作品，也有些不很高明。别的不谈，只就《橘颂》而论，我觉有两种重要的缺点，使我无从赞美。这一点也可证明这篇是他壮年未成熟的作品。

那两点重要的缺点是什么呢？第一是诗思的窘狭。第二是抽象话太多。”（陆氏所举例证从略。）

王夫之于“年岁虽少，可师长兮”二语论曰：“木之寿者，或数百年，橘非古木，故曰年少，而坚芳有实，可为乔木之师，喻己虽生乎百世之下，然可仰质古人，风示来者。”蒋骥亦谓：“橘无松柏之寿，故曰年少。”王蒋二氏认为“橘之寿命没有松柏一类的古木为多，故谓之“年少”。这种说法真是匪夷所思，太可笑了，我们又怎样可以遵从他？

《橘颂》这篇文章果然有些特别，“年少”“幼志”谓指橘而言，实为欠通，谓系屈原自指，因此遂将此篇判归屈原的“少作”，理由也不充分。王逸说《橘颂》是屈原放逐于江南之野时所作。逸所谓江南大概是指江湘一带，也即是溆浦一带，因此篇有“受命不迁，生南国兮”语。我们都知道橘柚一类果实，生于气候较暖之区，溆浦一带，当是橘类盛产之地。

橘颂说的既是橘，何以有“年少”“幼志”诸词呢？大概此文应分为两个部分，前半篇颂赞的对象是橘，后半篇颂赞的对象是人，这个人郭氏谓为是个年轻人，很是。但何以屈原为作《橘颂》，郭氏未能说。我则以为此人大概是屈原在江南所遇，其名或其小名为“橘”，故屈原作颂加以赞美。屈原在《离骚》、《九章》里提到他自己，总用第一人称“余”“吾”“朕”（所有格第一人称代名词）从无例外，于《橘颂》则曰“嗟尔幼志”，用的是第二人称，文法的分别非常明显，前人对文法素不注意，遂致乱说一通。

歌辞的解释

后皇嘉树，橘徕服兮；受命不迁，生南国兮。

“后皇”，朱熹谓：“指楚王也，嘉，喜好也。言楚王喜好草木之树，而橘生其土也。”以至姚鼐也说后皇系指楚怀王，太可笑！楚本子爵，称王本僭，那也不说，岂有竟称后皇之理？我国人对宗教神话兴趣太缺乏，又不屑于用心研究，遂致常说不合理的话，此亦系其一例。按“后皇”即《天问》的“后帝”，《天问》言后羿故事，“珧冯利决，封狶是射，何献蒸肉之膏，而后帝不若？”又咏伊尹故事云：“缘鹄饰玉，后帝是飨，何承谋夏桀，终以灭丧？”旧时代注家或以后帝便是上帝，或以为人王。笔者曾言后帝便是地主，也即是死神，见本人《天问疏证》，现请从略。王逸注《橘颂》说“后皇”云：“后，后土也，皇，皇天也……言皇天后土生美橘树，异于众木。”王夫之、蒋骥、戴震皆从其说。惟林云铭曰“后皇，后土之神，树由地生，故以地为主”这个解释，倒可说摸到了后皇真实的意义。可惜林氏对“后帝”后来又视之为天帝。

“橘徕服兮”之服，王逸洪兴祖皆以为“服习”，即服习水土之习，是动词。王夫之独谓：“服，谓此南服也。”则为名词。林云铭指“服”为“服属”，言“橘徕服属，列于嘉树”。

“徕”，洪兴祖云“徕与来同。《文》云：‘周受瑞麦，来麰，天所来也。’故为行来之来。”这个解释甚好。服字若作南服解，则与下文南国意义重复。

姜寅清曰：“徕服，义皆不可解，诸家说亦有不安处，以上下文义揆之，徕服有自天降生之意。易有七日来复之语，亦言七日一复生之义，此或古之成语，今已不可知矣。惟《说文》训来字曰‘周所受瑞麦、来麰，天所来也。’来麰与来服，亦声相近，所降生之麦，谓之来麰，则来服之义，其亦与来麰同一语乎？盖不可知矣。”

笔者窃按，《说文》“周所受瑞麦，来麰”，瑞麦二字为来麰的形容词，言周所受于天之瑞麦有名来麰者，乃自天而来者，故名来麰。麰，大麦也。《孟子·告子上》：“今夫麰麦，播种而耰之，其地同，其树之时又同，浡然而生，至于日至之时，皆熟矣。”赵岐注：“麰麦，大麦也。《诗》云：‘贻我来麰’，言人性之同，如此麰麦，其不同者，人事雨泽有不足，地之有肥瘠耳。”王念孙《广雅疏证》：“大麦，麰也。《周颂·思文》云：‘贻我来牟’，《传》云：‘牟，麦也，始自天降。’则来牟俱是麦，于文义为允也。《说文》云：‘周所受瑞麦。来麰一叶二缝，象芒刺之形，天所来也，故为行来之来。’又云：‘齐人谓麦为秾，秾与来通。’又云：‘麰来，麰麦也。’则亦以来麰为麦，与刘向同，但不言大小耳。李善注典引，引韩诗薛君章句云：‘䴬，大麦也。’䴬与麰同，来麰对文，麰为大则来为小矣。古者大为牟，《御览》引《淮南子》注云：‘牟，大也。’大麦故称牟也。”

《周易》“七日来复”系七日循环一次，犹今之星期，与来、麰指大小麦者不同。来复与来麰发音也许有点相近，既分明是两件事，也不能说是同一语根，以之解释《橘颂》“来服”，非是。笔者认为林云铭以服指服属言，较有意义。服属即生于此地之意。

郭氏曰“来复”亦犹“离靡”，乃连绵字，非来服水土之意，所以他翻译“后皇”为“辉煌”，“来服”为“纷披”，说道：辉煌的橘树呀，枝叶纷披。这个译法荒谬极了！

“受命”即受后土之神的命令。后土之神之所统治者固为地下之冥间，但地面亦归其管辖。五谷及百凡植物均归他作主，此事具有世界性，凡稍治世界神话者皆能知之。怎可将后皇强译为辉煌呢？

“不迁”当指橘性不宜移植。姜寅清曰：“《晏子春秋》：‘橘生淮南则为橘，生于淮北则为枳。’《考工记》亦有橘逾淮而北为枳之说；亦见《吕览·本味》，盖战国时代所习闻之事也。”此说可取。

“南国”，南国犹南方，指江南言。《吕览·本味》：“江淮之橘，云梦之柚。”《禹贡》：“淮海惟扬州，厥包橘柚。”《汉书·食货志》“江陵千树橘与千户侯等”。江陵云梦皆盛产橘柚，为楚地生息最繁之果，皮既馨香，又有美味，必为民俗嗜好之一，故屈子为之颂。

深固难徙，更壹志兮，绿叶素荣，纷其可喜兮。

橘性不喜迁徙，迁徙则变质，既见前节姜氏注解所引《晏子》、《考工记》、《吕览》。

"素荣"一作"素华"，橘之叶绿色沃泽，开花则作白色。洪兴祖曰："《尔雅》：'草谓之荣，木谓之华。'此言素荣，亦可通称也。曹植赋曰：'朱果不萌，焉得素荣'；李尤《七叹》曰：'白华绿叶，扶疏冬荣，金衣素里，班理内充。'皆谓橘也。"

"更壹志"之"更"本作"再"字解。王夫之独为新义云："更，平声，连徙为义，从徙字断句，而有余义，下句足之。古人文字多有然者，唐宋人不知耳。难于徙而更易，其志壹矣。橘不逾淮，忠臣生死，依于家国。"这样说，船山先生是把"更"字当作"改"字解。不过假如将这两句读成"深固难徙更，壹志兮"，音节实在不好听，我们不敢赞同。

再者屈原这一节诗无非将橘之特性，及其花叶形容一番而已，未必借此自喻。王逸及诸家"守忠信""专心一志"云云皆属词费。

曾枝剡棘，圆果抟兮，青黄杂糅，文章烂兮。

"曾"，重累也，同层，音增。言橘树之枝层次甚多。"剡"锐利也。易"剡木为矢"言削木使尖以为矢也。"棘"，刺也。扬雄《方言》："凡草木刺人，江湘间谓之棘。""圆"一作圜。姜寅清曰："圜本天体字，然与圆亦通。浑圆曰圜，平圆曰圆，则作圆于义更切。"橘形每作扁圆，与浑圆异，故姜氏谓此文若作圆字更切合橘之形状。

"抟"从手。洪兴祖引一本作榑，从木，误。榑，枢车也。这是个名词，而《橘颂》"圆果抟兮"则系形容词。王逸曰："楚人名圜为抟。"姜曰："与团实同字。"甚是。

橘之为实，未熟时色青，熟则色黄，满树之橘，或青或黄，色彩烂然盈目，故有此二句。

精色内白，类可任兮。纷缊宜修，姱而不丑兮。

王逸曰："精，明也。言橘实赤黄，其色精明，内怀洁白，以言贤者亦然。外有精明之貌，内有洁白之志，故可任以道而事用之也。”王逸的“内怀洁白”，不过照着原文字面而说，究竟这个内部系指橘子内部哪一部分而言？王逸并没有明白说。王夫之始言：“内，瓤也，内含精液而清白，类人有精白之心，可托以大任。”姜寅清谓：“内白，兼皮里、瓤、子三者言。”按橘之子固作白色，瓤则仍作浅黄，瓤色白者柚之一种，橘则从无白者。姜氏谓皮里，这倒不错。皮里，即是橘皮的反面。盖橘皮外表无论其为青为黄，反面皆作白色。洪兴祖引李尤《七叹》，“金衣素里，班理内充”，素里也指橘皮的反面。闻匡齐谓精为绪字，赤黄色，橘皮。

“类可任兮”，王逸曰：“一作‘类任道兮’。”沈祖绵云：“段玉裁曰：‘屈赋《橘颂》合韵丑字，读如躁。’朱骏声未举，任当为保，保丑韵。《说文》：‘任，保也。周礼大司徒，使之相保。’注，‘保犹任也’。《汉书·司马相如传》：‘与庸保杂作。’注‘谓佣之可信任者也。’《广韵·雅言》：‘任，保也。’《淮南子·说山训》‘所不能任其必孝也’，注：‘任，保也。’《后汉书·质帝纪》注‘任，保也’。王逸注文疑有保任也之语。原文作任，涉注而讹。”

任若当作保字解，则是说橘皮内部洁白，可以信任或保证。但闻匡斋又解任为抱，采“类任道兮”谓其若抱道者然。

“纷缊”，盛貌。“宜修”，蒋骥说：“橘宜年年芟繁去蠹，与他树不同，故曰宜修。”陈本礼云：“善于修饰，纯乎自然，不假人为也。”王夫之则谓“类人之修饰合宜。”屈赋好用“宜笑”字样，如《九歌·山鬼》“既含睇兮又宜笑”。亦用“宜修”字样，如《湘君》“美要眇兮宜修”。闻氏谓此处宜修亦应改为宜笑。声相近而误耳。又引《大招》“靥辅奇牙，宜笑嫣只”；又曰：“娉目宜笑，娥眉曼只”……谓诸宜字并读为齇，齇为龋病。后汉梁冀妻孙寿善为妖态，作龋齿笑以为媚惑，齇笑犹龋齿笑云云。见《九歌·山鬼》篇。今证以《橘颂》，闻说殊难成立，因宜笑用之于人，不妨指为齿病，今用之于橘，橘岂有齿？又岂能笑；“修”若像蒋骥说，修剪枝叶，亦未安。屈赋习惯，既以修为美，我们还是把这个字认为美的代辞为妥。

"丑"，本为美的反面。"姱而不丑"，言美而不丑也。姜寅清则又谓："丑，众也。'姱而不丑'，犹言好而不嫌其繁多，似其宜于修饰也。"按此二句文字，既言"宜修"，又言"姱"，再言"不丑"，在修辞上诚有叠床架屋之病，"姱而不丑"，造句亦颇笨拙，但文人操觚为文，岂能毫无瑕疵？以三闾大夫之高才鸿藻，屡著佳篇，小赋措辞，偶有失检，正如合抱之材，稍有蠹孔，我们是不应该指摘的。但"丑"字又作"类""匹敌"解，《孟子》"地丑德齐"言地之大小，德之厚薄相类也。则"姱而不丑"宜解为美得无可匹敌。如此则重叠之病可免了。

嗟尔幼志，有以异兮：独立不迁，岂不可喜兮。

此一节文字王逸朱熹诸家均以为仍指橘而言。而如王夫之解"嗟尔幼志，有以异兮"二句，谓"木之美恶，各从其种，当初生而已为嘉树，喻贞邪各从性生"。解"独立不迁"至"廓其无求兮"，谓"橘既长成实，迁之则不实"，"可喜"者，言"迁之肥壤，岂不可荣，而植根必固，徙之则瘁，喻君子必不徇俗而同污，廓者自信已贞，廓然无所回惑也"。林云铭谓："看来两段中，句句是颂橘，句句不是颂橘，但见原与橘分不得是一是二，彼此互映，有镜花水月之妙。"姜寅清亦云："按此四句王逸、朱熹诸家仍从橘上立言，恐未必当。寄情写物，固可物我两融，是一是二，然其中必有主从，主从不分，则成粘糊，岂是妙文？解喻文理者所当审知。洪《补》曰：'自此以下，申前义，以明已志'最为得文家借喻之旨。此盖作者因颂橘而忽思及己身，遂尔将自己牵入，从己身发挥，自此至参天地一段之文是也。"又谓："尔者，屈原自尔也。因言橘而兴叹及己：嗟嗟，尔自幼少即有异人之志，独立不为人世所迁徙，岂不大有可喜乎？此从受命不迁来。"

按这些话都是牵强附会的说法。毫无道理。"尔"乃第二人称，屈原自称总是非余即吾，从无自尔之例。此文既非少作，则"幼志"二字无谓，像姜氏解作屈原用追叙笔法，回溯自己幼少时立志已与人不同，亦未为不可，不过下文尚有“年岁虽少”字样，请问又当作何解释？总之此文共分二大段，第一段叙橘，第二段则已离开橘而叙人，但这个人与橘也还有点关系，大概像前文所说，此人的名字或小名为橘。屈原颂橘即所以颂人。这个人当是屈原谪贬江南时所遇见的文学青年。

深固难徙，廓其无求兮；苏世独立，横而不流兮。

洪兴祖曰：“凡与世迁徙者皆有求也。吾之志举世莫得而倾之者无求于彼故也。”此解极是。惟此青年人其名既同于橘，屈原遂以颂橘者颂之。前文已有“受命不迁”，亦有“深固难徙”之语，今又重复用之，正欲告读者此人之名为橘，文心之精细如此，措辞之明白如此，后人不悟，难道是三闾的过错吗？

“苏”，王注：“寤也。屈原自知为谗佞所害，心中觉寤，然不可变节，犹行忠直，横立自持，不随俗人也。”洪兴祖曰：“死而更生曰苏。《魏都赋》曰：‘非苏世而居正。’”王夫之曰：“苏，草也。言生于荏干之中，而贞干独立，不随草靡，喻君子杂处浊世，而不随横逆以俱流。”陈本礼谓苏同疏，故云：“既无求于外，自然与世自疏。”俞樾认为“苏当训牾，即今忤字，所谓牾世就是与世俗相忤的意思。俞樾并引《荀子·议岳篇》“顺刃者生，苏刃者死”。苏与顺为对文，则苏者逆也，故为牾云云，此解甚好。

本节文字所言既为人而非树，则全节文字皆为此人德性的形容。这种德性是不肯随波逐流，与世浮沉，更不愿牺牲个性，投人所好，所以娇然独立，像横木梗乎水中不顺流而下。

闭心自慎，终不过失兮，秉德无私，参天地兮。

王应麟引龚氏注：“中说”引古语云：“上士闭心，中士闭口，下士闭门。”

“终不过失”，王逸云：“一作‘终不过兮’，一作‘终不失过

兮。'”江永曰：“地与失去入为韵，或作失过者非。”（《古音标准》）

后两句洪兴祖曰：“天无私覆，地无私载，秉德无私，则与天地参矣。”

按此节文字仍是对该青年德性的赞美。

愿岁并谢，与长友兮，淑离不淫，梗其有理兮。

“愿岁并谢”，诸家解说不一，并一作并。合也，相并也。“并力”即加倍用力，“并日而食”即两日三日吃饭一次。屈原愿岁月加倍逝去，如此则老得更快，如何可与少年人为友呢？故姜寅清谓“并”疑为“不”字之声误。屈原在湘西贬所遇见这个文学青年时，自己年龄已在五十以上，设欲与之长为朋友，不能盼望时光之倒流，只有望岁月之永驻而已。

“淑离”，王夫之曰：“淑，善也。离，丽也。不淫，言橘之为木，枝叶茂盛，华香果美，而坚挺独立，无繁艳婀娜之态，盖梗介自理，志士仁人之节也。”蒋骥说同。戴震谓孤特。“梗其有理”，王逸谓为“不失义”。梗有梗直之意，即倔强不屈之概。

此节亦所以形容该青年性格。诸家皆以橘解之，殊觉牵强。

年岁虽少，可师长兮；行比伯夷，置以为像兮。

“可师长”之“师”，姜寅清谓：“师读为追，金文中师有作自者，自即后世迹跡，古作𠂤像两脚及也。长读短长之长。可跡长者，谓人之年寿虽短而可留其跡于久恒也。”又曰“此四句言己审视橘之为德；的烁，美而不淫，梗其有理，因思余年岁虽不能久长于天地之间，然可跡而长也。苟能行道，近乎伯夷，则庶乎可永长矣，故置伯夷为法象。”按姜氏此种说法固足见其学力，却未免穿凿之嫌。原文师长二字非常显豁，硬解为跡之久长，屈原又何尝有此僻异之文法？盖姜氏不知《橘颂》后半段所颂者已非橘而转为人，怀疑橘无所谓“年少”（虽然他在有些地方也采王夫之橘无松柏之寿，故曰年少之说)，更无所谓“可师长”，尤不能“比行于伯夷”，遂作此古怪的解释。若知所颂者为人，他当然不这样说了。

再者屈原对于这个志行高洁，独立特行的青年人，虽颇为欣赏与尊重，却也决不会以师长之礼来待他；也不会把他当自己做人的模范，不过说这个人清高得像伯夷一样，可为一般人的师长与做人模范而已，这是我们读《橘颂》应该弄清楚的。林云铭说：“屈原于放废之所，得一良友朋师，乃伤心中之快心”，“不觉滔滔汩汩，写过又写”，倒也说得不错，可惜林氏仍然把这个良友朋师当作橘树，便无意义了。

《哀郢》（原文）

皇天之不纯命兮，
何百姓之震愆。
民离散而相失兮，
方仲春而东迁。

去故乡而就远兮，
遵江夏以流亡。
出国门而轸怀兮，
甲之鼂吾以行。

发郢都而去闾兮，
荒忽其焉极。
楫齐扬以容与兮，
哀见君而不再得。

望长楸而太息兮，
涕淫淫其若霰。
过夏首而西浮兮，
顾龙门而不见。

心婵媛而伤怀兮，
眇不知其所蹠。
顺风波以从流兮，

焉洋洋而为客。

凌阳侯之泛滥兮，
忽翱翔之焉薄。
心结结而不解兮，
思蹇产而不释。

将运舟而下浮兮，
上洞庭而下江。
去终古之所居兮，
今逍遥而来东。

羌灵魂之欲归兮，
何须臾而忘返。
背夏浦而西思兮，
哀故都之日远。

登大坟以远望兮，
聊以舒吾忧心。
哀州土之平乐兮，
悲江介之遗风。

当陵阳之焉至兮，
淼南渡之焉如。
曾不知夏之为丘兮，
孰两东门之可无。

心不怡之长久兮，
忧与愁其相接。
惟郢路之辽远兮，

江与夏之不可涉。

忽若不信兮，
至今九年而不复。
惨郁郁而不通兮，
蹇侘傺而含戚。

外承欢之汋约兮，
谌荏弱而难持。
忠湛湛而愿进兮，
妒被离而障之。

尧舜之抗行兮，
瞭杳杳而薄天。
众谗人之嫉妒兮，
被以不慈之伪名。

憎愠惀之修美兮，
好夫人之慷慨。
众踥蹀而日进兮，
美超远而逾迈。

乱曰：
曼余目以流观兮，
冀壹反之何时。
鸟飞反故乡兮，
狐死必首丘。

□□□□□□□，
□□□□□□，

信非吾罪而弃逐兮，
何日夜而忘之！

《哀郢》疏证

题 解

（一）王夫之谓顷襄畏秦，弃故都而迁于陈，百姓或迁或否。屈原之兄弟姻亲离散相失，故有《哀郢》之作。郢乃楚之故都。

（二）蒋骥谓若指为顷襄迁陈，则为时过远，屈原已不及见。顷襄十九年（公元前二八〇）秦伐楚，楚军大败。割上庸汉北地予秦。（《史记正义》谓割房、金，均三州及汉水之北地与秦。）二十年，秦将白起拔楚西陵。（纲目赧王三十六年，白起攻楚，取鄢邓西陵。）二十一年，秦将白起拔郢，烧先王墓夷陵，楚兵散不复战，东北保于陈城。二十二年，秦复拔巫黔中郡。蒋氏谓皆屈原死后之事。

（三）戴震曰："屈原东迁，疑即当顷襄元年秦发兵出武关攻楚，大败楚兵，取析十五城而去时。怀王辱于秦，兵败地丧，民相散失，故有皇天不纯命之语。"王夫之迁陈之说虽新，而吴汝纶已谓为时已晚，屈子不及见。刘永济遂谓东原之说较为近理。姜寅清亦谓《哀郢》之作，在顷襄元年，秦兵取析十五城之时。

（四）陆侃如谓《涉江》、《哀郢》皆再放时所写。时怀王已客死于秦，子兰当政，因为屈原不满于他怂恿怀王入秦，大概总说了些激烈的恨话，子兰听了大怒，便使上官大夫短屈原于顷襄王，顷襄不加详察，便又放他出去……司马迁说他这回放逐是在江南。屈原作品中有一篇《涉江》，所记的路程是在江南的，大约便是这次放逐的后话了。可是他记事却从鄂渚起，便要引起我们的怀疑。试问他从郢都出发至溆浦，何须走到鄂渚呢？（郢都在今湖北西部，鄂渚在今湖北东部，溆浦在今湖南西部。）这个疑惑还得请《哀郢》来解释。这篇所记的路程是从郢都起，至夏浦为止。这夏浦与鄂渚是很相近的，都在现在的武昌附近。这一点便明明白白的告诉我们说，《涉江》所记是接着《哀郢》而来的。由此可知，《哀郢》一定也是再放的作品，而且一定在《涉江》之前。（王逸与姚鼐认为《哀郢》所记的是怀王时的放逐，一来没有注意到《哀郢》与《涉江》的衔接处，二来也没有注意到《抽思》里的记载。）我们在叙述屈原这回放逐的路程，便是根据这两篇的。

（五）游国恩在他的《楚辞概论》里说《哀郢》是屈原再放时所作，其放逐理由皆根据《史记·屈原列传》，也即是陆侃如所主张的怀王听稚子子兰之言，入秦不返，屈原痛嫉其事……令尹子兰闻之大怒，使上官大夫短屈原于顷襄，王怒而迁之。这再放的时间，当在顷襄王三年（前二九六）。《哀郢》有九年不复的话，自顷襄王三年下推九年，则《哀郢》产生时代当为顷襄王十一年（前二八八），那时他五十六岁(《楚辞概论》)。

在他所著《屈原》里，又说："屈原第二次放逐，约在顷襄王十三年左右。本传所谓'顷襄王怒而迁之'就是指再放的事。此事据本传似系在顷襄初年，但考楚辞《九章·哀郢》一篇有云'曾不知夏之为丘兮，孰两东门之可无?'这话是对白起入郢而发的。而白起破郢在顷襄王二十一年。下文又云：'忽若去不信兮，至今九年而不复。'从顷襄王二十一年上推，至顷襄王十三年，恰为九年。'不复'者，未被召回的意思。放逐九年，还没有召回的消息，屈原的命运大概被决定了。""屈原为什么终于要自沉呢？于是，我们必须明白两点，第一、他不愿意让自己的眼睛看见亡国的惨祸；第二、他想生前既不能挽救国家，所以用古人'尸谏'的办法来感悟楚王。原来顷襄二十一年，原自陵阳折回，到了江南济湘上沅，入于辰溆，日暮途穷，不能再走，满拟暂付停留下来。不料至明年（顷襄二十二年），秦兵大至，复攻拔楚国的巫郡，情势非常的险恶，于是一个放逐的孤臣又有做敌国俘虏的危险了。他这时欲进不能，欲留不可，不得已再下沅水，入湖湘，至长沙的汨罗江，自投于水而死。这便是他自己说的‘从彭咸之所居’了。他这一死，我以为是重于泰山的，后人反讥他忿怼沉江，显暴君过，那真是拘墟之见哩。”

游氏初说《哀郢》产生于顷襄王十一年，假如屈原即自沉于这一二年内，则他的寿命当为五十六七岁，现在他又采取王夫之的意见，说屈原《哀郢》作于白起攻拔楚国都郢，顷襄徙都于陈之际，其死则在顷襄王二十二年，使屈原又多活了十一年，所以游氏终于断定屈原之死，寿已六十有七。

按屈原自沉汨罗时，年寿究有几许，史无明文，诸家所皆主张在顷襄初年者，实由于不愿屈原寿命超过花甲。像游国恩在《楚辞概论》里所说的话。陆侃如在他《屈原》里也说："六十多岁的风烛似的老逐臣还待他自沉吗？恐怕早就要与世长辞了。"盖陆、游诸家撰写屈原传时，均属少壮，遂视六十以上人皆是龙钟衰朽，尸居余气。觉得美人香草，怀抱芳馨之屈大夫，竟乃是一个如此老丑之人，心里实觉可惜，遂有此不情而又可笑的言论了。

笔者对王夫之及游国恩后说《哀郢》之作系在郢都不保，顷襄迁陈之际，甚表赞同。但看歌辞，天不纯命，仲春东迁，百姓震愆，离散相失诸语，即可知这是严重之国难，并非秦兵出武关，取析十五城可比。且题目“哀郢”，用意尤明，诸家之语，皆为成见所蔽，不足取。

《哀郢》中有“陵阳焉至”之语。陵阳在今皖境，屈原本被贬于湘西，何以到此？诸家皆解说不出，只有乱说一通。据我的研究，乃系郢都危急时，屈原自湘西贬所潜回首都护送他的眷属沿江东下至陵阳安顿而作，这是屈原生活史中一件大事，不可不知。详见我的《屈原与九歌》“屈原评传第七章”。

歌辞的解释

皇天之不纯命兮，何百姓之震愆？民离散而相失兮，方仲春而东迁！

《尚书·君奭》“格于皇天”，《左传·僖十五年》“皇天后土，实闻君言”皆指上帝。王逸：“德美大称皇天，以兴君也。”王逸注屈赋，念念不忘屈原与怀王君臣关系，深为可厌。屈原之“皇天”，我想无非由“皇上帝”“唯皇上帝”而来。皇乃光辉、庄严、伟大之意。

“不纯命”，朱注：“纯，不杂而不存常也。”不纯命则天命错乱，失其正常。

“震愆”，诸家解说颇多，王夫之的话较为合理。他说：“震，震动而不宁也。愆，失其生理也。”

“仲春”，二月也。当二月之际，人民向东迁徙，至于离散相失，是必有敌国外患，紧相压迫，非秦兵大至，郢都将破而何？

> 去故乡而就远兮，遵江夏以流亡。出国门而轸怀兮，甲之鼂吾以行。

“江夏”，洪《补》曰：“前汉有江夏郡。应劭曰：‘沔水自水别至南都华容为夏水。过郡入江，故曰江夏。’郑玄尚书注：‘沧浪之水，今谓之夏水。’”

“轸”，痛也。“怀”，胸怀也。“甲”日也。“鼂”，同朝，一作晁，旦也。

> 发郢都而去闾兮，荒忽其焉极？楫齐扬以容与兮，哀见君而不再得！

“郢都”，楚国都城。前汉江陵县，故楚郢都。楚文王自丹阳徙此。后九世，平王城之。后十世，秦拔郢，徙东郢。（笔者按：即河南陈城，顷襄徙都后，仍名之为郢）

“去闾”，去其闾里。“荒忽其焉极”。朱本荒字上有怊字。则本辞第二句当作“怊荒忽其焉极”。姜寅清云：渚宫旧事三引有“怊”字。屈赋辞例，往往用双形况字，且多于联绵字重以单语，则有“怊”字是也。《七谏》“超慌忽其焉如”即袭此文，而用“超”字。

"楫"，櫂桨之属。"楫齐扬"，船上桨齐举也。

望长楸而太息兮，涕淫淫其若霰。过夏首而西浮兮，顾龙门而不见。

"长楸"，王逸曰："大梓也。"朱注谓长揪也者，所谓故国乔木，使人徘徊不忍去也。"太息"太一作"叹"。"夏首"，王逸谓为夏水口。王夫之谓即夏口。

"西浮"，有谓西望汉水若浮于天际者，于理难通。蒋骥谓舟行之曲处，路有西向者，亦嫌迂曲。屈原自郢都携眷往陵阳进发，应曰"东浮"西字乃后人不得其解而妄改者耳。

"龙门"，王逸注："楚东门也。"洪《补》："龙门，即郢都之东门。"伍端休《江陵记》云："南关三门，其一名龙门。"

心婵媛而伤怀兮，眇不知其所蹠。顺风波以从流兮，焉洋洋而为客。

"婵媛"，本以形容女子姿态之婀娜秀美，但又可作牵引解。

"蹠"，践也。音灼，一作宅。

"焉"，如字。"洋洋"，无所归貌。

姜寅清曰："此四句言余心牵引伤怀，前途眇然，将不知所止，于是任船之随风顺浪，听其流之所之，于是遂洋洋远客，无所归止也。"

淩阳侯之泛滥兮，忽翱翔之焉薄？心绖结而不解兮，思蹇产而不释。

"淩"一作"凌"。"阳侯"，洪氏引《战国策》："塞漏舟而轻阳侯之波，则舟覆矣。"《淮南》云："武王伐纣，渡于孟津，阳侯之波，逆流而击。"注云："阳侯，阳国侯也。其国近水，溺死于水，其神作大波，有所伤害，因谓之阳侯之波也。”应劭曰：“阳侯，古之诸侯，有罪自投江，其神为大波。”林云铭曰：“凌，乘也。阳侯，大波之神也。”戴震：“阳侯，《战国策》所谓阳侯之波也。”诸家皆谓阳侯为大波。观本文“淩阳侯之泛滥兮”，则阳侯果指水波而言。

“絓结”，姜寅清曰：“上音画，絓结，犹他处言‘菀结’‘郁’，皆一声之转也。”

“蹇产不释”句，姜氏谓又见于《离骚》。注为“佶屈”，蹇产者，乃一声之转。字又作“謇产”，音变为“謇展”，又或作“蹇浐”“嵼峼”“蜷峼”，别详《离骚》。（笔者按《离骚》并无“蹇产不释”四字。惟《悲回风》有之，亦系后人自《哀郢》误移置者，姜氏误记。）

将运舟而下浮兮，上洞庭而下江。去终古之所居兮，今逍遥而来东。

蒋骥曰：“洞庭入江之口，今岳州巴陵县。上下谓左右。礼东向西之席，俱以南方为上，今自荆达岳，东向而行，洞庭在其南，故以洞庭为上，而江为下也。”

“去终古所居”，王逸谓：“远离先祖之宅也。”姜氏曰：“《九歌》‘长无绝兮终古’，言永世不绝也。此终古义为永世。屈原为楚国宗臣，自楚开国定居郢都以来，即世居于此，今将远去，是去永世之所居也。”

“逍遥”，一作“消遥”，又作“消摇”，姜氏谓即游义。

笔者按此节系屈原自辰溆贬所潜回郢都的回忆，也是旅程的补笔。辰溆在洞庭湖的西南，屈原自辰溆贬区沿沅水到洞庭，故曰“上”。到洞庭后，沿长江西上江陵（郢都）救取眷属后，即沿江东下而赴陵阳，故曰“下”。与蒋骥之说稍不同，看湖南湖北地图即知。

羌灵魂之欲归兮，何须臾而忘返？背夏浦而西思兮，哀故都之日远！

“羌”，语助词，楚语也。本作“咲”。姜氏曰：“此当是‘嗟’字之形讹。六朝人书嗟作嗟，因讹咲也。果羌为语词不为嗟字，则下句‘何’字意象无所依属。若羌作‘乃’字解，‘何’字意象仍不具足，作‘嗟’字则文为有致矣。”语固有见，但羌作为语词有何不可？

“背夏浦而西思”，“夏浦”夏水东经沔阳而人汉。合流而至武昌，会于江，谓之夏口。刘永济谓：“思疑息之讹。西息，西至辰沅迁所而息也。上云‘东来’，来自东也，下云‘江与夏不可涉’，又云‘至今九年而不复’，则居于迁所之时甚久也。本篇曰‘东迁’，曰‘西浮’，曰‘南渡’；《抽思》篇曰‘南指’，曰‘南行’；《怀沙》篇曰‘北次’，皆属行程言。此云‘西息’，则行至迁所之词，故有哀故都之日远之言也。《诗·汉广》‘不可休息’，《释文》：‘息本作思’，杨倞注《荀子》‘辨而不思’引《诗》此文。证思息二字，形近易讹。”刘氏不知屈原发自郢都系沿大江而赴陵阳。陵阳在东，夏浦在西，背夏浦，就是离开了夏浦，也可说将夏浦抛在背后，回首盼望一日远似一日的郢都，故曰“西思”，怎可改为“西息”呢！

“何须臾之忘返”，姜氏曰：“须臾作俄顷者，汉人以后之说也。按仪礼‘寡君有不腆之酒，请吾子与寡君须臾焉’。则须臾犹言逍遥矣。《礼记》‘道也者，不可须臾离也’，《北征赋》‘聊须臾以婆娑’，与《离骚》‘聊逍遥以相羊’同一句法，同一用意。须臾与逍遥，盖一声之转也，故亦得写作‘须摇’，《汉书·礼乐志》：‘神奄留，临须摇’，注引晋灼曰：‘须摇，须臾也。’但笔者之意，中庸既有“道也者，不可须臾离也”。总不能说“道也者不可逍遥离也。”则须臾古亦作片刻解。在本文中也是作片刻为是。若作“何逍遥之忘返”如何可通？

登大坟以远望兮，聊以舒吾忧心。哀州土之平乐兮，悲江介之遗风。

“大坟”，水中高者曰坟。《诗》“遵彼汝坟”。姜氏云：“此大坟指鄂渚而言，惟鄂渚之反顾，乃顾望陵阳，此之远望，则望楚也。盖鄂渚当汉水入江处，与上文过夏水之口，则曰‘过夏水而西浮’，过洞庭，则曰‘背夏浦而西思’，皆纪程最重要之语。”实则汇边常有丘陵之属，屈原虽乘舟而行，途中亦可随时登岸，或者登上水中高丘以遥望，不必如姜氏之说谓指鄂渚。

“州土平乐”，王逸“闵惜乡邑之饶富也”。姜氏曰：“按古凡称州者皆指环水之地而言；郢在江汉夏澧之间如州焉，故曰州土。”“平乐”当是平安和乐之谓。秦军大至，平乐破坏，故曰“哀”。

“悲江介之遗风”，王逸：“远涉大川，民俗异也。介一作界。”姜氏曰：“介，读如生民‘攸介攸止’之介。笺：‘介，在左右也。’《史纪·十二诸侯年表》：‘楚介江淮。’《索隐》：‘夹也。’义亦左右之意；此江介盖亦指郢都之左右而言。江介遗风，盖叹楚之政俗已多驳变，先王旧习隳废，故步不存，故曰悲遗风也。朱子以为指故家遗俗不善美，虽较王说为当，而尤未达一间也。”

“遗风”二字尚有异说者。王念孙曰：“遗读为隧，隧风，疾风也。桑柔‘大风有隧’，有隧者，状其疾也。楚词《九歌》‘冲风起兮水扬波’，王注曰：‘冲者，隧风也。遇隧风而大波涌起。’是古谓疾风为隧风也。隧与遗，古同声而通用。《小雅·角弓》篇：‘莫肯下遗’，《荀子·非相篇》：‘遗作隧’，《南山经》：‘旄山之尾，其南有谷曰遗。’，遗亦作隧，皆其证也。《扬雄传》：‘轻光疾雷，以驱遗风’，见《甘泉赋》；楚辞《九章》：‘悲江介之遗风’，义并与此同。”刘永济因断之云：“按王说是。叔师误以遗为遗民之遗，故说风为风俗之风，并非。”如王刘二氏之说，则此句不过形容江间疾风而已。

但江间疾风，又何必用其悲伤？况“哀州土之平乐，悲江介之遗风”为对待语。“州土”与“江介”仍指郢都内外部分。平乐解见前。“遗风”仍作故家遗风解较合。也可说遭遇丧乱，江左右居民善良风俗已荡然无存了。

> 当陵阳之焉至兮，淼南渡之焉如。曾不知夏水之为丘兮，孰两东门之可芜？

“陵阳”一词，颇多异说。有谓为地名者，有谓即前文大水之波阳侯者，有谓二字乃动词者。地名之说，后再论。水波之说，则戴震注此句云：“上云‘陵阳之泛滥’，此言‘当陵阳’，省文也。”陆侃如大为赞成。他说：“这句里的‘陵阳’二字并非地名。一来呢，战国时并无‘陵阳’的地方，至西汉时始有，为丹阳郡十七县之一，在今安徽南部，这是铁证。二来呢，若‘陵阳’二字确系地名，则下文不当有‘南渡’字样，因为在陵阳附近的方向是西向东北的，这也是一个很重要的证据。”

刘永济主陵阳为动词。因王逸注“当陵阳之焉至兮”句曰：“意欲腾驰，道安极也。”乃曰：“陵阳为动词，似叔师本原作‘陵扬’。《说文》：‘陵，大阜也。’引申有上升之义。‘扬’，《说文》‘飞举也’故曰：‘腾驰。’屈子于此大有奋飞无所之慨，合下文‘淼焉南渡’，‘不知所届’之意读之，而苍茫四顾之态，俨然如见。诸家误从洪本陵阳立义，致窒塞难通，殊失文旨矣。”刘永济对王叔师拳拳服膺，几至五体投地，于其荒谬欠通之议论，亦曲意阿附，一心盲从，像他竟把“陵阳”当作“陵扬”可笑之极。而因说陵为大阜，刘氏竟引申为上升之意，更可骇了！

其实“陵阳”是个地名，既不能像刘永济想入非非，改为“陵扬”，也不能像钱宾四改为“阳陵”而竟将《哀郢》著作拨归之庄辛（见《九章总论》及《招魂》篇关于招魂的种种）。洪兴祖《补注》：“前汉丹阳郡有陵阳仙人，陵阳子明所居也。《大人赋》云：‘反大壹（同大一）而从陵阳。’”谓陵阳之得名，系陵阳仙人所居，则为地名明甚。

至陵阳之地究在何处呢？王夫之谓为今宣城。姜寅清云：“按汉书丹阳郡，陵阳县是也。以陵阳山而名，在今安徽东南六十里，去大江约百里，而在庐江之北。陵阳山在今县南。何天行曰："陵阳本汉置县名，晋避杜皇后讳，更名广阳。故治在今安徽石埭县东北，今县界有'陵阳镇'西北距青阳六十里，即故陵阳遗址，地近大江，从陵阳以西上游数百里江水，便是湖北的境界了。"（《楚辞新论》）

陆侃如与何天行均以陵阳汉置为言。陆将陵阳当作阳侯，何则竟谓《哀郢》系汉人所作，与三闾无干。但在他们之前的陆时雍则曾说："陵阳楚地，卞和封为陵阳侯，即此。"卞和系楚厉王时人，时代不但在屈原的战国前，而且尚在春秋前。

陵阳是一个地名，乃系不争的事实。所奇者，这个地名，今日尚在，乃系一镇，即何天行所谓"陵阳镇"。笔者乃安徽太平县人，世居山村曰"岭下"者，距"陵阳镇"十五里，家中购买米面及大件用品，每遣长工用独轮车到陵阳镇装载。地名是不易改的。所以自屈原作赋至今，经历了二千数百年，仍是"陵阳"二字。这类区区小镇全中国当有几万，谁也不知注意，若知战国中叶，大辞赋家屈原曾经到过，并在这个地方安顿他的眷属，那便光荣之极，将立刻成为大地名了。所惜者，笔者直到今日才能知道，未能为之表扬。

"陵阳"的考证以庐江为要。庐江又见于屈原的《招魂》，本拟在《招魂》篇再为详说。但《哀郢》篇里的"淼南渡"句干涉到庐江，我想省却省不了。今日旅客沿长江东下至陵阳镇的路线，是先由安徽省会的安庆到大通，南渡四十里的铜埠湖，抵青阳县，起陆行六七十里，始能到达。《哀郢》"淼南渡之焉如"即纪这一段行程。二句倒装。但屈原在《招魂》里有"路贯庐江"的话。据说庐江即青弋江屈原时代尚不知自安庆渡江至大通的那条路线，所以要沿着长江，再上行若干里，由青弋江渡。总之铜埠湖也罢，青弋江也罢，想抵达陵阳，是非南渡不可的。（参看地图）

"不知夏之为丘"句，王逸注："夏，大殿也。"洪《补》："夏，大屋。扬子曰：'震风凌雨，然后知夏屋之为帡幪也。'"这是将夏当作大厦解的。

"孰两东门之可芜"，王逸："言郢城两东门非先王所作耶？何可使之逋废而无路？"蒋骥曰："夏即夏水也。在江之北。邱，邱陵也。

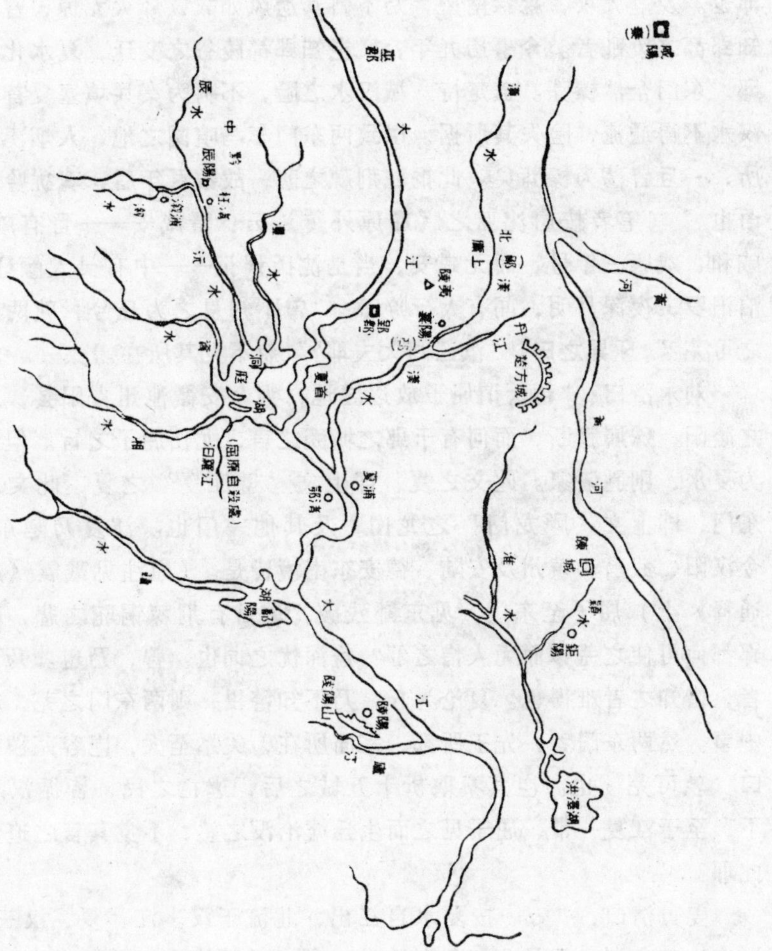

两东门，郢之东间之二门也。言已摈逐陵阳，不得越江而北，虽夏水化为邱陵，且不能知，何有于郢之城阙或者荡为芜秽乎？甚言已居陵阳，年深地僻，与郢隔绝也。”蒋骥是主张屈原再放系在陵阳，故有此说。

焦竑曰：“‘六朝如梦鸟空啼’，不如此二语惨绝！”陈本礼曰：

"此在陵阳，追念昔日，郢都荒乱，曾虑及陵阳边氓，不知作何等颠沛也。及登大坟，淼淼南望，乃不料其遗风如故，烽火无惊，曾若不知郢都之废乱者。今事历九年，又岂知郢都陵谷之变迁，夏水化而为邱，东门全然榛莽。盖楚恃六城汉水之险，不料为秦兵填塞夏首，使汉水不得通流，险失其所据，以致两东门车马喧阗之地，人烟凑集之所，一旦皆荡为榛莽矣。此铜驼荆棘之悲，故数百年后，魂犹吟此二语也。"（笔者按唐沈亚之《屈原外传》云：晋咸安——晋有咸宁、咸和、威康三年号，而无咸安，当是沈氏误记——中有吴人颜珏者，泊汨罗，夜深月明，闻有人行吟曰："曾不知夏之为丘兮，孰两东门之可芜?"珏异之曰："汝三闾大夫耶?"忽不见其所在。)

刘永济曰："蒋氏谓屈子放逐之地，为今安徽池州青阳县，乃古之陵阳，殊属臆断，而何有于郢之城阙之言，尤伤屈子之旨。但说夏为夏水，则胜诸家。此文之夏，即上文'遵江夏'之夏，此文之两东门，即上文'顾龙门'之龙门，及其他一门也。江夏乃楚东鄙，今汉阳、武昌、黄州及安陆、德安东南境皆是。（原注见戴震《屈赋通释》上）屈子至东门，见东鄙残破，举目有荆棘铜驼之悲，因念郢都何可使之芜秽而无人惜之邪?盖深忧之词也。曾，乃也。乃不知者，惜知之者难得也。夏沦为丘，乃不知警畏，则两东门之芜，亦意中事。然两东门者，先王所都，宗庙所在，关系至大，岂容芜秽?故曰'孰可芜'也。岂其秦取析十五城之后，逃亡之民，皆循汉水南下，至于江夏一带，屈子见之而生丘墟沦没之感，不觉其言之迫切如此耶?"

姜寅清曰："……按夏水自江出，北流于汉。江、夏、汉三水，形成一三角洲。于是此三角洲地带，多有'夏'名。此三角洲地带，盖即楚家世生息之地。楚本夏后，来自西北，及来止于此，遂以旧名命新邦，因有夏称。则'夏之为丘'，意谓故国沧桑之变也。故紧重之曰'东门可芜'，果如王说，则庙堂之变，言何切激，失屈子本旨矣。"

按"夏之为丘""东门可芜"二句意义果极深奥。笔者之所以广引诸说，不厌其烦者，就是要把这些楚辞注家虽富于低徊咏叹的感情，而并没有摸到真正意义的说法，来反衬出三闾思想的深度。

原来“夏”并非王逸所谓大殿及巨厦，实际还是夏水，或姜寅清所谓江、夏、汉三水所形成的三角洲。夏之为丘，即沧海桑田之变。战国时代，域外文化大量输入，我们中国人“时间观念”和“空间观念”都和以前大不相同。就是时间观念进展得绵长至于无限，空间观念推宕得广大至于无垠。

先说时间：“在太极之先，而不为高，在六极之下，而不为深，先天地生而不为久，长于上古，而不为老。”（《庄子·大宗师》）“楚之南，有冥灵者，以五百岁为春，五百岁为秋。上古有大椿者，以八千岁为春，八千岁为秋，而彭祖乃今以久特闻，众人匹之，不亦悲乎！”（《庄子·逍遥游》）“藏舟于壑，藏山于泽，谓之固矣，而夜半有力者负之而走，昧者不知也。藏大小有宜，犹有所遁。”（《庄子·大宗师》）前两例易解，后一例稍难。“夜半有力者”是什么呢？宣颖指为“造化默运”，对。这个有力者，换言之，便是“时间老人”。你把一只舟隐藏在山湾里，这座带有湾子的大山又隐藏于大水中间，可谓严密之至，还怕有人能将舟偷去吗？可是那位时间老人却能慢慢地做着变换消蚀的工作，终于将世间具体的东西化为乌有，山变得没有了，湾也没有了，试问你的舟还能保得住不能？战国诸子这类思想甚多，兹所举亦不过其数例而已。

再说空间。海若对河伯说：“天下之水，莫大于海，万川归之，不知何时止而不盈，尾闾泄之，而不知何时已而不虚。春秋不变，水旱不知，此其过江河之流，不可为量数，而吾未尝以此自多者，自比形于天地而受气于阴阳，而吾在天地之间，犹小石小木之在大山也，方存乎见少，又奚以自多？计四海之在天地之间也，不似礨空之在大泽乎？计中国之在海内，不似稊米之在大仓乎？”（《庄子·秋水》）战国后这个大泽是后代人所不能了解的，是指那原始深渊。海在大地上固为最大的水，四大海合并则更大，不过比起那充满整个空间无边无际的原始深渊来，四海的水也不过是小小石穴中之点滴罢了。（这亦可见原始深渊之水与我们大地上四海之水是划然分开的。）中国版图固然广大，在四海之内，却也只能算太仓里的一颗米粒罢了。

屈原生当战国中叶，曾经沐浴于当时大量涌入的域外文化，这种时空观念，他当然是有的。白起兵入郢都，大纵焚掠，繁华的两东门，成为废墟，他也知道。当他立身夏水之上，忽然想到洪钧转运，永无已时，沧海桑田，变易旦暮，这茫茫在眼的夏水，终有一日变为丘陵，则两东门之荒芜，有何足惜？可是人是感情和理智融合而成之物，仅有理智而无感情，则其人将成为科学怪人之冷酷；仅有感情而缺乏理智，则亦不过是一盲目冲动的狂夫，我们的三闾大夫却是一个理智感情融洽恰到好处的人，因此他虽常作超凡脱世之想，以遨游世外的神仙自居，而终又投汨罗殉国，为天下后世留下一个光辉的不朽的榜样。所以他又唱道：

曾不知夏之为丘兮，孰两东门之可芜？

“曾不知”，姜寅清以“曾”为“尚”，刘永济又以为“乃”，实则米此三字又见于《九章·抽思》：“曾不知路之曲直兮，南指月与列星。”“曾不知”者“岂不知”也。就是说我岂不知道路之曲直，只须指南方月儿与列星的方向便得。《哀郢》这二句应该这样解：我岂不知夏水有朝会变丘陵，可是两东门怎可任它这样荒芜呢？他说这话真是“情之至，意之厚”也！

前面所举那些论夏之为丘，东门可芜二句的楚辞注家都是屈原以后的人，比屈原要后二十多个世纪。二十多个世纪时间不为不长，学者们的知识和思想不但没有进境，反退化到蒙昧无知的地步。这就可见域外文化之盛衰，关系中国人知识之高下与思想之通塞，何等巨大？而二千数百年来屈原作品始终像个大谜，亦可由此而知其原因了。

心不怡之长久兮，忧与愁其相接。惟郢路之辽远兮，江与夏之不可涉！

“忧与愁其相接”，朱本“愁”作“忧”。刘永济曰：“此文中

‘愁’字后人据注‘忧愁相接’改，非也。《文选》谢灵运《登上戌鼓山》诗：‘族人心长久，忧忧自相接’，即用此文。《楚辞考异》曰：‘《类聚》六十四、《御览》六十九，亦引‘愁’作‘忧’，可证古本作‘忧与忧其相接’。”按从朱本者，有蒋骥、林云铭、戴震。

屈原凭战国时代盛传一时的时空观念而说出岂不知夏水有日会变丘陵的话，又凭他深厚的祖国爱，说出不容许两东门残破的话。说了后，觉得心中惨然，而且忧念相连而生，不可断绝，恨不得再回到郢都城里去看看目前作何光景，无奈隔着江与夏，道路辽远，奈何！奈何！

忽若不信兮，至今九年而不复。惨郁郁而不通兮，蹇侘傺而含戚。

王逸云：“一本‘若’下有‘去’字。谓始从细微，遂见疑也。”朱熹曰：“一无‘去’字，或恐‘去’字有脱误。”

王闿运曰：“信，再宿也。”马其昶曰：“怀王失国后三年，卒于秦。此文之作，又后六年，‘忽若去不信’者，言不信其去国忽已九年也。”刘永济曰：“按王（闿运）说‘信’是。《集注》谓下句九年不复。不知的在何时，马氏以为怀王失国后九年作此文之时，义亦可通。惟以‘去不信’为不信其去国之久，则非也。正文‘不信’上一本有‘去’字当补。忽若去不信者，忽若去国不及信宿，乃至今实已有九年之久，不得返矣。盖悲年岁易逝，报国无期，亦可见思君之怀，九年如旦暮也。信下或脱‘宿’字，信宿与九年相对成文。《诗·九罭》：‘公归不复，于汝信宿’，屈子此文，殆以公旦自拟欤？”刘氏此解，诚有其独到之处，但屈原在湘西贬所，度日如年，岂有将九年悠久时间当作信宿之理？我相信王逸所见一本“若”字下有“去”字。去者即斥去、排去之意。言楚王听群小之谗，忽然好像将我当作不可信任之人而排斥之也。楚王对屈原之不能信任，九年不复者就是怕他泄漏国家机密，此可与《惜诵》、《惜往日》参看。刘氏于信字下强加“宿”字而不知“忽若去不信宿兮”不成文理。

关于“九年不复”这句话颇有若干争论。洪《补》云：“卜居言屈原既放，三年不得见，此云‘至今九年而不复’，按《楚世家》、《屈原传》、《六国世表》、刘向《新序》，云：‘秦欲吞灭诸侯，屈原为楚东使于齐以结强党，秦国患之，使张仪之楚，赂楚贵臣上官大夫靳尚之属及令尹子兰、司马椒；内赂夫人郑袖，共谮屈原。屈原放逐于外，乃作《离骚》。当怀王十六年，张仪相楚，十八年，楚囚张仪，复释去之。是时屈平疏不在其位，怀王悔不用屈原之策，于是复用屈原。屈原谏怀王曰：‘何不杀张仪。’怀王使人追之，不及。三十年，秦昭王欲与怀王会，屈平曰：‘不如无行。’怀王卒行。当顷襄三年，怀王卒于秦，顷襄听谗复放屈原。以此考之，屈平在怀王之世被绌复用，至顷襄即位，遂放于江南耳。其云：‘既放三年’，谓被放之初，又云‘九年而不复’盖作此时，放已九年也。”诸家大概皆遵洪说。

陆侃如：“《哀郢》的时代，我们在上文已讨论过，最早这样主张的，是清人蒋骥……蒋骥把屈原死时定在顷襄王十五六年，也是为了这一点。他们两人都错了（按连林云铭而说），《哀郢》的时代固不能移后，屈原自沉的时候又何能迟到这个时候呢？……我们须知：古书中九字大都是表无定数的静字。我们试看屈原作品用九字的例，如‘余既滋兰之九畹兮’‘虽九死其犹未悔’！又如《天问》的‘九重’‘九天’‘九子’‘九则’‘九卫’——为什么东西的数目总是九？我们看了这些例子，很可知道九字并不指什么确定的数目，是一个夸张过甚的静字（原注参看汪中的三九说），‘至今九年而不复’的九字也是如此。不过表示他已经放逐了好几年了，并不说他确实放了九年。九字固然有时也用来表实数，但在这儿是不可能的：一来呢，他处于这种境地，未必能把年数记得很清楚；二来呢，他是一个好动的人，未必能忍耐这种生涯到八九年，至于他在那边究竟居了几年，我们无从知，大约至多也不过四五年罢了。”

这是陆氏在他所著《屈原》里说的话。游国恩在他《楚辞概论》里则反对陆氏的意见。他说：“从来研究楚辞的人都根据‘九年不复’一句，认《哀郢》是第二次放逐后第九年作的。差不多没有异议。陆侃如先生却谓‘九’字是表无定数的静字，他举《离骚》的‘九天’‘九畹’‘九死’；《惜诵》的‘九折臂’等句为例。其实这里的‘九年’的‘九’字与《离骚》等篇的‘九’字不同。古书中的‘九’字固然有很多是表多数的，但这里的‘九年’，却是实数。”

游氏计算这个“九年”，是顷襄三年，屈原遭第二次放逐，顷襄十一年写《哀郢》，恰为九年。但游氏在他的《屈原》里则放逐年代略有改变。说道：“屈原第二次放逐，约在顷襄王十三年左右。本传所谓‘顷襄王怒而迁之’，就是指再放的事。此事据本传似在顷襄初年，但考楚辞《九章·哀郢》一篇有云：‘曾不知夏之为丘兮，孰两东门之可芜！’这话是对白起入郢而发的。而白起破郢在顷襄王二十一年。下文又云‘忽若去不信兮，至今九年而不复’，从顷襄王二十一年上推，至顷襄王十三年，恰为九年。‘不复’者未被召回的意思。放逐九年，还没有召回的消息，屈原的命运大概被决定了！”

笔者认游氏“九年”之九为实数，较为有理。《哀郢》写作时代则当据他所写的《屈原》。

外承欢之汋约兮，谌荏弱而难持，忠湛湛而愿进兮，妒被离而鄣之。

“汋约”通“绰约”，好貌。洪朱等皆谓指子兰、郑袖等谗佞小人。盖绰约亦所以形容小人之妖态。王逸乃谓指怀王，误。但笔者则认为屈原自指，否则文理难通。

“谌”，诚也。“荏弱难持”，朱熹谓使人心志软弱而不能自持。王夫之谓：“深憾昏君佞臣，安于新邑，嬉游自得，曾不知国之弱丧，不可复持。”马其昶谓：“子兰怀王稚子，故曰荏弱，岂岂能持国柄者乎？”陈本礼谓：“小人外饰媚态，以承君欢，内若荏弱难持，使人视以柔软，而不知笑中有刀，活画出小人情状。”林云铭谓：“小人外饰媚骨，以博君宠，心实不可测也。”姜寅清曰：“承欢二句，王朱皆引小人为说，按《哀郢》全篇，止言去郢不复之悲，决不旁及朝廷是非，忠佞得失，文义语气，皆可审知；则此二句解为小人邪佞，羌无所据，其去文心远矣。按此二句乃相反互诘，以见其意也。上句外欢者犹言强为欢笑，下句谌荏弱者，言心诚荏弱委顿，亦从作者感情处立说，盖既放逐，将有强为解慰也。荏弱难持，正是上句汋约美好之反面，二语犹言余外虽承欢，有似卓约，内实委顿，不能自持云尔。"

按此二句意义本属两歧，可循旧解，亦可遵姜说，而姜说似比诸家为胜。

"忠湛湛"，王逸注湛湛厚重貌，诸家皆从之。《诗》"湛湛露斯"，注茂盛貌。司马相如赋"纷湛湛其差错"，注"湛湛，积厚之貌"。王注当据此。但笔者以为湛湛二字应作清澄、清澈、透明解。"湛湛露"，正谓露珠在草，晶莹照眼。楚辞《招魂》"湛湛江水兮上有枫"，则亦是形容江水澄清，波光明耀，若解为厚重，茂盛，积厚，则失之太远。屈原于忠字下用湛湛二字，无非言自己对君国之忠心，光明皎洁，可与天下后世共见而已。

"障"，遮翳掩盖之谓，如秋夜月光，光辉圆满，奈乌云遮蔽何?

> 尧舜之抗行兮，瞭杳杳而薄天；众谗人之嫉妬兮，被以不慈之伪名。

王逸云："一无'瞭'字，一云'杳冥冥。'"姜寅清云："瞭，即杳同声字。"按"杳冥冥又见《九歌》东君、山鬼，《九叹》怨思"。

《庄子》曰："尧不慈，舜不孝。"今以"不慈"为言，盖言尧不以天下传其子丹朱而传之舜；舜不以天下传其子商均而传之禹而已。

> 憎愠惀之修美兮，好夫人之忼慨；众踥蹀而日进兮，美超远而逾迈。

"愠惀"，忠悃貌。陈本礼曰："小人有忼慨意气，当其得君时，侈口而谈天下事，无非一副忼慨之情状，而在君子，则必沉吟筹度，轻易不吐诸口，遂反以君子为妩媚可憎，小人为爽直可喜。于是小人日益进，君子日益远矣。”

自“尧舜抗行”至“美超远而逾迈”八句，王逸曰：“此皆解在《九辩》中。”按《九辩》有两节文字与此相同，但分属于两处，不像此文之直相联接，今录《九辩》于下：

尧舜之抗行兮，
瞭冥冥而薄天，
何险巇之嫉妒兮，
被以不慈之伪名。

隔了八句，又有：

憎愠怆之修美兮，
好夫人之慷慨，
众踥蹀而日进兮，
美超远而逾迈。

王逸的《楚辞章句》列《九章》第四，《九辩》第八。于今注《九章·哀郢》，却说“解皆在《九辩》中”。那么，《九辩》在《九章》之前了。宋陈振孙直斋书录解题，载有古文本楚辞释文一卷，其篇次首为《离骚》，次为《九辩》，又次则为《九歌》，又次则为《天问》，然后为《九章》、《远游》、《卜居》、《渔父》等。故明焦竑主《九辩》当是屈原所作，其篇次当如古楚辞释文在《离骚》之后，《九歌》之前。王逸的《楚辞章句》当也是如此，不然，他不会在《哀郢》里说“解皆在《九辩》中”的。把《九辩》列为章句第八，是宋仁宗时陈说之改的，为了这个缘故，焦竑、吴汝纶、陈第均主《九辩》当是屈原所作。近代刘永济极赞成其说，而以《九辩》的著作权归之屈原。

姜寅清则谓："按此八句盖《九辩》中错简，乱入本文者。何以言之？王逸于此八句皆无注，仅于末句云：'此皆解在《九辩》之中。'王逸旧本《九辩》本在《离骚》之后，则此八句，必原在一本无疑。《九辩》作者乃宋玉，则此八句，可能为宋袭屈言。又《哀郢》全篇无实状事态之文，更无正面指斥小人之处，此八句不仅义象与上文每句皆殊，而文义与上下亦每句不能切合，去之则两美，合之则两伤，则此八句必为《九辩》中文乱入此者也。"

笔者按谓"《哀郢》全篇无实状事态之文，更无正面指斥小人之处"，此语不能令人心服。即云《哀郢》无此，《离骚》及《九章》其他各篇，逐句皆是，安得否认？惟屈子之文自古号为复沓，笔者研究屈赋有年，觉屈赋并不重复，其类似重复者皆有意为之。所谓以一句为一词汇是。词汇是不妨重复用的，独此八句与《九辩》几于完全相同，此当是《九辩》抄袭屈赋，不可因此而遂如姜氏主张《哀郢》原来无此八句也。况姜氏本说"宋袭屈言"，又不正宋剽窃之罪，反欲删去《哀郢》八句，伤害事主之利权以成全窃贼，太不公平。

乱曰：

曼余目以流观兮，冀壹反之何时？鸟飞反故乡兮，狐死必首丘。

□□□□□□□□，□□□□□□□，信非吾罪而弃逐兮，何日夜而忘之！

鸟飞反乡句，朱熹曰："《礼》曰：'夫鸟兽丧其群匹，越月逾时，则必反此，过其故乡。'"狐死首丘句，洪《补》曰："《记》曰：'乐其所生，礼不忘本，古人有言曰：狐死正丘首，仁也。'"

屈原虽于郢都被破前，潜入首都，护送眷属，沿江东下，直到今日皖境的陵阳安顿。安顿以后，仍复回到辰溆的贬所，非获得朝廷的赦令，是不敢擅自离开的。所以有"冀壹返之何时？""信非吾罪而弃逐兮，何日夜而忘之？"等语。或将谓屈原既能护送眷属到皖境的陵阳，自己何不也留下，再回辰溆贬地又何苦呢？战国时代逐臣谪宦的处境，历史上、文字上，所留资料毫无，今日的我们实有无从查考之苦。不过我想当时各国律法对这件事是很严格的：逐臣谪宦到了贬处。小小行动可以自由，却也不能离开贬所太远，否则一被上面觉察，便要罪上加罪。况那时郢都虽破，顷襄亦远迁陈城，但湘西及夔黔一带广大的地面仍然是楚国的天下，再者他又是受编管的人，更无自由行动的余地，回辰溆苦挨岁月，以待后命，屈原的打算并没有错。至于秦自蜀出兵，攻取巫黔，采取大包围的形势，那却是神仙也料不到的事了！

本节原共六句。“信非吾罪”当为另简，前疑脱落二句。故以方块补足。

《惜往日》(原文)

惜往日之曾信兮，
受命诏以昭诗。
奉先功以照下兮，
明法度之嫌疑。

国富强而法立兮，
属贞臣而日娭，
秘密事之载心兮
虽过失犹弗治。

心纯庬而不泄兮，
遭谗人而嫉之。
君含怒而待臣兮，
不清澈其然否。

蔽晦君之聪明兮，
虚惑误又以欺。
弗参验以考实兮，
远迁臣而弗思。

信谗谀之溷浊兮，
盛气志而过之。
何贞臣之无罪兮，

被离谤而见尤？

惭光景之诚信兮，
身幽隐而备之。
临沅湘之玄渊兮，
遂自忍而沉流？

卒没身而绝名兮，
惜壅君之不昭，
君无度而弗察兮，
使芳草为薮幽。

焉舒情而抽信兮，
恬死亡而不聊，
独鄣壅而蔽隐兮，
使贞臣为无由。

闻百里之为虏兮，
伊尹烹于庖厨。
吕望屠于朝歌兮，
宁戚歌而饭牛。

不逢汤武与桓缪兮，
世孰云而知之。
吴信谗而弗味兮，
子胥死而后忧。

介子忠而立枯兮，
文君寤而追求。
封介山而为之禁兮，

报大德之优游。

思久故之亲身兮，
因缟素而哭之。
或忠信而死节兮，
或訑谩而不疑。

弗省察而按实兮，
听谗人之虚辞。
芳与泽其杂糅兮，
孰申旦而别之。

何芳草之早殀兮，
微霜降而下戒，
谅聪不明而蔽壅兮，
使谗谀而日得。

自前世之嫉贤兮，
谓蕙若其不可佩。
妒佳冶之芬芳兮，
嫫母姣而自好。

□□□□□□□□，
□□□□□□□，
虽有西施之美容兮，
谗妒入以自代。

愿陈情以自行兮，
得罪过之不意。
情冤见之日明兮，

如列宿之错置。

乘骐骥而驰骋兮，
无辔衔而自载，
乘泛泭以下流兮，
无舟楫以自备。

背法度而心治兮，
辟与此其无异。
□□□□□□□，
□□□□□□□。

宁溘死而流亡兮，
恐祸殃之有再。
不毕辞而赴渊兮，
惜壅君之不识！

《惜往日》疏证

题解

（一）王逸曰："此章言已初见信任，楚国几乎治矣，而怀王不知君子小人之情形，以忠为邪，以僭为信，卒见放逐，无以自明也。"

（二）蒋骥曰："《惜往日》其灵均绝笔欤？夫欲生悟其君，不得，卒以死悟之，此世所谓孤注也。默默而死，不如其已，故大声疾呼，直指谗臣蔽君之罪，深著背法败亡之祸，危辞以撼之，庶几其一悟也。苟可以悟其主者，死轻于鸿毛，故略子推之死而详文君之悟，不胜死后余望焉。《九章》惟此篇词最浅易，非徒垂死之言，不暇雕饰，亦欲庸君入目而易晓也，呜呼，又孰知佯聋不闻也哉。"

（三）林云铭曰："以明法度起头，以背法度结尾，中间以无度两字作前后针线，此屈子赴渊，合怀王顷襄两朝而痛叙被放之非辜，谗谀之得志，全在法度上决人材之进退，国势之安危，盖贞臣用则法度易，贞臣疏则法度废，及既废之后，愈无以参互考验，而得贞谗之实；而君之蔽晦日深，虽有贞臣必不能用，是君为靡君，国非其国也。"

又曰："故篇首惜怀王初宠遇而终远迁，以垂成之功，堕于一旦；次转入顷襄，无罪见放，尤出无名，总为听谗不察所致。中段以古来人君能察则贞臣可用，不能察则贞臣不得用。及贞臣所以表其身，谗谀所以固其宠，皆最易察者而不能察，找说于后而以治国无法度必至于亡结之，与《哀郢》、《怀沙》诸篇，另是一样机轴也。《史记》记楚灭于秦，叙入本传，自是特识。”

（四）戴震曰：“顾炎武云：‘怀王以不听屈原而召秦祸，今顷襄复听上官大夫之谮而迁之江南，一身不足惜，其如社稷何？《史记》所云：楚日以削，数十年竟为秦所灭，即屈原所谓祸殃之有再也。’”

（五）陈本礼曰：“祸殃有再，为顷襄惧也。当怀王受欺于秦。武关之入，卒死于秦。顷襄嗣位，忘不共之仇，辄与结姻和好。史称七年迎妇于秦；十四年又与秦昭会宛和亲，夫秦可称虎狼之国，岂不信其欺诈耶？三闾自痛身放南荒，不得与闻国政，眼见顷襄不鉴前车，必蹈其覆，故曰‘恐祸殃之有再’也。然迎妇会宛和亲之举，自必又出于子兰靳尚诸奸计，方以为迎合秦人，乃息兵妙策，而不知其非也。靡废君不识，正痛恨此等庸愚，妄参庙谟，不识秦人用诈之计，覆亡之祸，应在指日，故不毕辞而赴渊也。”

歌辞的解释

惜往日之曾信兮；受命诏以昭诗，奉先功以照下兮，明法度之嫌疑。

此节系回忆初入仕途，受怀王专心委任时一段得意风光。《史记·屈原本传》：“原博闻强志，明于治乱，娴于辞令，入则与王图议国事，以出号令，出则接遇宾客，应对诸侯，王甚任之。”此歌题目采自歌辞首句。

“昭诗”，王逸曰：“诗一作时”，洪兴祖《补注》引《国语》庄王使士亹傅太子箴，问于申叔时，叔时曰“教之诗而为之导广显德，以耀明其志。”则“诗”读如本字。惟屈原未尝为太子傅，何教诗之足云？故洪说不可取。朱熹曰：“作诗非是。”“昭时”，昭明当时之政治也。即屈原为左徒时事。

“奉先功以照下”，王逸注：“承宣祖业以示民也。”王夫之曰：“先王之功令也。”

“嫌疑”，蒋骥曰：“事有同异而可疑者，祖制则遵奉无违，国法则几微必当，此原立国之本所由，与心治者异也。”

国富强而法立兮，属贞臣而日娭，秘密事之载心兮，虽过失犹弗治。

法度昭明则国家为之富强，此乃倒写法。

“贞臣”，正直而坚贞之臣，屈原自指。“属”音烛，付托也。言怀王对于屈原，开始时本全心委任也。“娭”与“嬉”同，一作“娱”，非是。国事委托得人，则为人君者可以优游自在，自寻其乐，所谓“逸于得人”者也。

“秘密事”指国家机密，屈原既被委任，此类事皆收藏于其记忆域中，不散泄漏，此与下文“心纯庬而不泄”可以互证。

“过失弗治”，当国家重任之人不能无丝毫之过失，即有过失，亦公而非私。怀王发现以后，亦宽大为怀，不予究问。

姜寅清曰：“秘密事，王逸以天灾地变当之，朱熹以国所密事释之，皆未允。此句下‘虽过失犹弗治’句合读，国之密，安得过失不治？则何以明法度之嫌疑与富强法立？其不可通至明。此盖后世习用秘密为机密，故作此解也。误甚。秘密即黾勉一声之转，黾勉又作密勿……。秘密事之载心，即《诗经》‘黾勉从事，不散告劳’，其有黾勉载心之劳，故虽有过失，而君不躬鞫，犹可弗至于危殆也。”姜氏又曰：“载心，即不散告劳之义。治借为殆，同声之通也。殆，危殆也。”姜氏解秘密为黾勉，引了许多古字，今略。

按屈原原文本明白易晓，被姜氏这样转弯抹角地一说，反而难通了。而且黾勉乃形体之劳，怎可载心呢？

心纯庬而不泄兮，遭谗人而嫉之。君含怒而待臣兮，不清澈其然否。

“庬”，厚也。泄漏也。国家机密未可泄之于外，而屈原天性纯厚，对保密工作更做得到家，不意谗人反因此妒忌。《史记》本传

“王使屈原造为宪令，属草稿未定，上官大夫见而欲夺之，原不与，因谗之曰：‘王使屈原为令，众莫不知，每一令出，平伐其功曰：非我莫能为也。’王怒而疏屈平。”这一段事情便是《惜往日》这首歌词的注脚。笔者素来主张上官大夫“欲夺之”之“夺”不能作攘夺解，因著作之事并非财宝，岂有见他人著作佳妙而竟攘夺之以为己有之理？这个“夺”应作窜夺之夺解。屈原草宪令，谅与上官大夫共事，其宪令对贵族权豪必多不利，上官大夫受彼等之嘱托，欲加以窜改，屈原不肯，于是结有嫌怨，而楚怀王又是个极端自是之人，靳尚等乘间进谗，他便为所惑了。

“清澈”，王逸云：“澈一作澂”，洪氏曰：“澈音辙，澂音澄，二字读音不同。”姜寅清曰：“清澈之澈，当从一本作澂。《说文》：‘澂，清也。’‘清澂然否’言省察清澂其然否也。”但清澈犹云清查，乃动词，清澂则为形容词。我以为此句没有动词在文法上便不通，惜姜氏未悟。

> 蔽晦君之聪明兮，虚惑误又以欺。弗参验以考实兮，远迁臣而弗思。

“虚惑误”，王逸曰一云：“惑虚言又以欺。”林云铭曰：“以无为有曰虚，以信为疑曰惑。误，错。欺，诳也。既以虚惑之见误国事于先，又以不当行之事诳君而行之于后，无所不用其蔽晦也。”陈本礼分“虚”、“惑”、“误”、“欺”，为四项，谓皆谗臣所以误君者。姜寅清曰：“此句指小人误君而言，则作虚惑误是也。若从一本作“惑虚言”，则从楚君立说，与上言不协矣。”又曰：“彼小人者蔽塞君之聪明，虚饰罪状，以惑误君，又从而欺罔之。”我以为分四项为是。

“弗参验”，言怀王不以吾言与小人等之误欺参互考验，以征其实，竟将我远远放逐于外，曾不想一下我究竟是有罪呢？还是没有？

> 信谗谀之溷浊兮，盛气志而过之。何彼贞臣之无辜兮，被离谤而见尤。

“溷浊”，王逸曰：“一作浮说。”

“盛”，古作喊。“过之”犹有意督责。洪氏引《汉书》曰：“闻将军有意督过之”，甚是。

“无辠”之辠，一作罪。姜寅清曰：“寅按：辠本字、罪借字也。秦始皇以辠字似皇帝字，故以罪为之，其实罪乃捕鱼竹网也。惟经典已多借罪为之矣。”

“离谤”之离。王逸曰：“离一作讟。”朱熹本亦从讟。“离谤”二字，楚辞常见：《惜诵》：“纷逢尤以离谤兮”，《七谏》：“反离谤而见扰”。虽然离同罹，与被为同义字，作“被离谤”则复沓无当。离作讟为是。王夫之谓“离谤，以离其上下之交也”，不可从。

> 惭光景之诚信兮，身幽隐而备之。临沅湘之玄渊兮，遂自忍而沉流？

“光景”，姜寅清曰：“诸家说不安处，实皆未会文心，不解词例之故。光景犹言明暗，景即影本字。光指明处之行事言，影指暗处之自守言。‘诚信’真信无所欺，可以质天人也。”

“备”，诸家多作防备解，言屈原窜身幽僻之地，尚恐有祸患之至而不得不为防备。姜氏则作“具备”解。谓屈原言余之行事独处，皆真信无欺于天人，然而中心惭愧者，其真信不显于立朝见信之时，而身既幽隐，乃备具显自其明暗之无所欺。惭字直贯两句为说；光字即指立朝信任之时言；影字即指心纯庬而不泄以下言。此总结前半之言也。

“临沅湘”二句，姜氏另与“卒没身而绝名”二句为一节。曰：“此四句乃犹豫不决之词也。诸家皆以陈述语者，误矣。言余临于沅湘之水，视其玄渊，悲从中来，岂遂自忍而沉诸流乎？卒然没其身而绝其名，己之身名不足惜，而所独惜者，则小人壅塞君上，使无昭昭之明。诸家不审文气，以为陈述之言，遂有据之以定为原之绝笔者；有以为后人之吊屈而作者，皆一偏也。”现在笔者采姜说将自忍沉渊定为疑问口气，二句移下为节，则在所不取。

卒没身而绝名兮，惜壅君之不昭，君无度而弗察兮，使芳草为薮幽。

“没身”一作沉身。“绝名”之绝，一作灭。

“壅君”，洪曰：“古本壅皆作废。”壅或廱皆动词之变为形容词者，属过去分词。壅君云者是说“被壅蔽的君主”，兼指楚怀王和顷襄王父子。王逸和历来楚辞注家不知中国古来也有这种文法，认为动词，说群小壅蔽君王。陈本礼主谓郑袖、子兰、靳尚等，蔽晦欺罔之处，不得昭明于世，故特著一廱字以明定其罪，如《春秋》赵盾书弑之例，盖深恨若辈既廱其父，又廱其子也。这也未免太弯曲了。我以为下文“独鄣壅而蔽隐兮”才指郑袖、子兰等群小。

“君无度”，君无隐括之道，不能察臣下之忠奸。将芳草如兰芷者掷于荒泽幽深之处。

焉舒情而抽信兮，恬死亡而不聊，独鄣壅而蔽隐兮，使贞臣为无由。

“焉”，地点代词。即芳草所处薮幽，非问词。“舒情”，舒言情志，“抽信”，展其诚信。

“恬”，安之。“不聊”，不苟也。

“鄣壅”“蔽隐”，语意相同，指朝中那些谗谀者。

此节言我虽在这种幽僻的贬所，我在这种地方，仍舒我纯笃的志情，展布我不二的诚信，独恨那些小人一味障阻壅塞，遮蔽君主的耳目，使忠贞之臣无由进用。林云铭曰：“以后再有贞臣，何由为君所用，不能为有国者之虑也。”

闻百里之为虏兮，伊尹烹于庖厨；吕望屠于朝歌兮，宁戚歌以饭牛。

这一节几个古人故事，人所熟知。百里事我们借洪兴祖的注解，简单地介绍一下。洪氏曰："晋献公虏虞臣与其大夫百里傒为秦缪公媵。百里傒亡秦走宛，楚鄙人执之，缪公闻百里傒贤，以五羖羊皮赎之。释其囚，与语国事，缪公大悦，授之国政，号曰'五羖大夫'，《孟子》曰：'百里奚自鬻于秦养牲者，五羊之皮，以要秦缪公。'《庄子》曰：'秦缪公以五羊之皮笼百里奚。'"

伊尹、吕望、宁戚事见《离骚》、《天问》注，从略。

> 不逢汤武与桓缪兮，世孰云而知之？吴信谗而弗味兮，子胥死而后忧。

子胥事见《涉江》篇。吴王夫差信伯嚭之谗言而不知子胥忠告之重要。子胥一死，越国果沼吴，是为后忧。洪兴祖引《淮南》云："古人味而不食，今人食而不味。"味者细细品尝之谓，今亦有"味其言"之语。

> 介子忠而立枯兮，文君寤而追求；封介山而为之禁兮，报大德之优游。

现引王逸现成的注解。"介子，介子推也。文君，晋文公也。寤，觉也。昔文公被孋（按：宜作骊）姬之谮，出奔齐楚，介子推从行。道乏粮，割股肉以食文公。文公得国，赏诸行者，失忘子推。子推遂逃介山隐。文公觉寤追而求之，子推遂不肯出，文公因烧其山，子推抱树烧而死，故言立枯也。""文公遂以介山之民封子推使祭祀之，又禁民不得有言烧死以报其德，优游其灵魂也。"

《史记·晋世家》："文公元年，春，秦送重耳，至河，咎犯曰：'臣从君周旋天下，过亦多矣，臣犹知之，况于君乎？请从此去矣。'重耳曰：'若返国，所不与子犯共者，河伯视之。'乃投璧河中，以与子犯盟。是时介子推从在船中，乃笑曰：'天实开公子而子犯以为己功，而要市于君，固足羞也，吾不忍与同位。'乃自隐。""晋初定，是以赏从亡，未至隐者介子推，推亦不言禄，禄亦不及。推曰：

'献公子九人，唯君在矣。惠、怀无亲，外内弃之，天未绝晋，必将有主。主晋祀者，非君而谁？天实开之，二三子以为己力，不亦诬乎？窃人之财犹曰是盗，况贪天之功以为己力乎？下冒其罪，上赏其奸，上下相蒙，难与处矣。'其母曰：'盍亦求之，以死谁怼？'推曰：'尤而效之，罪有甚焉。且出怨言，不食其禄。'母曰：'亦使知之，若何？'对曰：'言、身之文也，身欲隐，安用文之，文之是求显也。'母曰：'能如此乎？与女偕隐，至死不复见。'介之推从者怜之，乃悬书宫门曰：'龙欲上天，五蛇为辅，龙已升云，四蛇各入其宇，一蛇独怨，终不见所。'文公出见其书曰：'此介子推也，吾方忧王室，未图其功。'使人召之，则亡。遂求所在，闻其入县上山中，于是文公环绵上山中而封之以为介推田，号曰：介山。'以志吾过，且矜善人！'"

《吕氏春秋·士节》："晋文公反国，介子推不肯受赏，自为赋诗曰：'有龙于飞，周遍天下，五蛇从之，为之丞辅。龙返其乡，得其处所，四蛇从之，得其露雨。一蛇羞之，槁死中野。'悬书公门，而伏于山下。文公闻之曰：'嘻，此必介子推也。'避舍变服，令于士庶人曰：'有能得介子推者，爵上卿，田百万。'或遇之山中，负釜盖簦，问焉，曰：'请问介子推安在？'应之曰：'夫介子推苟不欲见而欲隐，吾独焉知之？'遂背而行，终身不见。"

子推隐绵上山中，以至于死。顾炎武谓立枯之论，始自屈原。燔死之说，始自《庄子》。楚辞《惜往日》："介子忠而立枯兮，文君寤而追求，封介山而为之禁兮，报大德之优游，思久故之亲身兮，因缟素而哭之。"《庄子·盗跖篇》："介子推忠也，自割其股以食文公，公后背之。子推怒而去，抱木而燔死。于是瑰奇之行彰，而廉靖之心没矣。"

刘向《说苑》及《新序》亦载其事，歌辞皆不甚同。

思久故之亲身兮，因缟素而哭之。或忠信而死节兮，或訑谩而不疑。

王逸释“亲身”二字，说：“言文公思子推亲自割其身，恩义尤笃。”未免牵强。洪兴祖曰：“亲身，言不离左右也”较合。“诡”一作诡，洪氏曰：“诡谩皆欺也。”

“缟素”即《史记》变服而之之谓。戴震曰：“黑经白纬曰缟，生帛谓之素。孔仲远云：‘经传之言素者，皆谓白绢。’”

弗省察而按实兮，听谗人之虚辞，芳与泽其杂糅兮，孰申旦而别之？

此节与上节相联，不可断绝。言人臣之忠信者以不信于君，惟有死节而已。而善于欺骗虚诳者，君主或信之而不疑。且对臣下之贤愚善恶，不肯细加行察，以定虚实，一味听信谗佞的假话，等于香的东西和臭的东西混杂在一起，谁肯每天都来区分呢？申，重也“申旦”，旦旦。

何芳草之早殀兮，微霜降而下戒，谅聪不明而蔽壅兮，使谗谀而日得。

“殀”，早死也。一作夭。宜作枯萎解。

“微霜”句，“下”一作“不”。王逸注前二句云：“贤臣被谗，命不久也。”“严刑卒至，死有时也。”王夫之曰：“微霜降，芳草夭，喻己方有为而遽摧折也。”各家所解亦大都类此。惟姜寅清曰：“芳草句，喻词也。言忠贞不得尽其情，如芳草之早殀。芳草之所以早殃者，以微霜已降，而不知早为之戒，如忠贞者不为小人之谗而动心也。”“下戒”宜从一本下一作不，而为“不戒”。这是说：微霜一降，即知气候将冷，宜有戒心，今竟无戒心，则芳草如何不早摧折呢？因为芳草所指乃兰蕙等珍贵之卉，凡珍贵之卉，必比较娇嫩，若置之暖房或保护周到，经冬也可保其青翠，一任严霜烈雪的摧残，那就免不得连根枯萎了。

君主之所以无戒心，谅听力不聪，惯于受小人的蔽壅。小人蔽壅之道既行，则谗谀之徒，更日益得意了。“聪不明”，一云“不聪明”，洪兴祖曰：“易噬嗑夬卦皆曰‘聪，不明也。’”按《易·噬嗑卦》：“上九，何校灭耳，凶。象曰：何校灭耳，聪不明也。”夬卦：“九四，臀无肤，其行决且，牵羊悔亡，闻言不信。象曰：其行次且，位不当也，闻言不明，聪不明也。”可见“聪不明”，乃一句成语，犹言听力欠佳。

自前世之嫉贤兮，谓蕙若其不可佩。妒佳冶之芬芳兮，嫫母姣而自好。

□□□□□□□□，□□□□□□□，虽有西施之美容兮，谗妒入以自代。

“前世”，指怀王时。“蕙”，兰类，“若”，杜若，都是香花草。

嫫母，黄帝妻之一，丑妇代表。

“佳冶”，佳，佳人。“冶”，《易》：“冶容诲淫。”美人严妆，体气自然芬芳，嫫母妒之，作妖媚之态，自为美好。

“西施”，美女代表。屈原言我虽有西施之美，谗妒之言入于君听，则亦为嫫母所取代。自代之自，乃代字之副动词，自然被代之谓，与“嫫母自好”之“自”有别。

屈原作品皆以四句为一节，此篇有数处似以六句为节，嫫母西施，一极丑，一极美，“自好”“自代”用两个“自字”分为两节。则有互相辉映之美，合为一节，则有重复之嫌。

愿陈情以白行兮，得罪过之不意，情冤见之日明兮，如列宿之错置。

“陈情”、“白行”乃两个平行词。愿向君主陈述忠爱之情，表白自己正直之行，不意反而获致罪戾。

林云铭曰：“所陈之情与所得之冤，见之如日之明，本非难察，亦如列宿之错置于天，众目可指。”

乘骐骥而驰骋兮，无辔衔而自载。乘泛泭以下流兮，无舟楫以自备。

背法度而心治兮，辟与此其无异，□□□□□□□□，□□□□□□□。

“乘骐骥”句，王逸注：“如驾驽马而长驱”，朱熹遂以为“详下文恐作驽骀”。姜寅清以为是，谓当据以改正。但不知古人所谓驽马之驽，通怒。古语常有怒马鲜衣语。《汉乐府·孤子生行》：“父母在时，乘坚车，驾驽马。”《饶歌十八曲》：“枭骑格门死，驽马徘徊鸣。”皆骏马之谓，并不是庸劣的驽骀之类。屈原在这里是说治理国家，贵有法度，否则便像以剽悍迅疾之马驾车，而又不施辔衔，听凭逸足驰骋，人若置身此类车中，又怎能免于颠覆之祸呢？正因善于驰骋的快马，不施辔衔，才觉危险；若属驽骀，三鞭子打不动，即无辔衔，恐亦没什么危险可言。王逸“驾驽长驱”原是对的，朱熹脑筋里老是想念着庸臣误国的事，一时说错了。

“泛泭”，王逸：“编竹木曰泭，楚人曰柎，秦人曰拨。”柎木编者俗谓之“木排”，竹编者，俗谓之“筏”。“泛”，水之歧流，复还本水者曰泛。《诗》“江有泛”。泛字在本文为泭之形容词，或为急水中木排竹筏之谓。

“舟楫”，桨楫，篙櫂之类。“自备”，自作防备。辟，譬也。

宁溘死而流亡兮，恐祸殃之有再。不毕辞而赴渊兮，惜壅君之不识！

“溘死”，见《离骚》，骤然而死之谓。“流亡”，尸体逐流亡失之谓。言宁可早些死亡，让尸体随着水，流入江，再入海，不留遗蜕于斯尘世之谓。

“恐祸殃之有再”，王逸以为恐罪及父母亲属，非。朱熹以为“恐其沦丧，而辱为臣仆”，倒被他无意说对了。《惜往日》这一篇当作于秦兵已拔巫夔，迫近屈原的放逐之地，若不早自引决，将有被秦兵俘虏之危险。苦被俘虏，岂不要被秦人屈为臣仆？放逐数年，所蒙耻辱，既是不少，屈为秦之臣仆，这种耻辱如何叫他受得住？

“不毕辞”二句，我的歌辞还有许多话要说，现在情势急迫，也等不得了，就此跳下水吧。“廱君”，本文凡二见，前段一个是指楚怀王，这里一个是指顷襄王。同属过去分词的形容词，但“前行主词”（Antecedant）不同，我们是应该注意的。

此文四分之三的文句皆指怀王时代，初则专意委任，继则听信谗谀，将他疏远，且加以谪贬。到了“自前世之嫉贤兮”四分之一的文字，始转入顷襄。恐读者将时代弄错，故于转入顷襄时用“前世”二字划清，文心细密，文法谨严，战国时居然有此文章，诚可惊也。但二千数百年来之注家竟将两个“廱君”，混而为一，皆指为怀王，谓非投渊前作，惜哉。

《悲回风》(原文)

悲回风之摇蕙兮,
心冤结而内伤;
物有微而陨性兮,
声有隐而先倡。

夫何彭咸之造思兮,
暨志介而不忘。
万变其情岂可盖兮,
孰虚伪之可长。

鸟兽鸣以号群兮,
草苴比而不芳;
鱼葺鳞以自别兮,
蛟龙隐其文章;

故荼荠不同亩兮,
兰茝幽而独芳。
惟佳人之永都兮,
更统世而自贶;

眇远志之所及兮,
怜浮云之相羊;
介眇志之所惑兮,

窃赋诗之所明。

惟佳人之独怀兮，
折若椒以自处；
增歔欷之嗟嗟兮，
独隐伏而思虑。

涕泣交而凄凄兮，
思不眠以至曙。
终长夜之曼曼兮，
掩此哀而不去。

寤从容以周流兮，
聊逍遥以自恃，
伤太息之愍怜兮，
气于邑而不可止。

纠思心以为纕兮，
编愁苦以为膺，
折若木以蔽光兮，
随飘风之所仍。

存仿佛而不见兮，
心踊跃其若汤，
抚佩衽以案志兮，
超惘惘而遂行。

岁曶曶其若颓兮，
时亦冉冉而将至；
薠蘅槁而节离兮，

芳以歇而不比。

怜思心之不可惩兮，
证此言之不可聊；
宁溘死而流亡兮，
不忍为此之常愁。

孤子唫而抆泪兮，
放子出而不还，
孰能思而不隐兮，
照彭咸之所闻。

登石峦以远望兮，
路眇眇之默默；
入景响之无应兮，
闻省想而不可得。

愁郁郁之无快兮，
居戚戚而不可解；
心鞿羁而不形兮，
气缭转而自缔。

穆眇眇之无垠兮，
莽芒芒之无仪；
声有隐而相感兮，
物有纯而不可为。

藐蔓蔓之不可量兮，
缥绵绵之不可纡。
愁悄悄之常悲兮，

翾冥冥之不可娱。

凌大波而流风兮，
托彭咸之所居，
□□□□□□□，
□□□□□□。

上高岩之峭岸兮，
处雌霓之标颠；
据青冥而摅虹兮，
遂倏忽而扪天。

吸湛露之浮源兮，
漱凝霜之雰雰，
依风穴以自息兮，
忽倾寤以婵媛。

凭昆仑以瞰雾兮，
隐岐山以清江；
惮涌湍之磕磕兮，
听波声之汹汹。

纷容容之无经兮，
罔芒芒之无纪；
轧洋洋之无从兮，
驰委移之焉止。

漂翻翻其上下兮，
翼遥遥其左右，
泛潏其前后兮，

伴张弛之信期。

观炎气之相仍兮，
窥烟液之所积。
悲霜雪之俱下兮，
听潮水之相击。

借光景以往来兮，
施黄棘之枉策，
□□□□□□□□，
□□□□□□□。

求介子之所存兮，
见伯夷之放迹，
心调度而弗去兮，
刻著志之无适；

曰：
吾怨往昔之所冀兮，
悼来者之愁愁，
浮江淮而入海兮，
从子胥而自适。

望大河之洲渚兮，
悲申徒之抗迹，
骤谏君而不听兮，
重任石之何益？

（心絓结而不解兮，
思蹇产而不释。）

《悲回风》疏证

题　解

（一）王逸："此章言小人之盛，君子所忧，故游天地之间，以泄愤懑，终沉汨罗，从子胥申徒以毕其志也。"

（二）朱熹："《九章》……今考其辞大抵多直致无润色，而《惜往日》、《悲回风》，又其临绝之音，以故颠倒重复，倔强疏卤，尤愤懑而极悲哀，读之使人太息流涕而不能已。董子有言：'为人君者不可不知《春秋》，前有谗而不见，后有贼而不知。'呜呼，岂独《春秋》也哉。"（《九章前语》）又："屈子初放，犹未尝有奋然自绝之意……《骚》经、《渔父》、《怀沙》，虽有彭咸江鱼，死不可让之说，然犹未有决然之计也。是以其词虽切而犹未失其常度。《抽思》以下，死期渐迫；至《惜往日》、《悲回风》，则其身已临沅湘之渊而命在晷刻矣。恐小人蔽君之罪，闇而不章，不得不以为后世深切著明之戒，故忍死以毕其词焉。计其出瞀乱烦惑之际，而其倾输罄竭，又不欲使我长逝之后，冥冥之中，胸次介然，有毫发之不尽，则宜有不暇择其辞之精粗而悉吐之者矣。故原之作，其志之切而词之哀，盖未有甚于此数篇者。读者其深味之，真可为恸哭而流涕也。"

（三）王夫之曰："此章亦以篇首名篇，盖原自沉时永诀之辞也。无所复怨于谗人，无所兴嗟于国 事，然后悠悠然以安死。抑恋君而不忘，述己志之孤清，想不忘之灵爽，合幽冥于一致，韬哀怨于独知，自非当屈子之时，抱屈子之心，有君父之隐悲，知求生之非据者，不足以知其死而不忘之深念。王逸诸人纷纭罔测，固其宜也。"

（四）陈本礼曰："《九章》难读，而《悲回风》尤难读。朱子犹嫌其颠倒重复，盖未悉此文乃伤怀王入秦不返，欲以身殉而自明其志也。且首自《悲回风》起至诗之所明，乃其赋序，旧诂亦未截断。自寤从容以下，皆托言梦境，登石峦以下，心不忘郢，仍属魂游；自倾寤以下，尽言死后魂在，波荡之苦；至若悲霜雪之俱下，听潮声之相击，则又惨不可读矣。末则不悲自己，反悲申徒之任石，悲己空死无益，亦犹申徒之抗迹也。篇中三引彭咸，各有取义，故不嫌其复也。"

（五）许学夷、吴汝纶皆谓《惜往日》与《悲回风》两篇为悼屈者所作，非屈原自为，语已见总论，不复。

（六）刘永济语亦见《总论》，亦从略。

（七）姜寅清论《悲回风》，反对许学夷、吴汝纶及刘永济等之意见，坚主乃屈原自作。但立论据点，偏重此篇文字之艺术性，其论"佳人永都""赋诗所明"诸段云："此段大体隐括身世，抽绎思理，直抒情谊，为一切情调、色泽之升华撷英；以调言，则繁素促节，而又纡曲盘旋，于屈赋中最为流畅酣透；以修辞言，则自第三句起，每句或用叠字，或用联语，集铿锵鼓舞之妙；以表情言，则凄苍悲壮，委婉屈折，举此诸端，合而校之，既不敷陈事状，又不推阐道理；纯为泣诉，确乎诗境，此真所谓诗体也。既异于赋，亦别于纯然之骚体矣。则以此当屈子自赋之诗，盖非向壁虚造之词矣。"其于本篇篇末所作之总评，则谓："此以首句三字名篇，全章皆以思理回惑，不知所释为主，而最为萦惑者，则是非善恶，本不相容，而又实不能显别，囚而心伤，作为伤心之诗。诗中描绘心思，出入内外远近不同之情，上下左右前后之态，而仍不知所止，悲感与思理相挟持，而远思入渺茫，从彭咸之所居。既至天上，忽又感烟雨之终而不可永久浮游上天，遂思追踪介子伯夷，却睹申徒之死亦无益，又自回惑不解，大体情辞凄苦，惶惑不安，然错简纷出，释之不易，自来说者，少有惬当。余别构析解，不知胜旧说否也？"

我研究《悲回风》全文，脱落半简的事是有，但并无错简，姜氏的话，不能承认。再者姜氏的"新解"，比之旧说五十百步之差而已，也并不“惬当”。

歌辞的解释

悲回风之摇蕙兮，心冤结而内伤。物有微而陨性兮，声有隐而先倡。

“回风”一名飘风。飘风回邪，以喻谗人，见《章句》。王夫之曰：“回风，大风旋折，所谓焚轮风也。风之初起，生于苹末，已而狂飚震荡，芳草为之摧折。谗人之在君侧，一唱百和，交荡君心，则国是颠倒，诛逐无忌，贞笃之士，更无可以自全之理。”

“蕙”，兰芷之类，屈原屡以之自喻者。陈本礼谓秦正在西，于时为秋；回风摇蕙，喻秦诈楚。“蕙”喻楚怀王，犹称荃荪是也。不知《悲回风》作于屈子投渊以前，系在顷襄之世，与楚怀王又有什么关系？而且谓秦在西为秋诸语，亦太嫌附会。

笔者认为这个回风是譬喻国难。回风卷地而来，兰蕙之在枝头者尽皆飘落，以喻国难骤至，自己生命不得不随之结束。这个国难，便是顷襄廿二年秦拔巫夔，进取黔中，屈原不能再安居于湘西的贬所，顺湘水，过洞庭，至长沙附近之汨罗江，作《惜往日》、《悲回风》及《怀沙》，乃投水自杀。

生死大事，虽最达观之人，面临死亡，也不能不悲，何况屈原又是满含冤屈，愁肠百结的逐臣，其为伤痛，何堪想像，所以本篇开首即为这两句。

“物微”、“声隐”两句须连下节疏解，始得真意。

夫何彭咸之造思兮，暨志介而不忘。万变其情岂可盖兮，孰虚伪之可长？

屈原自杀的心思，怀之不止一朝一夕，而自杀必采投渊方式，也是早已决定了的。所以自《离骚》至于《九章》，彭咸之名凡八见。

“夫彭咸之造思兮，暨志介而不忘”，暨，与也；介，系也。言彭咸一开始造成我思想之形式即与我之心意密相联系，始终不忘，我亦不知其故也。

“万变”二句，林云铭曰：“身历许多挠折，其中情昭著，人所其知，不可掩盖，世岂有虚伪之人而长保其志节者乎？”

其实这一节应与上一节合看，文义始畅。屈原盖言为什么我对于彭咸之事（指水死事，彭咸乃居于水中之两个死神）自从一起念，便耿耿于怀，永远不能忘记，这才知道细微事物的感触可以强烈到伤生殒命的程度；至少，也可决定人一生的归向。“声有隐而先倡”是陪衬“物有微而陨性”那一句的。言有种声音，听起来隐约轻微，好像没有一样，不知它以前原是很响亮的。先响亮的声音后转为隐约，与细微事物在人心灵上产生强烈影响，不是相类似吗？

“声有隐而先倡”之“先”字，姜寅清疑为“不”字之误。曰“声有隐句不可解，疑‘先’为‘不”字之误。‘倡’与今‘唱’通。言声有隐微，而不用其声音者不倡，与上陨性句为对文。”

笔者认为就说“先”疑误，所误也决非“不”字，说是“实”字倒比较好。这是说物有细微而强烈足以陨性，声音有隐约而实蕴有震荡人心的力量，与宏壮之音一样。

姜氏又说此四句与上下文义均不相属，疑以韵同，错简于此耳。兹姑依文义释之。其实原文序次绝佳，姜氏自己不懂，乃指为错简。

> 鸟兽鸣以号群兮，草苴比而不芳，鱼葺鳞以自别兮，蛟龙隐其文章。

此四句言君子小人之别。“鸟兽”鸣叫以呼号其群，是物以类聚的意思。“苴”，败草，草与败草相杂生，则不芳。葺，修饰也。鱼修饰其鳞，以自别异，蛟龙虽有文章，却不愿自炫。或可说修饰鳞片的鱼太多，蛟龙的文章也就被混得叫人看不出。

> 故荼荠不同亩兮，兰茝幽而独芳，惟佳人之永都兮，更统世

而自贶。

“荼”，苦药。“荠”甘菜。苦甘两类菜蔬，不能同种在一亩地里。

“兰茝”，香草。处于幽僻之处，只好孤芳自赏。

王逸说佳人指襄王。都，都邑，邑有先君之庙曰都。王注屈赋，向来不讲文法。这一句若说都是都邑，在文法上如何可通？蒋骥又说佳人系指彭咸，也非。惟朱熹谓为屈原自指才是。“都”，美的意思，佳人是像这种兰茝一样永远美丽。《诗》“洵美且都”，今都丽、都雅之词汇出此。

“更统世而自贶”句，异说滋多。王逸曰：“更，代也。贶，与也。言己念怀王长居郢都，世统其位，父子相与，今不任贤，亦将危殆也。”朱熹曰：“更，历也。统世，谓先世之垂统传世也。自贶，谓已得续其官职也。”王夫之曰：“统世，周览世情，知其变也。自贶，折衷物变，择洁身之道，以自予也。君子不与世同汙，天下之情伪汇观，而择善以自处，乃己所欲效法也。”林云铭曰：“既思之后，又统包一世之事，以自手独力承当。”蒋骥曰：“更统世，谓自怀及襄，世系更易也。贶，况同，比也。因秋风之陨物而感发彭咸自沉之志，故惟于彭咸之所为，情实相契，而易世以之自比。”姜寅清谓：“统世犹言继世。贶，赐也。自贶，犹言自求多福。”

笔者认为佳人既如朱熹言乃屈原自指，则不能再牵涉楚王父子。“更统世”，无非言经历许多年代。自贶，犹自况，即自比，承“兰茝”言。屈原喜以香花香草自比，《离骚》如此，《九章》亦如此。

眇远志之所及兮，怜浮云之相羊，介眇志之所惑兮，窃赋诗之所明。

“眇远志”两句，眇同渺，远也。相羊，同徜徉，浮游也。言我高远的志愿追求彭咸，犹瞻仰天空浮游之云，高不可攀。

“介眇志”两句，朱熹云：“惑一作感。”是。“介”，王逸谓为耿介之节。姜寅清云:“耿介,持守之也。言因守其操守之志,而有所感之世事,故窃为赋诗以自明之也。”但笔者认为感世事,不如谓为有感于彭咸之高躅。

惟佳人之独怀兮,折若椒以自处,增歔欷之嗟嗟兮,独隐伏而思虑。

“独怀”,佳人独具孤芳之怀抱。“若”,杜若。“椒”,申椒。“自处”,折杜若申椒一类芳香草木,以自随伴。

“曾”,屡也。王逸谓“曾一作增”,非。《离骚》“曾歔欷予郁兮”,《九章·抽思》:“郁郁之忧思兮,独永叹乎曾伤。”

“嗟嗟”,叹息而又叹息。

“独隐伏”句,独自隐伏于荒僻之贬所,而思前想后。

涕泣交而凄凄兮,思不眠以至曙,终长夜之曼曼兮,掩此哀而不去。

“思不眠以至曙”至一作极。朱季海曰:“作极是也。极、至,楚言(义具《哀郢》)。《九辨》‘步列星而极明’。极曙,犹极明矣。曙、明,亦楚言。《淮南·天文训》:‘日入于虞渊之汜,极于蒙谷之浦’,注:‘曙明’是也。”其实“至曙”犹言长夜失眠,以至天曙,不必改。

“掩此哀”,洪兴祖谓掩为“抚”。林云铭、蒋骥皆谓“抑”,姜寅清谓为“留止”,谓掩留此哀而不去怀也。

因思前想后,感触万端,凄凉独处,涕泣交下,遂至失眠通夕,长夜漫漫,悲哀终不去心。

寤从容以周流兮,聊逍遥以自恃,伤太息之愍怜兮,气于邑而不可止。

“寤”与“寐”为相对词，针对前文不眠（不寐）而言。既长夜不能成眠，只有起身在室中踱步。王逸所谓“觉立徙倚而行步也”。

“自恃”，王逸谓：“且徐游戏，内自娱也。”蒋骥谓：“恃者，寄托之意。”姜寅清谓：“恃借为持，自恃者，持此哀而聊且逍遥也。”恐皆未允。窃谓自恃之恃，仍宜作倚仗，凭藉、依靠诸义解。言自己处此孤独悲哀之境，已无人可以倚靠，惟有强自振励而已，如俗云：只有靠自己也。

“憨怜”一作憨叹。上文既言太息，则不应重复，仍以作憨怜为是。憨怜即怜憨之倒词，言我长夜叹息以自哀怜。

“于邑”，洪氏引颜师古云：“于邑短气。”上音乌，下乌合切。一读皆如本字。

　　纠思心以为纕兮，编愁苦以为膺，折若木以蔽光兮，随飘风之所仍。

“纠”，王逸云：“戾也。”“纕”，已见《离骚》，佩带之服饰也。

“膺”，胸也。借为络胸之物。戴震引《释名》，谓为“胸衣”即饰胸之璎珞。

“若木”，乃神话中之木，与太阳有关。今因日光太烈，故随口谓折此蔽遮。

“仍”，就也。飘风，旋风也。

屈原言我恐思心所编之佩囊，愁苦所结之胸饰，不能多受日光，折若木以遮蔽之，但仍有旋风将其刮去，亦惟有听之而已矣。

　　存仿佛而不见兮，心踊跃其若汤，抚佩衽以案志兮，超惘惘而遂行。

仿佛形似。朱熹谓指君。姜寅清谓指世事。言世事可存之于依稀不辨中，庶可免于哀思。然热情踊跃，如汤之沸，亦不能自禁。

"衽",衣襟也。"案",抑也。抚持佩衽而按抑其志,遂于迷惘失神之时,超然远行。

岁忽忽其若颓兮,时亦冉冉而将至,薠蘅槁而节离兮,芳以歇而不比。

"时",指自己年龄,《离骚》,"老冉冉其将至",言岁月匆匆,有如颓波之就下,我亦趋于老迈矣。

"薠",青薠,雁所食。解见《九歌·湘夫人》篇:"登白薠兮远望。""蘅",杜衡,香草之一种。薠蘅枯槁则其节易于断折。

"芳以歇",姜寅清云:"以字作已字解。"以已通用。"比"音鼻,合也。言薠蘅枯槁,不但易断,其芳香之气亦消歇将尽。屈原自杀时,已在花甲以上,则作此自喻,亦固其宜。

怜思心之不可惩兮,证此言之不可聊。宁逝死而流亡兮,不忍为此之常愁。

"思心",思君念国之心也。"惩",创也。同抑志。自怜思君念国之心,不可抑制。

"聊",赖也。不可聊,不可信赖。

我固欲"自恃""案志",强自支柱,今乃证明此事究出勉强,不可信赖。我宁愿投渊一死,听尸体逐流漂失,不能长此忧愁,因为这种长期忧愁,其苦有甚于死。

孤子唫而抆泪兮,放子出而不还,孰能思而不隐兮,照彭咸之所闻。

"唫",洪兴祖曰:"唫,古吟字",王夫之曰:"唫,渠饮反,口急不能言也。'抆',一作拭,一作收。"

孤子乃丧父之孤,亦为孤独之孤,与放子相对待。放子,放逐之臣。“出而不还”者，一谪之后，永无还朝之期。

“隐”，痛也。但此处隐字，应照原来字义解，与下文“昭”相对待。言谁能胸臆毫无隐蔽，将所闻于彭咸公平正直之法则宣昭于世人呢？姜寅清曰：“彭咸所闻，犹彭咸之所知。沈祖绵曰：“吴棫韵补：还音旋。段玉裁以还闻为古合韵。朱骏声以还闻转音，皆未深考。王逸注：‘睹见先贤之法则’也，与闻字不属。闻疑闲之讹。闲，《广韵释诂》，一，法也。《论语·子张篇》：‘大德不踰闲。’孔注‘闲，犹法也’。还闲韵。《离骚》：‘愿依彭咸之遗则。’《抽思》：‘指彭咸以为仪。’《说法》：‘仪，度也。’度亦法，义皆同。”

郭氏译此节云：“孤儿吟呻着常流眼泪，弃子被驱逐不再还家。谁能够忧愁而无依靠，愿阐明彭咸的处世方法。”他把“隐”字译为“依靠”，不知何所依据，大概由《孟子》的“隐几而卧”古训“依靠”而来。至“处世方法”，自注云：“原作‘昭彭咸之所闻’（按章句本昭作照）。‘闻’字与上‘还’失韵，当是‘间’字之误，间与闲通。”当是采取沈祖绵的意见。

登石峦以遥望兮，路眇眇之默默，入景响之无应兮，闻省想而不可得。

“峦”，山小而锐者。洪氏说。

“景”，物阴影也。古皆作“景”，葛洪始作影。

“省”，视也。《易》：“先王以省方观民设教。”

王夫之曰：“登高山而回瞻，省想其声容不可得而见闻，君臣之义绝，宗国之安危不可知，是以郁戚愈不能堪。”语意太曲，亦嫌附会。实则屈原决心投渊之前，惘惘出行，必在山林之间，徘徊良久。初则登石峦远望故国，道路渺远，而又寂无人声，乃入于深林。在石峦上时，光线充足，尚有影子；既入深林，幽深窈暗，连自己影子也看不见了。在石峦上放声一呼，尚有回响，入林后，连回响也听不到了。“闻”、“省”、”想”三字乃平行词，闻者听官之所司，今山林间惟我一人，寂无声响，则听官不能起作用。省者视官之所司，入林不见已影，则视官不能起作用，听官视官既不能司其事，当然心思亦麻木而不能思想了。写得何等细腻？

> 愁郁郁之无快兮，居戚戚而不可解，心鞿羁而不形兮，气缭转而自缔。

身在此种环境，长抱忧郁永无快意之时。况国难严重，自己生命已届尽头，更无法自遣，“愁郁郁之无快”，“居戚戚而不可解”，二语都说明这种情形。

“鞿羁”，御马之物，言我不能自由行动，有如马之受鞿羁。“不形”二字费解。王逸云：“形一本作开。”闻匡斋曰：“案字形当从一本作开，字之误也。开缺损成幵，后人妄增彡边，以为形字。朱本、元本、王鏊本、朱燮元本、大小雅堂本，并作开。”“开心”这个辞汇见于屈赋，有趣！

“缭转”，缱绻固结也。“自缔”，自相缔结也。

> 穆眇眇之无垠兮，莽芒芒之无仪，声有隐而相感兮，物有纯而不可为。

“穆”，肃静貌。“眇”，深邃貌。“无垠”，无涯际貌。此言天地之寂寥。洪兴祖引贾谊赋：“沕穆无间。”

“莽”，言草木之茂盛。

“芒芒”同茫茫。《商颂》：“宅殷土芒芒”；又曰：“洪水芒芒，禹敷下土方。”

“仪”，正也。《诗》：“实维我仪”，“实维我匹”。朱熹曰：“仪犹像也。”“莽芒芒之无仪”者，言草木茂盛，无可比拟，无可形容。

王夫之曰：“穆，幽远也。无垠，魂四荡而无依也。芒芒，无所知貌。”姜寅清则曰：“穆眇眇，言心静止之时，莽芒芒，言心运动之时；言心静则深远无涯，动则苍茫无匹。”

“声有隐”二句，洪兴祖曰：“此言天地之大，眇眇然，芒芒然。

然声有隐而相感者，已独不能感君，何哉？物有纯而不可为者，已之志节亦非勉强而为之也。”朱熹曰：“声有隐而感，意其可寤于君心也。物有纯而不可为，则其心已一于彼而不可变矣。不可为，如言疾不可为之意。”姜寅清曰：“言声虽微而有可以相感之道，物虽纯粹而有不能作为之时，以喻志愿之不必定收相比之效也。”

笔者按此二句实与前文“物有微而陨性，声有隐而先倡”相呼应。屈原自言，我与彭咸距离数万里，上下数千年，亦等无声之声，无物之物，然感不绝于予心，竟生死以之，不可变更，此中究有何故，我安能明之哉。以前诸家之说，皆为曲解。

“物有纯而不可为”宜采王逸说：“松柏冬生，禀气纯也。”犹言乃出之天然，非人力所为。

藐蔓蔓之不可量兮，缥绵绵之不可纡。愁悄悄之常悲兮，翩冥冥之不可娱。

“藐蔓蔓”一作“邈漫漫”，王逸曰：“八极道理，难计算也。”“缥绵绵”，王逸曰：“细微之思，难断绝也。”

“愁悄悄”，出《诗》：“忧心悄悄。”

“翩冥冥”，洪引扬雄“鸿飞冥冥”，言鸿飞戾天固可乐，但现在翩飞入冥者乃系忧思，当然不可为娱。

凌大波而流风兮，托彭咸之所居，□□□□□□□□，□□□□□□□。

此节必失落二句。屈原假设已投渊自杀。以下所言皆系死后之事。但分为灵魂与尸体二者，灵魂所经历者如何如何，尸体所经历者又如何如何，层次井然，叙述分明。历来楚辞注家皆未得其解，遂将此一篇“千古奇文”，含混带过，诚为大可惜之事也。

“流风”，顺风而流。

“彭咸”乃巫彭、巫咸，本系死神，因系水主变成，故其国境系在水中。闻匡斋、姜寅清均云彭咸所居未必在水中，皆是不明神话之过。

> 上高岩之峭岸兮，处雌霓之标颠，据青冥而摅虹兮，遂倏忽而扪天。

人的灵魂拘于肉体之中，不能自由，一死之后，便完全解放了。它从水中上升，上了那像高岩一样的峭岸，想借那高山作为垫足石而登于天（想升天必阶高山乃古代世界性的信仰）。但升天并不容易，还有若干过程，恰好虹霓横亘天半，有如一道彩桥，登上桥顶，便可扪到天了。

虹有雌雄。《礼记·明堂·月令》曰：“虹始见”，王氏《章句》：“雄曰虹，雌曰霓。”雄者色鲜盛，雌者则较暗。雄在上，雌在下。北欧神话谓有神山曰雅斯卡德（Asgard），为群神所居之处，大类西亚世界大山，印度苏迷卢、希腊奥灵匹司、中国昆仑。人若希望登天，先登雅斯卡德，后又须渡过虹桥（此虹桥名曰 Bifrost）始可。北欧神话与西亚希腊均有关系，今西亚文化大半沦灭，难以查考，希腊是否有此说，亦不详。现在屈原《悲回风》说想扪天必先“处雌霓之标巅，据青冥而摅虹”，必非来自北欧而与屈赋中全部域外知识一样来自西亚的。那么，我们可以据之而补西亚文献之缺了。这不是极可喜的一端发现吗？

“摅虹”，王逸注：“上至玄冥，舒光耀也。”洪、朱亦云：“摅，舒也。”摅字固可作舒、布解，亦可作腾跃解。《后汉书·张衡传》：“八乘摅而超骧。”即驾八乘之马腾跃而超越之意。所以此处摅虹，应该是屈原灵魂腾跃而上虹桥。若像王逸一样谓屈原上至青冥之天而舒其光耀，屈原并非神仙，怎会有“项圈”、“身光”之类呢？况虹字解不出，竟指为光耀亦至可笑。

> 吸湛露之浮源兮，漱凝霜之雰雰，依风穴以自息兮，忽倾寤以婵媛。

“湛露”，晶莹明澈之露。《诗》：“湛湛露。”浮源之源，一作凉。朱熹本作凉，并云源字误。于是诸家皆从之作凉。窃意露之为物同霜一样，乃空中水气遇冷而凝结于草木之上，既非像雨点之自空而降，也非草木所冒出，但亦不能无源。特其源非江河川泉之有一定，不过浮于空中之水气罢了。屈原对于自然现象了解之深彻，几乎可比美于今日之科学家，故名露水之源曰“浮源”。若改为“浮凉”则不成话了。凉者不过我们之感觉而已，如何可浮呢？

“风穴”，洪氏曰：“《归藏》‘乾者积石，风穴之翏翏’，《淮南》曰：‘凤凰羽翼弱水，暮宿风穴。’注云：“北方寒风从地出也。’宋玉赋：‘空穴来风。’”古人谓风有穴，《诗》：“大风有隧”，隧之义同穴。屈原自言灵魂扪天后，升天尚有一大段行程，疲乏时，则依于风穴，以作休息。

“忽倾寤以婵媛”，婵媛一作掸援，一作擅徊，注曰：“心觉自伤，又痛恻也。”姜寅清曰：“此句义为伤感，即方言之啴咺矣。《方言》一：‘凡恐而噎噫，南楚江湘之间曰啴咺’。盖忧恐则气不舒矣。”

“倾寤”，王夫之曰：“欹眠而寤也。”倾照字面训为欹。朱季海曰：“倾寤连文，倾亦寤也。礼少仪：‘枕、颖、几、杖。’郑注曰：‘颖，警枕也。’《释文》：颖作颖。颖颖俱从顷声，盖与倾同声。注云：‘警枕’则以警觉为义，是郑君读颖（颖），犹倾寤之倾也……顷字古音与颖颖炯烓耿皆近……今谓《悲回风》，此文直以警觉明悟为义，盖楚语云尔……”

> 冯昆仑以瞰雾兮，隐岷山以清江。惮涌湍之礚礚兮，听波声之汹汹。

屈原的灵魂虽已腾上虹桥，手扪青冥之天，事实上却并未直入天庭，仍在大地之上，不过已处身仙境，是以能凭靠昆仑而俯瞰下界雾气。

“隐岷山”之隐，伏也。在这里“隐”字才能作《孟子》“隐几而卧”的隐解。隐，今之靠枕，古曰隐囊。“岐山”一作崏，一作汶。洪兴祖曰：“蚊、崏、汶，并与岷同。”《尚书·禹贡》：“汶山导江”，同书“岷山导江”。可见岐、岷实为一山。岷山在哪里呢？在蜀郡氐道县，大江所出。《史记》作汶。

古代人信人死之后，灵魂归于某神山，以受死神统治。中国古人谓死后魂归泰山；乌桓人谓归赤山；四川在较近古时代谓人死归大梁山；但在更古时代，则谓归汶山。扬雄《蜀王本纪》云：李冰以秦时为蜀守，谓汶山为天彭门（一作阙）云：“亡者悉过其中，鬼神精灵数见。”（《寰宇记》七十三引）《华阳国志》亦载此条。笔者固屡言巫彭巫咸是两个死神。观巫彭位置在前，想必他死神资格比巫咸更老。李冰在秦国时习知死神名字为彭，所以他到蜀后，将汶山改名为天彭门或天彭阙，以求典雅。好像一个国家或一个区域的新统治者，常喜将原有街名更换与他们有关的新名一样。

昆仑西北为幽都，相传为黄河发源处。但黄河又相传策源天上银河，到了地上先入幽都，后乃流至地面。这也是世界性的信仰，凡一国最大最长的主要河流，必自天上降地面，且必先入幽都。长江为中国中部的大河，既导流源汶山，汶山当然成为死神统治处，蜀人遂谓人死之后，亡灵皆归此山了。

秦之并蜀在惠文王时，李冰为蜀守则在孝文王时，远在屈原之后。但汶山为亡灵所归处，屈原虽在楚，亦早有所闻。现在他假设已投水自杀，他的灵魂自然也要到汶山。

“隐汶山以清江。”“以”字费解。朱熹曰：“清江，去其秽浊之流也。”王夫之曰：“清江，澄江水使清也。”都就“以”立说。洪兴祖引《列子音义》所举楚词“隐汶山之清江”，则“以”或原作“之”。但山可凭而江则不可靠，疑“以”字未误，其下当脱一动字。或“清”照朱王说原为一个动字。

“礚礚”，水石相搏击声。“惮”言江声悍急，令人生畏。波声汹汹，长江之波声也。

纷容容之无经兮，罔芒芒之无纪，轧洋洋之无从兮，驰委移之焉止。

“容容”，云气迷漫状。《九歌·山鬼》“云容容而在下”，云气迷漫，则无法分出经纬。

“罔”同惘。“芒芒”同茫茫。王逸曰：“又欲罔然芒芒，与众同志，则无以立纪纲，垂号令也。”洪兴祖曰：“此言楚国上下，昏乱无纲纪也。”这些话真可笑。朱季海曰：“按《方言》第十：‘緤、末、纪、绪也。南楚皆曰緤，或曰端，或曰末，皆楚转语也。’无纪，犹言无绪，不谓无以立纪纲也。”笔者按：这一句仍指云气言。云气迷漫无经纬，亦复茫茫一片，不知纪极。但若谓为四望茫茫，无边无际，则更佳。

“轧洋洋”，轧，浚轹之意。洋洋，指元气。言我之灵魂想浚轹元气，而在此茫无边际之太空中，竟不知从何下脚。

“驰委移”句一作“驰逶蛇之焉至”。灵魂既不能浚轹元气，只有随风委移，不知将停止于何处。

漂翻翻其上下兮，翼遥遥其左右，氾潏潏其前后兮，伴张弛之信期。

屈原描写自己自杀后，灵魂的情况已毕，自此节开始，乃转而言肉体之事。言我的肉体投入水中后，变成一具死尸。这具尸体随流漂荡，翻滚上下。

“翼遥遥”，“氾潏潏”两句颇费解。陈本礼曰：“翼，水中之鬼，泛者，骑鲸之夜叉。鬼与怪，互相结伴而随潮汐也。”以文法论之，“漂”与“翼”、“氾”似皆属名词，但谓为水鬼及骑鲸之夜叉，则又嫌其杜撰。鄙意：翼指鸟类，且为食肉鸟类。它们见尸体漂流，意欲啄食，或遥随其后，或竟飞至尸之两侧，欲乘便进喙。

若说翼乃鸟翅，在中国文字中从来不能作鸟类解。则翼字与飞字本相通。飞也是鸟翥，但古人竟以“飞”字代鸟类，“走”字代兽类，如言“飞走之属”。或以“奔”代兽类，如韩愈陆浑山火：“焊、煨、炰、熏、熟飞奔”，言火势之猛烈将飞奔之属一概付之焬煨炰熏而熟之也。

若否认为鸟，则不妨认为舟。颜延年《车驾幸京口三月三日侍游曲阿后湖作》有“万轴胤行卫，千翼汎飞浮”句。注：“万轴，谓车也。千翼谓舟也。”《越绝书》：“伍子胥水战兵法内经曰：‘大翼一艘，广一丈五尺二寸，长十丈；中翼一艘，广一丈三尺五寸，长九丈六尺；小翼一艘，广一丈二尺，长五丈。”江中有舟，事理之常，不过总不如解为鸟之有情趣。

“氾”同泛。言泛滥之水波，逐尸体汹涌而流，忽先忽后。

“张弛信期”言江潮涨落，早晚两度，非常准确，所谓潮信也。我之尸体与潮相伴，潮涨则上升，潮落则尸流亦稍缓。王逸说：“言己尝以弛张之道期于君，而君背之也。”朱熹：“伴，缭散之貌也。言其忧心虽若不能有定，而其张弛进退，又自不失其期也。”不知说的是什么话！

观炎气之相仍兮，窥烟液之所积，悲霜雪之俱下兮，听潮水之相击。

“炎气”二句，王逸曰：“南方火也。火气烟上天为云，云出凑液而为雨也。相仍，相从也。”洪兴祖曰：“《神异经》：‘南方有火山，昼夜火然。’《抱朴子》曰：‘南海萧丘之中，有自生之火，常以春起而秋灭。’”王洪都把“炎气”当作火山，不错。但王说烟液是烟气上天为云，云复为雨，雨本来是云变的，不过此处却不能这样说。笔者认为烟液疑指火山的溶浆，惟其为火山所喷发出来的溶浆，始能委积于地面，观此诗“所积”二字自明。屈原虽未尝到过南洋，但他乃是见闻极博之人，即未亲见，或曾耳闻，知道南洋一带甚至更远的域外有火山，昼夜喷火，每当大喷发，必有溶浆滚滚流溢而出，委积于地面。

“霜雪俱下”，所指必为北方苦寒之地。观下文“借光景以往来”，则他溺水后的尸体在江海中非常自由，能到极热的南方，也能到苦寒的北地。

“听潮水”句，言江海中潮水互相撞击，汹汹动听，此仍北地冰洋中光景。

借光景以往来兮，施黄棘之枉策，□□□□□□□，□□□□□□□。

“黄棘”有两说。王逸曰：“愿借神光电影，飞注往来，施黄棘之刺，以为马策，言其利用急疾也。”朱熹曰：“枉，曲也。以棘为策，既有芒刺，而又不直，则马伤而行速。”这都是主张黄棘乃鞭马之物。惟黄棘亦为地名，且与楚怀王有关系的地名。洪兴祖谓：“初怀王二十五年入秦，与秦昭王盟约于黄棘，其后为秦所欺，卒客死于秦。今顷襄信任奸回，将至亡国，是复黄棘之枉策也。”但屈原《悲回风》全篇仅表示他自己的悲凉身世之感，并未涉及国事。况光景(影)往来，明说自己尸体随潮水往来南北，怎会想到怀王盟约黄棘的事呢？

黄棘既名为策，当然是鞭子的一种。这种鞭子是否像朱熹所说既有芒刺而又不直，不可得而知。这不是用来鞭马，却是用来鞭策那神光电影的。神光电影为什么要用黄棘来鞭，恐非泛说，必有关神话的典故，可惜我们现在尚不能知道。

朱熹为了棘之一字想到芒刺，枉之一字又想到不直，以为用这种事物作为鞭策，鞭马使马感觉痛楚而奔驰遂速，太煞风景，文中并无马的影子，鞭于何而施？笔者认为屈原是个爱美的文学家，美人香草，既充牣篇幅，无一不美，他所采用的鞭子，也必是香草一类，果然给我查到证据了。那就是《山海经·中山经》：“苦山有木名黄棘，黄华圆叶，其实如兰。”可见黄棘并非荆棘一类的恶木，而是屈大夫惯用兰蕙一类的香卉。或者这种树的枝条是不直的，故曰枉。

求介子之所存兮，见伯夷之放迹，心调度而弗去兮，刻著志之无适。

介子推宁可焚死，不肯出山，其孤傲之存心，我将亲求之。伯夷兄弟饿死首阳，其高放之节，我亦将实见之。

“心调度”二句，王逸曰：“言己思慕介子推、伯夷清白之行，剋心乐志，无复适也。”朱熹语亦类此。王夫之曰：“调度，审处也。既已预念死后之情景，因决自沉之计，调度已审，刻志著意，从子推伯夷之所适，弗能去此，而别有自靖之道也。”王夫之知道屈原这些话是“预念死后之情景”，倒是亏他。不过他对“刻志”“无适”，仍然说不清楚。屈原实际上是说：“我之尸体虽已变为冥然无知之物，然我的心仍调度其间，使那随波逐流，茫无所适的尸体，好像仍有意志，能照着应走的方向走。”

> 乱曰：曰吾怨往昔之所冀兮，悼来者之愁愁，浮江淮而入海兮，从子胥而自适。
>
> 望大河之洲渚兮，悲申徒之抗迹，骤谏君而不听兮，重任石之何益？

这两节文字是屈原自己在说话。但说话的却是尸体而其心灵亦与之偕。但看浮江淮入海，从子胥，悲申徒，任重石那几句话，便可清楚看出来了。

“曰”，是尸体好像说话。“往昔之所冀”，是说吾以前总冀望君主信从我的话，内政外交方面都照着比较正确的方针做，庶国富兵强，永保南方大国的荣誉，谁知落得一场虚话。这不该自怨自悔吗？对于那些未来者忙忙碌碌勤劳国事之人，即“来者愁愁”之徒，以我为鉴，只有觉其可悼惜罢了。我的尸体由自杀之地漂浮而入江淮，更由江淮流入大海。从前伍子胥被裹于鸱夷掷于江中，我现在可与伍子胥把臂同游，聊自适意吧。（伍子胥的死法，自来即有异说：本说吴王夫差赐他属镂之剑逼他自杀后，又裹其尸以鸱夷而沉于江。但又说夫差裹他以鸱夷，使沉江而死。乐毅报燕惠王书曰：“夫差之赐之鸱夷而浮之江。”又曰：“夫差不悟先论之所以立功，故沉子胥而不悔；子胥又不早见王之不同量，故入江而不改。”）王逸《离骚章句》

自叙亦有“伍子胥不恨于浮江，比干不悔于剖心”语。

屈原又说：我又想到另一位投水自杀的古人，那便是申徒狄。照《庄子》所说：申徒狄谏君不听，负石自投于河。《淮南》注又说申徒狄乃殷末人，见纣乱，自沉于渊。我望着大河的洲渚，替申徒狄抗志自杀的悲伤。他屡次（王逸注：骤，数也。）谏君不听，怀抱重石以自沉，究竟有什么益处呢？

“重任石”，王逸曰：“一云‘任重石’。”闻匡斋曰：“案当从一本作‘任重石’，任犹抱也。‘任重石之何益？’犹蔡邕吊屈原文曰：‘顾抱石其何益？’王注曰：‘虽欲自任以重石’。是王本正作‘任重石’。朱本、朱燮元本、大小雅堂本并同。”

（心絓结而不解兮，思蹇产而不释。）

王逸云：“一本无此二句。”闻匡斋曰：“案二句正文及注，皆互见《哀郢》篇中。陆侃如云：‘二句本哀郢文，后人误移于此。依《章句》例：凡已注者，皆不再注。本篇若有此二句，则注当云：解已见于《哀郢》中。今则逐字加注，且与《哀郢》注同，可证正文及注皆自《哀郢》移此。’案陆说是也。古音释在鱼部（本篇《惜诵》叶曰：‘《哀郢》叶蹠、容、薄、释；《招魂》叶索、石、释；《大招》叶酪、莼、薄、释），此与支部之积、系、策、迹、适、愁相叶，与古韵不合，是为后人私加之确证。”

《怀沙》(原文)

滔滔孟夏兮,
草木莽莽;
伤怀永哀兮,
汩徂南土。

眴兮杳杳,
孔静幽默,
郁结纡轸兮,
离慜而长鞠。

抚情效志兮,
冤屈而自抑,
刓方以为圜兮,
常度未替。

易初本迪兮,
君子所鄙,
章画志墨兮,
前图未改。

内厚质正兮,
大人所盛,
巧倕不斵兮,

孰察以拨正。

玄文虚幽兮，
矇瞍谓之不章，
离娄微睇兮，
瞽以为无明。

变白以为黑兮。
倒上以为下，
凤皇在筱兮，
鸡鹜翔舞。

同糅玉石兮，
一概而相量，
夫惟党人之鄙固兮，
羌不知余之所臧。

任重载盛兮，
陷滞而不济，
怀瑾握瑜兮，
穷不知所示。

邑犬之群吠兮，
吠所怪也。
非俊疑杰兮，
固庸态也！

文质疏内兮，
众不知余之异采，
材朴委积兮，

莫知余之所有。

重仁袭义兮，
谨厚以为丰，
重华不可遌兮，
孰知余之从容。

古固有不并兮，
岂知其何故？
汤禹久远兮，
邈而不可慕。

惩连改忿兮，
抑心而自强，
离慜而不迁兮，
愿志之有像。

进路北次兮，
日昧昧其将暮，
舒忧娱哀兮，
限之以大故。

乱曰：
浩浩沅湘，
分流汨兮，
修路幽蔽，
道远忽兮。

怀质抱情，
独无匹兮，

伯乐既没，
骥焉程兮。

万民之生，
各有所错兮，
定心广志，
余何畏惧兮？

曾伤爰哀，
永叹喟兮，
世溷浊莫吾知，
人心不可谓兮。

知死不可让，
愿勿爱兮，
明告君子，
吾将以为类兮。

《怀沙》疏证

题　　解

《怀沙》是屈原投汨罗前所撰写的一篇“绝命辞”，也是他最后之笔。《史记》本传：“乃作《怀沙》之赋，其词曰……于是怀石遂自投汨罗而死。”这是最明确的证据。

王逸《九章》顺序列《怀沙》于第五，其下为《惜往日》、《思美人》、《橘颂》、《悲回风》。洪兴祖、朱熹沿之。林云铭列《怀沙》于最后，远胜王逸。林氏《楚辞灯》在《九章总论》中说道：“《怀沙》则绝命之辞，以不得于当身而俟之来世为期。”按“来生”“来世”均佛教传入中国以后始有此种说法，战国时则决不可能，林氏此言殊觉有失。林氏又于《怀沙》题后书云：“此灵均绝笔之文，最为郁勃，亦最为哀惨。其大意总自言守正竭忠而世道颠倒，人不能知，以致招谗被放，把一生经济学术，无处施展，亦无可告语，惟有古圣人堪称相知，又不相待，则容身于世，尚有何益？计惟有杀身成仁一著，留法于将来，傥于千百年后，觅得不谋面之知己，便是方以类聚，亦无异于一堂之相亲也。”又曰：“末段乱词，归之天命，见得当死不怖死，即圣贤所以立命处。”这番话却说得很对。

《怀沙》为《九章》最后一篇，《汉书·扬雄传》：“又旁《惜诵》至《怀沙》一卷，名曰‘畔牢愁’。”可见《惜诵》为《九章》之首，《怀沙》为《九章》之末。因王逸《章句》将《怀沙》位置于第五篇，后人以为扬雄所旁仅此。又谓扬雄但举细目，不举总题，以为当西汉时尚无“九章”之名，未免为王逸所误了。

至《怀沙》二字题目，王逸无说。朱熹于题下注云："言怀抱沙石以自沉也。"蒋骥曰：《怀沙》之名与《哀郢》、《涉江》同义。沙本地名。遁甲经：沙土之祇，云阳氏之墟。《路史记》云阳氏、神农氏皆宇于沙，即今长沙之地，汨罗所在也。曰"怀沙"者，盖寓怀其地，欲往而就死焉耳。原尝自陵阳涉江湘，入辰溆，有终焉之志，然卒返而自沉，将悲愤所激，抑亦势不获已。若《拾遗记》及《外传》所云迫逐赴水者欤？然则奚不死于辰溆？曰原将下著其志而上悟其君，死而无闻，非其所也。长沙为楚东南之会，去郢未远，固与荒徼绝异，且熊绎始封，实在于此，原既放逐，不敢北越大江而归死先王之故居，则亦首邱之志，所以惓惓有怀也。"这是《怀沙》云者，系怀念长沙之意。

王夫之曰："《怀沙》者，自述沉湘而陈尸于沙碛之怀，所谓不畏死而勿让也。原不忍与世同汙而立视宗国之亡，决意一死，故明其志以告君子。司马迁云：'乃作《怀沙》之赋，遂自投于汨罗。'盖绝命永诀之言也。故其词迫而不舒，其思幽而不著，繁音促节，特异于他篇云。"这是说屈原死后自知将陈尸于沙碛之怀。

笔者认为《怀沙》未必像蒋骥之说怀念长沙，更不像王夫之陈尸于沙碛之怀，朱熹的怀沙石倒是对的。《史记·屈原传》"于是怀石遂自投汨罗以死"。屈原自作的《悲回风》："望大江之沙渚兮，悲申徒之抗迹，骤谏君而不听兮，重任石之何益?"东方朔《七谏·沉江》：'赴湘沅之流澌兮，恐逐波而复东，怀沙砾而自沉兮，不忍见君之蔽壅。"蔡邕《吊屈原文》："顾抱石其何补?"郭璞《江赋》："悲灵均之任石，叹渔父之棹歌。"此赋收于《文选》，李善注引屈原《悲回风》申徒狄重任石的四句，又曰："又曰'怀沙砾而自沉兮，不忍见君之蔽塞。'《史记》曰：'屈原作《怀沙》赋，怀石自投汨罗。'《怀沙》即怀石也。义与王逸不同。"

按《楚辞章句》在《怀沙》题下仅说了这样一段话："此章言己虽放逐，不以穷困易其行。小人蔽贤，群起而攻之，举世之人，无知我者，思古人而不得见，仗节死义而已。太史公曰乃作《怀沙》之赋，遂自投汨罗以死。见于此赋，故太史公独载之。"这话不知是王逸说的？还是洪兴祖说的？洪语常著“补曰”二字，有时亦没有。又此语不过就《怀沙》全赋内容随意引申了一下，对于“怀沙”二字的题目，半只字的注解都没有。李善“义与王逸不同”，也许是一句讥讽话。至于李善引了《悲回风》四句以后又引“怀沙砾而自沉兮，不忍见君之蔽塞”。今日通行本的屈赋如《离骚》、《九歌》、《天问》、《九章》都没有，仅《惜往日》收煞时有两句道：“不毕辞而赴渊兮，惜壅君之不识！”难道唐时通行本是李善所引的形式吗？若果如此，则屈原怀沙，真是怀抱沙石了。

我们都知道人之不谙水性者投入水中，肺部吐出空气往往立即下沉，谙者则虽欲下沉而不易，这是有游泳经验者所熟知之事，屈原殆亦是擅长游泳之人，知道赴水后，身体若不下沉，不但不得死，且将为人发现而救起，是以于投汨罗之前，预先在身上缚了一包沙石，增加重量，庶于一跃下水后，身体立即下沉，贯彻他求死的志愿。“沙”与“石”本系同类之物，这两个字在人口中又往往相连，则屈原之怀沙，即等于申徒狄之怀石。题目“怀沙”二字，并无深义，诸人之说，反成曲解。

歌辞的解释

滔滔孟夏兮，草木莽莽，伤怀永哀兮，汩徂南土。

“滔滔”，盛夏阳光，《史记》作“陶陶”。“孟夏”，农历四月，此时草木茂盛，故曰“莽莽”。屈原湛身汨罗，相传系五月五日。所以《怀沙》一开篇即点明“孟夏”。

秦兵拔巫夔，屈原若再逗留贬所，将有被敌兵俘虏之危险，他只好沿湘江而至于洞庭，以至长沙。长沙在洞庭南，故曰“伤怀永哀兮，汩徂南土”。

旧解谓屈原的“怀沙”系作于《涉江》以后，他自陵阳回来后到了汨罗，故曰“南土”云云，非。

眴兮杳杳，孔静幽默，郁结纡轸兮，离慜而长鞠。

“眴”与瞬同字。《说文》“开阖目数摇也”。“杳杳”，《史记》作“窈窕”。

“孔”，甚也。《诗·破斧》：“亦孔之将。”“默”，《史记》作“墨”。

“眴兮”句系属目所见，弥望无人，但见一片荒凉之景。“孔静”句系属耳所闻。似原来居民亦皆逃散，环境变得既寂静，又沉默。蒋骥谓：“岑僻之境，昏瞀之情，皆见于此矣。”

“郁结”，《惜诵》：“心郁结而纡轸。”

“离慜”，离同罹，慜同忧，离慜即遭罹忧患之谓。“鞠”，穷也。言罹忧而长处穷境。

抚情効志兮，冤屈而自抑，刓方以为圜兮，常度未替。

“抚”，循也。“効”，核也。

“抑”，抑制也。二句言自己抚情核志，无有过失，虽负冤屈，仍力自抑制，不敢怨天尤人也。

“刓”，削也。

“常度”，一定之法度。“替”，更改也。

二句言本为四方之物，为混俗和光，逢迎权势，每有削去四角作为圆形者，而我立身行事，自有一定之法度，不愿更改也。

易初本迪兮，君子所鄙；章书志墨兮，前图未改。

“迪”，《史记》作由。一无“初”字。“易初”，谓变易初志也。“本迪”，朱云未详。王逸云：“远离常道。”蒋骥曰：“易初本迪，谓变易本然之道也。”戴震曰：“迪，犹导也，达也，语之转。初之本迪，犹有规画绳墨矣。”马其昶曰：“案《尔雅》，迪，道也。《史记》作‘本由’，迪、由相通，《正义》云：‘本，常也。’言人远离常道。”姜寅清曰：“迪，当从《史记》作由，盖勒误也。此句当作“易由初本兮”。易由即《诗·小雅·小弁》之“君子无易由言，耳属于垣”之易由。又《大雅》抑“无易由言，无曰苟矣，莫扪朕舌，言不可逝矣”，易由，犹今言夷犹。夷由，谓行事不决也。亦可单言曰由。《小雅·宾之初筵》，“匪言勿言，匪由勿语，由醉之言，俾悲章羖”。匪由而言，谓不作易由之言也。由醉之言，犹言易由之醉言也。自来说者皆不通其义。易由本初，谓其本初夷犹不决也。夷犹初本，则是可以改迹，则方可刓为圜矣，故为君子之所鄙。”

姜氏旋又作附注曰：“余初说作‘易由不由’。盖古不字之形与本近而讹。‘不由’乃战国以来习用语，见于孟荀庄韩者至多。“不由”，犹言不以为道也。于文句上似较上说为畅，然有两弊可商：一则改易经字，为校勘者所至当慎；一则下句言所鄙，果为变易不由，则其事既成，无可救药，不仅为君子所鄙，当为君子所弃矣。两语义意轻重之间，不甚调合，果为上说，则夷犹只是怀疑尚未成行，故言可鄙，则无定见定志之义耳。故宁取句语稍涩也。初说存参。”

笔者按屈赋中听用“夷犹”，“犹豫”字样甚夥。《九歌·湘君》：“君不行兮夷犹”；《离骚》：“欲从灵氛之吉占兮，心犹豫而狐疑”；《涉江》：“余将董道而不豫兮”；《抽思》：“悲夷犹而冀进兮，心怛伤之憺憺”；又曰：“低徊夷犹，宿北姑兮”；《思美人》：“固朕形之不服兮，然容与而狐疑。”夫以一人之身，操笔为文，常用辞汇之形式，应有一定（例外亦有，但甚少）。何致于他文皆用“夷犹”，于此独用“易由”，故姜说虽辩，我不敢取。

“章画志墨”，朱季海曰：《仪礼·大射礼》：“工人与梓人升自北阶，疏容数方……度尺而午，射正莅之。”注：“工人士，梓人，皆司空之属，能正方圜者，一从一横曰午，谓画物也。射正，司射之长。”又曰：“卒画，自北阶下，司宫埽所画物，自北阶下。”注：“埽物，重射事也。工人士、梓人、司宫，位在北堂下。”今谓经云：“若丹，若墨”者，赋所谓“章画志墨”也；“度尺而午”者，“前度未改”也。若夫司空之属，能正方圜，则灵均之志也。屈赋当句本不名一物，然征诸执礼，而语若合符，则其深得礼意可知矣。盖史公所录，出于故书，最为闲雅；王（按指王逸）作图者，后师区区，不能纪远，附会“章画”而为此读尔。

内厚质正兮，大人所盛，巧倕不斲兮，孰察其拨正？

“内厚质正”，王逸曰：“言人质性敦厚，心志正直。《史记》作：‘内直质重兮。’”朱季海曰：“《史记》是也。王云：‘质性敦厚’，正明质量，‘心志正直’，所谓内直也。庄忌哀时命：‘志怦怦而内直兮’，即用其语，后人妄意序次不顺，猥依注改之。然《史记集解》全引王注，《索隐》、《正义》不云楚辞有异，则唐本尚无此谬也。”

戴震作“内直质重兮”依《史记》也。姜寅清亦云：“需依《史记》作“内直质正”，屈原言内美，言直，不言美也。”

“大人所盛”，盛，朱本作晠，戴震本作晟。所盛，所美也。姜寅清曰：“盛借为成，善也。《檀弓》‘竹不成用’注：‘成，善也。’”

“巧倕不斲”，王逸曰：“巧倕，《史记》作‘巧匠’。‘斲’一作刘，一作断。”洪兴祖曰：“倕音垂，书曰：‘垂汝共工。’《庄子》曰：‘工倕旋而盖规矩。’《淮南》曰：‘周鼎著倕，使衔其指。’《说文》：‘刘、杀也。’作斲是。”

“孰察其拨正”，王逸曰：“察，知也。拨，治也……《史记》作“揆正”，朱熹及林、蒋、戴本皆从之。

此盖言倕虽巧，使其不运斧斤而斫斲，则又有何人能察其技术之高明与否？以喻君子不居爵位，又孰能察别人世之孰为曲与孰为直也？

玄文处幽兮，矇瞍谓之不章；离娄微睇兮，瞽以为无明。

“玄文处幽”，王逸谓玄，黑也。幽，冥也。《史记》作幽处。闻匡斋曰：“案当从《史记》作幽处。‘玄文幽处’，与下文‘离娄微睇’文相偶。处，睇皆动词，幽，微皆副词也。”朱季海曰：“《惜往日》云：‘君无度而弗察兮，使芳草为薮幽’，注：‘贤人放窜，叶草野也。’《怀沙》‘处幽’正读如薮幽，盖单言曰幽，重言曰薮幽，楚语义相近尔。《抽思》曰：‘路远处幽，又无行媒兮。’《思美人》曰：‘命则处幽，吾将罢兮。’原时放在草野，故曰‘处幽’矣。《史记》作幽处，后人不达此幽之谓，故改书耳。《涉江》‘幽独处乎山中’，亦足见处幽之情，要其措词各有当也。”

“矇瞍谓之不章”，有眸子而无见曰矇，无眸子曰瞍。王逸谓《史记》无瞍字。闻匡斋曰：“按当从《史记》删瞍字。‘矇谓不章’，与下文‘瞽以无明’，句法一律。王注曰：‘矇，盲者也。’不释瞍字，是王本无此字。其引《诗》‘矇瞍奏公’又云：‘则矇瞍之徒，以为不明也。’乃以矇瞍释矇字，非必正文有瞍字也。今据注以增正文，非是。”

“离娄”，古之明目者。“睇”，《说文》：“目小视也。南楚谓眄曰睇。”按离娄，黄帝时人，明目，能见百步外秋毫之末。《孟子》曰：“离娄之明”。《淮南》作“离未之明”。此言使明目如离娄者收目小视，则瞽者以为彼亦为无明之人。

变白以为黑兮，倒上以为下。凰皇在笯兮，鸡鹜翔舞。

“变白以为黑”，《史记》“以”作“而”，言世以浊为清。

“倒上以为下”，俗人以愚为贤也。

“笯”，笼也，音暮，释文音奴，徐广曰：“笯一作郊。”

“鸡鹜”，《史记》鹜作雉。

同糅玉石兮，一概而量，夫惟党人之鄙固兮，羌不知余之所臧。

“糅”，杂也。玉贵石贱，今乃混杂在一处。

“概”，平斗斛木。玉石放在平斗斛木中同量。

“党人鄙固”，《史记》作“党之人鄙妒兮”，鄙一作交。姜寅清曰："王逸注'楚俗狭陋'，以狭释鄙，以陋释固，则不作妒也。"

"羌不知余所藏"，《史记》"余"作"吾"。

朱季海曰："《说文》：'缪，媢也。'又'媢，嫪也。'《广雅·释诂》：'嫪，婷，妒也。'王念孙疏证：'媢与嫪同。'余谓鄙固字正读如媢。史公作妒者以通语代之尔。鄙一作交者，交当读与嫪同。交，古音在宵部，嫪在幽部，《惜往日》以流、昭、幽、聊（昭在宵部，余并幽部字）为韵，是楚音宵或读如幽也。《淮南·坠形训》'多旄犀'。注'读近绸缪之缪'。与楚音正合。交固即嫪媢，故《史记》以为鄙妒也。"

笔者按屈赋言党人嫉妒者随时可见。《离骚》："羌内恕己以量人兮，各兴心而嫉妒"；"唯此党人之不谅兮，恐嫉妒而折之"；《哀郢》："忠湛湛而愿进兮，妒离披而鄣之"；"众谗人之嫉妒兮，被以不慈之伪名"；《惜往日》："心纯庬者不泄兮，遭谗人而嫉之。"是则嫉妒二字乃屈赋常用之辞汇，在此文中何必竟将"妒"字改写为"固"字，致劳朱先生这一大篇缭绕曲折的疏解？这和姜寅清说"易由"即是"夷犹""豫犹"不是同样射穿箭札，吃力不讨好的事吗？此处鄙固二字无非言党人鄙陋而且顽固，与嫉妒无关。所以，笔者常说研究学问，不渊博则谫陋，未免见讥通人；太渊博，则往往钻入牛角尖，走不出来。其病与谫陋者等。

任重载盛兮，陷滞而不济；怀瑾握瑜兮，穷不知所示。

"盛"，多也。言已所任者重，所盛者多。

"济"，成也。

"怀瑾握瑜"，在衣为怀，在手为握。瑾、瑜皆美玉。传言钟山之玉，瑾瑜为良。

"穷不知所示"，无法示人以所藏之美。

邑犬之群吠兮，吠所怪也！非俊疑杰兮，固庸态也！

“邑犬”句一云“邑犬群兮，吠所怪也”。《史记》无之字。

“非俊”句，《史记》作“诽俊疑桀”。

“庸”，王逸谓为厮贱之人。实则宜谓为“平庸”，“庸常”犹今语“普通”“一般”人。

文质疏内兮，众不知余之异采；材朴委积兮，莫知余之所有。

“疏”，《史记》作疏。但疏字疑是误字。戴震解亦矫强，见下。

“余”，《史记》作吾。“异”一作奥。

“材朴”之朴，《史记》作樸。“积”，《史记》作质。

戴震曰：“文质疏内，言文不过质，望之似疏，又且内藏也。材樸委积，言待用之材，委积富有。”

朱季海曰：“异当为奥。徐广引《史记》一本是也。《汉书·王褒传》，载圣主得贤臣颂：‘去卑辱奥谍，而升本朝。’张宴曰：‘奥、幽也。’是其义。上云‘玄文处幽’，此去‘奥采’，互言之耳。”

重仁袭义兮，谨厚以为丰；重华不可遌兮，孰知余之从容。

“重仁”之重，累也。《淮南》：“重仁袭恩”袭亦重累也。

“丰”，大也。言己重累仁义之德行，而又加之谨厚以为丰大也。

“重华不可遌”，《史记》遌作牾。洪兴祖曰：“遌、逞，当作遻，音，忤，与忤同。列子‘遻物而不快’，是也。《释文》：‘心不欲见而见之曰遌’，于义颇迂。”

王逸谓遌为逢。王夫之曰“遌与晤同，遇也”。戴震本作“啎”。沈祖绵曰：“遌，《史记》作牾。《索隐》曰：‘楚词牾作遌。牾即遌字，又作愕。洪《补》注《释文》：遌，五各切。心不欲见而见之曰遌，于义颇迂，洪说非是。《说文》：‘遌，相逢惊也。’《尔雅释诂》：‘遌，见也。’注：‘行而相值’，即是见。《尔雅》又云：‘遘、逢、遇、遌也。’注：‘转复为相触遌。’”

姜寅清曰："遻字当作遻，音忤。《说文》：'相惊遇也。'字亦作逜，作迕，作趶。古午逆皆为同族一形之变。故其字其义多相关涉。其初形皆自干戈之干而衍，而其朔义，盖皆由交午一义变出。午音古与五同。五本交互字，义亦与午近。于是从午，从屰，从干，从五，从吾之字多相通，或且一族之衍矣。《史记》之作牾（今语作牾，从牛，非。）与此作遻者实同，逜，即遻之隶变俗字也。"

"古固有不并兮，岂知其何故？汤禹久远兮，邈而不可慕。

"岂知"句，《史记》作"岂知其故也？"

"邈而"句，《史记》作"邈不可慕也。"

洪兴祖曰："此言圣贤有不并时而生者，故重华不可遻，汤禹不可慕也。"按此一节实承上节"重华不可遻"而来。诸家解释纷如，皆不如洪氏简洁扼要，故取之。

惩连改忿兮，抑心而自强；离慜而不迁兮，愿志之有像。

"惩连"，《史记》作"惩违"。王逸就连字解，言："言己知汤禹不可得，则止己留连之心。"王夫之竟谓苏秦张仪的"连横"和"合纵"，未免扯得太远了。其实作违为是。"违"与"忿"为对文。屈原自言渴慕重华、汤禹，而生不同时，于意殊有违戾，且因而生忿恨心，今皆愿抑心自强，惩戒已失。

"强"，《史记》作彊。

"慜"，《史记》作"湣"，一作"闵"。离闵即遭忧患。

"有像"，《史记》作"有象"，这是对的。像乃后起字。

"离慜不迁""愿志有像"者，言我不能与古之圣贤同时，偏与奸谗误国之小人为伍，初亦难免有"生不逢辰"之叹，继则强自抑制，矫然独立。虽遭罹忧患而不肯迁易其行为，愿我如此之志趣，长为后世之法象罢了。

进路北次兮，日昧昧其将暮，舒忧娱哀兮，限之以大故。

屈原因秦兵迫近，自溆浦一带的贬所向洞庭撤退，又由洞庭南至长沙，故在此节中点明其行程的方向。当到达长沙，或者停留了一些日子，决定投汨罗，又回头向北而进。汨罗对长沙言，方向为北。

一路逶迤行来，眺望沿途风景，亦可舒忧怀、娱哀痛，但已决心自杀，死亡之期限已迫近，也没有多少光阴可供我从容游览了。

“大故”，死亡也。《孟子》：“今也不幸至于大故。”此指屈原之决心投渊自杀。

乱曰：浩浩沅湘，分流汩兮，修路幽蔽，道忽远兮。

“汩”，王逸谓“流也。沅湘之水，分汩而流，将归于海。”这是将“汩”字当作副动词，所以形容“流”字。洪兴祖亦云：“汩音骨者，水声也。音鹘者，涌波也。分一作汾。”这是把“汩”字当名词，水声或者涌波，是普通名词而非特别名词。

洪氏说：“分一作汾。”闻匡斋曰：“案一本作汾，最是。汾读为溢。《汉书·沟洫志》注曰：‘溢，涌也。’郭璞《江赋》曰：‘溢流雷煦而电激。’汾流即溢流。《列子·黄帝篇·释文》曰：‘汩，涌波也。”汾汩义近，故曰：‘汾流汩。’古者南楚诸水皆曰湘。诸湘有江湘、沅湘、潇湘，即江水，沅水、潇水。‘浩流沅湘，汾流汩’者，谓沅湘之水，溢涌汩而流也。今本字作分，不知者鲜不训为分别而以沅湘为二水者。王注不释分字，盖即如字读之。”

笔者按沅湘分明是两条大水，闻氏以古人以江湘、沅湘、潇湘称为三湘，遂强合沅、湘为一，反以他人分沅、湘为二水作为错误。他也像王逸一样把“汩”字当作副动词，指沅湘之水，溢涌汩而流。

屈原之死系自杀，而自杀则系采取投渊方式。自《离骚》至《九章》，彭咸之名凡八见，可见怀此志愿，匪伊朝夕。后代儒者以死于正命为重，自杀则认为非命；并且深中身体发肤不敢毁伤之流毒，以为发肤之微尚不可毁伤，毁伤之即有违父母全而授之，子全而归之的孝道，怎么可以将整个身命自加摧毁呢？这些人也都是敬重屈原的，不愿意屈原有个非正命的死法，遂有像唐蒋防、宋魏了翁、明林应辰、清袁枚、吴骞、刘夔鹏、曹耀明、俞荫甫诸家的说谓屈原未必水死。事见我所著《屈原评传》第七章，不复。

其实他们所持理由皆属一孔之见。谓不见尸身，难为已死确证，不知屈原既久抱投渊之志，事前必经过精密之筹备，不让人发现而被救起，是以有怀抱沙石之事。汨罗之水有四百里之长，冬季水浅，夏则甚深，他从哪个地点投下，既未为人所见，一投下便沉水底，请问又能向何处捞救？“舟驰楫聚”以拯三闾，遂成后世龙舟竞渡之俗；竹筒贮米，缚以五色丝，投水中以祭屈原，遂成后世端阳吃粽之俗，这都是后人附会而成的，当时实没有这种“盛况”呢。

“浩浩沅湘，分流汨兮”，这个“汨”字甚为重要，钱澄之云：“汨，水名，近长沙，所谓汨罗江也。”见他所编《五家注楚辞合编》，我觉得钱氏所说的话极有眼光与胆量。

笔者谓“汨”字当音“麦”或“觅”，乃特别名词，即汨罗江。汨罗江原也是两条水，汨水源出江西修水县，西南流经湖南平江县，西经湘阴县，合鹅笼江。湘阴县北有屈潭，相传即屈原自沉处。罗水自岳阳西流来会，始称汨罗江。支津南出，通湘水。正渠复西北流注湘水。

屈原之死，系投汨罗，事见《史记》本传。贾谊《吊屈原文》，言汉文帝三年，渡湘水为赋以吊屈原，其辞有“仄闻屈原兮，自湛汨罗”，“造托湘流兮，敬吊先生”诸语，可见那篇吊文乃贾谊渡湘水时所作，湘水与汨罗等于一水，于此可见。

屈原谪居辰溆，已历九年，因秦兵自蜀出攻取巫黔，他只好沿沅水北上渡过洞庭，照地理之远近难易而说，他之北上或沿湘水，到了洞庭东南的长沙，长沙在洞庭东南，故有“伤怀永哀兮，汨徂南土”的话，他大概在长沙民间停留了一些日子，及决心自杀，又自长沙稍稍北上，又有“进路北次兮”，“限之以大故”的话。辰溆贬区距离长沙，中间还隔了一个洞庭湖，当不止数百公里之遥。沅湘二水虽流入洞庭，距离他自杀的地点也很远，他这时候提到沅湘究竟是为了什么呢？而且在乱辞里提及，更显郑重之意。“修路幽蔽，道忽远兮”是说沅湘二水，远远流入洞庭，波涛混合，已难辨认，故曰幽蔽。古时洞庭面积甚大；湘、沅、资、醴四大水，均流入洞庭，汨罗虽没有流入洞庭，但与湘水相通，为了沅水入洞庭，汨罗也可说通沅了。“分流”二字不可如林云铭所说沅湘二水分流而为汨罗，因方向不合，仅可说汨罗通沅湘而已。想到《惜往日》里曾说“临沅湘之玄渊兮，遂自忍而沉流？”原来他本来想投身沅湘而死的，一时忙迫，逃离贬区，想到汨罗通湘水，沅水既流入洞庭，与汨罗也可通，死于汨罗，不就等于死于沅湘吗？

屈原在自杀前一年，即郢都将为秦兵所破时，曾自辰溆贬区，潜回郢都，护送眷属，沿江东下，安顿之于今日皖境的陵阳。安顿事讫，他已身竟不敢在这安全地带留下，又沿江西上而回到他沅湘流域的贬区，我曾说战国时代谪宦的事难以查考，因资料太缺乏。看来没有君主的赦令，无论如何都不能离开贬区的。现在屈原想投水自杀，长沙不是没有水，他为什么不投，而要到汨罗去投？岂非是为了汨罗通湘水，连带也由洞庭而通沅。他死在汨罗，也如同死在沅湘区贬地一样吗？谪宦生不能离贬区，那还可以说，死也要死在贬区，就不知其故了。要之，这倒是个相当重大的问题，希望将来有人能够考出。

闻匡斋于“道远忽兮”下注云：“《史记》自‘道远忽兮’下有‘曾吟恒悲，永叹慨兮，世既莫吾知，人心不可谓兮’四句，案《史记》此下四句即本篇后文‘曾伤爰哀，永叹喟兮，世溷浊莫吾知，人心不可谓兮’四句之异文，朱本文从本书，次依《史记》，按之文义，最为允洽，当据以乙正（王引之以为后人据楚辞增人，而不知其文为复出也。张文虎说同）。案《史记》乱曰以下，每句末皆有兮字，独此四句中才两用兮字，与本书乱辞之韵例不合，其为后人据本书增入无疑。”

怀质抱情，独无匹兮，伯乐既没，骥焉程兮。

首句《史记》作“怀情抱质”。姜寅清曰：“怀质句当从《史记》作‘怀情抱质’，怀情屈子常语，怀朕情而不发是也。抱质，犹抱朴也。”

“独无匹兮”，朱子曰：“匹为正之误（匹俗从疋，与正形近）。正与程韵。《哀时命》曰：‘怀瑶象而握琼芳，愿陈列而无正’，语意本此。”闻匡斋曰：“按朱说是也。”《史记》亦误为匹。无正，无所取正也。“程”，朱熹谓校量材力也。

“伯乐”，古之善相马者。“没”，《史记》作歿。

万民之生，各有所错兮；定心广志，余何畏惧兮。

“万民之生”，《史记》作“人生有命兮”，朱熹本作“民生禀命兮”。

“各有所错”，朱熹曰：“错，置也。言民之生莫不禀命于天，而随其气之短长厚薄以为寿夭穷达之分，固各有禀置之所而不可易矣。吉者不能使之凶，凶者不能使之吉也。是以君子之处患难，必定其心而不使为外物动摇，必广其志，而不使为细故所狭隘，则无所畏惧而能安于所遇矣。”

曾伤爰哀，永叹喟兮。世溷浊莫吾知，人心不可谓兮！

“曾伤爰哀”，曾，洪兴祖引一本作增。姜寅清曰：“增伤，屈赋术语，作增是也。”“爰哀”，王引之云：“爰哀谓哀不可止。爰哀与增伤相对，方言哀而不止曰晛。”又曰：“爰，喛哀也。爰、喛、咺，古同声通用。齐策狐咺，汉书人表作狐爰，是其证。

“人心不可谓兮”，谓，犹说也。言己遭遇乱世，众人不知我贤。世人之心，已颠倒溷浊，盖有不可说者矣。

知死不可让，愿勿爱兮；明告君子，吾将以为类兮！

“让”，王逸曰：“犹辞也。”洪兴祖曰：“屈子以为死之不可让，则舍生而取义可也。所恶有甚于死者，岂复爱七尺躯哉!”

“类”，法也。王逸曰：“《诗》云：‘永锡尔类。’言己将执忠死节，故以此明白告诸君子，宜以我为法度。”朱季海曰：“《方言》第七：‘肖，类法也。齐曰类；西楚、梁、益之间曰肖。’又第十三：‘类，法也。’《怀沙》此文，转同齐俗，是法谓之类，故齐楚间之通语矣。荀子亦有此言，杨注不辨，辄训作善。王念孙规之，是也。说见读书杂志，《荀子》第二。”

第三编 《远游》

《远游》（原文）

（用楚辞《章句》本）

第一大段

悲时俗之迫厄兮，
愿轻举而远游。
质菲薄而无因兮，
焉托乘而上浮？

遭沉浊而污秽兮，
独郁结其谁语！
夜耿耿而不寐兮，
魂茕茕而至曙！

唯天地之无穷兮，
哀人生之长勤。
往者余弗及兮，
来者吾不闻。

步徙倚而遥思兮，
怊惝怳而乖怀，
意荒忽而流荡兮，
心愁凄而生悲。

神儵忽而不反兮，
形枯槁而独留。
内惟省以端操兮，
求正气之所由。

漠虚静以恬愉兮，
澹无为而自得。
闻赤松之清尘兮，
愿承风兮遗则。

贵真人之休德兮，
美往世之登仙。
与化去而不见兮，
名声著而日延。

奇传说之托辰星兮，
羡韩众之得一。
形穆穆以浸远兮，
离人群而遁逸。

因气变而遂曾举兮，
忽神奔而鬼怪。
时髣髴以遥见兮，
精皎皎以往来。

超氛埃而淑尤兮，
终不返其故都。
免众患而不惧兮，
世莫知其所如。

恐天时之代序兮，
耀灵晔而西征。
微霜降而下沦兮，
悼芳草之先零。

聊仿佯而逍遥兮，
永历年而无成。
谁可与玩其遗芳兮，
晨乡风而舒情。

□□□□□□□，
□□□□□□。
高阳邈以远兮，
余将焉所程？

重曰：
春秋忽其不淹兮，
奚久留此故居？
轩辕不可攀援兮，
吾将从王乔而娱戏。

餐六气而饮沆瀣兮，
漱正阳而含朝霞。
保神明之清澄兮，
精气入而麤秽除。

顺凯风以从游兮，
至南巢而壹息，
见王子而宿之兮，

审壹气之和德。

曰：
道可受兮，
不可传，
其小无内兮，
其大无垠。

无滑而魂兮，
彼将自然。
壹气孔神兮，
于中夜存。

虚以待之兮，
无为之先，
庶类以成兮，
此德之门。

闻至贵而遂徂兮，
忽乎吾将行。
仍羽人于丹丘兮，
留不死之旧乡。

朝濯发于汤谷兮，
夕晞余身兮九阳；
吸飞泉之微液兮，
怀琬琰之华英。

玉色頩以脕颜兮，
精醇粹而始壮。

质销铄以汋约兮，
神要眇以淫放。

嘉南州之炎德兮，
丽桂树之冬荣，
山萧条而无兽兮，
野寂寞其无人。

第二大段

□□□□□□□□，
□□□□□□，
载营魄而登霞兮，
掩浮云而上征。

命天阍其开关兮，
排阊阖而望予。
召丰隆使先导兮，
问大微之所居。

集重阳入帝宫兮，
造旬始而观清都，
朝发轫于太仪兮，
夕始临乎于微闾。

屯余车之万乘兮，
纷溶与而并驰，
驾八龙之婉婉兮，
载云旗之委蛇。

建雄虹之采旄兮，
五色杂而炫耀。
服偃蹇以低昂兮，
骖连蜷以骄骜。

骑胶葛以杂乱兮，
斑漫衍而方行。
撰余辔而正策兮，
吾将过乎句芒。

历太皓以右转兮，
前飞廉以启路。
阳杲杲其未光兮，
凌天地以径度。

风伯为余先驱兮，
氛埃辟而清凉。
凤凰翼其承旂兮，
遇蓐收乎西皇。

擥彗星以为旍兮，
举斗柄以为麾。
叛陆离其上下兮，
游惊雾之流波。

时暧曃其曭莽兮，
召玄武而奔属。
后文昌使掌行兮，
避暑众神以并毂。

路曼曼其修远兮，
徐弭节而高厉。
左雨师使径侍兮，
右雷公以为卫。

欲度世以忘归兮，
意恣睢以担挢，
内欣欣而自美兮，
聊媮娱以自乐。

涉青云以汎滥游兮，
忽临睨夫故乡。
仆夫怀余心悲兮，
边马顾而不行。

思旧故以想像兮，
长太息而掩涕，
氾容与而遐举兮，
聊抑志而自弭。

指炎神而直驰兮，
吾将往乎南疑。
览方外之荒忽兮，
沛罔象而自浮。

祝融戒而还衡兮，
腾告鸾鸟迎宓妃。
张咸池奏承云兮，
二女御，九韶歌。

使湘灵鼓瑟兮，
令海若舞冯夷。
玄螭虫象并出进兮，
形蟉虯而逶蛇。

雌蜺便娟以增挠兮，
鸾鸟轩翥而翔飞。
音乐博衍无终极兮，
焉乃逝以徘徊。

舒并节以驰骛兮，
逴绝垠乎寒门。
轶迅风于清源兮，
从颛顼乎增冰。

历玄冥以邪径兮，
乘间维以反顾，
召黔嬴而见之兮，
为余先乎平路。

经营四荒兮，
周流六漠。
上至列缺兮，
降望大壑。

下峥嵘而无地兮，
上寥廓而无天。
视儵忽而无见兮，
听惝怳而无闻。

□□□□□□□，
□□□□□
超无为以至清兮，
与泰初而为邻。

《远游》疏证

导　论

王逸说："《远游》者，屈原之所作也。屈原履方直之行，不容于世，上为谗佞所谮毁，下为俗人所困极，章皇山泽，无可告诉，乃深惟玄一，修执恬漠，思欲济世，则意中愤然，文采铺发。遂叙妙思，托配仙人，与俱游戏，周历天地，无所不到；然犹怀念楚国，思慕旧故，忠信之笃，仁义之厚也，是以君子珍重其志而瑋其辞焉。"王逸注楚辞，惯就著原文语气说话。他这篇《远游》前记也不出这个范围，不必深论。

王逸后之楚辞注家也都说屈原《远游》无非消愁遣闷之幻想。神仙境界本不存在，说是幻想本来不错。但屈原的幻想也不从他脑子里凭空产生出来，还是有根有据的。这根据便是前文所说域外传来的知识和神话。盖西亚古时有一种信念：神仙居于环抱大地的瀛海外，其状作三角洲形，其方向西而偏北。这个仙洲的情况笔者在《离骚新诂》里，《天问疏证》里已说得很是详细，为了避免读者翻书之烦，不妨在这里再复述几句。按《史记·封禅书》有这样一段话云：

> 自威、宣、燕昭，使人入海求蓬莱、方丈、瀛洲，此三神山者，其传在勃海中，去人不远，患且至，则船风引而去，盖尝有至者，诸仙人及不死之药皆在焉。其物禽兽尽白，而黄金银为宫阙。未至，望之如云，及到，三神山反居水下。临之，风辄引去，终莫能至云。世主莫不甘心焉。

这样三神山不就是西亚所谓三角洲吗？这个三角洲本在西北，而《封禅书》谓其在“勃海”，勃海一作“渤海”，《列子·汤问篇》：“渤海之东，几亿万里，有五山：岱舆、员峤、方壶、蓬莱、瀛洲。”以下便是巨鳌负山，龙伯大人钓鳌的故事。《列子》所说五山，蓬莱、瀛洲都与《封禅书》同，方丈之与方壶仅有一字之差，当指一地。渤海在辽东半岛与山东半岛之间，与黄海相通，辽河、滦河、黄河皆流入渤海而后入黄海。此海水量甚浅，中央深处不过百余尺，长八百十六里，广四百七十六里。《列子》所说渤海之东几亿万里，而且其深无底，故五仙岛浮飘不定，乃诉之上帝，上帝命巨鳌十五，迭为三番以负之。说渤海之东，那当指黄海，黄海有这阔与深吗？我怀疑“勃海”并不是山东半岛的那个海湾，恐指大瀛海西北的三角仙洲所在地。《列子》的“渤海”实由大瀛海西边勃海而衍成的。

不过照西亚今所存的瀛海仙洲图看来，瀛海西边的三角洲画得非常明显，瀛海东边也有一个三角形的仙洲，原来也许亦是三个。秦始皇派遣方士入海求仙，所采路线均向东，固取其途程缩短几多倍，同时他也明白仙洲东边也有，何必舍近图远？可见战国时代西亚这幅神话地图早已传入了我国。

不过屈原《离骚》和《远游》所采路线仍然向西，可见屈原所欲趋赴的乃是大地西边的仙洲，我们不可不知。

《离骚》所叙屈原抵达昆仑以后，取直线向西进发，自不周山左转，以西海（大瀛海西边，即仙洲所在地）为最终目标。他已经走了很长很远的一段路，因登一座名为“陞皇”之山者，望见故乡，仆悲马怀不能再进，欲返楚国，又恨无人足为美政，乃投水从彭咸之居。

《远游》则分两大段，第一段是“访仙师”，第二段是先登天庭，复下降而漫游东西南北的四方，最后高飞于冥漠之乡，是为远游的终点。

第一大段自“闻赤松之清尘兮，愿承风乎遗则”起，屈原想到他一向钦敬的几位仙人，像“傅说”“韩众”“轩辕”“王子乔”等。

但亦不能一一会晤，所能晤到的只有一位，那就是王乔。这位仙师告诉他以许多成仙的要道，即王逸所谓“深惟玄一，修执恬漠”，也即是朱熹所谓“长生久视”的要诀。其实都是老庄列子道家的奥旨。

第二大段，屈原自不死之乡，直升天庭，所借升者员丘也，像《离骚》一样须先登昆仑的悬圃而后始能上天。他“载营魄而登霞，掩浮云而上征”就上了天，帝阍居然为他推开阊阖，让他恣意在清都里观光一番，而后下降尘寰。降到什么地点呢？是中国东北的于微闾山之上，他于是率其盛大仪从游于东极的仙境，在东方大神太皞境内与句芒遨游一番以后，自东方取直径而向西极，遇见西方大神蓐收。由西转南，遇南方大神祝融，再由南取直径到北极的寒门，和北极大神颛顼之佐玄冥盘桓了若干时候，取邪径再到西极，若渡过大瀛海，便可到三角仙洲。但屈原并未踏上这个仙洲，却由西极直升高空，在太空中观赏久久，对仙洲也下顾了一下。乃超越“无为”到了“至清”之境，与“泰初”结邻而居，也可说与泰初泯合而为一。

我们今日说五行顺序是金、木、水、火、土；古人则水、火、木、金、土。我们今日说四个方向是东、南、西、北。而古人则东、西、南、北。古书例子甚多，将来有暇再举。所以屈原远游路线，是由东取直径向西；由南向北，以邪径为转向之用。

他为求文章局势的恢宏，不得不尽量铺排。恣意渲染，东西南北所晤诸神及神境之美丽，说得天花乱坠，令人目为之眩，心为之迷，无非为了衬托那个最终目标而已。

在那东、西、南、北四极，相盘桓的神东句芒，非太皞；西蓐收，非少皞；南祝融，非炎帝；北玄冥，非颛顼。这都是大神之佐，或其副神（看《吕览》《淮南》等），何故如此，不知。其实照神话惯例，副神皆由正神衍出，本是一而二，二而一者，屈原深知其理，改变称呼，免于单调罢了，并无深意。

《远游》这篇文章，辞采之瑰丽，足与《离骚》并驾齐驱，而气魄之雄伟，局面之阔大，《离骚》尚未能及之，不过《离骚》乃屈原的自叙传，包众三闾一生行述，结构之富于变化，又胜于《远游》。这两篇文章可说各擅胜场不分轩轾，可说是中国旧韵文界两篇空前绝后的奇文，大文。但不知神话则无法欣赏。

歌辞的解释

第一大段

《远游》也像《离骚》一样，四句为一节，有几节脱落二句，若用方块补足，则一共四十六节。全文分二大段，每段二十三节。全文仅千余字，尚不抵《离骚》之半，结构当然不及《离骚》的谨严。现将原文疏解于下：

悲时俗之迫厄兮，愿轻举而远游，质菲薄而无因兮，焉托乘而上浮？

蒋骥云："章首四语乃作文之旨也。原自以悲蹙无聊，故发愤欲远游以自广，然非轻举不能远游，而质非仙圣，不能轻举，故慨然有志于延年度世之事，盖皆有激之言而非本意也。"这番话比一众楚辞注家都说得扼要，故特引之。

遭沉浊而污秽兮，独郁结其谁语？夜耿耿而不寐兮，魂茕茕而至曙！

世路混浊，我虽清白自守，亦不免遭其污秽，独自郁结于心，无处告诉。《诗·邶风·柏舟》"耿耿不寐，如有隐忧"。耿一作炯。警警不安貌。茕一作营，《九章·抽思》："愿轻逝而不得兮，魂识路之营营。"朱熹注："营营，独往而无与俱也。"林云铭则以为系"往来不定貌"。林注较长。

唯天地之无穷兮，哀人生之长勤，往者余弗及兮，来者吾不闻。

王逸注天地句谓："乾坤体固居常宁也。"注人生句谓："伤己命禄多忧患也。"可谓陋极。朱熹曰："夫神仙度世之说，无是理而不可期也，审矣。屈子于此，乃独眷眷而不忘者，何哉？正以往者之不可及，来者之不得闻，而欲久生以俟之耳。然往者之不可及，则已未如之何矣。来者之不得闻，则夫世之惠迪而未吉，从逆之未凶者，吾皆不得以须其反复熟烂，而睹夫天定胜人之所极，是则安能使人不为没世无涯之悲恨，此屈子所以愿少须臾无死，而侥幸万一于神仙度世之可期也。呜呼远矣，是岂易与俗人言哉？"朱熹说屈原之所以想活得长久一点，是想目击善人善报，恶人恶报以快其心的缘故，这也把屈原的心胸说得太窄狭了。一个通达哲理，思想深邃的人，必能认识宇宙的法则和人生的原理。浅言之，善恶必有其报应，迟速则往往无定，我们又何必一定要及生观其结果呢？况哲人每抱悲天悯人的思想，人之为恶必有其原因，知道其原因，悯之不暇，屑屑以其获报为快，乃浅人所为，岂有屈原而肯为此？

王夫之《楚辞通释》曰："幽静之中，思无所寄，因念天地之悠悠无涯，前有古人，后有来者，皆非我之所得见，寓形宇内，为时凡几，斯既生人之大哀矣。况素怀不展，与时乖违，愁心苦志，神将去形，枯鱼衔索，亦奚以为，故展转念之，不如观化颐生，求世外之乐也。"这番话比朱熹好得多。

陈本礼《屈辞精义》笺此四句云："陈子昂《登幽州台歌》'前不见古人，后不见来者，念天地之悠悠，独怆然而涕下！'从此化出。"笔者亦有同感。

步徙倚而遥思兮，炤惝怳而乖怀，意荒忽而流荡兮，心愁凄而增悲。

徙倚，犹言仿徨，步行纡迟之义，与踸踔、踟蹰、驰骊皆同语根。怊、惆怅。惝怳，失意貌。乖怀，朱熹《集注》本为"永怀"，但“乖怀”为是。意荒忽而流荡，王逸注：“情思罔两无据依也。”

神儵忽而不反兮，形枯槁而独留，内惟省以端操兮，求正气之所由。

儵同倏，倏忽疾也。言精神胡思乱想，一往不复，独枯槁之形体块然留于人间。乃反躬自省，端其志操，以求其本心，正气者本心也，亦即本初也。

漠虚静以恬愉兮，澹无为而自得，闻赤松之清尘兮，愿承风乎遗则。

清尘或清虚。《七发》“杂杜若，蒙清尘”，司马相如传“犯属车之清尘”，则清尘二字亦是古代常用语。洪氏《补注》引《列仙传》：“赤松子，神农时为雨师，服水玉，教神农，能入火自烧。至昆山上常止西王母石室，随风雨上下。炎帝少女追之，亦得仙去。张良欲从赤松子游，即此也。”

承风，犹言承于下风。《左传·僖十五年》：“皇天后土，实闻君之言，群臣敢在下风。”言天地皆闻秦穆不杀晋惠公之言，我晋之群臣也在下面风向里听到了。

贵真人之休德兮，美往世之登仙，与化去而不见兮，名声著而日延。

王逸说真一作至。《庄子》：“古之真人，不知悦生，不知恶死，不以心捐道，不以人助天，是谓真人。”秦始皇好仙，自称“真人”，不称“朕”。令博士为“仙真人诗”。

“化去”即《庄子》所谓：“若人之形者，万化而未始有极。”又曰：“化则无常者也。”此节言真人化去，吾人无法见之，然真人之名声则仍传于人口，永久延续。

奇传说之托辰星兮，羡韩众之得一，形穆穆以寖远兮，离人群而遁逸。

《庄子·大宗师》："傅说得之，以相武丁，奄有天下，乘东维，骑箕尾，而比于列星。"傅说本商武丁之贤臣。武丁以梦得之傅岩。见《尚书·商书·说命》。但箕尾傅说实为婆神，女性。武丁相之傅说与同名而已。但商贤相傅说与箕尾小星之傅说相混，自战国时已然，不然，庄子屈原何以有此说？

辰星本为行星之水星。傅说未尝托身水星，疑屈文"辰星"，原为"星辰"。房宿为二十八宿之一，尾宿之第三四星也。傅说所骑者为箕尾。箕亦二十八宿之一，属人马座，与天蝎座之尾宿密迩。故傅说一星本在尾后河中（见大列星象图），后人竟混尾宿之尾为箕尾。

韩众，洪《补》引《列仙传》："齐人韩终为王采药，王不肯服，终自服之，遂得仙也。"蒋骥引朱郁仪《灵异篇》："韩众服菖蒲十年，举体生毛，日诵万言。"

"穆穆"，宁静貌。"浸"，同"寖"，渐也。修仙者不能溷人群中故曰寝远，曰遁逸。

因气变而遂曾举兮，忽神奔而鬼怪，时髣髴以遥见兮，精皎皎以往来。

"气变"，王逸无注。王夫之曰："精化气，气化神也。""曾"音增，高也。"神奔鬼怪"，洪《补》引《淮南》云："鬼出电入"，又曰："电奔而鬼腾，皆神速之意。"时人遥见此类飞仙于恍惚之间，不能确定其形貌。然仙人之精神则皎如日星，独往独来。

超氛埃而淑尤兮，终不返其故都，免众患而不惧兮，世莫知其所如。

姜寅清曰：淑同吊，吊者矢至的也。故淑有矢至之义；“尤”读为《汉书》司马相如封禅文之“未有殊尤绝迹”之尤。《集注》异也；绝迹即此之绝氛埃，殊尤即此之淑尤也。则淑尤犹言至乎殊异之地也。“故都”犹言“故居”。

恐天时之代序兮，耀灵晔而西征，微霜降而下沦兮，悼芳草之先零。

聊仿佯而逍遥兮，永历年而无成，谁可与玩斯遗芳兮，晨向风而舒情。

□□□□□□□□，□□□□□□□，高阳邈以远兮，余将焉所程？

此三节皆屈原自谓。曜灵日也。晔，光也。一天方开始，又见太阳西坠，四时之秋又已届临，是则一年已去四分之三，微霜下降，芳草凋零，满眼已是萧条之景。人亦垂垂老矣，安得不早为计？

“仿佯”同徜徉，与逍遥为同义语。谪贬多年，功名固无望于建立，求仙之事亦复难于现实，诚所谓一事无成。秋气虽深，遗芳尚在，谁能与我共相把玩，惟有长向风而抒其苦闷耳。晨一作长。

高阳即颛顼，《离骚》自言为帝高阳之苗裔，乃楚人之祖，实则人类共祖，见余所著“河伯篇”。屈原则仅以颛顼为楚人之祖。言颛顼在历史上为“沉深而有谋，疏通而知事”，欲与之讨论事理，并请其指导远游之方针。但实则可说高阳去我太远，我安能向之请教。

重曰：

春秋忽其不淹兮，奚久留此故居？轩辕不可攀援兮，吾将从王乔而娱戏！

前三节文字乃屈原对自己发言者，此节以下，又将发其议论，故用“重曰”二字发端，犹重复言之也。春秋代谢，岁月飘忽，我何必久留故处，而不为出门访道之举乎？轩辕即黄帝，帝自鼎湖乘龙上升，群臣攀龙髯而上者七十余人，我距黄帝时代太远，虽欲攀龙，奈已无机会，惟有从王乔而娱戏而已。

洪《补》引《列仙传》："王子乔，周灵王太子晋，好吹笙，作凤鸣。游伊洛间，道士浮丘公接上嵩高山。三十余年后，见桓长曰：'告我家，七月七日待我缑氏山头。'果乘白鹄住山巅，望之不得到，举手谢时人，数日去。"

有谓王子晋确有其人，《列仙传》言灵王三十三年，穀洛门，太子晋谏壅川，实为贤王子。但太子晋乃病死而非仙去。《汲冢周书》："王子晋谓师旷曰：'吾后三年，上宾于帝所。'师旷归，未及三年，告死者至。"或谓王乔宜作王侨，与王子晋非一人。焦竑云："裴秀冀州记，缑氏仙人庙，昔王侨为柏人令，于此登仙，世遂误以王侨为王子乔也。"

《列仙传》又有崔文子与王子侨事，言崔学仙于王子侨。子侨化为白蜺而婴茀，持药与崔文子，文子惊怪，引戈击蜺中之，因坠其药，俯而视之，王子侨之尸也。王逸引此以疏解《天问》"白蜺婴茀，胡为此堂，安得夫良药，不能固臧？"

汉明帝时尚书郎河东王乔为叶令，每月朔尝诣台朝，帝怪其来数而无车骑，密令太史候望。言其临至时尝有双凫从东南飞来。因伏伺，见凫举罗，但得一双舄耳。使尚方识视，四年中所赐尚书属履也。(《后汉书·王乔传》)此东汉时人，与战国屈赋所言之王乔，当毫无关系。(参阅《论丛》"古人以神名为名的习惯")

餐六气而饮沆瀣兮，漱正阳而含朝霞，保神明之清澄兮，精气入而粗秽除。

"六气"见《庄子·逍遥游》。"御六气之辩"，司马彪云："六气，阴阳、风、雨、晦、明。"郭庆藩云："辩，读为变。辩、变，古字通。"王逸引陵阳子明经，以朝霞、淪阴、沆瀣、正阳合天地玄黄之气为六气。但本文餐六气之外，再饮沆瀣、含朝霞，可见此二者不包括于六气之内。司马相如《大人赋》："呼吸沆瀣餐朝霞。"《琴赋》云:“餐沆瀣兮带朝霞。”五臣注:“沆瀣清露,朝霞赤云。”

“精气”即希腊人所谓“以太” (Ether),乃至纯至清之气(Pure air)。Pure之一字可谓之“清”亦可谓“纯”,纯即精也,《九歌·大司命》“乘清气兮御阴阳”。笔者在《九歌·大司命》篇曾有解释。屈原深知“以太”之性质,故“清”“精”每两用。“以太”乃神仙所呼吸者,吾人若呼吸之,则人类生理上粗秽分子皆将排除矣。

> 顺凯风以从游兮,至南巢而壹息,见王子而宿之兮,审壹气之和德。

《诗》“凯风自南,吹彼棘心,棘心夭夭,母氏劬劳!”则凯风南风也。

“南巢”,洪《补》曰疑为凤鸟所居巢。凤巢在丹穴山,见《山海经》。洪氏又谓成汤放桀于南巢,乃庐江居巢,非此南巢也。但蒋骥则谓:“今庐州府巢县有金庭山王乔洞,王子升仙之所也。”姜寅清引俞樾说:“周书序有巢伯来朝,传云:‘南方远国’,韦昭注《国语》始以居巢解南巢,盖误。屈子云:‘至南巢而壹息’,可知六国时人尚知南巢为南方之远国,故举以为言。”云云。

“王子”即上文之王子乔,亦即古人所说是周灵王太子王子晋。子晋修道于嵩高山,升仙于缑氏山头。嵩高山即中岳嵩山,在今河南省登封县北;缑山一名覆釜堆,一作抚父堆,在河南登封县境,古时称嵩阳县,封祭嵩岳,必经此道。何以周灵太子竟会远居南方僻远之国的南巢?令人难于索解。可见王子乔并非王子晋,以其同名王子,又皆有登仙之事,后人遂混之为一罢了。但屈原时代并没有混。就是说屈原所欲拜访而向之求成仙真诀者乃王子乔。(参阅《论丛》“古人以神名为名的习惯”)

“壹息”,稍作休息。

“宿”,非住宿之宿。朱熹云:“宿与肃通。”肃,行敬礼也。

“审”,究问也。“壹气”见《老子》。“和德”见《庄子》。

曰：

“道可受兮，不可传，其小无内兮，其大无垠。无滑而魂兮，彼将自然，壹气孔神兮，于中夜存。虚以待之兮，无为之先，庶类以成兮，此德之门。”

以上三节乃王子乔告屈原之言。其押韵方式殊不寻常，“传”“然”“先”一韵；“垠”“魂”“存”“门”一韵，隔句相叶，屈赋中殊少见。至王子乔所言道家要旨，至为重要，后文再解。

闻至贵而遂徂兮，忽乎吾将行，仍羽人于丹丘兮，留不死之旧乡。

“至贵”，朱熹云：“至妙之言，其贵无敌也。”姜寅清曰：“道家以道德为贵，《老子》：‘道生之，德畜之，物形之，势成之，是以万物莫不尊道贵德。’《庄子》亦言：‘独有之人，是之谓至贵。’”

“徂”，往也。屈子既闻王子乔告以道妙，乃急欲往寻仙人仙境。仍，就也。羽人，飞仙也。古所谓仙人皆有翼能飞，且身满羽毛，故道士曰羽士，死曰羽化。《山海经·海内南经》“羽民国，在其东南，其为人长头，身生羽”（郝懿行案《博物志》羽民国，民有羽飞不远，多鸾鸟，民食其卵。去九疑四万三千里）。

丹邱，王逸谓为昼夜常明之地。九怀曰：“夕宿乎明光。”明光即丹邱也。洪《补》引《尔雅》“距齐州以南，戴日为丹穴”。“不死之乡”乃群仙所居地。屈原盼望在丹邱就诸羽人，因而长留仙乡。《补》曰：“忽临睨夫旧乡”谓楚国也，“留不死之旧乡”其仙圣之所宅乎？”是。《山海经·海内东经》：“不死民在其东。（交胫国东）其为人黑色，寿不死。”《吕览·求人篇》：“禹南至不死之乡。”郭璞注不死民曰：“有员邱山上有不死树，食之乃寿，亦有赤泉，饮之不老。”屈原借员邱以上天者，取其地在东方。

朝濯发于汤谷兮，夕晞余身于九阳，吸飞泉之微液兮，怀琬琰之华英。

日出汤谷，入于虞渊。日出东方，屈原盖自东方启行。《离骚》："朝濯发于洧盘。"《少司命》："晞女发兮阳之阿。"

"九阳"，王逸谓为天垠。洪《补》谓阳谷（即汤谷）上有扶木，九月居下枝，一日居一枝。仲长统公云："沆瀣当餐，九阳代烛。"

"飞泉"，张揖云飞谷也，在昆仑西南。

"玉英"，玉膏，见《山海经》。

不死国既在东方则到汤谷濯发。九阳晞身，为事甚易，盖遵守王子乔教言，以服气等法修成仙体，先以此作准备功夫耳。

玉色頩以脕颜兮，精纯粹而始壮，质销铄以汋约兮，神要眇以淫放。

"頩"，浅赤色。脕，泽也。洪《补》引黄庭经曰："颜色生光金玉泽。"虽晚起之言，修炼成功，容貌自然如此。

洪《补》引班固曰："不变曰醇，不杂曰粹。"修仙人精神纯粹，自然强健。

"质销铄"，修仙人必无痴肥臃肿者，即有之，亦必以种种方法使之归于清癯，以便轻举。"汋约"即"绰约"。《庄子》藐姑射山之神人，肌肤若冰雪，绰约若处子。皆言清瘦而窈窕。

"要眇"，洪曰："精微貌。"《广雅》："淫，游也。"

此亦设想自己成仙体后，容貌如何泽美，精神如何盛旺。

嘉南州之炎德兮，丽桂树之冬荣，山萧条而无兽兮，野寂寞其无人。

"南州"有几种说法。洪氏因下文有桂树冬荣之句，遂引《山海经》:“桂林八树在贲禺东。”注:“番禺也。”则在今广东境。姜寅清谓当指楚以南之地言。楚在周京之南,故于春秋以来,皆以南人称之。此则更在楚南也,当指桂树所生之桂林言。林蒋皆以为故都,或故居。王夫之则谓此乃精神与形体相对待而言。“神属南方朱鸟,其德炎上,故曰南州。”陈本礼则谓南州即南巢山。“无兽则无虎狼可知;无人则鸡犬不闻可知,且满山桂树冬荣,真仙灵之窟宅也。”其说虽浅,笔者反有所取。盖南州即指王子乔所居之南巢也。惟屈原闻王乔教以修仙之诀,已修炼成仙体,至少半仙之体,而且已“闻至贵而遂徂”,分明已离开南巢了。“仍羽人于丹邱,留不死之旧乡”,又分明到不死乡了。何以又提南州的话?我怀疑这是错简。与“餐六气”那一简对调,则文章程序协顺。以地理论:南州大而南巢小,人必先莅临大者而后探访小者。此南州一简,必移置南巢前之理由。“闻至道”与“餐六气”一共四简,皆言神仙修炼吐纳之道,乃是整整一组的文字,此又“餐六气”一简必须与“南州”简对换地位之理由。

第二大段

> □□□□□□□□,□□□□□□□,载营魄而登霞兮,掩浮云而上征。

自此节开始乃想像自己已变为纯粹的神灵之体,而能驭气登遐,掩浮云而上升于天空。此亦是第二大段之开端,甚形郑重,我们非注意不可。

“载营魄”句,王逸注云:“抱我灵魂而上升也。霞谓朝霞,赤黄气也。”洪《补》引《老子》曰:“载营魄”,说者曰:“阳气充魄则为魂,魂能运动,则生金矣。”按《老子》:“载营魄,抱一,能无离乎?”河上公曰:“营魄,魂魄也……故魂清志道不乱,魄安得寿延年也。”

“登霞”,诸家皆以登云霞为说,乃望文生义之误。朱熹谓“霞”

与"遐"通，远也。登仙远去之意，既垂合而复乖，殊可惜。蒋氏云："霞，遐同，人死则魂升而魄降，唯有道者，质销神旺，故其魂神能载此晶荧之魄，而升于高远也。"较朱说为佳。林云铭独知"登霞"同乎"登遐"。

"登遐"见《墨子·节葬》下云："秦之西，有义渠之国者，其亲戚死，聚柴薪而焚之，熏上，谓之登遐。"毕沅云："'熏'即'薰'俗写。《太平广记》引作：'薰其烟上，谓之登烟霞。"孙诒让案《列子》亦作'熏则烟上，谓之登遐。'《新论》作：'烟上熏天，谓之升霞。'《博物志》作'勋之即烟上，谓之登遐'"。

登遐二字儒家经典中亦加采用。遐字作假。《礼记·曲礼》："天子崩，告丧曰：'天子登假。'"郑注："登，上也；假，已也，上已者，若仙去云尔。"其实"登遐"乃域外语，即义渠国语，本来是火葬之义，所谓"登霞""登遐""登假"不过译音稍异而已。中国人囚遐音同霞，又译之为登霞，又因而望文生义，说什么"薰其烟上，谓之登烟霞"，又什么"烟上熏天，谓之升霞"都是很可笑的。近代学者冯承钧在其书中曾经论及，不过《远游》"载营魄而登霞"也不能指为火葬。因火葬则骸骨灰烬，中国修仙者极重形骸，屈原升天是要抱着（载）魂和魄共升的，魂是灵魂，魄是肉体，所以这里"登霞"也只好作"登于烟霞"解了。盖这个域外语传入我国为时已久，误解也并不自屈原始也。

命天阍其开关兮，排阊阖而望予。召丰隆使先导兮，问大微之所居。

此四句似宜稍作颠倒，作为"召丰隆使先导兮，问太微之所居？命天阍其开关兮，排阊阖而望予"，盖屈原每至一仙境，必命一随从之神为之前驱，如"历太皓以右转兮，前飞廉以启路"此乃访问东方大神之事也。"风伯为余先驱兮，辟氛埃而清凉"，此乃访问西方大神之事也。至于《离骚》此例更繁，方其至于昆仑之悬圃，则"前望舒使先驱，后飞廉使奔属"；方其游于春宫意欲求婚神女，则令丰隆乘云先探其踪迹。则此次到达天庭，亦必使丰隆先问明太微居于何处而后始使天阍开关。不过古书不可妄改，姑仍其旧。或者屈原进了天门之后，仍未知太微之居何在，故命丰隆先去探听。

“太微”，洪《补》引《大象赋》：“瞩太微之峥嵘，启端门之赫奕，何宫庭之宏敞，类乾坤之翕辟。”注云：“太微宫垣十星在翼轸北，天子之宫庭，五帝之座，十二诸侯府也，其外蕃九卿也。”按我国古天文，天分为三个部分，名曰“垣”，即“太微垣”“紫微垣”“天市垣”，太微居三垣中之上垣，乃太皇所居处。《淮南·精神训》：“登太皇，冯太一，玩天地于掌握之中。”“泰”、“太”同字，太皇即泰皇，也就是上帝别称。

“帝阍”见《离骚》及大少司命，不赘。

“排阊阖”，排者推也。天阍在《离骚》中，不肯为屈原开天门，靠在门上望他瞪眼；这一次，他们虽仍然向他望着，但却肯将天门推开，让他进去了。天门本来不让人轻易进入，天阍替屈原开了天门，实是出于勉强的，所以一面在开门，一面仍向屈原上下打量，好像说：“你这家伙凭什么运道，居然能进这道门！”屈原这一句将天阍不乐的神情完全画出，可谓传神之笔！

> 集重阳入帝宫兮，造旬始而观清都，朝发轫于太仪兮，夕始临乎于微闾。

“重阳”，洪《补》虽引《文选》“重阳集清气”又“集重阳之清微”，“积阳为天，天有九重，故曰重阳”。其说极是。王夫之独以青龙白虎修炼之说为解，实则求深反失。

“旬始”，王逸引纬书《春秋考异邮》谓“太白”（金星）名旬始，如雄鸡也。洪《补》引《大象赋》注云：“镇星（土星）之精为旬始，其怒青黑象，状如鳖，见则天下兵起。”又引李奇曰：“旬始气如雄鸡，见北斗旁。”两说以洪氏为是。旬始既为土星即七重天最上一天，自土星天上，便是天庭了。九重天之说系在七重天之后。屈原《九歌》所颂歌主皆九重天之神，《天问》亦有圜则九重之语。

此处用七重天者当依据较古之传说。

“清都”，《列子》：“清都，紫微、钧天、广乐，帝之所居。”

“太仪”，王逸谓为：“天帝之庭。”

“于微闾”，古人以“于”为虚字而以“微闾”为山。王逸谓为东方之玉山。《尔雅》曰：“东方之美者有医无闾之珣玗琪焉。”又《释文》谓医无闾为“微毋闾”。洪《补》曰：“《周礼》：‘东北曰幽州，其山镇曰医无闾。’”《尔雅》疏云：“《地理志》，辽东郡无虑县。”应劭曰：“虑音闾”，颜师古曰：“即所谓医巫闾。”姜寅清曰：“于微闾，即于无闾。医巫闾一声之变。《周礼》：‘东北曰幽州，其山镇曰医无闾。’此亦古说中神境之一也。”其实《尔雅》、《周礼》都说于微闾是东北幽州的镇山，可见此山是在我们地球上，怎能说是神境？在《离骚》里，屈原自昆仑悬圃企图上天，仍自悬圃降落。在《远游》，则观光清都后，并未再降员邱，却飞到中国（赤县神州）的于微闾山，因为他要到东极访问东方大神句芒，然后访问其他三极的大神。这些大神皆居大地边沿。屈原自然非在地上走不可。姜氏谓闾山为神境，乃不明神话之过。

> 屯余车之万乘兮，纷溶与而并驰，驾八龙之婉婉兮，载云旗之逶蛇。
>
> 建雄虹之采旄兮，五色杂而炫耀，服偃蹇以低昂兮，骖连蜷以骄骜。

这两节文字意义是差不多的，无非言其仪仗之盛大。《远游》从这时候开始了。《离骚》中屈原自天庭降下，求婚神女不成，巫咸鼓励他远去，远去则从人非异常众多，部队非异常壮观不可。所以他“屯余车其千乘兮，齐玉轪而并驰，驾八龙之婉婉兮，载云旗之委蛇”，至于‘扬云霓之晻蔼兮，鸣玉鸾之啾啾”，“凤凰翼其承旂兮，高翱翔之翼翼”。一路上还要“奏《九歌》而舞《韶》，聊假日以媮乐”。为什么要这样？我曾在《离骚》跋中分析其理由，现不赘。

“纷溶与”，王曰“车骑笼茸而竞驱也”，《补》曰：“溶音容，水盛也。”姜曰，“溶与”即“容与”。

虹有五色，建而为旍，则采色灿烂炫耀。以虹为旍，惟神仙能为此，屈原遨游仙境也俨然神仙了。姜寅清谓：“雄虹绘于旍上之采也。”极活泼有趣的描写，让他说死了，弄得索然寡味了。

“偃蹇”，夭矫也。上加“服”字。《书》：“服牛驾马”；《诗》：“巷无服马”，则是言车乘之事。言服驾之八龙其状夭矫，一低一昂而行也。

“骖”，洪云：“初驾马者以二马夹辕，谓之服；又驾一马与两服为骖。”

“连蜷”，《史记·索隐》引韦昭注音辇卷，亦犹夭矫也。

“骄骜”，马行纵恣也。

屈原遨游神境，驾车以龙，马者用以说明“服”“骖”而已。

骑胶葛以杂乱兮，斑漫衍而方行，撰余辔而正策兮，吾将过乎句芒。

“胶葛”，即“轇轕”，因从车太多，未免纠缠在一起。洪《补》曰：“轇音胶，轕音葛，车马喧杂貌。一云犹交加也；一曰长远貌；一曰驱驰貌。”

“杂乱”二字如原义，车骑多至万乘，杂乱之情况自然难免。

班或作斑。“斑”，洪《补》谓为“驳文”，“斑漫衍而方行”，王云：“缤纷容裔以并升也。”

“漫衍”，无极貌。《汉书》：“漫衍之戏。”

“斑”，林云铭、蒋骥本皆作“班”。班者，行次也，先后之序也。为名词，与上句“骑”字为对文。且“方行”动词亦少不了一个作为名词的主词，则作“班”为是。

“撰余辔”见《九歌·东君》：“撰余辔高驰翔”，车驾八龙，辔亦有八，必总持于手乃可。

“正策”言以鞭矫正车骑前进之路线，此即向访东方大神之路线。

“过句芒”，《山海经》：“东方句芒，鸟身人面，乘两龙。”注：“木神也。昔秦穆公有明德，上帝使句芒赐寿十九年。”按此事出《墨子》，实为郑穆公，郑秦声近，郭璞误记。《左传》蔡墨言“木正曰句芒”，火、金、水、土之正各有姓名。《吕览》、《月令》、《淮南》均言春季：“其帝大皞，其神句芒。”注谓：“太皞为木帝之君，句芒为木官之佐。”屈原自天庭下降降于东北于微闾山，故特往访句芒。

历太皓以右转兮，前飞廉以启路，阳杲杲其未光兮，凌天地以径度。

“太皓”一作“太皞”。“东方：其帝太皓，其佐句芒。”见《吕览》、《月令》、《淮南》。屈原在此处系以太皓当作地名，无非言其为东方大神所居处而已。不然“历太皓以右转”便不词。

屈原造谒天庭以后复降“于微闾山”。此山在赤县神州东北之幽州，今将往大地正东，故用“右转”字样。右者下也。盖上节撰辔正策以东过句芒（亦作地名解）实尚未过也，观其用一“将”字可以知之矣。屈原用字之精审，文法之明确，可惊。

“飞廉”乃风神，其行捷疾，惯作诸神之使，故命在前探路。

“阳杲杲其未光”，言太阳尚未显现其赫赫之光芒，为时尚甚早也。

“凌天地以径度”，径，直也。俞樾乃云：“天地疑天池之误。《九歌》：‘与女沐兮咸池’，注云：‘咸池星名，盖天池也’；《九思·疾世》：‘沐盥浴兮天池’！”姜寅清曰：“按俞说是也。《史记·天官书》：‘西宫咸池曰天五潢，五潢五帝车舍。’然阮籍《大人先生传》：‘遗太乙而弗使，凌天地而径行’又‘盖凌天地而与浮’，已用陵天地，则其误久矣。”其实天地就是天地，决不可像俞樾一样，说是“天池”之误，更不可像姜寅清以阮籍之未误者改为“其误久矣”。因阮籍文曰“凌天地而径行”虽袭自《远游》，并未明了其真正的意义，但“天地”与“径行”，却并没有搞错。屈原自东极转到西极，是一条直线，后自南极到北极，又是一条直线，作大十字形，故曰“凌天地以径度”。姜氏与俞樾均不曾明了屈原的话，也可以说他们没有屈原的知识，却想将不误者改为误，未免太危险了。

风伯为余先驱兮，辟氛埃而清凉；凤凰翼其承旂兮，遇蓐收乎西皇。

风伯即飞廉。“辟”，扫除。《九歌·大司命》：“令飘风兮先驱，令冻雨兮洒尘”，《淮南》：“令雨师洒道，风伯扫尘。”

“蓐收”，《山海经》“西方神蓐收，左耳有蛇，乘两龙，人面白色，有毛，虎爪，执钺，金神也。”《太公金匮》曰：“西海之神曰蓐收。”《国语》：“虢公梦在庙，有神人面，白毛、虎爪、执钺，立于西阿。召史嚚占之，对曰：‘如君之言，则蓐收也。’”《左传》蔡墨曰：“金正为蓐收。”

《离骚》：“麾蛟龙使梁津兮，诏西皇使涉予。”西皇即西王母，亦即《九歌》之湘夫人，亦即西亚最古最大女神易士塔儿，为金星之神。其性质为阴阳神，可男可女。为西皇时或以男神面目出现。在此节文字中西皇为地名，言西皇所居之处得遇蓐收也。《山海经》有西皇山。

擎彗星以为旍兮，举斗柄以为麾，叛陆离其上下兮，游惊雾之流波。

“彗星”即俗云扫帚星，有长尾，故揽取以为旍，旍者旌旗之属。

“斗柄”，《天文志》：“北斗七星，杓携龙角。”北斗乃七颗大星组成，四星组成斗，名曰“魁”，三星组成柄，名曰“杓”。“麾”旗属。

“叛”同判，散分也。

“游惊雾”，王逸谓：“蹈履云气，浮游清波也。”林蒋皆谓：“波能冲雾，水之大者。”陈本礼则谓：“已至天之尽处，惟见黑雾茫茫，流波汹汹，不得不惊而作回辕之想矣。”语亦无据，因事实上屈原此时尚未到天尽头。

> 时暧曖其曭莽兮，召玄武而奔属，后文昌使掌行兮，选署众神以并毂。

“暧”一作“晻曖”，一作“黤黮”，日无光也。“曭莽”亦昏暗之义。

“玄武”，洪《补》谓为龟蛇，住在北方故曰玄，身有鳞甲故曰武。《文选》注“龟与蛇交曰玄武”。此固不误，但名为玄武之龟亦可舍蛇而独立，无非言其为此种龟而已。

“奔属”，奔走奉使命也。龟足短而甲壳重，其行本甚迟缓。然水主哀亚之龟则善于奔走，所谓“禺强，灵龟为之使”。其详见“河伯篇”，不赘。

“文昌掌行”，《史记·天官书》：“斗魁戴匡六星曰文昌。”中国旧以北斗旁状如半月形者之六星为文昌宫。但文昌实为水蛇座，在狮子星座之下，其位置属南半球，笔者在《九歌·少司命》篇论之甚详。我国以北半球斗旁六星为文昌，实误。致误之由则难细考。屈原以一龟一蛇为侍从，盖俨然以水主哀亚自命。然哀亚乃至伟大，至尊贵之神，凡人安得妄以此自拟？亦不过游戏文章而已。

> 路曼曼其修远兮，徐弭节而高厉，左雨师使径侍兮，右雷公以为卫。

屈原此次旅行，道路曼长而悠远，不可以人间道里计算，点明“远游”题旨。

道路既远，急行无益，不如慢慢前进，故用一“徐”字。“弭节”者放下马鞭，不催促驾车之马奔跑也。

“厉”，凭陵之意。或曰“渡”，林云铭遂以为“涉水曰厉”，高厉者，“高举而过，不待涉也”，似不必如此呆板解释。

左边以雨师屏翳为侍，右边以雷公为保卫者。

> 欲度世以忘归兮，意恣睢以担挢，内欣欣而自美兮，聊偷娱以自乐。

“恣睢”，自得貌。“担挢”，姜云“当从《文选·射雉赋》李注云作‘拮挢’，高举也。声与桔槔、颉颃皆同。倒言曰‘乔诘’，《庄子》在宥‘乔诘卓鸷’。”

> 涉青云以泛滥游兮，忽临睨夫旧乡，仆夫怀余心悲兮，边马顾而不行。

首句一无“以”字，一无“游”字。

“边马”，两骖也。

> 思旧故以想像兮，长太息而掩涕，氾容与而遐举兮，聊抑志而自弭。

临睨故乡间在想像中思念故旧之人，不觉太息流涕，但今已容与远举，无法返其故居，惟有强自排遣隐忍而已。

> 指炎神而直驰兮，吾将往乎南疑，览方外之荒忽兮，沛罔象而自浮。

屈原自东至西以后，自邪径转而至于南方，会晤南方大神曰炎帝者。《礼记》、《吕览》、《淮南》均云：“南方丙丁，其帝炎帝，其神祝融。“炎神”一作“炎帝”。

“南疑”，王逸注：“过衡山而观九疑也。”“疑”一作“娭”，屈原往访东南西北大神，皆在大地极边之界，决不在中国，故谓“衡山”“九疑”皆误。盖衡山九疑皆在楚国境内，屈原临睨旧乡，思念故旧，有欲返之意，然既有远游之大目标在，惟有强自抑弭而止，岂有言才出口而又返楚之理？下文又有“方外”字样，更可证明此所谓南疑者实在大地边沿。王逸所见本“南疑”作“南娭”，南娭之娭宜作“涘”，涘，水边也。

“方外”见《庄子·大宗师》“游于方外”。成玄英云：“方，区域也。”实则大地也。方外则超出此大地之外。

“荒忽”同恍惚，视而不见，见而不能明了貌。

“罔象”一作“澗瀁”，大水无际涯貌。或即南冰洋之情况。曰“荒忽”，曰“澗瀁”，与南涘之为广大水域者可互相参证，安得谓为“衡山”与“九疑”吗？

祝融戒而还衡兮，腾告鸾凤迎宓妃，张咸池奏承云兮，二女御，九韶歌。

《山海经》：“南方祝融，兽身人面，乘两龙，火神也。”《国语》：“夏之兴也，祝融降于崇山。”《太公金匮》曰：“南海之神曰祝融。”《吕览》、《淮南》、《月令》，皆云：“南方火也，其帝炎帝，其神祝融。”扬雄赋：“回轸还衡。”衡，辕前横木也。“还衡”一作“跸御”，一云“戒其趯御”。

“虙妃”相传伏羲女，为洛水女神。见《离骚》。

“二女”，古人向以二女为娥皇女英，尧女舜妻。实则二女为神话上之姊妹神，见余《九歌·湘夫人》篇。若系娥皇女英，屈原竟敢令其陪宿（御），岂非渎神慢圣之至！

“九韶”，见《离骚》。即《九歌》。

使湘灵鼓瑟兮，令海若舞冯夷，玄螭虫象并进出兮，形蟉虬而逶蛇。

洪曰：“上言二女，则此湘灵乃湘水之神，非《九歌》之湘夫人也。”屈原所游南方既非楚境，乃又有“湘灵”字样，无怪古人之疑。然湘灵者无非言其为水仙之女性者。且神仙行动不受限制，洛水女神虙妃可使鸾鸟迎来，则湘水之神又何尝不可召之来使之鼓瑟助兴？

“海若”，海神也。见《庄子·秋水篇》之“北海若”。“冯夷”，河伯名，详见我的“河伯与水主”。

“玄螭”，黑色之龙类。“象”，“罔象”，水中神物。与前沛罔象不同。虫，当亦一种神物。此句比王逸所见一本“列螭象而并进兮”较佳。

“蟉虬逶蛇”，无非形容龙蛇形体及其行动状况。

> 雌蜺便娟以增挠兮，鸾鸟轩翥而翔飞，音乐博衍无终极兮，焉乃逝以徘徊？

“蜺”同“霓”，《离骚》“帅云霓而来御”又曰：“扬云霓之晻蔼兮”，虹之雌者曰蜺。“便娟”，轻丽貌。《尔雅疏引》作“雌蜺嫂嬛”。“挠”，缠也。

“轩”一作骞。“翥”举也。言鸾鸟之属回环上下飞翔以娱客，空中又涌出五色灿烂之雌蜺一道，其便娟之状若与水中龙螭纠缠在一起。

“音乐博衍”，言五音安舒，靡有穷极。

末句言南方诚可恋，然我亦非离开不可，以“远游”固有终极目标在也。“焉”，洪谓为语辞，言南方之乐如此，我实不忍舍之他往，于是俳佪顾恋，暂作停留，然终则一走了之。

> 舒并节以驰骛兮，逴绝垠乎寒门？轶迅风于清源兮，从颛顼乎增冰。

首句王逸谓：“纵舍辔衔而长驱也。”洪引《淮南》：“纵志舒节，以驱大区。”又引《大人赋》：“舒节出乎此北垠。”注云：“舒，缓也。”诸家皆以“并节”为“总辔”。姜寅清谓“并”读为“骈”，骈节犹言骈驾耳。舒并节句，言纵舍辔衔而长驱也。是亦不出前人之旨。按“节”为马鞭之属。《离骚》：“吾令羲和弭节兮”即是今日御羲和将鞭子收起，不必催马急行而至太阳西沉地——崦嵫。本篇“路曼曼其修远兮，徐弭节而高厉”亦是言道路太远，收鞭徐行，不必趱赶。

“逴”，释名作踔。洪氏谓为“远”。腾踔二字常连用，有逾越意。“绝垠”，《淮南》：“出于无垠锷之门。”注：“垠锷，端崖也。”李善曰：“绝垠，天边之际也。”

“寒门”，《淮南》曰：“北方北极之山曰寒门。”注：“积寒所在，故曰寒门。”

“迅风”据《淮南》天文地形两训：大地极边有八大山，八山各有一门，门各出风，即炎风、条风、景风、巨风、凉风、飂风、丽风、寒风。寒风出北方，极为迅疾，屈原令其骑从超轶而过，免为所吹也。“清源”，王逸云“源一作凉”，若果如此，则“轶迅风于清凉”实不辞。林云铭谓为“水源”甚是，蒋骥则谓为“北海”，皆较前人为进，惜皆未能详其说。希腊谓大瀛海西为地球上诸水之源之所在地，其地盖与幽都接近。《旧约·约伯记》上帝对约伯说：“你曾进到海源，或在深渊的隐密处行走么？死亡的门，曾向你显露么？死荫的门，你曾见过么？”是亦以海源与冥府并论。但诸水之源及幽都实偏于西北。故屈原在此文中将“清源”位于北。张衡《思玄赋》：“余且沐于清源。”

“颛顼”，《礼记·月令》、《吕览》、《淮南》均言：“北方壬癸，其帝颛顼，其神玄冥。”《淮南·地形训》：“北方有冻寒积冰雪雹，群冰之野。”屈原到北极是想从颛顼，但招待者则为其佐玄冥。

历玄冥以邪径兮，乘间维以反顾，召黔嬴而见之兮，为余先乎平路。

“玄冥”，水正，见《左传》。用一“历”字，可知此处玄冥乃地而非人，犹云自玄冥所居之处，犹前文“历太皞以右转”，“遇蓐收乎西皇”。

“邪径”，王洪皆无说。王夫之谓：“犹言枉道。”林云铭谓：“穷塞之外，无径可通，故谓之邪。”皆不明神话地理之过。屈原远游的旅程是自东至西，又自南至北，作一大十字形，这就“凌天地以径度”的解释，已如前述。径者直也。但自西至南，则取邪径，自北至西，所取也是邪径，若画一地图，邪径可以虚线表之。

“间维”，王逸曰：“攀持天纮以休息也。”洪《补》曰：“考经纬云：‘天有七衡而六间，相去合十一万九千里。’《淮南》云：‘两维之间九十一度。’注云：‘自东北至东南为两维，即四维，三百六十五度，一度二千九百三十二里。’”则《远游》“间维”二字自有来历，其来历传自域外无疑。

“黔嬴”，朱熹《集注》本作“黔赢”，王逸云：“造化之神”，洪《补》曰：“《大人赋》云：‘左玄冥而右黔雷。’注云：‘黔嬴也。天上造化神名；或曰水神。’”《史记》作“含雷”，《汉书》作“黔雷”，照道理说，玄冥为水正，就是众水之主，则黔嬴也应该是水神，就是水神之佐。说是“造化之神”岂不过分，要知只有创造天地万物的主才能说是造化之神呀！而且苟为造化之神，便是唯一的上帝，屈原又何敢召之使来而见之呢？

“平路”，王逸云：“开轨导我入道域也。”太腐。各家亦无说。窃意“导乎平路”与“导乎先路”同，无非命黔嬴之神在前面为他开路而已。此时屈原自北极采取邪径，又至西极，将由此升上太空，这条路从未经历过，所以要召黔嬴来为他平治道路（太空虽无道路，却也有许多艰险，故平治道路四字不可呆看）。然则黔嬴地位甚高，虽非造化之神，却怕是造化神的辅佐哩。但据《大人赋》黔嬴与玄冥并列，则祂也可说是水神之佐。

经营四荒兮，周流六漠，上至列缺兮，降望大壑。

“四荒”即《山海经》之大荒东、南、西、北经也。荒本为边裔之地。《山海经》之荒则为神话地理。“经营”，周遍也。

“六漠”，汉郊祀歌天门云：“纷纭六幕浮大海”，即四方上下也。又名“六合”。

“列缺”，洪《补》引《陵阳子明经》：“列缺去地一千四百里。”又曰“《大人赋》云：‘贯列缺之倒景’”。《集解》引《汉书·音义》曰：“列缺，天门也。”此本正解。乃以“门”易与“闪”混，竟误为“天闪”，天闪即电光，于是列缺遂为电之别名，诚为可笑。盖天有九重，每重各有一缺口，在西北位置上，与天地西北不周相对。太阳在第一重天，其光贯其余八天缺口而上，故曰“倒景”，言日光自下倒射而上也。若谓为电，则既有日光，何得有电？且电光之在空中闪烁不定，屈原又何能至：司马相如的《大人赋》，以不懂域外神话故错误甚多，但“贯列缺之倒景”一句倒不错。想必他曾读到像《陵阳子明经》一类书。

“大壑”，《列子》：“渤海之东，有大壑，实惟无底之谷，名曰归墟。”《山海经·大荒东经》：“东海之外大壑。”《诗含神雾》曰“东注无底之壑”，其详见余所注《天问》“东流不溢”章。

屈原由西极升至高空，既周历所谓四荒六漠者，且能飞身而上九重天之缺口，又复下降而望东海所谓无底之大壑者。

> 下峥嵘而无地兮，上寥廓而无天，视儵忽而无见兮，听惝怳而无闻。

西北大瀛海外为三角仙洲。然此三角仙洲实在水下(《史记·封禅书》三神山反居水下)，则下望深远，不见有何实质之地。

“无天”据邹衍学说大瀛海为天地之际，即我等所戴之天覆于大瀛海向外边上，瀛海外则无天，既无天，则日月星辰皆不能烛照及之。《山海经·海外南经》第六乃四篇海外经之第一篇，有小序曰：“地之所载，六合之间，四海之内，照之以日月，经之以星辰，纪之以四时，要之以太岁，神灵所生，其物异形。或夭或寿，唯圣人能通其道。"《列子·汤问篇》夏华引大禹言四十七字，正用此文。海外南经之海外乃大瀛海外之地理也。"地之所载"之地乃吾人所履之地也。"六合之间，四海之内"，我曹之天与地也。我曹之天与地，有日月，有星辰，有春夏秋冬之四时，有岁星十二载一周天。而海外之情况则完全不如此。笔者常疑《山海经》乃邹衍一派域外来华学者所传，其文字虽经过其中国门徒修改润色，而鄙俚不堪及词不达意之处仍多。如海外南经之小序若非具有大瀛海知识者，谁又能知其究何所指哉？

《淮南·道应训》言燕方士卢敖为秦始皇求仙不得，惧罪逃亡，至北海太阴玄阙间遇一士，卢敖知其为仙人，请其挈带远游六合之外。若士䁥然笑曰："嘻！子中州之民，宁肯而远至此。此犹光乎日月而戴列星。若我南游乎冈㝵之野，北息乎沈墨之乡，西穷窅冥之党，东开鸿濛之光，此其下无地而上无天，听焉无闻，视焉无眴。此其外，犹有汰沃之汜，其余一举而千万里，吾犹未之能往！"我们要注意的是："此犹光乎日月而戴列星。"言北海太阴玄阙去中州虽远，犹在我人所戴所履天地之内，至该士所游南北西东之地，则在大瀛海之外之仙洲，"汰沃之际，一举而千万里"则是无边无际的外太空。故既不见所谓天者，亦不见所谓地者，于是视无所见，听无所闻，与屈原《远游》最后数节所描写之情形完全相似。

> □□□□□□□，□□□□□□□，超无为以至清兮，与泰初而为邻！

屈原作品率以四句为一节，例外甚少，此节当系脱落二句。

"无为"二字屡见《庄子》、《老子》，后再叙述。"至清"，洪氏引《淮南》："契大浑之朴而立至清之中。"

"泰初"亦见《庄子》："泰初有无，无有无名。"姜寅清曰："按泰，犹太也。太初谓初之又初，亦犹太始为始之又始。太古谓古之又古也。故《列子》云：'太初者，气之始也。'"

洪兴祖曰："按《骚》、经、《九章》，皆托游天地之间，以泄愤懑，卒从彭咸之所居，以毕其志；至此章独不然，初曰'长太息而掩涕'思故国也。终曰：'与太初而为邻'，则世莫知其所如矣。"

关于《远游》的种种

（甲）近代楚辞学家对《远游》作者之怀疑

《远游》一篇，王逸以下楚辞注家均认为由屈原作。近代始有人怀疑，想将此篇著作权从三闾身上剥夺，说是模仿品。

第一个人是廖季平。在他《六译馆丛书·楚辞讲义》里说："《远游》与司马相如《大人赋》，如出一手，大同小异。"

第二个人是胡适。在他《读楚辞》里说："《远游》是模仿《离骚》的。"

第三个人是陈钟凡。在他的《中国韵文通论》里说："是篇文句多摘自《离骚》、《九歌》、《天问》、《九章》；且与严忌《哀时命》，司马相如《大人赋》及《老庄》、《淮南》诸书合，颇疑其出于依托。非原作也。"

第四个人是陆侃如。在他"屈原"里说了许多话，大概是思想方面和文章的结构遣词方面，断定《远游》是抄袭西汉司马相如《大人赋》的。

第五个人是游国恩。在其《楚辞概论》中谓《远游》一篇不是屈原的作品；曾有人说是汉人伪托的东西，但同时也有人替他伸冤的；但我们试平心静气的从事实上观察一下，《远游》之为伪托，怕十有八九分可靠。但游氏于民国二十年撰《屈赋考原》又否认自己的说法。他的"屈赋四大观念"，即"宇宙观念""神仙观念""神怪观念""历史观念"。他论神仙观念云："神仙的思想就是出世思想，屈赋中表示这种思想最明白的便是《远游》……"

近代楚辞注家论屈原作品每不及《远游》，即偶涉及，亦必力诋其伪，甚至谓幼稚浅薄，其产生时代必在西汉后期者，有谓为淮南王门客所作者。

笔者早在廿余年前便曾断言《离骚》、《天问》、《远游》是屈原萃其毕生心血所撰的三个长篇，连《招魂》则为四篇。《离骚》显其文采的辉煌，《天问》见其知识的丰富，《远游》则示其思想的渊深（见拙著《屈原》）。现在更可增加几句话，《远游》可说是《离骚》的姊妹篇。《离骚》后半篇遨游神境，欲渡过大瀛海以达神仙所居之三角洲，以回顾故乡，仆悲马怀，不能更进一步，只好投渊自杀，以从其一生敬慕之彭咸了。而《远游》则不然，想入天庭，帝阍居然为他开门，想渡瀛海，也居然让他渡过，经历凡人所不能经历的境界，见了世俗想像不到的奇妙风光，上下与造物者游，与无终始者为友。《离骚》之缺憾，《远游》一一为之补足。两篇机杼似同而实不同，我想此篇撰写时间，当在《离骚》之后。

至于《远游》内容，也像《九歌》、《离骚》、《天问》一般，以域外知识及神话为根据。后代楚辞注家完全不了解这些知识与神话，自然没法解释。没法解释也罢了，偏偏还要说《远游》是模仿《离骚》的；《远游》是杂抄屈赋，甚至抄汉人作品的；《远游》是幼稚浅薄的东西，并无文学价值的。以西子为无盐，等和璧于瓦砾，这些话真叫人气愤不平极了！

笔者解释《远游》，不能像以前对《离骚》一样，逐句细解，为的《远游》神话分子和《离骚》差不多，细解便变成重复，只好择其未曾见于《离骚》者来谈一下。凡近代学者反对《远游》的理由，也趁便在此作一答辩。并非有意偷懒，在事实上有不得不然的苦衷，希望读者谅解。

（壹）《远游》与其他屈赋雷同问题

（一）与《九歌》、《天问》、《九章》之相同者

陈钟凡　陈氏说《远游》文句多摘自《离骚》、《九歌》、《天问》、《九章》；且与严忌《哀时命》，司马相如《大人赋》及《老》、

《庄》、《淮南》诸书合。与《离骚》相合句除游国恩所引，尚有刘永济之十八句，下文再谈。所谓《九歌·少司命》之“与女沐兮咸池，晞女发兮阳之阿”；《远游》有“朝濯发于汤谷兮，夕晞余身于九阳”；《大司命》“令飘风兮先驱，令冻雨兮洒尘”；《远游》有“风伯为余先驱兮，辟氛埃而清凉”，谅必陈氏所谓相合者。其实少司命系与其情人共沐咸池，晞发阳阿，而《远游》则屈原想像自己能濯发汤谷，晞身九阳，事既不同，文亦迥异。至风伯辟尘与大司命冻雨洒尘，更毫无干涉。故《九歌》一款，不能予以通过。

《天问》文体系四字一句，乱辞则为七字句（与普通骚体六字加一“兮”字者有别），故谓《远游》文句摘自《天问》，实为不可想像的事。论内容二者也水米不沾，仅《天问》谈到太阳行程有“出自汤谷”一语，《远游》有“朝濯发于汤谷兮”，陈钟凡氏遂谓其雷同，无乃可笑。

谓《远游》与《九章》有相似处更一无是处。二种文字均在，读者可以覆按。严忌《哀时命》，有些文句类《离骚》，有些文句类《九章》，类《远游》的偏一句也没有。只有一段“与赤松而结友兮，比王侨而为耦，使枭阳先导兮，白虎为之前后”，《远游》“闻赤松之清尘兮，愿承风乎遗则”“轩辕不可攀援兮，吾将从王乔而娱戏”，“赤松”与“王乔”两个仙人名字相同，抄袭的罪案可以成立吗？至于《远游》与司马相如《大人赋》倒真的有几段文字完全相似，全篇结构，机杼如出一手，彼此蹈袭的嫌疑有相当的大，陆侃如早举出来了。究竟是《远游》抄袭《大人赋》？还是《大人赋》抄袭《远游》？这话后文当有分析。

（二）《远游》与《离骚》相同者

游国恩　他摘《远游》与《离骚》雷同者有以下各句。

(1)日月忽其不淹兮	恐天时之代序兮，
春与秋其代序。	耀灵晔而西征，
唯草木之零落兮	微霜降而下沦兮，
恐美人之迟暮。(《离骚》)	悼芳草之先零。(《远游》)

(2)乘骐骥以驰骋兮来，吾道夫先路，(《离骚》)	召黔嬴而见之兮，为余先乎平路。(《远游》)
(3)驷玉虬以乘鹥兮溘埃风余上征。(《离骚》)	载营魄而登霞兮，掩浮云而上征。(《远游》)

这些句子能说雷同吗？尚有几个例子，说得更是勉强，只有从略。

刘永济　刘氏的《屈赋通笺》附录《笺屈余义》有："屈子非道家，《远游》非屈子作"一篇，谓屈原思想出于儒家而非道家，"《远游》有道家高举之意，不类屈子之言，且全文因袭《离骚》文句，至三之一，其为后人所作，殆无可疑"（此语见《通笺》"屈子学术第三"）。刘氏将《远游》因袭《离骚》文句分列比观，共十八处。我现在将它录在此处：

	《离骚》文句	《远游》文句
(1)	日月忽其不淹兮。	春秋忽其不淹兮
(2)	长太息以掩涕兮。	长太息而掩涕。
(3)	哀民生之多艰。	哀人生之长勤。
(4)	溘飓风予上征。	掩浮云而上征。
(5)	朝发轫于苍梧兮。 夕余至乎悬圃。	朝发轫于太仪兮。 夕始临乎于微闾。
(6)	路曼曼其修远兮。	路曼曼其修远兮。
(7)	聊逍遥以相羊。	聊仿佯而逍遥。
(8)	前望舒使先驱兮。 后飞廉使奔属。	召丰隆使先导兮。 前飞廉以启路。
(9)	班陆离其上下。	叛陆离其上下兮。
(10)	吾令帝阍开关兮。 倚阊阖而望予。	令天阍其开关兮。 排阊阖而望予。
(11)	朝濯发于洧盘。	朝濯发于汤谷兮。
(12)	凤凰翼其承旂兮。	凤凰翼其承旂兮。

(13)	屯予车其千乘兮。	屯予车之万乘兮
	齐玉轪而并驰。	齐玉轪而并驰。
(14)	驾八龙之婉婉兮。	驾八龙之婉婉兮。
	载云旗之委蛇。	载云旗之逶蛇。
(15)	抑志而弭节兮。	聊抑志而自弭。
(16)	聊暇日以媮乐。	聊媮娱以自乐。
(17)	陟升皇之赫戏兮。	涉青云以泛滥游兮。
	忽临睨夫旧乡。	忽临睨夫旧乡。
(18)	仆夫悲予马怀兮。	仆夫怀予心悲兮。
	蜷局顾而不行。	边马顾而不行。

刘永济用的工夫可说是很细密，很周详，自以为老吏断狱，铁案如山，再也没法动摇了。但这十八处有若干处是周纳比附的：像一句中虽有一二字或三四字相同，意义却是迥别的。"哀民生之多艰"，"哀人生之长勤"，"多艰"与"长勤"能说是同样一句话吗？第十处屈原在《离骚》里叫帝阍开关，帝阍倚靠在天门瞪着眼看他，给他一个佯佯不睬；而在《远游》里，帝阍遵命排开两扇大门，让他得遂观光清都之愿，我们还能说这两句话是一样的吗？"濯发洧盘"是洛水宓妃的事，"濯发汤谷"是屈原自己的事，难道只有女人有权利濯发，男人便没有吗？至于朝发轫于何处，夕驾临于何处，不过是记述行程的惯语。这种惯语，《离骚》里便有，譬如"朝发轫于苍梧兮，夕余至乎悬圃"，"朝发轫于天津兮，夕余至乎西极"，我们又岂能批评它自相蹈袭？至"屯车千乘，齐轪并驰""驾八龙""载云旗""睨故乡""顾不行""望舒"或"丰隆"先驱，"飞廉"在后奔属，或在前开路，那不过因漫游仙境时仪仗与人侍相同，记述与描写遂亦相同。惟"路曼曼其修远"，"班陆离其上下"，"凤凰翼其承旂"倒真的是雷同之句。以屈原才力之大，文思之富，岂有没法避免之理？我想出了一个道理：原来屈原喜爱以一句话（a sentence）当一个辞汇（a vocabulary）来用。我们做文章时，同样的辞汇可以用上好多次，并不算重复，那么，屈原以句子当作辞汇，重复何嫌？

像《离骚》写将登天庭，飘风帅云霓来御，屈原形容云霓之状用了个“纷总总其离合兮，班陆离其上下”，在昆仑附近境内求婚宓妃，那宓妃一会儿答应，一会儿又变卦，反复了无数次，最后又一口拒绝，屈原又说道：“纷总总其离合兮，忽纬繣其难迁”，上句言其忽许忽悔，离合不定，下句言其拒绝口气之坚如木工纬墨之画定，不可改移（此系陈本礼之说）。《离骚》里“纷总总其离合兮”一字不改，共说了两次。我说屈原惯以一句话当一个辞汇用的主张，难道不可以成立吗？

至《九章》与《离骚》雷同句子亦多，《骚》有“指九天以为正兮”，《九章·惜诵》有“指苍天以为正”；《骚》有“朝搴阰之木兰兮，夕揽洲之宿莽”；《思美人》有“擥大薄之芳茝兮，搴长洲之宿莽”，《骚》有“老冉冉其将至兮”《悲回风》有“时亦冉冉其将至”，这些可以说是“惯语”也可以说是“辞汇”。

所以刘永济所举《离骚》《远游》因袭的例子，是不能成立的。

（贰）与《大人赋》雷同问题

陆侃如对《远游》与司马相如《大人赋》对勘比较，说两篇文章非常相似。他说《大人赋》的内容大约可分为七段：

一、远游的原因；

二、车骑之盛；

三、与东方神仙相周旋；

四、与南方神仙相周旋；

五、与西方神仙相周旋；

六、与北方神仙相周旋；

七、仙境的寂静。

《远游》的内容也是如此，只在第二段里易些方士的鬼话。至于抄袭《大人赋》的词句，我们也不妨列表对照：

大人赋	远游
悲世俗之迫隘兮，	悲时俗之迫隘兮，

朅轻举而远游，	愿轻举而远游；
乘绛幡之素蜺兮，	质菲薄而无因兮，
载云旗而上浮。	焉托乘而上浮。

又如：

大人赋	远游
下峥嵘而无地兮，	下峥嵘而无地兮，
上寥廓而无天；	上寥廓而无天；
视眩泯而无见兮，	视儵忽而无见兮，
听怳惝而无闻。	听惝怳而无闻。

《远游》与《大人赋》结构既同，还有这两节几乎像一个刻版印出来的文句，两篇里总有一篇是抄的，不是《远游》抄《大人赋》，便是《大人赋》抄《远游》。据我判断，文抄公是司马相如而非《远游》的作者，这里也有几层理由：

(A) 屈原的身世 如"遭时俗之迫隘兮"，"遭沉浊而污秽兮，独郁郁其谁语？夜耿耿而不寐兮，魂茕茕而至曙"，"徙倚而遥思兮，怊惝怳而乖怀，意荒忽而流荡兮，心愁凄而增悲"，"神儵忽而不反兮，形枯槁而独留，内惟省以端操兮，求正气之所由"，这些话与屈原《离骚》、《九章》所有遭谗、被放、自悲自悼之词，极其类似，后人何必说这些话呢？

(B) 屈原的人生哲学 "惟天地之无穷兮，哀人生之长勤，往者余弗及兮，来者吾不闻。"与《离骚》的"长太息以掩涕兮，哀民生之多艰"，皆由个人的痛苦，推想到广大人类的艰辛，心胸阔大，思想深邃，正如王国维评李后主词"俨有基督十字架担荷全人类罪恶之意"。窃意李后主词实不足以当此，移赠三闾，始可无愧。此语《离骚》已及。

(C)《大人赋》用典错误 这里所说的典，是关于神话的典，范围广大，天文、地理及人间万事无所不包，都是域外传来的文化分子。这类域外文化分子到了汉初便不大为人所知了，观念也模糊了。这与秦始皇对域外文化一度的大排斥（坑方士的史实，方士即讲究域外文化的人）及刘项六七年大战有关。我已屡述，不复。《大人赋》神话知识之缺乏，及神话地理之欠明了达到可惊的程度。我曾撰有“《远游》与《大人赋》”摘《大人赋》之此类错误共达二十余条。读者请阅《论丛》“《远游》与《大人赋》”即可知。

(D) 韩众名字 《远游》有“奇傅说之托辰星兮，羡韩众之得一”。《史记·秦始皇本纪》有始皇“乃大怒曰：之今闻韩众去不报，徐市等费以巨万计，终不得药”。陆侃如遂谓韩众乃秦始皇方士，《远游》中居然有其名，足为《远游》乃秦汉人伪作之证。游国恩初亦赞成陆说，后因想证明屈赋四大观念中之“神仙观念”，又说韩众当作韩终，乃古仙人，名见《列仙传》云云。其实韩众之名不必改。古人以神名为已名例甚多，如后羿、傅说、飞廉、庆忌、王子乔等，秦始皇时之韩众当是以《远游》古仙人之名为名者。笔者曾撰“古人以神名为已名的习惯”举证亦廿余条，请阅《论丛》。

（乙）屈原道家思想的问题

陈钟凡怀疑《远游》有许多话与《庄》、《列》、《淮南》诸书合，乃谓为《远游》出于依托。《远游》的道家思想果然浓厚。但陈氏并未举例。陆侃如、游国恩也没有说出具体的理由。只有刘永济的《屈赋通笺》，有《屈子学术》一篇，谓屈原学术乃纯粹出于儒家，与道家并无关系。他先说自王宫失守，学散私家，至孔子删定，中间凡二百七十余年，六艺流布已广；楚当春秋之世，已与中国通。庄王以后，封域之广，已及中原，其文物声教之盛，亦已同于中国。屈子生战国之末季，涵濡文武周公之教已深，读其文者，不难考信，如《离骚》、《九辩》（刘氏主《九辩》乃屈原作——笔者注），《九章》称引尧、舜、禹、汤者不一。其所拳拳服膺者曰“美”曰“善”曰“修”曰“仁”曰“义”曰“礼”曰“忠”曰“祇敬”曰“中正”曰“耿介”曰“谅直”曰“谨厚”。其所指斥者曰“昌披”曰“工巧”曰“媮乐”曰“淫佚”曰“骄傲”曰“专佞”曰“慢慆”曰“鄙固”。其所以自勉与勉君者（引证略）；其被谗放逐而犹寤寐不忘者（证略）；其毅然自矢者（证略），皆明白闿切，反复丁宁如此，其与六艺之所教诲，洙泗之所讲论者，果何所异？何必定游学北方，亲炙仲尼之门，然后为闻道哉！

刘氏《笺屈余义》有“屈子非道家　《远游》非屈子作”一篇曰：

如谓屈子于道家理论，瞢然无知，则亦不然。此如《骚》辞设为女媭之责骂，与楚人叙辞相传之《卜居》、《渔父》二篇，固皆道家之言也。惟屈子秉性贞刚，其学术思想又受北方儒学之影响，加以救国之情极其热烈，疾恶之心复至深切，与道家轻视现实之旨趣不合。而其时国中上下，则多都道家末流所化，其甚者，遂颓废放浪，苟且偷安，形成听由命之消极思想，尤为屈子所疾视而思挽救之者。今乃以道家品目屈子，岂不冤哉。况《远游》篇中所具之思想，已非纯粹道家，而与秦汉方士飞升之说同，而谓屈子“慨然有志于度世”，至以之与后世“魏伯阳”，“张平叔”并论，谓“充之实长生久视之要诀”。于是竟将思想积极，学术正大，品质贞刚之屈子，说成服食炼形之方士矣。王夫之虽亦知屈子“非服食烧炼祷祀及素女淫秽之邪说可乱”，终不能不以此篇为屈子所作。蒋骥虽以“有激之言而非本意”为言，意在为屈子回护，亦未能辨明此篇是后人所拟。推原其故（以下刘氏引出三点，从略），不知屈子非不知超俗离尘之论，实不忍国亡民困而独遁于虚寂之境以自娱乐也。至《离骚》卒章与《涉江》所言，盖往古相传之神话境界，屈子当愁思郁结之时，亦未必不思所以宽解慰安之道，即所谓“将远游以自疏”，“聊假日以媮乐”是也，岂真思羽化仙去哉！其思想之纯正，表示甚明，而读者何可熟视无睹邪？且道家全生远害，绝无“杀身成仁”者，而屈子因坚持真理，不肯同流而自沉，即儒家所谓“杀身成仁”也，岂有能“杀身成仁”之人而又“有志于延年度世”，“长生久视”者耶？此吾人研究屈子首当明辨者，不可为朱王诸家所惑也。

又按顾炎武《日知录》乡愿条曰：“《老子》之学所以异乎孔子者，‘和其光，同其尘’，此所谓似是而非也。《卜居》、《渔父》二篇尽之矣，非不知其言之可从也，而义有所不当也。子云而知此义，反《离骚》可以不作矣。”（济案扬雄《反骚》即以道家和光同尘之理折之也。）顾氏此言，似矣。惟屈子之时，道家已生流弊，道家之和光同尘，其弊则同流合污，道家之乐天知命，其弊则听天由命也。非但义不当为，实乃深恶痛绝，前举骚辞讥宓妃之“保美骄傲，康娱淫游”，即其明证。屈子盖不重视私人荣利而忽略国家人民之安全。彼时所谓贤士，则不肯牺牲一己之利益，以担负国家人民之艰苦，故屈子之忧愁幽思者，决非从一己之利害设想，其念念不忘者，乃救国拯民之真理，而非权宜一时之计画也。此意于其作品中随处可见，然则屈子之自沉，不但出于对国家人民之挚爱，而是殉其所抱负之真理。在儒家言之，则“杀身以成仁”也。顾氏所论，似尚未及此，故予特表而出之。

刘永济氏这番话说得沉着痛快，掷地有声，不过像他在论《屈子学术》一篇中说楚国很早便已得闻中原文化，诚然。屈原对诗书之熟习，尧舜禹汤历史之清楚，远胜于所谓邹鲁之儒。不过刘氏所举仁义礼信诸德，以为皆儒家独家所拥有，屈原拳拳服膺于此类美德，便足证明他是一个儒家信徒，则笔者不敢以为然。盖这类美德植根于人类良知，乃做人之标准，任何学派皆不敢违背。即如道家轻视现实，羞言仁义，也未必把“贪婪”“淫佚”“骄傲”“慢滔”当作德行，而将“仁”“义”“忠”“信”“中正”“祇敬”“耿介”“谅直”视为恶德者，苟其如此，则此世界岂不变为禽兽世界，彼道家者虽欲“全生远害”或“独善其身”又乌可得哉？

姜寅清的议论不失平允，兹借录于次：

按《远游》所传，盖涉三事，思想则杂道家与阴阳，趣向则近神仙隐逸，指陈则备天文。夫三事者正屈子本之世习，染之时好者也。楚本重黎之后，自吴回复居火正，为祝融，生陆终，终子六人，季连芈姓，实为楚先。重黎者，世掌天官(《尚书·尧典》及《史记·历书》)，以至于夏商。重黎之后，曰羲和，实为阴阳家者流之所从出；敬顺昊天，历象日月星辰，以授民时(《汉书·艺文志》)。屈子者，高阳之后(《离骚》)，亦重黎羲和之后矣。楚自文王之后，国势寖盛，设官分职，亦益周详。掌政掌教之职分而益显，则屈姓或且世主天官之职矣。屈原为左徒，即其世传“莫敖”一名之雅化，莫儆盖即宗官之长而兼识天文者也。古天官宗官，亦史之所职（史公亦云“司马氏为重黎之后，世典周史”。又“世掌天官不治民”。既主史兼主天官，史佚亦传天数。蔡墨晋大史，亦述五官五祀。汉志阴阳家有宋司马子韦，子韦乃宋景公史官)。故屈子多识于前言往行，博闻强记，明于治乱，娴于辞令。则屈子深于阴阳天文者矣。屈子两使于齐，正当稷下辩说最盛时期，则谈天雕龙，大小九州，终始五德，迂怪禨祥，凡诸天文地象阴阳之说，所习闻于诸子方士者，必多且巨；与其所世传之学，必且相调和，相融会，此屈子阴阳天文思想之由来也。《远游》称虚静、无为、自然、壹气、虚待、无为之先，纯为五千言中语，而餐六气，含朝霞，保神明之清澄，入精气而出粗秽，即庄子导引之士，彭祖寿考者之所好；吹呴呼吸，吐故入新之说。前者论道之精意，后者隐遁仙去之奇说。盖老聃、庄周，皆屈子乡人；而云梦烟云，足以助人神思，想入缅邈者，则屈子习闻乡人之说，而又生值民神杂糅之乡；(道家云出于史官，盖参天地之化，而得自然运行之道者也)(天文)。屈子本楚之主宗教（一宗之教也）与邦史之世家，以今语说之，即族巫与邦史之主持者，此与阴阳术数天文皆通，而道家实推此诸理而续其精英者也。故以理推之，屈子实与道家最能接近。则《远游》饱含道家思想，其实极其自然而正常也。(《远游》袭《庄子·大宗师》处最多，屈子盖亦读南华矣。以余所考，庄子盖长于屈子二十岁以上。）即以汉以后情实而论，则承袭屈赋之词赋家，多杂道德方士之义，亦本于此一义，非必皆依仿屈子也……）则《远游》有道家方士之想，情实顺遂，两无扞格者也。至神仙之思，则最了之义，为长生久视之术；此本战代所最流行之一事，燕齐方士以求仙方而延年为主（详《管子·内业》、《晏子春秋·内篇》），而楚南以养气而外生死为宗（详《庄子》、《列子》）。故燕齐多方士，而楚南多隐逸；然两派虽各有胜义，各有宗主，而达生则一也。燕齐仙方之说，即秦始皇仙真人一流故事之所由，其为屈子所因依者少；而导引养气之义，始于南楚，且即与庄子列御为之宗，与屈子近在咫尺；以一巫史兼任，又深习道家方士之说之屈子，于君国不可保，治道不能用，求死不忍之时，则发为外生死之思，以常人入世之思而论，此谓独善其身，与儒言并不相背；以宗子贤臣而论，此为自救救人之一途，与宗巫史官之立义亦不背。《远游》有此思想，此实盖亦极其自然者也。近世为学掾陋，未能融通四会，专固守残，任用己私，未能为三古学人条理终始，解析微眇，纷纷然以皮相尚论古人，古人虽已死而无以为质，固不任其咎也。余故不惜费词而为之说。

姜氏的话诚然有见解，但剿袭当代楚辞家之说亦所在而有。他说屈原与楚同姓，是宗臣，宗臣必主天文，主天文必兼史职。故屈子多识于前言往行，博闻详记，明于治乱，娴于辞令；两度使齐，接受稷下文化，其天文地象阴阳种种知识，就是由这两种原因而来。这些话游国恩氏早已说过，见游氏所著《屈赋考源》。游氏仅言屈原既为重黎之后，则必是“天文世家”，可没有说他一定是“史官”，姜氏不但断定屈原是史官，而且还替他取了一个古怪职务的名字，叫什么“宗巫”。并说他曾为左徒，左徒即世传“莫敖”一名之雅化，“莫敖盖即宗官之长，而兼识天文者也”。我们查考屈原前楚人之官莫敖者有屈到、屈建，春申君黄歇也以左徒升任令尹。他们曾为史官吗？曾任宗巫吗？

屈原自幼勤勉好学，有他韵文自传《离骚》为证。他曾接受全部中原文化，学术之湛深，远出邹鲁儒者之上，及奉令使齐，留齐者前后三四年之久，与邹衍一派域外来华的学者时相盘桓，吸收了大量域外知识，《九歌》与《天问》便是使齐返国后的产品。《天问》里天文地理神话都来自域外；乱辞中也有不少这类因素，我说了已无数次了。那些知识，何尝像姜氏所说中国原来就有呢？（中国夏代便已接受了域外文化，说原来就有亦无不可，但战国时代传入者是一种更广阔，更精微的文化，此事实不可不知者。）

《远游》里许多神话可与《离骚》《天问》相表里，那是域外传来的，现不深论。许多关于道家的思想，陈钟凡氏说出于《老》、《庄》和《淮南》，这倒是不错的。姜寅清说："老聃，庄周皆屈子乡人，屈子习闻乡人之说，而且生值人神杂糅之乡，则《远游》有道家方士之思，情实顺遂，两无扞格。"又说："至神仙之思，为长生久视之术，此本战代所最流行之一事。""燕齐方士之说，即秦始皇仙真人一流故事，其为屈子所因依者少；而导引养气之义始于南楚，与屈子近在咫尺。"好像要说："为屈子所因依者多。"其实齐威燕昭及秦始皇汉武帝所求之仙即是屈原《离骚》《远游》所求之仙境及仙境之人物，因为它本自西亚传来，使我们中国人产生莫大的憧憬与幻想。屈赋大部分即此项憧憬与幻想，所因依者大至无比，姜氏乃反言之。此姜氏对于屈原思想及屈赋来源并未十分了解之例。

老聃庄周是否楚人，为屈原之同乡？他们的学说是关起大门自己创造的，还是仍有所承受！至少是受了某种影响！我个人是相信老庄的学说和战代各种学术一样，是域外传入的。因此说老庄是楚人，为屈原同乡，我个人是不敢以为然的。

老聃当然是战代人，所谓孔子曾适周问礼于老子，挨了老子一顿讥讽，反对弟子大发"犹龙"之叹，那是靠不住的话。在《礼记》曾子问里为了讨论出殡遇日蚀的事，孔子曾说昔者吾从老聃助葬于巷党，遇见日蚀，老聃教人把棺材停下，待蚀过而后行，这个礼，孔子说"吾闻诸老聃云"，并未说老聃是周的柱下史，乃孔子适周所见。可见孔子在曾子问里所提到的老聃，并非著《道德》五千言的老子。

相传老子为楚人，也许他曾到楚国定居讲学。

庄子之为战代人不成问题。姜寅清考其年龄谓长屈原二十岁以上，则与屈原为同时代人，至问他是否楚人，亦无确据，我想他也像老子一样曾到楚国住过一段时期吧。

《远游》的道家思想要分为两层，一层是精微深造的哲学，一层是炼气炼形的仙道。今先论第一层。

（一）壹 《远游》顺凯风至南巢，见了王子乔。“审壹气之和德”，“壹气”即《老子》“专气致柔，能婴儿乎”之专气。下文又有“壹气孔存”句。孔者甚也。这个壹又见前文“奇傅说之托辰星兮，羡韩众之得壹”的那个“壹”。《老子》对壹极其尊重，曰：

> 昔之得一者，天得一以清；地得一以宁；神得一以灵；谷得一以盈；万物得一以生；侯王得一以为天下贞。其致之：天无以清将恐裂；地无以宁将恐发；神无以灵将恐歇；谷无以盈将恐竭；万物无以生将恐灭；侯王无以贵高将恐蹶。

又云：

> 道生一，一生二，二生三，三生万物。万物负阴而抱阳，冲气以为和。
>
> 是以圣人抱一为天下式。
>
> 载营魄，抱一，能无离乎？

关于第一章“天得一以清”等语，河上公曰：“言天得一，故能垂象清明。地得一，故能安静不动摇。”“言神得一，故能变化无形。”此章言道之作用。“一”者，道之别名。道以虚无为体，其实际则唯是一理，或谓之“玄”或谓之“元”，或谓之“太极”，名号虽殊，其实一也。此“理”乃宇宙万物与人生百事生成之总原理，所谓“万法归一”之“统体一太极”也。……言道为万物之宗本，其作用普遍广大，真实不虚。此历数道之作用，喻“道”乃天、地、神、谷、万物，所以清、宁、灵、盈、生之故，甚至侯王之所以能为天地之正长，亦莫非修道有得之故。道既为一切之总原理，万物之所以然，皆道使之然，故曰“其致之”。

关于第二章“道生一”，李道纯曰：“道生一，虚无生一气，一生二，一气判阴阳。”《老子》所谓“一”者，即理也。“理”者道之本质与内容耳。故一不异道，道不异一。“道”是原始虚无之“自然”。“一”是自然生化之“理”。“二”是阴阳，阴阳是“气”。老子意谓原始虚无之自然，具有生化之原理，此原理最初导生者，为阴阳二种原质（阴阳二气为宇宙之基本原质），有此阴阳二种基本原质，自然交互作用，而能产生第三者（结果），此所生之果，即是由阴阳二气所生之“三”，且此种宇宙生化之活动一经发生，自然生生不息，而万物于是纷然杂陈矣。

关于第三章“圣人抱一”，河上公曰：“圣人守一；乃知万事，故能为天下法式也。”此处所谓“抱一”唯是一种“境界”之描述。或更具体一点讲：唯是一种心境，《庄子》描述“心斋”的境界有谓“瞻彼阙者，虚室生白，吉祥止止”，此即圣人心体虚灵，与道合一之境界。以之应事则无知而无不知，无为而无不为，故可以为天下法式也。

关于第四章“载营魄抱一”，河上公曰：“营魄，魂魄也……故魂清志道不乱，魄安得寿延年也。”李息斋曰：“魂者，人之阳，魄者，人之阴。”刘师培曰：“《淮南子·俶真训》云：‘夫人之事其神而娆其精营（句）慧然而有求于外（高注营慧连读失之），此皆失其神明而离其宅。’……楚辞《远游》‘载营魄而登遐兮’，王注：‘抱我灵魂而上升也’，以抱训载，以灵魂训营魄，是为汉人故训。载营魄者，即安持其神也，载抱同义。”载抱同义固是，王逸以营魄为灵魂，则误，刘氏许之，殊欠察。王淮曰：“载，乘而任之之意，抱，保而守之之意。营魄，即魂魄，存乎天地谓之阴阳，赋予人体谓之魂魄。一者，道之别名，离者，乖违之意。此言修道之士要能体合阴阳，抱道守真，动而行之，幸勿乖违。本经四十二章曰：‘万物负阴而抱阳，冲气以为和’；廿八章曰：‘常德不离……常德不忘’；五十四章曰：'善抱者不脱'皆其义也。”实则载字训抱不错，什么“乘而任之”“保而守之”反说玄了。

“一”之外更有“壹气”，《远游》：“顺凯风以从游兮，至南巢而壹息，见王子而宿之兮，审壹气之和德。”又曰：“壹气孔神兮，于中夜存。”姜寅清谓壹气即老子“专气致柔，能婴儿乎”之专气。蒋骥谓甘氏星经以“日月星辰晦明为六气”，六气凝炼而成一气，是即所谓“壹气”。恐非。

屈原见了王子乔，请教为“道”之宗旨，王子乔告诉他一段话道：

> 道可受兮不可传，其小无内兮，其大无垠。
>
> 无滑而魂兮，彼将自然；壹气孔神兮，于中夜存。
>
> 虚以待之兮，无为之先；庶类以成兮，此德之门。

这段话以三节文字组成。第一节“道可受”句见《庄子·大宗师》：“夫道有情有信，无为无情，可传而不可受，可得而不可见。”宣颖云：“情者，静之动也。信者动之符也。”成玄英云：“恬然寂寞，无为也，视之不见，无形也。”姜寅清云：“受，谓心受之；传，谓言传之也。”

“其小”“其大”句。《庄子·天下篇》：“惠施多方，其书五车，其道舛驳，其言也不中。历物之意，曰：'至大旡外，谓之大一；至小旡内，谓之小一。'以今日科学言无外之“大”与无内之“小”，尚未能发现。《远游》不过借惠施之言为“道”之形容。盖道之为物，无所不在。大至无边无际之宇宙，小至原子电子，皆“道”所包举，所贯彻者也。蒋骥谓：“小无内，则所谓卷之则藏于密；大无垠，所谓放之则弥六合。”

“无滑而魂”节。“而”汝也。“魂”，精灵也。王逸云：“滑一作淈。一云无淈滑而魂。”《补》曰：“淈，滑并言骨。淈浊也。滑，乱也。”“彼”，道也。言汝不浊乱其魂，则道将自然而至。“壹气孔神”，孔，甚也。洪引《列子》曰：“心合于气，气合于神。”中夜存者夜气之存也。洪引《孟子》:“梏之反复，则其夜气以存，夜气不足，则其违禽兽不远矣。”

“虚以待之”句。《庄子》:“气者虚而待物者也。”“无为之先”，洪氏曰:“此所谓感而后应，迫而后动，不得已而后起。”

(二) 虚静　《远游》“漠虚静以恬愉兮”，虚静乃道家常用之辞汇。

《庄子》正面释“虚静”之意见《天道篇》。

> 圣人之静也，非曰静也善，故静也。万物旡足以铙(挠)心者，故静也。水静则明烛须眉，平中准，大匠取法焉。水静犹明，而况精神?圣人之心，静乎天地之鉴也，万物之镜也。夫虚静恬淡，寂寞旡为者天地之平而道德之至，故帝王圣人休焉。休则虚，虚则实，实则伦矣。虚则静，静则动，动则得矣……夫虚静恬淡，寞旡为者，万物之本也。

(三) 无为　“澹无为而自得”，“超无为以至清兮”，《老子》:

> 天下皆知美之为美，斯恶已，皆知善之为善，斯不善已。故无有相生，难易相成，长短相形，高下相倾，前后相随，是以圣人处“无为”之事，行不言之教。万事作焉而不辞，生而不有，为而不恃，功成而不居，夫唯不居，是以不去。(第二章)
>
> 不尚贤，使民不争；不贵难得之货，使民不为盗；不见可欲，使心不乱。是以圣人之治，虚其心，实其腹，弱其志，强其骨，常使无知无欲，使夫知者不敢为也:为“无为”，则无不治。(第三章)
>
> 道常无为而无不为，侯王若能守，万物将自化。化而欲作，吾将镇之以无名之朴，无名之朴，夫亦将无欲，无欲以静，天下将自正。(三十六章)
>
> 为学日益，为道日损，损之又损，以至于“无为”“无为”而无不为矣。故取天下者常以无事。及其有事，不足以取天下。

(四十二章)

故圣人云我无为而民自化；我好静而民自正，我无事而民自富，我无欲而民自朴……(五十章)

关于“无为”的道理成了老子思想的主干，要细细论列，恐怕可以写成几厚册的书。浅显言之，老子论“无为”乃偏于治道。政治的目标在为人造福，而尚贤贵货的结果，却根本不是人类的幸福，它只是人们妄念奇求的追逐而已。我们知道妄念奇求是永远得不到满足的。反之却正诱发了无穷的追逐与争竞。这就是政治上的致乱之源。在贤明治道的人就要扫清这些妄念奇求，使人们步入人生正轨。这就是“无为”之治。

(四) 自然 《远游》“毋滑而魂兮，彼得自然”。这里自然是指“道”会自然而然地降临到你身上，是个副动词，但也取之于道家常用术语。

《老子》：

天法道，道法自然。(二十一章)

夫莫命而常自然。(四十四章)

百姓皆谓我自然。(十六章)

所谓自然，正指这种自然而然，听任自化的情形；并不是在道之上别有一个叫作“自然”的东西，而为道所遵从效法。须知“道”已是万物的本源了；岂能在“道”之上还有更高的东西？在老子之意，道之所生一切平衡主宰的作用，不过是顺乎自然毫无着力现象而已。唯其一切都顺乎自然，毫无着力，所以才是“道常无为”。并且也惟有一切都在秉照着自然来进行，然后才能够“道常无为，而无不为”。明白了这个道理便可晓得：“道”虽在客观上主宰着一切，而实际其本身却一无所作。因此我们可以反过来说：“道无不为，而实无为。”道无为，道又怎样呢？曰：“道法自然。”

(五) 和德 《远游》：“见王子而宿之兮，审壹气之和德。”

《庄子》最喜言“天和”，书中言“和”者不可胜数，综言之，皆和德也。《庄子》说：

> 齧缺问道乎被衣。被衣曰：“若正汝形”，“天和”将到；摄汝知，一汝度，神将来舍……（知北游）
>
> 舜问乎丞曰：“道可得而有乎?”曰“汝身非汝有也，汝何得有夫道。”“身非汝有，是天地之委形也；生非汝有，是天地之委‘和’也！”（同上）
>
> “若夫乘道德而浮游则不然。无誉无訾，一龙一蛇，与时俱化，而无肯专为。一上一下，以“和”为量。浮游乎万物之祖，物物而不物于物，则胡可得而累邪？此黄帝神农之法则也。（山木）
>
> 故敬之而不喜，侮之而不怒者，唯同乎“天和”者也。（庚桑楚）
>
> 故无所其亲，无所其疏，抱德炀“和”以顺天下，此谓真人。（徐无鬼）

《远游》视有一大片文字，完全是道家的学说，可以在《老子》书里找到，也可以在《庄子》书里找到，这就是仙师王乔训词。

“此德之门”即《老子》所谓“玄之又玄，众妙之门”或《庄子》所谓“窈冥之门”。

（丙）老庄辞汇与典故

《远游》有许多词汇也取之于《庄子》。虽然不足重轻，略为举出，也可见屈子写《远游》时，是读过《庄子》的，是以不但主要宗旨相同，用字遣词之际，也受其影响而不自觉。

（一）汋约　《远游》廿二节：“质销铄以汋约兮，神要眇以淫放。”《庄子·逍遥游》：“藐姑射之山有神人居焉，肌肤若冰雪，绰约若处子，不食五谷，吸风饮露，乘云气，御飞龙，而游乎四海之外。”“汋约”与“绰约”同。

（二）傅说 《远游》第八节“奇傅说之托辰星兮”，《庄子·大宗师》：“夫道：傅说得之，以相武丁，奄有天下，乘东维，骑箕尾而比于列星。”庄子时代已将商相傅说与箕尾小星傅说当做一个人了。《远游》说惊奇傅说居然能托在箕尾上而为天上的星辰，当然是用《大宗师》的话。

（三）下风 《远游》第六节：“闻赤松之清尘兮，愿承风乎遗则。”承风即处于下风之意。前人引《左传》“群臣敢在下风”。但《庄子》这类词汇更多。譬如《在宥》：“广成子南首而卧，黄帝顺下风，膝行而进，再拜稽首而问曰……”《渔父》：孔子对渔父说：“丘不肖，未知所谓，窃待于下风。”

（四）登假 《远游》廿四节“载营魄而登霞兮”，《庄子·德充符》：“而况官天地，有万物，直寓之骸，象耳目一知之所知，而心未尝死者乎？彼且择日而登假，人则从是也。彼且何肯以物为事乎？”“假”同“遐”。《曲礼》“夫子登假”，“登霞”同。

（五）真人 真人我在自序里已举例不少，现在补充数则。则《远游》第七节“贵真人之休德兮”。《庄子·大宗师》：“且有真人而后有真知。何谓真人？古之真人，不逆寡，不雄成，不谟士，若然者过而弗悔，当而不自得也。若非者，登高不栗，入水不濡，入火不热，是知之能登假于道也若此。古之真人，其寝不梦，其觉无忧；其食不甘，其息深深。真人之息以踵，众人之息以喉……古之真人不知说生，不知恶死，其出不䜣，其入不距，翛然而往，翛然而来而已矣。”《缮性》：“精神四达并流，无所不极，上际于天，下蟠于地，化育万物，不可为象，其名为同帝。……能体纯素，谓之真人。”《徐无鬼》：“古之真人，以天待之，不以人入天，古之真人！”《天下》：“关尹老聃乎，古之博大真人哉！”

（六）化去 《远游》第七节又曰：“与化去而不见兮”，与《庄子·大宗师》“若人之形者，万化而未始有极”“善妖（夭）善老，善始善终，人犹效之，又况万物之所系，而一化之所待乎？”

（七）六气　《远游》第十五节“餐六气而饮沆瀣兮”。《庄子·逍遥游》：“若夫乘天地之正而御六气之辩，以游于无穷者，彼且恶乎待哉。”“辩”读为变，与正对文。六气解见疏证。第九节“因气变而遂曾举兮”，气变即指六气之辩。

（八）导引　《远游》第十五节又云：“保神明之清澄兮，精气入而粗秽除。”王逸曰：“纳新吐故，垢浊清也。”《庄子·刻意》：“吹呴呼吸，吐故纳新，熊经鸟申，为寿而已矣。此导引之士，养形之人，彭祖寿考者之所好也。”屈原思由血肉之凡躯变为轻举腾霄之仙体，亦必须经过修仙人辟谷导引之一阶段。

（九）至贵　《远游》第二十节：“闻至贵而遂徂兮。”《庄子》：“独有之人，是之谓至贵。”《远游》则改人为事物，为“至贵之言”，指仙师王子乔训词。

（十）方外　《远游》第三十八节“览方外之荒忽兮”，《庄子·大宗师》：“孔子曰：‘彼游方之外者也，而丘游方之内者也。’”

（十一）太清　《远游》第四十六节：“超无为以至清兮。”这个清便是“太清”，为句子字数的限制，只好将太字省去。《庄子·列御寇》：“彼至人者归精神乎无始，而甘冥乎无何有之乡，水流乎无形，发泄乎太清。”宣颖云：“出于虚，归于虚，案以喻至人之自然流行也。”

（十二）太初　《远游》第四十六节：“与太初而为邻。”《庄子·列御寇》：“小夫之知……若是者迷惑于宇宙形累，不知太初。”又曰：“太初有无，无有无名。”

（十三）载营魄　《远游》第二十四章“载营魄而登霞兮”，《老子》第九章“载营魄抱一，能无离乎？”解见疏证。诸家皆以营魄为灵魂，但河上公注《老子》：“营魄，魂魄也。”魂为灵魂，属灵体，魄则体魄，属肉体。修仙之人皆欲保持此肉体使之永远不朽，与天地比寿，日月齐光，凡服食导引至于炼汞烧丹，所千方百计以谋求者无非为保持肉体使之永存之一事。然肉体欲图久保为事未免太难，故又必使肉体神化。此事非一言所能罄，姑从略。王逸等专注意于灵魂，此非道家之言也。

尚有更琐碎之义犹《远游》第十八节“毋滑而魂”，“滑”，混乱也。《庄子》德充符、缮性、达生皆有此语。“恬愉”，第六节“漠虚静以恬愉”，《庄子》在宥、刻意亦屡言之。

第四编 《招魂》

《招魂》（原文）

（用《楚辞章句》本）

第 一 大 段

朕幼清以廉洁兮，
身服义而未沬，
主此盛德兮，
牵于俗而芜秽。

□□□□□□□□，
□□□□□□□，
上无所考此盛德兮。
长离殃而愁苦。

帝告巫阳曰：
有人在下，
我欲辅之，
魂魄离散，
汝筮予之。

巫阳对曰：
掌梦！上帝，其难从。
若必筮予之，

恐后之谢，不能复用巫阳焉。

乃下招曰：
魂兮，归来！
去君之恒干，
何为四方些？
舍君之乐处，
而离彼不祥些。

魂兮，归来！
东方不可以托些；
长人千仞，
惟魂是索些。

十日代出，
流金砾石些；
彼皆习之，
魂往必释些。
归来！归来！
不可以托些。

魂兮，归来！
南方不可以止些；
雕题黑齿，
得人肉以祀，
以其骨为醢兮。

蝮蛇蓁蓁，
封狐千里些，
雄虺九首，往来倏忽，

吞人以益其心些。
归来！归来！
不可以久淫些。

魂兮！归来！
西方之害；
流沙千里些，
旋入雷渊，
靡散而不可止些。

幸而得脱，
其外旷宇些，
赤螘若象，
玄蜂若壶些。

五谷不生，
藂菅是食些。
其土烂人，
求水无所得些。

彷徉无所倚，
广大无所极些。
归来！归来！
恐自遗贼些。

魂兮！归来！
北方不可以止些，
增冰峨峨，
飞雪千里些，
归来！归来！

不可以久些。

魂兮，归来！
君无上天些；
虎豹九关，
啄害下人些！

一夫九首，
拔木九千些，
豺狼从目，
往来侁侁些。

悬人以娭，
投之深渊些。
致命于帝，
然后得瞑些。
归来！往恐危身些。

魂兮！归来！
君无下此幽都些，
土伯九约，
其角觺觺些。

敦脄血拇，
逐人駓駓些，
参目虎首，
其身若牛些。
此皆甘人，
归来，恐自遗灾些。

第二大段

魂兮！归来！
入修门些，
工祝招君，
背行先些。

秦篝齐缕，
郑绵络些，
招具该备，
永啸呼些。
魂兮，归来！
反故居些。

天地四方，
多贼奸些，
像设君室，
静闲安些。

高堂邃宇，
槛层轩些，
层台累榭，
临高山些。

网户朱缀，
刻方连些，
冬有突厦，
夏室寒些。

川谷径复，
流潺湲些，
光风转蕙，
汜崇兰些。
经堂入奥，
朱尘筵些。

砥室翠翘，
挂曲琼些，
翡翠珠被，
烂齐光些。

蒻阿拂壁，
罗帱张些，
纂组绮缟，
结琦璜些。

室中之观，
多珍怪些，
兰膏明烛，
华容备些。
二人侍宿，
射递代些。

九侯淑女，
多迅众些，
盛鬋不同制，
实满宫些。

容态好比，
顺弥代些。
弱颜固植，
謇其有意些。
姱容修态，
絙洞房些，
蛾眉曼睩，
目腾光些。

靡颜腻理，
遗视矊些，
离榭修幕，
侍君之闲些。

翡帷翠帐，
饰高堂些；
红壁沙版，
玄玉梁些。

仰观刻桷，
画龙蛇些。
坐堂伏槛，
临曲池些。

芙蓉始发，
杂芰荷些，
紫茎屏风，
文缘波些。

文异豹饰，

侍陂陁些，
轩辌既低，
步骑罗些。

兰薄户树，
琼木篱些。
魂兮，归来！
何远为些？

室家遂宗？
食多方些；
稻粢穱麦，
挐黄粱些。

大苦咸酸，
辛甘行些。
肥牛之腱，
臑若芳些。

和酸若苦？
陈吴羹些，
胹鳖炮羔，
有柘浆些。

鹄酸臇凫，
煎鸿鸧些，
露鸡臛蠵，
厉而不爽些。

粔籹蜜饵，

有怅惶些，
瑶浆蜜勺，
实羽觞些。

挫糟冻饮，
酎清凉些，
华酌既陈，
有琼浆些，
归来反故室，
敬而无妨些。

肴羞未通，
女乐罗些，
敶钟按鼓，
造新歌些。

涉江采菱，
发扬荷些，
美人既醉，
朱颜酡些。

娭光眇视，
目曾波些。
被文服纤，
丽而不奇些。

长发曼鬋，
艳陆离些，
二八齐容，
起郑舞些。

祚若交竽，
抚案下些，
竽瑟狂会，
搷鸣鼓些。

宫庭震惊，
发激楚些，
吴歈蔡讴，
奏大吕些。

士女杂坐，
乱而不分些，
放陈组缨，
班其相纷些。

郑卫妖玩，
来杂陈些，
激楚之结，
独秀先些。

菎蔽象棋，
有六簙些，
分曹并进，
遒相迫些。

成枭而牟，
呼五白些，
晋制犀比，
费白日些。

铿钟摇簴，
楔梓瑟些，
娱酒不废，
沉日夜些。

兰膏明烛，
华灯错些，
结撰至思，
兰芳假些。

人有所极，
同心赋些，
酎饮尽欢，
乐先故兮，
魂兮归来，
反故居些。

第 三 大 段

乱曰：
献岁发春兮汩吾南征，
菉蘋齐叶兮白芷生。

路贯庐江兮左长薄，
倚沼畦瀛兮遥望博。

青骊结驷兮齐千乘，
悬火延起兮玄颜烝。

步及骤处兮诱骋先，
抑骛若通兮引车右还。

与王趋梦兮课后先，
君王亲发兮惮青兕。

朱明承夜兮时不可淹，
皋兰被径兮斯路渐。

湛湛江水兮上有枫，
目极千里兮伤春心，
魂兮归来哀江南！

《招魂》疏证

导　论

古人早知人死则变成鬼。《礼·祭法》："人死曰鬼，鬼之言归也。"《祭义》："众生必死，死必归土，此之谓鬼。骨肉毙于下阴为野土。"《礼运》"列于鬼神"注云："鬼者，精神所归。"《郊特牲》："魂气归于天，形魄归于土。"鬼无所归，便要侵害生人，这叫做厉鬼。

甲骨文既有"鬼梦"，丁山谓即"惧梦"，大约即今人所谓"梦魇"、"噩梦"、"恶梦"。古人想像鬼的形状甚可畏怖，甲骨文的[illegible]象人戴一大头。《左传》梦见鬼，和人亲眼见鬼的记载甚多，可见鬼的观念很早便有，而且明确。

人于形体以外，尚有精神作用，人已死之后，这种精神作用也还存在，古人也知道这件事吗？曰知道。《易·系辞》："精气为物，游魂为变。"郑注："游魂谓之鬼，物终所归；精气谓之神，物生所聚也。"《诗·郑风·出其东门》："出其东门，有女如云，虽则如云，匪我思存，缟衣綦巾，聊乐我员。""员"："云"，古今字。《经传释词》云："聊乐我员，犹云我且乐之也。但《韩诗》员作"魂"，犹云怡悦我之心理。其义较长。《左传·昭七年》："人生始化曰魄，阳曰魂。"《礼记·檀弓下》："延陵季子适齐，於其返也，其长子死……曰：'骨肉复归于土，命也；若魂气则无不之也。'而遂行。孔子曰：'延陵季子之於礼也，其合矣乎！'"《祭义》："宰我曰：'吾闻鬼神之名，不知其所谓。'子曰：'气也者，神之盛也；魄也者，鬼之盛也。合鬼与神，教之至也。众生必死，死必归土，此之谓鬼，骨肉毙于下……其气发扬于上为昭明，焄蒿怆凄，此百物之精也，神之著也。”孔子所谓发扬于上的气，即是季札所谓魂气也。

屈原《九歌·国殇》：“身既死兮神以灵，魂魄毅兮为鬼雄。”《九章·抽思》：“惟郢路之辽远兮，魂一夕而九逝。”“愿径逝而不得兮，魂识路之营营。”“何灵魂之信直兮，人之心不与吾心同。”《哀郢》：“羌灵魂之欲归兮，何须臾而忘返。”《远游》：“夜耿耿而不寐兮，魂营营而至曙”，“毋滑而魂兮，彼将自然”。

屈原作品中的“神”、“气”、“神明”、“精”各种字眼也和“魂”字接近，甚至可说是同字异名。《远游》：“神倏忽而不返兮，形枯槁而独留”，“质销铄以汋约兮，神要眇以淫放”，这个“神”与“形”、“质”对待而言，不是“魂”是什么呢?“因气变而遂曾举兮”言炼气成则身体亦化而为神仙能遨游空中，无所不往，则这个“气”也与“魂”仿佛。“保神明之清澄”，“精澄粹而始壮”都有“魂”的意义。将“灵”与“魂”连缀而为一词，也始自屈原。

总之，到了屈原时代文化进步呈飞跃状态，许多曲折深奥、渺茫希微的观念形成了；万物之灵的人类除了肉体以外，尚有灵魂的存在，也早已承认了。灵魂本可以永不腐朽，若将肉体加以锻炼，或得饮仙药，或遇仙师汲引，则灵魂连肉体成为神仙之体。这是战国时代人们所一致信仰而不疑的事，屈原对此尤为向往殷切，《离骚》下半篇之远赴西海，《远游》全篇之遨游世外，皆由乎此。

古人既久知身外尚有灵魂的事，遂有招魂之俗的产生。招魂有两种，其一是招于死后。《礼运》：“及其死也，升屋而号，告曰：‘皋，某复。’然后饭腥而苴孰，故天望而地藏也。体魄则降，知气在上，故死者北首，生者南乡，皆从其初。”《正义》曰：“谓五帝以下，至于三王，及其身之死也，升上屋而号呼，告曰‘皋，某复者’，谓北面而告天，曰皋。皋引声之言；某，谓死者名，令其反复魄。复魄不复，然后浴尸而行含礼。饭用生稻之米，故云‘饭腥’。上古未有火化之法，苴孰者……用苞裹熟肉以遣送尸……”“天望，谓望天而招魂，地藏，谓葬地以藏尸也。”

朱熹《楚辞集注》谓：‘古者人死，则使人以其上服，升屋履危，北面而号曰：‘皋，某复。’遂以其衣三招之乃下以覆尸，此礼所谓‘复’，而说者以为‘招魂’。复魂又以为尽爱之道，而有祷祠之心者，盖犹冀其复生也。如是而不生，则不生矣。于是乃行死事，此制礼者之意也。”

其一是招之生前。朱熹又说：“而荆楚之俗乃或以是施之生人。故宋玉哀闵屈原无罪放逐，恐其魂魄散离而不复，遂因国俗，托帝命，假巫语以招之。以礼言之，固为鄙野，然其尽爱以致祷，则犹古人之遗意也……”

其实招魂（招生魂）之俗，到处皆有，并且起源甚古。惟中国儒者昧于民俗之学，见事之不见于正经正史者则断其无。朱归此事于楚人鄙野之俗，乃儒家囿于经义之弊。朱氏又于所撰《楚辞辩证》下说《招魂》云：“后世招魂之礼，有不专为死人者，如杜子美彭衙行云：‘暖汤濯我足，翦纸招我魂’，盖当时关陕间风俗，道路劳苦之余，则皆为此礼以祓除而慰安之也。丘世高抑崇作送终礼云：‘越俗有暴死者则亟使人遍于衢路以其姓名呼之，往往而甦。’以此言之，又见古人于此，诚有望其复生，非徒为是文具而已也。”朱氏初以生前招魂为楚俗，现在又说是关陕间风俗，可见他自己亦不能坚持前说。

今民间风俗，小儿在外受惊，归而病，则其家谓魂落在外，一人持儿故衣招于野外曰“某某归来吧”，旁一人应曰“归来了”。于是一步一呼，一呼一应，回到家中以衣覆病儿身上，谓魂已唤归。这就是陆侃如所谓“叫火”。此事常施之儿童，成人患病用之者少。像杜甫彭衙行翦纸招魂之俗，恐久已失传了。

古代招生魂特别讲究，不仅要用故衣，还有若干工具，即屈原《招魂》所谓“招具”，《招魂》：“秦篝齐缕，郑绵络些，招具该备，永呼啸些。”游国恩《招魂篝缕绵络证》说得非常之好，不妨援引于次：

……愚谓“秦篝齐缕”者，栖魂之具；“郑绵络”者，招魂之衣，皆下文所谓“招具”也。当分别言之，逸概以为魂衣，误矣。故洪氏《补注》云：“篝，笼也，笿也，可薰衣。”洪以篝为唐人熏笼，其说甚是，而于缕绵络之用，则略而不言，殆存“盖阙”之义。考范石湖《桂海虞衡志》云：“家人远而归者，止三十里外，家遣巫提竹篮迓，脱归人帖身衣贮之篮，以前导还家，言为行人收魂归也。”（据《文献通考》三百三十引，今本《桂海虞衡志》无此文。）陆次云以为僮人之俗，载之《峒谿织志》中。盖篝者，犹彼之竹篮，而缕则所以饰篝，或以为提挈之用，如古乐所云：“青丝为笼系”者也。绵络者所以为衣，犹彼所谓帖身衣也。然则僮人之俗，盖古俗也。（今吾乡为病人招魂，持病者衣，于所招之处，拾取一二瓦砾置衣中，怀之而归，但不用竹篮耳。）又考之范成勋《云南通志》载：“白倮倮丧无棺，缚以火麻，裹毡，焚之于山。既焚，鸣金执旗招其魂，以竹签裹絮少许，置小篾笼中，悬死者床间，祭以丑月二十三日，插山榛三百枝于门，列篾笼地上，割烧豚，每笼各献少许，侑以酒食。（见卷二十七“獞人”门）倪蜕《滇小记》，师范《滇系》，檀萃《滇海虞衡志》，并载其事。则知白倮倮所用篾笼者，即《招魂》所谓篝也；所用竹签裹絮者，即《招魂》所谓绵络也。盖篝笼所以栖魂，而绵络之衣则以覆于篝笼之上以为招者也。是则僮人白倮倮之所为，盖与汉族同出一辙矣……

歌辞的解释

第一大段

朕幼清以廉洁兮，身服义而未沬；主此盛德兮，牵于俗而芜秽。

□□□□□□□，□□□□□□，上无所考此盛德兮，长离殃而愁苦!

朕，在战国前后，均属于代名词第一人称的所有格，犹言“我的”，又是代名词第一人称。

王逸云：“不求曰清，不受曰廉，不污曰洁。”朱熹曰：“清者其志之不杂，廉者其行之辩，洁者其身之不污。‘服’，行也。‘沬’与昧同。《文选》五臣则虽以‘沬’为‘昧’，但又以沬为‘已’。”

“主此盛德”言我拥有此盛德。“牵俗芜秽”五臣云：“言己主执仁义忠信之德，为谗佞所牵迫使荒芜秽污，而不得进。”五臣以“秽”为“污秽”，误。《离骚》：“不抚壮而弃秽”，壮同庄。秽同岁，稼穑之杂草也言我拥有此盛美之德，奈为世俗之人所牵缠，不得进用，如良田美稼长满杂草，而趋于荒芜。

“上”指君主。“考”，考校、考验。“离”，一作罹。

屈原作品大率四句一节，“上无所考此盛德兮”二句上似脱落两句。此乃陆侃如意见。

帝告巫阳曰：“有人在下，我欲辅之；魂魄离散，汝筮予之。”

巫阳对曰：“掌梦，上帝，其难从。若必筮予之，恐后之谢，不能复用巫阳焉。”

“帝”，上帝。“巫阳”，巫其职业，阳则其名，本来女曰巫，男曰觋。然古人书中言及巫者皆男巫。朱熹《集注》乃主为女，太拘。巫阳，或泛言“古之神巫”，或言“黄帝时主筮者”（蒋骥说）。洪兴祖引《山海经》：“开明东有巫彭，巫抵、巫阳、巫凡、巫相、巫履。”注（郭璞）云：“皆神医也。”郭璞之所以称此诸巫为神医者以其采不死药救母也。古时巫医相通，注亦未大误。但观此处上帝命巫为筮，则巫而非医。

上帝对巫阳言有人在下正当魂魄离开其身且将四散而消失，我欲助其一臂力，你且卜筮一下，看其魂魄散在何处，将其召集回来。

"予"同"与"，指召集魂魄事。

"掌梦"，或言未详。或连"上带"为句，为"掌梦上帝"谓人生则魂交而有梦，死则魂散而升，皆帝司之，故曰"掌梦"（林云铭说）。周礼太卜掌三梦之法。朱云："此一节巫阳对语不可晓，恐有脱误。然其大意似谓帝命有不可从者，如必筮其所在而后招以与之，则恐其离散之远，而或后之以至徂谢，且将不得复用巫阳之技矣。"

前人谓此节有脱误，乃不明句逗之故。"掌梦"一顿，巫阳自称也。"上帝"一顿，巫阳之所以称帝也。"其难从"或作"其命难从"。其字乃代名词第三人称所有格。此处不用第二人称而用第三，实费解。但卑贱者称尊贵，不可直接相呼，必稍转折乃可，"陛下""殿下""阁下""足下"，皆由此观念产生。"其难从"，犹言"您的命令难从"，不用"您"而用"您"所以表示恭敬。外国贵族仆役对主人说话皆常用第三人称代辞。如告主人早餐已备，不曰"您的早餐已备，请您去享用"而必曰："您的早餐已备，请您去享用"皆其例。巫阳犹言："我这个掌梦者，对您上帝的命令，难以服从。"不过这几句文义亦实难解，朱熹脱误之说，亦未尝无理。

乃下招曰：魂兮归来！去君之恒幹，何为四方些？舍君之乐处，而离彼不祥些。

"恒"，常也。"幹"，体也。言魂何以离开你的常处之身体，散到四方去呢？或曰"去君之恒闬"，闬，里也。楚人名里曰闬。以恒幹为是。第三、四句言何为舍楚国饶乐之处而走不善之乡，以犯触众恶也。五臣云："离罹也。"

此四句乃一篇之总冒。

魂兮归来！东方不可以托些；长人千仞，唯魂是索些。

十日代出，流金砾石些；彼皆习之，魂往必释些。归来归来，不可以托些。

"托"，寄也。《山海经·大荒东经》："东海之外，大荒之中，有山名曰大言（《初学记》五引此经作大谷），日月所出，有波谷山者，有大人之国。有大人之市，名曰大人之堂，有一大人踆（古蹲字）其上，张其两耳。"《山海经》未言大人身长多少尺度。《列子》言龙伯国人至渤海东一钓而连六鳌，则其身长不可人间尺度计算。此乃稍晚之想像语，非常夸诞，屈原时代但言东方长人身长千仞。《山海经》大人无好食人说，屈原假设长人求人之魂食之，以增加恐怖气氛。

《大荒东经》："大荒之中，有山名曰孽摇頵羝，上有扶木，柱三百里，其叶如芥。有谷曰温源谷。汤谷上有扶木，一日方至，一日方出，皆载于乌。"十日代出，言十日轮流以出。东方距日出处近，其热酷烈，金属熔为流质，石亦销铄。东方土著习惯此等炎热，不以为苦，你的灵魂若到那种地方，一定要溶化了的。魂啊！快回来，那里不能住呀！

魂兮归来，南方不可以止些；雕题黑齿，得人肉以祀，以其骨为醢兮。

蝮蛇蓁蓁，封狐千里些，雄虺九首，往来倏忽，吞人以益其心些。归来！归来！不可以久淫些。

《礼记》："南方曰蛮，雕题交趾。"注："雕题，刻其肌以丹青涅之。"雕题，刺涅种种花纹于额及面。《山经》有雕题国。

王逸言南极之人常食嬴蜂，得人之肉用祭祀先祖，复以其骨为醢酱。

《山经》又有黑齿国。

"蝮蛇"，《山经》蝮蛇色如绶文，大者百余斤。"蓁蓁"，积聚之貌。"封狐千里"，有二说。一谓大狐健走千里；一谓大狐其长千里，恐以前说为是。

"雄虺九首"见《天问》。"淫"，淹留也。

魂兮归来！西方之害，流沙千里些，旋入雷渊，爢散而不可止些。

幸而得脱，其外旷宇些，赤蚁若象，玄蜂若壶些。

五谷不生，藂菅是食些。其土烂人，求水无所得些。

彷徉无所倚，广大无所极些。归来，归来，恐自遗贼些。

“流沙”，王逸曰：“沙流而行也。《尚书》曰：‘馀波入于流沙。”言西方之地，厥土不毛，流沙滑滑，昼夜流行，纵广千里，又无舟航也。”王逸说流沙完全望文生义的比附，不值措意。朱熹谓即今西海居延泽。沈括《梦溪笔谈》：尝过无定河，活沙，履之百步皆动，如行幕上；或陷，则人马车驼以千数，无孑遗者，或谓此即流沙也。蒋骥亦引《笔谈》云：“鄜延西北有范河，即流沙也。人马践之，有声，则应时皆灭。”蒋又云：“西域度尔格，有沙海二千余里，沙乘天风如浪，行旅遇之，常为所压，飞沙卷人，随风旋转也。”朱熹蒋骥所引《梦溪笔谈》言流沙情况是真实的。今西洋人亦常言之。唯蒋骥所云度尔格之沙海则非流沙。

“雷渊”，《文选》渊作泉。避唐高祖讳也。《山海经》：“雷泽中有雷神，龙身而人头。”王夫之谓即“西海”。周孟侯谓西域河源所注之“雷翥海”。流沙卷人入于雷渊，身已靡散，尚旋转而不可止。幸而自雷渊脱出，雷渊外仍旷野弥望，渺无居民。

“大蜂”，《山海经》：“大蜂其状如蜂，朱蛾状如蚁。”此二句本出《海内北经》，然皆在昆仑北。我国人虽知昆仑处大地正中，实际则在西北，屈原借昆仑北之巨蜂赤蚁，借以形容西方之险恶耳。

“藂菅”，茅属，菅同蕑。《说文》：“蕑草出吴林山。”言其地不生五谷，人只能以丛生之茅草为食，若牛羊然。

西方多沙漠，求水甚难，其土又湿暑而热，燋烂人肉。

平沙莽莽，罕有人烟，人彷徉其间，无所投止。

魂兮归来！北方不可以止些；增冰峨峨，飞雪千里些，归来，归来！不可以久些！

洪兴祖曰："《神异经》：'北方有曾（同层）冰万里，厚百丈。'《尸子》曰：'朔方之寒，地冻厚六尺。北极左右有不释之冰。'"古代中国人未必有探险北冰洋之能力，而《淮南》言北方玄冥所司万二千里，冻寒积冰，昼晦，与《神异经》所言，皆俨然北冰洋光景，可见此项知识乃系域外传来。

魂兮归来，君无上天些，虎豹九关，啄害下人些，

一夫九首，拔木九千些，豺狼从目，往来侁侁些。

悬人以娭，投之深渊些。致命于帝，然后得瞑些。归来，归来，恐危身些！

天上景况人莫能详。惟知天门九重是名阊阖，天阍守之，欲入甚难。昆仑为上帝下都，风光与天庭仿佛。《山海经·西山经》："西南四百里，曰昆仑之丘，是实惟帝之下都。神'陆吾'司之，其神状虎身而九尾，人面而虎爪，是神也，司天之九部及帝之囿时。有兽焉，其状如羊而四角，名曰'土蝼'，是食人。有鸟焉，其状如蜂，大如鸳鸯，名曰'钦原'，蠚鸟兽则死，蠚木则枯。有鸟焉，其名曰"鹑鸟"，是司帝之百服……"《海内西经》云："海内昆仑之虚，在西北，帝之下都……面有九门，门有开明兽守之，百神之所在。"所谓"陆吾神"，虎身虎爪，实则狮身狮爪，守九门的"开明兽"也即是狮身人面兽，名 Sphinx。此字义为"智慧"，中国古时译为"开明"。中国不产狮，凡狮皆以为虎。狮之一字乃由西域传入，其音为"师"，《汉书·西域记》："乌弋有蒲桃、师子、犀牛。"乌弋原为乌弋山离国，今属俾鲁支一带地。师子一词至唐尚沿用，如印度、锡兰本名狮子国，唐时则称"师子国"。《唐书·西域传》："师子国居西南海中，延袤千余里，能驯养师子，因以名国。"我国既不产狮子，战国时连这个译音也不知道，但听人描写其状，颇类虎，只好权宜称之为虎了。

狮虎同科，是亦无碍。此篇言守天庭九门之虎即狮，豹字无非陪

衬。而且豹与狮虎亦同属猫科。土蝼食人，钦原之鸟螫人，天门禁卫之森严，可以想见。

九首拔木者乃巨人（Giant)，为天帝敌者。巨人与上帝作战时拔起山峰及大树以为武器，见希腊神话。巨人有三头、五十头、百头之别。屈赋仅以“九”之一字括之。巨人本天帝仇敌，屈赋却把他当做天帝的守卫，谅别有根据，今已莫考。或者屈原从希腊神话中得知拔木巨魔惯与天帝作战，遂将他胡乱拉来使他成为天帝一边的人。

“豺狼”，有些楚辞注家说即是那拔木的巨人，其实豺狼与从目是两种怪物。这一句应标点为“豺狼、从目”。

“从目”就是竖目，从同纵。纵，直也。我认为这就是希腊神话为天帝锻炼雷矢的独目巨人（cyclops)。他们的独目竖在面部正中，故曰“从目”。但希腊有些图画，独目巨人的目是横置于面上。这或是后人随便画的。

“悬人”“投渊”二事疑用希腊英雄底索士（Theseus）的典故。底索士乃雅典王爱琴士（Aegenes）子，当他长大去寻父时，路遇“屈松者”西尼斯（Sinis）乃海王之子，每喜屈大松树至地将人缚于两松顶，乃将松放回原状，松枝的弹性而将人撕裂成两片。底索士与西尼士斗，败之，以斯人之道施于斯人之身，为一方除害。这就是《招魂》所谓“悬人”。底索士又遇巨盗史克龙（Sciron)，天帝宙士之孙，居住海崖之上，每投来往族客于海以饲一巨鳖，底索士亦以其法治之。这就是《招魂》所谓“投渊”。两人者一为海王子（海王乃天帝宙士之兄）为天帝侄；一为天帝孙，屈原遂将其安于天宫吧！

“致命于帝”二句有三种解释。“瞑”一作“眠”，王逸曰：“言投人已讫，上致命天帝，然后乃得眠卧也。”五臣、洪兴祖、朱熹均遵此说。谓恶魔投人于渊，而以其神异，能令人不死，反告之帝，然后瞑目，谓求死不得也。王夫之、蒋骥等为此说。恶魔害人，“必闻之帝而止之，然后可以安眠，帝命又不易得，外卫之害可畏”。林云铭如此说。如前王蒋意见，则上帝未免过于残暴；如后一种意见，人到天庭，何暇安眠？故此二句意义颇难明了。笔者以为“瞑”作闭目解，转为安心，或甘心。言恶魔害了人后，复命于帝，而后安心或甘心也。

或者又有人要问：巫阳前与上帝问答时，何等恭敬，何以此时将天庭光景说得如此不堪，岂非矛盾；则须知巫阳旨在将魂招归，若不将上下四方说得这样凶险可怕，魂岂肯随招而来？且此等笔墨，原属游戏，刻舟胶柱以求，斯为笨伯。

《招魂》此节文字十分之九用希腊典故。

魂兮归来，君无下此幽都些，土伯九约，其角觺觺些。敦脄血拇，逐人駓駓些，参目虎首，其身若牛些。此皆甘人，归来，恐自遗灾些。

“幽都”，地府。“土伯”，王逸谓后土之侯伯，非是。伯者父也。父亦同乎祖宗。死神为“第一人”，亦即是人类祖，故以“伯”称之。“九约”旧注“其身九屈”，则土伯形状当如蛇虺之类，然下文又言其厚背（敦脄），又言“其身若牛”，牛身岂能九屈？蒋骥谓“约”为尾，《吕览》：“肉之美者，有旄象之约。”则土伯身具九尾。此解较身体九屈为胜，然羌无故实。窃疑地府有九层，每层各有主者，印度称冥君曰“阎摩”（yama），“约”当是阎摩之省，即 ya 之对音。九约者九位阎摩也。（按此语乃一印度人所言，亦不过拟议而已。是否如此，不敢为信，要之比九屈九尾为佳。）

西亚死神象征或为狮、或为牛，牛固有角，故中国人画鬼每作歧首，实则角也。长沙出土木雕死神，头上角槎桠如鹿。今台北“历史博物馆”收罗各地出土之陶塑像，头生双角，吐舌唇外，即死神。

第二大段

魂兮归来，入修门些，工祝招君，背行先些。秦篝齐缕，郑绵络些，招具该备，永啸呼些。魂兮归来，反故居些。

“修门”，伍端休《江陵记》：“南关三门，其一名龙门；一名修门。”

“工祝”，招魂之巫者。王逸谓：“工、巧也，言选择名工巧辩之巫，使招呼君。”非。工者“乐工”言专门奏乐之人，“工师”言木匠师傅。《诗·小雅·楚茨》“工祝致告”，则工祝连词，言其司祝之人而已。

“背行”，王谓：“背，倍也……巫使招呼君，倍道先行，导以在前，宜随之也。”又不对。倍道先行，则工祝与魂相距甚远，如何招呼？所谓背行者，背字应照字面解。工祝在魂前倒退而行，俾面对魂表示亲切；亦使魂认识其为招之者肯随之而归也。巫祝之面对所招之魂，背行在先，当是古代招魂的仪式，王逸不解，读背为倍，妄造“倍道先行”之说，洪朱遵之。惟王夫之指为“却行”，“先”为导。林云铭亦云：“背行而面向魂，为引导也。”始得此句原意。

“秦篝”，王注篝为络。洪曰笼也。笿也，可薰衣。薰衣之篝体积相当大，野外招魂，携此而行，太嫌不便。既下文有“齐缕”“郑绵络”，则秦篝当是小竹笼盛此诸物者耳。今俗招魂以失魂者所著之衣使巫祝麾而呼其名，到家则以衣覆失魂者床上，言魂附衣归矣。古时楚俗招魂须用缕（线）绵络。王夫之云：“以绵缕络篝，工祝执之以招魂者，其制不可考。”林云铭引陆时雍之说曰：“篝，笿也；缕，线也；绵络，缠缚之具也。魂行乘空，故设篝缕为线，绵络为笮，若世之所为浮度也。”窃意此乃古时楚国招魂所用之物，所谓“招具”，不必深考。“秦”、“齐”、“郑”，国别，亦无须细究，不过言某物以某地所产者为最佳罢了。

“呼啸”，工祝招魂时必呼失魂者之名而招之归。王逸乃谓：“夫啸者阴也，呼者阳也。阳主魂，阴主魄，乃必呼啸以蹙之也。”太迂。

天地四方，多贼奸些，像设君室，静闲安些。

天地四方即上文四方上下危险太多，劝魂勿往，后乃大述故居之安乐。

“像设”二字，朱谓：“楚俗人死则设其形像于室而祠之。”但屈原招魂乃招其生时之魂，安得设像而祠？王夫之云：“像设者，以意想像而设言之。自此至末‘反故居些’，皆像设之辞，谓拟所以待其归者如此。”甚为有理。

此四句结束上下四方之凶险，开启楚国故居之安乐。乃两段大文之过渡，极其重要。故朱熹《集注》以此四句为一节，使之独立。其读书眼光之明炯与胆识之过人，有足佩者！

高堂邃宇，槛层轩些，层台累榭，临高山些。

网户朱缀，刻方连些，冬有突厦，夏室寒些。

川谷径复，流潺湲些，光风转蕙，氾崇兰些，经堂入奥，朱尘筵些。

“高堂”，言堂之筑基甚高。“宇”，屋也。“邃”，深也。屋之深也。“槛”，栏杆也。纵者曰槛，横者曰楯。层轩有数层，则人登之阶道，必设栏杆。

“台榭”，《说文》：“台观四方者榭，台有屋也。”一曰：“凡屋无室曰榭。”

“网户”，朱谓：“以木为门扉，而刻为方目，使如罗网之状，即汉所谓罘罳；而程泰之以为今之亮隔，其说是也。朱缀者以丹饰其交缀之处，使其所刻之方目连属之。”

“突”，本为竈突，所谓孔席不暖，墨突不黔是也。“突厦”，王逸谓突为复室，厦为大屋。洪氏曰：“突，深也，隐暗处。《尔雅》‘东南隅谓之突厦’。大屋也。”实则“突”字应照字面解，乃四无遮蔽突出之厦，俾能多受日光而温，冬月处其中为宜。若解为“深”，为“隐暗处”，则冬季居此有何好处？

“夏室寒兮”，朱谓：“盛夏暑热，则有洞达阴堂，其内寒凉也。”

“川谷径复”，“径”，经过也。复，反也。言所居之舍，激导川流，经过园庭，回通反复，其流急疾又洁清也。

"光风转蕙"谓雨已日出而风，草木有光。五臣云："日光转薄于兰蕙之丛。"

"崇兰"，高兰。氾同泛，摇动貌。实则应说光影如波，泛于丛兰之间。

"径堂入奥"之前，恐失落两句。惟《招魂》四句一节并不严格，姑仍之。室之西南隅曰奥，古代敬神之位也。"尘"为承尘，"筵"为竹席。人穿过兰蕙之花畦，经堂而入奥室，见上有朱画承尘，下有簟筵好席，可以休息也。

砥室翠翘，挂曲琼些，翡翠珠被，烂齐光些。

蒻阿拂壁，罗帱张些，纂组绮缟，结琦璜些。

室中之观，多珍怪些，兰膏明烛，华容备些。二八侍宿，射递代些。

"砥室"句，《谷梁》"天子之桷斫之，砻之，如密石焉。"注："以细石磨之。"实则如今磨石地坪。"翠"，翠鸟尾毛，"翘"，高出之貌，疑其饰于床榻者也。

"曲琼"，以美玉作为帐钩。

"翡翠"二句。雄曰翡，雌曰翠。颜师古又谓："鸟各别异，非雌雄异名也。"洪氏曰："翡，赤羽雀；翠，青羽雀，则果异类。或云以珠翠饰被。珠尚可，翡翠之羽饰被，则被数次展叠之后，鸟羽将零落。故翡翠珠被者言被面染色或刺绣而已。或翡翠为绿玉，如此则可与珠同饰。

"齐光"，王逸谓："以翡翠羽及珠玑刻画众华，烂然而同光明也。"五臣亦云："以珠翠饰被，光色烂然相齐。"王夫之则谓"被"为壁衣，珠翠缀于壁衣之上，其光烂然竞采。

"蒻"，王夫之谓当作弱，织也。"阿"，阿锡，轻縠也。"所以为壁衣纤阿，而用罗为帱覆，上为承尘也。"

"罗帱"，王逸曰："言房内则以蒻席薄床，四壁及与曲隅，复施罗帱，轻且凉也。"足罗帱为壁衣或室幄之类。洪氏则引《尔雅》：

“帱禅谓之帐。”似指床上所施之帐。

“纂组”二句，蒋骥曰：“缕带纯赤曰‘纂’，五色曰‘组’。‘绮’，文缯。‘缟’，白缯也。‘琦’，玉名。‘璜’，半璧也。言纂组之带，绮缟之衣，皆系以玉璜，而陈于帱帐之间也。”

金玉为珍，诡异为怪。兰膏以兰香炼膏也。此指灯类所用之油。“二八”，二列也。朱曰：“大夫有二列之乐，故晋悼公赐魏绛女乐二八，钦钟二肆。”“射”，厌也。“递”，更也。意有厌倦，则使更相代也。二八上疑脱落二句。

> 九侯淑女，多迅众些，盛鬋不同制，实满宫些。
> 容态好比，顺弥代些。弱颜固植，謇其有意些。
> 姱容修态，絙洞房些，蛾眉曼睩，目腾光些。
> 靡颜腻理，遗视矊些，离榭修幕，侍君之闲些。

“九侯淑女”，洪氏谓：“九服之诸侯也。”甚是。朱熹乃谓设言商九侯之女，入之纣而不喜淫者。王夫之亦主此说，并增词曰：“言美人贞静似之也。”则过拘执。

“多迅众些”，五臣云：“其来迅疾，众多于此。”朱曰：“迅众未详。”王夫之云：“迅，迭相更代，不稽缓也。”蒋骥曰：“迅众，给侍便捷。众，多也。”蒋说较可取。

“好比”，比，亲附也。“弥”，竟也。朱曰：“自始来至代去，柔顺如一也。”

“弱颜固植”二句，言诸女貌虽柔弱，而操守则坚定。“謇”，发语词，王夫之则谓“固植”不为淫媚之态，“有意”，能自持也。五臣谓“有意”礼则之意。实则“固植”二字难解，疑系误字。

“絙洞房些”，犹竟也。谓禁步洞房，行不逾困也。“蛾眉曼睩”，曼，长也。曼睩，长目也。

“遗视矊些”，“遗视”，王逸谓为“窃视”，王夫之谓等于“留眄”。“矊”，五臣云：“目中瞳子。言目清澈，炯然，见其瞳子。”洪兴祖引《方言》：“黸瞳之子谓之矊。”注：“矊，邈也。音绵。”《广韵》:“瞳子黑也。”

“离榭”二句，蒋骥谓“别馆之榭”等于离宫。“修幕”，长大之帐。闲，暇也。二语承上起下，言非徒深居洞房，凡有游览，靡不随侍也。

> 翡帷翠帐，饰高堂些，红壁沙版，玄玉梁些。
> 仰观刻桷，画龙蛇些，坐堂伏槛，临曲池些。
> 芙蓉始发，杂芰荷些，紫茎屏风，文缘波些。
> 文异豹饰，侍陂陁些，轩辌既低，步骑罗些。
> 兰薄户树，琼木篱些。魂兮归来，何远为些。

蒋云:“此承离榭而序其游览侍从之乐也。所游常有侍女，故高堂亦有帷帐之饰。”此解甚佳，不然，前文已铺陈建筑之华美，又言“堂”言“梁”言“池”言池中之“芙蓉”，岂不犯复?

“沙版”，以丹砂饰木版也。

“桷”，椽也，言刻椽为龙蛇而采画之也。

“屏风”，水葵，即荇菜也。缘一作绿，较佳。荇茎为紫色，飘荡绿波间，色采悦目，故著一“文”字。是可见屈原富有颜色之感。

蒋曰:“前言高堂，但序其制之弘壮，此盛言涂绘之华，而又饰之以帷帐；盖别馆游览之堂，与所居者异也。前言川谷径复，以自然之形势言，此则于堂前凿为曲池，故坐堂而即临水，亦园囿之制也。”

“文异豹饰”，谓外廷侍从之士，其衣文采殊异而以豹皮为饰也。“侍陂陁些”，池沼高下不平之处。

“轩辌既低”，轩，辌，皆轻车之名。“既低”，俛车而待登。

“兰薄户树”二句，五臣云:“言夹户种丛兰，又栽木为藩篱以自蔽。琼者美言也。”

“何远为兮”，五臣云:“此足可安居，何用远去为也。”

> 室家遂宗，食多方些，稻粢穱麦，挐黄粱些。

大苦咸酸，辛甘行些，肥牛之腱，臑若芳些。
和酸若苦，陈吴羹些，胹鳖炮羔，有柘浆些。
鹄酸臇凫，煎鸿鸧些，露鸡臛蠵，厉而不爽些。
粔籹蜜饵，有怅餭些，瑶浆蜜勺，实羽觞些。
挫糟冻饮，酎清凉些，华酌既陈，有琼浆些。归来反故室，敬而无妨些。

“室家遂宗”二句有几种解释。一、王逸言：“君九族室家遂以众盛，人人晓味，故饮食之和，多方道也。”二、朱熹：“室家宗族也。宗，尊也。言君既归来，则室家之众，皆来宗尊，当为设食，其方法多端也。”三、林云铭：“室家中，或欲遂宗人之欢，当为设食，而烹饪多有方法。”四、王夫之：“宗当作崇，富也。”此注最简捷可取。室家既富，饮食之道自然讲究而衍变为多种烹饪方法。

“稻粢”二句。洪引颜师古云：“《本草》所谓稻米者，今之糯米耳。”《说文》云：“稻，稌也。”又《急就篇》云：“稻黍秫稷。”左太冲《蜀都赋》云：“粳稻汉漠”，益知稻即糯，共粳并出矣。粢即稷，穱音捉，稻处种麦也。

蒋骥曰：“挐，揉也。粱有青白黄三种。黄粱种大粒粗，收子少，味逾诸粱。“醎”一作咸，盐也。“酸”，酢也。洪氏谓古人未知制豉之法。史游《急就篇》‘及有无夷盐豉’，盖秦汉以来，始为之耳。据此知逸说非也。《诗》云：‘隰有苓’，陆玑《草木虫鱼疏》云：‘苓，大苦也，可为干菜。’此所谓大苦者，盖苦味之甚者尔。”

“辛甘”，辛谓椒姜，甘谓蜜也。

“肥牛”二句。“腱”，五臣谓为筋肉。又有人谓为筋之大者。筋固可食，然烹煮时太费火候，且亦无甚滋味。“腱”，即今俗所云“腱子肉”，肉中多胶质，此等肉皆在兽身最活动处，故味绝美。“臑”，烂也。一曰臑嫩耎貌。“臑若芳”，言烂而且香也。林云铭乃谓“若”，杜若，用以去腥者。

“和酸”二句，言吴人工作羹，和调甘酸，其味若苦，而复甘也。《淮南》云：“煎熬焚炙，调齐和之适，以穷荆吴甘酸之变。”注

"二国善咸酸之和。"

"胹鳖"二句。"胹"，煮也。"炮"，合毛裹物而烧之也。"柘浆"一作"蔗浆"。

"鹄酸"四句，鹄为野鹅。"酸"以醋烹为羹也。"臇"，臛之少汁者。"鸧"，仓庚也。"露鸡"，诸家皆以为露栖之鸡。不知露栖之鸡有何特别美味？疑是一种野鸟类。"蠵"，大龟。"厉"，烈也。"爽"，败也。楚人名羹败曰爽。

"粔籹"，蜜饵也。"饵"，粉饼也。"怅惶"，干饴也。

"瑶浆蜜勺"皆言酒也。"羽觞"，或言翠羽饰觞，或言杯上插羽，以速饮也。或言刻雀形为酒器，犹言牺尊也。

"挫糟"二句，林云："盛夏则为覆蹙干酿，提去其糟，但取醇酒，置之冰上，取其清凉以饮。""敬而无妨"，言魂归室，子孙承事，长无祸害也。王夫之曰："以酒将敬，醉而无妨也。"似较妥。

肴羞未通，女乐罗些，敶钟按鼓，造新歌些。
涉江采菱，发扬荷些，美人既醉，朱颜酡些。
娭光眇视，目曾波些，被文服纤，丽而不奇些。
长发曼鬋，艳陆离些，二八齐容，起郑舞些。
衽若交竿，抚案下些，竽瑟狂会，搷鸣鼓些。
宫庭震惊，发激楚些，吴歈蔡讴，奏大吕些。

"肴羞未通"二句通本作彻，避汉武帝讳改。王夫之则谓通者遍设之谓。王逸则谓："宾主之礼，殷勤未通而女乐倡荡，已罗列堂下。"

"敶钟"二句，敶一作陈。本系陈列意，此处宜作阵字解。古乐有"编钟"，大小依次，悬钟架上，乐师击之，犹按琴键然。"按鼓"，五臣谓按犹击也。王夫之则谓按节而歌。

"涉江采菱"二句。王逸："言已涉渡大江，南入湖池，采取菱芰，发扬荷叶，喻屈原背去朝堂，隐伏草泽，失其所也。"话说得笨极，"发扬荷些"四字更不通。朱熹谓"涉江""采菱""扬阿"皆楚曲名。这才对了。像王逸那样说法，撰《招魂》者不管他是屈原或宋玉，正当筵宴歌舞，热烈喧阗之际，忽然能涉大江，入湖池去采菱扬荷，谁有这种能耐？

“扬荷”，《文选》作“阳荷”又作“扬阿”，《淮南》“歌采菱，发扬阿”；又云：“足蹀阳阿之舞。”注：“阳阿古之名倡。”此处则为舞名。

“娭光”四句。“娭”即“嬉”，“曾”同“层”，五臣云：“言美人既为戏乐，光采横出，眇然远视，目若水波。”“被文”，被文绣之服。“服纤”，服罗縠之衣。“丽而不奇”或谓被服虽丽而端正，即不作奇装异服之意。王逸说：“不奇，奇也。犹《诗》云‘不显文王’，不显，显也。言美人被服绮绣，曳罗縠，其容靡丽，诚足奇怪也。”王逸不知“不显文王”不字乃“丕”字，大也。则其说何足依据？

“二八齐容”及“郑舞”。“二八”即二列。“齐容”，容服齐一也。

“郑舞”，洪氏引相如赋云：“郑女曼姬。”《边让赋》云：“齐倡列，郑女罗。”《战国策》云：“彼郑国之女，粉白黛黑，立于衢间，非知而见之者以为神。”《淮南》注云：“郑袖，楚怀幸姬，善歌工舞，因名郑舞。”王逸谓郑舞者，郑重曲折而舞也。洪亦有“郑重殷勤”之说。盖皆怀疑楚国何以有郑国之舞，故既言郑袖又屏去之，而以郑重曲折或郑重殷勤为言。不知战国时国际间虽干戈不断，而文化交流形况非常自由。此文以下又有“吴歈”“蔡讴”“郑卫妖玩”“晋制犀比”，前文有“秦篝”“齐缕”“郑绵”，郑舞若解为郑重之舞，则此类国名又何从改之呢？

“衽若交竿”六句。“交竿”言舞者回旋，衣衽掉摇，回转相钩，状若交竹竿也。“案下”，王谓：“以手抑案而徐来下”，五臣谓：“以手抚案其节而徐行也。”“狂会”犹言竽瑟之音发狂般齐鸣并奏，加以暴雨般的鼓声，乐、舞的高潮，使整个宫庭为之震动。所发者为“激楚”之音。王逸注“激楚”曰：“激，清音也。”洪氏引《淮南》曰：“扬郑卫之浩乐，结激楚之遗风。”注：“激楚，清楚之声也。”《舞赋》云：“激楚结风，阳阿之舞。”《上林赋》云：“鄢郢缤纷，激楚结风。”文颖曰：“激，冲激，急风也。结风回风，亦急风也。楚地风既自漂疾，然歌乐者犹复依激结之急风为节，其乐促迅哀急切也。”我以为洪氏之说远胜于王逸以激楚为“清声”之言。

“吴歈”二句。“歈”“讴”皆歌也。吴蔡二国之歌特美，楚之歌女采取之。并非歌女一定为吴蔡人。“大吕”，大吕之一。《周官》：“舞云门，奏大吕。”

士女杂坐，乱而不分些，放敶组缨，班其相纷些。

郑卫妖玩，来杂陈些，激楚之结，独秀先些。

菎蔽象棋，有六簙些，分曹并进，遒相迫些。

成枭而牟，呼五白些，晋制犀比，费白日些。

铿钟摇簴，揳梓瑟些，娱酒不废，沉日夜些。

兰膏明烛，华镫错些，结撰至思，兰芳假些。

人有所极，同心赋些，酎饮尽欢，乐先故些，魂兮归来，反故居些。

“士女”二句，王逸：“言醉饱酣乐，合樽促席，男女杂坐，比肩齐膝，恣意调戏，乱而不分别也。”《史记·滑稽列传》，淳于髡对齐威王说：“若乃州闾之会，男女杂坐，行酒稽留，六博投壶，相引为曹，握手无罚，目眙不禁，前有堕珥，后有遗簪，髡窃乐此，饮可八斗而醉二三。日暮酒阑，合尊促坐，男女同席，履舄交错，杯盘狼藉，堂上烛灭，主人留髡而送客……当此之时，髡心最欢，能饮一石。”是可见战国时代，男女交际，相当自由。林云铭以后世森严之礼，推测战国时事，谓《招魂》所谓士女杂坐，乱而不分者，乃是“歌舞既毕，犹恐不能尽欢，故令歌舞之女与宾杂坐，不定次序，以忘分为乐”，头巾气未免太重，其实所谓士女连男女来宾而言，何尝定是歌舞之女呢？

“组”，束衣之带，“缨”，系冠之索，宾客饮酒既酣，皆解卸而陈之，纷然相杂，几至不能辨认某组某冠属于谁何之人。

“郑卫妖玩”，或以为妖冶可玩之女，或言郑卫之女，其服饰制作，皆妖冶可玩也。疑其不然，前文形容歌舞之女，已有多词，何必再赘？“妖玩”当是奇巧有趣之玩具，杂陈于座，以供宾客把弄者耳。“激楚之结”，当是奏“激楚”曲之乐器，其状尤秀异，超乎一众妖玩之上。

“菎蔽”，“菎”，竹名。“蔽”，《集韵》作簸。《方言》簙谓之蔽，秦晋之间谓之蔽；或谓之箭裹；或谓之棋。《博雅》云：“博箸谓之箭。”即今之筹码。“象棋”，以象牙为棋也。

“六簙”，洪氏引《说文》云：“局戏也，六箸十二棋也。”王夫之云：“象棋，谓围棋。象阴阳及周天之度。六簙，博戏十二，棋人得其六，两人相竞。”

“成枭而牟”，《淮南》曰“善博者不欲牟，不恐不胜”。注：“博者其棋不伤为牟。牟，过也，进也，大也。”

“五白”，簙齿也。言棋已枭，当成牟胜，故呼五白以助投。

“犀比”，朱熹谓晋国工作簙棋箸，比集犀角以为雕饰。陈本礼则谓以犀角为物，投而比较之，以定其胜负，如今骰子，非簙棋也。此制兴于晋，故曰“晋制”。人躭此戏不舍，不顾时日之暮，故曰“费白日”。

“铿钟”二句，铿，撞也。“簴”以摇发声。当如后世铃镗之制。“梓瑟”以梓木为瑟，“揳”，鼓也。言宾主棋博之际，乐人复奏乐助兴。

“娱酒不废”二句。王逸谓：“虽以酒相娱乐，不废政事，昼夜沉湎，以忘忧也。”不知“不废政事”与“昼夜沉湎”如何联结得上？朱熹言：“不废，犹言不已也。”

“沉日夜”，沉，溺也。“夜”字由上费白日句来。

“兰膏”见前。王夫之曰：“古无巨胜，蔓菁、柏油，皆羊牛豕之膏于稾然之。膏气腥臊，兰草之香去腥，故以炼膏。”华镫，镫，锭也。徐铉曰：“锭中置烛，故谓之镫。”镫锭尽雕琢镂饰之美，故曰“华镫”。“错”者，杂陈也。

“结撰至思”四句。五臣谓：“我能撰深心以思贤人。兰芳喻贤人，言君能结撰博专至之心，以思贤人，贤人即自至也。”在此昼夜不分，狂欢纵博之时，还会思什么贤人？恐这四句即淳于髡所谓“主人留髡而送客”的翻版文章。在明烛华镫之下，客对美女，情有所钟，而美人亦假以辞色。（兰芳，或美女之代词，或美人以兰赠客定情，犹所谓采兰赠芍。）竟日娱乐之最后，与此美人赋同心耳。

“先故”或以为先祖及故旧，或以为祖先。独朱熹引《汉书》陈婴母曰：“汝家先故，未曾贵。”盖出楚辞，谓先故者，旧事也。是《招魂》所谓“酎饮尽欢，乐先故些”者盖沿旧习为之者耳。

第三大段

> 乱曰：献岁发春兮，汩吾南征，菉蘋齐叶兮白芷生，
> 路贯庐江兮左长薄，倚沼畦瀛兮遥望博。

“献岁”二句。“献”，进也。言岁始来进，春气奋扬，万物皆感气而生。即于此时，我曾迅疾自西北向东南作了一趟旅行。此即屈原护送眷属沿江下，由庐江至陵阳事。

“菉”，王刍也。《诗·卫风·淇澳》“菉竹猗猗”。“蘋”，王逸云一作“薠”，作薠是。蘋生水中，薠则生陆地。《九歌·湘夫人》“登白薠兮骋望”。又“鸟萃兮薠中”，皆误薠为蘋，王逸疑蘋不可登履，遂删“登白薠”句之登字。

“白芷”，香草，见《骚》经。

“路贯庐江”，“贯”出也。“庐江”“长薄”皆地名。朱熹曰：“左者，行出其右也。”

“倚沼畦瀛”句。“沼”池也。“畦”区也。“瀛”，楚人名池泽中曰瀛。“遥望博”远望眼界宽阔。

以上叙南征时当春初时所见。

> 青骊结驷兮齐千乘，悬火延起兮玄颜烝。
> 步及骤处兮诱骋先，抑骛若通兮引车右还。

“骊”，纯黑色之马为骊，“青”，青色马也。“齐千乘”，或言齐一服色。

“悬火”，悬镫林间，以照夜猎，其火延照旷野之林莽，“玄颜烝”三字费解。王逸谓“玄”天也。野火之烟烝天使变为黑色也。烝一作蒸。以“玄颜”为“天容”究竟勉强，烝字一作蒸，是。窃疑此处，系描夜猎光景。猎众在夜色中皆是幢幢黑影，火光一照，蒸变得五色璀璨。焕然悦目，这等描写，俨有今日彩色电影画面的美观。“蒸”字下得真令人叫绝。

“步及骤处”，“步”者步行之兵也。“骤”者乘马之兵也。“处”者固定于某一点不动者也。“诱骋”，朱言：“盖为前导而驰骋以先诱猎众，若仪礼射仪之有‘诱射’也。”

“抑骛若通”句。五臣云：“止驰骛者使顺通猎事。”“引车右还”以射兽也。

与王趋梦兮，课后先，君王亲发兮，惮青兕。

朱明承夜兮，时不可淹，皋兰被径兮，斯路渐。

“梦”，洪兴祖曰：“楚谓草泽曰梦。《尔雅》曰：‘楚有云梦。’先儒云：‘《左传》楚子与郑伯田于江南之梦。”《地理志》：‘南郡华容县南有云梦泽。”杜预云：‘南郡枝江县西有云梦城；江夏安陆县亦有云梦。’或曰：‘南郡华容县东南有巴丘湖，江南之梦。’云梦一泽而每处有名者。司马相如《子虚赋》云：‘云梦者方八九百里。’则此泽跨江南北，每处名存焉。《左传》‘楚昭王寝梦于云中’，则此泽亦得单称‘云’单称‘梦’也。沈存中《云书》曰：‘云土梦作乂。’孔安国注云‘云梦在江南’，不然也。据《左传》吴人入郢，‘楚子涉睢济江，入于云中；王寝，盗攻之，以戈击主，王奔郧’。楚子自郢西走涉睢，则常出于江南，其后涉江入于云中，遂奔郧。郧则今之安州，涉江而后至云，入云然后至郧，则云在江北也。《左传》‘郑伯如楚王以田江南之梦’，曰江南之梦，则云在江北明矣。江南则今之公安、石首、建宁等县；江北则玉沙、监利、景陵诸县也。”

洪氏说云梦甚为详细。云泽在大江之北，梦泽在大江之南，宋时已变成陆地而成为公安、景陵六县了。

“射兕”，五臣云：“时君王亲射青兕，惧其不能制，我佐君杀之。”此君王王逸谓是怀王，屈原尝侍从君猎，今乃放逐，叹而自伤闵也。楚王射兕，似是当时一桩实事，但也可说是用典，见后。

“朱明”句。朱明，日也。承夜，夜转为昼。“淹”，久也。日夜相继，时光之逝甚速。从君射猎盛况如在目前，而我则冉冉老至，废弃在外，永无复用之时矣。

“皋兰被径”句。“皋兰”，泽兰也。云梦之泽，久无猎者，泽兰丛生，将路遮断。

湛湛江水兮，上有枫，目极千里兮，伤春心，魂兮归来兮哀江南。

“湛湛江水”二句。“湛湛”明貌。江上多枫树；当是屈原沿江东下及复上时所见者。沿途所见平原广泽，弥望千里，如此河山将拱手以让人，我心不伤，又安可得？

“魂兮归来”，乃屈原自招其魂也。“江南”即陵阳一带处于长江以南之土地。或者即屈原沿江东下时所经历之千里沃壤。他说在陵阳安顿眷属，魂亦留于该地，今既返贬区，当自招其魄归来。

《招魂》的分段及每段的大旨

《招魂》共一千二百四十余字，亦如《远游》分为两大段。若加乱辞则为三大段。第一大段自“朕幼清以廉洁”起至“归来，归来，恐自遗灾些”止。系巫阳于东南西北及上天下地招魂归来之言。以四方上下皆为神怪之境，可惊可怖，凶险万状，人间巫祝，无法能到，故必以天之神巫如巫阳者招之。此段共分十节，自叙失魂及帝命巫阳招其魂共四节；巫阳四方上下招其魂归来共十六节。连前一共二十节。

自“魂兮归来，入修门些”至“酎饮尽欢，乐先故些。魂兮归来，反故居些”，这一大段包括节数最多，共有三十七节。每节固照屈赋习惯为四句，但有时亦有六句者。这许多节并非节节独立，每连结数节文字说明一个意思，如宫室之建筑；室内铺陈之华美；女侍之美且众；别馆园池之幽静；饮膳之丰盛；女乐之精妙；宴会时宾客之众多，音乐之悦耳。跳舞之娱目，博戏之沉酣，极身体之适，口腹之欲，视听之娱，魂返故居，自安而不去矣。

第二大段开始，招魂不是巫阳而为人间之巫（工祝），这是值得我们注意的。巫阳从上下四方神怪凶险之境将魂招回，入了楚国的修门，巫阳责任已了，可以将它交给人间之巫，让那个工祝与魂细论人间诸般乐事各种享受，俾魂听了后，觉得可恋，也就随着巫招而归来了。许多楚辞注家以为还是巫阳，大误。屈原在此段不称巫阳而称工祝交代得原极清楚。

这一大段可分为若干组。每组没有像《离骚》所包涵节数有一定，也不像《天问》句数有一定，结构比较自由。

第一组共三节。自“魂兮归来，入修门些”起至“像设君室，静闲安些”止，共三节。第一、第二两节叙工祝招魂的手续与情况。第三节“天地四方，多贼奸些，像设君室，静闲安些”四句结束第一段之十六节而起下面三十七节如火如荼，如锦如绣之大文，乃是极其重要的关键文章，不可轻忽放过。前文我也郑重声明过了。

第二组自“高堂邃宇”起到“朱尘筵些”止，共三节。叙宫室建筑，台榭峥嵘，冬夏咸备，而“经堂入奥”又引入下文内室。

第三组自“砥室翠翘”起至“射递代些”止，共三节。自引入内室。内室虽没有像今日我们之聚珍地板，而也有像我们之磨砂地坪。室中必有床榻，床榻必有帐子被褥，皆系罗绮之属为之质地，珍宝之属作为装饰，内室侍寝，必为美人，二八递代，又过渡入于下组。

第四组自“九侯淑女”起至“侍君之闲些”止，共四节。言宫中美人之众，且多来自他国。所谓郑卫之女，姱容修态，能歌善舞，战国时常为宫廷及富贵家所罗致。

第五组自“翡帷翠帐”起至“魂兮归来，何远为些”止，共五节。前文叙述正式宫室，此组则离榭别馆。所悬之帷幕，梁柱之刻画，固不逊于正式者，又有曲池萦绕，荷蕖萍藻，荡漾绿波，编小树为篱，用以掩护。

第六组自“室家遂宗”起，至“归来反故室，敬而无妨些”上，共六节。专言饮膳之美。

第七组自“肴羞未通”起至“吴歈蔡讴，奏大吕些”止，共六节。言筵席既陈，肴羞未上之前，主客先欣赏伎女之歌舞。

第八组自“士女杂坐”起至“反故居兮”止，共七节。叙男女宾客，来赴盛宴，欣赏歌舞，酒醉饭饱之余，以各种赌博为消遣；呼卢喝枭，卜昼卜夜。兰烛华灯，明如白昼，尽欢极乐以后，客皆陆续散去，主人独留其至交，留宿家中，侍以美女。

这一大段节的分组是三、三、三、四、五、六、六、七。好像是有意的安排。是什么意思，我尚未揣摸出来，不敢妄为之说。（但若并失落的句子言，则节数亦稍有变动。）

第三大段为乱辞。乱辞以两个回想组成。第一个回想是春初南征，沿途所见的景物，及经过庐江、长薄两地。魂落江南，故欲招之使归。第二个回想是凭空插入的。大概是作者屈原赴庐江陵阳安顿眷属时，经过沼畦瀛那些一望无际的平原广泽，很像云梦的猎场，于是不由得回想从前贵盛时也曾侍从楚王到云梦游猎的盛况，车马千乘，或骑或步，猎火通明，幢幢黑影亦为蒸焕，楚王亲自发矢，负伤之青兕，狂窜而定，岁月飘忽，倏又十余年，那条我从前走过的路，恐已长满皋兰，不可辨认了。想到这里，又由第二回想，转到第一回想，结出《招魂》主旨，全文告毕。

这一段两节为一节，共七节。有人将一句分为两句，那就有十四小节了。但自王逸以来，都以两句为一节。我觉得较好。此文第一大段二十节，第二大段三十七节，乱辞七节，一共八十四节。

关于《招魂》的种种

（甲）《招魂》的作者问题

王逸《楚辞章句》第九：

> 《招魂》者宋玉之所作也。招者，召也。以手曰招，以言曰召。魂者，身之精也。宋玉哀怜屈原，忠而见弃，愁懑山泽，魂魄放佚，厥命将落，故作《招魂》，欲以复其精神，延其年寿，外陈四方之恶，内崇楚国之美，以讽谏怀王，冀其觉悟而还之也。

王逸之所以将《招魂》断归宋玉者，因《汉书·艺文志》著屈原赋二十五篇。现在来计算一下：《离骚》、《天问》、《远游》、《卜居》、《渔父》各一篇，《九歌》十一篇，《九章》九篇，正合二十五篇之数，《招魂》这一篇不是多出的吗？他无法安排，只好拿来送给宋玉了。

以后楚辞学家均无异议。明代黄文焕的《楚辞听直》始反对王逸之说，而将此篇著作权判归屈原。黄氏书今日本之国尚藏明刊本，清初犹盛行，目前则难见。清林云铭著《楚辞灯》，亦辩之云：

> 古人招魂之礼，为死者而行，嗣亦有施之生人者，屈原以魂魄而招，尚在未死也。但是篇自千数百年来，皆以宋玉所作，王逸茫无考据，遂序于其端。试观太史公作《屈原传赞》云："余

读《招魂》悲其志”，谓悲原之志乎？抑悲宋玉之志乎？此本不待辩者，乃后世相沿不改，无非以世俗招魂，皆出他人之口，不知古人以文滑稽，无所不可，且有生而自祭者，则屈原被放之后，愁苦无可宣泄，借题寄意，亦不慊其为自招也。朱晦翁谓后世招魂之礼，有不专为死人者，如杜子美彭衙行云：“暖汤濯我足，翦纸招我魂”，道路劳苦之余，为此礼以弗除慰安之，何尝非自招乎？

林氏又提出两个疑点，第一点是：

玩篇首序，篇末乱辞，皆不用“君”字而用“朕”断非出于他人口吻，旧注无可文饰，皆谓宋玉代原为词，多此一番回护，何如还他本文所载，直截明显，省却多少藤葛乎？故余决为原自作者，以首尾有自叙乱辞及太史公传赞之语，确有可据也。

第二点是：

若系玉作，无论首尾难通，即篇中亦当仿古礼，自致其招之之辞，不待借巫阳下招，致涉游戏。

林氏之说出后，蒋骥颇赞其说，陈本礼亦然。近代梁启超、游国恩亦皆认为屈原自作，但陆侃如是主张王逸之说的。他在所著《屈原》里驳斥林云铭道：“第一条理由是个巧妙的遁辞，他只举篇首篇末，却把中间一段本文搁置了。这本文用‘君’字处是很多的，例如‘去君之恒幹’‘舍君之乐处’‘君无上天兮’‘君无下此幽都兮’……至于后一项理由更不能成立了，也许宋玉爱那么写法呢？我们如何能捉摸一个诗人的心理？”

此外，陆氏还举出一个铁证，来证明传说把这篇归于宋玉的可靠。既云“铁证”，当然不可轻视。兹将引之于次：

原文乱辞里有这几句“献岁发春兮，汩吾南征，路贯庐江兮，左长薄”，庐江即今之青弋江，在安徽东南部。（李兆洛《说汉志》：“庐江出陵阳东南，北入江。”《山海经·海内东经》：“庐江出三天子都，入江”；《海内南经》“三天子鄣在闽西海北”，注：“在歙县东，浙水出焉。”按陵阳在今池州、石埭东北二里；庐江与浙江同出一山，浙江东流入海，庐江北流入江，然则庐江即今之青弋江也。”读者可参看李氏五种内地理沿革图的附注；杨守敬的地图即从此说。）至“南征”二字，前人大都以屈原放于江南来附会，却是大错的，原文下段里有这几句：“与王趋梦兮课后先，君王亲发兮惮青兕。”此外还有许多叙打猎的话，可见这实在指国君自国都出行，到南方打猎去。（我想当时必有一楚君南猎不返，词臣哀之，为作此篇，惜古代记载存者极少，无从质证耳。）这一点便可证明《招魂》的出世不会在楚考烈二十二年以前。今先把楚都的地点和时期列表于后：

（一）顷襄王二十一年以前——郢都——即今湖北江陵。

（二）顷襄王二十一年至考烈王十年——陈城——即今河南淮阳。

（三）考烈王十年至二十二年——钜阳——即今安徽阜阳。

（四）考烈王二十二年以后——寿春——即今安徽寿县。

江陵恰在青弋江之正西，显然不合于“南征”二字；淮阳与阜阳都在青弋江之西北，方向是合的，但距离太远。寿县也在其西北，方向已经合了，而距离又很近；故我以为《招魂》必作于徙都寿春后，方合于原文里的叙事。照此看来，它的出世必在考烈王二十二年（西元前二四一）以后了。此时屈原的身躯早已成了汨罗江底的泥沙，当然不能做这篇的著者了。宋玉是屈原的后辈，此时当然还在，故传说把这篇归于他是很合理的。

按陆侃如氏主张屈原生于楚宣王二十七年（西元前三四三），死于顷襄王十六年（西元前二八三），距考烈王迁都寿春约四十二年，所以说屈原身体早化汨罗江底的泥沙，他当然没法撰写《招魂》这篇大文，而归著作权于宋玉。

后来陆氏读《战国策》卷十四、楚一，得到这样一则记载：

> 江乙说于安陵君曰："君无咫尺之地，骨肉之亲，处尊位，受厚禄，一国之众，见君莫不敛衽而拜，抚委而服，何以也？"曰："王过举而已，不然，无以至此。"江乙曰："以财交者，财尽而交绝，以色交者，华落而爱渝，是以嬖女不敝席，宠臣不避轩。今君擅楚国之势而无以自结于王，窃为君危之。"安陵君曰："然则奈何？""愿君必请从死，以身为殉，如是，必长得重于楚国。"曰："谨受令。"
>
> 于是楚王游于云梦，结驷千乘，旌旗蔽日，野火之起也若云霓，兕虎嗥之声若雷霆，有狂兕奔车依轮而至，王亲引弓而射，壹发而殪；王抽旃旄而抑兕首，仰天而笑曰："乐矣，今日之游也。寡人万岁千秋之后，谁与乐此矣？"安陵君泣数行而进曰："臣入则编席，出则陪乘，大王万岁千秋之后，愿得以身试黄泉，蓐蝼蚁，又何如得此乐而乐之？"王大悦，乃封坛为安陵君。君子闻之曰："江乙可谓善谋，安陵君可谓知时矣。"

陆氏因此又有楚王行猎，亲自射毙兕牛的话以为正与《招魂》"与王趋梦兮课后先，君王亲发兮惮青兕"相符合，非常得意，将这条发现引在他后来所著的《屈原与宋玉》一书中，使他那个"铁证"更加坚实。

按这个猎云梦，楚君射兕事，古籍还有一篇，《吕览·至忠篇》云："荆庄哀王猎于云梦，射随兕，中之。申公子培，劫王而夺之。王以为不敬，将诛之。右左皆谏，曰：'子培，贤者也，又为王不倍之臣。此必有故，愿王察之也。'不出三月，子培疾而死。荆与晋战于两棠，大胜，归而赏有功者，申公子培之弟进，请赏于王曰：'人之有功也于军旅，臣兄之有功也于车下。'王曰：'何谓也？'对曰：'臣之兄犯暴不敬之名，触死亡之罪于王之侧，其愚将以忠于君王之身，而持千岁之寿也。臣之兄尝读故训曰：杀随兕者，不出三月，是以臣之兄惊惧而争之，故伏其罪而死。'王令人发平府而视之，果有，乃原赏之。"荆庄哀王，哀字衍。随兕，据说是随母之兕。射兕不祥，故著一"惮"字。（若荆庄王射兕为史实，则《招魂》为用典。因楚庄王系春秋五霸之一，时代在屈原前。）

现在我们再回过头来谈一下陆氏驳斥林云铭的那两点。按《招魂》篇首自叙："朕幼清以廉洁兮，身服义而未沬……上无所考此盛德兮，长离殃而愁苦"，这是屈原的身世，屈原的口吻，别人万不能顶替的。至于篇中许多"君"字，则是巫阳招魂之辞。巫阳将魂魄当作离开屈原身体以外的一个人，故用第二人称。这是很浅显的事，不知陆氏何以不知道。第二条请巫招魂乃当时宗教上也可说是民俗学上的习惯，无所谓游戏不游戏，林氏所举理由本不充分，陆驳亦其勉强。即陆氏在他所著《屈原与宋玉》一书谈到他家乡"叫火"之俗，不曾也说病势轻则由病人家人为之；若病势严重，则特请巫觋为之，口中唱着有韵的辞句吗？至于"献岁发春""南征""路贯庐江"的几句，陆氏谓庐江即青弋江，楚之国都惟考烈王廿二年后所迁之寿春恰当青弋江之西北，路亦最近，而考烈王廿二年时屈原已死了多年，故决不能算是《招魂》的作者。陆氏不知道屈原生前是到过庐江的。《哀郢》中有云："当陵阳之焉至兮，淼南渡之焉如。""焉至兮"，旧解为"言不意忽至此也"，陈钟凡先生曰"'焉'有'安''于是'两解。《月令》'天子焉始乘舟'言于是乘舟也。此言'焉至'亦言'于是至'也。作'忽'解，非是。""焉"字之作用，等于法文之"y"，乃地方的代名词，用于自动字（Intransitive Verb）的"至"字之前或后。"当陵阳之焉至兮"若译为法文 Linyany, j'yarrive, 文理便明白了。陈钟凡"于是至"极有道理，但尚不如是"至于是"，"是"指陵阳。

陆氏自己也曾在注文里引《汉书·地理志》："庐江出陵阳，北入江。"又引李兆洛说："陵阳在今池州府石埭东北二里，庐江与浙江同出一山，浙江东流入海，庐江北流入江，然则庐江即今青弋江也。"笔者在《哀郢》疏解中说：顷襄廿年，秦将白起攻楚，取鄢、邓、西陵，屈原知郢都难保，他放逐湘西时，并未携带眷属，眷属均留郢都，不得不返回都中，将眷属安置于比较安全的地带。那时正当举国俶扰，人心恐惶之际，顷襄已决定迁都于陈了。二十一年春便开始实行，朝中贵族重臣及一般老百姓也忙于捆载家财，护送家属到新都去。屈原以一介放臣回到郢都，大家当然对他不注意，他自己也不敢公开露脸，他护送眷属出郢都时正当春季，“方仲春而东迁”固指顷襄廿一年之东迁，自家一家也包括在内。这和《招魂》的“献岁发春”不正合上拍子吗？他沿江东下，一直到了今安徽位于青阳境南陵阳镇，也即是《汉书·地理志》庐江所从出的陵阳，及李兆洛所说的池州府石埭东北交界处的陵阳。因为这个地点正当长江之南，从青弋江渡是改而南渡。所以《哀郢》有“淼南渡之焉如”，与《招魂》“汩吾南征”不又合上拍子吗？

陆侃如所以不敢以“陵阳”为地名者，一则误信戴震之说陵阳乃汉所置郡名，战国尚无有，遂谓屈赋“当陵阳之焉至兮”之陵阳乃“陵阳侯”三字的省文。陆氏想完成他庐江与寿春的考证，强人信从戴说。笔者按《淮南·览冥训》：“武王伐纣，渡于孟津，阳侯之波，逆流而击。”许慎注：“阳侯，陵阳国侯也，其国近水，溺死于水，其神能为大波，有所伤害，因谓之阳侯之波也。”战国时代每以“阳侯”二字作为大波之代辞。屈原《哀郢》“淩阳侯之泛滥兮”，指的这才是水，可见战国时代已有陵阳国侯溺死为大波的传说，汉代置郡，无非沿用陵阳国旧称，并非凭空捏造出这两个字。况屈原《哀郢》仅言“陵阳”并未言“陵阳郡”，则戴震的说法不推自倒了。再者照《哀郢》“当陵阳之焉至兮”，陵阳之为地名，万不可改易，若说是人名的省文，那便简直不成文理，试问人可以“至”吗？

《招魂》“与王趋梦”的“梦”字，实指云梦。那是楚国的大泽，历来为最好的行猎之所，司马相如的《子虚赋》曾将这个猎场，细加描绘。其地在今湖北安陆县南，方八九百里，跨大江南北。但以地理上变迁关系，云梦这个大泽，今日已变为陆地。古今考云梦者异说甚多，据前文洪兴祖的考证则江北为云，江南为梦，据胡谓“禹贡锥指”注则江北为梦，江南为云。其实这个横跨大江南北的大泽，或单称“云”，或单称“梦”，均无不可。楚王自郢都出发，到云梦打猎，说是“南猎”，不如说是“东猎”。我说“南猎”“东猎”关系都不大，但云梦距离郢都仅百公里左右，出猎甚便，倘如陆侃如之言，《招魂》系作于考烈王迁都寿春以后，楚王回到云梦打猎，路程相距实在太远，而且方向也大改，只好叫做“西猎”了。

陆氏从《战国策·楚策》里得到一节故事，即楚王与嬖臣安陵君游猎云梦，王亲射得一兕，以为即《招魂》“君王亲发兮惮青兕”的张本，因此更坚执《招魂》为宋玉作的说法。我以为行猎得兕，乃事之常，何必一定将两事傅合为一？且《国策》所言楚王究竟是哪一位楚国之君，陆氏又说不出。有人说是楚怀王（见前），我倒敢断定他是楚顷襄王，为的《战国策》卷十七，楚四，又有这样一段记载，那就是庄辛说襄王，曾有语道：

> 君王左州侯，右夏侯，辇从鄢陵君与寿陵君，专淫逸侈靡，不顾国政，郢都必危矣。襄王曰：
>
> “先生老悖乎，将以为楚国袄祥乎？”庄辛曰：“臣诚见其必然者也，非敢以为国袄祥也。君王卒幸四子者不衰，楚国必亡矣。臣请辟于赵，淹留以观之。”
>
> 庄辛去之赵，留五月，秦果举鄢郢巫上蔡陈之地，襄王流掩于城阳，于是使人发驺，征庄辛于赵。庄辛曰诺。
>
> 庄辛至，襄王曰：“寡人不能用先生之言，今事至于此，为之奈何？”
>
> 庄辛对曰：“臣闻鄙语曰：‘见菟而顾犬，未为晚也；亡羊而补牢，未为过也。’臣闻昔汤武以百里昌，桀纣以天下亡。今楚国虽小，绝长续短，犹以数千里，岂特百里哉？王独不见夫蜻蛉乎？六足四翼，飞翔乎天地之间，俯啄蚊虻而食之；仰承甘露而饮之，自以为无患，与人无争也，不知夫五尺童子方将调铅胶丝，加己乎四仞之上而下为蝼蚁食也。蜻蛉其小者也，黄雀因是目，俯噣白粒，仰栖茂树，鼓翅奋翼，自以为无患，与人无争

也；而不知公子王孙，左挟弹，右摄丸，将加已乎十仞之上，以其类为招，昼游乎茂树，夕调乎酸咸，倏忽之间，坠于公子之手。夫雀其小者也，黄鹄因是以，游于江海，淹乎大沼，俯噣鳝鲤，俯啮蔆衡，奋其六翮而凌清风，飘摇乎高翔，自以为无患，与人无争也；不知夫射者方将修其莅卢，治其缯缴，将加已乎百仞之上。彼礛磻引徽缴，折清风而抎矣，故昼游乎江河，夕调乎鼎鼐。夫黄鹄其小者也，蔡圣侯之事因是以，南游乎高陂，北陵乎巫山，饮茹溪流，食湘波之鱼，左抱幼妾，右拥嬖女，与之驰骋高蔡之中而不以国家为事；不知夫子发，方受命乎宣王，系已以朱丝而见之也。蔡圣侯之事其小者也，君王之事因是以，左州侯，右夏侯，辇从鄢陵君与寿陵君，饭封禄之粟而载方府之金，与之驰骋乎云梦之中，而不以天下国家为事；不知夫穰侯方受命乎秦王，填黾塞之内，而投已黾塞之外。”

襄王闻之，身体战栗，于是乃以执珪而授之为阳陵侯，与淮北之地也。

我们读了这篇《战国策》，可以知道楚襄王在历代楚王中最为淫逸侈靡，而且最欢喜和一些嬖倖之臣像鄢陵君、寿陵君在云梦打猎的。前文所引江乙劝安陵君、那个“安”字或者是“鄢”字“寿”字之误。若说未误，则安陵当是鄢陵、寿陵之外，另一嬖臣而已。据庄辛故事，顷襄游猎云梦，楚国国都尚为郢之时，即在他在位廿一年以前。而屈原第二次被放，据游国恩氏考证系在顷襄十三年，如此则他从猎云梦，必在顷襄十三年以前。陆侃如谓屈原死于顷襄十六年，那是不对的，我们当遵从游国恩的考证，屈原实死于顷襄二十二年以后。再考《史记·楚世家》，顷襄以下为考烈王、幽王、哀王，最后为负刍王，并无南猎不返者，则陆说曰无据。陆侃如将《招魂》著作权判归宋玉，所举证据，顾此失彼，亏他尚自命证为“铁”，我看简直脆薄得连“纸”都不如，因此，我敢主张《招魂》是屈原写的，与宋玉毫无关系。太史公：“余读《离骚》、《天问》、《招魂》、《哀郢》，悲其志。”这才是“铁证”。

我们应该看出《招魂》这篇大文，局势恢宏，设想奇异，措词险怪，色彩瑰丽，已开汉赋铺排之先声，非天才卓荦如三闾大夫者，不易构此杰作。宋玉固无能为役，秦汉人连其中神话分子都不能懂，更连半个字都写不出来了。

(乙)《招魂》主旨问题

学者虽有反对王逸而承认《招魂》为屈原作者，但关于《招魂》主旨即主要目标又发生疑问。有谓此文系讽谏楚顷襄王者之荒淫生活者；有谓所招为楚怀王之魂者；更有谓汉人所作乃淮南王刘安门客招刘安之魂者，有谓系一种春天举行的祭典者；兹分别论述于次：

(一) 讽刺顷襄之荒淫生活　顷襄生活像前文所引几段《战国策·楚策》,的确是奢靡淫逸，嬖倖盈前，游猎终日的一位荒淫君主。故有人谓屈原作《招魂》，盖所以讽谏顷襄。陈本礼《屈辞精义》关于《招魂》即作此说。他的“发明”系《解释》招魂主旨者，说道:“史称楚怀入关，客死于秦，顷襄当卧薪尝胆之秋，忘不共戴天之仇，犹日事高唐之游，云梦是猎，此屈子忧惧，所以魂离而魄散也。太史公读《招魂》悲其志，虽未明言其所悲之故，然细绎巫阳四方上下之语，其言虎豹之恶厉，狐怪之毒狠，盖皆讥刺当时楚国世道人心之如狼如虎，如鬼如蜮，不可与之一朝居也。修门以下，盛言堂室、女色、歌舞、饮食诸乐；乃述顷襄内廷荒淫秘戏之事，国人莫知，惟原实深知之，故总借巫阳以发之，若屈子果魂离魄散，岂人间声色富贵所能动其心而招之耶?”陈氏此类言语甚多，不必再录。

楚王游猎云梦一段，陈氏笺云:“以上又补叙顷襄复游高唐，猎于云梦一事，盖顷襄继立，不亟思报仇泄耻，乃先事畋猎，使宋玉赋高唐，赋神女，可见全无心肝之人。君既荒淫如此，其臣下又贼奸如彼，使屈子目击，能不‘西风刀翦美人心’耶?故借《招魂》不惜尽情吐露，以冀顷襄读之而改其行也。”又曰:“此节追序岁首南行，田于江南，而所见如此。庄辛所谓驰骋云梦之中而不以国家为事，于此亦可见矣。”

（二）招楚怀王之魂　屈赋中《招魂》之作本有两篇，一名《招魂》，一名《大招》。李善因《大招》既为篇名，则《招魂》当是小者，遂改《招魂》曰《小招》。照王逸的说法以《招魂》为宋玉招师而作，《大招》则或曰屈原，或曰景差，疑不能明。明代黄文焕（维章）始以逸说为非，取二招俱归之屈原。林云铭因黄氏之说，又从而条例之，谓《招魂》者乃屈原自招，《大招》者则屈原招楚怀王。谓："原自流放以后，念念不忘怀王，冀其生还楚国，断无'怀王'客死归葬，寂无一言之理。骨肉归于土，魂魄无不之，人臣以君为归，升屋履危，北面而皋，自不能已，特谓之'大'，所以别于自招，乃尊君之辞也。"又说《大招》："篇中段段细叙，皆是对怀王语，开首提出'魂无逃'三字，便是怀王逃秦隐衷，生前之神与死后之魂，总为一念所转，所以有四方之招也。所云饮食之丰，音乐之盛，美人之色，苑囿之娱，皆向日所固有，其中亦各有制，与《招魂》大不相同，不为逸欲。至末六段，说出亲亲仁民，用贤退不肖，朝诸侯，继三代，明把五百年之兴，坐在怀王身上，虽属异样歆动，其实三代之得天下，实不外此，此皆帝王之事，原岂能自为乎？旧注认定景差招原，不得不硬添楚王举用，以致文义难通……"

蒋骥亦赞成林氏之说，于其《楚辞余论》中成片引用林语，又曰："《大招》所以招君，故其辞简重尔雅，《招魂》所以自招，则悲愤发为谐谩，不妨穷工极态，故为不检之言以自嘲，盖立言之体各殊耳。后人乃云'《招魂》辞胜，《大招》理胜'。争以见为之轩轾，何足与议哉？"

以上诸说系以《大招》招楚怀，《招魂》自招者，但顾天成却说《招魂》与《大招》都是招怀王的。吴汝纶则主《招魂》系屈原招怀王之文，其言曰："怀王为秦虏，魂亡魄失，屈原恋君而招之，盛言归来之乐，以深痛其在秦之苦也。'朕幼清以廉洁兮'，朕者怀王也。'上无所考此盛德兮'，言怀王本有盛德，为俗所牵，曾不能成此盛德而罹祸也。'有人在下'，怀王也。是时怀王未死，故曰'有人在下，魂魄离散'，盖入秦不返，惊惧忧郁而致然也。"（见《古文辞类纂·校勘记》）。

五四后，郑沅写了篇《招魂非宋玉作说》载《中国学报》第九期，谓“文中杂陈宫室、饮食、女色、珍宝之盛，皆非诸侯之礼不足当之，此岂宋玉景差辈所能施之于其师者？故我们可说屈原招怀王的文字。”陆侃如反对道：“其实这只能证明被招者不是屈原，却不能证明著作不是宋玉。屈原能招怀王，宋玉何独不能？”（其实这篇也非招怀王，因为文中只说南行打猎，而未说西行入秦。）

陆氏反对《招魂》为屈原招怀王，联带地也反对《大招》之招怀王。他说：“自明末黄文焕以后，林云铭、蒋骥等人都归之于屈原。”他们的理由是：

（一）人家所以把这篇归于景差，因为“《汉志》定原赋二十五篇，今自《骚》经至《渔父》已充其目矣”（朱熹语），但《九歌》本不能作十一篇计（《山鬼》、《国殇》、《礼魂》三篇可合成一篇），我们必加以《大招》《招魂》方合《汉书》之数。

（二）原文里有这几句：

魂乎，归来！
定空桑只。
德誉配天，
万民理只。

定乐是国君的事，而配天又非国君不可，故所招的一定是个国君，不是屈原。怀王入秦不反，屈原一定有所表示，故这篇大约是他招怀王的文字。（原注：见《楚辞灯》）

陆侃如以为林氏所举第一条理由不能成立，因《艺文志》之不可靠，《九歌》各篇之不可妄并，《招魂》之非屈原作品，都是显而易见的。至于第二条理由也难以令人承认。《大招》的意义顺为敞悦，“德誉配天”等句好像说君，“爵禄盛只”等句又像说人臣，而“发政献行”等句却君臣都说得通。故林氏若举些像说国君的句子来证明是屈原招怀王的作品，反对者也可举此像人臣的地方来证明是景差招屈原的文字。这样的辩下去，可以一百年辩个不完。陆氏最后说

《大招》的艺术劣于《招魂》，决其为模拟品。因《大招》结构与《招魂》相同，故知两篇中必有一篇为伪作。(屈原)

郭氏《屈原研究》则又主张《招魂》确为屈原作，并且说此文乃追悼楚怀王而作。因为“文辞中所叙的宫廷居处之美，饮食服御之奢，乐舞游艺之盛，不是一个君主是不能够相称的”。王逸认为宋玉做来招屈原，林云铭单又认为屈原自招，都是不正确的。屈原自称为“贫贱”的人（见《惜诵》)，哪里有那样的豪兴！

游国恩本赞成林云铭屈原自招之说，但为政治上压力的关系，不敢不卖某人的账，只好说些模棱两可的话。他说某氏所举理由“自然说得通，不过今本《招魂》前面的序文‘愁苦’一韵有脱，‘主此盛德’一句恐亦有脱文，所以文义不甚明确。而‘乱’辞是追叙与怀王校猎于江南的事，则招王与自招均可通用。只有第一点是显著的事实（指某氏所言‘宫廷居处之美，饮食服御之奢，乐舞游艺之盛不是一个君主是不够相称的)，我们可以同意。”

（三）招淮南王刘安之魂　屈原是战国时代人，淮南王刘安则是汉初人，屈原或宋玉撰的文章，怎会下招汉代人魂，岂不万分荒谬与可笑吗？不过近代学者忽又产生了一种歪曲心理，大主“屈原抹煞论”及“楚辞不存在论”。譬如说屈原本是子虚乌有人物；《离骚》是秦博士的“仙真人诗”；《九歌》是汉代宫廷乐章；《天问》是汉人杂凑胡诌出来的；《远游》是模仿司马相如《大人赋》的。屈原作品的时代都被下移数十年或百余年，《招魂》当然也逃不过这种命运。

因汉武帝的叔父淮南王刘安文才颇著，与楚辞发生关系较早，武帝曾命他写《离骚传》，且受诏，日中时上。所说《传》大概是个像《诗经·序》一样的小序，于今“国风好色而不淫，小雅怨诽而不乱，苦《离骚》者可谓兼之矣，推此志也，与日月争光可也”。司马迁引在《屈原传》里的这几句文章便是刘安当时奉诏撰述的（刘安原文或较此多几句)。

后人却硬要将“传”字改为“傅”字，说“傅”同“赋”，刘安是受命作《离骚赋》而非仅仅作传。于是《离骚》的著作权便轻轻转让给了汉代这位亲王了。也不管像《离骚》这样一篇二千四百余字的绝代奇文，是否能在半天的时间内写出？

主张《招魂》为招刘安者是朱东润。他著有《楚辞探故》，其中有《离骚以外的屈赋》一篇，谈到《招魂》及《大招》。他说："《招魂》及《大招》，两篇在楚辞里都是优秀的作品；从想像力的丰富和感情的浓挚看来，很少有能超过这两篇的。"朱氏引《招魂》乱辞说这是叙云梦大猎之事，说："云梦在湖北南部，庐江在安徽中南部，假如所招的是楚王之魂，从江陵到云梦，无须经过庐江；假如所招的是屈原之魂，也不用说到君王出猎。夜猎固然是有的，但是没有不可淹留之事；不能淹留至旬日，显见所召之魂不是生人之魂而是死者之魂。从这里得到结论是：所招的是已死的君王之魂，而且从君王故居到云梦，必须经过庐江，向右打一个大转，方能达到猎场，那么这不是淮南王安之魂是什么？"

朱东润凭云梦和庐江两个地点而断定《招魂》系招刘安之魂者因淮南王国都系在寿春——即楚考烈王所迁的安徽寿县。朱氏又说："倘使我们从《招魂》的本文看，我们同样也可以得到一些启示。最初是说四方上下那许多地方，魂都去不得；以下便举出理由，要魂回来。他列举宫室、妇女、饮食、乐舞、杂戏等等，都是说魂应当回来的理由。但是这还不够成为坚强的反证。但是作者在列举妇女这一项，露出面目来了：他说：'九侯淑女，多迅众些。'这是一个破绽。诸侯一娶九女，见《公羊解诂》。九侯的女儿，是配君王的，这和屈原有什么关系呢？所以《招魂》的正文和乱辞一样，是招君王之魂而不是招屈原的。"

朱氏认为：作《招魂》者是淮南王刘安的那些门客。刘安谋反自杀后，其戚属门客亦被政府迁徙于沅湘流域，其事当在元狩五年（前一一八）。淮南王刘长在位时左右没有文士，身死之际，儿子只有五六岁，所以谈不到有人替他招魂，淮南王刘安便不同了。在世之时，既然招致宾客，身死之后，也未必一时散尽。门客在沅湘地域替他招魂，故有'目极千里兮伤春心，魂兮归来哀江南'，作者诗人气息特重，故有那样优美的诗句"云云。

朱氏虽说淮南王长没有宾客招魂，但《大招》则是其子罪迁沅湘的宾客们所写以招他者。刘长与汉文帝斗气，曾自称“东帝”，以为自己曾拥有中国的一半。《大招》里有许多只有天子才当得起的颂词，像“名声若日，德誉配天”，“三公穆穆”，“诸侯毕极”，“尚三王只”就是宗尚夏殷周三代，屈原能这样吗？这不是喊出了刘长想做皇帝的野心吗？

朱东润这一番话说得想入非非，怪诞可笑，实则毫无学术价值。

（四）春季举行的祭典　这是林庚的主张。林氏在《诗人屈原及其作品的研究》中有“招魂地理辨”及“招魂”二篇。说《招魂》是屈原作而非宋玉，读司马迁《屈原传》：“余读《离骚》、《天问》、《招魂》、《哀郢》，悲其志。”《招魂》既列于这三篇作品的中间，是史迁肯定它是屈原的代表作。若是宋玉等人的作品，至少也应列于《哀郢》之后。

古时本有春季招魂之俗。《周礼·春官》：“女巫掌戏时被除衅俗。”郑注：“如今三月上巳水上之类。”郑说“水上”是什么话呢？我们应再看韩诗注说：“郑国之俗，三月上巳，溱洧两水之上，招魂续魄，秉蔺草以拂不祥。”韩诗注或稍后，未足全信。而《周礼·春官》又说：‘男巫掌望祀衔授号，旁招以茅。冬堂赠无方无算，春招弭以除疾病，王吊则与祝前。”郑注“旁招”：“以茅招四方之所望祭者。”这与《招魂》与《大招》都向四方招魂正是同一格式。而说“春招弭”，则《招魂》与春令的关系也就更为明朗。我们读《招魂》的文字，实是一个安礼亡魂的性质，这也即是“招弭”的意思。招魂之为一个春令的典礼，岂不很明显吗？

林氏说《招魂》是为了追悼秦楚大战中阵亡将士而写的。怀王十七年，秦楚曾有过一场大战，楚军先后大败于丹阳蓝田，损兵折将，而齐又坐视不救，楚竟大困。……秦楚两场大战中，楚国阵亡了许多贵族将校武士，就该作一番超度，于是有招魂之举。写《招魂》的工作便自然轮到娴于辞令的屈原身上，而且还要他负责全部典礼的进行。

招魂典礼的举行，先要选择一个地方，这地方选是“梦”，这就是“与王趋梦”的缘故。林氏说照《招魂》的本文看来，招魂的规模是相当大的。“魂兮归来，入修门些”，修门并非像王逸所说楚都东门的别称，而是会场所建的门，是招魂台上临时搭起来的一个高而美的门。这些为国牺牲的亡魂，身前身份多为贵族，他们平日的生活与爱好也还是贵族的。《招魂》中富丽的宫室与陈设、舞乐的种种，对于这些亡魂来说，乃是符合于生活实际的。

不过林氏有两段话说得过于勉强，第一段他将《招魂》开场白“朕幼清以廉洁兮，身服义而未沫，主此盛德兮，牵于俗而芜秽。上无所考此盛德兮，长离殃而愁苦”当作屈原向阵亡将士的致词。无论如何在这种场合不能说这种话；楚怀王既躬临祭场，“君临臣丧”，主祭应该是怀王，致词也应该是怀王；就说命屈原代替致词，也应该用君主祭臣子的口气，屈原那一套惯用的自悼自悲之词，怎可用上呢？第三段《招魂》乱辞回忆侍从楚王到云梦打猎的盛况，无论如何抹煞不掉，林氏只好据《左传》“春蒐、夏苗、秋狝、冬狩”为词，说安礼亡魂的盛典，正好结合“春蒐”，于是楚王便在云梦大猎起来了。打猎是欢乐的事而追悼亡魂则是悲痛的事，这两件事居然合并举行，对得住死者吗？

（丙）从《招魂》中看楚国文化水准问题

历来楚辞注家所以要将《招魂》作为招楚怀王者，或以为讽刺顷襄王者，实如郑沅的想法：“文中杂陈宫室、饮食、女色、珍宝之盛，皆非诸侯之礼不足当之，此岂宋玉景差辈能施之于其师者?”这就太把楚国文化水准看得低了。战国时代，齐、楚、秦诸大国，地方数千里，特别是楚，版图之广，在七雄中首屈一指。其君主所享受生活之奢华侈靡，固不必论，其大夫亦皆有封邑有人民。像鲁国在春秋时只能算个二等之国，而其国大夫每拥数邑之地，令家臣为之宰。其家臣竟能拥地叛，如鲁公山弗扰以费叛季氏（鲁大夫季康子），晋佛肸以中牟叛赵简子，若非拥有相当实力何敢轻言一“叛”字。这实力是人民的众多，土地的广大，经济的富裕，武力的坚强诸条件构成的。一个家臣身份的邑宰居然有这种力量，其主人更可知。后来韩、魏、赵三家分晋；田和篡齐，皆以卿大夫之地位而变成一国君主之地位的。战国时代齐魏赵楚及秦那些大国是更不必谈了。像战国的四公子，门下养士辄数千人，对士的供奉虽有等级之分，但对于上等之客待遇之优厚，也是很可惊的。秦吕不韦门客也有数千之众。

战国时各国君主封功臣辄以十余邑之地，号之曰“君”，南面而称“寡人”，俨然一国之王。这种臣子，他拥有像《招魂》里的“宫室、饮食、女乐、珍宝”原亦不足为异。屈原在楚国做过左徒，是仅次于令尹之职一等的大官，我想他享受过《招魂》里各种物质生活，也是相当自然的。就说他做官日浅，还没有够得着这种生活的水准，但他在朝时与那些贵族世阀日相周旋，对于他们的享受，必甚熟习。他又是美文学者，每篇文章都是用美文体裁构成，《招魂》所描写的宫室、饮食、女乐、珍宝，正是一个爱美作家难逢难遇的好题材，他又岂忍心放过。既抓擒到手，又岂肯不极力排铺，尽心点染，写成一篇裔皇典丽，有声有色的大文章？

后来的枚乘《七发》，假设楚太子有疾，吴客往问之。历述“饮膳”“车乘”“台榭”“女侍”“歌舞”“游猎”“观潮”等，物质文明灿然可观。

班固《两都赋》，张衡《二京赋》，所叙宫观游观之乐，虽以帝王家为主，我们也可以看出那时代物质文化发展到了什么程度。左思的《三都赋》，讲到那些富贵人的生活，说道：

> 其居则高门鼎贵，魁岸豪杰，虞魏之昆，顾陆之裔，岐嶷继体，老成奕世，跃马叠迹，朱轮累辙，陈兵而归，兰锜内设，冠盖云荫，闾阎阗噎。其邻则有任侠之靡，轻眇之客，缔交翩翩，傧从奕奕，出蹑珠履，动以千百，里宴巷饮，飞觞举白，翘关扛鼎，拚射壶博，鄱阳暴谑，中酒而作。于是乐只衎而，欢饫无匮，都辇殷而，四奥来暨，水浮陆行，方舟结驷，唱棹转毂，昧旦永日，开市朝而普纳，横阛阓而流溢，混品物而同尘，并都鄙而为一，士女伫眙，商贾骈坒，纻衣绨服，杂沓纵萃……缠贿纷

纭，器用万端，金镒磊砢，珠琲阑干，桃笙象簟，韬于筒中，蕉葛升越，弱于罗纨……。

《魏都赋》叙公卿府第云：

设官分职，营处署居，夹之以府寺，班之以里闾，其府寺则位副三事，官逾六卿，奉常之号，大理其名，厦屋一揆，華屏齐荣，肃肃阶阙，重门再扃，师尹爰止，毗代作桢，其闾阎则长寿古阳，永平思忠，亦有戚里，寘宫之东，闬出长者，巷苞诸公，都护之堂，殿居绮窗，与骑朝会，蹀鮁其中，营客馆以周坊，饬宾侣之所集，玮丰阁之闬闳，起建安而首立，葺墙幂室，房庑杂袭，剞劂罔掇，匠斫积习，广成之传无以俦，稾街之邪不能及，廓三市而开尘，籍平逵而九达……

这一节仅言公卿戚里衙署甲第之壮尚未及其私居，若及之，则比屈原《招魂》那些节目，当有过之无不及。

或者有人笑我，以东汉魏晋时代之文化状况上比战国，岂能得其真相？这不是太滑稽吗？则我们须知战国时代接受夏商周三代文化的积累，又被域外文化大鼓荡、大浸润了一阵，无论精神方面表现了中国黄金时代，即物质方面也显出一种前所未有的宏伟壮丽之观，以后两汉魏晋无非袭其规模，不能再有所凌驾。况农业时代文化进步本甚迂缓，数百年，或千余年，进步都是差不多，我们若用“日异而月不同”的太空时代文化情况来比并那个牛步化的农业时代，先就错误了。

王夫之释《招魂》有一段话倒也可取。他释巫阳对上帝“必若筮予之，恐后之谢，不复能用巫阳焉”曰：

……谢，萎落也，言待筮而予，恐于期已后，魂已萎谢而无从招，虽巫阳亦无能为也。意谓屈子怀忠而见摧于谗佞者两世，沈湘之志已决，天若令楚悔祸，当急召归阙，不然必不能隐忍久生，以待异日之追悔，以下极言声色居处饮食游观之盛，盖人君待贤之礼，自当极致其丰，贤者之志，虽不在此，而君欲补前过以礼贤，不可以不曲尽，故言招之不容稍缓，而夸陈丽美，无妨辞之已溢，而不必如大招之明言尚贤发政，雄雄穆穆也。词赋之体，长言讽谏，有出于是者，盖亦豳风衮衣笾豆之义，庶几国风好色不淫之意欤？（《楚辞通释》）

林云铭亦云：

通篇段落甚明，开口叙魂魄离散之因，转入帝告巫阳，招于四方上下，而以故居堂室之乐为招之词，不分出室中堂中二处，件件工妙，令人快乐无比，而终以乱辞悲怆作结……或讥其诡怪之谈，荒淫之志，岂《离骚》、《天问》所引鬼神异物皆所实有，非诡怪乎？篇中所谓入修门，反故居，指楚王召还大用言，所谓豹饰之侍，步骑之罗，指官属侍卫，从以入朝言，即帝所云“我欲辅之”者也。丈夫得志于时，安社稷而奠民生，如管仲三归，魏绛女乐，皆所固有，不嫌逾分，又何荒淫之有？世儒眼如豆大，且有文义不明，宜有是说，可置之不论矣。（《楚辞灯》）

林氏将“入修门，返故居”，当做希望楚王召返重用，豹饰之侍，步骑之罗，又当屈原所想像的官属侍卫，稍有不妥外，其他倒算说得大有道理。蒋骥竟认林氏的话为不然。竟说：“《远游》近者欲使之远，《招魂》远者欲使之近，皆是放逐之余，幽悒瞀乱，觉此身无顿放处，故设为谩词自解，聊以舒忧娱哀，所谓台池酒色，俱是幻景，固非实有事，亦岂真以为乐哉？且微特《招魂》非志于淫荒，即《远游》亦岂诚有意于登仙乎？此与孔子浮海居夷，同是愤极时语，太史公读而悲其志，真能推见至隐者也。《招魂》以乱词终，主客之意，尤为可见，后人认客作主，苦加掊击，林西仲又曲为之解，比之管仲三归，魏绛女乐，何异痴人说梦乎？”我也不知道说梦者究是何人？总之，林氏“世儒眼如豆大”是说着了！

(丁)《招魂》每句煞尾用“些”字的问题

洪兴祖曰:“‘些’，苏贺切。《说文》云:‘语辞也。’”沈存中云:“今夔峡湖湘及南北江獠人凡禁咒句尾，皆称些，乃楚人旧俗。”陈本礼引沈说谓禁咒语末云:“婆娑诃”亦三合而为“些”。

郭氏云:“还有《招魂》中巫阳的招辞，都在每句的煞尾上有一个‘些’，有人说这是空前绝后的一种体裁，又有人说和‘兮’音同字通，都是不妥当的见解。据我看来，‘些’字和周南汉广，与周颂赉的‘思’字是一个系统。(引《诗·汉广》从略)。《汉广》体裁和《招魂》完全相同，‘些’‘思’是一声之转，至于‘兮’字古音当读如‘阿’，关于这个字，孔广森有一段透辟的见解:

> “兮”，唐韵在十二齐，古音未有确证。然《秦誓》“断断猗”，《大学》引作“断断兮”，似兮猗音义相同。猗古音阿，则兮字亦当读阿。尝考诗例助字在韵句下者必自相协，若墓门之止，同用；北门之哉，同用；采菽之矣，同用，皆“之哈部’字也。兮字则旄丘，君子偕老，遵大路，皆与“也”字同用。今读兮为阿，于也声正相类。又《九歌》“愁人兮奈何，愿若今兮无亏”，《天问》“斡维焉系，天极焉加，八柱何当，东南何亏?”亏字亦四支之当改入“歌戈”者。《说文》本从亏，或从兮，未必非兮声也。(《诗声类》阴声歌类末附)

这个见解是无可怀疑的。从字形上说来，兮字是叫人张口发出丂(同考)声，八就是张口的意思，那样发出来的声音，自然和阿声极相近。知道这个兮字的发音来读楚辞的时候，可以知道楚辞就是当时的白话。兮字的所在是表示音节，这种读法在后人读诗的音调上也还是保存着的。譬如我们读王绩的《过酒家》:

> 此日长昏饮，

非关养性灵。
眼看人尽醉,
何忍独为醒?

在"饮"和"醉"字下总是要拉长着发出一个"阿"声来的。读七言诗也是这样。又如这个阿声,读五言时放在这句的第二字下,读七言时放在每句的第四字下,那便成为《九歌》的体裁。知道这层可以解决楚辞兮字的秘密,同时也可以知道《诗经》中何以国风里面常见兮字,而大小雅和周颂里面几乎一个也没有。这是因为国风是当时的民间口头文学,而雅颂是当时的庙堂文学的。

兮字在古时北方的文字中每用乎字来代替。乎字最古发音应该是哈(hɑ),感叹词的"乌乎",也就是"啊哈",乌是鸦的古字,是由鸦叫声音得来。

还有孔广森说和兮字协韵的"也"字古音是读如"呀"的。关于这个字,陆侃如在楚辞里发现了一个秘密,他说"觉得他(也)实等于疑问号及惊叹号"。我们如晓得把它当成呀字读,他这种说法是可以不用解释的。

据此可知古时的人用猗、兮、乎、也,就和今时白话文用啊、呀、吧、吗一样,固执文言的夫子们,对于前者叩头百拜,对于后者则肆口谩骂,其实他们自己是毫不通古文的。

郭氏这番解释当然不坏,可惜他专注意于"猗""兮""乎""也",倒把主要论点的"些"字忘记了。他说"些"和"思"是一个系统,那么和猗、兮、乎、也,是两个系统了。我的意思和他相反。我以为"些""兮""猗""只",无非是一音之转。"些",《玉篇》:"些息切,此也,辞也。又息个切。"《集韵》:"去声,三十八些,呰",注云:"四个切,见楚辞,或从口。"洪兴祖《补章句》于"些"字云:"苏个切",则与兮、猗等字岂非同一系统?或以为些字之为语助系"曼声绵长"之义,我意又和他相反了。我以为凡巫祝施行法术时,念诵咒语,声调皆甚急促,盖声调急促,出于精神之紧张,紧张又由于对神明要求之迫切。我们于僧道礼神施法达到高潮时，则乐器齐鸣，诵声大作，成为一种高亢急促的交响，即可见之。《招魂》第一段屈原自叙魂散佚之由，第三段回忆春初南征及侍从楚王云梦游猎，语助皆用“兮”字，唯第一及第二两段巫阳和工祝替他招魂，全部三四十节文字语助皆用“些”，即是模仿工祝施术时声调，所以沈括《笔谈》说的话是对的。